黄卡

梁晓声 著

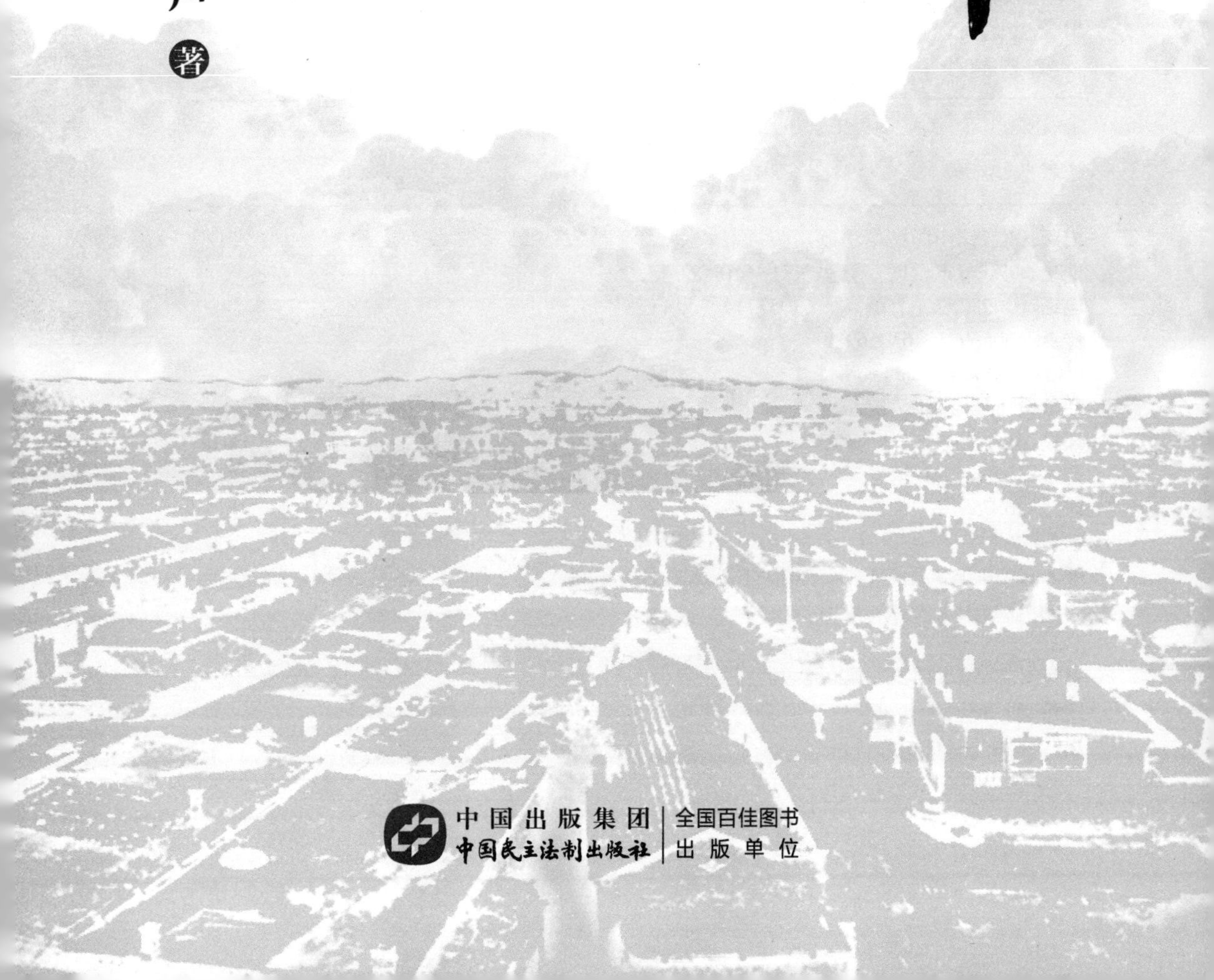

中国出版集团
中国民主法制出版社
全国百佳图书出版单位

图书在版编目（CIP）数据

黄卡/梁晓声著．—北京：中国民主法制出版社，2019.9

ISBN 978-7-5162-2068-9

Ⅰ.①黄…　Ⅱ.①梁…　Ⅲ.①长篇小说—中国—当代
Ⅳ.①I247.5

中国版本图书馆 CIP 数据核字（2019）第 189430 号

图书出品人：刘海涛
出 版 统 筹：周锡培
责 任 编 辑：梁　惠　张　婷

书名/黄卡
作者/梁晓声　著

出版·发行/中国民主法制出版社
地址/北京市丰台区玉林里 7 号（100069）
电话/63055259（总编室）63057714（发行部）
传真/63056975　63056983
http://www.npcpub.com
E-mail:mzfz@npcpub.com
经销/新华书店
开本/16 开　710 毫米×1000 毫米
印张/26.75
字数/467 千字
版本/2020 年 2 月第 1 版　2020 年 2 月第 1 次印刷
印刷/北京天宇万达印刷有限公司

书号/ISBN 978-7-5162-2068-9
定价/59.80 元

关于《黄卡》的补白

《黄卡》之于我，好比一个综合素质挺不错的“男孩”，却没获得到应有的发展机遇，责任又全在我这位“家长”。

何以非言“男孩”而不是“女孩”呢？

在我看来，文学作品是有性别的，并且不受作者的性别之影响。比如曹雪芹是男性，《红楼梦》则女性气质显然；艾捷尔·丽莲·伏尼契是女性，《牛氓》却男性气质显然；乔治·桑是女性作家，作品每有男性气质；艾米莉·勃朗特和她的《呼啸山庄》也是如此；列夫·托尔斯泰的《复活》是中性的，《安娜·卡列尼娜》是女性气质的；《战争与和平》是典型男性气质的。

确乎——作品的性别气质，主要由主人公的性别而定。当作者的性别与作品主人公的性别相反，作者在创作过程必然要实行自身性别的转化思维。

《黄卡》的两个主要人物是男性，故我言其为“男孩”。

中国的户口现象，乃是最具中国特色的现象。不是之一，而是“最”。

1982 年全国短篇小说奖评选过程中，我有两篇短篇小说三轮评选都入围了——《这是一片神奇的土地》和《西郊一条街》。

《西郊一条街》发表于江苏省文学期刊《雨花》——内容讲在城市边缘某处，原本城乡居民混住，忽而开出一条街，宣布这边为城，那边为村。属于城市的这一边每户发城市户口，开始供应商品粮；属于乡下的那边只有集体户口，以后家家户户只能为农，似乎将世世代代为农。原本是农村人的黄吉顺，事先探听到了以街为界的信息，凭诡计与工人张广泰家匆匆换了住房，结果街一修成，黄家有了城市户口，而张家成了农村人，两家的儿女亲家关系也“吹了”——于是形成了城乡两户人家半个多世纪的怨恨情仇。

由于当时知青文学更受关注，《这是一片神奇的土地》获奖，《西郊一条街》落选。

但我仍对户口题材心有不舍。后来，与北京电影制片厂老编剧梁燕一起将《西郊一条街》改编成了电视剧本《黄卡》。

我的演员老友李雪健读罢《黄卡》，对黄吉顺这一人物极为喜欢。大约是他推荐葛优看的，结果葛优坦言自己喜欢的也是黄吉顺。投资方希望葛优演工人张广泰，葛优最后说那也没问题，能与雪健合作就开心。

一切似乎很顺利——我与梁燕议定，电视剧成果归他，而我要将《黄卡》再改写为小说，小说成果归我。

小说出版顺利；电视剧的实现却一波三折，竟至再也无人问津。

但我这个作者，却是相当喜欢《黄卡》的。尽管它是我二十多年前的作品，然即使今天看来，我自认为它也不失我的水准——它内容丰富，时间跨度也有四十几年，人物众多，各年代特点分明。

如果由我今天来评价它，我觉得它也近乎农村版的《人世间》。

我特别推荐从事电视剧剧本创作的中青年编剧读读它——将会补上他们对于以往中国状态知之甚少，创作起民间记忆视角的电视剧来对年代感把握不住的短板。

作为小说，它的不足之处也较明显。毕竟是从电视剧本改写过来的，剧本风格难以抹去，小说亦即文学色彩未免不足也。

2019.9.13

北京

目　录
CONTENT

目　录
CONTENT

CONTENT

第一章

晨雾像最新的丝绵，新得仿佛带着刚刚绰出来的茧子的蒸气，被织成了薄得不能再薄的帏幔，一幅又一幅地悬垂在天地之间，将人眼前的景物一概地遮挡住了；又仿佛巨人在什么地方搅成的一大团棉花糖，然而并不打算享受，只不过孩子似的搅着玩儿，之后就抛弃在这里，抛弃在城乡的交汇处，任其自行地化开去。是的，它的确湿漉漉的，带着拧之欲滴的水汽似的。那种湿性，凉沁沁的，是在夏季的夜晚体温降低了的河水的气息。那一条河叫奶奶河。相传在很久很久以前，有一个亡了父母的孩子与奶奶相依为命。奶奶也死了，孩子就整天哭，结果他的泪淌成了一条河。奶奶河由东向西，从城市的正中流过。出了城，一分为二，一条继续向西而去，一条改了河道，调头奔南。人若吸吸鼻子，则能嗅到雾气里有丝丝的甜味儿，是从庄稼地散发过来的。再有个把月就该立秋了，无论土地上的粮豆还是菜棵，都开始努力孕育它们的成熟了。在这样的时候，季节本身都是甜的……

但这会儿人是看不到周围的庄稼的，也看不到城市街巷的面貌和远处的轮廓。是的，是的，景物一概地被晨雾遮挡住了。城市的这一处边缘，乡村的这一处边缘，仿佛全都被雾气氤氲在一起了……

雾气深处，从乡村的那一方面，传来了"吱呀吱呀"的，有节奏也挺好听的响声。那是担子在人的肩上，随着人的脚步一颤一颤发出的响声……

那响声是这城乡交会地带每天最早的晨音。

而此日是公元一千九百五十四年夏末的一个日子。

新中国已经成立五年了。全国所有城市的居民，都已先后获得了共和国颁发的"黄卡"，也就是城市居民户口本。它是中国对某个中国人或某户中国人家居住在城市里的资格的权威认可。一九四九年以后，它可以随时被给予；也可以随时被取消，或曰被剥夺。倘一个乡村人要变为正式的城里人，那么他或他的一家，就要千方百计获得共和国颁发的城市居民户口本。除此之外，别无他法。而一个乡村人企图获得此种资格，是"难于上青天"的。城市居住权，对于城里人而言，乃最普遍最基本的人权；而对于乡村人，那就是不敢幻想的特权了。这特权究竟特殊到什么程度呢？没有市长和市委书记们亲自过问，是任谁也无权批准的。当然，比市长和市委书记们更大的官员如果发话了，那么又只不过是一件容易之事。然而在共和国始创初年，越大的官员，对这一特权的态度越是谨慎的。当年指斥他们“腐败”的理由之一，往往便是他们将他们原本是乡村人的亲戚“变”成了城里人。倘查有实据，仅这么一条，轻则政治形象受损，重则受到党纪或政纪处分。故在这件事上，连共和国的功臣和元首们，也都是尽量严格要求自己以身作则的。但是要取消一个人或一户人家的城市居住权，那则简单多了。一句被共和国的某级官员认为是发泄了对共和国不满的言论，就足以剥夺一个人或一户人家的城市居住权。那么，这个人或这户人家以后的子子孙孙，就几乎永远没有再居住在城市里的资格了。而即使在乡村，他们也往往被划入乡村人的“另册”了，变得比祖祖辈辈生活在乡村的人还矮三分……

城市居住权一旦意味着是一种特权，城市居民户口本，则就不可能不被城里人视为第二生命。

这一座城市的情况却有些例外。

它的居民，当然的，也几乎全都拥有了政府颁发的户口本。只这一带，也就是城乡交会的这一处地方的人家，还迟迟的没发。因为这一处地方城与乡未免太靠近着了，近得仅一路之隔，而且是一条自然形成的，不曾被施工修筑过的土路。土路一段宽，一段窄，极不规则。路的这一侧就是城市边缘的一条街道。一些人家的门窗或一些小店的铺面临街而开；路的那一侧就是乡村的田地。夏秋季节，城里人家晾晒在门窗前的衣物，往往被风一吹，就飘落到乡村的田地里去了。而田地里蝈蝈的鸣唱，一旦交响成曲，又是城里人家的门窗挡不住的聒噪。城里人家的小孩子如果哭闹了，家长往往命令他们的大孩子，去到乡村的田地里逮一只蜻蜓一只蝴蝶一只蝈蝈蚂蚱什么的，回来哄小孩子不哭闹。便当得如同到自家的露天仓房取一样东西。而大孩子往往会顺手牵羊地从乡村的田地里偷摘一只西红柿一根黄瓜或一个香瓜。乡村的孩子，则往往受大人的指使，将自家的鸡鸭鹅猪撵过路来，东刨西拱地找些吃的。那些家禽家畜们，对城乡如此靠近备感幸福。天黑前，它们皆会大摇大摆地打道回府。城里人家，对它们来来去去的也习惯了。仿佛那一处城与乡交汇的地方，如果没有了它们来来往往，就奇怪了，不大对劲儿了。

在田地的后边，一里以外，便是村子了。因村头村尾老柳成林，叫大柳树村。

而路这一侧的街道以前叫富贵街，现在叫广华街。住富贵街上的人家都是城里的穷困人家，下等人家。给自己所居住的街取一个与他们的命况恰恰相反的街名，能使他们获得某种心理满足和地理优势感。

如果，广华街上的人家都是城里人家，那么户口本早就发给他们了。

但广华街上的人家并不全是城里人家。有些人家在街上占据着两三间房屋，但一经调查，几年以前，也就是一九四九年以前，原是土路那边的乡村人家。

大柳树村或别的村里，还有他们的乡下老宅和院落。村里还分给了他们土地。有些人家在街上只住着小小的最不起眼的房屋，看去像流浪者暂落此地的临时栖身之所，但左邻右舍又都可以作证，那是几代居住于城里的正宗城市人家。论资格，可谓是“老城里”人家了。据这座城市的户口注册统计人员估计，富贵街上三分之一左右并非城里人家。起码一九四九年以前并非城里人家。究竟哪一户人家原本不是城里人，哪一户人家又原本千真万确的是，统计了几次也分不清。这一条街上的人家，一九四九年以前是流动性很大的。昨天一间房子里住的还是张姓人家，几天后就可能易了屋主了，住的是一户李姓人家了。一九四九年以后，才渐渐地都稳居下来。既然相互间缺乏历史性的认识和了解，那么无论哪一户对哪一户的证明或反证或相互证明相互反证，就都没有特别值得采信的意义了。

这一处城乡交汇地带形形色色的人们杂居的状况，令建国初年城市人口管理部门的官员和具体工作人员们头疼不已。

………

晨雾渐淡，变得微微的有那么一点儿红了。

太阳升起之前，首先映红了它“床头”那一片天空，接着就濡染了晨雾。

扁担“吱呀吱呀”的颤悠声，越来越接近广华街。

终于，被濡染红了的晨雾中，显现出一个瘦小的人影。看上去，他扁担两头的分量都不轻。然而他的身材虽瘦小，却满有把子力气似的，腰不弯，肩不斜。他一手搭在前半截扁担上，一手后伸。由于个子矮，怕所担的东西拖地，他的扁担无绳，两端直接是钩子。前边担几层屉，后边担一只小炉。炉内炭火正红。

看得见脚下的路了，他越走越快了，扁担也“吱呀”得越来越欢了。

他就是我们的主人公，确切地说是主人公之一，三十九岁的黄吉顺，家住大柳树村。从前的中国男人结婚早，三十九岁的黄吉顺已有两个人见人夸的女儿了。大女儿叫大翠，十九。二女儿叫小芹，小姐姐两岁。他做梦都想再得一个儿子。可他女人自从生下了二女儿，患了一种产后的病，怀不住孩子了。怀是又怀过两次的，却都流产了，也没法儿知道是男是女。但黄吉顺认为肯定都是男胎。他羡慕别人家的儿子甚于别人羡慕他的两个女儿。

不过今年以来他不再因为膝前无子而经常愁眉不展了。因为城里广华五金厂张广泰张师傅的大儿子张成民，转眼就要是他女婿了。张成民正在城里读师范，秋天毕业。经两家商议，成民和大翠的喜日子定在中秋节。而他的二女儿小芹，也和成民的弟弟成才，很是经常很是公开地亲热在一处了。他估计，成才那小子，迟早也得做了他的女婿，甘当他的半个儿子。

广华五金厂在城里是一家老字号的厂。城里每户人家都有“广华”出产的东西。厨具几乎一概都是自不待言了。木匠师傅们用的凿、锤、斧、刨四大件也都是。他们离不开的钉子更是。谁家要买把锁，换个新的门窗插关，当然要买“广华”的。

用现今的说法，“广华”是名牌。虽是一家小厂，产品却林林总总畅销全市。而张广泰师傅，则是“广华”的无形资产，人物商标。用现今的说法，也可以叫作“形象大使”。“广华”因张广泰而字号不倒。张广泰因“广华”而鼎鼎大名。张广泰在生熟铁活儿两方面，都是技艺高超的能工巧匠。他在“广华”的角色，那也可以说是德高望重的“总工程师”“总设计师”。小芹便是他收的唯一女徒，而她当众称成才“师兄”，只他们俩人时则叫他“成才哥”。

能与鼎鼎大名的张广泰“亲家”相论，黄吉顺在人前觉得是种无上的荣耀。而成民成才兄弟，那也都是品貌双全，每引得待嫁的大姑娘们含情脉脉地看待的小伙啊！能有俩那样的女婿，难道还抵不上一个亲生的儿子吗？就算又得了一个亲生的儿子，倘不孝那不是还莫如没有？往往的，这样一想，黄吉顺就又转人生的沮丧为得意了……

黄吉顺每天担着馄饨挑子来富贵街上卖馄饨，屈指一算有七八年历史了。他人生最大的夙愿，便是在富贵街上拥有一间自家的铺面，那他就不必每天担着馄饨挑子从大柳树村早早地赶过来了。但是一九四九年以后，由于富贵街上的人家渐趋稳定，这一条穷困人家居住的街，也变得寸土寸金起来。他空攒下一笔血汗钱，却没机会了却夙愿。

当他跨过土路，来到广华街上，在老地方撂下挑子时，天光已亮，雾已散尽，太阳升起在头顶，宣告着一个明媚的好天气开始……

从土路的尽头，一辆漆色剥落、破旧得使人难以相信它居然还可发动的大客车缓缓移动过来。漆色剥落处的铁皮锈迹斑斑，看上去像一只巨大的瓢虫。背上捆满行李衣箱，显得不堪重负。一九五四年，中国的第一辆大客车还没问世。那是一辆名曰“道奇”的英国产的大客车。不知怎么，该退休了却留在中国了。它走走停停，看上去不但不堪重负，而且还不情愿为中国人超期服务似的。

一些每天早晨必定按时惠顾黄吉顺馄饨挑子的常客，都不急于走向他，而站在富贵街上观望那辆“道奇”。黄吉顺明白他们心里怎么想的——倘正捧碗吃着，那车开过来，一时灰土扬尘，鸡飞狗跳的，躲也没个躲处，不是吃得很不顺心吗？他也耐心地守着挑子，观望并等待那车开过去。破车渐渐驶近，后屁股乌贼鱼似的喷出一股股浓烟，也不知从哪儿发出“呜噜呜噜”的响声，如同患了肺气肿的老头儿。

“呜噜，呜噜”，它停了。“哐当”一声，车门开处，下来个女售票员，转到车后操起鼓风机把手，“哗啦哗啦”用力摇。司机也拼命踩油门，大“道奇”

“呼呼”地用力，可就是原地不动。

“同志们，下车推一下！”

车门又“哐当”一声敞开，下来些人，转到车后，从左右推。

“使劲呀！”“嗨！”“嗨！”“嗨呀嗨！”“嗨啦啦嗨！”

大“道奇”动起来，“呜噜，呜噜”。

“再使劲呀！”“嗨呀，嗨呀！”“嗨啦啦啦啦，嗨啦啦啦”，人们自动唱着：“嗨啦啦啦啦嗨啦啦啦，天上出彩霞呀，地上开红花呀，中朝人民力量大，打垮了美国兵呀，全世界人民团结紧，把反动残余连根拔那个连根拔！”

欢快的歌声里，大“道奇”“呜噜呜噜”向前爬，开始有人放手上车。忽然“嗞”一声，后轮一个车胎撒气，车身歪一下，又停了，脑袋探在土坯城门外，身子还在城门洞里。进城的，出城的，只有侧着身才能挤过；挑担的，推车的都在城门里外默默等候，没人抱怨。

“同志们，再推呀！”“推呀！”“嗨！”“嗨呀！”“嗨呀‼”“中朝人民力量大呀……”欢快的歌声又响起来。

大“道奇”又被“力量大”推动了，终于爬出城门。

它是辆什么样的老车哟，它的油漆是红的还是紫的？有红有紫还有黑，白铁皮露出苍老的黄色，人们还不知道什么叫“迷彩车”——它大概可算作中国迷彩车的第一代。

车是不能坐了。大家跟着它走，所幸它的速度比人走得还慢。小孩子从车窗里探出头向外看，往人们头上扔糖纸片玩儿。

路面坑洼的积水，在阳光下耀眼，偶有性急的愣小子脱了鞋，赤脚蹚，多数人在坑洼和乱石间绕行，“得过且过”。

张广泰也走来了。他穿了件旧中山装，制帽浅摆浮搁地顶在头上，倒背双手，昂首安步。小芹穿短袖衫，外套大工装裤，手提两只饭盒，跟在师傅后面，东张西望，漫步逍遥，颇骄傲。他们后面不远，张成才手拿弹弓敲饭盒，敲出鼓点儿来。

黄吉顺的目光刚注意到他们，猛听一片骇叫——一匹惊马，拉一辆满载青菜的铁轱辘大车，从人们后面蹿来。马疾车快，人人慌乱躲闪，黄吉顺被撞倒了。他的炉子也被撞倒了。炉上的水浇在炭火上，一时间煤灰四起，扑他一脸热“粉”。待拭清双眼抬头悸望，惊马大车早远去了。

他慌忙爬起，见炉子横在一旁，炭火全部滚出。炉膛泥裂了，掉下几块儿。用现今的说法，那炉子是储水烧水“一体式”的，是亲家张广泰高超铁匠手艺的集大成。他连连顿足，对赖以谋生的炉子真是心疼急了。撒了遍地的炭火烫了别人的脚，被烫的人们无不吱哇怪叫，指骂黄吉顺。

车老板攥着鞭子奔至，黄吉顺一把揪住他，气不打一处来地大叫：“哪去?!”

车老板急如救火，边挣身边吼："你拽我干什么？我的车！"

黄吉顺说："你还冲我吼！你看我的担子！你得赔我！"

车老板说："放开我！再不放开我，马车在前边撞了人，你也要负责任的！"

黄吉顺却哪里肯放开他？起先一只手揪住他，这会儿反倒两只手牢牢地揪住他了，冷笑道："跟我讲歪理是吧？那好，别走了。咱俩把理讲清楚！……"

二人正纠缠得不可开交，前边人们一片嚷——都说没事儿啦没事儿啦，"广华"厂的张师傅把惊马拦住了。果然，人们纷让，张广泰受夹道欢迎似的，笑微微地牵着马辔踱来。黄吉顺见亲家来了，而且是拦住惊马的有功之人，便觉着有了撑腰的，冲张广泰大声说："亲家你来得正好！他若不赔我炉子，你就替我扣住他的马车！"

张广泰劝黄吉顺先放开人家，说什么事都好商量嘛。黄吉顺认为亲家要替他主持公道，接下来就开口索赔了，于是满脸得意，立刻变得孩子般听话，终于放开了车老板。

张广泰交了缰绳，拍着对方肩嘱咐："这马你得调教调教，街心闹市上毛了，多危险，走吧走吧！"车老板感激不尽，连连拱手作揖，吆转马头时说："人和人多不一样！一逢事儿，人品就比出高低来了！"黄吉顺又火了，大叫："你说什么屁话呢？"——欲追上去不依不饶。张广泰挡住了他，笑道："何必呢，何必呢，马毛了也不是他愿意的！"

黄吉顺眼睁睁看着车老板牵马自去，觉得太便宜了对方，指着炉子埋怨亲家："你怎么能不替我扣住他的马车呢？我炉子这样了，我今天生意咋做？"

张广泰仍一脸的憨笑，安慰道："我修我修！来，我帮你抬到我厂里去。一顿饭的工夫以后，保证你今天的生意继续做！……"

待黄吉顺又摆开了他的馄饨挑子，那地方已经过了人流高峰，很是清静了。八角门方面有三个人，一个拿根画着红白道道的长杆，另一个跟在后面拉条皮尺，第三个支起个三条腿的望远镜，嘴里吹哨子，左手挥动小红旗，右手拿笔在小本上记什么。

黄吉顺靠前去搭讪揽生意："几位，这是忙什么呢？"

吹哨摇旗的不理他，抱杆的离得远，拉皮尺的看看他，白了他一眼："你看忙什么？"

黄吉顺又眨眼问："没看出门道来。莫非，丈量土地？"

拉皮尺的看也不看他："要在这儿修马路。"

"修马路？在这儿？"黄吉顺大惑不解。

拉皮尺的又白了他一眼："不在这儿，来这儿测量个什么劲儿？"黄吉顺倒也不觉得自讨没趣儿。他是"醉翁之意不在酒"。他要看准的生意，那是非转弯抹角地做成不可的。

他恍悟似的“噢”了一声，回到摊前，几把收拾了，挑起担子走过去，重新放下，抖开块雨布就地一铺，又凑上前去满脸堆笑地搭讪：“三位，为咱百姓修路，辛苦了。我替这一带百姓谢你们！三位请歇歇，吃碗馄饨咋样？刚包的，薄皮儿鲜馅儿，煮熟了玻璃纸似的，透明儿。上等作料，老汤陈醋，三位无论如何可得领我这份情！”

那三人见他表情虔卑，一团和气，说的话很令自己受用，碗筷油布也显得干净，相互对视，统一了心思，于是一个个蹲在了他的油布旁。黄吉顺暗喜，麻利地拨旺火，揭锅盖下馄饨……

为了让那三人每人吃他两碗而不是一碗馄饨，黄吉顺一边周到地服务着，一边没话找话引他们聊。他极有引发他的吃客们聊的经验。他知道话题应该在哪儿留有空余，让对方将与他们相关的事儿充分地讲下去，而自己做忠实的倾听者。每每的，吃他馄饨的人，因为话匣子一打开收不住了，而由原本只想吃一碗，最终竟多吃了一碗，甚至多吃了两碗……

于是那三人你一句我一句轮番告诉他——政府下决心要改造和治理这一片城乡接域、工农杂居的地带了。路一修好，便以路为界。房子在路这边的，要发给城市户口本；在路那边的人家，统统都要归到乡下去……

黄吉顺一听，不禁地发呆。呆了片刻，不禁地发愁。他以抗议似的口吻说：“政府这么做欠考虑吧？怎么能以一条路就为城乡的界了呢？如果哪一家明明是城里人，房子被路隔到那边去了，就将人家归到乡下，那也不通情理呀，让人不服啊！”

三人中的一个就认真了，教诲道：“你以为政府做事儿只图简单吗？实底儿透露给你吧！哪家原本是城里人，哪家原本不是，早就暗中调查得清清楚楚的了。修这条路的方案，那也不是马马虎虎就定下来的。要不能破土动工地不修一条笔直的路，而修一条斜里带弯的路吗？你不必替政府操心。原本是城里人家的，一户也隔不到路那边儿去。原本是乡下人家的，想浑水摸鱼拿到城市户口本也不那么容易。除非……”言者无心，听者有意。

黄吉顺不动声色地问：“除非怎样？”

三人中的另一个说：“除非在修路之前，在路的这边盖起自家房子！几天后就开来掘土机了，谁家有那能耐？”并且，还展开一卷图纸让他看。

黄吉顺仔仔细细地看着，问着：“倒是，谁家也没有那能耐。可如果两家在路修好之前，把房子对换了呢？”

“这政府就管不了许多了。政府办事，是有原则的。原则是为全局定的嘛！哪两家偏偏在这条路修好之前对换了房子，那是他们个人之间的问题……”

“也就是说，换到路这边住的人家算幸运，换到路那边住的人家算倒霉了？”

“我可没这么讲，这是你领会的意思，再来一碗！”

“行啦行啦，卷起图纸吧！也给我来一碗……哎我说卖馄饨的师傅，我们告诉你的，你可别四处讲！这是还保密的事儿！”

“不讲不讲，我不是个给政府添乱的人！”

盛馄饨的黄吉顺，心已不在生意上了……

那一天是张广泰生日。

还没公私合营，厂还是私家的。厂长一向很敬重张广泰，想到那一天是他生日呢，下午送他二斤点心、两瓶罐头一瓶酒，放了他半天假。

他家是个小院儿，院儿里两间屋。东间炕头墙上吊块儿木板，搁台旧收音机，是他和老伴儿住的屋。西间大几米，俩儿子住。长子成民考入师范后住校，是团委书记，每星期回家住一宿。学校活动多时，兴许半个月一个月也不回家。弟弟成才倒乐得平素关起门来铆铆焊焊，占山为王，把间屋子快变成他的车间了。

张广泰回到家里时，收音机正播送长诗《王贵与李香香》。宅院里，南墙下，小棚小灶，妻子王玉珍正在热水锅旁拔毛净鸡。

他问：“把只刚学会打鸣的小公鸡杀了？”

妻子说：“心疼啦？今天不是你生日嘛！”

他站妻子身后说：“是有那么点儿心疼。那小公鸡跟我有感情了。今天是我生日，你也犯不着为我杀它。生日不生日的，我有口什么菜，还不能佐两盅酒？你倒手快！”

妻子撇嘴道：“滚一边儿去！不给你预备下一盘荤腥的，你定挑理。为你杀鸡，你倒假慈悲起来了！……”

他又绕着院里一棵香椿树转圈儿，嘴里喃喃自语：“你灶下一生火，这棵树就遭殃，我把它从小树苗侍弄到一人多高，它却早晚要毁在你手里！”

妻子正闷着，就成心和他斗嘴：“怎么是要毁在我手里？你和成才父子俩不吃饭啊？你们不吃，我就省得做了。这院里也没烟气熏你那棵宝贝香椿了！我倒要问问你，当初咱们亲家上赶着要和咱们换房，你为啥不换？家住农村，那是多大院子，而且三间房！一间咱俩住，两间儿子们成家住，美死的事儿！还不影响你父子上班，才多走二里来路……”

张广泰说：“那时成民和大翠不是还没对上象吗？”

妻子句句紧逼地说：“现在后悔了吧？今年夏天成民就毕业，八月十五是和大翠的喜日子。到时候你让成才当弟弟的住哪儿去？”

张广泰说：“我跟厂方提过。成民结婚后，只得委屈成才先住厂里的值班室了。”

三年前黄吉顺要与他家换房子而他拒绝了的事，是张广泰如今很是后悔莫及之事。他不愿听妻子数落自己是一家之主犯的一大过失，边嘟嘟哝哝地回答边明智地撤到屋里去了。

妻子却非要使他悔上加悔似的，一手拎着鸡腿，一手继续拔毛，跟至门口连连问：“后悔不？后悔不？啊你说你后悔不？……”

“哎呀你呀！你让我耳根清净一会儿行不?”张广泰一头倒在了炕上。听着《王贵与李香香》的播送，深怀着对当年之事的悔，渐渐地他睡了……

他睁开眼时，天已傍晚，小炕桌已放在炕上了，酒瓶已开盖了，烧鸡的香味儿在屋里飘着。

妻子说：“起来喝吧，一年三百六十五天，今天允许你喝个醉!”

张广泰坐起，眼扫着桌上的碟碟碗碗，高兴了，挠挠头忍着酒馋说：“等成才回来，我要他陪我喝一盅儿。”

王玉珍将双筷子往他那边的桌角一放，反对道：“等他干什么？又不是他生日！不许你怂恿他喝酒。”

张广泰笑道：“成民不在家，有我小儿子在眼前，我喝着才高兴。”

王玉珍也不禁笑道：“你们父子俩呀，一块儿上班，一块儿下班，在家你是他爸，在厂他是你徒弟，除了睡觉他不在你眼面前，还有什么时候不在你眼面前。你就没个烦他的时候?”

“背后说我了吧?”——当母亲的话音刚落，成才已从外一跃而入，猛然出现。见炕桌上饭菜挺丰富，喜叫一声，抓起筷子就要先夹一块鸡肉吞吃。

当母亲的打开他手，训道：“今儿你爹生日，你爹还没动筷子呢!”成才愣了愣，忽地下地，又往外去。

张广泰莫名其妙地问：“哪儿去?”

“就回来!”成才的话声已远。

张广泰两口子正纳闷儿，黄吉顺的二女儿小芹拎着两瓶酒进了屋。小芹自然是一进屋就叫师傅。她不像她姐大翠那么腼腆。她是个活泼的姑娘，也是个快乐的姑娘，整天眉开眼笑乐盈盈的。

张广泰喜欢他这女徒，当成自己女儿似的。他说：“嘿，你这是干什么?”

小芹说：“给师傅您拜寿!”——放下酒瓶，双膝一屈，便要跪下磕头。

王玉珍忙扯住她，笑道：“别，别，不兴这个啦！再说，你师傅才迈进四十的门槛，他的生日那也配叫寿?”

小芹一本正经地说：“我师傅是谁？全市只有一个广华厂，广华厂只有一个张广泰！我师傅名气响着呢，当然配!”

张广泰乐得合不拢嘴：“这话我爱听！徒弟，上炕，陪师傅吃口菜!”

王玉珍推着她也说：“你一来，看把你师傅高兴的！快上炕坐吧！”

小芹在师傅家是不见外的，脱了鞋，上了炕，学师傅的样儿，盘腿坐在师傅旁。

张广泰看着小芹拎来的酒，嗔怪道：“你个小学徒工，一个月就那十几块钱，不是乱花吗？”小芹说是她爹黄吉顺亲自买的，并几番促她赶快送来。张广泰听了越发高兴，等不及成才陪着了，自斟自饮了两小盅，顿时微微红了脸，大夸小芹是名好徒弟。夸得小芹也洋洋自得心花怒放。

正夸着，成才又回来了。他刚才猛地想到他下在野地里的夹子，跑去看夹住什么没有。倒不算白跑一趟，带回两只麻雀。王玉珍接了，说也不够添盘菜的呀，干脆用泥包了烤烤，给你们俩孩子吃着玩儿吧。于是便去弄。

左右有两个年轻人助兴，张广泰倍觉自己这个生日过得有幸福感。其实他毫无酒量，也从不贪杯，只不过喜欢有酒喝的满足和气氛罢了。而成才小芹，哪里会久陪他呢！各自胡乱吃了几口，借故离开，双双到成才屋里，掩上门，鼓捣技术革新去了。

王玉珍把烤熟的两只麻雀给他们送去，之后自己坐在丈夫对面相陪。她问：“亲家公一向死抠，怎么晴天响雷的给你送酒来？”

张广泰说：“你问的怪，谁跟谁啊！今天不我生日嘛。再说两家又是亲家了，我就要当他大女儿的公公了，他能一点儿表示没有？”

忽听院儿里拖腔拖调一声叫：“广泰在家吗？”分明是黄吉顺亲自来了。

张广泰两口子忙下炕，将黄吉顺迎入屋里，让到炕上，两个男人自然动筷子之前先干了一盅。张广泰此时已饮了四五小盅了，显着三分醉意了。他口无遮掩地说：“吉顺啊，今天晌午，我还想你来着。觉着当初挺闪你面子的。刚才那一盅干过的酒，就算老哥我当面向你道歉了吧！”

黄吉顺多机灵个人，一听就明白他指的什么事儿了。表面上却装出一脸的糊涂，懵懂似的问：“当初？哪年月的当初？那个当初你对我怎么了？还用得着道歉？”

张广泰说：“就是三年前你想与我换房子的事啊。唉，人无前后眼，那时候，怎么会想到咱们两家是现在这种关系呢？”黄吉顺本是为旧话重提才来的，让小芹先送两瓶酒，是种铺垫。没想到张广泰主动说起了，正中下怀。又听出张广泰话里有点儿悔，暗觉此次大有希望换成。但是却不忙着由自己敞开窗子说亮话，而是采取欲擒故纵的谋略，进一步试探。

他嘿嘿一笑道：“以往的事儿了，不提也罢，不提也罢——”前言说着不提也罢，后语立刻跟上，话题陡转，一脸严肃地问：“可是，你们打算叫成民和大翠住你家哪间屋呢？”

问到了自己家颇为难的事儿，王玉珍自认为不便插嘴多言，借故热热菜也离开了。

张广泰叹口气说："还能住哪儿呢，他们小两口日后住那间大屋呗。"

"你那大屋比你这间屋也大不到哪儿去，那样成才住哪儿呢？"张广泰就又将打算安排成才住厂里的话说了一遍。

黄吉顺道："那可太委屈成才了，也不是长久之事啊。"

张广泰就又叹了口气。

黄吉顺见火候到了，提议再干一盅。放下酒盅，自己一只手亲近地按在张广泰一只手上，虔诚之至地说："亲家公啊，今儿你生日，你犯不着长吁短叹的。你们张家的难处，我们黄家不能看在眼里不管是吧？谁叫咱们是亲家了呢？干脆，我解你的难，咱两家还是把房子换了吧！"

张广泰一愣，连连摆手，大不好意思地说："使不得，使不得，当初我不干，现在我怎么能……我旧话重提可不是为了……"他一时不知说什么好了。

黄吉顺道："哎，你再说就太远了！虽然大翠就要是你儿媳妇了，可她到底是我女儿啊！为了儿女们住得宽敞，我们之间还有什么计较的呀！"

一番话，说得张广泰心里热乎乎的，极受感动。

黄吉顺又道："把他们的事儿办了，我家里就多个小芹了，你这两间屋正好住下我们三口儿。小芹再一嫁出去，我们两口子住两间屋，不是该挺知足的嘛！"

"你的话当真？"张广泰简直不认识黄吉顺似的了。而且，回想当初自己怎样拒绝，再看今日黄吉顺何等虔诚无私，甚至倍感羞愧了。

黄吉顺信誓旦旦："闺女都给你们了，不当真行吗？不过呢，我了解你是个不爱占便宜的人。你要是觉得实在过意不去，那就贴我些钱吧！那样你心里会安生多了，是吧亲家？"

张广泰喜出望外，替自己和黄吉顺斟满酒，连说："是啊是啊，来来来，今天喝个痛快。"

黄吉顺还提出选个日子，找位证人，立下字据，不能办口说无凭之事。

他不这么提，张广泰是绝想不到的。即便心里想到了，也断不会变成嘴上的要求。由黄吉顺主动提了，他自然满口同意。而且，对黄吉顺一扫以往的成见，认为他办事有板有眼，暗暗打心里佩服起来……

那会儿王玉珍见没自己什么事儿，去往黄吉顺家闲聊。赶上大翠妈于凤兰和大翠在明间里包馄饨，便帮着包。大翠擀皮儿，一个供两个，双手飞快，把一截小擀面杖滚得让人瞧着眼晕。

王玉珍一边包，一边偷眼端详大翠。大翠本就俊俏，像画上的古美人儿似的。王玉珍则越看越爱看，心里将没过门的媳妇喜欢得没法。

大翠妈笑道：“行啦，别看起来没够了！过些日子不就是你儿媳妇了嘛！那时成天价尽够你看，这会儿还是一心帮我包馄饨吧！”

大翠也忍不住扑哧笑了，羞红了脸，丢下擀面杖，一扭身跑入了西间屋。

于凤兰和王玉珍相视而笑。王玉珍喜滋滋地说：“也不知他张家哪辈子烧了高香，得了你们大翠。”

于凤兰说：“她，我倒不用操心了。就是那个小芹，啊呀，愁死人。你说，都是我生养的，这个，心眼在肚子里，文静，什么营生，边上看看就会了。那个，就是个野小子，一天到晚，破马张飞的，哪是个女孩儿样？自从跟她大爷去学徒，可倒好，工装一穿，把头发掖在帽子里，那个脸也不说洗干净，油渍麻花的。唉，有了她，关老爷不用周仓扛大刀了。”两人又都笑了。

于凤兰笑罢道：“将来谁家敢娶她呢？可愁不愁死人？”

王玉珍说：“再大一二岁就好了，一人一性情嘛。我那两个呢，不也是我一人生养的？那个成才，哪点儿像他哥？一提念书，用鞭子抽他推磨似的！”

于凤兰沉吟一下，压低声音说：“我觉得你们成才和我们小芹在一起也挺对劲儿的。”

王玉珍所见略同地说：“我也那么觉得。要不，你干脆把小芹也给我们成才算啦！”

于凤兰一撇嘴：“瞧你，得寸进尺了！”

王玉珍说：“怎么是我得寸进尺呢？你刚才还怕她嫁不出去，替她愁！”

两位当母亲的，由于亲家关系，越聊越知近，真一句假一句，笑一阵嘀咕一阵的，好不开心，好不幸福！王玉珍走时，于凤兰喊：“大翠，你摘的瓜呢？”

大翠应声从西间屋迈出，挎着一篮香瓜，冲王玉珍笑笑，先出门去了。

王玉珍说：“哎呀，又给我捎东西！”

于凤兰说：“自家房前屋后栽种的，不是金银财宝！”——又对王玉珍附耳道：“人家大翠是挑着摘的，单给你这婆婆留的。还不是媳妇就有外心了！”

两个女人相扶相挽，一时仍亲近得撕扯不开似的……

睡前，张广泰将黄吉顺又提出换房的事说了，王玉珍想了半天想不明白黄吉顺图的什么，总觉得他另有心计。张广泰说：“我们也不能老眼光看人。我们的眼光也不见得看得准。”

王玉珍嘟哝：“可别是他喝了两盅犯糊涂，明儿又反悔。”说得张广泰也半信半疑起来。

转而又一想，不可能，前后两次提出换房，都是他黄吉顺主动哇！至于他究竟图什么，张广泰懒得想。他说也是为女儿大翠住得宽敞，那么张广泰宁肯相信这是他为女儿的无私考虑……

广华五金厂一溜五六间厂房，但院子可不小。不小的院子，快被一些铁锭钢丝破铜烂铝的占满了。张广泰亲自指导下新砌起的一座扒钉炉子，在第三车间里占中央地位。

翌日，张广泰掌钳蘸火，小芹如生猛小伙子似的抡大锤，叮叮当当敲砸不停，汗珠劈里啪啦往下掉，越抡越带劲儿，越精神抖擞。师徒二人打出的扒钉甩了一地，旁边，两人用草绳把扒钉扎成捆，往木箱里装。炉子往里，是黑白铁摊，修铁壶，敲烟筒，同样“叮当”响，成才正和一青年画线破一张铁皮。再往里有人修自行车，胶带铁轮，乱七八糟，几个人手忙脚乱对付一辆破摩托，里边的是制洋钉的两台老车床，缓慢转动，“咣当咣当”地响着掉出钉子。整个厂房里烟雾黝黑，横挂两条红纸大标语：“工人有力量，学习张广泰”“窍门遍地跑，看你找不找”。

休息时，小芹告诉师傅，她父亲黄吉顺请师傅下了班去“二友居”饭馆一趟……

张广泰去了“二友居”，见没几个客。黄吉顺和李三桐占西北角一张圆桌；桌上有一盘花生米一盘猪头肉，三只酒盅三双筷子，一瓶白酒。黄吉顺的眼就没离开过门，张广泰一进来，他这边已起身相迎。

二人落座后，张广泰说：“亲家，看样子你是为字据的事儿啰？怎么还麻烦到李先生头上了？”

那李三桐六十多岁，读过几年私塾，写得一手好字。新中国成立前，在一家律师事务所里当过差，干抄抄誊誊的事儿。穷人惹了官司请不起律师，就将他视为“法律顾问”。只要多少给他点儿什么都可以的“意思”，他便甘于效劳不遗余力。所以，也曾算位街面上的人物。起码在百姓心目中是人物。解放了，律师们或躲香港去了，或溜台湾去了，只有他留在了新中国。新中国有新中国的法律。他失业了，岁数也大了，便常在邮局里坐着，代人写信填汇单，挣点儿烟酒钱。好在积了点儿家私，手头太拮据了就当一件，活得倒也逍遥体面。老人儿们都念他从前的好，仍挺敬他，称之为“先生”。

黄吉顺不言语，只笑，朝李三桐使眼色。

李三桐轻咳一声，谦虚地说：“快别叫先生，不兴叫先生了，叫……同志吧！替你广泰师傅和你的亲家尽点儿举手之劳，在我，乐而为之嘛，乐而为之嘛！……”

他说的是心里话。他对张广泰也是极为尊敬的。以往碰上了，总是主动打招呼。刚解放没几年，工人阶级的地位，真个是芝麻开花节节高。何况，张广泰非是普通工人，是工人中名字直接代表几种名牌产品的名人。事实上，他主要是冲着张广泰而不是冲着黄吉顺才来的。

那年月，写契约之类，皆用宣纸。

张广泰对面望着李三桐，虔诚地说："咱俩称不得同志。到什么时候，手艺人也不可以在文化人面前竖尾巴。所以，叫你李先生叫定了！"——侧目又对黄吉顺说："我不会猜错，连纸也肯定是人家李先生的。"

黄吉顺仍是只笑不言语。

李三桐便从兜里掏出预写了的一份合同，轻慢地展开，以极有余地的口吻说："广泰师傅，你们两家换房之事，我已听你亲家讲明白了。这只是初拟的字据。我念，你二位听。听完了，我写的有什么不妥之处，你二位尽管照直提。我改了，再替你们誊一份……"

于是低声念起来："立据人，大柳树村黄吉顺，广华街15号张广泰，经双方协商……"

张广泰一颗颗往嘴里抛花生米，有一搭没一搭地听着，心里并不将那字据想得多么重要。李三桐念完，看看张广泰，看看黄吉顺，问有什么问题没有？

张广泰则问黄吉顺："亲家，你听了呢？"

黄吉顺说："我听了是一清二楚明明白白啊，谁的手笔写的嘛。"

张广泰点头道："那是。成！"

"要是你听着也成，咱二人就把指印按了吧？"黄吉顺又亲热地将自己一只手按在张广泰一只手上。

这回轮到张广泰笑了："你呀亲家，太急了吧？也没印泥啊！"不料黄吉顺竟带了一盒印泥来。于是二人将指印按下了。

李三桐提醒："照理，得两份，你二位一人一份才对。"

张广泰说："我算了。我亲家留份就行。我们两家，字据不字据的，谁家还能坑骗谁家嘛！"于是黄吉顺揣好字据，提议开始喝酒。酒瓶刚开了盖，张广泰发现广华厂的厂长朱存孝也来了，便将朱存孝请过去坐。

小酒馆里客渐多。张广泰、朱存孝、李三桐、黄吉顺，都是人们熟得不能再熟的人。而且，四人中又有三人堪称这一带的名人，大家自然爱往他们桌前凑。一时的问寒问暖，夸德祝寿，相互敬酒，交叉干杯，好生热闹。

趁着热闹，黄吉顺将字据掏出，展开来当众高声念了一遍。他醉意显明地请大家都做证人。

张广泰以为他真醉了，庇护着，不许他再喝，也不许别人再敬他酒。其实，黄吉顺哪里是醉了，他是佯醉。他成心制造那证人多多的效应。事关张广泰张师傅，字据又是劳李三桐李先生的手笔写的，自然人人都愿表现出由衷的态度。

于是乎小酒馆里一片喊声：

"我们都是证人！……"

“我们都是证人！……”

人人都觉得做张广泰张师傅和他亲家换房之事的证人，是责无旁贷的……

黄吉顺回到家里，竟只字未对妻子于凤兰提两家换房之事。第二天，小芹听张广泰说了，在晚饭桌上问父亲，他才幽幽地说确有其事，承认已立了字据。

于凤兰顿时哭闹起来，摔了碗，冲丈夫嚷叫：“这么大的事儿，你不跟我商量，瞒着我，预先连点儿口风都不漏！哪天说声搬家，我就会跟你们搬了？我不搬！”

黄吉顺异常平静地说：“我怎么没跟你商量过？三年前你不也是同意的吗？”

于凤兰骂道：“你混蛋！三年前是三年前，现在是现在！三年前你图住城边上卖馄饨方便，现在你图的什么？”

黄吉顺仍那么平静地说：“现在我图的还是卖馄饨方便。”

于凤兰啐了他一口：“打进你们黄家门，我就没过一天舒心日子，一步步往下坡出溜！现在，连三间大房都住不上了……”

黄吉顺指着她说：“你呀你呀，头发长，见识短。我是为这个家好！连这个家下辈子人的命运都考虑着了。到时候，你们就知道我这一家之主的良苦用心了！大翠，小芹，劝劝你们妈！……”

他起身一脸平静地离开了饭桌。大翠小芹姐俩，并不像她们的母亲那样，觉得两家换房之事，对自己是什么冲击波。她们显得比她们的父亲还平静。甚至，感到事情有意思，相视偷笑。

大翠说：“妈，你别这么闹啊！让我公婆那边知道了多不好。换就换了吧。我在这边，这边不照样是你的半个家吗？”

于凤兰停止了哭闹，训道：“你还没正式嫁过去呢！就开始公婆长公婆短的了？现在，我是这宅院的主人，以后，两家处得再亲，也只不过算我半个家了！”

小芹也不失时机地劝道：“妈，别忘了还有我呢！以后我和成才……这边不就有你两个半个家了？两个半个合起来还不是一个？不就等于我和姐姐替你继续守着这宅院当着这儿的家吗？……”

于凤兰听了俩女儿的话，觉得也不无道理。细想想，哭闹不休也多余，于是破涕为笑。

她问小芹：“你和成才……也能像你姐和成民一样？”

小芹大言不惭地回答：“就看我黄小芹最终愿不愿把幸福的彩球抛给他张成才了！”

于是大翠向她刮脸皮，讥她没羞。

于是当妈的反过来劝小女儿：“抛给他抛给他！只要他肯接，干吗不抛给他？

我觉得成才耿耿直直也是个好小伙！……”

黄吉顺听于凤兰不哭了，反而听到娘仨儿一阵阵低笑，十分纳闷儿。想不明白两个女儿用什么高招儿将妻子哄好了。

睡前，于凤兰问丈夫：“说说，你那良苦用心，究竟怎么回事儿?”

黄吉顺张了张嘴，欲言又止。一翻身，佯装打鼾。于凤兰猜不透他葫芦里到底卖的什么药，索性也就不枉费心思猜了……

十几天后，两户人家齐心协力把家对搬了。王玉珍见于凤兰似乎也搬得忙忙碌碌，高高兴兴，心中便无不安了……

黄吉顺在张家原住的两间小房里指挥大翠和小芹扫墙、安放桌椅，于凤兰坐在小院衣包上抹眼泪。成才进院来，诧问：“婶，我爹叫我来帮忙，你怎么哭了?”

“扫灰迷了眼。”于凤兰不好意思起来。

成才又问：“我干什么?”

黄吉顺屋里喊：“成才，来!”

成才进屋，黄吉顺塞给他一把镐头：“把这个老灶给我砸了它。”

“好。”成才抡起镐头猛力砸下，发出沉闷的一声响。

响声里，原张广泰院门外的香椿树下，躺着被砸坏的馄饨炉灶。临大道的房后墙，开了个半人高的宽窗，窗旁，摆了张旧桌，上面有酱油壶、醋瓶和盐罐、辣椒碗。竟还有两人在这里吃馄饨。

黄吉顺殷勤招待：“两位，有新鲜肉的大馅水煎包子，来几个?”

两人摇头。

黄吉顺殷勤劝说：“尝尝吧，我这儿新开张。便宜!”

一人问另一人：“来俩尝尝?”

不待人家点头黄吉顺喊：“来两盘。”

窗口里立刻递出两盘水煎包。黄吉顺放在两人面前。

挺斯文的那人道：“倒挺快的。”抬头看后墙宽窗，又前后左右四向看一看：“你这个地方……行!”

黄吉顺笑嘻嘻地问：“怎么个行啊?”

那人天机不可泄露地一笑：“到时候你就知道了。”

从东来了一伙人，提桶的，拉绳的，拿着长尺杆的，见有的房子，在墙上写个“拆”字，一路画石灰白线，钉木橛，拴绳子。黄吉顺跑来跑去朝他们画线的走向方位瞭望。

两人吃完，对黄吉顺一番称赞后算账付钱，黄吉顺点头哈腰应承。两人正要走，那伙人突然吵吵嚷嚷拥了来，为首一个大个子对挺斯文的那人叫：“好你个林科长，躲在这儿监视我们！不知道我们的劳动态度？啊？同志们，大家说，怎么办?”

其中有人喊:“叫他请客!”“对!不能饶了他!”“吃馄饨!”

吵着嚷着，便有人在林科长身上掏摸。

林科长“哈哈”笑着，伸开胳膊，任他们翻兜。

有人叫:“我知道，他从来不带钱!抓会计。别叫他跑了!”

于是一齐扑住会计，按住，在他身上翻。

林科长趁机闪身出人墙。笑着:“这帮混虫!好了好了，别闹了!一人两碗馄饨，一盘水煎包!”

伙伴们发出哄叫和笑声。会计无奈地吩咐黄吉顺:“给他们煮吧。”

林科长对众伙伴苦笑:“我的工资全给你们小组吃了!”

伙伴们又发出哄笑:“活该!”

“我们就盼你来监工!”

林科长正色道:“我可告诉你们，不提前完成任务，看我大会上怎么擂你们!”

黄吉顺眉飞色舞地对窗口喊:“十二碗馄饨!六盘包子!”转身奔向林科长:“您是科长同志啊?”

林科长点头:“会计给你付钱。”

黄吉顺摆手:“不是钱的事。”

林科长一怔:“什么事?”

黄吉顺恳求:“您把汽车站的牌子竖在我这儿吧。”

林科长摇头:“那是交通局的事，我不管。”

黄吉顺纠缠地:“你给说声嘛，我姓黄，叫黄吉顺，馄饨黄，这一片没人不知道我。你把站牌竖在这儿，今儿大伙的馄饨包子，算我请客，一文不收你的。”林科长不容啰嗦地轻挥了一下手，看也不看他。

《刘巧儿要自己找婆家》的戏曲声里，城建战线的人海战卷地而来——

一群人光膀子拆白线以内已经腾出的空房子;众多人抡镐刨土，从地下挖出大石头，往白线外翻滚;有人在筛土;有人在用钉耙耙土，把卵石搂成堆，有人从马车上往下卸石灰;有人从马车上往下卸红砖;有人往空出的大车上装卵石;有人在白线外垒锅灶、砌砖墙、盖工棚，整个工地尘土飞扬。

黄吉顺在人群中一块一块往平板车上抱大石头。一块石头太大，力不从心，抱不起，一辆老轧路机却“吭哧吭哧”由东开来了。

黄吉顺吃力地掀动大石头，眼看轧路机过来了，两个施工的人来帮他——他们乐得让他把大石头都搬走，省心省力——但是石头太大太重，纹丝不动。

轧路机渐渐近了。

黄吉顺的大石头还没搬上车。轧路机司机大喊:“找死啊?”

一小伙子学侯宝林说的相声《夜行记》，向司机横划胸脯喊：“你从我这儿轧——过去！”

司机笑了。

小伙子向司机招呼道：“下来帮一把！”

黄吉顺也向司机歉愧地笑……

大翠肩套绊绳，驾辕拉着装满大石头的平板车，在黄土大道上一步一步前走，汗流浃背，蓬头垢面，汗水顺鬓发流进眼。

张广泰和小芹从后走来，张广泰见状，吩咐小芹：“去换你姐。”

小芹不情愿：“不！”

张广泰一皱眉：“怎么不？”

小芹理直气壮：“我是工人。”

“工人怎么了？”

“领导阶级。”

张广泰以教导的口吻说：“工人首先是劳动者才能当领导阶级。”决断地命令：“去！”从小芹手里拿过饭盒，放在车上，自己伏身弓腰从后推车。小芹不得已，走前拦住大翠，示意，大翠把绊绳交给小芹，回头见张广泰在后，走到车后，眼泪汪汪，伏下身低头推车。

平板车滚动起来，张广泰问大翠：“你们要这石头干什么？”

大翠说：“我爹要改房子。”

张广泰不解：“改房子？”想一想：“改改也好。你爹怎不来拉？”

大翠情不自禁，头一歪，磕在张广泰肩上，抽搐地哭了。

张广泰痛楚地说：“你爹也是为个家呀。快了，八月十五眼看到了……”

小芹拉车，张广泰和大翠后推，来到张家旧居、黄家新住的房西。房西两棵香椿树下已堆了许多大石头，两棵树被砸得皮开肉绽，张广泰惋惜地怔怔看，黄吉顺出门来道：“呀，亲家，你帮忙来了？进家坐。”

张广泰质问：“亲家，我不是给你说过吗？这两棵香椿，你好好侍弄着它，春里是个吃食啊。”

“啊啊，侍弄着它们呢。”黄吉顺心不在焉。

张广泰又说：“还有，大翠这么大的闺女啦，这种粗活儿，别叫她干啦。”

大翠端来一盆水：“大爷，你擦把脸。”

“就是就是，我一个人……人家修路的不要……不拣点儿，汽车也拉走了……”黄吉顺抽身欲走。

张广泰扯住他：“别叫她再去了。我找几个徒弟来帮你一下，啊，再叫她去，我可不答应。”

黄吉顺满口答应："啊啊，没拉多少，没拉多少。"

张广泰走了。

黄吉顺望着他越过大道的背影，自言自语："管起我的事来了。"

大翠和小芹在小院里洗脸。小芹打趣大翠："你公公心疼你啦。"

黄吉顺在院门外喊："大翠小芹！"

大翠应道："听到了！"

黄吉顺又喊："叫上你妈，都拿绳子，再去拉一趟！"

第二章

城郊四野，天高气爽。广华大街已铺成柏油路，坦平闪光，东面的八角门楼不见了，大街豁亮，东通城里，西去田野，不见尽头。

收尾工程队在清理碎石垃圾；电工局的人在马路两边挖坑埋路灯电线杆；蹄子钉着橡胶的马拉着橡胶轱辘大车在路上来往。由于街面宽敞，倒显得人车稀少了。

黄吉顺的馄饨铺翻修一新，原来的小屋变高了，大了，宽了，长了，半人高的宽窗，变成大宽门，房檐前出接厦，新檩新柱新石础。地面铺红砖，坦平，六张红漆方桌，周边红漆长凳。房西的大石头堆不见了，两棵香椿树也不见了。

房里，两小间变成三大间。长面案、高菜墩、洋灰灶、各种作料瓶瓶罐罐的长台，一溜靠门后东北墙。炭薪杂物、粗笨家具一溜靠门后西北墙。西山墙开便门。当中一溜高墙柱屋檩，开三个门通各房。总体结构是：房前面，门外厦下，门市营业；房里面，北为操作厨房，南三间住人。

炉上火旺水沸，案上，酒坛杯盘，鱼虾鸡肉，熟包子，生馄饨，层层叠叠。应邀宾客络绎来到，都先进门欣赏一番，然后出门在红桌旁坐，喝茶，闲聊。

广华街东面来了广华厂的贺礼队，厂长朱存孝，穿新中山装，新皮鞋。在他身后，跟随二十几个员工，有几个抬一红绸结花的黑地金字匾："新新居"，有几个拿锣鼓、鞭炮，大家一派喜气。

黄吉顺穿戴一新出门来，向宾客们道谢、请茶。遥见广华厂的贺礼队，忙回房，在三间房间出此进彼，催促梳洗打扮的于凤兰和大翠、小芹："来呀！""快点儿！""都上门外等着。"又骂于凤兰："看你那脸，核桃皮一样！"

于凤兰生气了："你还想靠我脸拉生意?!"黄吉顺埋怨说："也把你那沟里的老灰洗干净了！"说罢，急急出门去迎接贺礼队："朱厂长！啊，大家都来了！请坐请坐！大翠小芹！来看，朱厂长和师傅们都来了！"

小芹先跑出门去，高兴地招呼厂长和师傅们："厂长！吴师傅！汤师傅！曲师傅……都请坐，喝茶。"

黄吉顺抢上前，喜不自禁地向厂长和师傅们鞠躬加作揖："谢谢朱厂长，谢谢各位师傅同志，大家都坐，坐！喝茶。"在他照应下，员工们都在桌旁坐下了，端杯喝茶。

黄吉顺看看大匾，又向朱存孝再谢："啊呀呀，朱厂长，送我这么大的匾！

真心谢谢啦，谢谢啦。”

朱存孝举目四周打量一下，笑道：“黄掌柜！地点不错啊！”

黄吉顺踌躇满志：“凑合，凑合，还行。”

朱存孝颇钦佩地：“你有眼力。好想法！我一路走过来，仔细观察两边的地势，在这儿开饭馆，定能发达，你是为这个才和张师傅换的吧？”

黄吉顺头一歪：“哎，不不不，两亲家嘛，我是三间大房，给他住着宽敞。”

朱存孝进了门，转头东西看一眼：“这三间也不小啊！”

黄吉顺掩饰地应付：“我改了改，花费挺大，欠债了。”

朱存孝祝贺加调笑：“宝地叫你占下了，将来发达了，若是我碰到难处，向您伸手，您可得拉兄弟一把呀！”

黄吉顺也客套加调笑：“啊呀，看你朱厂长说的，你拔根汗毛比我腰粗，你那大厂子，每天扫出的铁末子也抵我忙活几个月的。我能不向您告帮，就谢天谢地了。”

朱存孝认真起来：“我那小摊子，新中国成立前没气了，亏得新政府实行经济恢复，现在算又活过来了。唉，国家第一个五年计划，三年经济恢复，现在各行各业，都往前奔，可是我……唉，像广泰师傅那样技术熟练的人手，没有愿意进我那小庙的。亏他为我撑着。太缺他那样的人物，发展不起来，发展不起来，就要被淘汰。你家小芹，还行，能吃苦，跟广泰好好学两年，成，能出息。”

黄吉顺虚与周旋：“还得您厂长多栽培呀！”

朱存孝说：“不不，都得自己努力。”

一个员工凑向朱存孝：“厂长，时候不早了，挂匾吧？”

朱存孝小声说：“等广泰师傅来了再挂。”

员工又问：“不是说得赶回厂干活吗？”

黄吉顺凑上前张开双手，左右转动身子：“哎，今儿是我开张的日子，师傅们来了，我也准备了。朱厂长，中午师傅们都在这喝几杯，也是给我壮壮门面！”

小芹高叫一声：“我师傅来了！”

大街北，张广泰和成才两人各背一扇石磨过大街走来。黄吉顺拉起小芹迎了去：“啊呀啊呀啊呀，你看看你，你看看你，这么沉的……快给我，小芹，给你成才哥接着。”

早有广华厂的职工们拥来围住张广泰和成才，七手八脚接去石磨。大家簇拥着张广泰到了厦下桌旁。朱存孝笑问张广泰：“张师傅，你这是送的什么礼呀？一盘石磨？”

张广泰笑道：“我这才是重礼呐，重得扛不动。以后，他这，有馄饨包子，还可以添个豆浆，炸个油条，卖个早点啊！”

朱存孝竖起大拇指称赞：“想得好。我说黄掌柜的要发达嘛。你们看，黄掌柜的铺面占着好地盘，政府要发展经济，能不扶持？又有张师傅这样的亲家帮衬，天时地利人和全占了，啊？”

黄吉顺点头道谢：“大家帮衬，大家帮衬，大家发展。”说着，转向张广泰：“老亲家，你先喝口茶，缓缓气。”

大翠给张广泰端来茶。朱存孝看大翠一眼，喜笑道：“不用说了，这是小芹的姐姐？”

黄吉顺也笑：“是是。”

朱存孝对张广泰扭脖子挺胸地赞美：“张师傅也是福命啊，大儿子，上师院，一毕业，国家干部，再有这么个好媳妇看家，准备当老爷子净坐着享福吧。”

张广泰笑道：“托你的吉言。同福同福。”

李三桐穿长褂，青布鞋，从东沿街稳步走来，黄吉顺忙迎上去，搀着他：“您老人家，这么远，啊呀，快坐快坐，喝茶。”

李三桐真诚地连声说：“道喜道喜。”双手递过一幅红纸对联：“我的一点儿意思。请贴起来。”

黄吉顺接过对联，客气地连连点头：“谢谢，谢谢。”说着把对联展开，喝茶的员工们都围上来看，只见对联上端正地写着：“高朋满新居，酒香溢广华。”规正的字体令众人啧啧称赞，连声叫好。李三桐得意地指着“广华”二字向大家解释：“这个广华是说咱广华大街，啊。嗯。”

张广泰问朱存孝和黄吉顺：“怎么，咱们把匾挂起来？”

朱存孝点头：“好吧。同志们，动手！敲打起来！放鞭炮！挂匾！把对联也贴起来！”

锣鼓鞭炮声招来过路人驻足看，几个员工争着往红柱上贴对联、往厦檐上挂匾，张广泰仰头指挥，转眼间，怔住了。拉过黄吉顺：“那两棵香椿树呢？”

黄吉顺指一下厦柱：“在这。”

张广泰脸色陡变：“你把它们砍了?!”

黄吉顺点头：“就个材料。派个用场。”

张广泰来气了：“我不是叫你好好侍弄着它们吗？”

黄吉顺平静地：“是啊，这不刷上漆了吗？”

张广泰心里痛楚、脸上恼怒：“啊呀，你这人，怎么?!”

黄吉顺不经意地微笑说：“行了行了，砍了好几天了，你没看见？”

张广泰耐不住怒气发作，东转西转。

黄吉顺拉他：“坐下喝酒吧，来来。”

张广泰猝然而去，黄吉顺失措地：“哎你！”

朱存孝莫名其妙，叫："怎么了？张师傅！怎么走了？"

黄吉顺顺口应付："他有事。来来，我们大家坐吧，来，喝酒。"

朱存孝察言观色，转眼沉思，拱手向黄吉顺一揖："道喜道喜。时间不早了，张师傅有事忙，我厂里也有事，告辞了。"转身而去。

黄吉顺忙阻拦："朱厂长，别走，他确实有事，您坐着。"

朱存孝一笑："我也确实有事，您忙着。"竟走了。

广华厂的员工们你瞅我，我看你，一个个默默地起身离去。

黄吉顺忙又劝阻："哎哎，师傅们，都坐，都坐，别走啊，别走啊……"

但是，没人回头，商量好了似的，一哄而去。那应邀来贺的众宾客们，见状也三三两两没趣地悄然散去。于凤兰和大翠母女俩见这情状，不知如何是好了，脸色渐渐呆滞了。一会儿，小芹终于流泪了："我师傅生气了。是他对厂长说的，今儿我们开张，大家才来送匾的。"这情状使黄吉顺也生气了，他愣怔片刻，猝然道："他张广泰，为两棵树给我撕脸皮！值得吗？"于凤兰埋怨说："是该留着那两棵香椿。"黄吉顺一瞪眼："不是有用场吗？"抬头看看金字大匾："匾，反正挂上了，随便吧。"回头见李三桐呆若木鸡地仍在桌旁，忙掩饰尴尬地大声说："老李，喝你的茶！"

李三桐犹犹豫豫站起身："好像，我也有点什么事。嗳，我，这就，也告辞吧。"说着，向半空金匾作个揖："啊！"点点头走了。

黄吉顺一不做二不休地："李老好走！有空来坐！"

这时，街上过来两个刨坑埋电杆子的工人。黄吉顺凑上前："同志同志，过来歇会儿，来来，今儿我这饭馆开张，你们是头一份，来吃碗馄饨，你们是工人，领导阶级，老大哥，我图个吉利，不收你们的钱，啊，来，坐。"

两工人先莫名其妙，后笑了："不收钱？"

黄吉顺赔笑说："说的就是，不收钱，来。"转身招呼大翠："端两碗馄饨！"

大翠端来馄饨，两工人高兴地吃起来。不由地向黄吉顺道谢："老同志待人这么和气，和气生财，你这买卖一定能发大财。"

黄吉顺笑着："借两位吉言。说真的，你们是在这埋电线杆子？"

一个工人兴奋地："对，拉线安路灯。"

黄吉顺探身向前："求你们在我这儿埋一根怎么样？"

工人探头前后望了望："啊呀，距离怕不对呀！"

黄吉顺讨好地一笑："嗨，距离还不是你们定？你们在哪挖了坑，电线杆子就往哪里竖呀，是不是？"

工人为难地："要是差个一尺半尺的也许还可以，相差太大，我们要挨批评。"

黄吉顺一仰头："嗨嗨，谁还拿尺来量？"

工人认真了："哎，那可不行，大街上竖着，一眼就看出来了，我们那些工程师的眼可厉害了。”

黄吉顺又笑：“竖的离我这儿稍微近一点儿，行不？”

两工人停箸不吃了，互相看看，商量：“行吗？”“吃了再说。”……

张广泰怒目圆睁挺在炕上。王玉珍低声劝他：“那么两棵树，砍了就砍了呗，用得着生气？”

张广泰愤愤地说：“不是两棵树的事！他根本不把我当同辈人！不把我的话当话！”

王玉珍打圆场劝他：“他是有用场。”

张广泰情急地：“临搬家我还特地交代他，好好侍弄着，他也答应了。咳！砍了！他好意思下手！”

王玉珍又劝道：“房子换了，树是他的了，砍了伐了都由他。”

张广泰申诉说：“你看见的，我费了多少工才侍弄成那么两棵香椿，这些年，春天都吃它们个头茬芽子，那是个什么味？清香。实指望两家走了亲戚，还能吃上那一口，可他！……”

王玉珍无奈地又劝：“你这人心眼儿就是窄！已经砍了，你还能怎么样？”

张广泰却越来气了：“我去把根刨了来！换房子换了地上的，没换地下的！他这么办事！叫人恼火！”唉！干了大半辈子铁工的张广泰，为两棵香椿树便如此恼火，那么事情后来的发展，就让他恼火也无用了……

三天后的一个早上，才过八点，黄吉顺便走进了“新华区街道办事处”。那是个临时的所在，户口登记处设在别的街区的一间废弃的空房子里，原先是理发铺。倘非前一天将地点探清，他是不太容易找到那儿的。前一天夜里刮了场大风，将办事处张贴的告示刮走了。他一身簇新，还修了面，并往稀少的头发上抹了妻子和女儿们用的头油，仿佛不是去登记户口，而是去参加什么隆重的、专为他一个人举行的仪式。他以为他是第一个，却不是。进屋时，许多人围着一张书桌，男女老少都有，拥挤着，等待桌后的潘凡办理登记手续。潘凡是个转业军人，穿旧军装，小青年，面容标致姣好，说话有点儿不明显的口吃。每登记完一户，便把户口本郑重地交给户主，然后交代一声：“保存好了，以后凭这个买粮食。”人们高兴地接过户口本，但有人好像并不重视他的交代，有人却比他还重视。

黄吉顺在人群中活动，好像和谁都认识，主动和每个人招呼，和每个人都显出亲热：“来了。”“办好了吗？”“有空到我那坐。”“‘新新居’，一条街上的邻居。”“有空到‘新新居’去喝茶。”“我们新华区的人家，每天早点头三碗豆浆，一律不收钱。”“对，不收钱。”靠这“自来熟”，不慌不忙，潇洒自如地挨到了桌前，等待一个在登记的老年妇女。

潘凡："还有吗？"

妇女："还有一个。"

潘凡："姓名。"

妇女："叫好。"

潘凡："呃？"

妇女："小名叫个好，我们的意思是，他赶上好社会了。写个好儿也行。"

潘凡："大名。"

妇女："还没商量定取个什么大名。他爸爸跟他爷爷姓，他跟他爸爸姓。"

潘凡一时被闹糊涂了："怎么回事？他爸爸姓什么？"

妇女："前面写着呢，他爷爷姓吕，他爸爸也姓吕，他也姓吕吧？啊？"

潘凡醒过神来笑了："好，姓吕。叫吕什么？"

妇女："吕好儿。行吧？"

潘凡："行。"边写，"性别，男的女的？"

妇女："还不知道呢！"

潘凡："啊？不知道？几岁？"

妇女："也还没……我算着，再有二十几天就该落地了？"

潘凡："落地？怎么落地？现在在哪？"

妇女："现在，还没落地嘛。还在他妈，说怀里吧。"

年轻的潘凡真糊涂了，也急了："到底在哪？"

黄吉顺倒是明白了，对潘凡笑："还没落地，就是还没出生，同志您还没结婚吧？"

潘凡羞窘地笑了："还没出生不能登记。"

妇女："哟，那他吃什么呀？"

潘凡："等他出生了，再登记，一样有他的商品粮。"

黄吉顺笑着帮潘凡向妇女解释："对，只要大人是城市户口，孩子什么时候出生，都是城市户口，也就有商品粮。好了，还有要登记的吗？"

妇女："没了。"

潘凡把户口本推给妇女："保存好了。"

妇女："知道知道。"

黄吉顺向潘凡点头笑："新社会，大家都没经历过，有些政策都是头一回。"

潘凡拿过个新户口本："住在哪？"

黄吉顺："广华街十五号。"

潘凡看看他："噢，'新新居'饭馆？"

黄吉顺连连点头笑："对对，您也知道了？"

潘凡："查看过。有人对我说，你和亲家换房，就是为落个城市户口?"

黄吉顺又笑："哪里的话，没有的事！我们是两亲家，一家人。"

潘凡："一家人可住两个区。好吧，登记你的，姓名?"

黄吉顺回了家，喜幸地从怀里摸出户口本，像个窃得奇货的贼，悄声对于凤兰说："从今以后，我们是城里人了。"

于凤兰接过户口本去看，倒不像黄吉顺那么认真。

黄吉顺叹息一声："唉！住在大柳树那么多年，做梦我都想回城里住，可是没钱买房，梦里也难受。现在政府把我们装进城里了。城里和乡下，自古就是两个天两个地。我小时候，住在城里龙王街，那是什么日子！店伙计、掌柜的，围着转，想吃什么，想干什么，说一声就行了。"

于凤兰："那得有钱。"

黄吉顺越发感叹："是啊，倒霉在我那老爹，把个家业输光了。只好搬到乡下住。你也跟着在那儿受熬煎。现在有了这东西，我们总算又是城里人啦。不能不说新政府好啊。好就是好，我们总算没白活，赶上共产党的天下了！"

于凤兰问他："张家也有吗?"

黄吉顺轻描淡写地一歪头："不知道。他们是农业区，有也是农业区的。"

于凤兰不禁一愣，还想问什么，话到唇边，又咽回去了……

张广泰正在厂房里打扒钉，那有力的铁锤敲得震耳响。小芹在旁拉风箱，满头汗，满脸灰。忽听有人喊声："广泰师傅！厂长叫你！"

张广泰放下铁锤，走进经理办公室，朱存孝已在坐等他，见张广泰进门，忙起身迎接，很客气地招呼："张师傅，坐。"

张广泰问："什么事?"

朱存孝说："有点儿事。我接到通知，新华区的厂家、商号都归街道办事处领导，咱们也在内。厂里的工人，都要登记。"

张广泰不当事地说："噢，那就登吧。"

朱存孝面有难色："可是，要有城区的居民户口本才能登记。"

张广泰莫名其妙："居民户口本?"

朱存孝面带愁意："你还不知道这事?"

张广泰蹙眉道："没人给我说啊。"

朱存孝点头："现在我就得给你说了。通知说得很明白，咱们厂不得使用农民。"

张广泰理直气壮："我也不是农民，和我有什么关系?"

朱存孝又点头："是啊，你是工人，可是，你有城区居民户口本吗?"

张广泰：“没有啊，不知道嘛！”

朱存孝：“没有城区居民户口本，就不能登记。不能登记，就不能再来上班了。不光你，成才也不能来了。”

张广泰一惊：“这是什么话？我一直是工人。怎么不能登记？我不能登记谁能登记？”

朱存孝同情地：“是啊，我也跟他们这么说了，你是我广华厂的顶梁柱，可他们说，没有城区户口本的，一概不许登记。”

张广泰急问：“你说的那个他们是谁？我去跟他们说。”

朱存孝：“街道办事处的工商管理所。现在厂里，广华街以南的人，都拿到城区户口本了，你住在广华街以北，是农业区，不发城区居民户口本。你看这事？”

张广泰呆了，皱眉思谋一阵：“这事，得你拿主意。厂子是你的，你是东家，又是经理，还是厂长，什么事不是你说了算？你说怎么办就得怎么办，你给我登记上好了。”

朱存孝真诚地：“张师傅呀张师傅，我不敢啊，新政府的号令，谁能不遵守，你没有城区居民户口本，我给你登记上，一查就查出来了，了不得呀，没见刘青山、张子善，那是两多大的官！说枪毙就枪毙。新政府办事可不含糊！不是老蒋那样了。”

张广泰没辙了：“那我怎么办？”

两人沉默。朱存孝慢条斯理地：“不用说你也知道，我愿意放你走吗？”

两人又沉默。又是朱存孝开口：“我倒想了个口实，你住到街北去还没有多久，这是个条件，你不妨去要个户口本来。”

张广泰小心地问：“行吗？”

朱存孝：“有枣没枣打三竿子，不妨试试。”

张广泰决然地：“好。我去。”

朱存孝点头：“我这等着你，要来了，我立马上工商管理所去报告，怎么样？”

张广泰拍下桌子：“好，我就去。”

朱存孝：“越快越好。”

张广泰起身出门，朱存孝又招呼：“哎，张师傅，回来。”

张广泰回过头，朱存孝压低声：“新政府办事，固然讲个直截了当。可是你，稳着点儿，不能胡同赶驴，慢慢说。知道吗？”

“知道。”张广泰回到炉子旁，问小芹：“小芹，你家拿到户口本了吗？”

小芹抹把汗说：“不知道啊。”

“你看着炉子，拉粗条子，拉出几根算几根，啊。”张广泰拔腿就走。

小芹大声问："师傅哪去？"

张广泰头也不回地："我有点儿事。"

张广泰走出广华厂，在门外四望一下，犹豫举步向南走。

在一个胡同口，问一青年："街道办事处在哪？"

青年抬手一指："往南，见胡同往西，往前走，见十字路口右拐。再往东，几步就是。"

张广泰向胡同走去，转弯又转弯。再拦住一妇女问："同志，街道办事处的工商管理所在哪？"

妇女告诉他："往西。"

张广泰依妇女手指方向走去，仍不见办事处或者工商管理所。见一老人，上前点头："老人家，劳驾，请问，我要上街道办事处，怎么走？"

老人闲在地反问："上街道办事处，什么事？"

张广泰有些急躁地说："要户口本。"

老人热心起来："噢，户口本是要紧事！我领你去。"

张广泰跟随老人进了一户家门，进了屋，老人指指后窗："我儿子听说发户口本，就从这儿一蹦，出去了，回来就拿来了。"那老人神经有毛病，张广泰恼又恼不得，更急更躁了……

张广泰匆匆地接连闯了几个大门，进了几处民房，找到几个政府干部和居民，虽然他们都对他表现了极大热情，却没有一个直截了当地告诉他街道办事处在哪，在和这些人短暂的接触间，在与这些人简单的三言两语的交谈中，有的对他讲述新政府的政策，有的对他讲述城市户口的重要，有的听说他是工人，便对他说工人阶级应该在各方面带头拥护政府什么什么的，渐渐，他得出个模糊的结论：他，张广泰，作为一名老工人，应该拥护党的每个政策，要做出工人阶级的样子。现在国家是经济建设的恢复时期，还有很多困难；他是个老工人，要站在国家主人翁的立场，为国家着想。自己做点牺牲，受点委屈，为国家克服困难，将来国家建设好了，自然忘不了他的贡献……但是，这些道理却不能使他完完全全平静下来。

当张广泰为户口本东奔西跑的时候，林科长来到了"新新居"的门面前，大翠走出门来照应他："您要吃什么？有馄饨，包子。都是新鲜的。"

林科长见了大翠，眼睛一亮，赞叹："才几天不见，变样了。"

这明显说的是大翠，大翠脸一红："说什么呢？"

林科长脸上挂出笑："你不认识我了吧？那天，一帮施工的人在这吃馄饨，我付的钱。当时这儿是个小窗口。"

大翠只得说：“不认识。您要吃馄饨还是包子？”

林科长笑得更亲近了：“两样都吃。一盘包子一碗馄饨。”

大翠进门去。成才满头汗走来，桌旁坐下，拿起壶倒茶喝。大翠端来馄饨和包子，放在林科长面前，擦手站在桌旁，林科长边吃边拿眼溜大翠：“买卖好吗？”

大翠低了头应付地：“还可以。”

林科长没话找话：“我早说过，这是个好地方。你在这管门市？”

大翠点头，转问成才：“别喝凉茶，屋里有开水，自己倒去。怎没上班？”

成才：“厂长说叫我回家等我爹。”

林科长还问大翠：“你怎么不上学？”

大翠不愿再看他，背身道：“没考上。”

“高中毕业了？”

大翠点头。

林科长像很同情她：“可惜。”

“有什么可惜的？”大翠讨厌他了。

成才从林科长的眼光里看出了点儿什么意思，向林科长嬉笑：“她长得好看吧？”

林科长笑笑点头，表示同意。

成才嬉笑：“她是我们这一片儿的大美人！有文化！”

林科长的眼羡慕地直盯着大翠。

成才嬉笑：“你尽管看吧。她是我嫂子！”

林科长大窘。大翠含笑斥责成才：“成才！”

成才：“你没见他猫抓老鼠一样看你！”

林科长又羞又急，真是恨地无缝了。

成才却大得意：“前天我嫂子去看戏，买票的时候，买票的争着看她，把售票处挤塌了；进了剧场，看戏的争着看她，把剧场挤乱了；台上演员看她，把戏词忘了；乐队看她，乱吹乱打，结果全剧院大乱，戏台也给挤塌了，压死踩死三十多人，你没听说？”

大翠先还用眼色嗔怪成才，后忍笑进了屋。

林科长狼狈不堪。吃不能，走不是。成才却越开心：“你跟着进我们家去再看看她？”

林科长火了，但无理发作，起身：“别想我会再来！”

成才：“别！再来呀！吃饭要钱，看我嫂子不要钱！”

林科长馄饨没吃一口，走了。大翠出门来，笑道：“成才，你跟谁学的？”

成才：“这还用学？哎，姐，厂长叫我来问，你们的居民户口本拿到了吗？”

大翠："不知道。"

成才刚走，张广泰也神色沮丧地来到"新新居"，问大翠："你爹在家吗？"

大翠恭敬地："在。"

黄吉顺和于凤兰正在屋里包馄饨，黄吉顺闻声一怔："户口本！"

于凤兰："快去看看。"

黄吉顺走出门笑迎："亲家，来啦！"

张广泰急问："你领到居民户口本了吗？"

黄吉顺假作不解地眨眨眼："户口本？领了。怎么了？"

张广泰："什么样？"

黄吉顺："就是，一个红皮小本。"

张广泰："拿给我看看。"

黄吉顺："看看？看它干什么？"

张广泰："给我看看嘛。"

黄吉顺："我找找，我找找。"说着返身进了屋。

于凤兰出门来招呼张广泰："她大爷今儿歇班？"

张广泰："啊。"

于凤兰："小芹怎不歇？"

张广泰："啊？噢，叫她赶几个活。"

黄吉顺在屋里喊："大翠妈！"

于凤兰："什么？"

黄吉顺："来！"

于凤兰进了屋，黄吉顺拉近她："瞧他那气色！"

于凤兰："怎么了？不是说看看户口本吗？"

黄吉顺做贼心虚地："看看倒不怕。我怕他要抢！他们农业区不发城市户口本，他看见了我们这个，不红了眼？"

于凤兰倒不以为然："不会。他抢去有什么用？也没写着他的名！"

黄吉顺："他给我撕了呢？我们怎么办？"

于凤兰越发奇怪了："怎么会呢？平白无故的，他撕我们的户口本干什么？给他看看吧。"

黄吉顺额头冒汗了："不得不防，万一出了事呢？去，告诉他，找不见了。"

于凤兰："啊呀！这点儿事你也推我出去打头阵。"

黄吉顺推她一把："这可不是小事，去，你去给他说！"

于凤兰："要说你说去。两亲家还腰里别着宝盒子？我不去！"

黄吉顺无奈，硬着头皮出门对张广泰："你看这家乱成什么样子！一个户口本，就这么大个小玩意儿，你抓我拿，人来客往，找不见了。”

张广泰急问：“你是在哪拿到的？”

黄吉顺：“办事处的户口登记所。”

张广泰：“在哪个地方？”

黄吉顺：“现在，可说不准了，扩建区净是些新成立的机关，他们今天搬这，明天搬那，没有个准办公地点。你上派出所去打听打听？”

张广泰：“派出所在哪？”

黄吉顺：“我也不知道。”

张广泰转头叫大翠：“翠儿，你帮我去找找。”

黄吉顺忙阻拦：“她更不知在哪里了。”

张广泰瞪起眼：“叫她帮我打听。”

黄吉顺为难地：“我这儿还有买卖要她照看呢。”

于凤兰插嘴说：“叫她去吧，买卖有我看着。”

黄吉顺不得已：“啊啊，行，早点儿回来啊。”

张广泰带大翠快快走了，于凤兰忧愧并发：“换房子换出个城市户口农村户口来，这事，想想就叫人觉着别扭！”

黄吉顺训斥她：“别扭什么？”

于凤兰不服气：“你不觉着别扭？本该他们是城市户口，一换房，我们是了，他们倒不是了。”

黄吉顺强硬地：“这是政府的规定。”

于凤兰不敢与他争辩，只得低声唠叨：“眼看两家要办喜事当亲家了，他们怎么想？能高兴？”

黄吉顺：“他们怎么想，高兴不高兴，我们都没办法。喜事嘛，看看再说。”

于凤兰：“看什么？她婆婆给我说了，衣裳彩礼他们都置办齐了，只等成民回来。”

黄吉顺：“是啊，要等他回来。他不回来怎么能办呢？还有，不是说在等分配吗？我得看看他分了个什么工作。”

于凤兰：“怎么？还要看他分了个什么工作？”

黄吉顺：“当然要看他分了配个什么工作。”

于凤兰：“啊呀！分配个什么工作不都得给他们办喜事？”

黄吉顺：“那可不一样。”

于凤兰：“怎么又不一样了？”

黄吉顺：“他若是分配了个好工作，没话说，若是分配了个不起眼的工作，我可得想想再说了。”

于凤兰惊疑：“你要干什么？”

黄吉顺：“干什么？我得看看他分配上个什么样的工作再说。”

于凤兰看看他，更惊疑了：“你？怎么又要看他分个什么工作？”

黄吉顺：“不让啊？看看。”

张广泰和大翠走进“新华区派出所”，一个民警接待了他们：“什么事？”

张广泰：“来办户口本。”

民警：“住在哪里？”

张广泰：“广华街。”

民警：“噢，潘凡！”

潘凡应声而出：“什么事？”

民警指指张广泰：“户口。”

潘凡：“跟我来。”

张广泰和大翠随潘凡出派出所，过街巷，进一小屋。屋里站满人。大家见潘凡，都恭敬地点头，张广泰紧跟潘凡后，到了小桌前，潘凡拉过小桌子，坐下，翻开笔记本，看一看：“赵志道来了吗？”

赵志道，一个小老头儿，没好气：“来了。”走向桌前，推开张广泰。

潘凡：“老赵同志，你的事，我们研究了，还是不能给你发户口本。”

赵志道：“这就奇怪了，你们怎么研究的？我的房子在大道当中，你们画线的时候，说得明明白白，给我盖新的，我没说话，新政府嘛，老百姓拥护，没有说的，拆就拆。你们说给我盖，盖就盖，盖在哪儿我也没问一声。新政府嘛，办什么事，老百姓放心。可是，你们给我盖在马路以北，以北就以北吧，我也没说话。现在，发户口本了，好，没有我的，嗨，我的老房子是在大道当中的，为什么不给我户口本？你们怎么研究的？”

潘凡不急不慢，直听老头儿说完，笑眯眯：“老赵同志，我们是这么研究的，你的老房子，说来是在大道当中，可是，测绘图上标明，它在中心线以北，所以把房子给你盖在路北，这是不会错的，有测绘图为证。路北，政府划的是农业区，所以，不能发给你家城市居民户口本。这件事，我们都要服从政府的决定，户口本，得按规定发。”

赵志道：“我的房子是在大道当中啊！怎么成了以北了呢？”

潘凡：“你要相信政府的测绘人员，他们是秉公办事的，和你无冤无仇，不会故意把你划到路北去。啊！”

赵志道：“你这么说不行。我可以给你找证人，证明我的老房子在大道当中。”

潘凡：“老赵同志啊，就算你的老房子在大道当中，现在你住了路北的新房子，划归农业区，就是农业区的人，按规定就不能发给你城市居民户口本。”

赵志道：“我不住路北了！”

潘凡："那怎么行？要是都像你这样，从路北搬回路南来，不是乱了吗？再说，你搬到路南来，住在哪里？"

赵志道："我找房子。"

潘凡摇头笑："晚了。路南的住户，我都进行过摸底调查，你要搬到路南来，得经过区政府批准。"

赵志道："你不就是区政府的人吗？你给我批准！"

潘凡笑："老赵同志，我是个办事人员，没有那个权力，你这个是要政府全体讨论，全体通过才行！"

一直在旁屏息聆听的张广泰，越听越觉得自己理亏，心虚了，神色也渐渐愁苦暗淡了，围着他的人，挤得他透不过气，他扯扯大翠袖子，挤出人墙。

大翠愁色比他还浓，低头默默地跟着他。张广泰装满一锅烟，点火吸着。

过来一个中年人，主动和他搭讪："您也是为户口本？"

张广泰："您也是？"

中年人指一下屋里人们："都是。户口本户口本！唉！我在城里上班，倒不算城里人了。"

张广泰："我也是。"

中年人："得逼他们给办。有理走遍天下。"

张广泰："对。"拉大翠一下，挤回桌边，挤到桌前，正好赵志道无奈地闪开。

潘凡："你怎么回事？"

张广泰："也是户口本。"

潘凡："住在哪里？"

张广泰："广华街十五号。"

潘凡："姓名。"

张广泰："张广泰。"

潘凡眨下眼："等等。"

衣袋里摸出小笔记本，翻看一下："广华街十五号'新新居'？"

张广泰："对，现在是'新新居'饭店。"

潘凡装起小笔记本，舒口气："广华街十五号已经领去了。"

张广泰："我有我的情况。"

潘凡："什么情况？您说吧。"

张广泰："原来，我是住在广华街十五号的，在广华钉子厂上班。我的亲家，有个包馄饨的手艺，当然最好临街住着，那样方便。亲家亲家，一家人嘛，我们就换了住。我是工人，我这个情况，应该给我吧？"

潘凡："完了？"

张广泰："完了。"

潘凡尊敬地："老张同志，你这个事，我早知道了。"

张广泰："早知道了？"

潘凡："听到反映了。你若是还住在街南，不用来拿，我也得给你送去。老工人嘛，可是，现在你住在街北了。"

张广泰："刚才我不是说了吗？我住在街北，是我们两亲家的事，我们是一家人嘛。"

潘凡仍旧很尊敬地："两亲家是一家人不错，可是两亲家到底是两亲家，政府的政策是政府的政策，你亲家住在街南，街南是城区，就发户口本，你住在街北，街北是农业区，就不发城区的居民户口本。所以，你听明白了吗？住在街北的都不发。你看，来这些人，有的还不如你呢，根本没在街南住过，也来要户口本。"

张广泰沉默一刹："对，可我是街南的老住户，我可以找街坊四邻作证。"

潘凡："谁作证也没有用。这里有几个人，拉些亲戚每天来作证，好几趟了，没有用，事前我在大街两边调查过了。"

张广泰："我是工人啊。"

潘凡点头："我知道。工厂不得使用农业区的人员，这是政府规定的。"

张广泰："我不是农民，我一直是工人！不给我户口本，我就登记不上工人了！"

潘凡："是啊，这种情况很多，不光你一个人。"

张广泰："我的情况很明白，应该给我户口本。"

潘凡："是很明白，明白得不能再明白了，但是越明白越不能给你城区户口本。规定发布那天你住在广华街北，发布以后你还住在广华街北，你亲家，规定发布那天住在街南，发布以后还住在街南。所以，应该发给他，不能发给你。"

张广泰情急地："你不给我户口本，我这工人就当不成了。"

潘凡："是啊，知道。你可以干别的嘛。"

张广泰愁恼了："我一家四口是靠我这个工人吃饭活命啊！你不给我户口本，叫我这一家怎么活？"

潘凡不假思索："人民政府有安排你们的政策。要相信，我们国家不能叫工人挨饿。"

张广泰："不行，怎么说你也得给我户口本！"

潘凡笑了，不甚明显的口吃犯了："你你啊你，啊你不能叫叫叫我犯错误啊！"

张广泰沉默。大翠满脸羞红。潘凡劝张广泰："老同志，你你啊你啊你既是老工人，就要起老工人的作用。”

张广泰：“没有户口本，我登记不上，还算什么工人？”

潘凡：“哎，工人走到哪也也也是工人，老工人就就就是老工人，能说你是老农民？不能吧？工人走到哪，也也也得起工人的作用，解放五年了，没学习过？工人阶级是是是领导，工农联盟是是是基础，工人是是是国家的主人。主人，就要起起起主人的作用，要起三大作用，啊带头作用，啊桥梁作用，啊模范作用。要不，怎么带带带领全国人民搞建设？”

张广泰不响。

潘凡恭敬地：“你好好想想，你是老工人，在这个问题上该起什么作用？老工人更要有老工人阶级的觉悟，更要有工人阶级的立场。”

张广泰：“立场，觉悟，我都知道。”

潘凡：“哎，这就对了。服从国家利益！我们国家的主人是工农，国家的利益就是工农的利益。每个工人农民的利益，不能脱离国家的利益，更不能妨害国家的利益，这你都学习过吧？”

张广泰不得不点头：“学习过。学习过是学习过，可是我没有户口本，怎么办？”说着，又皱起眉。

潘凡：“户口本是不能发给你。并且，我还要求你在这里和这些人讲讲这个道理。怎么样？老工人嘛。啊？该起的作用！讲讲吧。”

张广泰思虑。

潘凡：“怎么样？讲讲吧。啊？”

张广泰忍痛一咬牙：“好。”拍案转身：“同志们，住在街北的同志们，不要在这等了。政府的政策，我们大家要拥护啊。我是个工人，可是我住在街北。刚才这位同志给我说明白了，我不要了，我劝大家也不要给政府人员制造难题了。都回家吧。”

潘凡趁机做工作了，朗声叫：“大家听见了吧？这位老工人，原来也是住在广华街南的，现在住在广华街北。我给他说明白了，他就不要了。大家都要向这位老工人学习啊。”

明显有作用了，许多人都低头缩脑了。潘凡很高兴，看看张广泰，从袋里摸出小笔记本看一眼，颇同情地叹口气：“你这个事啊，我摸底调查的时候就听到反映了。你那个亲家，在广华街一带是个名人，叫馄饨黄？”

张广泰：“对，有这么叫他的。那是他祖传的手艺。”

潘凡：“可是，人家背后叫他‘混蛋黄’，听见过吗？”

张广泰：“没有。”

潘凡：“他以大换小，换你的房子，当时邻居们就猜，不知他肚子里要的什么猴，现在大家都明白了，只有你还在他肚子里翻跟头！”

张广泰惊疑地抬起眼。大翠红脸冒汗，忙不迭地擦。

潘凡："行了，再说也是这些话，您老同志服从国家大局的利益，啊？"转问黄大翠："你是什么事？"

大翠："我是……我也是……"

张广泰："她是陪我来找你的，是我还没过门的儿媳妇。"

潘凡顿悟："噢，啊呀，刚才，好好好，刚才那几句话算我没说，没说。"

张广泰"呼"地转身离桌，大翠想去扶他一下，自惭形秽地缩回了手。

张广泰怒冲冲大步行走，黄大翠怯生生紧跟在后，到了"新新居"前，张广泰停步歪头眯细了眼，注视厦下忙着招呼客人的黄吉顺和于凤兰；黄大翠也停步，观察张广泰。

黄吉顺发现了他们，站定望了他们一下，转身又忙去了。

张广泰转身前行，过小桥，发觉大翠在后跟，站住，问："你哪去？"

大翠惶惶地："送你回家。"

张广泰手一挥："不用！"

他手无轻重，或是用力过猛，大翠被推下桥，倒在水渠里。

张广泰回到家，王玉珍迎出门："要来了？"

张广泰不响不答不转头。

王玉珍："要来了吗？"

张广泰仍旧一言不发。

王玉珍："怎么了？"

张广泰低声自语："能活。死不了。都能活。"

"新新居"。于凤兰轻拍大翠的房门："翠！给妈开门，听话。"

房里不见一点儿声响。

于凤兰："有什么话，给妈说，开开门。"

黄吉顺正门前灶后地忙买卖，厦下客人多，嚷嚷着催"快"。黄吉顺命令于凤兰："来看锅！"

于凤兰："你不会看?! 翠！开门！"

黄吉顺："忙过这阵再说！看锅！"

于凤兰："就知道你的锅！一下午不见她一点儿动静，你就不管了？"

黄吉顺去大翠房前："大翠！出来看锅！"

房里仍没声响。

黄吉顺气急败坏，重拍大翠房门："你给我开门！"

于凤兰埋怨："当初你抹这么高的墙！"

黄吉顺猛一肩撞破大翠房门，大翠蒙头躺在炕上，于凤兰忙上前揭单被看大翠："翠！"

可怜的张广泰坐在自家炕头上，横想竖想，想得两眼发直，也想不开这是怎么档子事。从街南到了街北，登不上工人了。国家政策他是绝对遵守的，可是，当不上工人了，还要遵守吗？他一边抽烟，一边不觉地自言自语："当然要遵守。可是……"这么说着，又皱起了眉头。

王玉珍小心地："你再上那工商所去说说？他们得管咱的事。"

张广泰悲伤地："工商所不管户口。"

王玉珍："当初真没想到有这一步。我还是不信，黄吉顺能成心给自己的亲家做这种圈套？"

张广泰："我也不信。可是，人啊，一为了自己，什么缺德事都能干出来。亲家又怎么了？一样！"

王玉珍："不信。我不信。"

张广泰："信不信由你，事可在这摆着了。"

王玉珍："你不该朝大翠撒气，眼看要过门了，当公公的把儿媳妇推到河沟里，说出去多难听……"

张广泰："唉，要不为她，今儿我非当面骂黄吉顺一顿不可，看他还有没有脸在广华街住！"

黑夜了，"新新居"饭馆里，大翠头发散乱，坐在灯下，低头流泪，于凤兰愁眉不展，小芹哭丧个脸，黄吉顺一派庄重，慢声细气："你们不用闹，换房子的事，张广泰几年前就求过我。若不是为大翠，我不会跟他换。现在，城市户口和农业户口分开了，若不是换了，我们也得是农业户口！"

小芹："可我师傅登记不上工人了！"

黄吉顺："这不能怪我们！国家的规定，谁敢不从？我们能去为他打抱不平？能打抱出个什么来？话还得往家里说，我是你们的爹，你们的娘是妈，做父母的，不能落儿女怨恨，像你们爷爷那样，祖上给他留下一大片家业，一个晚上全输了，后悔得了不得，临死，拉着我的手，眼泪汪汪地对我说，'孩子，别恨我！'我能不恨他吗？可是，哎，他是我爹呀，我能叫他带着难受死？不能，直到我点头，他才咽下那口老气。我不恨他，恨他是不孝。他给我当了镜子，我不能像他，临死落难受，人活一辈子，不为儿女为什么？你们俩，有一个是男的也好。可是，就算你们不是男的，我也不能委屈了你们。我卖馄饨，开饭馆，辛辛苦苦，为个什么？争个什么？为争个人样！没有个人样，活着不如死了。"

小芹："张家恨我们，我们就没有人样。我姐心里难受，我没脸见人。"

黄吉顺："有你什么事？你跟着掺和？"

小芹："咱家名声不好。"

黄吉顺："狗到天边吃屎，狼到天边吃肉。谁吃不着，怪它没有本事。"

第二天，成才在大柳树村头远远地望着到"新新居"去吃饭的人群，来来往往，那热闹景象令他泪盈眼眶，他突然大吼一声："黄吉顺！你不得好死！""你不得好死！""黄吉顺！你不得好死！"骂着骂着，号啕大哭了。

第三章

他正哭得惊天动地，忽然有人从旁拍拍他的肩头。他转头看，是个姑娘，并不认识，便问道："你是谁？"

姑娘反问他："你是谁？"

成才没好气地甩她一句："你管我是谁！"

姑娘却笑了："哟，这么厉害？"

成才又甩她一句："我不认得你。"

姑娘并不恼，仍笑道："我也不认得你呀。"

成才来气了："不认得你碰我？"

姑娘倒对他逗笑："你是豆腐渣做的？"

成才见她如此，反骂道："你才豆腐渣做的呢！"

姑娘更进一步逗笑："那怎么怕碰？一碰就散了？"

成才光火了："不认不识，我碰你行吗？"

姑娘平静地说："若是我在哭，你问我，我可不像你这么厉害。你哭什么呢？"

成才当然不能对她实说，只捧手道："你管我哭什么呢！"

姑娘笑道："大小伙子，在野地里哭，没羞！"

被姑娘羞辱，成才更生气了："你才没羞呢……野地里碰人家小伙子……"

这一下姑娘脸红了，怔了一刹，又拍拍成才："哎哎，别哭了，你是不是和混蛋黄家换了房子的张家张成才呀？"

成才怔怔地看着她："你是谁？"

姑娘："我叫曲彦芳。你是不是张成才？"

成才："你有什么事？"

曲彦芳："我没事。我是看你有事，才问你。你哭什么？"

成才："你管不了。"

曲彦芳："你怎么知道我管不了？大柳树的事我能管一半。"

成才："大柳树的事是大柳树的事，我不是大柳树的。"

曲彦芳："可你家住在大柳树，你们是大柳树的人，你家的事就是大柳树的事。说吧，你哭什么？"

成才反感地："你怎么这么讨厌？你管我哭什么呢！"

曲彦芳："你才讨厌呢，好好问你，你骂人?! 是我爹叫我来问你的，要不，我给你说话？美的你！说吧，你哭什么？我还得下地干活呢。"

成才丈二和尚摸不着头脑："你爹是谁？管我的事？"

曲彦芳："我爹叫曲国经。是大柳树村的村长。"

一听姑娘有来头，成才不响了。

朱存孝站在广华厂门外面带微笑迎接工人们上班："来啦，""好好。""……""来啦!"

张广泰来到朱存孝面前时，朱存孝急忙拉他到门旁，低声问："我特地在这等你。拿到户口本了吗？"

张广泰摇头。朱存孝忙说："那你快上工商所去看看。"

张广泰信疑参半："他们管吗？"

朱存孝："昨天我去，看见有人在那办户口，他们给开证明信。快去。"

张广泰进了"广华街工商管理所"。屋里没人，轻咳一声，里屋出来个中年人，睡眼蒙胧，看看他："什么事？"

张广泰："我来谈谈户口的事。"

中年人："户口的事？请坐吧。"

张广泰坐下："我在广华钉子厂上班，是厂子里的老工人。原来住在广华街十五号，后来和亲家换房子住到大柳树村去，最近不是发户口本吗？我来要求给我个证明信，我去办。"

中年人好像还没睡醒："这个，我们是兼管给调动的工人写转户口证明信的，拿了我们写的证明，好去办户口迁移。不管发户口本。"

张广泰脚步踉跄走出广华街工商所，回到广华厂，径进朱存孝的经理室小屋，屋里无人。他疲惫地刚坐下，朱存孝便进屋来了，见了他便问："怎么样？"

张广泰无望地轻轻摇头。

朱存孝坐下叹气："工商所又来了通知，登记了的学徒工都不作数，都要重新登记，要有两个老师傅签字推荐，再由我厂长的签字，然后送上去，批下来以后，根据厂方资本，该用多少人用多少，我们这，老师傅有谁？除了你还有个袁师傅，倒是两人，所以你还得帮我一把。"

张广泰自嘲道："我自己都不是工人了，还能推荐别人？"

朱存孝："这一条只好我出面去说了，你尽管签字好了。我倒想，他们认可了你的签字，也许还是给你办登记的一个好口实呢。若是能成，连带着把成才也转上。"

张广泰又长吁一口气："好吧。"他走出办公室，来到炉前，脸色铁青，凝视炉火。

小芹慢拉风箱，观察他。炉里飞出钢花，他仍不动。小芹提醒他："师傅，出花了！"

张广泰拾起把长钳交给她："你掌钳吧。"

小芹："我？掌钳？"

张广泰："记住两条，拉到这儿来回炉的，多是杂铁，钢少，功夫全在蘸火上。花多花少看准了，蘸火才能把住成色。再一条，条子两头收尖定要圆，尖不圆，扒钉不是往外撑了木头，就是把两块木头往一起挤，砸不实，这个厂的扒钉用户抢着买，就好在这两条上。"

小芹好像没听见，也不拉火了，只呆住不动。

张广泰催她："掌钳。"

小芹把长钳一扔："我才不呢！"起身走了。

剩下张广泰呆坐炉后想他的心事。想了一阵，盖了火，双手一拍，起身出了厂门。他回到家，进门见成才和小芹在房西说话，小芹抹眼泪。他走前去问："怎么了？"

小芹不响。成才说："她说她不当工人了，叫我去顶她的名。"

张广泰忙说："不成不成不成。你好不容易登记上了。不成！"

小芹抹泪道："当个打扒钉的工人有什么了不起？"

张广泰劝道："你可别看不起打扒钉。这是绝活。我已经和朱存孝说好了，再留在厂里教你几天，把你带出来，我再退厂。"

小芹："不！说什么我也不学了。"她猛转身出门走了，回到家对黄吉顺说："我再不上厂了。"

黄吉顺惊问："哎？为什么？"

小芹说："不学了。"

黄吉顺冷声冷气骂道："好不容易转上了工人，怎么不学了？"

小芹说："我们把人家撵到街北，我们登记上城市户口了，人家呢？当不上工人，一家人怎么过？"

黄吉顺明白了："你这孩子，怎么是我们撵他们呢？这是两厢情愿换的嘛，你不知道？"

小芹说："我现在知道了，什么两厢情愿？是你算计的人家。"

黄吉顺说："什么？你这孩子！我算计他什么了？"

小芹说："你自己知道！反正我没有脸进厂了！师傅走了，也没人教了，有人教也不学了！"

于凤兰进门来："啊呀！这是吵什么？"

小芹摔门跑出去了。

于凤兰埋怨黄吉顺："她懂什么？和她吵！"

黄吉顺说："混东西！学着撒野！"

这时，门外有人喊："同志！有人吗？吃饭来喽！"

黄吉顺应声："来了！"向于凤兰使眼色，催她出门，于凤兰喊："大翠！"大翠应声出门，客人是林科长，便问道："吃什么？"

林科长笑嘻嘻："两碗馄饨，两盘包子。"

"就来。"大翠回身进屋、开了灶。听见黄吉顺在屋里低声狠骂于凤兰："看你养了些什么？"又听见于凤兰回嘴道："你说养了些什么？"

大翠看着满锅沸水翻腾，不下馄饨，心里不知是什么滋味，痛苦地皱起眉头。林科长在门外乐得挠心地叫："快点儿啊，我还有事呐！"

大翠端馄饨放在林科长面前。林科长两眼色眯眯地瞅着大翠说："我是饿着肚子赶到这儿来吃你们这一口的！"

大翠说："淡了自己加盐！"

这时，王玉珍过了大道，来到厦下，对大翠笑着："翠，来，量量。"拉大翠进屋。

黄吉顺一见王玉珍，忙做出笑脸："嫂子来啦。"

王玉珍说："真奇怪，这领口就是系不上，裁得明明对呀。"

大翠穿上花布衣，系了领扣："挺合适的。"

王玉珍看来看去，说："怪了，怎么到这就合适了？我穿上，怎么也系不上脖扣子。"

黄吉顺"哈哈"笑着说："你不看看你多胖！"

王玉珍和于凤兰都笑了。

王玉珍说："这可真是老糊涂了！"

林科长在外欣赏穿了花衣的大翠，简直神旌摇荡。

已经入夜了，小芹在灯光下沿着广华街漫无目的地游荡。大道南北，四野寂静无声。

于凤兰站在"新新居"的厦下焦躁地四望。屋里，黄吉顺数钱，大翠在她自己的房里灯下给成民写信："成民，你好吗？我一直在盼你回来，盼八月十五这一天。有许多许多话要对你说，可是又不知该怎么说。你的工作分配了吗？是什么工作？到哪里？八月十五前能回来吗？……"

她写着写着，停下笔来，陷入沉思，听见母亲于凤兰从外进门来，进了隔壁，对父亲黄吉顺说："这孩子，都半夜了，还不回来！"

黄吉顺冷声冷气道："不回来我清闲！"

于凤兰埋怨道："啊呀，跟孩子怄气！亏你是个爹！快去找找吧。"

黄吉顺说："不用找，饿了就回来了。"

于凤兰说："一个闺女，夜里在外头，万一出点儿事……去找找吧！"

黄吉顺气呼呼下了炕，嘴里骂道："养这么些东西。"

待黄吉顺出了门，于凤兰进了大翠的房，坐下来，连声叹气。大翠只当没听见，不响不动。

于凤兰开口道："不要怪你爹，他是为你们脸上有光。"

大翠流泪说："有什么光？"

于凤兰说："哭什么？八月十五快到了，到时候打发你走。"

黄吉顺灯光下房前屋后转了一圈，不见有人。过大街，往北，在田野四面瞭望一阵，田塍树丛搜寻一遍，也不见个人影，最后回了家，问声："回来没有？"

于凤兰出屋去回说："没有！"

黄吉顺狐疑地说："上张家去了吧？"

于凤兰催他："你去叫一声。"

黄吉顺推她："我不去！你去！"

于凤兰说："半夜三更的，我去？你去叫一声怕什么？"

黄吉顺说："不去！"

于凤兰长出口气，出门。黄吉顺随后跟着，两人过大街，到了大柳树村头，黄吉顺渐停住了脚，站着转头向四面瞭望。

于凤兰走到张广泰门外，犹豫一下，强打精神，喊道："小芹！"

半晌没有回声和动静。又喊一声："小芹！"

还是没有回声和动静。但张家房门响了，院门开了，走出张广泰，见了于凤兰说："果真是你？我听着像你的声音。"

于凤兰说："张哥，小芹在你这儿没？"

张广泰说："没有啊。"

于凤兰说："这孩子，这么晚了还没回家。"

张广泰说："啊哟，哪去了？"

于凤兰说："不知道啊！"

张广泰说："快找找！"返身回家，进屋，拉起成才："起起，成才，起来！"

成才揉眼问："干什么？"

张广泰道："去，找找小芹。"

成才又问："找小芹？"

张广泰说："快去！小芹这么晚还没回家！"

成才揉眼，突然醒过神来："没回家？"

张广泰问："你知道她在哪？"
成才说："不知道。"
张广泰说："快出去，帮着找！"
成才急出门，张广泰后跟，两人出院门，不知该往何处去，张广泰问成才："傍晚我不是叫你送她回家吗？你把她送哪去了？"
成才说："我看着她过大街了。"
张广泰说："快各地找找！"
成才扯起嗓子大声喊："小芹！"
张广泰说："轻点儿声，四邻八舍都睡了！"
成才说："不大声，她能听见？"于是弯腰边寻边低声："小芹，小芹。"自知声音太低，又扯起更高嗓子："小芹！""小芹‼"

听见成才一声声喊叫"小芹"，黄吉顺和于凤兰都停了步。
于凤兰说："他们帮着找呢。"
黄吉顺愤愤地说："张广泰！这是成心张扬开，给我造难堪！"转身往家走。
张广泰却追他们来了，说："黄吉顺！"
黄吉顺停步，于凤兰迎上，叫："张大哥。"
张广泰问他们："孩子临走说什么了？"
于凤兰说："什么也没说。早上上班走了，再没回来。"
张广泰定神一下说："你们回南边去找，我和成才在这边找。"
黄吉顺和于凤兰回到"新新居"，见大翠在磨豆浆。于凤兰推开小芹房门看一眼，房里没有人，叹口气："野成什么样！"
黄吉顺断然地说："一定在张家，要不广泰怎么叫我们回来呢？"
于凤兰说："在张家也该送来呀。"
大柳树村头。张广泰严肃逼问成才："傍晚她对你说些什么了？"
成才说："她说她不去上班了，还说，对不起你。又说，她一个女孩子，学打铁，不像正经活。我劝她，我说，女的还有开拖拉机的呢，你登记上了，就别丢个工人身份。她说，她不稀罕什么工人身份，她想叫你留在厂里，顶她的名额。我说我爹不会那样。她说我师傅不去，你去，你是男的，厂长也会高兴。我说我顶你的名额，那算怎么回事？我不去。她说你们都不去，我也不去了。就这样，她走了。"
张广泰听罢，点头说："你回家睡去吧。我再找找。"
成才说："不，我们分开找。"
张广泰说："找着，把她送回家。"
天色大亮了，广华街上人来车往。"新新居"门外厦下有人吃早点。大翠门前照应，于凤兰灶上忙。张广泰来到厦下，问大翠："小芹回来没?"

大翠对他向屋里使眼色，于凤兰在灶上应道："张大哥，没有，还没有。"

大翠向张广泰使眼色又打手势，招呼他进屋，张广泰随她进了屋，大翠推房门，小芹睡在炕上。

大翠进屋拉小芹说："你师傅来了!"

小芹起身叫声："师傅!"

于凤兰回身见状大为惊讶，立即责骂大翠道："怎不给我说一声? 害我一夜睡不着!"

大翠不开口，出门厦下招呼客人去了。

张广泰对小芹说："洗洗脸，吃早点，跟我上班。"

小芹说："不去。"

张广泰开导她说："哪好这样? 快，洗脸。"

小芹执拗地说："不去。"

张广泰正色说："师傅的话都不听了?!"

小芹赌气地撅着嘴，不说话。

于凤兰说："张大哥，你先喝碗豆浆，吃几个包子，我叫她洗脸。"

张广泰说："我不饿。"

于凤兰急进屋推还在睡着的黄吉顺说："回来了，在大翠房里。广泰来了，快出去跟他说句话。"

黄吉顺说："我听见了，叫他领走吧!"

灶上，大翠往饭盒里盛满一格豆浆，装满一格包子，塞给张广泰。

张广泰说："不要，我真不饿。"

小芹忙伸手接去，大步出门走了。

黄吉顺从屋门缝看见张广泰走了出去，心生疑惑："张广泰登记上了?"

于凤兰说："不知道。还去上班，大概是登记上了，要不，我真觉得对不起人家。"

黄吉顺烦恼地斥责她说："对不起对不起，这世界上谁对得起谁? 我们卖一袋子面的馄饨，还算算多赚了几块呢，你说对得起哪个来吃的?"

于凤兰争辩道："那是咱卖辛苦，该赚。换房子的事，可是我们对不起人家。人家到现在没对我们有一点儿差池。"

黄吉顺不以为然地"哼"一声说："还不是为大翠?!"

于凤兰说："不为大翠还为你? 日子快到了，两家该走动着，要不，哪像两亲家!"

黄吉顺低头梗脖子，狠狠地说："我不是说了吗? 大翠的事，要看看张成民分配了个什么工作再说。"

于凤兰一怔说：“管他分配个什么工作，婚事不一样得办？”

黄吉顺更进一步坚定地说：“那可不一定。得叫他分个好工作。要是八月十五那几天正好有好工作，他回来，不是要漏过去？成亲，早一天晚一天怕什么？”

张广泰在广华厂车间里坐在红炉旁发呆，炉火冒生烟，他不拉风箱，不动锤。经理室里面，小芹面色痛苦又坚决地站在朱存孝桌旁，朱存孝面有难色地说：“唉！你这个想法……”话没说完，连连摇头。

小芹央求说：“反正一个萝卜一个坑呗，有个人顶着就行了嘛！”

朱存孝还摇头说：“小黄，事情不是你想得那么简单！政府有政策，我何尝不想留下张师傅？留下成才也好啊！可是不成啊！”

小芹没好口气地说：“成不成在你，反正我再不来了。”

朱存孝问道：“你的意思，要成全他们爷俩？”

小芹说：“正是这意思。”

朱存孝说：“可是，只有一个名额，你成全谁呢？你师傅？还是成才？”

小芹说：“我师傅。”

朱存孝说：“我和你师傅商量吧，去叫你师傅来！”

小芹回到炉旁对张广泰说：“师傅，厂长叫你。”

张广泰起身走进经理室。朱存孝向他点头示意请他坐下，然后叹口气说：“怎么办？”

张广泰虽满面愁容，但却从容地说：“该怎么办就怎么办。”

朱存孝说：“小芹想叫你顶她的名额。”

张广泰点头说：“我已经知道了。”摇摇头又说：“不成。”

朱存孝叹口气说：“这姑娘，心眼不错啊，她说你不顶她，她也不来上班了。”

张广泰说：“我能劝她来。你放心，她听我的。”

朱存孝惋惜地说：“那，只能委屈你们爷俩了。”

张广泰坚定地说：“没什么，工人嘛！”

朱存孝点点头，从抽屉里拿出两沓钞票和两个红纸包说：“一起这么多年，说句心里话我是不愿你们走啊，可是真没法子。这是你们爷俩这个月的薪金。”推过钞票又推过红纸包：“这是我的一点儿心意。收下吧，以后，有空，来厂里看看，坐坐，喝杯茶！”

张广泰走出广华厂大门，倒背双手，头顶制帽，气宇轩昂地稳步前行，小芹手提饭盒、脸盆毛巾，腋下夹着卷起的工装跟在后面走。两人到了“新新居”饭馆前，张广泰停步回头对小芹说：“行了，你回家吧。下午早点儿去上班，不要为这件事耽误了你的前途。”

小芹眼泪汪汪地说：“我把你送回家。”

张广泰说：“不用了，我在这站一会儿。”从小芹手里拿东西。

小芹说：“我给你送家去。”说罢，过小桥向大柳树村走去。

张广泰凝视眼前的“新新居”，远望秋季田野，神色怆然。心里翻腾着一种带有哲学色彩的思索：事情就是这样啊，没办法。凡是人，有时就要在一种无可奈何的矛盾中生活，忍受酸楚和痛苦。新中国成立以后，我张广泰自从得了工人身份那天起，就打心眼里要做出个工人应有的样子。现在，事情到了这一步，无论如何，我还得摆出工人的姿态，不管有多少苦楚，工人应有的架势不能丢。哑巴吃黄连还能皱皱眉头，现在我不能蹙眉头……

忽然，黄吉顺从后走来了，轻声说：“在这溜达呢？”

张广泰泰然地答应：“啊！”

黄吉顺笑道：“到我那坐坐？”

张广泰豁达地说：“不啦，这儿清闲。”

黄吉顺硬拉他说：“哎，来吧来吧。”

张广泰应付地推辞说：“不啦不啦。”

黄吉顺低声问道：“成民有信吗？”

张广泰说：“没有。”

黄吉顺又问他：“分配工作的事，也没有信？”

张广泰低声说：“没有。”

黄吉顺亲切地问道：“什么时候能分下来？”

张广泰说：“不知道呢。”

黄吉顺更压低声问他：“八月十五能分下来吗？”

张广泰一仰脖说：“不知道。”

黄吉顺说：“啊呀，这个事情！”

张广泰问：“什么事情？”

黄吉顺说：“我是说他和大翠的事，怎么办？”

张广泰问：“该怎么办就怎么办。”

黄吉顺又问：“他能回来吗？”

张广泰说：“当然能回来。”

黄吉顺更亲热地说：“我的意思是，别为成亲的事耽误了他分个好工作。”

张广泰说：“什么样的工作都好。师范学院的毕业生，干什么也是好工作。”

黄吉顺点头说：“倒也是。不过，能争个有出息的工作，还是叫他争啊！”

张广泰说：“什么工作都有出息。看他自己，我不管。”

黄吉顺说：“话是这么说，可是到底也有个好坏之分。有的机关有发展，坐在办公室里，有人给扫地打水，打打电话动动嘴，就是办公了，机关扩大了，水涨船高，年年有提拔的机会，那是什么工作？有的呢，满街跑，风吹日晒，碰上难缠的事，受的批评比挣的钱多，那又是什么工作？依我说，叫他等个好工作要紧，成亲的事，等分了工作再办也不迟。晚几天有什么关系？你说呢？”

张广泰仍旧气宇轩昂地挺挺胸说：“我没有可说的。”转身稳步而去。

黄吉顺在后喊道：“不到我那坐坐？”

张广泰头也不回，大声说：“不啦。”

黄吉顺又喊道：“回去和亲家母商量商量，给我个回话。”

张广泰站住，却未回身，也未回头，问道：“回什么话？”

不见黄吉顺答话，张广泰回到家。

见成才和小芹凑在一起组装矿石收音机，成才头上套耳机，瞪眼侧耳听。

张广泰走近小芹，轻声说：“小芹，我再给你说一遍，政府的事，厂里的事，大人的事，你都要听话，该上班，上你的班，听见吗？”

小芹不响，成才却叫：“听见了，你听听！”把耳机套上小芹头。

小芹听了一阵，摘下耳机，毫无情绪地说：“周总理在政协作报告，讲国民经济，农业互助组的。”

成才摘去耳机说：“我听听。”

小芹有点泄气地说：“还是听不清楚。‘嗞啦嗞啦’乱响。”

成才转动着收音机的旋钮，疑惑地自问：“怎么没了？”

半晌，摘下耳机，兴致勃勃地说：“这种矿石的就是不行，等着，我给你安个交流电的。全家都能听。”

张广泰进了东屋，似带着气却又似不在意地对王玉珍说：“黄吉顺给我说，叫成民在学校等个好工作，我听出他那意思是不要管八月十五不八月十五的。”

王玉珍好生奇怪地问：“这婚姻定期的大事，还能往后拖？”张广泰说：“他这么提出来了，我不好当面驳他。成民分什么工作，我可不挑挑拣拣的。”

王玉珍说：“那可不！怎么还没分下来？真急死人。要是往后拖日子，我怕夜长梦多，拖出什么枝节来，怎么办？早点儿办了，他上哪，大翠跟着上哪，我们就没有心事了。”

张广泰说：“学了三年，分配工作，也真是罗成叫关的时候。工作，确实也不都一样。”

王玉珍说：“我怕三拖两拖，把他和大翠的婚事拖黄了！”

张广泰自信地摇头说：“不会。”

王玉珍担心地说：“保不准。”

张广泰思索着，轻声说：“不至于。”

两人正说着，忽听院里有人喊：“张广泰在家吗？”

王玉珍问：“谁？”跨出门，见一个老人，肩扛一柄锄，站在院心。

王玉珍问："您有什么事?"

老人问："广泰在家不?"

王玉珍又问："您是哪位?"

老人自我介绍说："我叫曲国经，是咱大柳树的村长。广泰在吗?"

王玉珍应承道："在，有什么事？进家说吧，我们刚住过来，还不认识。"

曲国经放下锄，笑道："这个门，我熟悉。人，还没说过话呢。"不多客气，径直进了屋。张广泰忙起身迎说："噢，是村长，请坐吧。上炕。"

曲国经说："不上炕了，我要下地，顺脚来看看你们。给你拿来一把锄。"

张广泰疑惑地问："锄?"

曲国经笑道："是啊，你们当工人的，家里没有这个，先给你拿来用着。"

张广泰仍疑惑地问："干什么?"

曲国经仍笑着说："明天你跟着我下地。"

张广泰更疑惑地问："下地?"

曲国经越发笑着说："我给你安排点儿活儿。我知道，你在这里，除了一块小菜园子，没有大地，过两天，我跟几个互助组商量商量，看哪组能收留你。"

张广泰似乎想到了点儿什么，但仍旧不明白，问道："收留我？收留我干什么？我是工人啊!"

曲国经点头笑道："知道，爷俩都是工人，还有个大学生。大学生，有国家安排工作，我们不管。你们爷俩，张成才，我想来想去，把赵孤老的担子给他，还合适。赵孤老什么也没留下，就剩个锔锅担子。成才不是学的黑白铁吗？叫他先在村里转悠着，锔个锅啦盆的。然后，叫他到周围各村去揽活，自食其力，就算我们给他安排了。你呢，不大好办，大柳树没有铁匠炉。"

张广泰两眼发直等待他的下文，曲国经却似无奈地笑道："先下地吧!"

张广泰申明道："我是工人。"

曲国经点头说："是啊，当然是工人，到了农村也是工人，变不了。可是现在你住在大柳树，大柳树是农村，你就得算农民。咱们大柳树，被选上'新农村'了，家家都参加了互助组，没有一个闲人，你来了，工人也得下地。"

张广泰问："我下哪里的地?"

曲国经说："我不是说给你安排吗？工人觉悟应该比农民高，来到农村，也要起工人阶级的三大作用。呃，带头作用、桥梁作用、模范作用。带关系来了吗?"

张广泰不明白，问："什么关系?"

曲国经却已经明白了，说："噢，没有。明儿我来领你下地。"

张广泰说："明儿，我不能跟你下地!"

曲国经问："有什么事吗？没什么事就得下地呀，在农村不下地，秋后没有粮食，你一家四口吃什么？”

张广泰说：“我再说一遍，我是工人。”

曲国经不愠不火地说：“我也再说一遍，你原来是工人，现在得当农民了！没有厂子上班，没有工资，不种地，喝西北风？”

张广泰哑口无言，成才在旁傻瞪眼。小芹双眼通红，眉紧锁，片刻，快步出门去。

成才急忙追上去，拉住她，叫道：“小芹！”

小芹甩手说：“干什么你？”

在“新新居”的敝厦下，于凤兰忙着招呼客人。

大翠在屋里，“乒乒乓乓”剁肉馅，汗湿衣背。

小芹跨进门来，叫一声：“姐！”便拉着大翠进屋问道：“成民给你来信了吗？”

大翠说：“没有。”

小芹问：“你不是给他写了吗？”

大翠说：“写了没寄。”

小芹说：“啊呀，怎不寄呢？”

大翠说：“怎么了？你这样子。”

小芹说：“成民再不回来，拖过八月十五，你们的事就要拖黄了。”

大翠一惊：“谁说的？”

小芹说：“咱爹给我师傅说，要叫成民在学校等个好工作，为这个说不定要改你们的日子，我师母就说，怕咱爹把人家拖黄了。”

大翠听罢，怔了。

小芹催说：“你还愣什么？快去找成民，叫他快回来！”

大翠说：“哪能随便叫他回来？要等分配呢！”

小芹说：“去看看他也好啊，打听打听！八月十五能不能分下来，心里好有数啊！”

大翠走在秋季色彩斑斓的田野里，本来看惯田野景物的她，不该对此景象多情，然而她的眼神和表情在说明她对这田野有一种难以表达的情怀。她曾和张成民在这涂满秋色的田野上并肩徜徉过，她曾向张成民朗诵过她的诗作。那时候，她是个高材生，眉目顾盼间，对他有一种维护自尊的矜持，这矜持里还潜藏着一丝少女情窦初开的骄傲的细流。对，就是在远方山下田野尽头的那两棵芙蓉树下，她曾声调柔弱缠绵地朗诵过她的一首诗作：“……谷穗的耳鬓厮磨，轻声诉说那个可怕的雷雨之夜，闪光里，我没看见你，你也没看见我，我们是那么的孱弱。豆荚爆裂了，调皮的小圆豆们，跳下地嬉戏。我们都来发芽吧，看谁长得像爸爸，谁像妈妈。一片豆叶悄悄地落下，等待着，等待着，等待什么？我要看看，冬季有没有美丽的朝霞……”她侧起头看张成民，等待他的品评。

张成民沉思一阵后说：“前面很美，后面太伤感了。”

她说：“没有伤感，欢乐便没有生命。你说，冬季有没有美丽的朝霞？”

张成民说：“当然有，只是没有被人们注意罢了。”

她问他：“一年四季，你喜欢哪个？”

张成民说：“我喜欢春和秋。”

她问他：“为什么？”

张成民说：“有希望和实现。”

她又问：“你现在希望什么？”

张成民说：“我不敢说。”

她掩口笑了。

张成民才说：“现在我敢说了。”

她忙制止他：“不许说！”

张成民问她：“那怎么办？”

她说：“等待。等待我们都升入大学。”

……还是在那两棵芙蓉树下，她痛不欲生地哭泣。张成民轻抚着她说：“我很意外，你从来没有晕场，这次怎么了？”她痛苦地摇头，只是哭。张成民说：“我等待。希望你也等待。”她问道：“希望会实现吗？”张成民说：“我相信。只要你等待就会实现。”就这样，他们轻轻地亲吻了。希望在亲吻，亲吻是希望；等待在亲吻，亲吻是等待。她确实等待了……这两棵芙蓉树啊，引起她多么美好的回忆……

市立师范学院在郊区。校园宽阔，树木葱郁，有的树棵已现秋色。已经放假，但还有待分配的毕业生在校园活动。一间教室里，张成民在讲台上对五六十个待分配的毕业生讲话：

“……现在再和同学们谈谈我们对待分配应该采取的态度和立场的问题。这个问题，校党委和团委联席会议经过研究，决定再向同学们做一次深入动员。现在有一种现象，很奇怪，我们有些同学，政治学习、专业学习都很好，五分。在征求分配意见的时候，都表示服从组织分配，意见表上，也亲手写着‘服从组织分配’。可是到了实际行动，就言行不一了，表现得竟不如那些平时学习差的同学。挑三拣四，不明确地说不服从，说‘让我想一想’。想一想当然是应该的，也是合情合理的。但是，有的同学，想了十来天了，还在想。你要想到什么时候？这里，我必须再向同学们谈谈我们当代青年的责任问题，我们是国家培养的第一批新中国的师范毕业生。我们是新中国的园丁，同学们呀！我们自己做不到为国家贡献一切，何谈教育学生？啊？在这里，我又要再次提到某些团员同学。我要告诉你们，你们不要忘记了你们的影响，为什么有些同学迟迟不愉快地接受分配？他们在看你们，我作为毕业生分配委员会的学生代表，很想问一问这些团员同学，你们的团员作用哪去了？你们要达到什么要求才能罢休？”

他扫视全场，全场极静，转头间，忽见黄大翠在窗外注视他。两人只交换一个眼色，大翠便闪出窗外了。

张成民继续讲：“我们学习吴运铎，学习保尔，要把有限的生命贡献给壮丽的共产主义革命事业的誓言哪去了呢？”

大翠在窗外听见张成民讲下去说：“我真心诚意地向同学们发出劝告，不要忘记我们的历史责任，要对我们的生命负责，不要给自己的历史留下空白，更不要在上面留下耻辱的污点！”

听着听着，大翠眼神里闪射出敬佩和兴奋的异彩……

“新新居”。于凤兰快速地包馄饨，像变魔术，竹筷一抹，手指一旋，一只馄饨便从手中落下。她还要看锅、配碗、洗碗，忙得不亦乐乎。黄吉顺门里门外招呼客人，抹桌椅、收钱算账、收拾碗盘，也“不亦乐乎”，他抱一摞碗进屋问于凤兰道：“她到底哪去了？”

于凤兰盛给他一碗馄饨说：“不知道。快端去！”

黄吉顺气极地说：“连她也野了！都是你护出来的！”

傍晚吃饭的客人高潮过去了，黄吉顺、于凤兰筋疲力尽，已无心吃饭，却见大翠进门来，黄吉顺瞪眼喝问道：“你上哪去了？”

大翠说：“去看成民了。”

黄吉顺惊叫一声：“看成民？”转头又问：“他分配了吗？”

大翠说：“还没有。”

黄吉顺问：“什么时候能分配？”

大翠说：“不知道。”

黄吉顺又问：“八月十五能回来吗？”

大翠说：“他说不分配了工作，他不回来。”

黄吉顺像领悟了什么：“噢。没说能分个什么工作？”

大翠说：“他也不知道。”

黄吉顺又像领悟了什么：“噢。等着吧。”

月光满地，夜极寂静。秋虫鸣声，细长凄婉。“新新居”厦下，灯影里，大翠和小芹亲昵地相依相偎在红漆桌旁。大翠回忆着今天去见张成民的经过，沉浸在难以名状的幸福中，在她耳边响起了张成民那坚定的声音，他说："事是我们俩的，我们想什么时候办就什么时候办，想怎么办就怎么办，谁也无权干涉。"当他们漫步到校园水池旁时，张成民对她说："我还得在学校过几天，有些同学还没分配出去，看样子真得拖几天。我是团委书记，又是毕业生的学生代表，工作很多。"他还说："父母的话，当然应该听，但是封建的东西，不能接受，要不还算什么新中国的青年。"她看出张成民经过三年学习的成长，对他赞佩地说："你上了高校，到底比以前变化了。"张成民却说："是吗？我不知道。"

现在，她从心底欣赏张成民有一股青年英雄气概，一种她说不出来的精神。她觉得有了张成民，在她，是一种骄傲。她也对张成民坦诚地说过，她心里有点儿害怕。张成民问她怕什么？她说自己没考上高校，高中学的那点儿功课，三年来，都剁进馄饨馅去了，将来，要成个没有文化的废物。也许要成了他的累赘。张成民不但没有像她担心的那样对她有一点儿嫌弃的流露，相反鼓励她说，我们是新中国的青年，都会有所作为。他还希望得到她的帮助呢！他说："我们是从同班学习活动中互相了解的，正是这种了解，产生了爱情，我们是两颗透亮的心在相爱，你怎么想到什么累赘呢？"这个时候，大翠再也控制不住自己了，她主动拥抱了张成民，并且说出了心底的话，她说："现在，我觉得……爱不爱……只有你能说。我……我不能说了。"

张成民问她："为什么？你怎么不能说？还要我给你发誓？"

大翠说："不要不要，那太俗气了。"

成民说："就是嘛，这句话就说明你的心境还是比我高。"

大翠说："不不，你别这样说，这样说，是抬高我。我自己知道我自己，我已经流进平民社会的大河了。你还没尝到这条大河里的水是什么味！我父亲，是这条大河里游动的一条老泥鳅，什么缝他都能钻，什么弯他都能拐，太可怕了。现在，我唯一的希望就是你了。"

张成民："当然，不要怕，一切决定在我们俩。我的希望能不能实现，我的前途是不是光明，全决定在你。我们不需要甜言蜜语，靠那些东西维护爱情，本身就是虚假。"

大翠在他肩上点头说："我把一切都交给你！"又主动地亲吻他。正在两人热烈地狂吻的时候，忽听有人低声对他们说："哎哎，同学，找个我们看不见的地方！"他们侧头间，看见一对情侣站在小亭后的树丛间，向他们笑。他们羞笑着拉手跑了。到现在，她紧偎着小芹，回忆起那一刹，心里还泛起幸福的甜蜜和可笑的羞涩，甚至还脸红……

小芹轻声问她道："成民拉过你的手吗？"

她用全身轻轻推动小芹一下，表示了默认。

小芹又问道：“拉手就是恋爱了吧？”

大翠小声说：“得看后来，后来成了，可以算。”

小芹听了，惊叫起来：“啊?!”

大翠问道：“怎么了？”

小芹几乎要哭了，说：“成才拉我两次手了！”

大翠笑了，问她：“怎么拉的？”

小芹说：“那天，我见他在大柳树村外发呆，我知道他是丢了工人身份难过，我也不知怎么难受得恨不能要哭，我叫他去顶我的名额，他说不去，还说：‘你是个好人。’这时候……”大翠见她不说下去，问道：“怎么不说了？你怎么说的？”

小芹不做声了，她在回忆那天的事。那天，在张家房西。成才紧紧握住小芹的手。小芹说：“你这么使劲，把我的手握疼啦！”

接着，她又回忆起今天，在张广泰家里。当曲国经向张广泰说“你没有厂上班，没有工资，不种地，喝西北风？”的时候，她跑出张家门，成才在后面追上她，并且拉住她的手，叫她：“小芹！”她甩手对他说：“干什么你？”

小芹问大翠：“两次都是他拉我的手。那算恋爱了吗？”

大翠扑哧笑了。

小芹说：“你笑什么？那算吗？啊？姐，你说呀！”

大翠紧紧搂住小芹说：“不定呢，也许算，也许不算。”

小芹大吃一惊：“啊?! 要是算了怎么办？”

大翠没有回答她，恋爱，在她还是个说不清的未来和等待。

张广泰极不习惯地提着一柄锄跟在扛锄的曲国经后面走在田间，往昔工人的尊严受到了屈辱，脸上肌肉跳动。大田里，七八个人成一群的男女老少，在各处收早玉米、掰穗子、砍秆子，不慌不忙，颇具田园风光之美。

曲国经边走边对他说：“把锄扛着，得叫他们看着你是把庄稼手。”

张广泰不得已，扛起锄。

曲国经眯细眼四望说：“春种秋收，这是正经。没有农民，没有粮，皇上也得挨饿。所以说农业是基础，就这话。”

来到一处地边，几个人凑过来，看张广泰。曲国经问曲大禄道：“能不能帮帮李寡妇她们？”

曲大禄犹豫地说：“成啊。”

曲国经说：“我叫她们给你们做点儿好吃的。推磨压碾的，换你们几个工。”

曲大禄还是不痛快地说：“成啊。”

曲国经对曲大禄介绍说：“这是张广泰，就是和黄吉顺换了房子的，他不会庄稼活儿，以后是大柳树的人了，什么事都多照应点儿。”

曲大禄无所谓地说："成啊。"

曲国经又说："他家有个大学生。以后咱村写对子、打官司什么的文墨事，又多了把手。他媳妇儿就是黄家大翠。"

曲大禄又是那么不在意地说："成啊。"

曲国经笑了，说："怎么老是成啊成啊？"

曲大禄也微笑说："你村长说了，我们能不成？"

曲国经引着张广泰继续向前走，边走边说："这就是农民，看见了？表面上木头一样，可心里有他的算盘，都是不见兔子不放鹰。"

张广泰随曲国经来到一处田边，几个妇女围过来。李寡妇高兴地说："给我们送帮忙的来了？"

曲国经说："别尽盼帮忙的。不是给你们说了吗，要自力更生。把苞米穗子、秸子收拾好了，放在地头上，我找人帮你们往家搬。"

李寡妇说："都没力气砍秸子！"

曲国经说："不能什么都等人帮忙。这是张广泰，和黄吉顺换了房子的……"

李寡妇笑道："我们早知道了。黄吉顺！……哼！"又瞟张广泰一眼："不过大翠倒是个好孩子……怎不叫你家大嫂子也出来？怕我们看见？叫她参加我们寡妇组吧，你也跟了来，我们寡妇就有男人啦。"

寡妇们"哈哈"笑了。只有一个年轻姑娘，在一旁瞪着两眼恐惧地看着大家。她名叫李秀英，外号叫"小顶针"，是本村地主李文江的女儿，丈夫死了，回娘家来住，伺候有病的老爹李文江。

曲国经笑道："干你的活儿吧！"……

张广泰随曲国经来到另一处田间，曹有贵在装车，见了他，高叫道："张师傅！来住了?!"

曲国经对张广泰说："他们是个'好汉组'。"

曹有贵眉飞色舞："没错，兵强马壮，家家壮劳力，家家有大牲口。张师傅，以后有用车的事，叫我一声！四挂大车！"

曲国经对曹有贵说："你们商量一下，帮李寡妇组一把。"……

曹有贵颇有"好汉组"组长的样子，笑道："行。得给酒喝，还要香烟。"说罢，匆匆跑走了，从苞米棵子中拉出曹天柱，边走边对他耳旁说什么。曹天柱向张广泰笑着，点头叫声："张师傅。"又转对曲国经说："村长，叫张师傅参加我们'好汉组'吧，他家的粮食，我们包了。怎么样？"

曲国经说："不怎么样！"

曹天柱说："哎哎，上级不是叫我们组织点心（典型）组吗？叫张师傅跟着我们，我们给你盘个炉子，找个风箱，再找两把大锤，我们就有工业了，还不够点心？"

曲国经一笑说："你算了吧，张师傅有张师傅的去处！"……

曲国经引张广泰来到一棵树下站住了。曲国经摸出烟袋，装上烟丝，点火抽着，对张广泰说："咱们大柳树，杂姓。以前，闹宗派，土改以后，好点儿了。组织互助组，又变了。劳力强的拉劳力强的，剩下老弱病残没人要。说是劳动能加强团结，不是那个事，得看什么样的劳动。大工业生产行，小农生产不行。李寡妇组，是个愁。曹天柱心眼多，见了你，又想拉典型组。你不要去，过几天看看再说。经他一说，我倒有了个打算了。"

中午，王玉珍端水给张广泰洗手洗脸。大翠进院门了。王玉珍叫声："翠儿。"

大翠对两老说："我去看成民了。"

张广泰问道："他什么时候回来？"

大翠说："还有好些学生没分配呢！他是学生代表，得大家都分配完了，才能分配他。"

张广泰担心地问道："那得等到哪年月？"

大翠说："不知道。反正得等都分配完了。"

王玉珍问道："八月十五能不能回来？"

大翠说："不知道。"

月亮挂在当空，照着张广泰和王玉珍在院里看成才收拾锔锅担子。

张广泰长吁一声说："若不是为大翠，我饶不了他黄吉顺！"猛然起身对成才说："拿扁担绳子，跟我走！"

王玉珍问："哪去？"张广泰说："有事。"

月光下。

成才手提扁担绳子，跟在张广泰后面走，问道："到底要去干什么？"

他们来到一处田边，张广泰从成才手里拿过绳子，铺下地，又去抱苞米秸，成才也动手。

他们父子俩抬一捆苞米秸来到一家房前放下。张广泰解绳。随着门响声，李寡妇惊讶地叫："呀！是张师傅！你还真来了?! 快歇着吧！进家歇！啊呀！这多不好意思！"

张广泰说："我们不会农活儿，先学点儿能干的！"

李寡妇笑了，说："啊呀，这可怎么说的！"

第二天，在村里街上，李寡妇紧追着曲国经央求说："把张广泰给我们寡妇组吧，昨晚他就帮我们了，是个好人。"

曲国经说："他是好人。也得你们'自力更生'！"

张成民背着行李来到"新新居"门前，这幢新房吸引了他，正走到厦下驻足观看，大翠从内跑出来，高兴地迎上他，问道："回来了？"

成民兴冲冲地说："回来了。"

大翠问道："分配了？"

黄吉顺闻声也从屋里出来，笑道："哟，成民，分配了？"

成民答说："分配了。"

黄吉顺急问："分在哪了？什么机关？"

成民说："回大柳树。"

黄吉顺笑了："可不得回大柳树。家嘛。分在哪机关单位？"

成民说："大柳树。"

黄吉顺亲热地笑着："这孩子。说说，什么单位？"

成民说："回大柳树。教小学。"

黄吉顺又笑说："怎么跟我也说笑话？没大没小。"

成民认真地说："不说笑话。真的，我要求的。"

黄吉顺笑容渐消了。早已站在厦下的于凤兰听着他们的对话，想勉强做个笑脸，竟没做出来，倒像要哭了。

大翠看看爹，看看妈说道："师范毕业就是教学的。"

成民看看他们，很奇怪地问道："你们怎么这样看我？"

第四章

张成民在家院里，一边洗脸一边兴冲冲地向张广泰和王玉珍述说："我是年级的团委书记，又是毕业生代表，又是工人家庭出身，我一带头，全部毕业生，一下子，全分光了。"

张广泰沉默地听着，心里暗暗叹息道："工人家庭出身！"

成才跑来倒掉成民的洗脸水，端盆进屋，站定欣赏成民说："哥，你真好。"

成民问道："怎么好？"

成才说："说不出来。反正我觉着挺棒的。"

王玉珍说："回来就好，耽误不了办喜事。"

张广泰说："应该去跟黄吉顺他们见个面。"

王玉珍收拾着成民的衣物说："不是说见过了吗？"

张广泰说："那不算数。路过。也没说正事。"

在黄吉顺家。大翠在面案前忙揉面。黄吉顺在自己房里轻蔑地、嘲弄地点头儿笑道："哼！看他这点儿出息！"

于凤兰说："身板倒是长成了。大翠挺高兴的。"

黄吉顺"哼"一声，说："她懂什么？高兴！上高校，上高校，实指望他能奔个大机关、好单位，飞黄腾达，给我撑个门面，结果呢？咳！和没上一样，大翠不是也能教小学？和他成亲！呃?!"

在张广泰家。王玉珍引成民看给他安排的新房，指点说："你就在这间睡。大翠来看过了。"

新房的墙上贴了大红双喜字，一张笑嘴微开的胖娃娃版画。床上被褥一色新，大衣柜玻璃镜明亮。成民高兴地倒上床，由于过累，一会儿便响起鼾声。

王玉珍回了自己房，对张广泰说："他回来，你怎么没个笑脸？"

张广泰叹一声，说："笑不起来呀！"

王玉珍说："回来教小学，在我们身边，不是挺好的？"

张广泰说："我没说不好。我有点儿担心。"

王玉珍问道："担心什么？"

张广泰说："黄吉顺！"

王玉珍说：“黄吉顺怎么啦？他不是也巴望他早回来？”

这时，黄吉顺一家都睡了。于凤兰睡得更沉，黄吉顺捅捅她说：“哎，哎，别和猪一样，吃了就睡。”

于凤兰睡意正浓，烦道：“干什么？忙活一天，累死了。”

黄吉顺轻声说：“你说，把大翠嫁给他，冤不冤？”

于凤兰烦恼地说：“啊呀！都到了这一步了，还有什么冤不冤！只要他们两个好，小两口欢欢乐乐地过日子，有什么冤的？”

黄吉顺说：“你想想啊，我们是城里的人，有户口本，吃商品粮。他们呢？乡下，农业户口，农民！除了一片黄土，还有什么？咱和他们是两种人啊，两档子！隔着一层的人怎么结亲？木头接不到石头上去呀！就凭这一条，我们做父母的能把个高中毕业、水灵灵的黄花闺女嫁给他们？不叫人笑掉大牙？”

于凤兰清醒过来了，说：“你怎么这样？早就红口白牙许下的亲了，也订下日子了，嫁妆彩礼、衣裳、镜子，什么都置办好了，连小孩尿布，我都攒下一大包了，还能退了？”

黄吉顺说：“这些都没有什么了不得的。莫说新中国了，新中国成立前也有退婚的，就是结了婚，还可以离婚呢。再说，我们和他们，一没有媒人说合，二没有婚书契约，说明白了，就完了。”

于凤兰说：“你说得轻巧，我就不同意你这么办。莫说大翠了。”

黄吉顺说：“大翠还不得听爹妈的？”

于凤兰说：“听爹妈的？哼，你看她不言不语，心里定盘算死着呢。”

黄吉顺说：“你给她讲道理呀！”

于凤兰说：“什么道理？就你这道理？说出去叫人家戳你的脊梁骨!!”

黄吉顺说：“戳为儿女打算的脊梁骨，不是人！我没见谁为儿女打算，脊梁骨给戳出窟窿来。小翠若是嫁个好人家，有势力的大干部，看谁来戳我的脊梁骨？倒是少不了赔着笑脸来巴结我的。信不信？人是什么东西？人是两条腿的狗！有味就靠前，不管香臭，我们的‘新新居’若是个三层楼的大饭店，看我走在街上有谁戳我的脊梁骨？给我送笑脸还怕挤不到我眼前呢。”

于凤兰说：“随你怎么说吧，反正我不同意。人得有个好名声。有钱的贼还是贼，流氓还是流氓，坏蛋还是坏蛋。人家一时随着他，背后照样骂他。”

黄吉顺说：“名声？肚里没食，腊月西北风里冻着，眼前是个流氓，可那流氓有堆火，谁也照样凑过去烤烤。谁能说那火是流氓？”

于凤兰说：“你净争歪理。反正人得有好名声。”

黄吉顺说：“我不跟你争。就说他张成民吧，他若是分到个政府大机关、银行、铁路，三年五载，当上个处长局长的，还可说。他呢？吹啊叫啊，高才生啊！新青年团员书记呀！不知要当个多大的干部呢！怎么样了？咳，回老窝大柳树，当个小学教员?! 他这才是现世报，丢人呢，大翠嫁给他？一下子矮大半截子！我们也跟着他丢人!”

于凤兰说：“我可给你说，大翠可是一心一意要跟他。他们俩是铁了心的，再说，还有婚姻法呢！你可别把事闹大发了。没听见广播里一天到晚地唱，刘巧儿要自己找婆家！你就不怕大翠也跟着学，和你打官司？闹出那样的事来，你可就真丢人了!”

黄吉顺翻眼想，胸有成竹地说：“你先去劝劝她，稳住她。稳住了她，就是诸葛亮摆下了八卦阵。”

于凤兰说：“我不劝，也劝不动。”

黄吉顺说：“闺女都听妈的。火到猪头烂，功到自然成。把我说的道理给她说清楚，慢慢地她就明白了。去吧。”

于凤兰坚决地摇头：“你不用想。我不去。”

是个好天气，成民提着两瓶二锅头烧酒和一盒糕点，穿过“新新居”厦下吃饭的人们，进了屋。于凤兰见了，忙跟进说：“成民，来啦。”

黄吉顺正在灶上，见了成民，也招呼道：“哟，来啦?”

成民说：“大叔，婶。我爹叫我来看看你们。你们挺忙的。”

黄吉顺说：“忙，你先坐下。大翠！给你成民哥泡茶!”

大翠闻声出房来，见了成民，眉喜眼笑地低声招呼：“来了?”

成民笑道：“来了。我帮把手?”

大翠笑说：“不用不用。你喝茶。”

黄吉顺也说：“对，你先喝茶。”

成民问道：“小芹上班去了?”

黄吉顺说：“上班去了。”

成民说：“我爹叫我拿包点心来，你们尝尝。还有两瓶二锅头，你最喜欢的。”

黄吉顺说：“你爹也真是，你回来了，来看看就来看看，还拿什么礼呀？这几年你们可没少帮助我们，吃的，用的，还给大翠送衣料子，真不好意思。今儿又拿点心、二锅头，真是叫你们破费了。”

成民问道：“叔和婶你们都好吧?”

黄吉顺说：“都挺好。上了城市户口，什么也不缺，政府发的什么票都有。再开着这个‘新新居’，生意也凑合。学会抽烟没有?”

成民说：“不学那些。”

黄吉顺说：“学会了叫大翠去买包‘恒大’。”

成民说：“不抽。”

黄吉顺回身端一盘包子和馄饨送给厦下的客人，返回时，见于凤兰向他使眼色，招他进房里，他点个头，对大翠说："招呼着门外。"

大翠答应一声："哎。"

黄吉顺跟着于凤兰进了屋。于凤兰问他道："你这跟他说了些什么话？"

黄吉顺疑惑地问道："哪句不对了？"

于凤兰说："啊呀，他是小孩子？听不出来？你哪是老岳父跟女婿说话？"

黄吉顺又疑惑似的问道："谁是老岳父？谁是女婿？朋友家的孩子来看看我们嘛，说什么？"

于凤兰问道："你真要退他们？"

黄吉顺生气了，皱眉道："退什么？你个傻娘儿们，叫你干点儿事你不说帮我，倒给我腰眼里插杠子。我说什么要你管？"

于凤兰真正地吃惊了："你，你，我不许你退他们！"

黄吉顺气狠狠地骂道："我没把你退了就不错了，你还管我张三李四！"

于凤兰呆了。成民在灶房里用勺子搅馄饨锅，疑惑地问大翠道："你爹对我怎么这么客气？客气得过分了，什么给你衣料是帮助你们？我觉得不是味儿。"

大翠也疑惑地说："我也听着不对。你也给他客气话多说，别失礼，老岳父就这时候爱挑女婿的眼，我们结了婚，他想挑，得先掂量掂量。"

成民说："不，我觉得他不是挑眼。"

大翠问道："是什么？"

成民说："还不知道，说不出来。"

大翠说："不用管他，好话多说。多烧香，多磕头。阎王也怕烟火熏。"

成民说："阎王是熏黑了脸，他可别熏黑了心。"两人亲热地笑了。

黄吉顺出房门来，从成民手里拿去勺子说："给我，你歇着吧。"急忙捞馄饨，又说："过了过了。"捞出一碗碗递给大翠。大翠接了，送出门去。

黄吉顺看看成民说："成民啊，你在学校没犯什么错误吧？"

成民说："没有啊，什么错误也没犯，还是团委书记呢。"

黄吉顺阴阳怪气地说："是吗？团委书记回乡教小学？"

成民说："是学校分配委员会根据我的申请批准的。"

黄吉顺奇怪了，问道："你的申请？"

成民说："是啊。"

黄吉顺看他的神色坚定，只好话头拐弯说："现在的青年，党教育得好啊。"

成民说："我们这一代青年教师，为国家培养未来的建设人才，教育好下一代，是为国家做贡献。"

黄吉顺口气讥讽地问道："你不是国家的建设人才？"

成民说："是啊，我是教育方面的建设人才。"

黄吉顺说：“建设农村小学校？”

成民说：“是啊，小学是国家教育的基础。”

黄吉顺说：“师范毕业当基础？”

成民问道：“您好像不愿意？”

黄吉顺一笑说：“我怎能不愿意，这是你家的事。”

成民像不认识黄吉顺了，拿眼端量地看他。大翠和于凤兰在旁看他们俩。于凤兰插话：“你们别净说话，看着锅！”

成民说：“你们忙吧，我走了。”

黄吉顺像招呼常人般客气地说：“不再坐会儿了？”

当成民出门时，于凤兰偷瞟大翠，见大翠在偷瞟黄吉顺，忙吩咐说：“翠，外面看看去！”

大翠会意地出了门去追成民。

屋里，黄吉顺骂于凤兰说：“你放她出去干什么？”

于凤兰说：“她愿干什么干什么。八月十五没几天了，怀上孩子也早不了几天。”

黄吉顺急得暴跳起来，骂道：“你这个老混蛋！这么不要脸！”叫着骂着，操起铁勺打于凤兰。于凤兰跑进卧房，立马拴了门。

大翠追上了成民，和他并肩而行，边走边问道：“你看他这是怎么回事？”

成民思索着说：“怎么回事？他对我回来教小学不满意？”

大翠也寻思地自言自语说：“他想叫你干什么呢？”

成民说：“谁知道。我干什么要他决定？”他们两人并肩向大柳树走去。

黄吉顺收拾了“新新居”厦下的桌椅，回房里敲门，听见于凤兰在房里哭，怒气冲天地骂道：“我还没死呢，你嚎什么丧?!”

于凤兰在房里的哭声更大了。

黄吉顺跳脚骂道：“我叫你嚎！嚎！嚎去吧！”动手从外上了门锁，大步跨出门去。

在张家。成民躺在新房床上。大翠和王玉珍在东间房相对沉默。

片刻，王玉珍轻声说：“他爹也说过这事，这么看来，大概是成民回来教个小学，你爹不高兴了。依我看，过两天，把事给你们办了，他就转过来了。”

大翠说：“就算他不高兴，也不该这样对成民。”

王玉珍劝她说：“你不用生气。还没过门就和爹妈怄气，可不好。他们还指望老了有你和成民照顾晚年呢。”

大翠说：“他才没想那么远呢，他只看眼前我们能给他什么好处。”

王玉珍又劝说：“翠儿，可不要这么说你爹。他就是那么个一心往前奔的人，有时候脾气不大好，谁没个脾气？成民爹怎么样？你没看见？来了那脾气，天都敢捅窟窿。明儿你过来了，小心点儿吧。你那个公公，说好的时候，你要他的脑袋，他自己摘给你。说不好了，咳，他自己打呼噜，却嫌你喘气声大，我可受过他那罪。”

大翠说：“我公公可不是那样。”突然自知失口了，脸一红，转头笑了。

王玉珍也回过味儿来，趁势哄儿媳妇自娱，笑道：“也许对你，他会有个公公样。”

黄吉顺手提镰刀在苞米地里巡行，见枯黄了的苞米，一刀砍了，夹在腋下，多了，送回地头，用绳捆了，背着，走出地边回家。路过水渠小桥，碰上了张广泰，两人站在小桥两头，相视而笑。

张广泰问道：“砍苞米啦？”

黄吉顺说：“长得不好，青一棵黄一棵，反正我也不指望它了。”

张广泰催他道：“你过呀！”

黄吉顺点头说：“你先过。”

张广泰说：“咳，你背着那么重的东西，快过吧。”

黄吉顺过了小桥，问张广泰道：“哪去了？”

张广泰说：“广华厂职工定级，朱存孝叫我去说说他们每个人的技术水平。我都不是厂里的人了，有什么嘴说？可朱存孝死活拉我去。真没法子。”

黄吉顺问道：“你给小芹定了几级？”

张广泰说：“我不好给自己的徒弟定得过高啊，三级，可以了。”

黄吉顺不满地张眼道：“才三级？这种时候你不给她说句话？”

张广泰笑道：“三级，可以了，前面有她的师兄们比着呢。成民去看你了吗？”

黄吉顺假笑说：“嗨，你还那么多礼道。坐了一会儿，回家了。”

张广泰点头说：“好，好。”

黄吉顺背着苞米回到“新新居”，房西头放下，回头见小芹对他怒目圆睁气呼呼，他问：“怎么了？”

小芹叫道：“为什么把我妈锁在房里？”

黄吉顺说：“她不听话。”

小芹又叫道：“你这么狠心?!”

黄吉顺说：“我们老两口的事，你别插嘴。你定了个三级？”

小芹不答他，转身向路北走去。黄吉顺喝问：“哪去？”见小芹不回头，进屋开了房门锁，进了屋，见于凤兰还在哭。他劝说道：“话，我都给你说得明明白白了，这件事你得往前看。”

于凤兰说：“往前看，我们娘仨都得给你折磨死！”

黄吉顺叹气说：“我也得死，谁也逃不了，早一天晚一天罢了。”

小芹进了张家。张广泰、王玉珍、大翠、成民都在愁眉苦脸，见她那怒冲冲的样子，都问：“怎么了？”

小芹说：“我爹把我妈锁在房里了？”

四人惊问：“为什么？”

小芹说：“不知道。我妈不说。”

大翠、小芹回到“新新居”。厦下桌旁坐着林科长，跷着二郎腿，见了大翠，笑嘻嘻道：“怎不营业了？”

大翠说：“就来。”进门见黄吉顺在灶上忙，径直进父母房，小芹也跟进去。黄吉顺端两碗馄饨送给林科长，恭敬地问道：“您还要吃点儿什么？”

林科长说：“不要别的，我就喜欢吃你们这馄饨。”

黄吉顺吹嘘：“我这是祖传的手艺。”说着，在桌旁坐下，问道：“您现在还在城建局？”

林科长说：“还在。”

黄吉顺问道：“工作还挺忙？”

林科长答说：“城市大发展，东跑西跑忙断腿。”

黄吉顺奉承地笑说：“辛苦。”

林科长装模作样地说：“惯了。”

黄吉顺说：“城建局是大单位呀！”

林科长似不甚满意地说：“不算最大，可是有发展，将来说不定还真是个大单位。”

黄吉顺问道：“你们要很多工人吧？”

林科长说：“当然。特别要技术工人。”

黄吉顺好像来了时机，忙说：“要铁工吗？”

林科长一副当家主事的样子说：“当然。现在最需要铁工。”

黄吉顺又忙问道：“要什么样的？”

林科长不假思索地说：“当然要技术尖子。”

黄吉顺探问地说：“三级工，要不要？”

林科长说：“三级工？要。你能给介绍？”

黄吉顺高兴了，说：“我家二闺女就是个三级工。”

林科长停筷看看他，说：“好啊。”

黄吉顺紧追话问："您能给收了去吗？"
林科长口气挺大地说："一句话的事。"
黄吉顺趁机又问道："能叫她上机器床子吗？"
林科长又大包大揽地说："一句话的事。"
黄吉顺笑道："那就拜托您了。"
林科长说："叫她等消息吧。"
黄吉顺笑着说："您吃您吃。"

在"新新居"。于凤兰在房里哭得伤心。大翠低声问她："到底为什么？"
于凤兰边哭边说："你爹的心，越来越硬……越来越狠……"
小芹说："你说，他为什么锁你？"
于凤兰只是哭却不说。
小芹说："真急死人。"
大翠问道："为我和成民的事？"
于凤兰哭过一阵才摇头。
小芹又急问道："那是为什么？"
黄吉顺在门外叫道："小芹，出来！"
小芹走出门问道："干什么？"
黄吉顺说："你们厂三级工开多少工资？"
小芹说："刚评，上级还没批下来，不知道。"
黄吉顺说："来。"
小芹问道："哪去？"
黄吉顺说："见见林科长。"
小芹问道："见什么林科长？干什么？"
黄吉顺说："我托他给你介绍到城建局。"
小芹说："我刚评了工资，还没批下来，到城建局干什么？学徒？"
黄吉顺连声说："对，对对，以后再说，以后再说。"
黄吉顺出门到厦下，林科长正掏出钱，放在桌上起身要走，黄吉顺拿起钱往林衣袋里塞："您带着，带着，一碗馄饨，只要您来吃，什么时候都有您的。"
林科长正经地说："不，我吃饭，我付钱，咱们一清二楚。不这样，以后我怎么来呢？"
黄吉顺说："嗨，熟人常客，天长日久，哪能分得那么清？如今是新社会，新中国成立前，饭馆的熟客都是年底结账。好好好，我收下，我收下，您可得来呀。"

田野青黄斑斓。处处有收苞米的人们在忙。成才和曲彦芳手拿镰刀绳子走在田间。李寡妇远远望见，高兴地对妇女们叫道：“哎！找来帮忙的了！”

妇女们抬头看，有人说：“那是张家的二小子。”

李寡妇望着成才和曲彦芳笑道：“这倒是挺好的一对儿。”

妇女们说：“你给他们说合吧。成了我们也跟你喝碗冬瓜汤。”

李寡妇说：“我呀！你们看着，我要把张家这个二小子弄到手，给我当过继儿子。”

妇女们“哈哈”大笑。其中一个说：“你做梦吧！”

李寡妇信心十足地说：“不信你们就看着。我把他过继了来，再把小彦芳弄来给我当媳妇，我老妈妈往炕头上这么一坐，儿啊，娘要吃个烂猪蹄儿，我儿子就吩咐小彦芳，快给咱妈炖猪蹄子！”

李寡妇绘声绘色的表演，逗得妇女们“哈哈”大笑，有的笑弯了腰，有的在地上滚，连“小顶针”李秀英也绽出了笑意。

曲彦芳引着成才走到李寡妇面前说：“李婶，我爹叫张家成才来帮你们。”

李寡妇乐不可支地说：“好啊，我们这正愁呢，你也留在这帮帮我们吧。”

一妇女说：“嗨，留下她干什么？不叫她回去给你炖猪蹄？”

李寡妇说：“过两年再炖吧，她还小呢，不会，得我教她。”

妇女们笑得人仰马翻。曲彦芳奇怪地问道：“你们笑什么呢？”

寡妇们看着她笑得更厉害，曲彦芳满身上下看看自己，又问道：“笑我呐？”

妇女们又是笑。曲彦芳看看成才，更莫名其妙，笑问妇女们道：“你们笑什么？”

李寡妇敛了笑，说：“好了，都别笑啦，猪蹄也吃了，歇会儿再干吧。”

妇女们就地躺着、坐着休息。曲彦芳推推成才说：“你别歇了，砍去吧。”

成才走去砍苞米了。曲彦芳随寡妇们坐下，见成才砍苞米像抡大锤，根本不会干这活儿，高声叫道：“小心点儿，别砍了脚背！”

李寡妇说道：“你去教教他。”

曲彦芳起身去教成才，边做边说：“这样，弓腰反手，腿要离得远，这样，砍下去。”

成才一看就会，笑道：“噢，这太简单了。”

李寡妇对妇女们说：“你们看，是不是一对？”

寡妇们不像刚才那么疯笑了，好像都在认真看、想。

张广泰跟着曲国经抡镢头刨地，已经刨出一片。张广泰不会干农活儿，怎么干也不像曲国经那么潇洒。曲国经镢头下出来的“马口”像在地上划的锯齿线，他的“马口”则乱七八糟，没有章法，并且他也力不能支了。曲国经看他那歪腰斜腿的样子，说声“歇会儿”，把镢头插下地。张广泰也想学他，用力往地里插镢头，一次两次都没能把镢头插进土里，最后只得泄气地一扔，让它躺在地上，他就地坐下，向曲国经点点头说："我腰腿不灵，胳膊上的力气倒还行，可使不上。"

曲国经说："当农民，种庄稼，这碗饭人人能吃。聪明伶俐的，能吃；笨蛋，也能吃。只要起早贪黑，多下力气，地就不会亏你。我们大柳树，都是好地，看你肯不肯出力了。老话说的，你糊弄地，地也糊弄你。我看出来了，你是个不惜力的人，可是学农活儿有点儿晚了。明儿，给你盘个铁匠炉子，打镢头、锄钩锄板、镰刀、菜刀、砍刀，还可以打马掌，农村活儿有的是，不怕你手艺多。原来我想给你们安排点儿地，可是没有荒地可开了，先盘炉子吧，在你院里行不？"

张广泰说："行啊。"曲国经说："有的人家嫌'叮叮当当'不愿意。不过这不要紧，在农村，干什么的都有。"

秋季的日落，晚霞染红了田野。成才、曲彦芳和寡妇组的妇女们，每人背一捆苞米秆子回村，"小顶针"李秀英边走边问李寡妇道："七婶，你真想过继张家二小子？"

李寡妇停住脚，背转身，怔怔地看着她说："你当真了？"

李秀英说："我听你那么说，才问问。"

李寡妇说："我是给你们说笑话的，逗得大伙乐了，干活儿不觉得累。"

李秀英说："心里想才会说出口啊。"

李寡妇说："真是个小顶针，浑身是心眼儿。"

李秀英说："我知道你是假装的。"

李寡妇说："你怎么知道是假装的？"

李秀英说："你是脸上笑，可心里哭。"

李寡妇问道："你怎么知道我心里哭？"

李秀英说："过河才知道水凉。"

李寡妇扔了苞米秆，坐上去低了头，掉泪。

李秀英也扔了苞米秆，在她身旁坐下说："七婶，你和村长曲国经搭个伴，不好吗？"

李寡妇说："别说了。他两个孩子都成人了，容得下我？七婶不如你，你再苦，还有个孩子，是个指望。我呢？就算豁上老脸，再往前走一步，四十岁的人了，有什么用？图个什么？"

李秀英说："所以我问你是不是真的呀。"

李寡妇说："我呀，说啊笑啊，一是为你们心里亮堂点儿，二也是给自己解闷。唉！李秀英，我倒劝你，年轻轻的，早点儿找个人，往前走一步吧。"

李秀英说："七婶，谁要我？地主的女儿。还拖个孩子。"

李寡妇说："不愁，你若是找到了人，把孩子给我，我给你养着，长大了，我给他找媳妇，到我老了，也有个依靠。就怕你舍不得。"

李秀英流泪说："我有什么舍不得的？"

李寡妇说："女人就是心里软，嘴上硬。"

张广泰家院里矮桌上摆了饭菜，张广泰和王玉珍对坐桌两边，王玉珍说："成民去黄家，没得好脸，下午黄吉顺又把于凤兰锁在屋里，出了什么事？"

张广泰说："我正在揣摩，回想起来，我和黄吉顺在桥头碰见的时候，他对我那个客气，比过去，有点儿隔一层的意思。是不是真的对成民回大柳树教小学不满意？"

王玉珍说："成民也真是，怎么跑回来教小学？"

张广泰说："新社会教育出来的人，有他自己的打算，你可别说三道四地埋怨他。"

王玉珍说："我知道。我是怕黄吉顺为这件事闹他和大翠的亲事。"

张广泰说："那倒不至于，就算他为这事不痛快，过几天也只好认了。这和打铁一样，有明火蘸，有暗火蘸，让他过过火就好了。"

正这时，大翠进院来了，王玉珍给她个板凳，急着问道："你妈怎么说的？为什么？"

大翠说："我妈只是哭，不说。"

王玉珍对张广泰说："你去看看？"

张广泰说："不。若是老两口磨大牙，我们不要插嘴。"

大翠问道："你们怎么还不吃饭？成民、成才呢？"

王玉珍说："成才被曲彦芳叫去帮寡妇组去了。成民，刚才跟着村长看学校去了。"

大翠说："大柳树的学校不像样。"

大柳树小学校，四面透风墙撑着个露天的顶盖，地上潮湿，几堆石头土块，几条横七竖八的木板。村长曲国经边抽烟，边说："咱们小学，一年春秋开两次，下雨刮风，会计算账，都不上课。冬天农闲，在这开会，生炉子，晚上有几个人在这练武术，墙上的窟窿都是他们打出来的。"

成民仰头看着问道："房顶呢？"

曲国经说："练武不是要窜高吗？几个浑小子比赛，看谁能把头伸出去。透点儿气也好，地面干爽，省得孩子们害腰腿病。"

成民问道："有多少学生？"

曲国经说："一大帮，春种秋收农忙的时候，都帮大人干活儿。"

成民说："那不是没上学的时间了？"

曲国经说："忙完地里的，会计说一声，都来。"

成民说："得赶紧把窟窿都补上，叫会计说一声，这两天就开学上课吧。"

曲国经说："这几天砍春苞米，地里忙，过两天，割豆子，八月十五你不是要娶亲吗？过了八月十五再说吧。"

成民说："不行，村长，地里再忙也不能耽误孩子们上学，我娶亲更不能耽误学生上课。"

曲国经说："成啊，今晚和会计说一声，明天叫他把孩子们领来，给你办交代。"

秋风飘雨丝。天地模糊中。孩子们在小学校院墙角里喧闹，女孩子啃生苞米，吃生花生；男孩子光膀子抡衣裳打架玩儿。成民站在中央沮丧地喊一声："今天放假，明天早点儿来！"

孩子们嚷嚷问："老师！明天天晴了呢？""不下雨也来吗？""……"

细雨中，黄吉顺身背锣鼓，怀抱鞭炮回到"新新居"。厦下无人吃饭。他把锣鼓鞭炮放到桌上，进门高喊道："快！来买卖了！"

于凤兰和大翠出自己房，黄吉顺紧催道："快快，烧大锅！""菜，酒，预备齐了。"

于凤兰问道："多少人？烧大锅？"

黄吉顺兴高采烈地说："厦下怕坐不下呢。我当上联社主任了！"

于凤兰和大翠在灶上忙，黄吉顺兴冲冲洗脸换衣裳，边数说道："好家伙，小小一个新华区，没想到有这么多开饭馆的、卖水果的、卖冰棍的，一下子都冒出来了，一吵吵，都选我当主任。我说我没有那个才能，干不了。咳，人家说，不要紧，只要你把政府的政策什么的传达给我们就行了。嗨嗨，你们看，我要和政府打交道了！"

大翠问道："爹，到底准备多少人的？"

黄吉顺说："以后别爹呀爹呀地叫，乡里土气的大蒜味！"

大翠问道："那叫什么？"

黄吉顺说："叫爸爸。我们是城里人，城里人要有城里人的讲究。待会儿，人们来了，当着外人的面，你要叫父亲。他们可都是些有根底有头脸的人物。"

于凤兰反唇讥笑地说："卖冰棍的有什么头脸？"

黄吉顺说："哎，你可别瞧不起，报周转资金的时候，有那卖冰棍的报了五十元呢！开玩笑！卖冰棍的报五十元！今儿成立大会的鞭炮钱，就是几个卖冰棍的捐的。租锣鼓的钱是几个酒馆掌柜的捐的。我们新华区饮食联社是个实力单位，街道办事处的主任都参加开会了，还和我握了握手，对我笑了笑。"

于凤兰撇嘴问道："这顿饭钱是谁捐的？"

黄吉顺说："谁来吃谁掏钱。还要在我这挂联社的牌子呢。以后凭这块牌子就能招来生意。"

李三桐撑着雨伞来到了厦下，跺跺脚，把腋下的红纸放在桌上，黄吉顺闻声出门说："李老，这大雨天麻烦你，真不好意思。你坐。"

李三桐展开红纸，说："黄主任，您看，这行吗？"

红纸上写着："新华区饮食行业联合社"。

黄吉顺看一眼说："很好。大翠！给李老秘书泡茶！"

李三桐说："不用啦，有馄饨汤我喝点儿就行了。天下雨，有点儿凉。"

黄吉顺说："哎，待会儿和大家一起吃馄饨。钱从你薪金里扣。"

李三桐说："那我把牌子先贴起来。"

黄吉顺说："先粘四角，过明儿，照样写块木头长牌子挂起来。"

李三桐往柱上贴红纸。黄吉顺兴之所至，拿起锣敲。见李三桐贴了红纸，指指鼓，吩咐说："敲鼓！"

可怜李三桐，拿起鼓槌，哆哆嗦嗦敲得又慢又不响。

黄吉顺喊他："快！使劲！"

成民走出大柳树小学校。回家的孩子们一路打闹，有的滚得像泥猴。街边一个小男孩，被一群打闹的孩子围住，往他身上、脸上抹泥，小孩子"哇哇"哭。孩子们看见了成民，一声呼哨，都跑了。成民走过去，拉起小孩，问他："你是谁家的？"

小孩只是哭，不答他。

成民转身叫道："谁家的孩子？"

不见有人应。成民见孩子哭得可怜，又高声叫道："这是谁家的孩子？"

还没人应。

旁边有两个女孩说："他妈是'小顶针'。"

成民问："他妈呢？"

女孩说："不知道。下地了吧？"

成民抱起孩子，哄着说："别哭了，别哭了。"

女孩说："他家没有人。"

成民问道："他爸呢？"

女孩说："不知道。"

成民说："噢。走，跟我走。"

在"新新居"门前厦下。

黄吉顺端了碗馄饨汤放在李三桐面前，说：“慢慢喝。以后，你就在我这办公。早中晚三顿饭在这吃。当时付钱也行，记着账月底结算也行。”

李三桐说：“好，好。”

李三桐开始喝汤时，黄吉顺拆开了鞭炮，一挂一挂吊在竹竿上，又把竹竿绑在红柱上，冒雨到大街上向东望。细雨迷雾里，看不见百步外任何景象。

他返回身进屋，于凤兰问道：“下馄饨吗？”

黄吉顺说：“还没来呢，再等会儿。”

成民抱孩子回到了家，对王玉珍说：“妈，给这孩子换件衣裳。”

王玉珍看看孩子，问道：“啊呀，怎么弄成个泥猴一样。谁家的？”

成民说：“不知道。”

张广泰问道：“没开课？”

成民进了新房，身子一歪倒上床。

王玉珍在外叫道：“你爹问你呐，没听见？”

成民在床上大睁双眼发呆，不答声。片刻，起身进了张广泰的屋，坐上炕沿，说：“根本不是个学校！”

张广泰说：“既然来了，就别埋怨，要埋怨，只能埋怨自己。”

成民叹了口气。张广泰说：“万事开头难，慢慢来吧。”

随着一阵笑声，曲彦芳先成才进了屋。曲彦芳对张广泰说：“成才给人家锔碗，敲打敲打，本来人家碗上一条缝，他给人家敲成了两半儿！”

成才懊丧地说：“是曹有贵家。不是说要敲打敲打，看纹裂到哪，才锔得结实吗？我三敲两敲，两半儿了。”

张广泰问道：“给锔了吗？”

成才说：“费了好半天劲。照这样，连汤也喝不上。”

曲彦芳发现了用件大人衣裳裹起的孩子，惊说：“哟，这不是‘小顶针’的孩子吗？怎么在这儿？”

正在洗孩子衣裳的王玉珍说：“成民把他抱来的。”

曲彦芳说：“抱他干什么？他姥爷是地主！”

成民问道：“他没有爸爸？”

曲彦芳说：“不知道。都说他爹死了。他妈长得可好看了，一眨眼，能把人的魂勾了去。可是挺孝顺，伺候她爹可周到了。我把他抱去吧。”

王玉珍说：“叫他在这吃口饭吧，我把他的衣裳洗洗。”

曲彦芳说：“啊呀大婶，你可别行这个好。他家是地主！”王玉珍愣了。

“新新居”厦下。李三桐在吃馄饨，冻得鼻涕搭拉。黄吉顺在大路上东望，仍不见有大队人来，回到厦下，对李三桐说："天下雨，时辰都过了，还不见他们来。"

李三桐问道："改天再说？"

黄吉顺说："哎，定了今天，他们不来也是今天，打鼓打鼓！"快步进屋，灶下钳出块火炭，出门把几挂鞭炮全点上，震耳的鞭炮声里，拿起锣来猛敲，又催李三桐道："使劲敲啊！"

鞭炮锣鼓齐响，大翠捂着耳朵跑出门，跑过大街，跑过水渠小桥，向大柳树跑去。

李秀英走进张广泰家门，向张广泰等称呼叫道："大叔，大婶，老师，成才兄弟，彦芳也在这？"看见她的孩子，拉过抱起说："啊呀，不是把爷爷的衣裳弄脏了？张老师，谢谢您，这孩子就是淘气。"

成民说："我没见他淘气，是孩子们欺负他。"

李秀英紧紧抱住孩子说："多谢张老师。"

脱下身上罩衣，又脱下孩子身上大衣，用自己的罩衣裹了孩子，把脱下的大衣仔细叠起说："大婶，把他的给我，这件我拿回家洗干净了，给您送来，好吗？"

王玉珍说："不用啦，孩子两件小衣裳，沾点儿泥，我给搓出来了。你拿着，回家去给他晾着。"

李秀英说："多谢大婶，这件我拿回家去洗。"

王玉珍说："不用，刚给他罩上。眨眼的工夫，没脏。"

曲彦芳说："叫她拿去洗吧。省得惹闲话。"

李秀英说："是啊，大婶，明天给您送来。"抱起孩子走了。

王玉珍问曲彦芳道："这点儿事，惹什么闲话？"

曲彦芳说："她是地主，你忘了？"

在"新新居"房里，黄吉顺志满意得地对于凤兰说："咱们凭良心说，这共产党新政府它就是好。我想什么，它就来什么。你看，我黄吉顺当上联社主任了，我一报周转资金，街道委员们带头鼓掌，跟着就是全场鼓掌，接着就选举。你是没去，去了，看看我是个什么光彩样儿。好了，以后我可以算半个政府干部了。就有那种傻蛋，叫他报周转资金，都往少里说，好像政府要抢他的似的。叫他们等着，我一个一个地把他们的肠子掏出来。政府这么好，跟政府要歪的，哼！"

于凤兰问他："你报了多少？"

黄吉顺诡秘地说："报多少谁还来查实？报多少都是空的。你想想，一个联社主任抵多少钱?”

于凤兰懵懵懂懂，小声问道:“你报多少吗?”

黄吉顺笑道:“我都说不出数来!”

于凤兰沉默了。黄吉顺说:“所以我说，我们和张广泰的亲事，不能办，咱们是什么人?他们是什么人?差着八竿子高呢。大翠又跑他那去了，这几天，你得跟她说，不能结这门亲。叫她往高里看。”

于凤兰愁苦地说:“眼看日子到了，怎么能拉回她的心来呢?”

黄吉顺烦恼地骂道:“心，心，心是什么?我的心不是为她?我的心不是心?”

于凤兰说:“你不用跟我瞪眼，这事啊，唉，太叫人说不过去了!”

黄吉顺说:“天下还有说不过去的话?叫张广泰自己说说，他和我结亲家合适吗?”

于凤兰说:“张广泰倒会说大面的话，我给你说的是大翠，我们不能这么往死里逼她。”

黄吉顺又烦恼地瞪起眼说:“怎么又是死了活了的，谁逼她?你给她好好说嘛。”

于凤兰不解地皱眉问道:“你到底是动了哪根邪筋啦?这事，能那么办吗?”

黄吉顺说:“你才动了邪筋呐，听不懂我的话，给你说了这么多天，你怎么还这么不明白?我跟你说，明摆着的事，他们张家是农村户口。城里的好处他们是一点儿都得不着。你叫大翠去跟着他们受罪?我们没在大柳树住过?没看见他们一个个的什么样?吃的什么?干的什么?大翠嫁过去，就变成农民啦!城市户口就没了!什么也没了!我们当父母的，给儿女造那个孽!农民!懂不懂?将来有了孩子呢?一代一代，一辈一辈，都得是农民!都得去受那牛马苦!旱涝灾年，没有吃的，她领着七个八个一大群，哭着嚎着来找你，你怎么办?嗯?管还是不管?我们再受她的拖累?我受得了，还是你受得了?啊?你光看眼前，他们这么亲那么爱，说的比唱的还好听，她大翠懂什么?这种时候，做父母的，不为儿女看远点儿还算什么父母?”

一席慷慨激昂充满感情的话，说得于凤兰动容了，渐渐低下了头。

黄吉顺接着说:“今晚上你好好给她说说。”

于凤兰慢摇头说:“说不通。她不会回头。”

黄吉顺说:“这就看你的本事了。”

于凤兰说:“我没有你那本事。”

黄吉顺说:“还是我那句话，功到自然成，火到猪头烂。今晚你睡她的房，给她说!”

夜已静。上弦月照着大地，照着大柳树村，照着“新新居”饭馆。大翠房里传出抽泣声。月儿已落。

黑暗里，“新新居”的哭声继续着。

清晨，成才开了自家院门，见一个人披衣蜷缩坐在门外，不由吃一惊，问声：“谁?”

原来是小芹，她的头发被露水打湿了，脸色苍白，困倦无神地问他道：“师傅在家吗?”

成才惊问道：“你怎么在这？坐一夜?”

小芹起身进了院，直进东间房，张广泰还没起床，见了她，吃一惊，叫声：“小芹？这么早？什么事?”

小芹说：“师傅，我妈和我姐哭了一夜。吓死我了。”

张广泰问道：“为什么?”

小芹说：“不知道。我叫门，她们不开。”

张广泰问道：“你爹呢?”

小芹说：“没声儿。”

王玉珍对张广泰说：“你去看看?”

张广泰蹙眉思索。

成才在旁说：“我去!”

张广泰制止他说：“你别冒失!”

成民睡眼朦胧进房来问道：“什么事？一大早!”

张广泰和王玉珍都不答声，成才也不吱声。

成民急又问道：“什么事呀？怎么都不说话?”

小芹说：“我姐和我妈哭了一夜。”

成民惊问：“为什么?”

小芹说：“不知道。”

大家都陷入沉默。

成民说：“我去看看。”

张广泰说：“你也别去。”

在黄吉顺家，黄吉顺轻声问于凤兰道：“怎么样?”

于凤兰木木呆呆轻摇头，慢说：“我说她不会回头，你偏不信。”

黄吉顺问道：“你是劝她了？还是帮她了?”

于凤兰说：“有本事你自己给她说。”

黄吉顺说：“我就不信她这么不懂事!”

于凤兰说：“不信你说去。我不管了。”

这时，厦下来了吃早点的，大呼小叫地喊：“掌柜的!”“今天开不开门呀?”

黄吉顺应声叫道：“来了来了！”推于凤兰出了房，自己去敲大翠的门，高叫道：“大翠！”

任他怎么呼喊，大翠一声不应。黄吉顺转身对于凤兰说：“你快去应付门市！”

于凤兰走去敲小芹的门，喊道：“小芹，该起了，别误了上班！”

也不见有小芹应声，她推开门，见房里没有人，吃一惊，问黄吉顺道：“小芹呢？”

黄吉顺探头向房里看一眼，疑惑地问道：“哪去了？”

于凤兰更疑惑地问道：“不吃口早饭就走了？不对，你快上她厂里看看去。”

黄吉顺发泄着牢骚，骂道：“给我养下这么些东西！”

第五章

成才来到“新新居”门前的大厦外，见吃早点的人很多，黄吉顺和于凤兰进进出出地忙着端盘收碗招呼顾客，他进了大厦，黄吉顺好像没看见他。他找个空位坐下，黄吉顺给他身旁的人送来馄饨包子，好像这才发现了他，问道：“成才？你来干啥？”

成才说：“我想吃碗馄饨。”

黄吉顺说：“啊呀，你不在家里吃早饭，一大早上这儿来添乱！”

成才说：“那我到屋里吃。”

黄吉顺说：“行了行了，在这等着吧。”成才却起身慢步摇晃地跟着他进了屋。

黄吉顺回身间发现了他，厌烦地说：“叫你在那等着，进来干什么？出去出去。”

成才像没听见，东张西望：“大翠姐呢？怎不见她？”

于凤兰警惕地应付说：“病了。”

成才说：“我看看。”说着就推大翠的房门。

于凤兰忙拦他说：“大姑娘得病，你个男人看什么？”

黄吉顺正色道：“成才，你给我出去。”

成才说：“我要看看大翠姐。”

黄吉顺说：“出去！一早来捣乱！”

成才说：“我怎么是捣乱？看看我嫂子嘛！”

黄吉顺说：“哪个是你嫂子？出去！”

成才拍了下胸说：“我来买早点吃！吃馄饨！”

黄吉顺说：“吃馄饨外边坐着等着！”

成才说：“我要我嫂子给我做！”

黄吉顺说：“又你嫂子，还没成亲呢，你就嫂子嫂子的，出去坐着去！”

成才出屋，直过大路回家，迎面走来他妈王玉珍，快步迎上去，见妈挎个竹篮，里面装满黄瓜、青菜、鸡蛋，他略迟疑，问道：“妈，你上哪去？”

王玉珍反问他道：“你上哪了？”

成才说：“我去看大翠姐了。”

王玉珍说：“你到底去了？她怎么样？”

成才说：“没见着。”

王玉珍说：“叫你不要去，你不听，回家吧，饭给你留在锅里。”

黄吉顺在他的大厦下收拾碗筷、抹桌子，不时地向北望一眼，心里嘀咕：“成才这小子，一大早来看大翠？”停下手，定定神，急忙回房，拉过于凤兰说：“不好！”

于凤兰问道：“什么不好？”

黄吉顺斜眼道：“走漏风声了。”

于凤兰问道：“走漏什么风声？”

黄吉顺说：“说你傻你还不认账，大翠的事！张家知道了！”

于凤兰说：“你做贼心虚！他们怎么会知道？”

黄吉顺断然说：“是小芹！这个吃里爬外的小混蛋！一定是她去给他们说了。”

于凤兰说：“小芹什么也不知道啊！”

黄吉顺说：“你们闹腾一夜，她不去说？”

于凤兰说：“这可怎么办？”

黄吉顺挺脖子歪头翻眼珠想主意。忽听厦下又有人喊叫：“掌柜的！来呀！”“馄饨！”

黄吉顺应声喊道：“来啦！”端起两碗馄饨出了门，却见王玉珍挎着竹篮到门口了，他忙做出笑脸，口气惊疑地叫道：“哟，亲家！您来啦！快里边坐！”

王玉珍说：“来看看你们。”

黄吉顺勉强地客气说：“啊呀，这里什么都有啊，你还拿这么多东西。多不好意思！快！里边坐！”

于凤兰迎上王玉珍说：“嫂子，您来了。”

王玉珍说：“来看看你们。这阵子一直没得空。你们生意好吧？”

于凤兰说：“就这么忙着，来了吃的，锅上忙，没来吃的，案上忙，也没顾上去看看你们。”

黄吉顺笑道：“刚才，成才来给我捣乱了一阵子，我们爷俩还逗了一会儿嘴皮子。”

王玉珍说：“成才就是个不成器的东西。以后你可多管教他点儿。”

黄吉顺说：“他那个锔锅担子，弄好了也是个抓钱的路子。广泰大哥还下地？”

王玉珍说：“村长说，叫他盘个炉子，打点儿家用的铁器。”

黄吉顺说：“哎，这是个路子，弄好了可以往开工厂发展。”

王玉珍笑了，说：“他哪有你这个本事。”

黄吉顺笑道：“我也是瞎闹。现在越闹事越多，这不是，区联社叫我担任个主任，呃，这‘新新居’还得照看着。”

外面有人叫：“有人吗？还卖不卖啦？”

黄吉顺笑道：“这不是，说着说着来了。”向外喊声：“来了！”便忙走出屋去。

于凤兰对王玉珍说：“我们房里坐吧。”

于凤兰领着王玉珍进了黄吉顺的房。王玉珍轻声问道：“怎么不见大翠？”

于凤兰说：“不舒服啦。”

王玉珍说：“噢，我看看她？”

于凤兰说：“不用，哪有老的看小的？”

王玉珍说：“嗨，孩子病了，我这婆婆要看看，你这亲家母还能不让看？”

于凤兰笑道：“哪能啊，我去叫她。”

王玉珍说：“不用，我去看她。”

于凤兰说：“好吧。”

于凤兰和王玉珍进了大翠房。于凤兰问道：“翠儿，好点儿了？你大妈来看你了。”

大翠坐起，低着头，不说话。

王玉珍问道：“翠儿，怎么不舒服？”

大翠仍旧低着头不说话。

于凤兰催道：“大妈问你呢！”

大翠还是不响。

王玉珍问道：“到月啦？”

大翠歪了歪头，还是不答话。

于凤兰强笑道：“你看看，就这样。”

王玉珍问道：“你那眼怎么了？肿成这样？”

大翠还是不说话。

王玉珍说：“身上怎么难受？给我说说。”

于凤兰说：“这几天就这样，不爱说话。”

王玉珍问道：“心里有什么委屈？”

大翠木木呆呆，眼里闪出一点儿泪花。

王玉珍问于凤兰道：“这是怎么回事？”

于凤兰说：“谁知道呢！”

王玉珍说：“翠儿，还有三天就是八月十五了。”

大翠眼泪像泉涌，歪了头。

王玉珍说：“这可怎么办？”

于凤兰说：“没法子。叫她躺两天吧。”

王玉珍说："可他们的日子到了。"

于凤兰说："唉！哪想到的。我们出去说吧。"

张广泰在自家院的西墙下盘铁匠炉。只他一个人，又要安风箱，又要挖坑，又要挖沟，又要和泥，又要安炉条，忙得满头汗。

成才在大柳树街上焊铁壶，手艺不到家，也是满头汗。曲彦芳手提镰刀绳子向他走来，老远打趣地叫道："小炉匠，今天打破几个碗？"

成才向她诡谲地招手，曲彦芳问道："干什么？"

成才又向她招手，曲彦芳走近他。他附在曲彦芳耳边，低声说了几句什么，曲彦芳一仰头说："嗨，我去！保证给你打听清楚。"说罢，大步南去了。

在张广泰家院里，张广泰和王玉珍在还未盘成的铁匠炉子两旁，默默相对，都在想什么。过了一会儿，王玉珍猜测说："也许大翠吃了什么说不出口的亏？他们那里，开着个饭馆，什么人没有？"

张广泰蹙眉说："不至于吧？大翠是个有心计的孩子。"

王玉珍说："要是那种事，她可不得闭了嘴！"

张广泰连连摇头说："不会不会不会。绝对不会。大翠这孩子我知道。"

曲彦芳大摇大摆地进了"新新居"房里，黄吉顺见了，老熟人似的迎上她，问道："彦芳，有事？"

曲彦芳一挺胸，问道："大翠呢？"

黄吉顺问她道："什么事？"

曲彦芳说："我爹叫她上大柳树去给学生上课。"

黄吉顺说："上大柳树给学生上课？我怎么不知道？"

曲彦芳说："天下的事都要你知道？"

于凤兰急插话说："大翠病了。"

黄吉顺忙附和："是是，病了。"

曲彦芳问道："什么病？"

于凤兰说："大半是感冒了。"

黄吉顺说："啊啊，感冒了，她感冒了。"

曲彦芳说："我看看。她在哪？"见两间房门开着，房里无人，便去推大翠的房门，房门从里锁着，她叫道："大翠！大翠！大翠！我是曲彦芳！开门！我爹叫你去上课！"门里没有应声。

于凤兰说："睡着发汗呢！"

曲彦芳说："发汗？一点儿声没有！"

"哐啷"一声，门开了，曲彦芳进了门。

于凤兰推黄吉顺说："听听她们说什么！"

黄吉顺说："你去！我不合适！"

于凤兰皱鼻子挤眼地恨骂道："我看你怎么收场！"进了大翠房。

曲彦芳歪坐在大翠的炕沿上，轻声问道："你怎么啦？"

大翠只流泪，不说话。于凤兰在旁说："感冒了，不爱说话，难受。"

曲彦芳摸大翠的头，疑道："不烫手啊，没感冒。你们打她了吗？"

黄吉顺在门外接话说："彦芳，这么大的姑娘，我们怎么会打她呢？"

曲彦芳又问道："骂她了？"

于凤兰忙接说："没有。好好的，骂她做什么？"

曲彦芳说："是她生气了吧？"

于凤兰说："好好的，生什么气？没有。"

曲彦芳说："这是怎么回事？我来看她都不说话，中邪了？"

黄吉顺在门外说："没有，彦芳彦芳，她就是病了。"

曲彦芳说："啊呀，什么病？连话都不说！是不会说了？大翠，这可不好，今儿是八月十一，再三天你要出嫁了，病了可不吉利。大柳树都知道你要嫁回去当老师。"

大翠转过脸，用手绢擦泪。

曲彦芳问道："你到底怎么了？我爹还等我回话呢！"

于凤兰说："彦芳，你回去对老村长说，大翠病了，这几天不能去教学，等她好了再去。啊！"

曲彦芳说："好吧，叫我爹来看看吧。"

黄吉顺忙说："哎，不用不用不用，好了就叫她去。可是彦芳，叫大翠到大柳树教学的事，大翠从来没对我们说起过呀！这是怎么回事？"

曲彦芳说："我也不知道。"走了。

黄吉顺和于凤兰狐疑地目送曲彦芳出店门，于凤兰奇怪地问："怎么她掺和进来了？"

黄吉顺也发疑，问道："曲国经插手了？不会呀！他怎么会插手？"指指大翠的门说："把她叫起来！"

于凤兰说："到底要出事。"去敲大翠的门："翠儿！"

成才见曲彦芳大步来到，急忙迎上问道："见着了？"

曲彦芳说："大翠的眼肿得睁不开了！"

成才问道："为什么哭？你问了？"

曲彦芳说："她不说。"

成才思虑着问道："为什么呢？"

曲彦芳说：“她不说，我怎么知道？”

成才说：“你告诉我哥哥去！”

曲彦芳说：“你不会去？我是你的通信员？”

成才笑道：“你没看见我这正焊着东西吗？你去，回来我给你打个发卡子，带个小蝴蝶。”

曲彦芳高兴地说：“说话算话？”

成才说：“骗你死了变个蛤蟆。”

曲彦芳笑了，转身走了。

在“新新居”厦下。于凤兰收拾餐具，黄吉顺抹桌子眼望大柳树，思忖片刻，对于凤兰说：“我说，已经到了这一步了，这层窗户纸早晚得捅破，晚不如早，早点和他们讲明了倒好，不要挨到大后天，八月十五，吵吵闹闹的，来过节的联社委员们，吃瓜不甜，喝酒不香，招人家说倒霉，更不能让曲国经插进来，那老家伙，办不了好事。”

于凤兰说：“怎么捅破？”

黄吉顺说：“这简单，给他们明说，退婚。”

于凤兰说：“刚才还亲家亲家地叫着，眼珠还没转过来就说退婚？”

黄吉顺说：“那又怎么了？天下事都这样。你去给他们说。”

于凤兰说：“我可没有那厚脸皮！”

黄吉顺说：“原来没有，练练就有了，不是说吗？人人都得学习，这也得学习，这是新社会、新风气。去吧。”

于凤兰说：“你为什么不去？”

黄吉顺说：“真不懂事！你去了，看他们的意思，行了，没说的，大家还是好朋友。他们说不行，我这有个退身步，那时候我再出马。去吧。”

于凤兰说：“还想落个大家都是好朋友？不打我们个头破血流才怪呢！”

黄吉顺说：“他敢！”

于凤兰说：“怎么不敢？”

黄吉顺说：“看你这点儿兔子胆。”

于凤兰说：“不是胆的事，怎么跟他们开这个口啊！”

黄吉顺说：“我给你说，这事，你要说它复杂，它就复杂，你要说它简单，它也很简单。到那儿，给他们说一声，打个招呼就行了。有什么了不得？他们成民，小学教员，一表人才，还怕找不着个老婆？”

于凤兰说：“你就不为大翠想想？”

黄吉顺说：“给你说了多少遍？我就是为大翠，才走这步棋。快去吧。”

于凤兰叹口气说：“这可真是难死人！”坐下了。

黄吉顺催她："快去啊！"

于凤兰三步一抬头两步一回首地到了张家门前，迟迟疑疑，站住了。向门里望一望，低了头，沿院墙，一步步走，绕张家房转了一圈，又回到了院门前，再次向张家院里望一眼，又绕张家院墙走。

张广泰家院里。张广泰盘炉子，王玉珍急走来："我看见于凤兰在咱房后往东走了。"

张广泰说："瞎说，你看错眼了。"

王玉珍说："真的，不信你出去看看。"

张广泰出院门，恰见于凤兰沿院墙从东走来，忙叫道："老弟妹！你怎么在这儿？"

于凤兰停住，张广泰迎了去说："怎么不进家？"

于凤兰尴尬地笑。王玉珍从后上前拉于凤兰说："快快，进家！"

于凤兰惭愧地连连点头说："我还有什么脸进你们的家？"

王玉珍听得话茬不对，敏感地一怔，但仍旧说："看你说的，怎么没脸了？快进家。"

张广泰两手泥，不知该怎么是好，也忙说："对对，快进家。"

于凤兰被请进张家院，见了院西墙下的炉子，问："张哥盘炉子？"

张广泰说："村长叫我盘个炉子，干点儿农业上的活儿。"

王玉珍拉于凤兰说："我们正想再去看看你们，大翠到底怎么回事？弄得我们心神不宁。"

于凤兰说："咳，不进家了，就在这给你们说说吧。"

王玉珍说："进家坐，我给你烧壶水，泡碗茶，咱们喝着，慢慢说说。"

于凤兰说："不啦不啦，在这说吧。"

王玉珍说："这哪像亲家登门呀？"硬拉于凤兰进了屋。

张广泰说："我烧水，正好盘了炉子。"

小学校里，墙和房顶依然破漏如故。西墙一片黑干泥上，写着"中国共产党""社会主义"。孩子们趴在矮木板上写字，成民在木板间踱步。

曲彦芳出现在门口，轻声叫道："张老师！"

成民迎出门去，问道："彦芳？什么事？"

曲彦芳附在成民耳边低声说了一阵悄悄话，成民对学生们说："今天先学到这儿，每人写十遍。"说罢，快步走出学校。

成民大步进了"新新居"，黄吉顺见了，忙迎住他，问道："成民，来啦。见着你婶了？"

成民莫名其妙，问道："我婶？没有。"又问道："大翠怎么了？"

黄吉顺沉着地说："你婶给你爹妈说去了。你来了，也正好。"

大翠突然出现在房门前，手里一把散发，叫道："成民！"

成民怔怔看着大翠，问道："你怎么了？"

大翠上前拉着成民进了自己的屋，黄吉顺在外，脸色沉下来，叫道："哪去？"

大翠说："我们说说话。"

黄吉顺说："还没成亲呢，有什么话要关起门来说？"

大翠和成民都怔住了。

黄吉顺拿过两个小板凳，放在当门口地上，对他们说："就在这说吧。"

大翠和成民愣了，只得就地坐下，两人相视，不知如何开口。

黄吉顺又拿过个小凳放地下，自己坐上。正色催促道："说吧！"

沉默一下，成民开口说："大叔，我们俩有我们俩的话。"

黄吉顺说："你们俩有怕人的话？"

成民说："没有。我们没有怕人的话。"

黄吉顺说："没有怕人的话，有怕我的话？"

成民说："也没有。"

黄吉顺说："没有怕我的话，就说吧。"

成民蹙眉看了黄吉顺一阵说："大叔，你这是什么意思？我俩眼看要成亲了，说句话你还在旁边看着？不让我们单独说？"

黄吉顺说："眼看要成亲了不假，可是还没成亲呢。有什么要单独说的话？"

成民说："就是还没成亲，也有我们单独要说的话呀！"

黄吉顺说："那就说吧。"

成民和大翠相视无语。沉默一阵后，成民站起说："大叔，你要叫我们唱'梁祝'？"

黄吉顺不解地问道："什么梁柱？"

成民说："你要拆散我们？"

黄吉顺说："怎么我要拆散你们？你们本来也没在一起呀！"

成民说："可我们马上就要在一起了？"

黄吉顺说："在一起才说在一起的话，还没在一起就得说没在一起的话。"

成民说："以前我们常在一起说话。"

黄吉顺说："以前我没看见。今天我看见了，就得看着你们说话。"

成民说："大叔，你告诉我，大翠为什么哭？"

黄吉顺说："你问这个？"

成民说："对，问这个。"

黄吉顺说："这个我不能告诉你。"

成民说："那么我问大翠。"

黄吉顺说："大翠也不能告诉你。"

成民说："为什么不能告诉我？"

黄吉顺说："你这话可真好奇怪，我家的事，为什么要告诉你？"

成民被噎住了。又沉默了一阵，黄吉顺开口说："张成民同志，你想过没有？今天你到我家来找大翠，合适吗？"

成民疑问道："怎么不合适？"

黄吉顺说："你想想，自己想想。你怎么可以闯到我家来找我的姑娘呢？"

成民说："大叔，你怎么突然说出这种话来？我要找大翠，问她句话，有什么不可以？我和大翠是什么关系，你不知道？"

黄吉顺说："什么关系？你和大翠是什么关系我不管，可是，不论你和大翠是什么关系，你和她说话，我都该听着。要问我们家的事，应该先对我说，先问我。"

成民说："噢，这个礼节的细节，我疏忽了，不过我也要跟您说，也要问你的。"

黄吉顺说："你要跟我说什么呢？问我什么呢？"

成民本已有气，现在不顾那许多了，说："你想，我会给你说什么呢？我会问你什么呢？"

黄吉顺说："这个，我不知道。"

成民略思忖说："本来，我要给你说的，应该很多，可是现在，你忽然阻拦我和大翠说话，我要说的只有一句，你这是有意要拆散我们。"

黄吉顺说："不愧是师范毕业生。行，我这么给你说吧，你和大翠的事，虽说新社会不由父母做主，可是没有父母的同意，你们办不成。我说的对不对？"

成民说："对。"

黄吉顺说："所以，你应该先回家，听听你的父母怎么说的，然后再来。"

成民说："我父母是赞成的，这个你也知道。"

黄吉顺说："不一定，现在不一定。现在你的父母不一定赞成了。"

成民吃一惊，问道："你这话从哪说起？"

黄吉顺说："就从这儿，从此时此刻说起。"

成民说："就是我的父母不赞成，我和大翠的事也是我和大翠做主。"

黄吉顺说："好了好了，回家去问问你的父母吧。"

成民问道："这是怎么回事？"

黄吉顺说："怎么回事，问问你的父母就知道了。"

成民说："我说了，就是我的父母不赞成，我和大翠的事，是我和大翠的事，我也要问问大翠。"

黄吉顺说："大翠是听父母的。"

成民正色说："大翠‼"

大翠说："回家去。和大伯大妈好好商量商量。"

成民越不解似的问道："这是什么意思？"

黄吉顺说："这话不是很明白吗？叫你回家去问问你的父母。"

成民说："那么我问大翠。大翠，就算我们双方的父母都不赞成我们的婚姻，你怎么回答我？"

大翠面部抽搐，说："成民，我不改初衷。你回家去，和大伯大妈好好商量，商量，明白了吗？好好商量商量。"

成民对黄吉顺说："你听见了吗？"

黄吉顺说："听见了。叫你回家去和你爹妈好好商量商量。"

成民问大翠道："大翠，你为什么哭‼"

黄吉顺说："我说了，我的家务事，你要问我。"

成民说："好，我就问你，大翠为什么哭？"

黄吉顺说："这是我的家务事，你无权过问。"

成民慢起身，出门去。

大翠进自己房，"嘤嘤"哭起来。

成民快步向大柳树村走，正巧在田间小路上遇见了于凤兰，停步叫道："大婶。"

于凤兰没精打采地答应："啊，成民。"

成民问她："婶，大翠怎么了？"

于凤兰说："没怎么。"

成民说："婶，刚才我去找大翠说话，大叔为什么不让我和大翠说话了呢？"

于凤兰说："回家……你爹妈都知道了。"

成民急急回家，进门便问王玉珍："妈，大翠妈来过？"

王玉珍说："来过。你怎么知道？"

成民说："我碰见了。我去找大翠，黄吉顺不让我和她说话了。说叫我回家问你们。看他的样子，他们要拆散我和大翠！还说你们已经知道了。"

王玉珍说："是吗？于凤兰可没有这样的话。"

张广泰说："话是没有这样的话。锣鼓听声儿，说话听音儿，意思可是有了。"

在"新新居"房里，黄吉顺急切地问于凤兰道："你怎么给他们说的？"

于凤兰重重叹口气说：“我还能怎么说？我对他们说，自打成民回来，说在大柳树教小学，大翠表面上也有说有笑的，可是没人的时候，偷偷叹气、抹泪，一天一天变得不爱说话。昨晚我问她，她就是哭，不说为什么，我们俩琢磨，多半是为成民的工作她不满意。可王玉珍不信，她说，不会吧？昨天他们俩还有说有笑的。我说我们大翠，重情义，宁肯自己受委屈，也不愿别人难过。她是要成民自己退下去，可成民不知道。这不是，病了。王玉珍听了，也为难，问我，这可怎么办？我才说，所以来和你们商量，能不能把八月十五这个日子，往后拖几天？等她再和成民见几面，两人慢慢说开了，事就好办了。”

黄吉顺暴跳叫道：“你就这么说的？’”

于凤兰说：“我还能怎么说？这么说还不好？”

黄吉顺骂道：“你这破娘儿们！我叫你给他们这么说的吗？”

于凤兰生气地反骂道：“你叫我那么说，我红口白牙，说不出那话来。”

黄吉顺说：“你推到大翠头上，刚才大翠还亲口对他成民说‘不改初衷’。这不是露馅了吗？你这破货，能干点儿什么好事出来？叫你养孩子，你给我养了俩丫头，累了我这么多年，叫你去说句话，你歪嘴吹喇叭，你还能干点儿什么？去！再去！给他们明明白白地说，退婚！”

于凤兰说：“我不去。”

黄吉顺说：“……看我的！”

张家。张广泰炕头上凝神静思着说：“这件事，其中有‘典故’！”

王玉珍问道：“什么典故？”

张广泰说：“典故就是，到现在我们还不知道大翠和于凤兰为什么哭一夜。”

王玉珍说：“我看，黄吉顺的意思，是不满成民回大柳树当了个小学教员。大翠或许也有点儿不满意。”

张广泰问成民道：“大翠给你说了吗？”

成民说：“没有。刚才她还说，不改初衷。”

王玉珍跟着问道：“是不是她一时难出口？”

张广泰说：“是啊，刚才她说叫你回家和我们好好商量商量，这话又是什么意思？我们商量什么？”

王玉珍叹声说：“闷葫芦！”

张广泰说：“现在，得我亲自去看看了。”

张广泰提着两瓶二锅头酒走到“新新居”前，正正衣冠，皱眉强作笑颜，干咳两声，朗声问道：“在家吗？”

黄吉顺闻声迎出门，笑道：“哟，张师傅！稀客稀客，快请进家。”

张广泰也笑着说：“哎，怎么是稀客呢？亲家亲家，亲似一家嘛。”说着，进了屋，小芹正在吃饭，见了他，忙起身，叫声："师傅。"

张广泰问道："小芹，怎没带饭去厂里吃？"

小芹说："今日停工，全厂讨论包产包销，各组讨论自定任务。我回家吃热的。"

黄吉顺笑着说："现在她们是铁饭碗了。铁路银行，邮局工矿，世世代代，官银皇粮。"

小芹进了自己的房，"嘭"的一声摔上了门。

张广泰见状问道："小芹怎么了？"

于凤兰说："不爱听她爹说话。"

黄吉顺假客气地笑道："哟，你还拿酒来做什么？"

张广泰却并不笑，只说："和你喝两杯啊！"

黄吉顺急忙吩咐于凤兰道："去炒两个菜。"

张广泰问道："你们才吃饭？"

黄吉顺又笑道："嗨，不是忙嘛，吃饭的时候忙生意，侍候人家。想去看看你，一直腾不出手来。"

张广泰说："我来也一样。"

黄吉顺说："先喝酒，先喝酒。"举起酒瓶看看，笑道："又是二锅头，又在这屋里，又是咱老哥俩。啊！"说罢，开了瓶，干笑两声，斟满两杯。

于凤兰送来两盘菜，黄吉顺端起杯，说："来！"于是，两人照了照杯，开始对喝一口。

张广泰说："本来，我叫成民来给你递个话，告诉你一声，我要来看你。没想到，他到底年轻，还不会说话，今儿我来，头一件，就是给你赔个不是，怪我，你不用生他的气。嗯？孩子嘛。"

黄吉顺明显地应付说："哎哎，没事，没事。喝酒，喝酒，有话慢慢说。"

两人又照了照杯，喝酒。张广泰继续说："第二件，我要看看大翠，听说她病了？"

黄吉顺说："是病了。"

张广泰说："叫她出来，我见见？"

黄吉顺说："她还睡着，我们先说话，她醒来，叫她给我们炒几个菜，我们好好喝。"

张广泰说："好好，第三件，我来和你商量商量大翠和成民的亲事，我们原订的是八月十五给他们办，到眼前了，你看怎么样？按时给他们办了？"

黄吉顺眨眨眼说："张大哥啊，说起这件事啊，现在，难了！"

张广泰奇怪地问道："怎么难了？"

黄吉顺做出真正一副为难的样子说："我们两家，一直都这么说，我们是亲家，可是……嗨，大翠和成民有来往，这我们也知道，都不假。我们也说过，他们俩合适，这也不假。我们也说过，要是真成了，八月十五，给他们办喜事，这也不假。可是呢，话都是那么说说，也不过就是说说而已呀。”

张广泰紧盯着黄吉顺，平静地说：“你的意思，那都不算数？”

黄吉顺叹口气说：“你我都是一把年纪的人了，你又是工人，空口说白话的事，我们能办吗？”

张广泰表示同意地说：“是不能办。可是，还要些什么呢？要办个结婚证书，叫他们自己去办就是了，还要什么？”

黄吉顺说：“可不是嘛，还要什么？他们不要什么了，是我为难了。”

张广泰问道：“你为难什么？说说，我们商量，只要孩子们过了好日子，我们做父母的，能给他们帮点儿忙的，就帮。父母都是为孩子。”

黄吉顺说：“你这话太对了，父母都是为子女。谁不为子女？你为你的子女，我为我的子女，成民回到大柳树了，你说，我能叫大翠，扔了城市户口，到农村去？”

张广泰问道：“大翠也这么说？”

黄吉顺说：“她是没这么说，可是，这事，我这当爹的得担起来呀，我得给你这么说啊。”

张广泰仍旧平静地说：“大翠没说，你担它个什么呢？成民对我说，大翠说她不改初衷啊。那就是说，大翠不嫌我们是农村户口。再说大柳树也挺好，我们一家搬了去，现在村长给我安置得挺好。不用愁日子。”

黄吉顺说：“大翠啊，咳，这孩子是碍于和成民的情意，不好说出口，所以得我说。”

张广泰问道：“大翠这么给你说了？”

黄吉顺说：“说是没有这么说，心思可是明明白白的了。你得想啊，人和人不一样，你们一家到了大柳树，自然得入乡随俗，大翠呢？城市户口，这一条，和你们不一样啊。”

张广泰说：“你明白地说吧，是大翠不愿意？还是你不愿意？”

黄吉顺说：“这是很明白的，两种户口，不一样，还用往下说吗？”

张广泰说：“户口，啊！当初咱们两家，若是不换房子，大翠不是还在大柳树吗？你不是也在大柳树吗？你们一家不都是农村的户口吗？”

黄吉顺坦然说：“那自然是。可是咱们换了，现今不一样了。那时候，谁也不知道大柳树会划个农业区！”

张广泰说：“不，我是不知道，我要是知道，不会和你换。更不知道——不，不是不知道，是没想到，没想到你会提出这个条件来拆散两个孩子的婚姻。”

黄吉顺说：“后悔药就不用吃了。到哪山砍哪柴，现在就说现在的吧。”

张广泰说："我就是来听你现在的。"

黄吉顺说："现在是明摆着的，我不能叫大翠跟着你们去受罪啊！"

张广泰说："你是说，决定不叫大翠和成民成亲了？"

黄吉顺说："只能这样了。"

张广泰说："给他们退婚？"

黄吉顺说："退什么婚？根本就没有婚不婚的嘛！"

张广泰说："那就说解除婚约？"

黄吉顺说："有什么婚约？我们有什么婚约？没有啊。一个字也没有。你还记得不？咱们换房的时候，李三桐在契约上写了个亲家，我当时就叫他去掉了，我们两家没有这个亲家关系呀！对不对？"

张广泰点头说："对。"

黄吉顺说："再说了，现在新政府，就是有婚约、有证明，结了婚还可以离婚呢，有婚姻法保着呢，何况咱们两家啥也没有，退什么婚？"

张广泰已经激动了。但他为使自己不失态，仍做出平静的样子，一手把住桌上的酒瓶说："是啊，我还有什么话可说？既然这样，你能不能让我见见大翠？"

黄吉顺说："话既然已经说到这里了，你见她干什么呢？非亲非故，就算你跟她说几句话，有什么意思？事情就这么了结了吧。往日，你们给大翠拿来些东西，我叫她妈拾掇好了，你带回去。凤兰！包好了吗？"

于凤兰从大翠房拿出个布包，默默放在桌旁凳上，又进了自己的房。

黄吉顺指着布包说："你拿回去，我就不特地给你们送去了。"

张广泰点点头说："我对你说几句话行不？"

黄吉顺说："怎么不行？以后咱们还是好朋友嘛，还可以喝酒嘛。"

张广泰说："那我就说几句？"

黄吉顺说："说吧，一边喝，一边说。"

张广泰说："好，唉，我再问你一遍，我能不能和大翠说几句话？"

黄吉顺说："嗨，不是说了吗？还说什么？非亲非故！"

张广泰又点点头："黄吉顺啊！古话说得好，人和人相交，都是合群合流啊，那叫鱼找鱼，虾找虾，王八找个鳖亲家。要说咱俩做亲家，倒真不是一流的人。你为什么要和我换房子，广华街家喻户晓。你事前听到了街南要划成城区的消息，当时我不知道，真的不知道。"

黄吉顺说："这件事，本来我可以对你说明白，当时我也不知道，我确实没听到什么城区不城区的消息，但是现在就不用表白了。天地良心，我能那么办事？我说的是，给你换成大房，孩子们成家，住着方便。"

张广泰说："对。你当时是说了这个话的，说得很明白，现在你该兑现了！"

黄吉顺问道："兑什么现？"

张广泰说："兑现孩子们成家。"

黄吉顺说："现在那个话办不到了。我不希望他们成亲？希望啊！可是你们成民让人失望啊！我不能看自己的骨肉跟着他去受罪呀！"

张广泰说："黄吉顺啊，黄吉顺！老天不公啊，你是这么个人，可是你生下了大翠那么个好孩子。孩子在你手里，最终会落个什么结果？"

黄吉顺说："张大哥，这你就不用操心了，我不会给大翠找个农民。人往高处走，水往低处流，全天下都是一个道理。"

张广泰说："是啊。若是我成民分配在城里大机关，当上大干部，你不会提出退婚吧？"

黄吉顺笑道："这不是你也很明白这个道理吗？还有什么说头？"

张广泰已经控制不住了，但仍摆出平静神色说："今天你和成民说了些什么，我知道了，于凤兰在我家说了些话，我也亲耳听到了，你对我说了些什么，我们面对面，我当然也听到了，唯独没听到大翠本人怎么说。所以，你听着，过去我们给大翠的东西，我不拿走。再过三天，八月十五，我打发儿子来娶亲。"

黄吉顺惊笑道："啊？你要来抢亲？哈哈，抢亲？你是山大王？解放了，新社会，你个农民敢到城里来抢亲？哈哈！"

张广泰正色道："给你脸，你不要脸。今天的事，其中是什么典故，我已经明白了。告诉你，大翠是我张广泰的儿媳妇，这事你变不了！也不用我来抢！两个孩子自己能做主！大翠自己能做主。还有政府！"

黄吉顺"嘿嘿"一笑说："不用吓唬我。政府，婚姻法，那都是宣传，说说唱唱的！你见哪个姑娘不经父母同意就出嫁了？刘巧儿怎么唱的？转了一圈，柱儿就是赵振华。你看，还说什么？这你就别生气了，把东西拿回去，从今以后，我们该是朋友还是朋友，嗯？"

张广泰说："我和你还是朋友？我张广泰和一个狼心狗肺的畜生交朋友？好！我叫你看看我怎么和你交朋友！"举起酒瓶，猛砸下去，酒瓶碎了，满桌的盘碗跳起来，酒洒菜散。

黄吉顺惊呼大叫道："你要干什么？"

张广泰说："我要你认识认识我张广泰！"操起砸煤铁锤，开始了全武行，横抡竖砸。桌椅、菜案、盘碗、家具……

黄吉顺大叫："来人啊！"

于凤兰吓得躲在墙角。小芹出房，不劝张广泰，竟跟着砸起来。黄吉顺大叫道："小芹！你这畜生！……"

转眼间，"新新居"从屋里到厦下，里里外外，到处是被砸过的桌椅家具。地上，菜肉米面，布绸衣片，残破凌乱，合着泥水，杂陈一片，真个是一塌糊涂。

张广泰一扔锤，扬长而去。黄吉顺和于凤兰木然呆立于其间。于凤兰悲伤地说："到底闹出这个来了！"

黄吉顺说："这倒好了！"

于凤兰啐道："好什么？"

黄吉顺"哼哼"一笑，说："你看着！"于凤兰动手收拾。黄吉顺立眼竖眉喝道："别动！"

于凤兰说："不动又能怎么样？"

成才在大柳树村的街头焊铁壶。

小芹匆匆来说："你在这？"

成才问道："小芹，你来干什么？"

小芹得意地笑着说："我师傅把我家砸了。"

成才吃一惊，问道："为什么？"

小芹还笑道："为什么？还不是为你哥和我姐的事！"

李三桐出现在"新新居"厦下，见狼藉满地的样子，大为惊疑，进了门，轻声叫黄吉顺一声："主任。"

黄吉顺问道："什么事？"

李三桐说："你看看这张中秋节要请的联社委员和客人的名单？"

黄吉顺伸手接请客名单说："给我吧。"忽又缩回手说："哎不！这事暂停。"

李三桐小心地问道："都不请了？"

黄吉顺说："你等我通知。"

李三桐忙说："好吧。没事我走了。"

黄吉顺忽然想起似的说："哎哎，你带钱来了吗？"

李三桐问道："什么钱？"

黄吉顺说："下雨那天，你在这吃了碗馄饨，还没给钱呢。"

李三桐说："你不是说我在这包吃饭吗？"

黄吉顺说："那得你上班以后，那天你还没上班呢？"

李三桐问道："我哪天上班？"

黄吉顺说："等通知吧。"

李三桐说："好，等我上了班再扣吧。"

黄吉顺说："也行。别忘了。"

厦下来了吃馄饨的，黄吉顺出门向人们点头赔笑："今天暂停营业，请过几天再来。对不起，对不起。"

要吃馄饨的几个人向屋里一望，都愕然，其中一人调笑说："哟！地震了？"

黄吉顺狠狠说："遭了匪劫！"

那人说：“哟，匪劫？快去报民警啊！”

黄吉顺说：“就要去。”

另个人说：“解放这几年还没听说过匪劫呢。匪劫砸店？”

黄吉顺说：“就是就是。对不起你们几位了。”

成才挑着锔锅担子走过大街，到了“新新居”门前，在厦下放了担子，大摇大摆进了门。看到地下一片狼藉的景象着实吓一跳。看看呆立其中的黄吉顺和流泪的于凤兰，退出了门。站在厦下，扯起嗓子大喊：“锔锅喽，锔盆锔碗喽——”

房里。黄吉顺气得浑身颤抖，骂道：“欺侮上门了！”

于凤兰说：“以后的日子可怎么过！”

张广泰家，王玉珍一迭声地埋怨张广泰说：“啊呀啊呀啊呀！我这在家等着，指望你能把个事圆回来，谁叫你去大闹天宫的！”

炕头上，曲国经装满一锅烟，抽着，慢条斯理地对张广泰和王玉珍说：“砸了不好。不过已经砸了，也就砸了吧。黄吉顺这个人，过去虽说在大柳树住着，可他根本算不上个大柳树的人，不管什么事，在他身上你就别想能痛快。他和你们换房子，搬走了，我还真高兴，为什么这么说？他走了，我去了块乱麻头。你们和他结亲家这事，听说过，我也高兴，因为大翠是个好孩子，和成民合适。成民回来以后，我真高兴了，因为连带着大翠也能回大柳树了。咱们大柳树的学校不用再当落后‘点心’了。现在闹到这一步，看怎么办！黄吉顺，教训教训他也好。麻烦在不知道这一闹，大翠会怎么样。”

王玉珍说：“村长，你去看看？”

曲国经说：“现在我管不着他了。不过，他若是来找我说话，就好了。那时候，你们什么话也不要说，更不要出面和他争辩，有我呢。他若是来找你们，你们对他说，你们的事，有我曲国经管，叫他来找我，别的不用说。”

王玉珍说：“那行吗？”

曲国经说：“我这么说了，就行。”

王玉珍说：“村长，你看这事闹的。他这脾气，以后在大柳树住着，不知要给你惹出多少事来。”

曲国经说：“乡下农村，孩子打架，王婆骂鸡，张家核桃李家枣，都是事，都不是事，不出大格就行了。广泰落落火，看来八月十五是办不成喜事了，你们该怎么过节怎么过，过了节再说。”

黄吉顺引着潘凡进了“新新居”，泣声说：“潘同志，你看看吧，砸成这个样子，我没动，我老婆也没动。他进门，不管三七二十一，就砸，我的买卖全给他砸光了。你是我们的官，我们遭这么大的灾，官得给民做主，你得给我们做主啊！”

潘凡各处检视着，有点儿结巴地说：“不不要说做主，是是负责。我也管大大大柳树。唔，这个事……你们两家，怎么闹闹闹闹成这样？”

黄吉顺说：“你坐下来，我给你从头说。”

潘凡说：“你看哪儿能坐？说吧，起因为什么？”

黄吉顺说：“起因，直截了当地说，是张广泰的儿子要娶我的女儿。”

潘凡说：“黄大翠？”

黄吉顺说：“是。这件事。过去我们确实说过。可是，两家没有换过帖子，也没有任何婚约之类的东西。他今天突然来说八月十五要来迎亲，三句话没说完，就动手了。他是打铁的出身，我两口子拉都不敢拉，我们央求他，可是越央求，他砸得越狠。你看看，你看看，砸成这个样。临走还说八月十五要来抢人。咱们新社会，允许这种流氓行为？啊？旧社会也没见过这样的！你看看，我们遭这么大的损失怎么办？”

潘凡说：“我我我不能听你——一面之词，得调查。”

小芹进了张家，叫一声：“师傅。”

王玉珍忙拦住她说：“小芹，你坐下，我有话给你说。”

小芹问道：“什么话？”

王玉珍说：“今天这个事，你师傅办得不对，不好。”

小芹有点儿幸灾乐祸地笑着说：“不好？挺好的呀，早该这样。”

王玉珍劝她说：“你还是个孩子。这件事不该这么办。你师傅的脾气太火暴了。

小芹咬牙说：“嗨，依着我，放把火烧了它才好呢。”

王玉珍说：“你也跟着你师傅瞎砸，你还怎么回家？”

小芹说：“我不回去了，还回这儿来，睡我的西间老地方。”

王玉珍说：“傻孩子！”

张广泰说：“不傻。就在这儿住。”

小芹高兴了。张广泰说：“我叫黄吉顺明白，女儿是他的，可也是我的儿媳妇，我的徒弟。”

小芹眼珠一转，大惊，高叫道：“哎不行不行！师傅，成才拉过我两次手了！”

张广泰莫名其妙地问道：“什么拉过两次手了？”

小芹一笑说：“不给你说。”张广泰更糊涂了。

小芹天真地笑道：“我在这儿住。”说罢，走了。

张广泰问王玉珍道：“她说的什么？”

王玉珍也云里雾里地轻声说：“我也不知道啊。”

第六章

村长曲国经的家在村西北一个小院里，像一般农民户一样，四周的泥院墙破败，门楼矮小。由于常有人到这里来办事，不走门楼，走院墙的几处豁口，这些豁口便被踩得成了通道，门楼实际上倒成了摆设了。

这时，曲国经坐在炕头抽闷烟，潘凡在炕下走动说道："这件事，责任在张广泰。儿女婚事，应该两家商量，成则成，不成则不成，他砸人家，对吗？黄吉顺的买卖做不成了，损失惨重，他应该负责。"

曲国经问道："负什么责？"

潘凡说："他要承认错误。"

曲国经说："行。我给他说说。不承认也不行。"

潘凡说："他要赔偿黄吉顺的损失。"

曲国经说："这可不好办。谁看见是张广泰砸了？谁作证？谁能证明不是黄吉顺自己砸的，讹赖好人？"

潘凡说："张广泰承认了错误，就说明是他砸的，还要什么证明？"

曲国经说："那就别承认那个错误了。"

潘凡说："怎么可以那样呢？"

曲国经说："承认个错误倒好说，赔偿损失？叫他拿什么赔偿？张广泰除了身上穿的，啥也没有。他是农村的无产阶级。"

潘凡说："事情总得了结呀！"

曲国经说："慢慢他们自己就了结了。"

潘凡说："那那那怎么行？"

曲国经说："嗨，怎么不行？行。农村的事，你管，没个了。你不管，没个不了。儿女亲家之间，打架闹火有的是，操家伙是常事。外人插手，将来他们合在一起骂你。"

潘凡说："曲村长，你可不能袒护张广泰啊！"

曲国经说："我袒护他干啥？巴掌大一块菜地，三间破房子，工人变成农民，一家四口，吃饭还得我给他们打算呢。"

潘凡问道："那那那，你说吧，怎么办？"

曲国经反问他："你说呢？我听你的。"

潘凡说："我是来找你谈嘛！"

曲国经说："不是谈完了吗？"

潘凡说："谈完了？没有啊。"

曲国经说："完了。我的意见已经完了。"

潘凡说："你的意见是什么？怎么完了？"

曲国经说："我的意见是不管。"

潘凡皱眉说："这不成啊，村长同志，政府要为人民办事。"

曲国经说："办事要办大事。现在大事是抓秋收生产，安排群众过冬生活。张广泰没行凶抢劫，没杀人放火，不过是亲家语言不和，生了点儿气，打破两个碗，没事。"

潘凡说："你又说亲家，他们现在不不不是亲家了！"

曲国经说："谁知他们是不是？清官难断家务事。"

潘凡说："这不是家务事。他们是两家。"

曲国经说："谁敢保险过几天他们不是一家？这事，你潘同志要管，我不拦。"

潘凡说："我要你管。我帮你。"

曲国经说："你要我管，就交给我，我不用帮。"

潘凡说："你可要一碗水端平啊。"

曲国经说："不相信我，你管。"

潘凡说："好吧。相信你。大翠和成民的婚事呢？"

曲国经说："这事你更别管了。他们要去登记结婚，我给出证明，盖戳，不结拉倒。"

潘凡说："八月十五呢？张广泰真去抢亲怎么办？"

曲国经说："别听黄吉顺胡说，张广泰也不敢。我们新社会，近在眼前，他敢抢个不愿意的媳妇回家？又不是旧社会的土匪，抢个姑娘，骑马跑上八百里，谁也找不着。"

潘凡说："好，那么这事也交你了。这是大翠和小芹这个月的粮票，也交给你。"从衣袋里摸出些粮票，交给曲国经，曲国经接了粮票说："成。黄吉顺若再去找你，你叫他找我。"

潘凡说："好。我走了。"

曲国经说："哎，潘同志，还有个事你得管。"

潘凡问道："什么事？"

曲国经说："我说好了请大翠来大柳树教学的。可黄吉顺把她锁在家里了，耽误了我的学生，他可要负责。"

潘凡说："这好办，我去通知黄吉顺，叫大翠来。"

曲国经说："他再锁着大翠，我可要叫学生家长们上他'新新居'去请了。"

潘凡笑道："你你你不要火上浇油，我去给他说。"

夜已静。广华厂车间里一片黑，经理室里还亮着灯，朱存孝和几个人围坐灯下商量《广华钉子厂关于参加包产包销合作社的申请报告》的文稿。朱存孝已经疲惫消瘦，困倦不堪，说话声音也嘶哑："你们再好好想想，还有哪些方面，是我们的有利条件，别漏掉。"

第一个工人代表说："还有什么？连人带铁，工具厂房，就这么些家当，全厂工人的态度，表了两天了。"

朱存孝说："我是怕咱们的态度看起来积极性不高，给刷下来。"

又一个代表说："剩下的就看你厂长文墨上的功夫了。积极性是空的，你爱说多高说多高，说全体工人要求很高很高就行了。"

第一个工人代表说："你放心，真够不上要求，给刷下来，我们工会小组向您保证，一个人也不离厂，还干你私营厂的工人，谁也不埋怨。"

朱存孝说："我是怕参加不上对不起大家。"

又一个代表说："别熬了，就这样交上去。"

朱存孝说："好吧，若是批准了，我们也是国营企业了，放假一天，工资照发，就这样，大家休息吧。"

代表们走出经理室，朱存孝凝视着文稿自言自语说："包产包销合作！包产包销合作！家家都要求参加包产包销合作，我这一堆破铜烂铁也要求参加，参加了又会怎样？每月能出多少活儿……"他慢慢收起文稿，关了电灯，出门去，消失在月光夜色里。

黑影里，一个人的身影进了经理室，开了电灯，是黄小芹。她把办公桌上的东西拿下地，铺片油布，一跳，睡上办公桌去。

窗外，吴发林腋下夹根木棍，向室内看一阵，用木棍敲敲窗玻璃："小黄！你在里边干什么？"

小芹吓一跳，急忙关了灯，才看清窗外月光下的吴发林，喝问道："你看我干什么？"

吴发林说："今晚轮到我护厂守夜，你到经理室干什么？"

小芹说："睡觉！"

吴发林说："这里是你睡觉的地方吗？你开灯！"

小芹说："不开！"

吴发林说："你不开灯我要喊人了！"

小芹说声："破五花皮！"抬手开亮了电灯。

吴发林借经理室门口泄出的灯光走过车间，走进经理室。守夜责任的严肃，渐渐从脸上消失，变成庆幸，把手里的木棍，藏到了背后。进门先笑道："你怎么跑到这里来?”

小芹说:“来睡觉。”

吴发林笑口大开,说:“你知道今晚我值班?”

小芹说:“不知道。”

吴发林说:“那你跑来……”

小芹说:“我愿意。”

吴发林咧嘴对她笑说:“真的?”

小芹问道:“什么真的?”

吴发林色眯眯笑着,瞅着小芹,不说话了。

小芹催他说:“你走啊!”

吴发林说:“我在这儿看着你。”

小芹疑惑地问道:“看我干什么?”

吴发林笑道:“谁知你要干什么?我值班守夜,有责任。”

小芹说:“我不会偷铁。”

吴发林说:“知道,偷别的呢?”

小芹说:“这里除了铁还有什么?”

吴发林笑着,轻声说:“还有人呢。”

小芹也笑了,说:“我偷人干什么?”

吴发林心里美滋滋地说:“哎,当然有用了。”

小芹问道:“干什么用?”

吴发林说:“别逗嘴了,你先睡吧。待会儿我来。”

小芹问道:“你来干什么?”

吴发林说:“巡逻啊,再找把扇子来给你赶蚊子。”

小芹说:“我不要。哪有蚊子?”

吴发林说:“行行,不要,你睡吧。”向她点点头,出门去。

小芹关了电灯,又睡下。

吴发林从经理室窗外借月光偷窥睡在桌上的小芹。

秋虫声撩拨得他心猿意马、心潮翻涌、心神大乱。他走出厂大门,四向瞭望一阵,进厂关了大门,沿厂房四周转了一圈,轻步回到窗前,见小芹仍睡在桌上,轻步进车间,进经理室,摸到桌上的小芹。

小芹“咯咯”笑:“我们还没拉过手呢!”

吴发林气喘吁吁说:“不要紧。”爬上桌。

小芹惊问:“你解我扣子干什么?”

小芹握住他的手一拧,吴发林一声惨叫,滚下桌,小芹跳下地,就势一脚,吴发林又一声叫。月光里,小芹伸手拉起他,连打两拳。吴发林连叫两声,似哭似笑道："你怎么真打？"

小芹扭他个"苏秦背剑"，抡圆胳膊像抡大锤，一拳连一拳打下去，吴发林大声叫道："别打了！"

小芹仍扭住他说："吴发林，你还是师兄呢，不先和我拉手，就要谈恋爱，没谈恋爱，就要结婚？"

吴发林痛叫道："别打了，别打了，我走我走。"

小芹用力一推，吴发林一个踉跄出了经理室门，站住脚回头笑道："我们先谈谈行不行？"

小芹喝一声："滚！"

吴发林央求她说："你可别给别人说，啊？"

小芹说："明天我就给师兄们说。"

吴发林说："我们都刚转成正式工，说出去得开除你。"

小芹说："凭什么开除我？"

吴发林说："你夜里到厂里来干啥？"

小芹说："来睡觉。"

吴发林说："我值班你来睡觉？不是故意来勾引我？"

小芹跨出门去抓他，吴发林慌不迭地跑了。

张广泰家屋里，成民从西间房走出对张广泰和王玉珍说："我去见见大翠！"

张广泰问道："你准备对她怎么说？"

成民说："我要她句明白话，愿意还是不愿意。她若说不愿意，我不勉强她，一切罢休，她若说愿意，我把她领回家。"

王玉珍拦道："哪能那么办事？不办酒席，没有亲戚朋友来喝酒，没有她的父母在场，算什么事？"

成民说："我们的事，我们自己办。大翠那样的父母夹在当中，没有个好。"

张广泰说："你别再冒冒失失地去闯了，先找着小芹，叫小芹把大翠叫出来，你再问她。"

王玉珍说："对，把她叫到咱家来，你们两人在西房里好好说说。"

成民出门去。王玉珍伤感地叹气说："唉，等八月十五，等八月十五，会等来个什么？"

成民走过村外田间秋野，来到"新新居"厦下，直走进门去，正在照应几个顾客吃饭的黄吉顺，急忙跟进屋，狠声问道："你来干什么？"

成民昂起头说："我来找黄大翠。"

黄吉顺问道："找她干什么？"

成民说：“找她有话要说。”

黄吉顺说：“说什么？死了你的心吧，大翠不会嫁给你！”

成民说：“那也好，叫她出来跟我说吧。”

黄吉顺说：“不用她说，我这就明白告诉你，死了你的心！”

成民说：“你说了不算数，我又不娶你！”

黄吉顺举起铁勺威胁说：“你这浑小子，今儿你要来闹？”

成民说：“你要打，我不还手。可是我不能白挨你的。”

黄吉顺说：“你爹砸我的损失还没赔呢。”

成民说：“那你就别动手。”直去大翠房前，拍门大声叫道：“大翠！”“大翠！”

黄吉顺说：“不用敲，也不用叫，大翠不见你了！”

成民又拍门叫：“大翠！”

黄吉顺说：“别做你的梦了！”

成民又拍门，门突然开了，大翠走出来，语气坚定地说：“成民，你坐。”

黄吉顺有点愣了。大翠在椅子上坐下说：“爹妈，你们也坐下。”

黄吉顺问道：“你要干什么？”

大翠说：“你不是要听我俩说话吗？今儿我当面和成民说，你们也当面听着。”

黄吉顺局促了。

大翠理理头发说：“成民，我知道，你为什么来，你不来我也想去找你。你还记得我给你讲过一句话吗？”

成民说：“我们讲过很多话，不知你问的是哪一句？”

大翠说：“我对你说过，社会好比一条河，你还不知道这条河里的水是什么味。这条河里有各种各样的鱼，有一种泥鳅，它见缝就钻，什么弯都能拐。这种泥鳅，只为他自己，无情无义。什么夫妻儿女，都是它皮上的黏液。只要它能得好处……”

成民说：“你不用说了，我想起来了。”

黄吉顺问大翠道：“你这说什么呢？”

大翠说：“你不是要听我对他说什么吗？你当爹的不顾脸面，我当闺女的还给你护什么？”

于凤兰急忙给黄吉顺使眼色，往外拉黄吉顺；黄吉顺要走，大翠却拉住他说：“爹，你别走。我正要说你想听的。”

于凤兰敏感地喝道：“大翠！你这么对你爹？”

大翠说：“妈，你也得听着。爹，你和张家大伯大妈给我和成民定了八月十五结婚的日子，这话你可还记得？”

黄吉顺问道："你要说什么？"

大翠说："你听着呀，现在你们还承认不承认？"

黄吉顺说："大翠，你妈给你说什么，你忘了？"

大翠说："到死也忘不了。你现在说，成民是农村户口，配不上我了，我问你，如果我们没和他家换房子，现在我——连你们——是不是还住在大柳树？是不是农村户口？原来，我没考上大学，你们说，我配不上成民了。现在成民大学毕业了，怎么他又配不上我了呢？就因为他回大柳树教小学了，就配不上我了？你们说，我哪点儿比他高？他哪点儿比我矮？就因为他是农村户口，因为他是个小学教员？我连个小学教员都没当上，比得了他吗？"

黄吉顺威严地喝道："你这孩子‼"

大翠说："我不是孩子了，不是你身上的黏液！你们父母二老，也摸摸胸口想一想，当初，为什么要和张家换房子？不是说预备为我和成民成亲的吗？那话是真的吗？是真的，现在就该让我们成亲呀！为什么又说成民和我不般配了呢？当初，就是我爹听到这边要划成城区，才忙不迭地拿大三间换人家两小间。"

黄吉顺拍案而起："你这混混混……"

于凤兰劝大翠说："翠儿！别胡说！"

大翠说："我什么时候胡说过一句话？"

黄吉顺摔了碗，叫道："你这个没良心的东西！"

大翠斜眼思索一刻，说："良心！"双手捂着脸哭起来："我没良心！我的良心给你们揉碎了！"

成民说："好，大翠，我就等你一句话，跟不跟我结婚？"

大翠说："我叫你回家去和大伯大妈好好商量商量，你们怎么商量的？"

成民说："不用商量，如果你真的不改初衷，现在就跟我走。"

大翠问道："哪去？"

成民说："到我家。"

大翠说："你看看现在我能进你们家吗？"

成民说："怎么不能？"

大翠说："我还有脸吗？"

成民说："怎么没有脸？"

大翠说："你是不懂？还是故意装无知？"

成民说："什么都不是，我就是不明白，你为什么没有脸了？"

大翠说："为我，你爹把我爹的店砸了，事情还没了呢，我就跟着到你家，这算结婚？还是私奔？"

成民一扭头说："管它是什么呢！"

大翠说："成民，成民，你对社会太无知了！"

成民说："我无知？我怎么无知？"

大翠说："我可以跟你现在就走。可是，就算你爹你妈能容我，就算我愿意跟着你在大柳树教小学，家长们也愿意把学生交给我们，我爹能让我们安生吗？他一天不闹我们几回才是怪事！那样一来，这张黄两家，是不是亲戚？是个什么亲戚？如果我们俩能远走天边，永远脱离他们，倒也罢了。可是我们走到哪去？"

成民说："你怎么想得那么多？"

大翠说："你怎么想得那么少？现在你我都是社会中的人了，社会就是社会，社会和学校不同啊！现在虽然是解放了的新社会，可是到处还流淌着封建的污泥浊水呀！我们还要在这河水里游动啊！"

成民说："社会的落后现象要改造。"

大翠说："我连自己的父母家庭都改造不了，还改造社会？"

黄吉顺气恨恨地在旁插嘴说："对，我也承认，就这么回事！我就是封建的污泥浊水。我就是不同意你们结婚。"

成民说："结婚不结婚，由我和大翠决定。我们还有政府的法律保障。"

黄吉顺说："好好好，你们法律去吧。我等着。"

大翠听着，连连摇头。

成民问她："怎么又摇头？"

黄吉顺说："事情已经摆明了，你们俩说去吧，我也不听你们的了。你们都走吧。"

大翠流泪了。

成民催她说："走，到我家去。"

大翠问道："今天？现在？八月十五？我这样到你家？到了你家又怎样？见了你爹妈，我们怎么说？你怎么说？叫他们又会怎么说？"

成民恼了，说道："大翠，你本身现在就还有封建残余。"

大翠说："是，我知道。成民成民，我哭了三天三夜，想了三天三夜……"说着摇头，停了。

成民强拉起大翠，果决地说："走！"

在大柳树村外的树丛里。

小芹羞涩地向成才伸出手，说："我们拉手吧。"

成才疑惑地问："干啥？"

小芹笑说："你拉嘛。"

成才不耐烦了，又问道："干啥嘛，一大早你把我拉到这儿来，拉手？"

小芹说："你不拉，我俩就不能发展了！"

成才更疑惑，问道："发展什么？"

小芹说："恋爱呀！"

成才这才吃了一惊，问道："我俩恋爱？"

小芹问："你不愿意？"

成才说："我哥不和你姐恋爱，我家还不会闹成这样呢。我再跟你恋爱，我爹妈的骨头不给你家啃光了才怪。"

小芹说："怎么会呢？爹妈是爹妈，我们是我们，我姐和你哥就是这样。"

成才似无可无不可地说："那好吧。怎么谈？"

小芹说："我看见我姐和你哥是这样谈的。"说着，拉过成才，亲吻他。

成才像根木头，任她摆布。小芹推开他，笑了："以前，我常想，两人亲嘴，鼻子碍不碍事？把它们往哪放？原来不碍事！"

突然他们背后树丛响起女孩的"哈哈"大笑声，是曲彦芳，笑弯了腰。

成才惊叫："曲彦芳？"

曲彦芳跳过来，抱住小芹，"哈哈"笑着："我抓住了！抓住了！"

成才红了脸，小芹笑道："他还没拉我的手呢！"

曲彦芳用手指划脸，笑道："没羞没羞！啊呀，小芹勾引成才哟！"

成才的脸霎时火红了。小芹却只傻笑。

曲彦芳笑了一阵说："成才，你爹和我爹去修学校了，他们叫你去帮我家割豆子。"

成才说："我就去。"急匆匆走了。

曲彦芳说："我不领你，你哪去？"

成才已经不见了。曲彦芳又伸手刮小芹脸两下："没羞没羞！"笑着去追成才，高叫："成才！成才！"

正在树丛间走着的成民和大翠闻声四望，大翠说："是曲彦芳！"

但是只闻笑声，不见曲彦芳的身影。成民说："走吧，先去见村长，他对我们家挺好。"

村长曲国经和张广泰在小学校院里和泥，曹有贵赶大车进院来，从车上往下卸芦苇、梯子、镢头、铁锨。曲国经对他说："有贵，回去路上碰上谁给谁说一声，今晚张家的喜事不办了，都来修学校。不要去闹房了。"

曹有贵问道："怎么不办了？"

曲国经说："大家秋收忙，学校又要紧，喜事的日子往后拖几天，这是我安排的。"

曹有贵道："大喜的日子你给人家改了？"

曲国经说："别揣着明白装糊涂。就这么给大伙说。"

曹有贵说："好啊，我把明白拿出来。黄吉顺是吃人不吐骨头的家伙，谁沾他谁倒霉，张师傅怎么和他攀亲戚？"

曲国经拦住他说："行了行了，少说两句吧，你也不是个省油的灯。顺道碰上谁给谁说一声，今晚修好了学校，再各自回家过中秋。"

曹有贵赶车走了。曲国经对张广泰说："大柳树几十户人家，提起黄吉顺，没有不头痛的。人过日子，过到这个份儿上，还能活下去，也不容易。"

张广泰说："我可真没想到。不是为孩子，我早把他砸了！现在看，又砸得早了点儿。"

曲国经说："潘同志走了以后，再没信了。得想法子叫黄吉顺来找我才好。"

成民进院对曲国经说："村长，我有话找你说。"

曲国经说："什么话，在这儿说吧。"

成民说："不，到你家。"

曲国经随成民回了自己家，见大翠坐在炕前，喜上眉梢地说："大翠来了？"

大翠低声叫他："村长。"

曲国经说："坐着吧。你们怎么商量的？"

成民说："我们来找你讨主意。"

曲国经笑道："真是年轻！这个主意是村长拿得了的吗？"

成民说："我们是没有主意了。"

曲国经说："主意还得你们自己拿。黄吉顺不过是因为两条，一是大翠回了大柳树，要变成农民户口，没有粮票，吃粮自己种，还得受农村的艰难。这一条，大翠怎么打算的？"

大翠说："我不是农村长大的？打算什么？"

曲国经点头说："好。还有一条，就是成民回来教小学，他看不上了。你又怎么打算的？这都是一辈子的事。"

大翠说："他分什么工作，是他的事，我不图他什么官，也不为他干什么工作改变主意。"

曲国经满意地笑了，说："真是痴了心了！你爹那里，你打算怎么应付？"

大翠说："我们没办法，才来问你。"

曲国经思索一阵说："把婚期往后拖几天，也可以。最好能叫他到我这来一趟，我解决不了了，你们再到乡上去找民政解决。想什么法子叫他来呢？"

黄吉顺和于凤兰在"新新居"屋里收拾锅碗。

黄吉顺斥骂于凤兰道："看怎么样？不回来了。"

于凤兰愁苦无状地说："真不回来，过了今晚上，这碗烫嘴粥，你就闭上眼喝了吧！"

黄吉顺叫起来，大声道："美的他！"

于凤兰说："不美你又怎么办？"

黄吉顺说："晚饭后不回来，我去找张广泰要人！他不放人，我给他张家放火！反正他砸我的官司还没了断！"

于凤兰要哭了，说："就怕成民拉着大翠给你跪下，一齐叫你爹！看你还放什么火！"

黄吉顺又叫道："成民给我跪下叫我爹？我给他跪下，叫他爹！我不认这个账！"

于凤兰长叹一口大气。

太阳将落了。几个壮汉在小学屋顶上加铺麦草，用芦苇草扭屋脊，院里挤满人。上泥的大头重活儿已过去了，男人们坐在地上吸烟，李秀英围着李寡妇转，收拾麦草，扫院子，洗铁锨镢头，刷水桶。村长曲国经和成民在屋里巡视四面补过的墙，曲国经说："先这么凑合吧。过两年，收成好了，好好修饰。"两人出了门，屋顶上的人已经下梯了，大家欣赏新盖的屋顶，曹天柱仰头看天说："嗬，今晚这天！月亮地割豆子才好呢！"

曲国经忽然想到了什么，拍拍成民说："回去告诉大翠，我有话给她说。"

满月初升，光照大地如昼，街上行人稀少。黄吉顺和于凤兰站在"新新居"厦下，向北注目远望。大翠和小芹从北过水渠小桥走来。于凤兰先大松一口气说："回来了。"

黄吉顺也松口气说："问问她们，在那边折腾了些什么？"

于凤兰说："别问了，平平安安过了今晚这八月十五再说吧。"

姊妹俩到了厦下，于凤兰对她们说："吃饭吧。"

大翠说："爹，曲国经叫我捎话，叫你今晚去找他。"

黄吉顺问道："干什么？现在他管不着我了，还想像以前那样，喊一声我就往他眼前跑？"

大翠说："为咱地里豆子的事。"

黄吉顺问："地里豆子怎么了？"

小芹说："曹天柱的'好汉组'，今晚要去割了。"

黄吉顺愤愤地说："他敢！"

于凤兰劝他说："吃了饭快去吧。"

黄吉顺说："我这就去。"墙上拿把镰刀，地下拿条绳子，回头对于凤兰说："吃了饭，你们都带着镰刀绳子，今晚去割豆子。"

于凤兰说："我可不去，八月十五的，谁家不过节？"

黄吉顺骂道："我过得成这个破节吗？"说着，出门去了。

于凤兰在灯下愁眉愁眼地看着大翠小芹守着桌上满盘月饼不动，深深叹口气说："吃吧。一年一个中秋节，怎么也得过。"

小芹看大翠，大翠木然不动，她也不动。

于凤兰叹口气说："和张家的事，过了今晚，也就过去了。"

小芹气愤地问道："我们和张家就这么断了？我姐也和成民这么断了？"

于凤兰又叹气说："走到这一步了……"

小芹猛站起身，端起月饼盘出门去。

于凤兰忙叫道："哪去？"

小芹说："看我师傅去！"

于凤兰叹着气又端出一盘月饼给大翠，劝她说："翠，你吃一块儿吧。"

大翠说："妈，你说，今天这口月饼，我能吃下去吗？"

于凤兰又叹气说："到了这一步了。"

大翠说："你们一步一步地劝、哭、逼，到底拆散了我们，现在你又叫我吃月饼……"

于凤兰说："还能怎么办呢？我跟你爹多半辈子了，他拿定了什么主意，改不了。"

大翠说："我不听你这些了。今晚我和成民过。"

于凤兰闻听，吃一惊，脸色突变说："那可不行。翠，去割豆子吧。好孩子，过了今晚就好了。"

大翠说："我当好孩子当得还不够啊？"

于凤兰说："听妈的话，我们和张家就这么慢慢断了吧。别去见他。"

大翠说："我听你的话还少啊？我爹给我使硬的，我不听。你给我抹眼泪，你是妈，我不听。你要死给我看，我担得起这罪名吗？我敢不听吗？我听了，听了你的，就是听了我爹的，现在后悔也来不及了。今晚，你不让我去见成民，我就真死给你看。你说吧，让不让我去？"

于凤兰被堵得无话可说了。

大翠继续说："我要死，绝不像你，先嚷嚷得叫人害怕。"

于凤兰大睁起眼，害怕了。

月光下，黄吉顺来到一片豆地边，站住脚望一阵，不见有什么"好汉组"的人来，拍拍手，向大柳树村走去。大柳树村里，家家过节，满街欢声笑语荡漾。曹天柱家开着院门，曹天柱在喝酒，曹有贵家孩子满院跑。"小顶针"李秀英家院里，李寡妇正在拿月饼哄李秀英的小孩岳自立，"小顶针"的爸爸在矮桌边望月亮。黄吉顺熟悉这里的每户人家，每条街巷。他走进曲国经家院，曲国经也在喝酒，曲彦芳在吃西瓜。黄吉顺进门先赔笑道："曲国经同志！好吗？"

曲国经迎他说："吉顺，来啦！"

黄吉顺说："搬了家，再没来看您。怎么样，身板还硬朗吧？"

曲国经说："还行。找你来，有点儿事。"

黄吉顺说："说吧。"

曲国经说："你搬走了，一家四口，张广泰搬来了，也是四口。你那四口人的地，现在交给张广泰了。地里的豆子，也交给他收。"

黄吉顺吃一惊，叫道："呀！老村长，那地是我的！"

曲国经说："我知道。土改分给你的。"

黄吉顺说："对呀，给我的地契上还是你盖的印呢！"

曲国经说："是村土改委员会的大印。"

黄吉顺说："怎么今天给了张广泰呢？"

房里。张广泰在屏息谛听。

曲国经说："土改的时候你没有地，分给你，现在张广泰没有地，分给他。

黄吉顺说："豆子是我种的，怎么也给他？"

曲国经说："现在你是城市户口，吃商品粮，用不着了。张广泰是农村户口，不能叫他一家挨饿。我已经派曹天柱他们帮张广泰去割豆子了。"

黄吉顺说："他原来也是农业户口，他也有一份四口人的土地！"

曲国经说："那你就别管了。"

黄吉顺说："老村长，这事你办得不公。"

曲国经说："合情合理。"

黄吉顺说："豆子是我种的，理该我收。种瓜得瓜，种豆得豆，古来如此。"

曲国经说："种下仇恨自己遭殃，歌是这么唱的，也是古来如此。"

黄吉顺说："我种下什么仇恨了？"

曲国经说："你自己该知道。你找张广泰换了房子，捞了城市户口，如今又要拆散两家孩子的婚姻，要不是我劝着成民，大柳树要出大人命案！你知道吗？我告诉你，今天你把他们俩的婚事搅了，他们俩的婚事，可是他们在我这挂了号的，今天不办也可以，过了今天还有明天嘛，过了初一还有十五嘛，以后再办。再办的时候，你若是再搅和，我把你送乡政府。听见了吗？今晚我这么通知你了，你得照办。"

黄吉顺急了，说："你欺侮人！欺侮到这个份儿上，还强迫我的儿女婚事？你管得着吗？我现在不怕你了！"

曲国经说："我没管你，我是管婚姻法。你再搅和他们，我先办你。你到毛主席那儿去告我吧，我等毛主席的传票。"

黄吉顺说：“你别觉着你是共产党员我没法治你。我现在也不是一般市民了，我是工商联社的主任。”

曲国经说：“你是什么我不管，我专等着你治我。还有件事儿通知你，我请大翠回大柳树来教小学，吃住伙食都包在张广泰家。听见了？”

黄吉顺暴跳地叫起来：“你！你！”

曲国经对曲彦芳说：“彦芳，给你吉顺大叔吃瓜。”

曲彦芳递给黄吉顺一块西瓜，亲热地说：“大叔，吃瓜，八月十五。”

黄吉顺还叫：“我！我！”

曲国经平静地说：“吃瓜吧。以后和张广泰家多走动，你再上哪去找成民那样的好女婿？”

黄吉顺说：“你不用费这个心机！”

曲国经说：“吃瓜吃瓜！”

小芹端盘月饼进了张广泰家院，见只有王玉珍在，问道：“师娘，我师傅呢？”

王玉珍说：“村长叫去过节了。”

小芹放下月饼又问：“成民哥呢？”

王玉珍说：“没吃饭就出去了。你拿月饼来干什么？”

小芹说：“过节。成才呢？”

王玉珍说：“还有什么心思过节。成才吃了两口也走了。”

小芹说：“我去找他们。”

成民和大翠在小学校院里月光下愁面相对。

成民担心地说：“老村长和你爹能谈出个什么结果来呢？”

大翠说：“不知道。现在我眼前是一片茫茫雾海！”

成民说：“社会现实！传统习惯的力量！……当学生多好啊！校园里飘荡着希望的歌声，处处充满朝气、理想，连空气也是清新的。真希望再回到学校去。”

大翠说：“空想逃避没有用。”

成民说：“我不知道该说什么了。今天我们没有结成婚，这事实本身就说明我们已经在逃避、在屈服。”

大翠说：“我更不知道该说什么了，我带了它。”

从怀里拿出一把剪刀，剪下一缕头发，递给成民说：“你拿着。”不觉低下头，流泪了。

成民接过她的头发，顺势搂紧她，吻她。突然曲彦芳进门来，惊道：“呀！你们！”

大翠推开了成民。曲彦芳笑道：“结婚呀？”

成民说：“别胡说。他们说得怎么样？”

曲彦芳说：“我爹好厉害呀！她爹，干生气。豆子地收给你们了，大翠要在你们家吃饭、教学。”

大翠低了头。成民问曲彦芳：“还有呢？”

曲彦芳说：“吉顺大叔回家了。你们结你们的婚吧，我走了。”转身旋风一样地飞走了。

成民问大翠道：“你想什么呢？”

大翠低头不语。

成民催问她：“你说呀！”

大翠摇了摇头说：“办不到。村长的好心……办不到！拖过今天晚上，才是夜长梦多呢。我知道我爹会耍些什么手段，不过我告诉你，随他怎么变手段，我的心不会变。我的头发在你手里，我就是你的人。”

成民说：“有你这句话，我什么都有了。”

黄吉顺回到家，往炕上一躺，干鼓气。

于凤兰问他道：“怎么说的？”

黄吉顺不应声。

于凤兰说：“今晚去割豆子？”

黄吉顺仍不应。

于凤兰说：“你还没吃饭呢。”

黄吉顺猛坐起，叫道：“太欺侮我啦！”

于凤兰叹道：“哎呀，这个八月十五！”

黄吉顺转眼吼道：“她们俩呢？”

于凤兰说：“都走了。”

小芹垂头丧气过了马路回到“新新居”前，却见成才在路边游荡，忙迎上去问道：“成才，你怎么在这儿？”

成才反问她道：“你怎么在这儿？”

小芹说：“我去找你，找遍大柳树。来！拉手。”

成才说：“我俩拉手亲嘴都可以，可是我不能饶了你爹。”

小芹说：“我不管。只管你和我谈恋爱！要不，吴发林就要和我谈了。”

成才问道：“吴发林怎么你了？”

小芹说：“你别管，我不跟他谈。”说着主动亲起成才来。

曲国经和张广泰对坐在曲国经家院里的矮桌边。曲国经说：“眼前先这么压着他。等大翠到小学来了，再慢慢办。”

张广泰说：“叫你为我操这个心！”

曲国经说：“不是为你，我是为大柳树。大柳树，表面上看着也像个新农村，可是离新农村还远着呢，家家都是奔自己的小日子，全村找不出几个懂新农村的。哎，你在广华厂，当着工人，又是师傅，没人和你说共产党的事？”

张广泰说：“共产党的事？共产党的事，不是有干部们管着吗？”

曲国经说：“干部就是共产党？”

张广泰说：“那当然是。”

曲国经说：“不对，老弟。”

张广泰说：“怎么不对？”

月近中天。大翠在自己房里呆坐流泪，看窗上月光。黄吉顺和于凤兰也在炕上翻腾，不能入睡。黄吉顺翻个身说：“张广泰找上了曲国经，豆子叫他们霸去了。他们要叫我倾家荡产！”

忽然，房外传来“嗵”一声响。于凤兰惊问：“什么响？”

黄吉顺侧耳听，又是“嗵”一声响。

黄吉顺说：“外头！”

话音未落，又一声响。

于凤兰说：“好像敲门。”

“嗵！”又一声响。

黄吉顺说：“不是敲门。敲门不是这声。”

两人屏息静听。

“嗵！”“嗵！”“嗵！”

黄吉顺起身说：“我去看看。”

于凤兰紧抱住他说：“别去！”

“嗵！”“哗啦！”是窗玻璃被打碎的声音。

黄吉顺拉起于凤兰，躲到墙角下，狠声说：“是张广泰！……你给我养下两条祸根……”

第二天，“新新居”的大匾上长满一片麻子。黑漆金字到处露出白木头。许多人围着看。曹有贵在其中，扛着长鞭笑嘻嘻道：“这可不能说是人家张广泰吧？”

黄吉顺蹿出门，问道：“曹有贵，你敢说不是张广泰？不是张广泰又是谁？鬼夜里来搞的？”

吴发林刚进广华厂门便被人叫住说：“吴发林，厂长叫你！”

吴发林问道："啥事？"急忙走进经理室，一看之下，顿时脸色煞白，汗洗额头，原来小芹坐在经理桌前，桌后坐着经理朱存孝，那脸色严肃得可怕。

朱经理叫声："吴发林！"

吴发林忙答道："哎，来了。"

朱存孝说："和你谈谈你和小芹的事。"

吴发林慌了，惊说："我和小芹？没……没什么事啊！"

朱存孝说："我们包产包销的合同上边批下来了。为提高产量，班组人员要调整。把你调到小黄炉子上，你有什么意见？"

吴发林顿时心花怒放："没有意见。"

朱存孝说："要好好合作。"

吴发林说："您放心。"

朱存孝说："你学徒比小黄早，可是现在炉子交给小黄了，你得打大锤。"

吴发林说："当然，干啥都成。"

小芹说："得好好干。"

吴发林说："成，指哪打哪。"

小芹说："我掌钳，不能叫你师兄。"

吴发林说："叫啥都行。"

朱存孝说："好，你们干活儿去吧。"

炉子早压着火，吴发林乐滋滋坐下拉风箱，笑眯眯看小芹，说："可吓死我了，我当你报告厂长了呢。"

小芹从炉子里钳出红铁，用响锤敲两下，吴发林忙操大锤抡起来，只一下，便叫起来，停住了手。

小芹连敲两下响锤，怒喝："怎么了？"

吴发林痛叫道："哎哟，腰，还有肩背。"

小芹喝道："快打！"

吴发林应声："哎，快打。"龇牙咧嘴抡大锤。

小芹敲铁钻收了锤。吴发林坐下拉风箱，对小芹说："我的背叫你打坏了。"

小芹瞪眼喝道："给谁说话呢？"

吴发林说："给给，给师傅说话。痛了两天了。"

小芹问他："记住了？"

吴发林应道："什么？"

小芹说："别再找挨打。"

吴发林连声说："忘不了，忘不了。"

成才扛着铁锨镐头来到"新新居"房西，"哐啷"扔下，用镐头绕两棵香椿树根划了两个圈，然后依圈刨地。

黄吉顺闻声出门，走过来问：“干啥呢？”

成才头也不抬，说：“你看干啥？”

黄吉顺口气坚决地制止他道：“别刨！当初换房子带的这两棵树。”

成才说：“树没了，我刨树根。”

黄吉顺说：“树根在我地盘上，当初和你爹说得明白，是我的，不许你们刨。”

成才说：“换房子带树是换地上的，没换地下的。地上的你砍了，地下的树根没和你换，还是我家的，我们得搬走！”

黄吉顺说：“树是我的，根当然也是我的。”

成才说：“你找我爹说去吧。我爹叫我来刨。”

黄吉顺说：“回去给你爹说，他这么闹，我和他没有完！”

成才说：“那才好呢。我爹就不想和你完，我爹和你完了，我和你也完不了。”

黄吉顺说：“你再刨，我揍你！”

成才说：“来呀！”

黄吉顺说：“小兔崽子，给我要流氓！”

成才说：“你骂谁呢？”

黄吉顺说：“你！”

成才说：“呀，黄吉顺我怎么流了你的氓了？”

黄吉顺说：“昨夜的事我还没找你们呢！”对成才当面狠打一拳，打得成才顿时鼻里流血。

成才扔下镢头走进“新新居”，上了黄吉顺的炕，四脚朝天躺下，不声不响。

于凤兰埋怨黄吉顺说：“你看你看你看，我叫你不要惹他，你偏要惹，这怎么办？”进房对成才说：“成才，我给你洗洗，啊，别和你大叔怄气。咱们两家，本来是挺好的，再闹下去，越来越难看，多不好啊！”

成才不响。于凤兰端来水，蘸了毛巾给成才擦脸。成才推开她说：“别动！”

于凤兰央求他说：“成才，擦了吧，婶子给你洗洗脸，你在这儿歇着，叫你大叔给你把树根刨出来。”

成才又说：“别动！”

于凤兰问他道：“那你说怎么办呢？”

成才说：“你去叫我爹来看看。”

于凤兰说：“啊呀，成才，我不是说了吗？咱两家，不能结仇啊！”

成才说：“我没和你们结仇，是黄吉顺骂我、打我。”

于凤兰说：“他该死，我叫他给你赔不是，啊。”转身对黄吉顺说：“你还在那站着，不来看看成才！”

黄吉顺丧气地说：“唉！张广泰！我怎么碰上你这个丧门星！”走进屋对成才说：“成才啊，你是个孩子，你和大人的事无关。刚才你大叔不对，不该打你骂你，起来吧，大婶给你洗洗脸。中午在我这吃饭，啊？”

成才说：“不，你去叫我爹来看看。”

黄吉顺说：“行了，大叔大婶都给你赔不是了，起来吧。你爹来了不是也得起来吗？”

成才还是一句话：“叫我爹来看看。”

黄吉顺懊丧地跺一脚说：“我得倒大霉！”

大柳树小学校里，孩子们在朗读。大翠站在院里愁眉百结，成民走来问她道：“你到底怎么打算？”

大翠说：“成民，我不能教这个学。”

成民说：“你想得还是太多了。”

大翠默默点头说：“你想得还是太少了。”

成民说：“大翠，本来你不是这么个懦弱的人，现在怎么了？”

大翠说：“生活逼成的。你想不到许多许多生活本身的实际，我经历了。我没考上大学，在我爹眼里，在社会人们的眼里，我这个高中毕业生，比你矮了大半截。现在呢？在他们看来，又比你高了大半截，因为我是城市户口，我爹就要利用我这个城市户口，你有什么他可利用的呢？这种情况下，我俩必须想出比他更多的办法，才能达到愿望。所以我不能来教学，我来了，他会想出我们根本想不到的手段，把你搅得人不人、鬼不鬼。到那时候，我们就彻底无望了，现在我们要迂回过眼前他的污水浊浪。”

成民说：“你不来教书是迂回的办法吗？”

大翠说：“是。”

成民说：“可是老村长为我们的事爬上楼顶了，你不来，不是抽了他的梯子吗？”

大翠说：“你和老村长说说，这学校用不了两个人。谢谢他的好心，将来我们会报答他。”

小芹回到了“新新居”，进房看见成才躺在炕上，惊喜道：“成才？你来了？你真好。”

成才急忙起身下炕，出门。小芹追了去，叫道：“成才！”

黄吉顺见状，惊问道：“这又是怎么回事？”

第七章

傍晚，夕阳躲在西天一片黑云后，给黑云镶出个彩霞的边缘，散射出金色的光芒。成民和大翠并肩在村头树林里眺望“新新居”。“新新居”厦下寂寥无人，两人就地坐下，沉默。金色的秋光却变得令人忧伤。

成民问大翠：“你到底怎么想的?”

大翠沉默着不回答他。

成民又问道：“是不是觉得这样难堪?”

大翠呆呆地望西天，流泪了。

成民说：“不管什么话，你说出来，我们商量，老不说，我着急。”

大翠长叹一声摇头说：“我想来想去，这……”

成民催道：“怎么？你说呀!”

大翠说：“心里很乱。”

成民问道：“乱什么?”

大翠负疚地说：“全在我!”

成民问道：“你怎么了?”

大翠说：“没有我，你不会有这么大的麻烦。”

成民不以为然，说：“你说的什么？我有什么麻烦?”

大翠说：“不要哄我，你装着没有事一样，你爹，你妈，还有成才，都因为我……”

成民说：“对，他们都希望我们好。可是，怎么能怪你呢？要怪，怪我，我检讨过，太性急，和你爸说话，确实不够礼貌。”

大翠摇头说：“不是你礼貌不礼貌，是他不把我当人。”

成民说：“所以你要争取你的地位。”

大翠又摇头说：“我给你说过，你还没有在社会的大河里生活，不知道这河水是什么味。我家是泡在这条大河里的，灌满了河水……”

成民鼓励她说：“你就应该游出来，游到岸上来。”

大翠摇头说：“我不是游出来了吗?”

成民问道：“那你怎么还这样?”

大翠反问道：“是啊！我真游出来了吗?”

成民不解地问道：“怎么?”

大翠说：“你好好想想，我们这样熬过八月十五，又会怎样？”

成民说：“会怎样？你父母不得不承认。”

大翠连连摇头。

成民说：“我爹就是这么说的。”

大翠说：“那是他气头上的话。你妈呢？”

成民说：“到时候我妈也不会反对。”

大翠摇头说：“亲戚朋友呢？街坊邻居呢？村里人们呢？他们没有喝我们的喜酒，没有闹洞房……”

成民说：“要那些干什么？”

大翠说：“你可以不要，我可以不要，可是他们要！我爹我妈要，你爹你妈嘴上不说，心里也要，成才小芹也会要，连村长也得要！他们不能不要，连小芹的厂长朱存孝也得要！他们不要我们还得给他们。要不，小芹在厂里也会被人瞧不起，背后挨嘲笑。”

成民说：“你怎么想这么多？亏你还是高中毕业。”

大翠说：“我们就是想得太少了的过错。”

成民说：“你说吧，你打算怎么办？向封建残余屈服？”

大翠说：“我不屈服，永远不屈服，但是这么下去……我还是退让一步吧！”

成民问道：“怎么退让？”

大翠说：“回去，回到那个灌满河水的饭馆里去。”

成民又问她：“以后呢？”

大翠说：“流动的河水会磨平一些生活的棱角。”

成民性急起来，说：“你说我们的事就算完了？”

大翠说：“成民，你记住，黄大翠生是你的人，死是你的鬼。”

成民说：“就是鬼也要等着你。”

两人都流泪了，生离死别地拥抱在一起。

成才和小芹从树间望着他们。

小芹要笑了，问成才道：“他们在干什么？”

成才说：“谁知道他们。”

小芹笑道：“谈恋爱吧？”

成才说：“不是，不是。咱们走吧。”

小芹伸出手给成才，笑道：“你不拉拉我的手？”

成才说：“拉手干什么？要结婚就结婚。”

小芹红了脸瞪起眼，叫道：“谁和你结婚？”

成民闻声，回头看见了成才和小芹，问他们道：“你们俩在干什么？”

成才不知所措地呆了，小芹却笑着反问道：“你们在干什么？”

大翠轻声叫："小芹！"

小芹走来。大翠对她说："吃过晚饭，我们回家。"

小芹吃一惊，问道："回家?!"

成民说："我送你们回去。"

小芹说："要回你们俩回吧，我不回。"回身拉住成才的手说："我们回你家。"想了想，又对成才"严正声明"道："这不是我拉你的手啊，也不是你拉我的手！这个不算数。"

成才问道："什么不算数?"

小芹说："不算谈恋爱。"

成民和大翠在树丛间愁肠百结般低头走着。成民低声说："得对我爹妈说说，看他们的意见怎么好。还有村长呢，他在等着你爹来找他，我们这么回去了，他该生气了！"

大翠说："我的命真苦。"

成民说："怎么说起命来了！"

大翠说："不说命说什么呢?"

已是晚饭后，张广泰家院里，桌上摆着的饭菜一点儿未动。张广泰、王玉珍、成民、成才、大翠、小芹六人围桌而坐，全都沉默。王玉珍低声说："还是翠儿想得周到。"

张广泰说："村长那儿，我去说说，从言谈话语里我听着村长对你爹不甚满意，想借这件事整治他一下。我们又撤了梯子，把他闪了，不好。"

大翠说："村长瞧不起我爹。"

小芹说："开村民大会老批评他。"

张广泰说："好了，吃饭吧，吃了饭，成民成才送你们过去。成民成才在外面听着，有动静，只管进去帮她们。"

小芹对成才笑了，成才却低了头。这瞬间的交流却被王玉珍看在眼里了，她眉头蹙起来。

这个八月十五中秋节张成民和黄大翠结婚的事，到底被黄吉顺搅黄了。张广泰一头恼火却也无可奈何。黄吉顺虽然达到了他的目的，却也因一片黄豆地被曲国经收给了张广泰心痛不已。没想到，第二天一大早，张成才又扛着镢头来到了他的"新新居"房西头来刨那两棵香椿树根了。在他看来，这是明摆着故意来找茬的，他真是忍无可忍了，冲过去，豁出老命地挥起老拳，疯狂地、狠狠地揍了成才一顿，直打得他鼻子流血才放手。成才自知不是黄吉顺的对手，急急退回大路北，往家走，正这时，小芹从后追上了他，拉住他说："别走，回去！回去！叫他赔！"

成才问道："赔什么？"

小芹说："叫他赔你的鼻子，不赔就砸他的锅！我帮你。"

成才说："不！你家的东西，还有你一份呢。"

小芹说："嗨，我才不要他的呢。"

成才说："你不要我也不砸。上次，我爹砸了，砸出事来，你忘了？"

小芹问道："你就这么白挨打了？"

成才说："当然不能，我回去找我爹。"

小芹无比赞同地加火说："对。叫我师傅来砸他，你快去，我在家等着。"

黄吉顺站在厦下看着小芹和成才那拉拉扯扯亲亲热热的样，不禁自问道："这两个小畜生又干什么呢？"他直看着小芹放了成才的手，回来了，他跨上前迎住问道："你给他说什么了？"

小芹明显是故意气他说："我们谈恋爱。"

黄吉顺真的大惊了，喝道："什么？"

小芹有意气他，笑着说："我们谈恋爱。"

黄吉顺气急败坏地吼起来："你和他谈恋爱？"

小芹反问道："怎么了？"

黄吉顺骂道："你个小小黄毛丫头，也要谈恋爱？"

小芹决不退让地说："怎么了？我们正大光明！"

黄吉顺大叫道："我拍死你！"

小芹说："你拍！我还没找你算账呢，你打了成才，就是打了我爱人……"

不待小芹说完，黄吉顺操起擀面杖向她打来："小兔崽子！反了你了！"

小芹边逃边幸灾乐祸地叫道："好！成才回家叫他爹去了！你等着吧，我师傅，我公公来了，再砸你个满堂红！"她甚至还带着笑，跑出厦下，跑过马路，向北去了。

黄吉顺可被她这一喊镇住了，失失惶惶转身回房，吩咐于凤兰道："快把碗盘收拾一下，我去找潘同志。"

于凤兰几乎要哭了，泣声道："我哪辈子欠下了你们黄家的债！"

成才满嘴血，回了家，王玉珍见状吃一惊，问道："这又是怎么了？"

成才问道："我爹呢？"

王玉珍说："村长叫去了。你这鼻子怎么了？"

成才愤愤地说："黄吉顺打的。不让我刨树根，叫我爹去砸他！"

王玉珍拍一下手说："啊呀！我就说，刨那两根破树根有什么意思？你们不是成心积两家的气？你就别给你爹烧火了。快洗洗，别叫你爹看见。"说着舀了一盆水，动手给成才洗脸。

小芹跟着进门来了，看见满盆血水，大叫道：“啊呀，这么多血！我师傅呢？”

王玉珍问道：“你又干什么？”

小芹兴奋地说：“叫我师傅去砸我爹！”

王玉珍劝道：“啊呀，小芹，我的好孩子，你可别跟着闹哄了。”

小芹说：“我不能让他白打了成才！成才是我的爱人！”

王玉珍听了，一时不知该哭该笑了，眼泪不觉流下来，长吁一口气道：“我的天呐！”

黄吉顺回到了“新新居”。刚进门，于凤兰便迎住他问道：“潘同志来了？”

黄吉顺说：“他说，等张广泰真来了，再去叫他。”

这时，门外又来了吃饭的顾客，有的喊：“掌柜的！”有的习惯地带玩笑地叫：“混蛋王！”“混蛋王！”“老黄！”

黄吉顺应声招呼叫道：“来了！”同时吩咐于凤兰：“上灶！”

于凤兰转头叫道：“大翠！”

大翠懒洋洋出房来，头未梳，脸未洗，神不守舍，捅火开灶。

黄吉顺在厦下一边招呼吃饭的顾客，一边两眼紧张地瞅着马路北。未见张广泰出现，却见成民脚步平稳地走来了。成民走过厦下，未和黄吉顺打一声招呼，便径直走进屋里。黄吉顺追进屋里问他道：“你又来干什么？”

成民说：“我来看看大翠。”

大翠转头吩咐成民说：“来了？到我房里坐去。”

成民问她说：“你好吗？”

大翠说：“就这样。”

成民说：“你忙着，我不坐了。明天再来看你。”

大翠说：“你到我房里去坐着，自己泡茶喝。”

成民说：“不坐了。明天再来。”说罢，还是不看黄吉顺，稳步出门去了。

这可使黄吉顺纳闷不安了，他目送成民走出厦下，急走出门，问于凤兰道：“这一来一走的，算怎么档子事？”

于凤兰说：“我知道怎么档子事？正要问你呢！这么不清不楚，没完没了的，算怎么档子事？没按下葫芦又起来瓢，又冒出个小芹来！”

张广泰瞅着成才面前一盆血水，两眼冒火。

小芹在旁煽风道：“师傅，我可不让他打成才。”

王玉珍劝道：“小芹啊，别说了，这么点儿事不值得闹哄的。”

小芹拉起成才说：“走，我和你去刨，看他敢再打你！”

张广泰说：“我也去。”

王玉珍拍手高叫道：“你们想干什么？”伸手拦住张广泰，回头对小芹说：“小芹，帮我做饭，谁也不许出去。”

张广泰被拦住了，装了一袋烟，哆哆嗦嗦点火吸着。

王玉珍低声责怪他说：“你成个没头苍蝇了，白长了一双眼，鼻子底下的事儿都看不见。”

张广泰气道：“什么事我看不见？”

王玉珍附在他耳边，低声说：“成才和小芹恋爱了。”

张广泰着着实实地吃一惊，看看成才和小芹，低声叫道：“啊?!”

他们说话间，小芹拉着成才走了。

王玉珍望着他们的背影对张广泰说：“啊有什么用？想想怎么办吧。”

在“新新居”房西，成才抡镢头刨树根，小芹从房里提着一桶水走过来，对成才说：“你出来！用水泡一下，省力气。”成才爬出坑，小芹把水倒进坑里，两人在坑边并肩坐下。

黄吉顺站在厦下瞅着这一对，心焦如焚，愁苦自语道：“不信我就管不了这么个小东西？”于是，大喝一声：“小芹！”

小芹慢回头挑衅地问道：“干什么？”

黄吉顺喝道：“你在那干什么？”

小芹对他笑道：“谈恋爱！”

黄吉顺狠狠骂道：“你个傻东西，你知道什么叫恋爱?!”

小芹笑道：“你才傻呢。我小时候，你老说我傻，不让我上中学，叫我学打铁。现在我大了，还是工人阶级，顶天立地，谈恋爱你管得着？”说着又转头对成才道：“他来打我，你就打他！”

此时的黄吉顺，想吼，无用，想打小芹，当着几个正在吃饭的顾客，真不是时候，只能干鼓气。

又一拨生意来了，吃饭的人很多，黄吉顺在厦下门市招呼顾客。于凤兰强打精神，门里门外，见缝插针地东一把西一把地帮忙。大翠没精打采地在灶上掌勺，馄饨开了锅就捞，好像不看生熟，有的多有的少，作料也放得不匀。成民的面貌在她面前锅上的蒸气里频频闪现，正这时，她听见母亲于凤兰叹息着和父亲黄吉顺的对话——

于凤兰说：“你总得打发她呀！”

黄吉顺说：“你叨叨个啥？我不是在四处托人吗？”

于凤兰说：“不如随了她的心吧！”

黄吉顺说："我不吃回头草！"

"啪！"大翠用勺子砸碎一摞碗，回了自己房。

于凤兰看着破碗碎片，对黄吉顺说："你看看，把她急出病来怎么办？"

黄吉顺说："怎么办怎么办，老叨叨我！"说着，急忙端着两碗馄饨出门到厦下，对顾客强作欢笑地问道："再来盘包子？"

李三桐来了，面色如土，咳个不停，在厦下一张空桌边坐定，张口大喘气。

黄吉顺侧头看看他说："来啦？"

李三桐连声地咳着说："你交办的事，有眉目了。"

黄吉顺低声催道："说说。"

李三桐咳着说："这人你还见过。"

黄吉顺问道："谁？"

李三桐说："八角门里二友居掌柜的，记得吧？"

黄吉顺眨眼不响。

李三桐说："老伴去了，想续个弦。我看大翠配他合适。"

黄吉顺瞪眼说："那不是个老棺材帮子吗？"

李三桐说："哎！老棺材帮子怎么了？连我都想再娶一房呢，现在我在邮局门口代写家信，给取包裹的刻图章，一天能闹七八毛钱。这也是我赶上解放的好日子了，我们老人都枯木逢春了。年纪大点儿，娶个年轻的，老夫爱少妻，更好，养下的孩子聪明。"

黄吉顺啐他一口说："你别恶心我了，不成。"

李三桐说："那么，我再给你寻摸寻摸。哎，我哪天来上班？"

黄吉顺说："嗨！秘书的事啊？上级说，联社不是政府机关，不许设秘书。你的事，吹了。"

李三桐吃惊道："吹了？"

黄吉顺一甩手说："吹了。回家歇着吧。"

李三桐咳着说："给我一碗馄饨。"

黄吉顺问道："带钱了吗？"

李三桐说："没有。"

黄吉顺说："前次你还欠着一碗馄饨的钱呢，今儿不赊。"

李三桐说："那，给我碗汤吧。"

大翠端出一碗馄饨送到李三桐面前说："李老，您慢慢吃。"

黄吉顺白大翠一眼说："看你！他要汤！……败家子！"

大翠进屋了。

黄吉顺转向李三桐说："给你记着账啊！"

李三桐点头，喝口汤，呛着了，连声咳起来，咳着咳着，脸青紫，断气了。

黄吉顺:“嗨嗨嗨,你别不喘气啊!喘气啊!喘气啊!喘!使劲喘!喘气!你可别死在我这儿!”

李三桐早不喘气了。黄吉顺惊惶懊丧,拍腿大叫:“这算怎么说的,真是我倒霉倒到家了。你们各位都看见了,我好心好意给他碗馄饨吃,你们各位可给我作证啊,不要说我黄吉顺谋害了他!”

顾客们叫起来:“快送医院抢救!”“呛肺了!”“报公安局!”“告诉他家里!”“把他放地下,放平了!”……有人悄悄走了,嘴里骂道:“倒霉,碰上了死人!”

黄吉顺连声央求大伙:“各位行好帮忙,把他抬下地!”

于是,剩下的几个人动手,帮着黄吉顺小心地把李三桐抬下地。经过挪动,李三桐竟缓过气来,咳一声,张嘴大喘气。

一个人小心地说:“活了!”另一个同情地说:“老人上年纪了!”

黄吉顺囚徒遇上大赦一般地松了口气说:“啊呀我的老爷子!你可饶了我了!我叫你亲爷爷,你回家吧,馄饨钱我不要你的了。回家吧,啊,以后可别再来了。”

一个声音平静地说:“这就没事了。”黄吉顺抬头看,是林科长,身穿崭新的中山装,黑皮鞋,新理的发和皮鞋一样乌黑锃亮,正在支起一辆崭新的“飞鸽”自行车。

黄吉顺忙迎上前叫道:“林科长!快请坐。您好久没来了。”

林科长颇潇洒一摇手说:“您忙您的。”

黄吉顺奉承地点头说:“好好好,您先坐着。”进门捅一下于凤兰,向林科长一努嘴,轻声说:“好好招待。”又出门去,搀扶着李三桐走了。

林科长向屋里瞄一眼,于凤兰走来说:“林科长,您可好久没来了。”

林科长首长派头十足地点点头说:“事儿忙。”

于凤兰问道:“您要吃点儿什么?”

林科长说:“有什么可口的下酒菜?”

于凤兰笑道:“有啊,我给您拌几个冷菜?海蜇、肚丝、秋黄瓜、小蘑菇,怎么样?”

林科长点头说:“好好,有什么酒?”

于凤兰说:“什么牌子都有。杏花村,怎么样?”

林科长说:“好好,来一瓶。”

于凤兰说:“您稍微等一会儿。”

林科长说:“不着急。”

于凤兰进屋去了。林科长扭脖子向屋里瞅,只见于凤兰的身影晃来晃去,他起身在桌间踱步,向屋里望,越望越失望,越失望越要往里望。忽听于凤兰叫道："大翠，来帮我一把。"果见大翠出房来，形象和往日大不相同。林科长有点儿失望，又回桌前坐下。

黄吉顺匆匆回到"新新居"厦下，拉凳子在林科长对面坐下，松口气说："总算打发他上了车。这个孤老头子！"

林科长说："开店最怕碰上这种事。"

黄吉顺问道："林科长最近忙吧？"

林科长说："是啊，工作调动了，交接手续一大堆。今天总算有点儿空了，特地来你这儿吃碗馄饨。"

黄吉顺笑问道："调到什么单位了？"

林科长说："市税务局。城建我是坚决不干了。一天到晚，风沙水泥，一个月鞋子也要多穿几双，太累。"

黄吉顺说："税务好啊，不比公安差。提升了吧？"

林科长说："提升是没提升，可是比提升两级还好。不住集体宿舍了，给了一套房子，电灯电话自来水都有，洗澡有浴池。城建局的处长也没有这条件。"

黄吉顺说："好啊，这才是实惠的。买了辆新车？"

林科长说："给我专用的。"

黄吉顺说："有了单套房，不把爱人接来？"

林科长说："唉，什么爱人？我还没有爱人呢。"

黄吉顺笑道："啊呀林科长，这您就不对了，怎么跟我开这种玩笑？凭您，还没有爱人？"

林科长说："这好说谎的吗？"

黄吉顺不相信地说："就您？这么一表人才，年轻干部，还没有爱人？"

林科长说："啊呀，忙啊！"

黄吉顺恍然地说："噢，噢……"

于凤兰送来精致的四盘冷菜，黄吉顺敲敲桌子说："嗨嗨，怎么吃这个？"

于凤兰说："林科长自己点的。"

黄吉顺挥手说："撤了撤了，都撤了！"

林科长不解地说："我还没吃呢。"

黄吉顺对于凤兰说："不是有对虾吗？炸两对半斤的。哎，不不，曲坊的螃蟹，拣半斤以上的，蒸四个。"又转向林科长说："您好久没来了，您是熟人，今儿，听我的。"

林科长不好意思地谦让说："啊呀，这怎么说呢？听你的，我得付钱呀！"

黄吉顺一扬头，说："嗨，既然说听我的，能叫你出钱吗？"

林科长笑道："这不好意思吧？"

黄吉顺挺爽快地说："什么不好意思，老熟人了。"又向屋里喊道："不要着急，要蒸透了！听见没有？”

林科长客气地说：“啊呀，这，真……”

黄吉顺说：“以后我这里，少不了还要麻烦你呢。”

林科长说：“可是呢，我一直在忙着，前些日子你说要我介绍个工人到城建去的事，还没给你办呢。”

黄吉顺说：“叫您费心想着，那事已经过去了。她们厂里参加包产包销合作了，您也已经离开城建了，算了。现在倒是有另一件事要托您，不知您肯不肯帮忙。”

林科长问道：“什么事？”

黄吉顺说：“你来吃饭也看见了，我这个闺女，叫大翠，高中毕业，城市户口，一直在家，没有个工作，你能不能给介绍个人？啊？”

林科长说：“有恋爱对象了吗？”

黄吉顺说：“有对象我就不麻烦你了。”

林科长若有所思地眨眨眼说：“是吗？”

曹有贵赶大车，车上载两个口袋，车后跟着曲国经，来到张广泰家门外时，曹有贵喊了一声：“张师傅！”停了车，曲国经帮他从车上卸下口袋，两人背进院。张广泰迎出屋外叫道：“哟，曹有贵，村长。”

曹有贵进了屋，说：“豆子，给你打出来了。放哪？”

王玉珍说：“就放这吧。”

曹有贵放下口袋，对张广泰说：“张师傅，再说一遍，以后不说了，凡用车的事，给我说一声，别的咱没有，啊。”

张广泰感激地笑说：“一定。少不了累苦大家。”

曹有贵说：“我还忙着，走了。”

曹有贵出门去后，张广泰招呼曲国经说：“村长，坐吧。”

曲国经说：“坐不下了。三秋人人忙。成才呢？”

张广泰说：“我叫他到‘新新居’去刨两棵香椿树根。”

曲国经说：“听说，他给黄吉顺打了？”

张广泰说：“我这正生气呢。你怎么知道的？”

曲国经问道：“黄吉顺一直没来找你？”

张广泰说：“没有，没露面。”

曲国经说：“黄豆，曹天柱他们给你收拾了，你们收着，过冬算个吃食。”

张广泰说：“唉，村长，我收下这豆子，倒觉得对不起黄吉顺。至少应该给他豆种钱。”

村长说：“他有钱。明天起，你生起炉子来，专门打一样东西。”

张广泰问道：“打什么？”

曲国经说："菜刀。"

在"新新居"厦下。林科长已微醉了，和黄吉顺亲热地握别说："就这么定了，啊？"

黄吉顺说："好好。我等你信。"

林科长说："行，一有消息我就告诉你。"

林科长骑车走了。黄吉顺目送他的身影消失后，好一晌没回过身来。待刚转回身，林科长的身影又在马路东口出现了，慢慢悠悠，回来了。他支起车，对正在招呼顾客的黄吉顺说："老黄同志。"

黄吉顺说："哟，回来了？"

林科长说："今天这顿酒菜的钱，我得付给你。"

黄吉顺说："嗨，你这人，我说过了，我请你，你不给这点儿面子？"

林科长说："这不好。我是政府人员。这……"

黄吉顺说："嗨，政府人员不是人？你忙你的。哪天我到你那里去，我们再喝一杯。"

林科长说："好吧。等我的信，不过我那里可不像你这儿这么方便。"

黄吉顺说："不用准备。我们就是说说话。"

夜幕降下来。于凤兰收拾了饭桌进了大翠房里坐下，对在灯下发呆的大翠说："你爹托林科长给你在城里找工作。林科长捎话来了，叫你跟着你爹去和人家见面谈谈，去吧，你想买点儿什么，叫你爹顺便给你买。"

大翠说："我什么也不要。"

于凤兰说："不管怎样吧，姑娘得像个姑娘，别这么鸡窝头灶王脸的，要是林科长给找了工作，更得像个样。明天去买点儿东北的大茧料子，有点儿像以前的闪光缎那样的，太阳底下闪亮儿，做两件大翻领。"

大翠还是不响。

于凤兰说："你爹啊，他也怪可怜的，里里外外全靠他，要是把他愁出病来，我们可真没法活下去了！"

大翠仍旧像个木头人。

早晨，于凤兰给大翠梳头。大翠神色木然地看镜子里的自己——那是个十五六岁的大翠，妈妈正在给她梳头，十二三岁的小芹，在旁羡慕地看着镜子里的她问道："姐，你再不回来了？"

大翠说："放暑假回来。"

黄吉顺对小芹说："你要学你姐，考上高中，我也亲自送你去上学，坐公共汽车。"

……又是妈妈给大翠梳头，少女的脸上挂着焦虑，小芹在旁，自伤自怜地望着镜子里的姐姐问道：“姐姐还回来吗?”

在一旁的黄吉顺推开她，催道：“去去去，笨蛋，看你姐，这次，要是考上大学，再念三年，就是国家干部了。”

……这次是大翠自己在梳头，梳着梳着，停手不动了。

成民坐在她旁边的凳子上说：“有几道题，我也懵了一下子，可是后来一想……”

大翠流泪了：“我走出考场，一下子全想起来了。”

坐在旁边的于凤兰担心地皱起眉问大翠道：“想什么呢?”

大翠跟随黄吉顺上了城里的公共汽车，大翠买车票。一个小学生给黄吉顺让座。汽车进了八角门，大翠从车窗向外望去，街上骑自行车的和行人，都安静缓慢……

大翠随黄吉顺走进城里一条商业街，这里的商店门前、橱窗里，各色商品琳琅满目，行人男女老少都穿蓝布中山装，移动的人群像一条蓝色的河流。

黄吉顺引大翠进了国营合作社。里面，上自绸缎，下至电线，无所不有，顾客拥挤，进门买货付款，出门提货上车，没人讨价还价，大家面带微笑。

黄吉顺引大翠经过一家副食店，门外，一个个池子里，各种活鲜游动。这里，流动的人们，同样平和安静。在一处铁皮柜台前，有个粗壮的老年售货员在往地下铺的麻袋上摔冰冻带鱼，一边摔，一边大声喊叫：“一毛啦！一毛啦！舟山大带鱼！活的！快来买！再不买就蹦没了！一毛啦，一毛啦!”

售货员们“哈哈”笑，笑他的张狂，也为他助兴。

老年售货员更兴起地叫道：“北冰洋来的！舟山大带鱼！长在冰里头的大带鱼！活的！冰一化就跑了，快来买吧！再不买就跑了!”

走过的人们看着他也笑，一个穿着较讲究些的妇女疑惑地说：“带鱼怎么结冰了？能吃吗?”看来，她既没见过冰冻鱼，也没听说过冰冻鱼，当然更没吃过冰冻鱼。因为以前只有鲜鱼、活鱼。

黄吉顺引大翠进了一家绸布商店。顾客稀少，绸棉花布堆积如山，但柜前不见顾客。售货员见他们到来，殷勤地主动招呼道：“您看好哪块?”“这块？地道的杭州特产。”“这块？上海一厂的，您看这!”抖开一板一板又一板，介绍一种一种又一种的绸布；黄吉顺也从旁怂恿大翠：“这块怎样?”“这块呢?”大翠只是摇头。

黄吉顺引大翠走出绸缎店，进入人流，突然有人从后拉大翠一下：“同志，您的书包!”是刚才绸缎店的售货员。

黄吉顺忙说：“哎，多谢。多谢。”

售货员说声："不客气。"又回店里去了。

黄吉顺斥责大翠说："看你，掉魂了？给我吧。"拿去书包。

黄吉顺引大翠进一处干鲜果品店，他们出来时，黄吉顺手里提了满装货品的竹篮。

大翠随黄吉顺走进龙王街。黄吉顺东张西望，越走越慢，来到一片老青瓦房前，停住脚，指点瓦房，颇有炫耀之色地对大翠说："你看这，多大一片！当年都是我们家的。你老爷爷开当铺，一年卖两次号，五月端午卖一次，八月十五卖一次。凡是死票，都卖。里面真有好东西。貂皮大衣、古董瓷器、寿山雕、'八大山人'的字画、博山香炉、宫里出来的黄珏，什么都有。有那种土地主、暴发户，摆阔气，不识货，充行家，花大银子买些赝品，招伙计们背后嘲笑。你老爷爷看透了世界，他留下的家训就是一句话：狗到天边吃屎，狼到天边吃肉。可是你爷爷不灵，赌起来不要命，仗着有钱，明明人家做了套儿，他看出来了也往里钻，明摆着充大方。大概他看我不是条狼，没给我留下肉，逼着我到乡下去吃屎。我可不是狗，我没本事给你们留下房地产，也得给你们留下个享福的好日子，给你们都找下个好女婿，我就这点儿心事了，办好了，死我也安心了。现在我们虽然是城里人了，可是我还施展不开身手，政府不允许有'吃瓦片'的了，若是允许'吃瓦片'，我一定开个房地产公司，我敢说，用不了三年，我就能把这片房子弄回来。可惜，新政府不让了！"

大翠对他这些家史家训和雄心壮志概无兴趣，仍旧愁眉不展。

黄吉顺说："从这点上说，新政府有好的地方，也有不好的地方。"

林科长骑自行车从胡同出来，和黄吉顺撞个迎面，喜道："哟，老黄同志，来啦？"

黄吉顺也喜道："哎，林科长，来了，来了，我把大翠也带来了。"

林科长向大翠点头笑："好好。您来了。"

大翠不声响。黄吉顺对她使眼色，她竟装不觉。

黄吉顺问林科长道："你从局里来？"

林科长说："对。我们找地方坐下谈谈？"

黄吉顺说："行。到哪？听你的。"

林科长说："文化宫吧，怎么样？文化宫清静。"

黄吉顺说："文化宫就文化宫。泡杯茶，坐会儿。"

文化宫。古柏参天，清幽宁静。古柏间茶桌空闲。林科长去售票处开票。黄吉顺开导大翠说："你对人家热情点儿，托人家介绍工作，哭丧个脸，人家会愿意？"

大翠还像没听见。

林科长引一服务员提茶来。

服务员泡了茶又问他们：“你们三位还要什么糖果点心？这里稻香村、桂香村、采芝斋的，都有。”

黄吉顺说：“谢谢，我们自己带了。”

服务员去了。林科长招呼黄吉顺和大翠道：“请吧。”

黄吉顺拆开竹篮上的红纸，拿出各种糕点。服务员送来瓷碟和刀叉，帮忙安排好。黄吉顺和林科长同时向服务员道谢，服务员说声“不客气，有事招呼一声。”便退去了。

林科长请黄吉顺和大翠喝茶，眼睛瞄着大翠，脸上紧张地笑。

黄吉顺笑道：“林科长，你不要误会，今儿我们来不是催你，也不是逼你，找个工作也不是到商店里买东西，看好了拿着就走，得看机会，还得看工种，不是一半天能办得到的，这个我知道。今儿来，是让大翠见见你，说说话，熟悉了，以后她可以自己来见你，介绍个什么工作，你可以征求她的意见，和她商量。”

林科长点头说：“这事，回来我就跟人事科长说了，没有问题，现在正在向财经学校要毕业生，最好是男生。我想和他商量一下，看能不能收黄大翠同志。”

黄吉顺问道：“是什么工作?”

林科长说：“要几个监督员。”

黄吉顺说：“监督员好啊。”

林科长忙摇头说：“哎，麻烦得很。”

黄吉顺说：“麻烦不怕。我给你说过了，大翠在数学方面是个天才，人又很精细，做监督工作绰绰有余。”

林科长说：“我的意思，最好叫她坐办公室，当秘书。”

黄吉顺说：“那当然更好了。”

林科长说：“现在局一级机关都有几个秘书。凭大翠的学历、身材，当个秘书是合适的。”

黄吉顺说：“那可要你多费心了。”

林科长说：“没什么，我是助人为乐。喝茶。”

黄吉顺说：“来来，吃点心。我是特意为您买的，也算个见面礼。”

林科长说：“哎，何必客气呢？我为您办这么点儿事，也是为政府招贤嘛。这是商人习气，要受批评的。”

黄吉顺诚惶诚恐地说：“这我可……没想到。林科长真是廉洁奉公。不过已经买了，我也说了，总不能叫我拿回家或者再退回商店去吧?”

林科长说：“嗨，我们之间以后用不着这些。”

黄吉顺说：“啊，下不为例，下不为例。”

林科长说："我们在这儿喝了茶，到我那儿坐坐吧。"

黄吉顺说："好啊。"

林科长引黄吉顺和大翠到了一座三层楼前，黄吉顺抬头看看说："噢，是这里！这儿我可熟悉了。"

林科长说："是吗？"

黄吉顺说："这儿以前没有楼房。"

林科长说："是，是我经手新盖的。局里给我留下一套，二楼，最好的。黄大翠同志，请吧。"

林科长引黄吉顺和大翠上楼梯，在二层，走进一间套房。房里墙壁、家具色彩新、亮，床上铺设、桌上摆设，都别具一种和街上人流的服饰、精神不和谐的"高贵"气息。

林科长热情地招呼黄吉顺和大翠说："请坐请坐。"不待他们坐下便动手泡茶："尝尝我这毛尖！五分钱一两呢。"

黄吉顺指示大翠说："坐吧。"

大翠落座后，林科长给他们斟茶，逡巡一眼大翠，兴奋起来，说："以前我到'新新居'去吃馄饨，见你在屋里包，就觉着好吃。今天你尝尝我的手艺。"

黄吉顺说："怎么？林科长，你给我们吃馄饨？"

林科长说："哪敢关爷面前耍大刀！我炒几个菜你们尝尝。"

黄吉顺笑道："炒菜还不如叫大翠动手呢，翠，你到厨房看看。"

大翠面有愠色。

林科长说："哎哎，使不得使不得。我这都是现成的。你们看——"先进了厨房，黄吉顺也跟了去。

大翠转头看房里的四壁白墙。厨房里，林科长给黄吉顺看盘里现成的鱼肉，问道："可以吗？"

黄吉顺客气地道："可以可以。头一次见面，多说说话。"

林科长在小厅里摆下书桌，放下凳子，从厨房往外拿酒菜，黄吉顺催大翠道："帮把手！"

大翠不动。林科长忙说："不用不用。坐。"

黄吉顺到窗前向外望一眼，说："翠，来看。"

大翠走到窗前。黄吉顺指点窗外说："看见了吗？在这里看得清楚了，这一片瓦房就是我们原来的房子！"踩踩脚："这座楼，是在咱当铺的地基上盖的，当年我趴在当铺柜台上往下看那些典当的，什么脸都有，就是没有笑脸。都是些傻蛋，我若是穷得没法了，衣裳家具，宁肯砸了也不进当铺。值十块钱的东西，给你当五分钱，死了票，他叫十五块钱的号。"

林科长走来笑道：“这地方还可以吧？”

黄吉顺说：“当然。好地方，四外一望，多辽阔，多安静！啊？”

林科长说：“入座吧。”

黄吉顺拉拉大翠，三人来到桌前，林科长说：“随便坐吧。”

黄吉顺看看桌椅，笑道：“若是按老规矩，今天我应该坐上席，一来我们是客人，二来我是长辈。”

林科长讨好地说：“哪是上席？我不懂。”

黄吉顺说：“我在这里，你们俩坐对面。”

林科长说：“好好，请请。”拿着酒瓶给黄吉顺斟酒。

黄吉顺笑道：“酒，我一向是光卖不喝，今天喝一杯。大翠也喝点儿吧？”

林科长说：“黄大翠同志，我应该叫妹妹吧？”

黄吉顺说：“叫妹妹，叫大翠，都一样。”

林科长说：“来，大翠妹妹，喝一点儿。”

大翠木然地看着他说：“我不喝酒。”

黄吉顺说：“不喝就算了。”

林科长劝道：“喝点儿嘛，喝点儿。”

大翠说：“不喝。”

林科长说：“我去买汽水？”

大翠说：“不，我喝茶。”

林科长说：“也好，来吧。”

“新新居”门外竖块牌子：“整理内部，暂停营业”。张广泰和成才在房西挖香椿树根。于凤兰送来一壶茶两只杯说：“张大哥，你们喝口茶。”

张广泰说：“放那吧。”

于凤兰说：“张大哥，你说咱们两家……唉，是个什么缘分呐？”

张广泰说：“我也不知道。”

于凤兰说：“小芹老跟我说，你待她怎么好，怎么好。”

张广泰说：“孩子嘛。”

于凤兰说：“还给我说，成才怎么懂事。”

张广泰说：“孩子嘛。”

于凤兰说：“还给我说，她大妈怎么喜欢她。”

张广泰说：“孩子嘛。”

于凤兰说：“她老往你家跑，你们不嫌她？”

张广泰说：“孩子嘛。”

于凤兰叹口气说：“不管怎么说，张大哥，咱两家交情不能断了。”

张广泰又是那句话："孩子嘛。"

林科长的二层楼上。黄吉顺在小厅桌旁帆布躺椅上"呼呼"睡熟了。大间里，大翠站在窗前向外望，林科长在她旁边用抹布擦着手，赔笑脸说："你爸睡了，你也在这床上休息一下吧。"大翠狠狠斜了他一眼。林科长说："要不我陪你上街走走？咱们上公园逛逛？"

大翠问道："这是你的房子？"

林科长顿时兴奋起来，说："是。怎么样？有些科长们，现在还住在机关大院里呢。"

大翠问道："你家里还有什么人？"

林科长说："没有人，光棍一条。"

大翠又问道："老家也没人？"

林科长说："就一个妈。我三岁我爸就死了。"

大翠说："该把你妈接出来。"

林科长说："接出来干什么？"

大翠说："给你做饭洗衣裳。"

林科长说："这些生活小事，我自己都会。"

大翠说："叫她在这床上睡觉。"

林科长说："……怎么，这是我的床……"

大翠说："妈妈搂儿子睡觉，有什么不可以？"

林科长说："……是是……"

这时，黄吉顺轻轻起身来，蹑步到小厅门后偷听。

大翠斜林科长一眼说："你不愿意你妈妈来？"

林科长说："是啊是啊……我是想找个人给我操持家务。"

大翠说："对，把你妈妈接来，可以帮你操持家务。人对父母要有孝心。"说罢，快步去小厅，恰见黄吉顺在小厅门后躬身侧耳，眉头一皱，却平静地说："我走了。"

林科长要拦她，说道："哎哎，大翠妹妹，再说说话嘛。"

大翠下楼去了。黄吉顺问林科长道："怎么样？"

林科长说："她打听我家里的情况。"

黄吉顺说："那就是有意思了。好，有空到'新新居'去玩儿，啊？"说罢，匆匆出门下楼追大翠去了。

张广泰和成才各背一个带泥的树根回到家，放进院门外已经挖好的坑里，动手培土。

小芹出门来，抢去张广泰的锹说：“师傅，给我。”

张广泰问道：“你在这儿？怎么不上班？”

小芹笑一声说：“我打吴发林了。”

张广泰一怔，问道：“为什么？”

小芹说：“他讨厌。”

原来，当黄吉顺领大翠进城的时候，小芹在广华厂车间里掌钳打扒钉，吴发林打她的下手拉火，直歪着头向小芹笑。小芹问他笑什么？他说：“师傅，今晚上又是我值班。”小芹说：“那你可要好好巡逻。”吴发林笑问她道：“你还来睡觉吗？”

小芹一下火起来，命令他道：“拉火‼”

吴发林探头对她悄声说：“我把门拴上，谁也进不来，就咱俩。”

小芹转身对准他狠打一拳，吴发林便被打倒在地了，痛得惨叫一声说：“你怎么又打人？”

小芹又命令他说：“拉火！”

吴发林却叫起来道：“我不干了！”

朱存孝闻声走过来问道：“怎么了？”

小芹横眉立眼对吴发林喝道：“拉火！”

吴发林想哭又不敢，只得坐下拉风箱。

小芹骂他道：“不学好！”

朱存孝说：“哎，吴发林，咱们说得好好的，你不能拆师傅的台。”

吴发林委屈地说：“她打人！”

朱存孝说：“师傅打两下，是传手艺。”

吴发林说：“她不是我师傅，她是我师妹！”

朱存孝说：“哎，这扒钉的手艺，你可不如她。怎么样？你不愿意学，换人？”

吴发林说：“谁说换人了？我说句笑话，她就打人。”

朱存孝说：“干活儿的时候开什么玩笑？”

就这样，吴发林白挨了一拳。张广泰听了说：“吴发林就那么个东西。你别理他。”

小芹笑道：“我想叫厂长给换人。可是一换了，吴发林得降一级工资。”

张广泰说：“算了。好好教他干活儿就得了，年轻人都有毛病。成才去看看你妈做好饭没有？”

成才气呼呼走了。张广泰拿起锹培土，说道：“小芹，师傅问你句话。”

小芹道：“什么话？”

张广泰说：“你师母说，你喜欢成才？”

小芹大大落落地笑道：“喜欢。”

张广泰听了直挠后脑勺。小芹又说：“早就喜欢了。你不喜欢?”张广泰无奈地苦笑了。

夜里。“新新居”房里。黄吉顺对于凤兰轻声地：“慢慢就转过来了。她还问林科长家里有什么人呢，会转过来。没有不爬竿的猴儿，不过多敲几棒锣。”

过了几天，大翠在“新新居”厦下招呼顾客。林科长也来了，大翠嘴角一笑招呼道：“来了?”

林科长喜滋滋点头微笑说：“来给你送个信。叫你到我行政科，怎么样？我和局长说好了，人事也答应了。”

大翠说：“不。你不用费心了。”

林科长很不解地问道：“怎么了?”

大翠说：“我不到你那税务局去。”

林科长问道：“有地方了?”

大翠说：“早有了。”

林科长问道：“噢，在哪个单位?”

大翠说：“你就不用问了。你想吃点儿什么?”

林科长问道：“你父亲呢?”

大翠说：“办货去了。”

林科长还问：“什么时候回来?”

大翠说：“没有准儿。”

林科长说：“啊，那么，你工作的事，我就不管了。”

大翠坐下说：“林科长，我已经看出你的心思来了。你找个好姑娘去吧，我有恋爱对象。”

林科长说：“大翠妹妹，你说到哪里去了？我是受你父亲之托，给你找工作，没有别的意思。”

大翠说：“那就更好。工作的事，我也谢谢你，不用费心了。”

林科长说：“那好。今天我是专程来给你送信的，既然这样，我走了。”

大翠说：“不吃馄饨了?”

林科长说：“不吃了。”起身出厦下，却见黄吉顺挑菜担走来，迎去道：“老黄同志，回来了?”

黄吉顺应声道：“唉，林科长，怎么走啊?”

林科长说：“啊，你骗了我，大翠有恋爱对象了，也有工作了。”

黄吉顺说：“嗨，你回去回去回去，我给你说清楚。”

林科长说：“不用了，大翠已经说清楚了。你全是骗我。”说罢，走了。

黄吉顺直眉瞪眼地叫道："嗨，你看！……"

吃晚饭的时候，黄吉顺训起大翠来："你不要不知好歹！我把你养大成人，供你上学！给你安排日子，你倒不识好心，要起姑娘性子来了，这件事，依我也得依我，不依我也得依我，我已经和林科长说定了，明天，你们去登记，后天，给你们办喜事！"

大翠瞪眼叫道："你说什么？"

黄吉顺说："明天，你和林科长去登记，给你们办喜事。"

大翠忽然低声慢气地问道："我要是不去呢？"

黄吉顺说："这由不得你！"

大翠又低声问道："我要是不让你办呢？"

黄吉顺更狠了，摔了筷子说："由不得你！林科长说话就要提级了，你和他一结婚就是处长夫人了，你上哪去找这么好的事？"

大翠也更低声问道："我再说明白点儿，我要是叫你办不成呢？"

黄吉顺说："叫我办不成？我这辈子，想办什么，什么成！林科长给了你一百块钱的结婚预支费，在我这儿。明天你们去登记，后天他骑车来接你！"

大翠说："我再说一遍，你听仔细了，我要是叫你办不成呢？"

黄吉顺说："我早听仔细了，还是由不得你！你懂事的话，我叫他召集税务局的同志们给你们办个晚会。你要是闹，我叫他来领你走！我养不起你了！"

大翠点头说："你养不起我了，我自己养我自己。"

黄吉顺狠道："把你能的，你怎么养你自己？"

大翠说："我找张成民，不结婚也能过日子。"

黄吉顺狠狠打大翠一耳光，骂道："你还想闹出个花儿来！"

大翠闪电般惊了一下，立即恢复了平静。

于凤兰说："大翠，不要给你爹使性子。"

大翠没有再"使性子"。

她进了自己房，上床坐下，一动不动，直到点灯了，再没出门。夜深了，她从书包里挣扎掏出一摞信，一封一封拆开看。这些信，产生了一种美妙动人的乐曲，时时在不觉间变换着旋律，渐渐变得阴沉、悲伤了。随着乐曲旋律的变化，成民的面容在她眼前闪过，时而向她微笑，时而向她点头。她的眼泪不断地流下。成民的面容也渐渐模糊了，她想起了他们的过去。那时，他们共同研究功课，他们耳鬓厮磨，互相温存。成民的面容又模糊了……

张广泰和成才正把一捆捆镰刀往曹有贵的大车上装，大翠忽然走来叫声："大伯。"

张广泰招呼声："大翠，快进家去。"

大翠问曹有贵道："有贵大哥，往哪拉？"
曹有贵说："往乡供销合作社。我们大柳树和乡供销社订了包产包销合同。"
张广泰又催她道："大翠进家吧。"
大翠说："不。"
张广泰问："有什么事？"
大翠问他道："成民呢？"
张广泰说："县上叫去开会了。"
大翠问道："什么时候回来？"
张广泰说："没说。"
大翠问道："今天能回来吗？"
张广泰说："不知道。"
大翠说："他回来，叫他去找我一趟。"
张广泰说："好。你进家去坐吧。"
大翠说："不。"回身走了。
张广泰喊她道："喂，翠儿，有什么事？我看你又眼泪汪汪的。脸怎么肿了？"
大翠回头说："没有。成民回来，叫他无论如何找我一趟。"
张广泰说："好吧。要是有十分要紧的事，我叫成才上县上去叫他回来？"
大翠说："不用。"
曹有贵赶大车走了。张广泰进了家屋，坐上炕抽闷烟，抽着抽着，猛力磕一下烟锅，跳下炕喊道："成才！"
王玉珍吓了一跳，问道："干什么？"
成才进房来也问道："干啥？"
张广泰说："快，上县上去。"
成才问道："干什么？"
张广泰说："上教育局，找到你哥，叫他立马回家！"
成才说："干什么呀？他还开会呢！"
张广泰说："什么会也不开了，叫他立马回来！有要紧事儿！快去！"成才答应一声走了。
张广泰又叫道："快跑！"
成才跑了。王玉珍问张广泰道："什么事啊？你连县上的会都不让他开？"
张广泰说："我觉着大翠的话里有话。"
王玉珍好像也意识到了什么，惶惑地问道："什么话？"
张广泰说："什么话我还不知道，反正是有话。"
大翠又在自己房里翻看一封封的旧信。于凤兰进来说："还看这些东西？"
大翠不声响，把旧信仔细收起。

于凤兰坐下说："林科长也是个像样的干部，他倒说不急，说只要你不嫌他，什么都听你的。依我说，明天你去跟他登记了也好，登记了就是夫妻了。我们也了了一件心事，省得一天到晚净为你这事闹哄。"

大翠点点头，低声问道："妈，你也愿意我嫁给林科长？"

于凤兰说："怎么不愿意？不愿意能这样？"

大翠凝视着她，半晌，说："妈，我是你和我爹亲生的吗？"

于凤兰说："这话，多奇怪，怎么不是？"

大翠又问道："你们俩真是我的亲生爹妈吗？"

于凤兰说："怎么不是？不是亲生爹妈能对你这样？"

大翠真诚地问道："亲生爹妈，该对我这样？……"

于凤兰说："翠儿，我们对你怎么样啦？你还要我们对你怎么样？"

大翠又点头说："好。"

于凤兰满意地出房去了。大翠把抽屉拉开翻出所有的旧信，还有些花草树叶标本。她把这些信包成一包，出房捅开灶火，把信一封封投进炉膛，炉火发出燃烧的"隆隆"响声。黄吉顺忽然奔了来，问道："烧什么呢？"拿过一张纸，看清是成民的笔迹，笑了，说："这就对了。"

人就是这样，每个人都按照自己的逻辑去解释生活现象，这时的黄吉顺看来，女儿大翠当然也和猴子一样，听见锣声必然爬竿，没有再反对嫁给林科长，是顺理成章的事，至于烧掉以前的情书，更是理所当然的事。

黄吉顺正待回房，大翠轻声叫声："爹，我问你句话。"

黄吉顺问道："什么话？"

大翠问他道："我是你和我妈生的女儿吗？"

黄吉顺说："怎么不是？"

大翠又问道："你们是我的亲生爹妈吗？"

黄吉顺也奇怪起来，说："怎么不是？不是你的亲生父母能对你这样？"

大翠又问道："亲生爹妈对儿女该这样？……"

黄吉顺安慰道："你还要我哪样？你得听父母的话嘛。"

大翠在火光里点点头，脸上没有任何表情。黄吉顺回房去了。她把信和树叶花草烧完了。回自己房，坐下拿起笔，要写什么，却又停住了，不觉自语道："成民，成民，你怎么还不回来？开的什么会呀？难道我们不能再见一面了？你不回来，看不见这一切也好……"

她又凝思着放下了笔，走进小芹的房，小芹忒高兴地抱住了她，低声问道："姐，你喜欢成民，怎么个喜欢呀？"

大翠木呆呆地说："说不清。你喜欢成才吗？"

小芹说："喜欢。和他恋爱了！"

大翠叹口气，大睁起两眼。小芹问道：“姐，你怎么了？”

大翠说：“没怎么，你恋爱吧。”

成民背一捆小学生课本沿路快步回大柳树村，成才也背一捆书，脚步疲惫地远落在他后面。在田间，成民被一群学生拦住了。学生们喊叫着围上他——

“老师回来了！”

“老师，我们要上学！”

成民说：“好好好，明天上学。”

“老师，你拿的什么？”

成民说：“课本，你们的课本。”

“发给我们吧。”

“老师发给我们吧。”

成民说：“好好好，不要吵，先发给你们几个。站好了，站好了。”

学生们就地按高矮个站好。成民逐个给他们发课本：“曹大龙。”

曹大龙接了课本高兴地跑了。

成民：“曲其美。”

女孩曲其美接了课本翻开看：“上面有画儿。”

村里忽然传来哭嚎声。学生们兴奋起来：“死人喽！”“噢！”都跑了。

成民重新捆好课本，背上肩。

张广泰家院里，地上一片门板上躺着大翠的尸体。

于凤兰大声哭嚎：“翠呀！我的心肝！你怎么不听我的劝啊！翠呀！我的敌敌畏呀！翠啊，翠啊！翠呀！你把你爹妈扔下了，可叫我怎么活啊！”

黄吉顺在屋里对王玉珍跳脚大叫：“我大翠是为你们成民死的！是你们成民害死了我闺女！”

王玉珍一改过去的事事忍耐退让，正色道：“他黄家大叔，你不能诬赖人啊，我们成民怎么能害死你们大翠呢！”

黄吉顺叫道：“我自然有证据！张广泰哪去了？我好男不和女斗，张广泰哪去了？”

张广泰进门来说：“我在这儿，怎么回事？你说吧。”

黄吉顺说：“你们成民害死了我大翠。你们得给我偿命！”

张广泰说：“你不是说有证据吗？拿来我看。”

黄吉顺说：“给你看？做梦！得把大柳树村的人都召集起来，我给大家看！”

张广泰说：“也可以，那么你说，我成民是怎么害死了你大翠的？刀杀？斧砍？什么人作证？有什么证据？”

黄吉顺摇着拳头说：“证据在我手里！”

这时，院里挤满了人，围着看大翠的尸体。曲彦芳流泪返身走了。

“小顶针”李秀英抱着岳自立，在他衣襟上擦泪。李寡妇挤过人墙，看一眼大翠，呆了，惊道：“这孩子，怎么走上这条道?”

黄吉顺疯了一样，紧抓着张广泰衣裳叫道：“我和你张广泰拼了，反正我大翠也死了!”

于凤兰真的要拼命，扑上张广泰又撕又咬又叫：“张广泰，你赔我的闺女!”

成民尚未进院门，便意识到了什么，但仍被眼前的情形惊呆了，本能地问道：“怎么回事?”

黄吉顺和于凤兰一齐扑上他，齐叫道：“好，张成民，你回来了！你害死了我大翠！死陪活葬！你偿命!”

成民不顾一切地失声大叫着扑上大翠，哭道：“大翠!”

第八章

张广泰家院里，在大翠的尸体前，点着四根白蜡烛，瓷碗里盛满黄米，插一箍燃着的香。于凤兰坐在旁边号啕大哭：“我的翠啊，你死得冤啊……张广泰你不是人啊！……张成民害死你的呀……你到阴间去告他吧……你冤魂不散把张成民抓去吧……啊呀呀……”

成民坐在大翠尸体旁，眼光失神，木木呆呆，任于凤兰哭骂。张广泰在房里一口一口地抽烟。王玉珍灶下烧火，锅里舀出盆温水，端起要出房门，张广泰喝问她：“你干什么？”

王玉珍说：“我给她擦擦脸。”说着，流泪了。

张广泰说：“你给她擦了脸，不就是认下这件事了吗？”

王玉珍说：“我不管你们怎么说，也不管你们怎么办，孩子叫过我一声妈，我给她洗洗脸，应当的。”

端着盆，出了房，到院里，拧把毛巾，给大翠擦脸，流着眼泪说：“翠儿，我给你洗洗脸……有什么话，晚上你来托梦给妈说……”说着说着，泣不成声了。

围观的人们有的叹息，有的抹泪，有的见于凤兰干号，而王玉珍动真情，便默默走了。

于凤兰见王玉珍又哭又给大翠擦脸，伸手抓住毛巾叫道：“不许你动她！她是我闺女！”

王玉珍说：“既是你闺女，送到我家来做什么？”

于凤兰说：“要你们偿命！”

王玉珍说：“我们还没跟你们要人呢，你们把我们没过门的儿媳妇害死了，这么嚎两声，闹一闹就完事了？你这不要脸的，还算个亲妈?!”“哗”把一盆水泼在于凤兰头上，于凤兰叫一声，跳起身去抓王玉珍，王玉珍就势把脸盆扣在她头上，两人在泥水地上厮打起来。围观的人忙上前劝、拉，都没用。曹有贵两臂一展，分开众人，慢条斯理地抓住于凤兰说：“黄家大婶，你失理了。”

于凤兰抓住曹有贵撒泼，叫道：“我怎么失理了？你曹有贵给我说清楚！”

曹有贵紧握住于凤兰的手腕，像抓小鸡一样拉起她。于凤兰疼得“噢噢”叫道：“曹有贵你干什么？”

曹有贵冷笑道：“嗨嗨，大婶，你过来，我给你说。”把于凤兰拉出人墙后道："你们不该把大翠妹妹送到人家张家来。"

于凤兰说："大翠是为成民死的！"

曹有贵说："大翠为什么死的，现在大柳树没人不知道了，你们原来给她订的八月十五和成民结婚，可是你们又把她的好日子搅了，为什么？因为你们想攀高枝，逼她改嫁一个什么科长——"

于凤兰叫道："对，就为这个，张成民怀恨在心！叫我们翠儿服了毒！"

曹有贵说："谁叫翠儿服的毒，我也不知道，慢慢自会明白。我只告诉你，张家是新搬来的住户，在这大柳树没有三亲六故，可是你们要是欺侮人，我们大柳树的乡亲可不能站在边上看！你再撒野我拍死你！"

于凤兰用头撞曹有贵，哭叫道："好啊，曹有贵你拍吧，你拍，你拍死我，仗着有大车你就欺侮人！你拍！"

曹有贵厌恶地一甩胳膊，于凤兰便倒在地上了，曹有贵说："去你的，大车也没轧死你。"转身对王玉珍说："张家大妈，你也不该沾这个手。他们把人害死了，背了来，你就不管三七二十一收下？这算什么事？你们不该收，你更不该给大翠洗脸，你沾这个手干什么？人善有人欺，马善有人骑，叫他黄吉顺把人背回去！要不，你说句话，我套车，给他拉回去！"

王玉珍坐地下抱着大翠哭道："翠儿翠儿，我的好孩子，我还指望后半辈子你来替我一把，你就这么撒手不管我啦，我的孩子，你有委屈，为什么不给我说呀？"

于凤兰抱住曹有贵一条腿，咬他的脚背，曹有贵痛叫一声，飞起一脚踢了她个脸朝天，骂道："臭儿娘们，真要撒野？乡亲们，路不平众人踩，我去套车，大家帮忙，把大翠给他送回去！"

有几个小伙子叫起来，嚷嚷道："对！给他送回去！""我们帮你！"几个人正要走，曲国经进院来了，后面跟着曲彦芳。曹有贵见了曲国经，提高嗓门叫道："好，村长来了。叫村长说，黄吉顺这事对不对？"

曲国经扫视一下众人，威严地对于凤兰喝道："回去！不许你在大柳树闹事，黄吉顺已经回家了，你若不回去，我叫人把大翠给你们抬回去，走！"

于凤兰慑于曲国经的威严，但还想耍赖，正犹豫间，曲国经瞪起眼喝道："走‼ 你们还有脸出来见人?!"

于凤兰被威慑住了。

曲国经对围观的人们说："都回家吧，小孩子们都走，走，都走！"

他把人们都赶出院，拴上了门。然后进了屋，见张广泰闷头坐在炕上，他上前问道："这是怎么回事？你也说说嘛，傻闷着不行。"

张广泰叹口气说："八月十五以后，大翠再没到我家来过。前天下午，我正在炉上生火，大翠忽然来了，我叫成民他妈出来和她说话，成民他妈高兴地了不得，拉着孩子进屋，我也跟了去。成民他妈说，翠儿，不管怎样，你要常来看看我们。我们想你。可是大翠愁眉愁眼地问我们道，大伯，大妈，你们恨我吗？成民他妈说，翠啊，我们怎么会恨你呢？这事怎么能恨你呢？好孩子，我们想你。是你大伯把事情办坏了。你恨我们吗？我给你说过，你大伯脾气太暴。好事办坏了。我能怎么说？我是没把事情办好，我对不起孩子，我惭愧。大翠问我们，成民什么时候回来？我们说，不知道。没想到大翠对我们说，大伯，大妈，别想我了，恨我吧，我没有跟着你们享福的命。我一听，这话不对，我问她，大翠，你怎么说这话？成民他妈也说，翠儿，你这说些什么？慢慢地，你爹妈回心转意就好了，拖几天就拖几天。这不是劝她等等吗？可是大翠忽然在我们面前跪下了说，爹，妈，恨我吧，别想我。她给我们磕了个头，不待我们俩醒过神来拉她，她自己就起身出门走了。我们真纳闷，不知这孩子怎么回事。”

曲国经问道：“后来再没来？”

张广泰说：“就是今天上午的事嘛，她走了以后，我越想越觉得她一定有什么大事，不好对我们开口，才叫成才上县上去把成民叫回来，想叫他们当面说说。哪想到，刚吃过午饭，他们就把翠儿背来了。”

王玉珍问道：“村长，你看这事可怎么办？”

曲国经舒口气说：“我再问问成民。”转身出房到院里，在大翠尸体旁面对成民席地坐下，说：“成民啊，你先别想别的，我问你句话，你去县上开会以前，见过大翠没有？”

成民说：“见过。”

曲国经问道：“她给你说过些什么？”

成民低下头，极力回忆。曲国经误会他有不愿说的话，便以尊长的口气说：“不用怕我，拣那要紧的，给我说说。”

成民吃力地回忆着说：“我们说的还是我们的婚事，我挺生她爸爸的气，说她爸爸眼皮朝上。她说，不光她爸爸这样，她妈妈也这样，还说社会的封建残余害死人。我批评她太软弱，她说我头脑简单，总是把社会理想化。”

曲国经说：“不要说些文绉绉的，我也听不大懂。她给你说过什么要死要活的话没有？”

成民断然说：“没有。我们就是这么说的。以前，有一天，在学校院里，我俩闲谈，她说我把社会看得太简单了，我不同意。现在看来，她说得对。我真没看出社会到底有多么复杂来。事实上我们两个都太幼稚。她说，她的父母，也是社会的人，可是，她没想到他们的灵魂有这么，这么‘那个’！可怕！我批评她软弱，她说她承认，是软弱。可是，她说她绝对不做个软弱的人！我说，那么，你回家去，向他们说明白，到我家来。她叹了口气说，在天愿作比翼鸟，在地愿为连理枝，都是活人说的话，活人唱的歌。我不明白她这话是什么意思，问她，她说，意思就是她绝对不做个软弱的人！我说那就太好了。我们就说了这些话。”

曲国经挤脑子想，喃喃自语：“绝对不做个软弱的人？……这孩子！当时你就没听出她这句话的意思来？”

成民说：“我们说话，常常一句连一句地连出些话来，嘴里说了，可是不怎么当真。”

曲国经叹道：“唉，白念了许多书，连句话都不会听。你好好听着，我问你，大翠留下话，说生是你张成民的人，死是你张成民的鬼，现在她已经死了，你答应她的话吗？”

成民说：“答应。她说什么，我答应什么，都答应。”

曲国经说：“她要求埋在你家地里，你答应吗？”

成民说：“答应。”

曲国经说：“这样，你可就是丧妻的人了，你要为她送葬。”

成民点头说：“送葬。”

曲国经重重叹口气说：“大翠该安心了。”起身回房里，对张广泰和王玉珍说：“你们不用着急了，成民不会出什么事，我已经把话给他说了，这事只好这么办了。”

张广泰问道：“怎么办？”

曲国经说：“葬，葬在你家地里。这是大翠的心愿，咱不能驳了这孩子的心。成民也答应了，咱不能再委屈他们俩。你们说呢？”

张广泰点了点头。王玉珍说：“老村长，你说这算个什么事！”

曲国经说：“就算这么个事。”

张广泰说：“老村长，大翠到底留下了些什么话？到现在，我只东一耳朵西一耳朵地听了个一句半句的。”

曲国经说：“她留下的那封信，在我手里。”

张广泰惊疑地问道：“怎么在你手里？”

曲国经说：“黄吉顺不把信交给我，我不看个明白，弄个清楚，我管他？现在我管，也不是为他黄吉顺，而是为大翠。”

张广泰问道：“那信上都写了些什么？”

曲国经说：“你们就不要再问了。你们两个，出门不要说闲话，我来安排吧。”

于凤兰回到“新新居”，黄吉顺忙问她：“你怎么也回来了？”

于凤兰凶狠地骂道：“你这个……你这个……你把我也逼死吧！”说着，骂着，一头向黄吉顺撞去。

黄吉顺叫道："哎哎哎，你疯了！"

于凤兰又哭又叫："我疯了，我疯了，你还我的大翠！你这个杀儿杀女的畜生！还我的大翠‼"

黄吉顺推开她，又推小芹的房门叫道："小芹，出来做饭！"

小芹从房里出来，两眼哭得红肿。黄吉顺语不成句地说："以后，家里，得你，替你姐，和你妈了。"

小芹往锅里舀了水，把生馄饨扔进锅，然后点火。

黄吉顺发现了锅底清水生馄饨生气地骂道："冷水生面，你这么煮了，一锅混汤，怎么吃？"

小芹更没好气地说："不能吃不吃。我是打铁的，不会煮馄饨。"

位于大柳树村南到广华街的路西小树林里，新挖一个深坑，坑边一口黑漆棺材，小芹在棺材旁大哭。大柳树村的人，站成一圈，围在坑外。张成民臂缠黑纱，坐在棺材头前新土上，两眼发直。王玉珍坐在棺材旁，怀里抱个包袱，四角露出新绸布做的衣裳。成才坐在她身旁。张广泰和曲国经站在棺材后，低声说什么。黄吉顺和于凤兰由南而来，到了近前，于凤兰便唱歌一样嚎哭起来："翠呀，我的好孩子！你死得冤啊！张成民那个没良心的勾引你，害了你啊！"

曲国经上前拦住她说："好了好了，我们定下的时辰已经到了，你们两家也都到场了，大柳树的全体村民也都来了。眼下正是农忙，你们两家还有什么话，当众说出来，当场了断。以后，谁也不许再提此事。如果都没有话了，咱们送大翠入土。"

黄吉顺叫道："有话。"

曲国经说："有话你就说吧。"

黄吉顺说："我大翠留下的遗嘱说得明白，她生是张成民的人，死是张成民的鬼，既然是这样，我就要张成民给她死陪活葬。"

曲国经说："你说，怎么个死陪活葬呢？"

黄吉顺说："死陪，要张成民和我大翠一棺下土！"

曲国经问道："活葬呢？"

黄吉顺说："要厚葬！张成民要披麻戴孝！"

曲国经说："你看看，张成民戴了孝的。"

黄吉顺说："要下跪！"

曲国经说："这件事，得看成民自愿。成民，你听见了吗？"

成民点头，就地向棺材跪下了。

黄吉顺说："要磕头！"

成民磕头下地，半天起身，又磕下地，第三次磕下地，失声哭起来："大翠啊！你为什么不给我说明白！"

人们同情地看着成民。张广泰跺一脚大叫道："大翠，你不该呀！"

黄吉顺得寸进尺地要挟说："张家人都要给我大翠下跪！张广泰，王玉珍，张成才，都得给我大翠戴孝、下跪！磕头！"

曲国经用眼色询问张广泰，张广泰说："我们全家听你村长决断。"

曲国经说："好好好，你们两家都在，大柳树的人也都在，黄吉顺提出来，要张广泰全家都给大翠戴孝、下跪、磕头。张广泰，黄吉顺，你们两家都听着，我下了决断，你们答应不答应？"

张广泰说："答应。"

曲国经转问黄吉顺道："黄吉顺，你答应不答应？"

黄吉顺只得说："答应。"

曲国经说："好，我曲国经当众决断，黄吉顺这个要求，我首先接受，张广泰一家也要接受，全家都要给大翠戴孝、下跪、磕头！"

村民议论了，不平了，有人向曲国经瞪眼了，成才蹦起来要爆发了。曲国经平静地说："可是，有一件，要说明白，按照我们的老规矩，老风俗，没有长辈给子女下跪的，要跪，除非有奇冤怪情。黄大翠服毒自杀，有没有奇冤怪情？有！这个奇冤怪情，咱们大柳树全村的人，现在都知道了，我说得对不对？"

在场的人一片声地吼道："对！"

曲国经说："所以，我就得按这件奇冤怪情来决断，大家都听着，我这么决断，给黄大翠下跪磕头的，第一个应该是黄吉顺，第二个，是于凤兰，你们俩，今天不当众给黄大翠下跪磕头，绝对不行，你们下了跪，磕了头，我才能最后决断张家跪，还是不跪，大家说，我这个决断对不对？"

人们又齐声喊叫："对！""叫他跪！""叫于凤兰跪！"

曲国经说："黄吉顺，于凤兰，你们听见了吗？我为什么这么决断？因为你们夫妻俩，特别是你黄吉顺，要尽手段，欺骗张家。换房的事今天暂且不和你理论，单说拆散大翠和成民的婚姻，逼得大翠服毒这件事，你是罪犯第一名，于凤兰是第二名。你们今天还要张家给大翠下跪？你们是一对无理无赖、无法无天的罪犯。刚才你亲口说了，我决断了，你答应，黄吉顺，现在我决断了，你先跪下，于凤兰第二个跪下，然后再说别的，你们跪下！"

黄吉顺说："我不跪！我不能跪。"

曲国经说："你为什么不跪？你为什么不能跪？你不跪就是不服我的决断，逼死人命的是你，你没有罪？你逼死了你闺女，你逼死了我大柳树村的未婚妇女，你逼死了我大柳树村小学要聘请的教员，耽误了我办学，你没有罪？我们大柳树全村的人，看在黄大翠的份儿上，念你是黄大翠的父亲，不追究你，就是饶了你，你还要逼张家老人下跪?! 你这混蛋，跪下!”

曲国经气吞山河的宣言，大快人心，大柳树的村民群众终于爆发了，一片声地吼叫：“叫他跪下!”“揍他!”“打!!”

张成才的怒火被点燃了，扑上前，抓住黄吉顺先打了两耳光，掐住他的脖子，按倒在地：“你给我嫂子跪下!”“你这混蛋!”“跪下!!”

曹有贵等几个“好汉组”的人一拥而上，抬起棺材，下放到坑里，然后动锹往坑里填土。成才把黄吉顺一推，黄吉顺掉下坑，扑到了棺材上。“好汉组”的人只管闭上眼睛往坑里填土，黄吉顺努力往坑外爬，盛怒的成才边骂边一脚又一脚地往坑里踹他。

这发展令曲国经意外，忙上前喝止成才道：“成才! 你给我住手! 出来!”伸手拉黄吉顺。

成才根本不听，越发兴起，趁势大踢睁不开眼的黄吉顺。黄吉顺大喊大叫挣扎。“好汉组”的人没一个罢手，现场一片混乱。

曲彦芳大叫着跑来叫道：“潘凡同志来了!”

所有的人像听到一声“停止”令，都不动了。

潘凡神色十分恼怒。有人要走，潘凡大喝一声道：“谁也不许走!”

大家都不动了。

潘凡扫视了全场，冷静了一下说：“你们这是干干干什么? 你们还还嫌这个事不大? 啊?!”

黄吉顺扑到潘凡面前跪下哭诉道：“潘同志啊! 你得给我做主啊! 他们要活埋我!”咧开嘴大哭大嚎起来。

潘凡叫道：“曹天柱!”

曹天柱瓮声瓮气应道：“在呢。”

潘凡说：“你们把大翠的坟埋好。”

曹天柱说：“正在埋呢。”

潘凡说：“然后，到学校里去。曲国经，把几个组长都带到学校。”

曲国经应道：“好好。”

潘凡命令黄吉顺说：“黄吉顺，起来，跟我走!”

黄吉顺惶恐地应声：“唉唉。”起身跟潘凡走了。潘凡又回头叫道：“于凤兰也跟我来! 曲国经，把人都带到学校去! 开全村大会。”

大柳树的人们都跟着潘凡为首的一群干部和当事人拥到学校了。院里挤满人，墙头上坐满人，窗口挤满人。

潘凡在教室里诘问黄吉顺道：“国务院公布的婚姻法，你知道不知道?”

黄吉顺没了气焰，低头说：“知道，知道一些。”

潘凡又问道：“青年男女恋爱婚姻自由，你知道不知道?”

黄吉顺说："知道，知道一些。"

潘凡又严肃地进一步问道："黄大翠和张成民恋爱你知道不知道？"

黄吉顺还是那句话，说："知道。知道一些。"

潘凡来气了，厉声问道："你既然知道，为什么拆散他们？"

黄吉顺说："我，我没有，没有，我，是大翠自己，是啊。"

潘凡喝问道："大翠自己？你再说一遍！"

黄吉顺胆怯地说："是……是……"

潘凡问道："税务局那个什么科长，和黄大翠是怎么个关系？"

黄吉顺说："林科长，林科长，没，这关系，没有。"

潘凡说："你知道你犯了什么罪吗？"

黄吉顺叫冤枉地说："我？啊呀潘同志，我犯什么罪呀？"

潘凡说："等我打打打打了报告，再说吧。你是个个个心术不正的人！曹天柱来了没有？"

曹天柱应道："来了。"

潘凡问道："你们今天想干什么？"

曹天柱说："帮忙埋人哩。"

潘凡说："把这张桌子搬到院子里。"

曹天柱把仅有的一张教课桌搬到院里。潘凡以从未有过的威严站到桌后喊道："墙外边的都进来，到教室里面去听！"

人们涌动着，有的进了教室，有的爬上四面房墙头上。潘凡提高嗓门问大家道："你们大家说，今天这个事，对不对？"

人们齐声喊："对‼"

潘凡问道："谁对呀？"

人们不响了。半晌，有个人喊："不对！"

潘凡又问道："谁不对呀？"

人们谁也说不清对还是不对了，没人出声了。

潘凡说："这件事，闹成今天这个样，水有源，树有根，从头追起来，第一个不对的是张成民！张成民来了吗？"

成民没有随大家来，现在他坐在大翠坟前发呆。

潘凡说："婚姻大事，家庭干涉，出现了问题，张成民身为青年团员，小学教师，竟然不做说服工作，不到政府去找有关单位要求帮助。他有文化，明知道有婚姻法，自己不实行，小学教师的身份，青年团员的觉悟都哪去了？第二个不对的是黄大翠！她已经死了，我不多说她，也不该说她了。自己的婚姻大事，得不到家长支持的时候，应该在家庭努力争取，应该向政府反映，她都没有做，走了轻生这条路，给双方的家庭造成悲伤，造成仇恨。"

人们议论起来了。有人叫："怎么说他们第一不对，第二不对呀？不对的是黄吉顺和他老婆!"

潘凡说："我说的是谁不对，没没没没说是谁有罪。要说谁有罪，第一个是黄黄黄吉顺，你是第一罪人。你说张成民害害害害死了黄大翠，毫无道理。事实是，黄大翠是为反反反抗你，而死，她的遗书，说得明白，这是黄大翠自尽以前留下的遗嘱，其中两句话，可以证明。"说着，从怀里掏出大翠的一纸遗书，对黄吉顺说："你自己也看过了，这两句，'我生是张成民的人，死是张成民的鬼。'这是黄黄黄大翠的决心，她为什么写这么两句话？不是对你说的吗？不是对你们两口子说的吗？我问你们，你们不拆散她和张成民，她会寻这个短见吗？你说给我听听，你你你们为什么一定要拆散他们？"

黄吉顺说："我，我，潘同志，我……"

潘凡说："对，就是你!"

曲彦芳高喊道："黄吉顺图那个姓林的是个科长，是个大官！他们合伙逼着大翠嫁给他!"

人们愤怒了，嚷嚷起来：

"不要脸的东西！打死他!"

"找那个姓林的!"

"把女儿当摇钱树!"

"他家还有个小芹呢？"

小芹捂着脸跑出学校，跑出村，跑到大翠坟前，扑上，大哭："姐姐！姐姐啊!"

成民呆呆地看着她，在旁的成才愤恨地看着她。

潘凡继续在学校院里讲话："你黄吉顺罪在何处，你你你先自己去想，等待政府处置。第二个有罪的是于凤兰，你根本不是是是个女人，更不是个母母母母亲，你是个没有良心的婆娘。你是同谋——罪犯!"

于凤兰嚎起来，谁也听不清她嚎了些什么。人们对她唾骂，她嚎着跑出学校。

在曲国经家里。曲国经、张广泰坐在炕上。潘凡在炕下走动着说："在全村面前，我没批评你们俩。你们俩一样有问题，该批评。"转问张广泰道："是党员吗？"

曲国经说："不是，我正在观察培养他。"

潘凡说："噢，不是。不是党员也是老老老工人嘛，老工人应该有工人阶阶阶级的觉觉觉悟嘛，作为家长也该批评。今天的事，如果不是曲曲曲曲彦芳去找我，你们想想，会是个什么结果？群众激激激动起来，人多手杂，没轻没重，要要要是把黄吉顺打死了，活埋了，再出一条人命，怎么办？这种事，你老村长经过了土改，也不想想可可可能会出现什么局面？”

曲国经说：“我是应该检讨。我想趁这个机会治治他。”

潘凡说：“其实，今天应该批评的首先是你，党员的立场哪去了？前次我就跟你说说说说过，要公平办事，你总有一种情绪，不治倒黄吉顺不甘心，那怎么行？他有问题，我我我我我们有宪法嘛。当然，在这方面，我也应该向你们检讨，没有向你们反复宣传，没有做好这个工作。我检讨。张广泰，你家的张成才和黄吉顺的黄小芹也在谈恋爱？你知道吗？”

张广泰说：“知道，我正愁呢。”

潘凡说：“愁什么？可不许你干涉！”

张广泰说：“反正，叫成才打光棍，我也不许他和黄家来往。天下的姑娘死绝了，我也不要他黄家的闺女。”

潘凡说：“这话就是干涉。青年恋爱这种事，谁也说不一定，家长要顺其自然。还有那个什么科长？”

曲国经说：“姓林的，在市税务局。”

潘凡说：“噢，不好好工作，跑到饭馆勾引民女！什什什么作风？什么干部！如今逼出了人命，饶不了他。”

曲彦芳来到大翠坟前，对成民说：“老师！我爹叫你到我家去。”

成民、成才都看她，成民问道：“什么事？”

曲彦芳说：“不知道。”

成民起身走了。曲彦芳在成才身旁坐下，轻声对成才说：“我爹要把大翠的遗书给你哥保存。”

成才看看俯身在地上的小芹，曲彦芳又附在他耳边说：“上面还有写给小芹的话呢！”

小芹突然歪起身问道：“写给我什么？”

曲彦芳说：“你自己问去。”转身走了。

坟前只剩成才和小芹，两人默默相视，谁也不说话。

经过了这场因为城市户口和乡村农业户口的差异而引起的婚姻悲剧之后，人们的眼光和注意力，快速地回到了对社会主义新生活的向往上了。说到底，是对城市生活的向往，因为在农村，互助组这种群众自发组织的劳动形式，先天存在着它的弱点，如劳动力强弱不均，生产工具原始落后等等，都难以适应发展生产的要求。然而在大柳树村，人们却还没有敏锐地感觉到这一点，“好汉组”也罢，“平常组”也罢，“寡妇组”也罢，春种秋收，人尽其力，物质的、精神的、友谊的、亲戚邻里感情的，各种各样的有偿和无偿的互相交换和支援，使曲国经老支书兼村长领导的大柳树这个“新农村”连年丰收………

田野里，曲国经、张广泰抡镢头刨地，成才在田间播种，曲彦芳和“寡妇组”的妇女们跟在后面掩土，拉碌碡轧地，曹大禄和男子们抡镢头刨地，家属女人们一家一户地送饭到地头。曹天柱的“好汉组”的壮汉们扬鞭赶着马牛犁地，从一片田里卸了牲口，扛起犁耙走向另一片田里。

学校屋檐下挂一具双轮双铧犁，成民在教室里给学生上课。政府推行的双轮双铧犁，“好汉组”不需要，一般的组不愿买，“寡妇组”买不起，也拉不动，作为新事物，挂在学校里，还算合适。

田野一片黑绿色，苞米、谷子、高粱，在阳光下闪亮。这儿那儿的都有人在锄地，男的光膀子，妇女光大脚。孩子们在水渠里洗澡、摸鱼，在村头树林里捉知了。

张广泰房西的香椿树长出一人多高粗壮的新苗。成民挖起一棵香椿树根，扛到大翠坟前，放进挖好的坑里，培土埋好。

香椿落叶盖满大翠的坟，落叶变成白雪。

香椿树长出了新枝新叶。

大柳树的人们又流进了田间，耕、锄、收割。

大翠坟前立一墓碑，上书：爱妻黄大翠之墓，张成民立。碑前埋着一方大青石，周围一片光滑，青石上放个小木凳。成民走来，在凳上坐下，静思片刻，开始翻书，苦读。张家院外的香椿树枝叶茂盛，院里传出打铁锤的“叮当”响声。张成才挑着锔锅担子出大柳树上广华街，沿路吆喝。八角门里大街两旁进城送菜的马拉大车排成队，等待蔬菜站的工作人员批条子，接到条子的，赶起大车向城里去。成才挑担子走过蔬菜店前，一售货员在阳光下懒洋洋叫：“一毛一堆了！黄瓜！”

按照农、轻、重发展国民经济的总方针，农业的发展，推动城市工商业改造，改造的普遍形式是公私合营。被改造的对象们，敲锣打鼓喊口号，流着眼泪送喜报。资本家说，他们“汽车越坐越大，房子越住越小”。私营商店合营以后，原来学徒的、站柜台的、跑街的、吃劳金的、掌柜的，大家一起改进了社会主义。大家都是国家干部，一律称同志，一律平等，一律高兴。走街串巷的小手工业者，参加手工业合作社。大家都是工人阶级，都是国家的主人，都是革命同志，都拿政府的工资，皆大欢喜。只有成才还是个单干户。

成才在一个村庄街边，放下担子，铺开摊子，开始锔碗。锣鼓声震耳欲聋，“庆祝公私合营”的横幅标语层层遮天移动。成才挑担子经过“广华制钉厂”门前，门前围满人，几个人在往门旁挂新牌子：“公私合营新华第三制钉厂”。几个人在往门楣上挂横幅红布，上贴白纸黑字：“庆祝公私合营”，几个人拿来锣鼓，小芹和吴发林从门里抬出一张桌子，朱存孝跟出来，胸前戴朵红花。成才看见了小芹，正要快走，被一个工人认出叫道：“哎，成才，到哪去了？”

成才说：“拉乡，回来了。”

工人拉住他说：“看看热闹。”

成才换了肩，抬头看，朱存孝在桌后站定，向人们扫视一眼，笑着，十分拘谨，极不习惯地说：“大家同志！”

“大家同志”们哄笑了。

朱存孝说：“我们合了营了！”

“大家同志”又是哄笑。

朱存孝说：“唉，我怎么这么上不得台面？打锣鼓吧！”

响起锣鼓声、欢笑声、鞭炮声，人们四散了。有人发现了成才，围上他，叫他放下担子。有人给他递烟，他谢绝了。在人群中，小芹的身影闪现了一下不见了。有人拉成才进厂，他又谢绝了，挑起担子走去。

成才挑担走在广华街上，小芹从后追上来叫道：“成才！”

成才略回头问她：“干什么？”

小芹说：“我，你，我……”

成才问道：“你怎么了？”

小芹说：“我们找地方说说话吧？”

成才冷淡地又问道：“说什么？”

小芹说：“我，不知道。”

成才说：“我也不知道。”

小芹说：“你，不知道？”

成才说：“你都不知道，我知道什么？”

小芹说：“我家对不起你们。”

成才说：“不要提你家。”

小芹说：“可我没有对不起你呀！”

成才不言语了。

小芹说：“我家是我家，我是我。”

成才说：“你还想叫我给你的死尸下跪呀？”

小芹说：“谁要你下跪了？我不像我姐。”

成才说：“死了你的心吧。我爹说了，天下的女人都死绝了，我们也不娶你们黄家的闺女。”

小芹说：“你还是听你爹妈的！”

成才说：“不听爹妈的听你的？”

小芹说：“我不听我爹妈的。”

成才说：“那是你的事，和我无关。”

小芹说："成民哥一句话也没给你说？"
成才说："说什么？"
小芹说："说咱俩！"
成才说："咱俩什么？没说。"
小芹说："可是成民哥说，他跟你说了。"
成才说："我哥管不了我的事。"
小芹脚步放慢了，成才加快脚步，两人越走相距越远了。

"新新居"的厦下桌边没人来吃饭。屋里，灶上封火，白案上生馄饨零乱。红案上几块肉，几棵菜，一小盆包子馅，整个店铺显得很冷清。黄吉顺显得消瘦憔悴了，背也有点儿驼了。于凤兰脸庞挂下来，有点儿黄肿，神色黯然。两人在做包子。于凤兰必须低了头，眯细了眼，方能不使肉馅掉在面皮外。

于凤兰说："面太软了，上不了屉。再揉点儿干面进去吧。"
黄吉顺说："今天的定量都和上了。"
于凤兰说："把明天的和上点儿。"
黄吉顺说："和上了明天的，明天卖什么？"
于凤兰说："卖后天的。"
黄吉顺说："算了，限多少卖多少，落得个清闲。"
于凤兰说："上不了屉怎么办？"
黄吉顺说："怎么上不了？不过难看点儿。"
于凤兰说："可我们还得保个牌子啊！"
黄吉顺说："什么牌子？你是天津的'狗不理'？谁给你无限供应？卖多少，一个月也是二十四块钱的工资，省点儿劲儿吧。这公私合营，倒成了限制发展了。"转头看见白案旁的豆腐磨，陷入了沉思。
于凤兰说："别忘了，你自己说的，你是社会主义改造的对象，得表现得拥护政府。"
黄吉顺说："供我多少我卖多少，还不算拥护？一个馄饨铺，算个什么对象？！人家那些拿定息的、赎买的，还不算改造对象呢！我算个啥东西？"
于凤兰说："你不是也归在那一流里？还说挺光荣的。"
黄吉顺说："和你说话真是生吃狗肉，膙腥（扫兴）。"
于凤兰说："找个会说话的去！"
黄吉顺仍怔怔地看着豆腐磨说："现在，一天没有以前一个早晨的生意多。"
于凤兰说："不是更省你的劲儿了。"

成才挑着担子走过大翠坟旁，见成民坐在坟前凳上看书，走过去，放下担子，就地坐下。

成民问道："回来了?"

成才问他道："你给黄小芹说什么了?"

成民问道："她找你了?"

成才又问道："你给她说什么了?"

成民说："我给她说了大翠信上说的话。"

成才问道："我嫂子说什么了?"

成民说："大翠信上跟她说……唉，你自己看吧。老村长把大翠的遗嘱交给了我，叫我保存。这上面有句话，是说给小芹的。"他从袋里小心地摸出一个小包，解开，拿出一个折叠的信封，从中拿出信纸，轻轻展开，递给成才，成才接过，展开看。

这封信是大翠写给成民的，上面写道："成民，我等你，你没有回来，我不等了，因为我不知道，等到你回来，是个什么结果。我对你说过，我虽然软弱，却绝不做软弱的人。我也对你说过，我生是你的人，死是你的鬼。我知道，另一个世界是没有的，但是我去创造一个，我在那里等着你。我请求你原谅我这个行为，我只能这样，才能向你证明我的誓言。我请求你，把我葬在你家的土地上，并请求你代替我，向我的公公婆婆谢罪。我知道，我也对不起他们。我的妹妹小芹，生性比我刚强，但是，我很担心她的命运，因为她还小，幼稚，在我们这个家庭里，也许她会同我一样，逃不出封建的罗网。她在爱着你的弟弟成才，你要告诉她，不要学我的样，要爱，就真爱，不顾一切地勇敢地去爱。拜托你，我的未能成婚的丈夫。你的未能成婚的妻子黄大翠亲书。"

成才早已经眼泪滴滴，看不清字了。成民对他说："小芹找过我几次了，说她要找你说话，你不理她，这信，我也给她看了，事情决定在你，也决定在她。"

成才说："我不想再给爹妈添难受。"

成民轻叹了一口气。

阴霾密布，隐隐雷声。曲国经像疯了一样，在大柳树街巷挨家挨户推门叫人："快下地！要来大雨了！"

"三婶子，你还能动弹吗？快下地去吧，要来大雨了！龙口夺粮啊！快！"

"快，去割麦子！抢收麦子！"

大柳树村小学传出孩子们的朗朗读书声。张成民在教室里缓慢地走动。曲国经闯进院急叫道："老师！放学！叫孩子们都回家帮大人抢收麦子！"

隆隆雷声里，金色的田野里，各处都有男女老少抢收小麦。路上，车载马驮，人背人抬，一条金色的长流涌动。一直说笑不停的、制造快乐的李寡妇几乎要哭了，念叨说：“这么多麦子，我们可怎么办呐？老天爷，你让我们寡妇们一步吧。”

曲国经突然出现，风风火火地说：“还叨叨什么？快割！”说着便弯腰挥镰，一扫一片。

李寡妇问他道：“你家割完了？”

曲国经催她道：“别管我，快割！”

寡妇们低头挥镰。学生们跑来了，成民快步来了，他们割的割，拔的拔，麦黄的田野到处升起金黄色的尘埃。

张广泰和成才在麦田里奋力挥镰割麦，王玉珍在后打捆。张广泰抬头间忽见对面有两个女人在麦丛间伏身起身地割来，不由得惊问道：“谁？”

成才抬头看一眼，吃惊了，说道：“曲彦芳和小芹！”

王玉珍也直腰看见了她们，感激地说：“她们来帮忙。”

张广泰皱起眉说：“这，怎么办？”

成才说：“我去赶她们走！”

王玉珍呵斥他道：“这么不懂事理！”

成才说：“我们的麦子泡了汤，发了芽，沤了肥，饿死我，也不要她黄小芹帮忙！”

张广泰低声怒喝道：“混！”

成才却还是提镰走去了。张广泰对王玉珍说：“你看这东西！”

成才来到小芹面前说：“你也来了？”

小芹仍低头割麦子，说：“我来了。我妈说她也想来帮你们！”

成才骂道：“你妈？那老混蛋，你别在我眼前提她！”

小芹说：“所以我没让她来。”

成才说：“你来帮我是什么意思？”

小芹说：“农村长大的，谁不知道三夏是什么日子？”

成才说：“不用绕弯，我知道你的心意，我哥又给我说了，你死心吧，我已经有爱人了。”

小芹吃一惊，问道：“谁？”

成才一指曲彦芳说：“就是她！”

小芹呆了，曲彦芳愣了，叫道：“成才，你说什么呀？”

成才说：“不用不好意思，就是我们俩。”

小芹说：“就是你们俩，我来帮你们割麦子也不算错呀！”

成才说：“那你就割吧。”扭头走了。

曲彦芳对小芹说：“这个成才！胡说八道！不为抢收，我非打他不可。”

小芹低头割麦，委屈的眼泪大粒掉下地。

大颗的雨点落下麦地，田野一片人声喧哗。

林科长背个背包，由八角门方向缓步走来，到“新新居”前，进了厦下，向门里望。

黄吉顺先发现了他，愣怔一刹，出门又看了看他，低声冷漠地，还有着点儿气呼呼地说：“你又来了？”

林科长说：“来了，看看你们。”

黄吉顺说：“坐吧。”

林科长在凳上放下背包，问道：“生意还好吗？”

黄吉顺说：“呃，天天不够卖的。”

林科长说：“那就是说还不错。”

黄吉顺说：“不错。哪能错？你这是要上哪出差？”

林科长叹口气说：“也算出差吧。”

黄吉顺问道：“怎么也算出差？到哪去？”

林科长犹犹豫豫又叹口气说：“到大柳树。”

黄吉顺问道：“干什么去？”

林科长说：“怎么给你说呢？为大翠的事。”

黄吉顺说：“大翠的事已经了了。”

林科长说：“你们是了了，可我才刚开始。”

黄吉顺问道：“这话怎么讲？什么刚开始？”

林科长说：“呃，我呀，花了钱，请了客，做了个好梦，落了个恶果。”

黄吉顺说：“这是怎么说的？我听不明白。”

林科长说：“你还不明白？你说大翠愿意嫁给我，我就做起梦来了。结果呢？我落了个放弃工作、勾引民女、作风流氓、破坏婚姻法、破坏宪法的罪名，关起门来写交代、写检讨、写反省。写一次，不过关，再写；写两次，不过关，再写。一天三顿饭，有人送了吃，大小便有人跟着，一天又一天，一月又一月，最后给我定了个下放当地、劳动改造、以观后效的处理方案。我得到大柳树去改造了，在哪跌倒的在哪爬起来，不知什么时候才能看见后效。”

黄吉顺被勾起了痛楚。点点头说：“谁也没长前后眼哪！”

于凤兰出门来，凑近林科长看一看说：“是你呀？”

林科长应道：“是我！”

于凤兰问他道：“吃碗馄饨？还是吃盘包子？”

林科长说：“什么也不想吃。不过，吃一点儿就吃一点儿吧。馄饨，包子，都吃，也是个念性。”

于凤兰说："我给你煮去。"

林科长问黄吉顺道："是你告的我？"

黄吉顺抱屈地说："我怎么会告你呢？"

林科长问道："那是谁呢？"

黄吉顺说："不用问。大柳树有个老家伙叫曲国经，土改上台当的村长。到那，你小心点儿，一定是他要治你，要不，怎么叫你到他那儿去改造呢？"

林科长吃惊地叫苦道："我的天！"

于凤兰给林科长端来馄饨和包子说："面没有好面，馅没有好馅，凑合着吃点儿吧。"

林科长从腰里掏出钱包，黄吉顺冷漠地说："你还给钱哪？一碗馄饨，我还请不起你？"

林科长说："哎不！从今以后，我和谁都得搞清楚，和你更得搞清楚，别再落个经济上的问题。"

第九章

林科长背背包走近大柳树村头时，天色已晚，林空暮鸦聒噪，落霞昏暗，农家牛羊入圈，鸡鸭回窝，小学校里放学了，学生们出校门前排成的队伍，在欢闹声中散了，田间归来的人们，走过他身旁，都敬重地向他点点头。他脚步犹豫了。

张广泰坐在村长曲国经家的炕头上边抽烟，边和曲国经低声促膝交谈。

曲国经说："大柳树村的人，心眼都不错。当然，也有那种贪小便宜的，买东西挑挑拣拣，卖余粮弄不干净，还要争个等级，不过那是少数的几户，农民嘛。这村的风气也不坏，最见不得那种顺手牵羊的人，谁在人家地里摘个茄子拔棵葱，传开来都是丢人到家的事，都很重名声。大翠这件事，你看出来了吧？急了眼，他们真敢活埋人！是啊，是啊，他们容不得心术不正的人，可是也不能那么干，我说了他们一顿了，可他们好像还不大服。我担心，弄不好，曹天柱他们，将来要变成个'霸王组'。还得批评他们，人无头不走，鸟无头不飞，他们的头是曹天柱……我没有什么大病，你放心，躺两天就好了。我知道，是那天潘同志批评我，心里窝了点儿火。批评得对，那事，我也该批评。我自从当了村长，这些年，搞土改，动员参军，抓生产，互助组，交公粮，无论哪样，大柳树都是中等以上，也是个'新农村'，没出过这么大的问题。黄吉顺这个人，我就说他不是个东西，本来他应该划个破落地主，可是他没有土地，还得分给他……有些事，没法说，只能心里明白，你是要在这里落户生根了，对村里的实情，得知道才行。"

这时，有人敲门。曲国经问声："谁呀？彦芳，看看去。"

曲彦芳在西间房，书盖在脸上，早睡了。

张广泰说："我去看看。"出房门，开院门。林科长站在门外。

张广泰问他道："你，是谁？"

林科长先半鞠躬说："您是村长？"

张广泰说："不不。村长在家里。你是乡上来的？"

林科长说："不，市里，市里的。"

张广泰说："噢，进来吧。"引林科长进了屋，说道："老村长，市里来人了。"

曲国经说："噢，市里？来吧。"

林科长进了屋，放下背包，先给曲国经送上个笑："您是村长？"

曲国经不认识他，说："啊，您是——"

林科长十分谦卑地说："我是市税务局的。这有介绍信，您看看。"

曲国经接过信，看了说："噢，是你呀！"

林科长说："是我。林士布。"

曲国经说："你先坐吧。我给他再说几句话。"

林科长说："好好。"

曲国经向张广泰说："哪天，等我好点儿，带着你到各家各户走走，都熟悉熟悉。怎么样？到曹大禄组，你可同意？"

张广泰说："最好叫我到那缺少劳力的组去，虽说我不会农活，可是我有力气。"

曲国经说："那就上李寡妇她们组？"

张广泰说："也好。"

曲国经说："我再想想。你先回家吧。"

张广泰说："唉，市里来的同志一定有要紧公事，你们说吧。"退出门去。

曲国经对林科长说："怎么天黑才来？"

林科长说："啊，呃，原来，办完手续，打算明天来。我看今天还早，就动身了，不想——我是走来的，没坐车——锻炼嘛——就从今天开始——不想，走到天黑了。"

曲国经说："行，今天晚了，你大概也累了——"

林科长忙说："不累不累。"

曲国经说："我这两天病了，不大舒服——也是和你的事有关——"

林科长说："噢，我有错误，我决心认真改造，在哪里跌倒的，在哪里爬起来，是我要求到这儿来的。"

曲国经说："是吗？"

林科长说："不，是领导决定的。"

曲国经说："要说实话嘛，人最怕不老实。"

林科长说："我一定改正。"

曲国经说："在大柳树，你可是个有名的人物啊。"

林科长说："我知道，领导和我谈过了，我一定认真改造。"

曲国经说："好啊，犯了错误不怕，还年轻，改上几年——"

林科长说："我一定努力改造。"

曲国经说："改上几年，再为人民服务，还可以当你的干部。黄大翠这件事，你当然罪责难逃。你怎么不摸清她家的底细就要和她结婚？"

林科长说："唉，我丁点儿都没想到。她爹给我说，她没有工作，没有对象。我就信了。我是……唉，还说什么？检讨也晚了……后悔也晚了……我是迷离迷瞪上山，稀里糊涂过河。”

曲国经说：“那怎么行？过河不知深浅，得先在岸边站一会儿，看见有人过去了，自己再下水！”

林科长说：“就是就是。我邪了门了。”

曲国经说：“是邪门。逼出人命来，人命关天啊！”

林科长说：“是是。我改造，赎罪。”

曲国经说：“改造首先要认罪，要吃苦，吃得下苦，才赎得了罪。”

林科长说：“是是。村长看我的表现吧。”

曲国经说：“那就好。你得吃饭，得住房，怎么办？呃，在村里一家一户派给你吃？农忙农闲的，人家也不方便，你又不是来工作，三天两天就走了，在谁家包伙？没有合适的人家，自己做也行。反正得能吃苦。”

林科长说：“村长的教育，我记住了。”

大柳树小学里挂了马灯，曲国经主持村民大会，男女老少，屋里院里全是人。张广泰坐马扎靠桌前，林科长站在曲国经身旁，微低了头。曲国经抻脖子问：“各组都到齐了吗？”

曹大禄、曹天柱、李寡妇等先后报说：“齐了。”曲国经说：“都齐了就开会。先说秋收，今年秋收，咱们大柳树，没有当二流子的，地里光了，没糟蹋粮食，有个新农村的样儿。下边是交公粮，咱村不能当落后‘点心’。要交好粮，籽粒要饱满，要晒干了，谁家的给打回来，谁再自己去送一趟。互助组的组长要带头，还要检查你们组各户的。全村公粮，交曹天柱组套车去送，你们要在车上插上红旗，马脖子挂上铃铛。把式的午饭，喂马的草料，各组自愿捐献。这一件，就说这么多。第二件，张广泰一家在我们大柳树落了户了，到现在还没定在哪个互助组，几个组都想要他们，来找我。你们想要，证明对他家的人有好印象，也都是好心好意。他们原来是工人，不会庄稼活儿，地呢，连收回黄吉顺的那一份都给他们，他们也忙不过来，这是个难事。把他们安在曹天柱组里，他们倒是好过点儿，可是我们还有些组劳力软弱。我想来想去，决定把他们安在李七嫂子组，李七嫂子，你们要不要？”

李寡妇高兴得叫起来道：“要！”

寡妇们也高兴得叫起来。一个妇女低声对李寡妇说：“到底把你儿子盼来了。”

李寡妇说：“去你的。”

又一妇女低声说：“还有个铁匠老头儿，带个老婆，你们一个被窝三人睡吧。”

又一妇女低声说：“可别打架啊！”

寡妇们大笑起来。

李寡妇揪住一妇女骂道：“我撕烂你的嘴。”

曲国经问道：“笑什么？你们别想着一年三百六十天都叫他们给你们干活儿。”

一妇女对李寡妇耳语道：“我们七嫂子可舍不得，累坏了晚上没劲儿。”

寡妇们又笑起来。

曲国经说：“李七嫂子，你们安静点。”

寡妇们还是这个“吃”，那个“哈”地偷笑。

曲国经说：“张成才的锔锅担子，农闲的时候，还得让他四乡里去转悠着，赚个三俩的，买盐吃。张广泰的铁匠炉子呢，冬天农闲，给全村打镢锄镰刀。至于手工钱，他要多少，大家给多少，不要讨价还价，反正要比外来的便宜。这么安排他们，行不行？”

人们都说：“行！”李寡妇组的妇女们叫得更响。

曲国经听到了鼾声，笑道：“刚吃过饭，谁就在那拉风箱啊？”

笑声过去，“风箱”没声了。曲国经继续讲道：“这是第二件，下面，再给咱全村介绍个人。就是这位，啊，从市里派下来的，啊，是——啊——因为犯了错误，送到我们大柳树来改造思想。啊，要在这长期改造，长期住在这儿，啊，犯了什么错误呢？啊，叫，啊，就是说，相当于一个坏分子吧，相当。”

林科长说：“我，我没戴帽子，没有那么坏……”

曲国经说：“呃？没戴帽子？这好说，叫村里给你做一顶。李七嫂子，你们谁给他做一顶。”

李寡妇说：“行啊。”

一妇女低声对她说：“看把你高兴的。这个年轻，是吧？”

李寡妇说：“你喜欢给你，散会就领回家，反正男的那东西都一样，坏分子的更有劲儿。”

那妇女说：“没听村长说，他才是个‘相当的’，有劲儿也大不到哪去！”

妇女们又哄笑起来。曲国经不愠不火地说：“别笑了。改造嘛，要彻底改造，好比补破锅，拿豆面糊不行，得用醋铁把漏洞、漏缝粘好了。他要无条件地劳动，派他到哪组，他就到哪组去，派他干什么，他就得干什么，我们全村的人，都要看着他，还要看紧，他若是偷奸耍滑，都要给我报告。谁要是包庇他，谁就是包庇坏分子。可都听见了？”

人们又齐声叫道：“听见了！”

林科长从未见过这种阵势，恨地无缝，连抬眼皮的力气也没有了。

林科长在推磨，李寡妇在一旁罗面，和他聊起天来，她说：“黄吉顺没给你说大翠早就和我们成民订婚了？”

林科长说：“没有。他要是给我说了，我还会那么下贱？”

李寡妇叹口气说：“黄吉顺啊，精得过头啦！如今鸡飞蛋打。你在这好好改造，我们不会欺侮你。你家里还有什么人？”

林科长说：“就一个妈妈。”

李寡妇说：“没有媳妇？”

林科长说：“别提媳妇了。”

李寡妇吃一惊，问道：“有？”

林科长说：“有我还会找大翠？”忽然站住，向门外看，是成才在向他招手，放下棍，出门去。

李寡妇大喝一声道：“哪去？”

成才对李寡妇说：“我找他有点儿事。”

李寡妇说：“快点儿给我送回来！”

林科长毕恭毕敬地跟随成才出了村，边走边讨好地问道：“去干什么活儿？”

成才不响。林科长似乎意识到了什么不祥，又问道：“要到哪去？”

成才说：“你来吧。”

到了大翠坟前，成才猛转身，抓住林科长衣领，手指墓碑问道：“你认得字吗？”

林科长吓得顿时脸色苍白说：“认得。”

那墓碑上写着：爱妻黄大翠之墓，张成民立。

成才对他当胸一拳，又转身一抡，随即脚下一踢，喝道：“你给我嫂子跪下！”

林科长被踢倒，跪下地。成才抓住他头发，用力下按，林科长头碰青石“咚咚”响。成才暴怒地边按他的头边叫骂：“你给我嫂子磕头！磕头！磕头‼你这相当的坏分子！今天我要好好改造改造你！彻底改造你！你这臭流氓！你哭！哭你大翠姑奶奶！……”

李寡妇进了曲国经家，叫道：“村长在家吗？”

曲彦芳出门说：“七婶，我爹上张家去了。”

李寡妇说：“张家成才把我们的坏分子给领走了，一直再没回来，安排他干什么去了？”

曲彦芳说：“我不知道。”

李寡妇说：“去给我们要回来吧，他还没给我们推完磨呢！”

在大翠墓前，成才还在狠命地打林科长，边打边骂道：“你为什么不去找你妈，找你姑姑，找你奶奶，你来破坏我嫂子，把我嫂子逼死！你这臭流氓！”越打越骂越来气，忽听得一声断喝："成才！"

成才抬头看，是老爹张广泰和村长曲国经慌慌走来。

张广泰先打成才俩耳光骂道："你这东西！你凭什么打他？"

成才挣扎着说："我改造他！我彻底改造他！"

张广泰说："叫他来改造，是叫大家监督他劳动，叫他知过改过。谁叫你一个人改造他的？上级送他来，是叫你打的？"

成才还不解气，还要打，张广泰一把推走了他。林科长痛哭流涕，曲国经见张广泰如此教训成才，略点点头。

曲国经拉起跪着的林科长说："起来吧。你要知道，张成才恨你！"

林科长哭得伤心，边说："黄大翠同志啊，我悔不该到你家去吃那碗馄饨啊！"

林科长背着背包，跟随村长和曹大禄进了一处空旷大房。大房里一口奇大的铁锅，一铺奇大的土炕，几口奇大的瓦缸，到处落满浮尘积土，土炕上一领破席。这是个废弃的粉房。

进得门来，一股潮湿冷气扑身。曲国经看了看说："这里有锅有灶，还有炕，你自己找点儿柴禾，熏熏寒气，烧烧炕，冬天粉房开了工，天天有热炕。"转头问曹大禄道："你们什么时候开工？"

曹大禄说："这几天就要干了。"

曲国经说："开工叫他给你们挑水、烧火。"

曹大禄说："放心，闲不着他。"

曲国经向林科长道："好好干。"

林科长答应道："哎哎。"

曲国经说："炕上灰，扫一扫。找笤帚。"三人转遍大空房不见一把笤帚。

曹大禄说："自己扎一把吧。你住在这，就得看好房里的东西。"

林科长连连答应道："哎哎。我一定尽力。"

曲国经说："明天放你半天假，还缺什么，自己去买点儿。"

林科长说："我什么都不缺。村长放心，我不跑。"

曲国经说："要跑就跑吧，你跑了我省心。"

天空飘雪花。学校里，讲台前、四墙角放破瓦盆，余烬闪红。成民在给学生上课。不是在讲台上，而是在几排土堆支撑的木板间慢步走动，检查写字的、演算的，随时纠正一个个学生歪头斜腰的姿势。有的土堆和木板太矮，只得弯下腰"鞠躬尽瘁"，同时嘴上领学生念着："劳动创造世界！"

雪后的大柳树村，街上连条狗也不见，只有张广泰家院飘起飞烟，传出"叮叮当当"的铁锤声。还有粉房的烟筒也一阵一阵升起黑烟，四散弥漫。

粉房里，曹大禄蹲在锅台上掌瓢，大手在漏瓢里灵活地抓动稀粉团，生粉丝如雨如线，从勺里缕缕挂下，落在翻滚的开水锅里，另端，一个人用长棍把熟粉丝掏进冷水盆，后面又有人把熟粉丝斩断，用杆挑起，上架。虽然灶下有火，房里仍冷得令人发抖。林科长在灶下拉风箱烧火，挺卖力。

曹大禄低声命令道："大火！"

林科长拉风箱加烧柴，生烟从灶下升起来。曹大禄指点他道："架空点儿，不要塞死了。"

林科长忙从灶下抽出刚塞进灶里的木柴，带出的生烟呛得曹大禄睁不开眼，曹大禄恼火地歪了头，坚持抓完一瓢，下锅台，到灶前，弯下腰，看看灶，动手，指点林科长说："你把炉底堵了，看着，这样，人心要实，火心要虚。"

林科长说："我记住了，我一定接受。可是人不是要虚心吗？"

曹大禄说："你别跟我抬杠，叫你怎么干你怎么干。"

林科长说："是是，我好好干。"

看盆的突然对林科长嚎叫一声道："换水！"

林科长忙起身出门院里提桶水进来。

看盆的说："先把盆里的倒了！"

林科长答应，端大盆，端了几次，大盆纹丝不动。

看盆的说："你也不看看，想想，这么大个盆，又盛满一盆水，你能端动吗？先把盆里的舀出去！"

林科长忙接受，答应道："哎哎。"

曹大禄对他说："今儿是头一天，不懂，不会，熟了就好了。我说你干事，怎么不先看看，问问，打听打听再干？啊？低着个头瞎撞，那会不吃亏倒霉？"

林科长说："我正在总结。"

曹大禄问道："什么？"

林科长说："我在想收获。"

曹大禄说："谁叫你收火？加火！拉风箱！"

这个林科长，大概从来没见过，所以也不知道怎么干农村的活儿，可以算个五谷不分的废物。我们可爱的农民，如曹大禄，现在甚至有点儿可怜他了，所以提早收工，让他早休息。但他改造心切，到了晚上，便独坐在孤灯下，写起他的《思想改造收获总结》来了。他写道："……经过劳动，我深切地感觉到……"

认识到了什么？他写不出来，他把纸揉成一团，闭目冥思一阵，又把纸团展开，抚平，把写过的一行涂掉，重写道："……经过大柳树村的党支部书记曲国经同志的谆谆教导，我深刻地认识到，我的问题是严重的，是带有……"

带有什么呢？他不知、也不敢写下去。他又把纸揉成一团，闭上眼苦思，片刻，又把纸展开，抚平，动笔写道"……由于党支部书记的关心教育和广大农民同志的关怀帮助，现在，我明确地认识到，我的问题是极其严重的，它的性质是很明白的……”

他又皱眉了，不觉自语道：“明白什么了？就是吃馄饨吃出来的问题嘛！”

大雪纷纷。成才拉个排子车，快步经过八角门，进了城。车后，曲彦芳跟着跑。

城里满街满巷摆满年货摊子。置办年货的人流拥挤，成才和曲彦芳在人潮中走散了，成才喊了几次，抬脚昂首不见曲彦芳。

曲彦芳在人流中也高喊“成才”，却不闻回声。

成才手提一堆年货，在人流中撞见了同样手抱年货、头戴红绒花的小芹。显然，这是朵刚买的小花。对这个平时粗犷有余的过去的女友竟在闹市中头带红花，成才心头泛起一丝说不清道不明的滋味。与此同时，他看见小芹也发现了他，并且直眼看他，不说不笑，像不相识，眼光却又潜隐着某种同样说不清道不明的热烈。成才决然回头转身，却又撞见了吴发林。

吴发林对他笑道：“成才！你也来了？”

成才说：“来了。”

吴发林说：“买什么了？”

成才说：“乱七八糟。”

吴发林说：“我买了些闪光雷炮仗。给你几个？”

成才说：“我也买了。”

吴发林说：“刚才有个姑娘在人堆里叫你，你的对象？”

成才说：“我哪来的对象？一个村里，一起来的。”

吴发林说：“长得还挺漂亮。你们那姑娘多吗？”

成才说：“多得很，一脚能踩出七八个来。”

吴发林调笑说：“你真有福。”

人流冲散了他们；吴发林被人流推着边后退，边向他喊道：“有那合适的给我找一个！别自己独吞了！”

成才拉着装了些年货、坐着曲彦芳的排子车，出八角门，发现小芹在他们前面走，他故意放慢脚步。车上的曲彦芳看见小芹，却高声喊道：“黄小芹！黄小芹！”

小芹回头见状，停住了。嘴角不知何故，出现了一丝酸甜苦辣俱全，她自己也难言滋味的微笑。曲彦芳催成才说：“快点儿！”

成才本来低了头，经她这一催，气上心头，停步回头说：“下来！”

曲彦芳不解地问道：“下去干什么？你叫我上来的！”

成才只说：“下来！”

曲彦芳说："不下。快走！"

成才愣起眼问道："下不下？"

曲彦芳梗脖子道："不下！"

成才一抬手，曲彦芳从车上滑下地，痛叫一声："啊呀！我的腿！啊呀，啊呀！"

成才慌了，放平了车，转回车后问道："怎么了？"

曲彦芳说："腿！"

成才问道："哪儿？"

曲彦芳说："啊呀！这儿！"

成才忙给曲彦芳揉腿，边问道："厉害吗？"

曲彦芳只叫喊。

成才一边给她揉，一边问："哪儿？"

曲彦芳说："这儿。啊呀！"

站在前面的小芹，先是要笑，后忽然敛住，目不转睛地怔怔地看他们，又忽然，她看见从后走来了吴发林，眉头一扬叫道："吴发林！"

吴发林兴奋地应着跑上来，路过成才和曲彦芳旁，问声"怎么了？"便向前跑去，边跑边问小芹道："干什么？"

小芹说："我的脚崴了，搀着我走！"

吴发林眉飞色舞道："好，把东西都给我背着！"从小芹手里拿过一包年货，背上肩，拉起小芹的胳膊，搭上自己的肩说："来！这样！"

小芹一拐一拐地走着，不断回望成才和曲彦芳。

成才眼看着小芹得意地走去，再不给曲彦芳揉腿了。

吴发林高高兴兴搀着小芹前行，不防小芹拿下手，把自己的东西从吴发林身上取下说："行了，你回家吧。"

吴发林好生奇怪，问道："你好了？"

小芹说："本来就没坏。"

吴发林说："我把你送回家吧。我知道你的家住在哪里。"

小芹问道："你怎么知道？"

吴发林说："我特地去打听过，亲眼看过，还在那吃过一碗馄饨，是你妈给我端的，我真想叫她声丈母娘。"

小芹说："还想挨揍吧？"

吴发林涎起脸说："嗳，打是亲骂是爱。我想你现在就打我一拳。"

小芹说："我的手现在没空。你滚吧，给你闹着玩儿，你还当真了？"

吴发林大失所望。

夜。街上偶有鞭炮响声，闹得成才不能成眠。他的眼前不断出现小芹的脸庞，她主动拉他的手，主动搂紧他的脖子，亲他，又把一只装满包子的篮子递给他，向他顽皮地笑着，那是一种纯真的笑……

成才又翻个身，和衣下地，从锔锅担子抽屉里拿出个银蝴蝶，在手里翻弄着看。

成民到曹大禄家家访。曹大禄睡眼迷蒙和他儿子送成民出门。

成民到曹有贵家家访。曹有贵热情招待，硬拉他上炕，有贵妻子送上花生、瓜子、冻柿子，成民一边吃，一边向曹有贵解说他女儿的成绩，曹有贵很满意，他的女儿在旁也很骄傲。

成民路过“小顶针”李秀英家门前。李秀英背柴开门回家，见了他，躲不及，叫声：“老师！”

成民搭讪问道：“年货都准备好了？”

李秀英吞吞吐吐说：“准备好了。”

屋里传来孩子的哭声。李秀英忙进门去了。

成才挑担子在街口吆喝：“锔锅喽——锔碗喽！”

曲彦芳走来，嘲笑道：“这么积极！要过年了，今天谁家还锔锅？”

成才说：“你过来。”

曲彦芳问道：“干什么？”

成才从担子抽屉里拿出银蝴蝶说：“今天过年，明天你又长一岁了。给你，我打的。”

曲彦芳高兴地问道：“真给我？”

成才说：“真给你。我说到做到。”

曲彦芳一双眼扑扇几下，一笑，走了。又回头说：“回家过年吧！”

曲彦芳回到家，对镜用银蝴蝶卡头发，转动头，心里美。

成民回到家，问母亲王玉珍道：“妈，有钱吗？”

王玉珍说：“有。要干什么？”

成民说：“过年了，给我五块钱。”

王玉珍顿时高兴道：“对对，过年了，你也该像个老师的样。自己去买点儿什么吧。”

成民接了钱，出门去，在街头东张西望。

曲彦芳昂头而来，见了他，故意摇晃脑袋，叫声：“老师！”

成民应道：“曲彦芳。”

曲彦芳问他道：“什么事？”

成民拿出五块钱，递给她，说：“你替我走一趟，把这五块钱送给李秀英。”

曲彦芳吃一惊说：“你给他们钱？”

成民说：“他们很困难，连点儿年货都没办。”

曲彦芳说：“他家是地主！”

成民说：“过年了，她家有我的学生，学生也得过年，地主也得过年。我不便到她家去。”

曲彦芳说：“好吧。我送到就去给你回话。”

成民说：“不用什么回话，就说我送给她们过年的。”

曲彦芳说：“也许你当老师的不用挨我爹的批评。”

除夕夜，到处鞭炮声。“新新居”里，黄吉顺强打精神点燃两个红灯笼的蜡，挂到厦下棚里，不料刚踏脚进门，于凤兰气呼呼冲出门，上前把两个灯笼摘下，摔下地，嘴里还骂道：“你还有这份闲心！”

黄吉顺说：“你你，你，谁不过年？”

于凤兰说：“我就不过。你要过，大街上过去，别在我眼前。”

黄吉顺说：“看你这娘儿们！”

于凤兰说：“看我不好，离我远点儿！”

黄吉顺说：“大年三十我不和你吵，过了年再跟你算账。”

于凤兰说：“算账都是年底算，你想怎么算就怎么算，现在就算吧。你要什么我给你什么。”

黄吉顺说：“你你，这娘儿们，这样！我给你说，好好过了这个年，时来运转，我黄吉顺还能发达起来。”

于凤兰说：“发达起来?! 天天吹你的公私合营行业委员会委员！一个月还有二十四块大洋的工资，一天才供应二十斤面粉！做梦去吧。你在外边发达去吧！”“嘭”关了门。

鞭炮声里，小芹在房里对镜发呆。大翠、成民、成才的面容在她眼前交替闪现，她回忆起那些时光：大翠紧搂着她，她向大翠倾诉和成才的“恋爱”；她看见大翠和成民亲昵地拥抱；她和成才的嬉笑；自得地坐在排子车上的曲彦芳那莫名其妙的神态，她被摔下车的撒娇态……

房门突然被推开，于凤兰没好气地对她说：“还不睡！”

大柳树村里，一派过年气象：这儿那儿都升起焰火，连续的爆竹响，各处有活动的灯笼，孩子们的欢笑声充溢街巷，人们祝福、拜年的声音响成一片。

“小顶针”李秀英家里。李秀英给病老爹送上一碗饺子：“爹，过年了，你吃吧。”

病老爹颤颤巍巍地问道：“哪来的钱?”
李秀英说：“张成民老师给的。”
老爹说：“记住，得还人家。我吃一个就行了，你们吃吧。”
李秀英说：“我还有。”
老爹问道：“张老师为啥给你钱?”
李秀英说：“不知道。”
老爹说：“一定要还他，别惹了闲话。”
李秀英眼圈潮湿了。

曲国经家。张广泰和曲国经在炕上对饮，四碟小菜两瓶二锅头。不断有人来拜年，多是说句话就走。曲彦芳穿新衣，头戴银蝴蝶，兴奋不已，应付自如地招呼客人：“大哥二哥!”“大叔，我给您拜年。”“三叔，您上炕陪我爹和张大叔喝酒吧。”爽朗里带泼辣，还带点儿疯。张广泰不无赞意地对曲国经说：“你家彦芳是个能当家的孩子。”

曲国经带歉意地笑道：“嗨，我这还愁呢，过了今夜，又长一岁，唉，风风火火的，不像个姑娘。”

张广泰说：“女孩儿，长大就稳当了。”

曲国经说：“比不了你的成才。别看他有时候愣头愣脑的，我看出来了，好好修理，是棵好苗儿，我越看他越是个能成器的材料。”

张广泰说：“谁知道他。得看紧了才行。丢了制钉厂的工人饭碗，有一阵子，我还真害怕了几天，怕他不愿在大柳树过农业户。谁知道，你安排他个锔锅担子，倒应了他的心了。”

曲国经说：“人，都是不知不觉地变。我年轻的时候，也够可以的。我讨厌吵架，光说不打，瞎嚷嚷，没意思，还说不清。不如打，那才见真功夫。现在，你看我像个爱打架的吗?”笑了。

张广泰说：“我不行，我就是嚷嚷。现在连嚷嚷也觉得没意思了。”
曲国经说：“说真的，你在厂子里，没有人给你说起过一个事?”
张广泰问道：“什么事?”
曲彦芳大感兴趣，插进来问道：“大叔有什么事?”
曲国经说：“没有你的事，去吧。”
张广泰说：“什么事，你说吧。”
曲国经说：“参加党的事。”
张广泰说：“没有。没有人对我说起过。”

曲国经说：“你拖家带口，来到大柳树两年多，全村都一人两眼的看着你们一家呢，我也早留意你了，你是怎么个人，我也有个数了。我问你，你愿不愿意参加共产党呢?”

张广泰说:“我怎么不愿意?怕不够啊!”

曲国经说:“够了。今晚你就参加吧,我当你的介绍人。”

张广泰问道:“怎么参加?”

曲国经说:“你写个参加的申请书。”

张广泰为难地问道:“怎么写呢?”

曲国经说:“我会。我说,你写。”

张广泰说:“好,我写。”

曲国经对曲彦芳叫道:“彦芳,把你的钢笔给我们用一下。还要张纸!”

曲彦芳在灯火鞭炮的闪光红影中捂着耳朵跑进张广泰家院,先抓了一下头发,又摸了摸银蝴蝶发卡,进了房,先一惊后一喜,惊房里没点儿过年的红蜡,没个过年的样,没有包饺子;喜的是只有成才一人在家,锔锅小炉子里烧着焊刀,正在组装一个直流收音机。她明知故问道:“你在干什么?”

成才头也不抬说:“你看我在干什么。”

曲彦芳说:“你还真能啊。你家的人呢?”

成才说:“我不是人?”

曲彦芳笑道:“他们都哪去了?你爹在我家参加共产党。你妈呢?还有你哥?”

成才说:“不知道。老头子了,还参加共产党?”

曲彦芳说:“我爹当他的介绍人。真烦人,什么事都要介绍人,恋爱结婚要介绍人,参加共产党也要介绍人。真没意思。”

成才说:“没人介绍,瞎闹行吗?没看见我哥和大翠?就说我接电线吧,没有焊锡,行吗?”

曲彦芳说:“嗐,没意思。哎,我戴上了。”

成才说:“什么?”

曲彦芳说:“你看!”转身摇头。银蝴蝶在灯光里闪亮。

成才抬头看一眼,不在意地“唔”了一声,又低头焊他的收音机了。

曲彦芳问他道:“好看吗?”

成才说:“我的手艺,不是吹,想叫它多好看,它就能多好看。”

曲彦芳说:“我说我戴上它好看吗?”

成才说:“还行。”

曲彦芳恼怒了,问道:“还行?”

成才说:“还行。”

曲彦芳更恼火了,问道:“没委屈了它?”

成才说：“还行。”

曲彦芳板起脸，问道：“没给你丢人？”

成才说：“还行。”

曲彦芳流泪了，问道：“你为什么给我打的它？”

成才傻了，应付说：“呃，我说过，我要给你打一个嘛。”

曲彦芳从头上摸下银蝴蝶，拿在手里，又说：“我问你，为什么打它给我？”

成才说：“你忘了？”

曲彦芳说：“为什么？”

成才说：“你给我送过信，我当时说的。”

曲彦芳说：“就为那个？不为别的？”

成才说：“就为那个，不为别的。”

曲彦芳用力把银蝴蝶摔到成才脸上，说：“给你！”

成才并不恼，笑道：“干什么打人？”

曲彦芳出门走了。到了院门外，却又停下了。

回头看，不见成才追出来，生气扭头走了。

成才低了头，自言自语地说：“给你东西还打人！……不讲理。”

村外树林里，王玉珍在大翠坟前摆下了两盘供品，点燃香纸，洒下一杯水酒，坐在青石板上的小板凳上，嘴里轻声念叨说：“翠呀，过年了，妈来看看你。平时成民在这看着你，我和你公公都不能清明节来给你添土扫墓，不合规矩呀，孩子。你在那边过得好吗？”说着，“嘤嘤”哭了。

墓后黑影里，成民在一把一把抹泪。下雪了，晶莹的雪片在闪动的火光里，轻翩漫跹，徐徐飘落。王玉珍抹着泪起身走了，成民迎上去搀住她说：“妈，你……回家吧。”

王玉珍说：“唉！我们过一年，她也过一年……”

母子俩回到家院门前，见曲彦芳坐在门槛上，王玉珍轻声叫道：“彦芳？怎么坐这儿？”

曲彦芳说：“我来给大婶拜年，您不在家。”

王玉珍说：“成才不在家？”

曲彦芳说：“在。我不爱跟他说话。”

王玉珍露出点儿笑意说：“下雪了，快进家，只有过了年出嫁的姑娘，年三十才坐门槛。”

在曲国经家里，曲国经看罢张广泰写成的《入党申请书》，极亲切又严肃地对张广泰说:“心里记着，从现在起，你就得把自己当一个共产党员。等我要来入党的表，你再填上，宣誓，就成了。我给你说，共产党员，是给老百姓办事的，还都得办好。现在呢，你记住两条最要紧的，头一条，万一有一天，蒋介石和美国联合起来反攻大陆——就是这么说，说的是万一呀——美国叫咱志愿军打败了，蒋介石没那个本事，就是他反攻也攻不到咱们这儿，咱们的国家是铜帮铁底儿，各地的民兵打他也用不完——说的是万一，那时候，你得看住了二把头，就是李秀英她老爹——别叫他跑了——那也是个老棺材帮子了，跑也跑不出几里地去；第二条，不管什么事，都得按照上级的通知办，要千方百计，帮着，领着，把大柳树各家各户的生产弄好。要把大柳树的生产奔到外村前头，咱们老百姓，吃饱穿暖，才能想文化，要是闹的人人空着肚子，头上没帽子，下身没条破裤子，要饭也没根棍子，还算什么共产党的领导？你明白吗?”

张广泰说:“明白。”

曲国经说:“好吧，都过年了，你也回家过年吧。我还得去看个人。”

张广泰说:“行。你还去看谁呀?”

曲国经说:“嗨，过年嘛，都得过年，都得看看。”

张广泰告辞了。曲国经喊声:“彦芳!”

不见曲彦芳应声。他出门后关了街门，踏着落雪，向村南走去，回头间，见后面跟来张广泰，他问他道:“你哪去？不回家。”

张广泰说:“年三十晚上，你要去看谁，我也去看看。”

曲国经说:“那好吧。”

他们两人进了村南的粉房。林科长正在炕上弯腰弓背地伏在小桌的灯下写什么，听见有人开门，抬头看，见是曲国经和张广泰，慌不迭地跳下炕迎道:“村长，村长，张师傅，我……我正在加深检讨，加深认识，提高认识……”说着从小桌上拿下一摞写出的检讨:“还没写完……”

曲国经摸摸炕说:“炕不热呀，没有草?”

林科长说:“有有有，我是尽量节约，加强锻炼。”

曲国经说:“过年了，家家都过年，你想些什么呢?”

林科长说:“我，总结这两年的改造收获。”

曲国经问他道:“有收获吗?”

林科长说:“有，每个月都有，我都写了。”

曲国经说:“唉！林士布！你呀！叫我怎么说你好呢？以后，干什么事，先看个明白再说。你就那么点儿事，可是没弄在点子上，弄在刀刃上了。”

撕碎林科长给他看的检讨，就灯火点燃，扔在锅灶下，继续说:“那件事，我心上早没了。以后不要再写这些东西了，写上几万张，也是那么点儿事。把炕再烧烧，好好睡个觉，过年吧。”

林科长说："唉唉，我一定烧炕，不写了。"

曲国经和张广泰踏雪走过村街。曲国经说："好雪。今年春早，得叫大家早收拾，早耕早播。你回家吧。"

张广泰回到家，房里空无一人。站定思索一下，出了门。

他来到大翠坟前。成才、曲彦芳都在坟前，纸钱燃烧，火光跃动，照着每个人的脸。张广泰沉默了一阵，对他们说："都回家吧，翠儿也该安心了。"

"新新居"里。黄吉顺在厦外用香火点燃一个大爆竹，退回，半天，爆竹瞎火不响，他骂一声道："真晦气！"又拿出个二踢脚，捏在手里，点燃，'咚'一声响，他高叫一声，扼着手，奔回屋对于凤兰叫道："快快，找布！给我包一下！"

于凤兰见状，开箱找布，先拿出了一张大翠的照片。黄吉顺看着照片，顿时眼圈含泪："大翠大翠，爹是对不起你，可是你怎么一点儿也不保佑保佑你爹！啊？"

曲国经走进张广泰家院。屋里漾出笑声。他未进门先笑道："我估计彦芳在这，果然。"

张广泰一家齐笑迎着他，请座、请茶、请糖、请烟。他笑道："这像是一家在过年。"

王玉珍说："嗨，你们爷俩就和我们一起过吧。"

曲彦芳又来了情绪说："成才！放炮去！"

成才梗着脖子不动。

曲彦芳催道："去啊！"

成才说："不去。"

曲彦芳问道："怎么不去？"

成才说："谁叫你不要那……那个……"

曲彦芳忙从桌上抓起银蝴蝶，先出了门，叫道："走！"

成才拿了鞭炮出门去了。曲国经、张广泰、王玉珍好像都看出了成才和曲彦芳有什么"小交道"，各有不同表情地笑了。

门外响起鞭炮声和曲彦芳的笑声、叫声。

第十章

田野一片新绿，林带柳雾桃霞。曹有贵扬鞭赶车，车上载一台大水泵，成才和林科长挤在两边车帮上坐着。曹有贵摇鞭子扯脖子唱《社会主义好》，然而歌词略有改变：“社会主义好，社会主义好，社会主义国家人民地位高，说得到，做得到，今年秋天丰收它就跑不了，全国人民大团结，掀起了社会主义建设高潮，建设高潮。又一个高潮，又一个高潮，又一个高潮……驾！”逗得成才“哈哈”大笑，林科长也忍不住笑了。

张广泰一家住进大柳树村以后，不管愿意不愿意，自觉不自觉，农民的生活和岁月终于把他们改造成农民了。成民当上学校的老师，成才成了个手艺灵巧的小炉匠，张广泰更是壮汉们喜欢的好铁匠。他们成了大柳树村不可或缺的一户人家。

大柳树村的麦田里，这儿那儿有人修筑新水渠，麦苗肥壮喜人。曲国经引着张广泰各处画线，指点人们怎样挖斗渠、接毛渠。由于沿广华街向八角门延伸的旧水渠在修筑大街时有几处改了道，而且改得只符合大街需要，使旧渠几处变窄了，修补起来，在一些地方，必需加宽，毁掉些麦苗。这种工程艰难的地方，多由曹天柱“好汉组”的好汉们干。他们倒也真不愧是些好汉，一个个光膀子，挥锹抡镐，搬石垒堰，干得欢实。对这种绝对无偿的公益事，人们不知道什么叫报酬。

曹有贵耀武扬威赶着大车来了，见了修渠的人们，大声喊道：“嗨嗨！拉回来喽！拉回来喽——”

人们从未见过这么个油漆铿亮的绿色的“坐地虎”，丢了锹、镢，跟着大车走，要看个究竟。

桃林里一片粉红，梨园里初显浅白。艳阳春暖，曲国经和张广泰在桃树间边走边交谈。

曲国经说：“北方农村，就是怕旱，说‘春里旱不是旱’，那是没法子的话，不旱不是更好吗？今年年三十，一场大雪，给我们定了半壁江山，再有了抽水机，春旱也不怕了。这片桃树林子，全村各户都有，收了桃子，是一笔大财。秋庄稼，下足了底肥，再有了水，看它不给我个大丰收！”

张广泰说：“丰收了，有了钱，得把小学校整理整理。”

曲国经说：“不整理它了，盖新的。分组分户捐点儿钱——叫好汉组“好汉”一下子——他们得多出点儿——我算过了，他们组能出七十的话，其他组再凑上五十，有一百二十块钱，买点儿砖瓦，足够了。木料，叫各组自愿捐献，把老学校扒了它，盖个新的。要宽敞点儿，高点儿，把窗子开大点儿，最好能安上玻璃。大柳树再也不当它的‘文化点心’了。”

张广泰说：“最好把书桌子也做套新的。孩子们弯着腰念书，长不了个。”

曲国经说：“就是，做。木料从村西林子里砍，桌子腿也不用大料，用不了几棵树。”

曲彦芳喊着叫着跑了来说：“来啦，来啦，大叔！爹！来啦！”

曲国经问道：“什么来啦？”

曲彦芳兴奋地说：“大水泵！拉到西沙河了！躺在那儿，像个牛一样！快去看看吧！”

西沙河边，人们围着看水泵，都像怕它，不敢靠前。成才在往小电机里灌汽油，林科长把一条大塑料蛇皮吸管下到河边大水坑里。这个水坑，原来是供提桶法往水渠里提水用的。立柱和提杆，现在功臣般一手指天，站在坑边岸上。

林科长爬上岸，见曲国经向他招手，走过去，曲国经说：“你回去看看，市里来了个同志，在粉房等你，说要给你传达个什么决定。”

林科长答应一声：“唔。”

曲国经说：“若是调你回机关，我叫张老师给你写封信带回去，说明白你在这儿的表现，这两年，你还可以，劳动也挺好，没有当官的架子，没有顶过嘴，回去，别再勾搭女人了，托人介绍一个，凑合着成亲过日子吧。”

林科长感激不尽地说：“多谢村长。”

曲国经说：“去吧。”

林科长走了，曲国经又向他喊道：“若是叫你今天走，你就从粉房走吧。”

成才拉着宽皮带测量了水泵和小电机之间的距离，把小电机位置再次固定好，用力一抽小电机的发动绳，小电机冒起青烟“嗡嗡”响，运转了。

人们都向后退，成才要杂技开场子似的赶人们道：“让开让开，再往后！离远点儿！”

曲国经在人群中拉拉张广泰，两人往后退。

成才神气十足，熄了小电机，把宽皮带套上小电机轴和大水泵轴，然后，定定神，猛抽发动绳，小电机又冒着青烟“嗡嗡”响，运转起来。

人们对这个冒烟的小玩意儿颇有兴趣，但不见它出水，便有人问道：“水呢？”

成才在小电机和大水泵间走来走去，纳闷：“呃？”他又一次熄灭了小电机，在小电机和水泵间手摸皮带，找原因。

张广泰沉不住气了，问道："怎么回事?"

成才当然不知道怎么回事，自语道："都合标准啊!"

曹天柱怀疑地问道："那大机器是坏的吧?"

成才说："当场试验过，好的。回来一路上，我们小心又小心，没碰没撞，也没颠着。"

曹有贵说："不错，当场试验过，好的。回来路上我特别小心，没碰着它。"

曹大禄说："是不是皮带长了？抓不住那大家伙!"

一个壮汉指着小电机断然地说："这个太小了，那个那么大！不配套。"

事关全村利益，村里的"能人"都站出来发表高见，有的说"这个小的汽油没灌满，没有劲儿!"有的说："把大皮带截下一段来就好了!"有的说："那个大家伙不灌油，它怎么会转呢?"

"……"

"……"

曲国经拉过曹天柱和曹大禄，又招呼来李寡妇，对他们说："再和你们商量商量盖新学校的事。我已经和你们都商量过几次了，曹天柱，你先说，你们出七十，行不行?"

曹天柱不响。

曲国经问曹大禄："你们呢，四十还是五十?"

曹大禄说："都行，看天柱的。"

曲国经转头又问曹天柱："怎么样?"

曹天柱说："看他们出多少?"

曲国经说："你看他们干什么？他们都等着看你。"

曹天柱说："电话线可是我们组全包的，别忘了?"

曲国经说："忘不了，所以才叫你们少出点儿，出七十，怎么样?"

曹天柱说："那算什么事？七十！我们挑了大头，说出去呢，又成了全村盖的了。"

曲国经说："你的意思——"

曹天柱说："不就一百二十块钱吗？我们互助组包了。别人的一分也不要。"

曹大禄大为吃醋，嘲讽地一笑说："哼！财大气粗，仗着兵强马壮!"

曹天柱说："不服气，你们包。"

曹大禄憋红了脸说："以后再有全村的事，我们包。"

曹天柱说："行啊，每家给安个电话。我等着。"

李寡妇说："盖学校我们都去帮工。"

曹天柱嘲弄地笑道："就包这个？嗨，用你们？我们组的妇女就够了。"

李寡妇说："你曹天柱想当村长？"

曹天柱一笑说："村长有国经大爷，我干不了，当个县长什么的还可以。"

在场的人都笑了。曲国经说："天柱，一言既出，驷马难追啊！"

曹天柱说："不就是再加五十块钱吗？有了水，保了三夏，保了大秋，五十块钱算个什么！"

曹大禄大不自然。

曲国经说："行了行了，就这么定了。看水吧。"

成才蹲在水泵旁，左瞅右看动脑筋，突然忽地站起，发动了小电机，扯起大传送带，打个反劲，往水泵轴上快速地一搭，变戏法一样，传送带颤抖着动起来，水泵"隆隆"响着转起来，同时粗大的塑料蛇皮管吐出奔涌的水流，在场的人都吓一跳，继之欢呼雀跃地跟着水头跑，然而水太大，来势太猛，原来的旧渠，深浅不平，宽窄不匀，多处往外溢水，曲国经从一个人手里夺过一把锹，动手堵跑水，一边叫道："快！都跟上！别叫它跑了！跑了可惜！"

水渠两边多处有人在欢呼着、笑着堵跑水："这儿！""这儿又跑了！""这儿！快来！"

曲国经提着铁锹兴奋地跑来跑去，高兴得像个孩子。最后，眼看要闹水灾了，他指挥若定地喊道："成才！你把它关了吧！等修好水渠再开！"

人们兴奋不已，称赞大水泵，称赞成才。

成才关了电机，得意扬扬地对曲国经说："村长，得给水泵盖个房子，不能露天晾着，风吹雨打的很快就坏了。"

曲国经说："对对。喂，曹大禄，你们包盖个水泵房怎么样？"

曹大禄故意大声喊道："明天就动手！"

曲国经说："草棚可不行，得一砖到顶！"

曹大禄说："没错儿！"

曹天柱笑道："嗬！这可抓住表现的机会了。"

李寡妇向曹大禄喊道："我们给你们送饭！"

张广泰又一次被这纯朴的气息感染了。

粉房里。一个年轻干部对林科长郑重地说："你给组织写的几次报告和认识检查，我们人事科都做了研究，并且向领导作了报告。我们认为你的改造是认真的，有表现，应该肯定。这里的村长，我们已经见过了，也谈了谈。村长是老党员，对你的改造，做了肯定，评价也很高。所以局里对你的处理，总的来说，比较符合实际。"

林科长专注地听着，旁边，另一个中年干部观察着他的反应。

年轻干部说："组织经过研究，叫我们来向你做次正式传达。决定是这样，去年反对右派，你不在局里，我们取得了很大的胜利。今年复查发现，我们没有达到指标，还缺几个名额，考虑到你在农村改造有好的表现，决定把你也算个名额。但是，因为你已经有表现了，所以不算你正式‘右派’，作为一个漏网‘右派’对待。你有什么意见?”

林科长懵懵懂懂，像个木头人，诚惶诚恐地说：“我，没……没有意见。”

年轻干部说：“你这个愉快接受的表现很好，我们回去如实反映。”想了想，又解释说：“漏网‘右派’，不戴帽子，在局里算个‘右派’，而事实上不是个‘右派’，因为你已经在这里改造过一段时间了，这是对你的区别对待。漏网的嘛，是小的，比网眼小的才能漏过去，比网眼大的能漏过去？你不用到北大荒去，留在这里继续改造，你自己自由些，还给组织顶了个名额，也是一种贡献。你有什么意见?”

林科长又呆呆地说：“没有意见。不过……再过两年……会不会网眼变小了?或者我长大了?”

中年干部说：“要相信党的政策。”

年轻干部说：“对，还要看你的表现。首先要加深对‘右派’的认识，怎么样?”

林科长点头说：“我一定认识，好好认识。”

桃花落，梨花落，枝头结出小青果。青黄麦浪涌动，夏季丰收在望。

“新新居”门前，桌椅空闲，生意清淡，只有几个人在吃饭。于凤兰在灶旁睡意沉昏地拍苍蝇。黄吉顺兴冲冲进门说：“来了!”

于凤兰问道：“什么?”

黄吉顺说：“新政策。好消息，今年南方夏粮大丰收，北方小麦余粮卖不出去，粮站没有仓库，面粉敞开供应，收拾收拾，我去进货。”说着，脱了外衣，推起小车，临走又吩咐于凤兰道：“把大锅刷出来!”又回头，幸灾乐祸地一龇牙说：“大柳树那麦子保准也卖不出去。看他们怎么办!”

天空黑云密布，雷声“隆隆”，大柳树全村人忙麦收，学生们散在各处拣麦穗。张广泰一家，成民、成才、王玉珍都在寡妇组收割。林科长着实卖力，在他周围尘土飞扬。寡妇李七嫂子累得直不起腰，叫道：“李秀英！来!”

李秀英应声走过来。李寡妇说：“行行好，给我捶捶腰。”

李秀英给她捶腰，劝她说：“你别死命地赶啦。”

李寡妇说：“唉，没个男的，怎么说也不行。唉！这辈子！到了这种用男人的时候我就后悔，当初不往前走一步。”

李秀英叹口气说：“命!”

李寡妇说：“滚他妈的命。当初说有个好名声，名声什么样儿？他妈的。哎，张家老师，你看怎么样?”

李秀英说："你说些什么？"

李寡妇说："不用逞这个强。你说句话，我给你办。你和他年岁也相当，人也不错。怎么样？"

李秀英说："我敢做那个梦？"

李寡妇说："行，有你这句话就够了。"

李秀英说："啊呀七婶，你可别给我找麻烦。"

李寡妇说："什么麻烦？谁定的规矩？男的头天死了老婆，转天就找，女的死了男人就受一辈子罪？"

李秀英说："你忘了，我是什么人？"

李寡妇说："什么人？女人！你那个成分，我就不信。行了，你也歇会儿吧。"

李秀英说："快割吧，你看这天。"

李寡妇说："天？他妈的，专和寡妇作对，叫他死了老婆死了娘，叫他三年不见女人，看他见了我不叫亲娘才怪。"

李秀英笑了说："快割吧。"

李寡妇说："我给你说，我真看上那个科长了，就是他年轻了点儿，他妈的，再大几岁就好了。"

李秀英说："七婶，你还不如和村长好了呢。"

李寡妇说："不行。我看出来了，他一点儿没有那意思。这个老东西，大概是自己把三大件撬了。"

李秀英说："七婶，你就是满嘴乱说。真不要脸了？"

李寡妇说："滚他妈的脸！唉，骂也骂够了，割吧。"

黄吉顺推着满满一车煤炭、原袋白面、葱蒜青菜，回到"新新居"，边卸车边自豪地说："怎么样？我就早到了那么一步，什么都买到了。在我后面的，这白面，还有三人，没了！价钱不能涨，馅里给他找出来，青菜便宜，我们再辛苦点儿，都有了。"

于凤兰帮他卸车。他又想起说："哎，还有个消息，南方都组织高级合作社了，不知怎么个高级法。大柳树到现在还没组织成个初级社呢。我看城里也要有变化，这公私合营，也该高级一步，才能赶上政府的要求。就是没人说这事！"

在追赶形势方面，纵然黄吉顺有探听消息的经验和能力，也赶不上时代的发展，更不要说两脚插在泥里的老村长曲国经了。曲国经愁眉百结地坐在炕头上抽烟。曲彦芳风风火火地回家来，曲国经忙问她："怎么个情况？"

曲彦芳说："人家都成立了高级合作社了。"

曲国经说："怎么个高级合作社？"

曲彦芳说："我也不知道，说高级社是社会主义的一个新阶段。"

曲国经说："什么新阶段？"

曲彦芳说："我也不知道。说农村不光要发展农业，还要发展工业。"

曲国经说："农村怎么发展工业？"

曲彦芳说："我也不知道。"

曲国经急了，说："怎么净是些不知道？叫你去打听个情况，半天，打听些不知道回来。"

曲彦芳说："我也不知道，你上乡里去问问吧。人家说，好多村长支书都挨批评了。"

曲国经心神不宁了，说："乡上没给我什么通知啊！"

曲彦芳说："还等通知呢，好多村长就是说没得着通知才挨了批评，你快去看看吧。"

曲国经急忙下炕穿鞋。

学校里点了风灯，挤满了人等着开村民大会。烟雾弥漫。

张广泰家。曲国经问成民道："你给我说说，社会主义初级阶段，是个什么阶段？"

成民说："初级阶段，这个说法……整个社会主义时期，是过渡到共产主义的一个历史阶段。初级阶段，应该是实现社会主义的第一阶段。"

曲国经似有所悟，说："下一步呢？"

成民说："下一步，当然应该是第二阶段，也就是高级阶段。"

曲国经说："会不会还有个中级阶段？"

成民说："没有这样提。"

曲国经说："这么说，走两个社会主义阶段，就到共产主义了？"

成民说："整个社会主义阶段是个很长的时期。"

曲国经说："噢，可是乡上说，要加快社会主义建设速度。"

成民说："这是两回事。社会主义阶段是一个概念，加快社会主义建设速度，又是另一个概念。加快速度不是加快阶段，加快速度当然是应该的。"

曲国经说："那当然。我们听乡上的。可是合作社就是社会主义？"

成民说："是建设社会主义的一种生产组织形式。"

曲国经说："这么些名词套来套去，我还是不明白。反正，村是基层组织，一切都要按照上级的通知办，这点儿我明白。"

张广泰问道："今晚的会怎么开？"

曲国经说："乡里怎么说。咱们怎么办！"

在学校里，曲国经一如既往地对村民们不紧不慢地说："乡上是这么说的，现在城里比不了咱农村了，他们的社会主义慢了，我们要改造他们，所以嘛，咱们农村，首先要再往前发展，就是说，我们乡村要推动城里的社会主义建设。但是，我们大柳树落后了，我们还是互助组。这个不行，落后了，我们要赶快赶上去。今晚上要组织合作社。”

全场的人都聚精会神地听。

曲国经继续说：“合作社有两种，一种是初级的，一种是高级的，今天晚上，我们一要初级的，二要高级的，呃，先初级的，再高级的。都明白了吗？

没一个人说“明白了”。等了好半天，没一点儿声音。

曲国经说：“怎么不说话？明白了就说明白了。”

突然全场一齐喊道：“明白了！”声震屋宇。

曲国经说：“你们怎么明白的？我还没明白呢，你们就明白了？”

人们说：“我们听村长的。村长怎么说，我们怎么办！”“对，听村长的！”“要高级的！”“高级的什么样？”“要初级的！”“初级的咱有了。”“还没有！”“有了，张老师给咱教的不是初级的？”“那是学校！”“你听明白没有？今晚要合作社！”“我们合作了。”“我们是互助组，不算，你没听见？”……一片嘈杂，一片混乱。

曲国经提高声音说：“都别吵吵了。今天晚上，照乡上的话，咱们大柳树，要成立两次合作社，一次是初级的，一次是高级的，两次都得成立了。你们自己报吧，谁和谁合作？”

曹天柱说：“我们成立高级的！”

曹大禄说：“我们也成立高级的。”

李寡妇说：“好，你们剩下的都给我们，我们算个初级的。”

人们哄笑起来。

李寡妇说：“笑什么？你们都不要，不得给我们？告诉你们吧，我们也有人了，村长一家，张师傅一家，都是我们的。”

人们又哄笑。曲彦芳和成才进屋来。曲国经忙问他们道：“怎么个情况？”

曲彦芳说：“人家都是高级社了，官庄还成立了公社大队。”

成才说：“人家还敲锣打鼓地庆祝。”

人们听了，全莫名其妙，惊疑地问曲国经：“什么公社大队？”

曲彦芳说：“官庄乡全乡成立了个人民公社，一个村统一是一个大队。”

曲国经惊疑问道：“怎么？一个村是一个大队？”

曲彦芳说：“我也不知道。”

成才说：“全乡是一个公社。一个村是一个大队。”

曲国经说：“他们的合作社呢？”

曲彦芳说：“合作社就是大队。”

曲国经想了一阵："就是说，全村的合作社，啊不，互助组，改名叫大队？"说着，从墙角拿起电话机，摇一阵，喊道："喂，我是曲国经，你给我找乡长，对。"

全体村民都屏息谛听。

曲国经说："啊乡长，我是曲国经啊，怎么听说要成立什么大队？啊，——啊，啊，——啊呀，那行吗？——好，我接受，接受接受——好吧，一定——好，啊，最好你亲自来一趟，——好，好。"曲国经轻轻放下电话机，舒了口气，人们都等待着他开口，他却低头不言声儿。小学校里静得很。

曲国经又舒口气说："刚才乡上说，我们又落后了，现在全乡是一个人民公社，咱村就是一个大队，不管初级合作社、高级合作社都合在一起，成立一个大队。"

曹天柱跳起来问道："互助组不要了？"

曲国经说："合作社也不用组织了。"

曹大禄轻声问道："这是怎么回事？"

曲国经说："乡上这么说的。"

人们又紧张地沉默了。李寡妇说："管你们怎么去，我可要睡觉去了。"正转身要走，曲国经喊道："别走别走，李七嫂子，乡上还要我们全体通过呢。"

李寡妇说："通过什么？我听村长的。"又要走。

曲国经说："哎，你别走啊。"

李寡妇说："好，管你通过什么，我都举手。"举起一只手说："行了吧？"

曹大禄说："你们当然好了。"

曲国经问道："大家呢？"

很多人喊"举手"，然后向外走。

曹天柱问道："牲口大车怎么使啊？"

没人回答他。

曲国经说："大家都别动，再等一等，这个成立大队的事，我们不能再落后了，等我问问乡上。"

这个夜晚，大柳树村的人，谁也没睡着，他们适应了形势的发展，从互助组，跨过了初级合作社、高级合作社，成立了生产大队，一跃而进入了人民公社，实现了大跃进。经过民主选举，曲国经村长顺理成章地当了生产大队长，张广泰当了副大队长，互助组长们都是生产小队长。

村头。"好汉组"的人们凑在一起，不知所措地惶恐地互相问："以后怎么办？"

曹天柱说："牲口大车，得把紧了。以后，不经我们全组同意，谁家的活儿也不给他们拉了。"

曹有贵说：“放心。不过我们还得听上级的呀！”

听得人声嘈杂，他们抬头，忽见由广华街到大柳树村的路上来了一群人，扛着、提着刀、锯、板斧直奔村西树林。

曹有贵惊问道：“干什么的？”

曹天柱也惊问道：“谁？要来砍树？”

他们自然地迎了上去，挡住了来人。曹天柱问道：“你们干什么来了？”

来人中有吴发林、黄小芹等，显然是新华第三钉子厂的人。但是黄吉顺也在其中。

吴发林趾高气扬地说：“我们厂里没有煤了，上你们这来砍树。”

曹天柱、曹有贵等都不知所以，问道：“砍树？”“砍什么树？”“干什么？”

吴发林说：“炼钢啊！”

曹有贵不解地问道：“炼钢？炼钢来砍树干什么？”

吴发林说：“不是说了吗？我们没有煤了。”

曹有贵说：“你们炼钢，砍我们的树？”

黄吉顺插进来说：“曹有贵，你还不知道吧？钢帅升帐啦！”

吴发林说：“对，钢帅升帐了！”

曹有贵问道：“谁？”

黄吉顺大声说：“钢帅！”

曹天柱问道：“钢帅是谁？”

黄吉顺说：“钢铁！钢铁是元帅！还没听说？现在元帅升帐了！农业大跃进！全民大炼钢铁，你们看，钉子厂，炼了两天两夜的钢了！”

众人转头看，果见东边钉子厂上空黑烟翻滚。

黄吉顺说：“各行各业都要给元帅让路。我们工商界职工，都就地参加元帅升帐，参加炼钢，你们还不知道？”

曹有贵说：“黄吉顺，你算个什么？在这嚷嚷。钢铁怎么是元帅？”

黄吉顺说：“嗨，曹有贵，你不说自己无知，还敢挡元帅的道，不让路？”

轻易不说话的曹天柱“虎”起来说：“我们没有树。”

吴发林说：“没有树？那是什么？没听见？所有的人，都得给钢铁元帅让路。”

曹有贵和人们都火起来。曹有贵收拾起鞭子，向前一指说：“你们从哪来的，回哪去！哪个往前走一步，我的鞭子抽了你的眼，别怪我把式没准头！”

黄吉顺说：“曹有贵，你可得看明白了，这是给钢帅找木柴，莫说你个赶车的，乡长县长都得给钢帅让路！市长省长也不在话下，你有多大胆？”

曹有贵说：“黄吉顺，就冲着你，我就不能让你们进大柳树！不信你往前走走试试！”

吴发林来气了，说：“哼，这是市长下的命令！看谁敢挡元帅的道！”

有人附和：“没有煤炭，没有木柴，耽误了任务找谁？”

“砍！不管他！”曹有贵甩手一抡，长鞭呼啸着飞过对方人们眼前，继之震耳的一声响。吴发林等后退了。

曲国经被曲彦芳领了来，气喘吁吁地说：“你们大家都先别动，都在这儿等一等，这个砍树的事，等我请示了乡上，再说。啊，这个炼钢的事，昨晚上，我在电话里也听乡长说起过，可是没说砍树的事。你们都原地别动，我去问问乡长，啊，谁也不许动。大柳树的人，不要先动手。”指指黄吉顺等说：“你们也不许再往前走，都在这儿等我。”

曲国经快步回村走了，两方的人都等待着。小芹对黄吉顺在大柳树村人面前的抛头露面，内愧自羞，低头躲在人后，成才见了黄吉顺却如火见风，侧目怒视黄吉顺；吴发林见成才那凶相，畏惧里潜隐着醋意，看看低头躲闪成才目光的小芹，一股无名火种在心底燃烧。曹有贵越看黄吉顺气越粗，不觉出手一鞭，黄吉顺趔趄后退，高声叫道：“曹有贵！你打人？”

曹有贵冷冷一笑，不言声儿。吴发林底火升上来，叫道：“怎么了？你们要打人？”

没有人回答他。这沉默比吵嚷更产生紧张效果。小芹硬起头皮对成才说：“成才！你们挡不住！快让开吧。”

成才不理她。吴发林接了腔说：“对，成才，你和大家说说，我们的任务不能等啊。”

成才说：“吴发林，你们青天白日，成群结队，闯到这里砍树，这不是明抢明夺吗？”

吴发林说：“这是上级的指示，厂里煤炭烧完了，不到你们这来到哪去？”

曲彦芳说：“我们没接到上级的通知。”

吴发林说：“嗨，你们就一点儿没听说大跃进？要打破常规！还等什么通知？跃进！不要一步一步地走，要蹦！你们没传达精神？”又对张广泰说：“师傅，你叫他们闪开吧，你们挡不住大跃进啊！”

张广泰说：“吴发林，你把人领回去，等我们老村长问明白了再商量，啊。”

曲国经在学校里手捧电话筒大喊：“乡长！乡长！是我曲国经！城里来了一帮人，要来砍我们的树，这是怎么回事啊？——叫砍？啊呀乡长！我们就那么几棵树啊！还准备秋后盖学校呢！——什么？——”颓然放下话筒。

村头。吴发林对张广泰说：“师傅，你们村长什么时候才能回来？”

林科长凑到张广泰面前说：“张师傅，叫他们砍吧，这是上级的政策，不让砍要犯错误啊。跃进是上边来的，咱也得跃进，别落后了。让他们砍吧。”

有人催吴发林说："吴发林，不能再等了，炉子熄了火，出不来钢，粘了炉子，我们就全完了！"

吴发林后面的人们附和着叫道："对，不能等，村长是骗我们的。"

"到现在不见他回来，他溜了！"

有人一声喊道："砍吧，不能再等了。"

工人们霎时散开，有的进树林，有的进桃林。曹天柱、曹有贵等吼叫着向他们扑去，曲国经赶来了："都别动！"

曹有贵忙问曲国经道："乡长怎么说的？"

曲国经说："让他们砍吧。"大柳树村的人们愤愤地、不情愿地却又不得不忍气吞声地远望着他们闯进树林、桃林。

张广泰轻声问曲国经道："到底怎么回事？"

曲国经沮丧不已地说："别问了，砍吧。"

新华制钉三厂的工人们在树林里大肆砍伐。可怜一棵棵粗大的老树和纤细的小树，痛苦地尖声叫着，在斧锯下倒下地，它们互相倾压着，那绿叶再不能在阳光下摇动了。

桃林里也一样，那一棵棵结满即将成熟的桃子的黑色树干倒下时，那桃子被摔得满地滚。大柳树村的人群暴怒地奔进桃林，夺斧头，夺锯，和工人们交手打起来。

然而从大街方向又拥来更多的人，各种穿戴的都有，睡眼惺忪，大摇大摆，闯进林里，把新华厂工人砍倒的树，拉起就走。新华厂的人们和他们争辩，他们根本不予理睬，人多势众，如洪水般扫荡了大柳树村的所有大树和桃林、梨园。

张广泰站在一片狼藉的桃林里发呆。曲彦芳搀着曲国经来了，曲国经转头四望，满脸青紫，头一探，"哇"一声，喷出一口紫血。张广泰赶过来扶住他说："我叫你不要来，快回家去。彦芳，搀好了。"伏下身，背起曲国经。

大柳树村。曹有贵套好了大车，急巴巴赶出村，后面，又有几个人赶大车、牵毛驴出村。曹天柱在家里把几根木头藏上房顶棚。李寡妇把一架破纺车砸碎，塞进灶膛里。成民在学校里惶然若失，没有一个学生到校。张广泰在一角摇电话，大声叫道："乡公所！乡公所！"对方总是没人接。

新华第三制钉厂院里耸起一座小高炉。全厂工人都围着高炉炼钢，鼓风机"嗡嗡"响，湿木头"烈火熊熊"，坩埚里碎铁渐熔化。朱存孝张罗工人准备锣鼓，展出报喜的红布横标。黄小芹身穿炼钢炉前工的帆布服，戴茶色镜，手执长钳，打个手势，立即有人拔了电线，鼓风机停了。小芹把长钳伸入炉内，夹住坩埚，用尽力气，小心翼翼，向炉外出坩埚，锣鼓响起来。吴发林凑积极，上前来帮她，一伸手，坩埚裂了，铁水洒出来，没能倒进模子里。小芹生气了，把长钳一扔，叫道："你干什么？"

全厂工人都愤怒了，七嘴八舌叫骂：

"好不容易炼一炉钢，你把它洒了！"

"破坏大跃进！"

"揍这个小子！"

锣鼓不响了。朱存孝忍着性子说："好了好了，他是好意，等一会儿，凉了，再回回锅。"

吴发林争辩道："你们没看见，坩埚裂了！"

朱存孝说："换一个，再换一个。"

人们累了，分散休息。黄吉顺拍拍手说："喂喂，同志们，我'新新居'适应大跃进的新形势，实行二十四小时昼夜供应，面条、馄饨、包子，啊，欢迎大家光临。啊。"

"新新居"于凤兰揉面，黄吉顺背一捆木柴从大柳树村桃林里走来，到厦下放下，进屋，拿锹到后院，揭起石板，挖坑。

于凤兰从后门探出头问道："干什么你？"

黄吉顺说："煤。快，把大块儿的，搬来，埋起来，这么搞下去，没法活！"

于凤兰动手往后院搬煤块儿说："小芹两天没回来睡觉了。"

黄吉顺说："小块儿的也得藏起来。拣拣，末子留着烧。"

于凤兰说："我给你说，小芹两天没回来了。"

黄吉顺说："她现在了不得了，一把手，掌大钳的，全厂都听她的。快，把小块儿的再拣拣。"

曹有贵等几个车把式和几个牵毛驴的凑在旷野里东张西望，四乡各村都冒青烟。天色已晚，曹有贵愁苦地说："哪儿去呢？"

一个把式也发愁说："我们可以不吃，牲口不能饿着。"

曹有贵说："人也不能老饿着。"

另一个把式说："还是回去吧。"

但他们还是犹豫不决。曹有贵说："你们在这儿等着，我先回去看看。"

大柳树村小学校院里。张广泰率领曹大禄、李寡妇等男女十多人盘小高炉。

曹有贵进院来问道："张师傅，这是干什么呢？"

张广泰说："你们组的人都哪去了？快找来，咱们得炼钢。"

曹有贵问道：“炼钢？”

张广泰说：“大跃进呀！”

曹有贵问道：“拿什么炼？”

张广泰说：“各家献碎铁。”

曹有贵说：“谁家有碎铁？”

张广泰说：“搜罗搜罗，总有那不用的旧铁。”

教室里电话铃响了。成民从门里探出头叫道：“爹，电话。”

张广泰进屋接电话：“我是张广泰。对。——老村长？他还没好，——不是不是，你别冤枉他，他吐血是真的，——怎么是装病呢？不信你来看！——报产量？我们的小高炉还没垒起来呢——没有没有——我们没有废铁呀，不是强调困难，是真没有，也没有煤炭——啊啊，——好了，好吧。”放下话筒，出校门去了。

夜已深。小芹在小高炉前看火，小心地钳出一坩埚钢水，浇了模子。她已筋疲力尽，就地坐下。吴发林忙给她送来茶杯。朱存孝凑近她说：“黄师傅，你看，咱们炼的是钢吗？”

小芹说：“看他们怎么要求。反正化成坨坨了。”

朱存孝说：“咱们这坨坨也不像个钢坯的样。”

小芹说：“模子改一改。咱也不是大钢厂。”

吴发林插嘴说：“厂长你放心，有黄师傅在，保证给你拿红旗。”

大柳树村小学院里。曹大禄和几个人垒起一座小高炉，林科长往炉膛底下安装从粉房搬来的大风箱。炉旁边堆了些破铜烂铁和木柴。屋里电话铃急躁地响起来。张广泰进屋去接电话：“是，我叫张广泰——什么时候？——天亮以前？——好好。”放下话筒，出了屋，忙不迭又走出院去，直奔曲国经家敲门。曲彦芳开门见了他，说：“张师傅，你还没睡？”

张广泰问道：“老村长睡了吗？”

曲国经在屋里应声：“还没有，广泰，进来。”

灯亮了。张广泰进曲国经房说：“老村长，怎么办？”

曲国经问道：“什么事？”

张广泰说：“新华区要派人来检查我们炼钢，天亮以前到。还叫我们当场报产量数字。”

曲国经问道：“炼了吗？”

张广泰说：“怎么炼呀？炉子刚垒起来。没有煤炭，没有矿石，连碎铁也没有，怎么炼啊？”

曲国经说：“召集党员，开会，迎接检查。这是新形势，要多听领导的指示，听完了再请示，就是问问我们怎么炼。”

张广泰说：“咱从来没干过啊，拿些熟铁，烧化了也出不来钢啊。”

曲国经说：“检查团来了，好好问问。多请示。要嘛，我去等着？”

张广泰说：“你别去了。好好休息，过几天，好了，再出去。我先去照应着。”

潘凡走进大柳树村小学，喊道：“有人吗？”

张广泰从屋里迎出来，认出了他，高兴地招呼道：“这不是潘同志吗？我当是谁来了！好久没见你了，你好吗？”

潘凡睡意矇眬，看了看曹天柱、曹有贵、李寡妇等人说：“你们在干什么？”

张广泰说：“我们在这儿等参观团，还没来，先开个党员会。你来了，正好，指示指示我们这钢到底怎么炼？啊？我们都不会。”

潘凡说：“啊呀，你们还在这儿开会？参观团不定什么时候来呢，你们先炼起来嘛。”

张广泰说：“都不会呀！你给我们指示指示吧。”

潘凡说：“我怎么指示，鼓干劲！你们炼出多少来了？”

张广泰说：“不是说嘛，还没炼呢，你看，没有煤炭，没有矿石，啥都没有，怎么炼？”

潘凡说：“不要强调困难，要发挥主观作用。原来你们有高炉吗？没有，现在不是有了？”

张广泰说：“您上区里去给我们汇报汇报，叫区上派个人来指点指点我们吧。”

潘凡说：“行了，不用提了，哪儿都一样。区里没有人，所有的干部都下下下来了，分片包干，我分在你们这一片，照顾不不过来。”又打个哈欠说：“要鼓足干劲。你张师傅是铁匠，你不会炼钢，谁谁谁会？啊？炼吧，炼吧炼吧。现在都比赛呢！城里、大小机关、院里，全是高炉，火光冲天。你们还拖拖拉拉，关起门来开党员会，开到什么时候也炼不出钢来。你们要走出去，不用远，出村往西北看看，人家也是农村，村里村外全是高炉，那火火火光，映红半边天！去去去！去啊，都去看看！”

张广泰引着曹天柱、曹有贵、李寡妇等出了学校，穿街出村，到了村外，向西北望，果见西北方一片红光，映着夜空。张广泰愁苦地说：“那是龙山钢铁厂，正出铁呢。”

龙山钢铁厂。火车头拉着钢水罐驶过。吴发林跨过铁道，大摇大摆走向钢坯场，四面观望一下，继续向前走去。

大柳树村外。张广泰和曹天柱、曹有贵、李寡妇等站着、蹲着、坐着向西北望，夜空仍旧通红。

潘凡从黑影里走来了，说："你们怎么在这儿坐下了？看见了吗？你们全村都都都睡觉了，可是人家都都在炼钢！"

张广泰问道："他们哪来的矿石？"

潘凡说："自己找嘛。要调动群众的积极性。人家把旧锅废铁都捐献出来了，要挖掘潜力，群众有无限的潜力，留着破锅干什么？到各家各户，注意看一看，每每每家每户都有那不用的废铁，一家一点儿，搜集起来，就是很很很大的力量。你们不要当老保守，老是坐着研究、研究、研究，能出来钢？要发挥积极性，要走出去，到外面去学习，取经，看看人家是怎么干的。你们再回头看看看看城里，你们看，那是不是热火朝天？啊？你们看看看啊！"

张广泰转头看东方，果然天空奇亮。

曹天柱说："城里，平时，晚上，也这么亮。那是，路灯，照的。"

潘凡说："呃，是炼钢炉的火！你们马上到新华钉子厂，看看人家怎么炼的。再到各村去看看。明天把你们的钢产量打电话告诉我。我我我这就走了，上南南南宋村去，你们马上行动起来。"说罢，匆匆走了，消失在黑夜的庄稼地里。

张广泰和曹天柱等你看我，我看你，张广泰轻声问道："怎么办？"

曹有贵说："不是说不让研究吗？咱们到新华钉子厂去看看。

曹天柱说："人家是工厂，当然有办法。咱们看了也学不会。"

沉默了一阵，张广泰以商量的口气说："我们分开到四邻各村去看看？"

曹有贵说："张师傅，四邻村子你不熟悉，我们几个去。你到新华钉子厂去看看吧。"

李寡妇说："对，他们有多余的，你给我们要点儿来。"

张广泰说："这半夜三更的，好吧。天柱和有贵上南宋去看看，李七嫂子回家吧。我上新华厂去看看。"

新华第三制钉厂院里。小高炉前站着坐着几个人，在休息，见张广泰出现在院门，有人喊了声："来了！"坐着的立即跃起，操铁锹在地上拍打，鼓风机"嗡嗡"响起来，小高炉里火舌从炉门喷出来。

张广泰稳步走到小高炉前，炉前几个人立刻惊叫起来："是张师傅！""啊呀，原来是您老人家！""你怎么来了？"他们"哈哈"大笑起来。

朱存孝从厂房出来见了张广泰说："是张师傅吗？啊呀我的老天，你怎么也来了？"

张广泰说："怎么我'也'来了？我不能来？"

朱存孝说："嗨，你也是参观团的？"

张广泰奇怪地问道："什么参观团？我不知道。"

朱存孝说："你不知道？嗨，快快，到里边坐。"

张广泰随朱存孝进经理室，未待坐稳，朱存孝便痛苦地抱怨说：“张师傅，你那得意的徒弟可把我治惨了！”

张广泰问道：“谁？怎么了？”

朱存孝狠叹一口气说：“这一回，我朱存孝这根大蜡是栽到底了。”

张广泰又问道：“怎么回事？”

朱存孝欲哭无泪地说：“我得了红旗了！”

张广泰更奇怪，问道：“得了红旗怎么了？”

朱存孝说：“区里参观团要来参观了！嗨，我一个打钉子的，怎么能炼出钢来？你那些宝贝徒弟，特别是你那个黄小芹和吴发林，还真炼出那么几个铁疙瘩来，我也该死，又去报了喜，这一下子坏了，区里说我是红旗单位，叫我随时准备招待来参观的，人家来参观当然要看我们怎么炼钢啦，我怎么办？就那几个铁疙瘩，叫人家看？还有啊，叫我二十四小时等着，说不定什么时候参观的就到了。人家来，是要看你怎么炼出来的，你得当场炼给人家看啊。你喝口水？我给你泡点儿茶？我这还得白搭上招待费！天快亮了，我给区里说好了，参观的来以前，他们给我个电话。这不是，我在这儿守着电话呢。”

张广泰说：“怎么炼的就怎么给他们看呗！”

朱存孝摇头顿足加叹气说：“嗨！怎么炼？这下子，唉，我朱存孝……”

张广泰说：“真奇怪，你得了红旗倒愁成这样。”

朱存孝说：“愁还是好的！弄不好，你张师傅想再见到我，就领着你的徒弟们到监狱去探监吧！”

张广泰吃一惊，问道：“啊呀，你这说的什么话？”

朱存孝说：“不用说了，你喝茶。”

小芹哭丧着脸进经理室，见了张广泰，一下扑在他身上，哭起来：“师傅！”朱存孝惊问：“怎么了？没炼出来？”

张广泰也惊疑地问道：“怎么了？”

小芹只是抱着张广泰哭。

朱存孝问道：“吴发林呢？”

小芹不回答他。

厂房传来锉声。朱存孝闻声起身出经理室，见吴发林在床子上锉一块钢锭。

朱存孝轻声问道：“炼出来了？”

吴发林兴高采烈地说：“炼出来了。红绸布呢？”

朱存孝说：“在这儿。”拿过一段红绸交给吴发林，吴发林接去，把钢锭包起来，结上一个花，抱起，进经理室，见了张广泰，微笑着招呼一声道：“师傅，你来了。”把钢锭放在桌上说：“行了。就是它！累死我们了。”拉一下小芹说：“哭啥？好事嘛，我们炼出来了。哭啥？”

张广泰看看钢锭说："这是你们炼的钢？"

吴发林咧嘴笑说："在我们经理室，不是我们炼的是谁炼的？"

张广泰惊疑地问道："是你们炼的？"

吴发林又笑着说："当然。"

朱存孝说："张师傅，你就别问了，是你的高徒们炼的就是了。"

吴发林说："就炼这一块儿，以后不炼了。"

小芹猝然起身，擦擦泪，走了。

吴发林也忙跟出去。

张广泰寻思地仔细看钢锭。电话铃响了，朱存孝忙接电话说："是我，对朱存孝，什么？到了？没有啊——好好。"放下话筒，向外大喊道："来了！"

顿时院里响起铁锹声，鼓风机响声，继之传来人群说话声，朱存孝紧张地对张广泰说："张师傅你坐，参观的来了，我去照应。"急忙出门去。

院里，吴发林在小高炉前手拿长钳，看火。参观的人们在炉前站了一会儿，吴发林放下长钳说："你们到我们经理室看去吧。"

朱存孝说："好好，大家跟我来。"

参观的人群跟着他进了经理室，朱存孝向他们解说："大家看，这就是我们用院里的小高炉炼出来的钢锭。"

张广泰起身出门，到了院里，对吴发林招手，几个工人却都围了来。

张广泰说："吴发林你给我说实话，这钢是你们炼的？"

吴发林忍不住笑道："师傅，力巴看热闹，行家看门道，你是行家，现在是看热闹的时候，你出来查问什么？"

工人们都跟着笑了。张广泰说："你这个东西！"

天色大亮。小芹伏在大翠坟上痛哭道："姐姐！我怎么办啊……姐姐，你不管我了……"

张广泰回大柳树村，路过大翠坟旁，见小芹哭得伤心，走去问道："小芹，你怎么了？"

小芹只是哭。张广泰上前轻轻拍拍她说："我已经看出来了。那块儿钢是大厂生产的钢坯，以后不要做这种事了。你也不用难过，以后能炼什么样的，就炼什么样的。"

小芹哭得更厉害了。张广泰说："别哭了。什么事，都得自己拿主意，不要听别人的。"

小芹狠哭了一阵，抹泪坐起说："师傅，我要见成才。"

张广泰说："见就见吧，到家里去，走吧，跟我走。"

小芹说："不，你叫他来。我在这儿等他。"

张广泰说：“好吧。”

吴发林满面春风地进了“新新居”。

于凤兰迎住他问道：“您要吃点儿什么？”

吴发林问道：“小芹呢？”

于凤兰说：“还没回来，你是厂子里的？”

吴发林说：“对。我和小芹是炉前工。她早回来了，怎么还没回家？”

黄吉顺从屋里出来招呼他说：“啊，吴师傅！你们休息了？”

吴发林说：“我来找小芹，饿了。你这不是二十四小时营业吗？”

黄吉顺吩咐于凤兰说：“快快，给盛！”

于凤兰揭开冷大锅，锅里一屋焦锅巴，从锅底盛出一碗黑焦煳面，端到门外厦下，回身对吴发林说：“你出去吃吧。”

吴发林出门外坐下，看看碗，吃一口，吐出来，笑道：“你们这是什么？”

黄吉顺说：“前天煮的一锅，凉了。凑合吃吧。”

吴发林放下筷子不吃了，说：“我等小芹。”

小芹坐在大翠坟前发呆。

张广泰回到家。王玉珍迎着他，问道：“怎么一夜不回来？快吃饭吧。”

张广泰问道：“成才呢？”

王玉珍说：“他们被叫去学校炼钢去了。饭也没吃。刚才回来在家里搜摸了半天，说找废铁，我们哪来的废铁？他要把锅砸了。我生气，说他一顿，他狠声狠气地说我落后，赌气走了。砸锅?！以后不吃饭了?!”

张广泰“噢”一声，转身走了。

王玉珍问他道：“你也不吃饭了？”

张广泰来到学校。眼前景象令他大吃一惊：小高炉生起火来了，林科长拉风箱。曹天柱等几条“好汉”正在拆学校；有的站在墙头，有的往外扒梁柱，尘土飞扬。有的在用板斧劈那唯一给老师用的课桌的木板。他大喊一声说：“曹天柱！你们干什么？”

曹天柱在墙头向他一扬手说：“张师傅，你别管了，我们取来真经了！炼钢的落后典型保你不是大柳树！”

张广泰目瞪口呆说：“你们！”

成才走来拉他一把说：“你回家吧。”

张广泰说：“小芹在大翠那儿等你。去吧，大概她有什么话给你说。”

成才扭头说：“她有什么话！现在大跃进！”

小芹泪汪汪坐在大翠坟前，透过泪水，回忆起昨晚她和吴发林去钢铁厂的事。在钢铁厂的高墙外，听见机器轰鸣声和火车的吼叫声，还有钢铁碰撞声，冲破夜的寂静传出来。她在钢铁厂墙外，忐忑四顾。忽然“咚”一声响，继之，墙头出现一个身影，跳下墙，是吴发林，对她小声地说：“多得很，我想拿两块儿，又怕扛不动，走吧。”

小芹弯腰抱起地上的一块儿钢锭，两人快走如飞，消失在黑夜里。

小芹气喘吁吁，吴发林说：“歇会儿吧。”

小芹扔下钢锭，就地坐下说：“吓死我了。真怕你给抓住。”

吴发林说：“我才不怕呢。”坐下，顺势抱住小芹，把她压在身下。

小芹惊叫道：“你干什么？”

吴发林说：“别叫，来了人当贼把我们抓了。”

小芹挣扎，两人滚成一团，最后小芹不动了……

小芹坐在大翠坟前，泪如泉涌。抬头向大柳树村看看，又伏在坟上哭起来。忽然有人拉她，她抬头看，见是吴发林。她站起，狠狠打他踢他，咬他，他都不还手，只是笑，他越笑，她越狠命地打他。

大柳树村学校里，曹天柱等“好汉”们在土堆形的“高炉”里炼钢了。林科长拉风箱，曹有贵等往炉膛里扔碎铁，曹大禄从南墙上摘下生满红锈的双轮双铧犁。张广泰拉住曹大禄说：“大禄大禄，你疯了？这是个有用的好东西！”伸手去夺双轮双铧犁。但是曹大禄向他笑一笑说：“张师傅！大跃进啊！”并且极不正常地笑得更厉害了。

大翠坟前。吴发林紧紧抱住痛哭挣扎的小芹说：“我们结婚，我们结婚。”

双轮双铧犁的犁头、轮子、手把混在破铁里被木柴红火烧了。成才倒背双手来到大翠坟前，见坟前空无一人，恼怒地转身而去。

学校里，电话铃响。张广泰在四面土墙一角接电话说：“谁？——我就是，对，我是张广泰，您是——噢，产量？你等等，——”放下话筒，出门问曹天柱道：“乡上要产量，我们怎么说？”

曹天柱说：“随你便，他们要多少？”

张广泰说：“他们没说。报一百五十斤怎么样？”

曹天柱说：“太少了。报一千五百斤。”

张广泰大惊地叫起来：“啊？”

曹大禄咬牙说：“不，二千五百斤！”

张广泰：“说瞎话?!”

曹天柱笑了道："看我的！"拿起电话筒大叫道："喂！谁呀？——噢，我们今天至少可以炼三千斤。——对，三千斤！""啪"一声扣上了话机。

张广泰吓得面色如土，说："曹天柱！说瞎话，我们要拿红旗的！"

曹有贵说："张师傅，拿就拿吧，怕什么？塌了天有大家！红旗比白旗好。"

小芹来到大翠坟前，坟前无人。她焦躁地向大柳树村眺望。

第十一章

小芹在张家院门外徘徊了片刻，推门进院，恰遇王玉珍要出门，撞个满怀，小芹低头红脸叫声："师母。"

王玉珍一惊说："小芹！你来了？快进家。"

小芹问道："您要到哪去？"

王玉珍说："你来了，我哪也不去了，今天你休息？"

小芹点头说："休息。"

王玉珍说："你也好久不来了。你爹妈他们都好吗？"

小芹只点了一下头。

王玉珍问道："怎么了？眼圈通红。出什么事了？"

小芹说："没有。来看看你们。"

王玉珍说："都出去了。闹得没个白天黑夜，这个来了那个走了，一家人连顿饭也不能在一起吃，成民也不按时回家吃饭了。你们也炼钢？"

小芹说："炼。"

王玉珍说："坐吧，站着怎么说话？炼钢，炼钢，这哪是炼钢？你师傅打铁，都讲看钢花，如今可好，把那长锈的铁钉子，破马蹄铁在炉子里烧一烧，拿出来，叮当几锤子，打个铁疙瘩，就是钢了？"

小芹说："我们也那么炼。我师傅也跟着炼？"

王玉珍说："你师傅可成能人了，也变样了。我给他说，该秋收了，你若不能去，我去捋两把回来行不行？他把那眼一瞪说，别人都不让收，就你去收？我怎么给大家说话？我说，我不收可以，全村都不让收，明年大伙吃什么？他说等元帅出了帐再说。可是他那元帅老升帐，老升帐，就是不出帐，眼看豆子要爆在地里了！他还升帐！"

小芹根本没心听她的，东看西瞧说："您要出去？"

王玉珍说："叫我也去炼钢，你看我能炼出钢来？小芹，我看你是有心事，有什么话就给我说说吧。呢？"

小芹问道："成才哪去了？"

王玉珍说："也在那儿炼钢呢。"

小芹说："我要见他。"

王玉珍沉思一刹说："见就见吧。你找他去。"

小芹说："不，我在这儿等他。"
王玉珍问道："我去叫他？"
小芹点点头。
王玉珍说："那么，你在这儿等着。"
小芹又点点头。

大柳树村北。树林被砍伐一光后的野地里竖着几个冒青烟的小高炉，男女老少在其间乱哄哄，有的劈柴烧火，有的砸锅拣铁，有的坐地聊天，有的埋插红旗，有的敲锣打鼓，有几处地上摊着被褥，有人在那里睡觉。王玉珍站定思索一阵，走去对在炉前气喘吁吁的张广泰说："小芹眼泪汪汪地来找成才，不知什么事，我叫她在咱家等着呢。"

张广泰挠挠头说："我见她在大翠坟上哭，说要见成才，我叫成才去过了，怎么又来了？"

王玉珍说："都是你一句话，害得他们再也不来往了。"

张广泰说："我那话没错，一辈子也不改。"

王玉珍说："气头上的话，那么说就那么说了，到了真情上，还能真把他们拆了？"

张广泰说："我没拆，我叫成才去见过她了嘛。"

王玉珍说："准有要紧事，叫成才回去见见她吧，成才也懂点儿事了。"

张广泰说："就是懂点儿事了，我才叫他去见她呢。"极不情愿地向成才喊一声："成才！"

成才跑过来问道："干什么？"

王玉珍说："你回家看看去。"

成才问道："看什么？"

王玉珍说："小芹在等你。"

成才愣起眼说："耍我！叫我到我嫂子那去，我去了，不见她的影，又叫我回家，她要干什么？"

王玉珍说："不管她要干什么，她来找你，必是有事。你看你，瞪个眼珠子，像什么样子，回去看看吧。她上门来了，你得去！"

成才不动。张广泰催他道："去吧，她定是有事。好好给她说话。"

成才扭头气呼呼走了。

王玉珍纳闷道："她是专来找成才？"

张广泰说："不是找成才，找你？"

王玉珍思索道："是什么事呢？"

张广泰懊恼地说："你还装什么糊涂！小芹的脾性我知道，没说的。可是她那个爹，黄吉顺！我见不得！”

王玉珍叹道：“唉！冤家，亲家，亲家，冤家。”

张广泰家房里。小芹低头坐在炕沿上，成才站在炕下侧头竖着。空气沉闷，紧张，半晌，成才横声横气地说：“有什么话，你就说吧！”

小芹说：“我问你句话。”

成才说：“问吧。”

小芹说：“我们俩以后再不说话了？”

成才说：“这不正在说吗？”

小芹被噎住了，片刻，轻声问道：“我俩还能好吗？”

成才说：“这不很好吗？”

小芹说：“你这么凶，是好吗？”

成才说：“你想要我怎么样？”

小芹说：“还记得我们在树林里吗？”

成才说：“记那个干什么？”

小芹说：“我还记得。”

成才说：“记得就记得吧。”

小芹问道：“你心里还有我吗？”

成才犹豫一刹，横下一条心地说：“早没了！”

小芹说：“我可没忘了你。”

成才说：“没忘就没忘。”

小芹问道：“你恨我吗？”

成才说：“……恨你干什么？”

小芹说：“我再找你说话，你还见我吗？”

成才说：“哪来那么多话说？”

小芹问道：“你真不愿意见我了？”

成才说：“就算愿意见，见了……又说什么？”

两个人又陷入沉默了。

小芹突然跳下炕，正视成才说：“成才，你不用嘴硬，我知道，你没忘了我，你心里还有我。我也告诉你，我心里还有你，一辈子也忘不了你。可是若你不愿意见我，我也不会死缠着你。你们家恨我爹，恨我妈，那是他们应得。可是我对你有什么错？我得罪你了？我也没得罪我师傅，也没得罪我师母，也没得罪成民哥，你为什么咬我的牙？我还没说你们呢，你们一家，对我姐，缩个脖子，见死不救，我没恨你们，也没恨你，今天我叫你到我姐那去，你不去，逼得我上门来找你，你对我这样。成才，我不是以前那个什么都不懂的傻孩子了，我姐给我留下的话，我记一辈子，我绝不学她，可是你！……”说着说着哭了，又道：“我等着你，三天以内，你去找我，我有话给你说，三天以内，你不找我，我再不找你了！”

成才说：“为什么非要我去找你？有话你就在这儿说。”

小芹说：“不，是要紧的话，要说半天。你不去找我，我不能说。”

成才说：“好，现在就算我找你了。你说吧。”

小芹抹泪道：“成才，你这么凶神恶煞的，就是我想给你说，也说不出口啊！”

成长说：“你还要我怎样？”

小芹说：“我回家等着你，你去找我，当着我爹妈的面，我给你说。”

成才不愿再去“新新居”，但是心底又不知小芹有什么要紧的话要对他说，正犹豫，小芹问他道：“你去不去？”

成才仍旧不回答她。

小芹央求说：“成才，去吧。啊？成才！你去，我……什么都给你说。”

成才说：“这真怪了，为什么非到你家不可？”

小芹说：“你别问了，去吧。啊？”

成才说：“你叫我到你家去，可以，不过，我得先给你说下，我去了，若是你爹妈给我翻毛，我可绝对不客气。”

小芹说：“你只管去，他们不敢。有我！”

成才说：“好吧，我去。”

小芹低头走了，成才站在炕前发呆。过去，他和小芹亲昵厮磨着、欢笑着、互相拥抱着、跳荡、亲吻，在林间草地上滚来滚去的景象在他眼前快速闪现了。他忘记了一切地、木呆地站屋里不动。

小芹带着一丝希望回到家。黄吉顺惊疑地问她道：“怎么回来了？你们不炼钢了？”

小芹说：“你管我们炼不炼呢，不让回来？”

黄吉顺说：“怎么这样给我说话？”

小芹说：“怎么说？有书本照着说吗？”

黄吉顺说：“别觉着你能炼出钢来就了不起了！你们炼的那是钢？骗鬼去吧！”

小芹说：“你为什么不去报告？”

于凤兰骂黄吉顺道：“怎么她刚进门你又挑她打架？”

黄吉顺说：“我挑她打架？你看她是什么样子！我该她的？欠她的？”

小芹说：“嫌我样子不好，我不回来。”

于凤兰叫苦道：“啊呀，你们一个老祖宗，一个小祖宗，见面就打，叫我怎么过？”

小芹哭丧着脸说：“不能过，不过。”
黄吉顺夫妻俩同时喝叫道：“什么？”

大柳树村北小高炉前。成才拄着铁锹出神。
王玉珍凑到他面前问道：“见了？”
成才点点头。
王玉珍问道：“她说什么了？”
成才说：“什么也没说。走了。”
王玉珍说：“什么也没说？她哭什么？”
成才说：“我管她哭什么。”
王玉珍说：“可不对。她无缘无故哭着找你？”
成才说：“我没伤她，又没害她。”
王玉珍说：“又不对，她明明说有话要给你说，怎么会什么也不说呢？”
成才烦恼道：“别说了，我烦着呢。”

“新新居”里。小芹在自己房里痛哭。于凤兰守在旁边焦急地盘问道：“有什么话不能给你妈说？受批评了？”
小芹厌烦地连连摇头。
于凤兰说：“你爹说，你和个姓吴的去拿了人家的钢锭，撒谎说是你们炼的，这事给谁说出去了？”
小芹又摇头。
于凤兰问道：“那，到底哭什么？有人欺侮你了？”
小芹一下失声痛哭。黄吉顺走来在门外侧耳听。
于凤兰惊问道：“是谁？”
小芹说：“就是那个姓吴的。”
于凤兰大吃一惊：“他把你怎么了？”
小芹说：“就那么了……”
于凤兰恨道：“该死的。你打不过他？”
小芹说：“我没有劲儿了！他疯了一样，我能打过他？”
于凤兰也要哭了，说：“这可怎么办？”
黄吉顺在门外恼恨不已，跺脚长叹一声：“唉‼”
小芹对于凤兰说：“我要成才！”
于凤兰又是一惊道：“成才？他？我们家……他要你吗？”
小芹说：“我和他早就好了。”
于凤兰又一惊道：“早就好了？你们……天哪……这可，好到什么样？在一起过夜了？”

小芹恼怒了，叫道：“不结婚就一起过夜？我哪天不在家过夜？”

于凤兰说：“不过夜也能那个。你和他那个了吗？”

小芹更来火，急道：“没有！”

于凤兰说：“没有就没有吧，这么使厉害！”

小芹说：“我怕就是成才愿意，我师傅和师母也不让……”

于凤兰说：“那倒不用怕，只要成才愿意，他爹妈挡不住。你找他说说？”

小芹说：“……我找过了。”

于凤兰问道：“他怎么说的？”

小芹哭道：“他家为我姐，记下我们的仇了……”

于凤兰说：“你姐的事过去了。你姐是你姐，你是你，你再去找他。”

小芹说：“我等他来找我。”

于凤兰说：“唉！他来吗？”

小芹说：“不知道。我可给你们说，他若是来了，你们不给他好脸，我死给你们看。”

于凤兰说：“不会，我们不会。我给你爹说，好好招待他。他什么时候来？”

小芹说：“不定呢。三天之内，他来就来，不来……我就和他拉倒……”

入夜，于凤兰在灯下叹息道：“这真是现世报！”

黄吉顺长叹一声说：“不该呀！”

于凤兰说：“若是张家不记前仇，就答应了她吧。”

黄吉顺说：“你说得轻飘飘的。答应她？”

于凤兰说：“你又怎么了？你闺女给那个姓吴的破了！”

黄吉顺说：“我听见了。”

于凤兰说：“你还想什么？只好答应她。”

黄吉顺说：“唉，这不是逼着我光膀子滚刀山吗？”

于凤兰说：“怎么又是逼着你光膀子滚刀山了？”

黄吉顺说：“你怎么不想想，就算我们扭着鼻子，把她嫁给成才，可，我，我们还能登他张广泰的门槛吗？啊？为大翠，我们和他们，他们和我们，结下了咬牙大仇啊！这且不说，把她嫁给成才，那不是和大翠一样，又把她嫁到农业户去受罪了吗？”

于凤兰说：“啊呀，到这个时候了，你还去争什么农业户不农业户，成才要，光光彩彩地打发她走了，我们就是好人家。你还想把她逼成大翠那样？这回我豁出命也不随你了。”

黄吉顺说：“就算不讲它农业户不农业户，叫我怎么和张广泰见面说话？”

于凤兰说：“嗨，闭上眼，脸一觍，叫声亲家，什么都过去了，这点儿本事你还没有？”

黄吉顺慢慢摇头说：“不要听说她给那个了，就慌不迭地掉价，不值钱的臭鱼烂虾一样，扔了图干净。再说，要是有一天，张家知道了这事，看不把她骂死。”

于凤兰说：“那怎么办呢？”

黄吉顺说：“不是说成才要来找她吗？等他来了，我先制服了他再说。”

于凤兰说：“你怎么制服他？先给他说你闺女坏了，看他要不要？”

黄吉顺说：“真是傻娘儿们，我会那么傻？”

于凤兰说：“你可不要把他闹跑了！”

黄吉顺说：“没有那点儿本事，还是我黄吉顺？”

成才在小高炉前掌长铁杆炒钢——所谓“炒钢”，就是把熔化了的碎铁搅拌得互相粘在一起而已——他们已经炒出几个这种“钢”坨坨了——这一炉又将出“成品”了。

在旁边，王玉珍和张广泰低着头，对坐在木柴垛上轻声对话——

王玉珍说：“我去问问小芹？”

张广泰说：“你问她什么？”

王玉珍说：“我就问她，你有什么话，跟成才说了吗？”

张广泰说：“瞎闹，要说什么，她自然会说，要你掺和！”

王玉珍说：“可是你看成才，掉了魂一样。怕说的不是好话吧？”

张广泰说：“管他什么话，你别掺和。成才不是小孩了，不管她给他说了些什么，都叫他自己拿主张。”

吴发林手提中型“向阳牌”半导体收音机，肩背衣裳包，走到“新新居”厦下，略定神，轻咳一声，进了门。

于凤兰看看他，问道：“您是——来吃饭？”

吴发林说：“婶，我来看看小芹，我师傅。”

于凤兰问道：“你是——”

吴发林说：“我叫吴发林。小芹说她不舒服，我来看看她。”

黄吉顺出房来，看看吴发林，吴发林亲热地笑笑，叫一声：“叔，认得我吗？我们一起炼过钢，我是吴发林。”

黄吉顺忍着气板起脸说：“坐吧。”

吴发林问道：“小芹都给你们说了吧？”

黄吉顺反问道：“说什么？”

吴发林说：“噢，还没说？唔，这是我给她买的收音机，这是几件衣裳。我妈说，过两天她要来看看你们，也看看小芹。”

黄吉顺脸憋成紫色。

于凤兰先火起来，喝道：“你就是那个姓吴的？”

吴发林笑道：“就是就是。婶，小芹真没给你们说？”

于凤兰问道：“说什么？”

吴发林道：“哎，呃，我们，她怎么不给你们说呢？”

黄吉顺严肃地说：“我问你，你家里都有什么人？”

吴发林笑道：“噢，这个？有我妈，有我三个弟弟，五个妹妹，我是老大。”

黄吉顺问道：“你爸爸呢？”

吴发林说：“死球了。剩下我们一窝，全靠我养着。不过我们有城市户口本，什么都能买，再加我能干，没饿着他们。”

黄吉顺沉默了。

吴发林说：“叔，婶，我和小芹不是一天半天的了。放心，将来我也会孝顺你们两老。”

“咚”一声，小芹从房里冲出来，摸起一根长棍，对准吴发林没头没脑打来。吴发林无处躲闪，跑进黄吉顺房里拴上了门。小芹拿起衣裳包扔出门外厦下，又把收音机扔出去。

成才出现在门外。小芹抬头看见他，呆住了。

轻声叫道：“成才！”

成才看看地上的衣裳包和收音机问道：“这是——”立即改口：“我来了。”

小芹说：“你进家来。”

成才摇头说：“不！你出来吧。说完了我就走，也算来过了。”

小芹说：“进来，到我房里。我什么都给你说。”

成才说：“不，你要说什么，我知道。你说吧。”

小芹几乎叫起来道：“你不知道！”

成才说：“你叫我来听你叫唤的？”转身走了。

小芹追出去喊道：“成才！”

吴发林也追出门来叫道：“成才！”

成才闻声停住脚，回头见是吴发林，奇怪地问道：“吴发林？你在这儿？”

吴发林说：“我来看看小芹。”

成才问他：“这收音机，衣裳，是你的？”

吴发林说：“是我给小芹的。”

小芹对成才说：“成才，我不要他的！不要！我要你的！”扑上去抱住成才，哭起来：“成才！”

吴发林笑对成才说：“你不能要她，她是我的了！”

深藏在成才内心对小芹那爱的城堡被眼前的情景轰然摧毁了，转动着头，不知如何发作，狠狠骂吴发林道：“你真不是个东西！”

小芹大叫道：“没有！没有！成才！没有啊！”

成才不解地问道：“什么没有？没有什么？”

小芹哭道：“什么也没有！”

成才拂袖而去。小芹紧抓住他，又哭又叫，成才停步向她回指吴发林说：“你打发了他再给我说话！”甩手而去。

小芹跑回家，又操起长棍，狠力追着打吴发林。吴发林边跑边叫：“衣裳包里有十块钱！给你买的尼龙袜子！上海的新产品！一双能穿好几年！”

小芹在房里哭个不停。于凤兰送碗汤进来劝她道：“喝一口吧。”

黄吉顺在房里解开翻检吴发林送来的衣裳包，边看边评论道：“没什么值钱的料子。”

于凤兰凑近他说：“她不吃不喝，怕是怀上了吧？”

黄吉顺说：“会那么快？”

半个月亮照着田野，这儿那儿的有人在收割豆子，妇女和孩子们往各自家里搬运。小高炉群不见火光和人影，张广泰搀扶着拄棍的曲国经东张西望，曲国经担心地问道：“今晚不会来参观团？”

张广泰说：“不会。”

曲国经说：“万一来了呢？”

张广泰说：“不会。现在各村晚上都收割。万一来了，我出面应付。”

曲国经说：“我们共产党员，要绝对执行上级的指示啊。”

张广泰说：“没法子，得吃饭哪！”

曲国经说：“现在我们一天能炼出多少钢来？”

张国泰说：“说多少都行。”

曲国经奇怪地问道：“什么？”

张广泰说：“现在这个炼法，炼出来的，根本不是钢。钢要有含碳比例，碳高密度大，是钢，化了的废铁，含碳量很低，怎么能是钢？报纸上还说有什么海绵钢，纯粹是胡扯，连铁也不是，胡闹！糟蹋老百姓的锅！”

曲国经说：“是吗？”

张广泰说：“你知道就行了。好好养病吧。”

曲国经说：“你得给乡里反映这个情况。”

张广泰说：“我刚入党，行吗？”

曲国经说：“当然行。得叫上级了解实情。”

张广泰说：“乡里早知道，县上也知道。”

曲国经说：“别管怎么样，也得向上报告。你叫成民到我家去一趟。”

张广泰说：“好的。”

曲国经家。曲彦芳在煎药，成民恭敬地问歪在炕上的曲国经道：“什么事？老村长？”

曲国经问他：“带笔了吗？”

成民说：“带了。”

曲国经说：“我说，你写。”

成民答应一声：“哎。”拿出纸笔。

曲国经说：“我向党汇报，写。”

成民答应：“哎。”

曲国经说：“今年农业，风调雨顺，秋天，我们大柳树村，庄稼长势非常好。现在，上级要求全村都去炼钢，庄稼没人收，这是个大问题……写好了吗？”

成民说：“写好了。村长，你的意思，是要向上级反映先收庄稼再炼钢？”

曲国经说：“对对。就这个问题。”

成民问道：“彦芳没给你说？”

曲国经问道：“说什么？”

成民说：“我弟弟成才和彦芳早提出这个问题了。他们叫我写封信给乡上，反映这个问题。”

曲国经说：“你们没跟我说啊！”

曲彦芳说：“我们怕你焦急，才没告诉你。”

曲国经说：“噢。写好了？念给我听听。”

成民说：“还没写完呢，写完了就拿来念给你听。”

曲国经说：“也写上我的名。”

曲彦芳说：“你好好养病吧，一定写上你的名。”

曲国经说：“不，只写我一个，你们小青年写了没有用。乡上的干部都认识我，信任我。”

曲彦芳说：“那更好。”

月光下，曲彦芳手提镰刀绳子在张家院门外迎住出门的成才说：“告诉你，我爹叫你哥写信了。”

成才问她道：“写什么信？”

曲彦芳说：“就是我们要写的那个要求先秋收的意见。”

成才说：“有你爹出面，当然太好了。我们还怕他不同意呢。”

曲彦芳说：“哎，你又去看小芹没有？还剩明天一天了！”

成才说："唉！……真乱死我了！"

曲彦芳说："乱什么？要见就去见，不见就不见。"

成才说："走吧，割豆子要紧。"

朱存孝来到"新新居"厦下，站定喊道："老黄同志在家吗？"

黄吉顺迎出门来笑道："哟！朱厂长！快屋里请。"

朱存孝说："我来看看小黄师傅，两天没到厂里了。病了？"

黄吉顺说："是有点儿不舒服。"

两人进了屋，于凤兰迎上来道："朱厂长来了？"

朱存孝问道："小黄师傅怎么样了？"

于凤兰说："躺着呢。小芹！你们厂长来了！"

小芹出房门，完全变了样：面色黄里泛青，两眼无神，头发蓬乱。

朱存孝一见之下，大吃一惊道："哟，黄师傅！怎么？……怎么个感觉？"

小芹勉强苦笑一下说："没有什么感觉。"

黄吉顺说："大概是累了点儿，累了。"

朱存孝说："可不是嘛，炼钢炉上全靠她。怎么样黄师傅？你歇几天？看看病？"

小芹说："没有什么大病。明天我就去。"

朱存孝说："不忙不忙，歇几天吧。我叫吴发林先顶着。"

小芹问道："这两天出铁了吗？"

朱存孝说："出了。不过，黄师傅，你也知道，光炼钢，扔下别的活，我们受不了啊，全厂得靠钉子开工薪啊。"

小芹说："明天我就去。"

门外，来了两个小伙子和一个姑娘，叫吃饭，都挺文静，每人一碗馄饨，正安安静静地吃着，吴发林来了，向他们一笑道："好吃吗？"

小伙子点头说："好吃。"

吴发林进屋，见了朱存孝，笑道："呀！厂长来了？"

朱存孝有点儿疑惑，但仍礼貌地说："吴师傅，你也来了？"

吴发林说："来看看我师傅。叔，婶，忙着呢？"

黄吉顺虚与委蛇地答应说："啊，你，你，你也坐。"

吴发林说："不啦，小芹怎么样了？"

黄吉顺说："好点儿了。"

吴发林说："有什么忙不过来的？我帮忙。"

黄吉顺说："没事。你歇着吧。"

吴发林说："嗨，我来这，你们不用客气。小芹，啊不，师傅，你怎么样了？"

小芹说："没事。明天我进厂。"

吴发林说："不舒服就歇着。是不是？厂长？"

朱存孝道："我也这么说。"

在厦下吃馄饨的姑娘进屋来洗自己的碗。

于凤兰忙拦她说："吃好了？放在外面吧，哪有叫顾客洗碗的？"

吴发林说："叫她洗吧。这是我大妹妹。"

姑娘向于凤兰一笑说："婶，我洗吧。我叫吴桂芝。"

吴发林说："我给她们说，'新新居'的馄饨特好吃，她们吵着要来尝尝。外面那俩，一个是我弟弟，一个是她的爱人，就是我的妹夫，在菜站上工作。叫他们进来，认识认识？"

黄吉顺说："不必不必。今天我请客，不用付钱。姑娘，你放下吧，我们洗。"

吴桂芝自然大方地自我介绍说："我叫吴桂芝。"说着，偷眼瞟小芹。

黄吉顺说："这是怎么说的。"

吴桂芝说："没关系。"向门外问道："你们吃完没有？"

门外两个小伙子说："完了。"

吴桂芝出门拿来空碗，洗起来，同时不断瞟小芹。两个小伙子也从门外看小芹。

朱存孝见状说："黄师傅，明天你能去则去，不能去，不要勉强。我走了。"

吴桂芝洗罢碗对吴发林说："哥，我们走了。你也走吧。"

吴发林答应道："哎哎。"向黄吉顺和于凤兰点头道别："叔，婶，我们走了。"又瞟小芹一眼说："走了啊！"

都走了，剩下黄吉顺、于凤兰和小芹。黄吉顺紧皱眉头，于凤兰叹气，小芹起身进房。黄吉顺说："这是来看媳妇了！"

回八角门的路上。吴发林笑嘻嘻地问吴桂芝："怎么样？"

吴桂芝说："不怎么样！像个破菜筐！"

吴发林说："我捶你！"

吴桂芝的丈夫叫姜信，说："哎，桂芝，情人眼里出西施，哥看上了，就是好的。"

吴发林说："对。就像你们俩，王八瞅绿豆，越看越对眼儿。"

吴桂芝狠打吴发林一拳说："你是个什么？"

新华第三制钉厂车间里摆开几张桌子拼起个长案，上面摆满糖果、香烟、茶壶和杯，周边坐满工人。有的疑惑，不知所以，有的睁大眼嬉笑。朱存孝坐当中，左边是喜上眉梢的吴发林和他的三个弟弟五个妹妹和妹夫姜信等，右边是黄小芹，神色木然。

朱存孝拍拍手说："同志们，今天，我们在这里给吴发林师傅和黄小芹师傅举行婚礼。唉，我这个人，就是不敢在人多的地方说话，好，反正在我们自己厂里，我放开胆子说。今天，阴历八月十五，中秋节。啊——我们给吴师傅和黄师傅举行婚礼。他们两位，是在一个炉子上，共同劳动，产生了爱情，又是在我们这个，这个，这个大跃进的时候，呃，结婚。有些同志说，不知道他们两位，呃——什么时候谈起的。这个嘛，我也不知道，但是，这也是一种大跃进的表现，啊，我们祝他们两位，啊——幸福，啊——白头到老。啊，大家鼓掌！"

大家鼓掌。

朱存孝说："啊，下面，我的话完了。吃糖吧，喝茶，大家最近炼钢，都很辛苦，我们这个月要再加把劲儿，啊，眼看要迎接十月一了，国庆九周年，啊，大家加把劲儿，啊，我就说这些。好好好……大家随便吧。"

小芹仍木然呆坐着。吴发林得意地扫视全场，笑嘻嘻。

一个工人拍下桌子说："我说吴发林，你真是邪门大王了！邪到天边外国去了！啊？你怎么把黄师傅弄到手的？啊，给我们说说，我们听听。"

吴发林非常得意，"哈哈"笑，说："这不能说！不能说！"

工人叫道："不说？不说不行。"

另一个工人说："说说恋爱经过！不说不让他过关！"

工人们起哄了：

"对，说！"

"不说不让他回家！"

"叫他跪下！"

"不说就揍！"

一个工人十分疑惑地说："我说，黄师傅也邪了，你说，我们这些师兄弟们，哪个不比吴发林强？你怎么就爱上他了呢？"

吴发林笑道："这叫没牙吃豆腐，一物降一物。"

圆月当空。张广泰带领全家还有曲彦芳在田里忙收割。

吴发林和小芹入洞房。吴发林笑嘻嘻说："这些师兄弟们，还真打！怎么样？我可一句也没说啊。"

小芹哭道："唉！成才啊成才啊，你真是狠心啊！"

吴发林说："不用念叨他了。明天我们给他送包喜糖去。"

小芹斜起眼说："你敢！"

吴发林说："好好，不送。反正早晚他也要知道。我知道你忘不了他，我不在乎。我只管一心好好伺候着你，不信你看着。”小芹又流泪。

月光下，成才和曲彦芳背两捆枯苞米秆进了曲国经家院。

曲国经在院里指点他们说：“把那垛码好了。

曲彦芳说：“你出来干什么？天这么凉。”

成才码苞米秆垛，急三火四，忽然从垛上滚下来，坐在地上不动了，叫道：“哟！”

曲彦芳问道：“怎么了？”

成才抻抻腰腿说：“没有事。”

曲彦芳说：“我上去，你给我扔！”

成才说：“不行，这苞米秆子太滑，踩不住。”起身又爬上垛。

曲国经说：“慢点儿。”

成才催他道：“你快进屋去吧。”

曲彦芳笑道：“我爹看见你就没病了。”

成才一笑说：“那倒好，以后我天天在你们家。”

曲彦芳说：“来呀，谁不让你来啦？”

月光下。成民在大翠坟前摆下几只月饼，鞠躬，坐下。

吴发林手提红纸包进了张广泰家。王玉珍迎住他问道：“你是吴发林？”

吴发林说：“师母，不认得我了？我师傅呢？”

王玉珍说：“出去了，都出去了。”

吴发林说：“我来看看我师傅。我结婚了，给他老人家送喜糖来。”

王玉珍说：“好啊。是谁家的姑娘？”

吴发林说：“我师妹，黄小芹。”

王玉珍不由一惊道：“黄小芹？”

吴发林说：“对对，昨天办的。过几天我和她再来看你们。”

红纸糖包放在正间房桌上。张广泰、王玉珍、成民、成才对这个“不吉之物”愁视、悲视、怒视、恨视，谁也不说话。好一阵，成才猛地抓起往院外一扔，哭了。

成民埋怨二老说：“你们俩明明知道他和小芹是一对，为什么不帮他？”

张广泰说：“我们没有不帮啊，小芹找他，我也叫他去了。”

王玉珍说：“我也没挡他，还催他到黄家去了呢，不是也告诉你了？你呢？管他了吗？”

成民说：“咳，我，唉，我也没把他这事放在心上。”

曲彦芳进屋来，见状惊疑问道："你们怎么了？出了什么事？"

王玉珍说："黄小芹结婚了。"

曲彦芳根本不当事地说："她结婚了又怎么样？值得你们这么哭的哭，愁的愁？"

王玉珍说："我们成才难受。"

曲彦芳说："难受什么？大柳树的姑娘成堆，闭上眼摸一个，哪个也不比黄小芹差。"

王玉珍说："彦芳你说得容易，摸哪个？"

曲彦芳说："嗨，眼前就有。只等着看你们的了。"

王玉珍奇怪道："眼前就有？"

曲彦芳说："还不懂啊？你们可真是！"转身走了。

王玉珍更奇怪了，问道："这彦芳，说的什么？"

成民说："嗨！妈，你真没明白？"

张广泰说："我可真没想到。"

成民问成才道："你说呢？"

成才还是哭。

张广泰说："行了，行了，你若是愿意，我给老村长说说，看他有什么意见。他没有意见，十月一给你们办！"成才还是哭。

张广泰说："看你这点儿出息！这个样子！像个男人吗？"

夜空礼花闪闪。欢快的音乐声里，身着新装的成才和曲彦芳，向坐在房北桌边的曲国经、张广泰、王玉珍三人行鞠躬礼。毕。又向站立东边的成民鞠躬。他们的新房就在曲国经家的西间。

成民说："你们三位，父母老人，有什么话，给他们说几句吧。"

张广泰说："老村长先说吧。"

曲国经说："你们先说。"

张广泰说："你年长，你先说。"

曲国经说："我先说就我先说。好话不用多，我交代你们一句吧，我和广泰都是共产党员。你们记住，不管什么时候，也别管有多少人说东道西，你们要听共产党的话。就这一句。能记住吗？"

曲彦芳说："能记住。"

成才说："记住了。"

曲国经向张广泰说："你给他们说说吧。"

张广泰说："我没有说的啦。别忘了这一句就行了。"转向王玉珍道："你说吗？"

王玉珍说："说什么？都是缘分。两人好好过吧。你爹老村长，把彦芳拉扯成人，不容易，成才得孝顺，若是国经大哥受了你们的委屈，我可不答应。”说着说着，流泪了。

曲国经说：“不会不会。”又问成民道：“你这当哥的，有话要说吗？”

成民说：“我也就一句，要孝顺老人，夫妻和睦，教育好子女。成才要做好儿子，好女婿，好丈夫，好父亲。彦芳要做好女儿，好媳妇，好妻子，好母亲。”

羞得曲彦芳扭头躲到成才身后去了。

成民说：“我就说这些。”

曲国经指指桌上的一堆小红纸包说：“每家每户都要送到，去吧。”

曲彦芳说：“李文江家也送？”

曲国经说：“送。”

曲彦芳说：“他是地主。”

曲国经说：“送。”

曲彦芳拉成才说：“走吧。”

两人把桌上的小红纸包装进柳条篮子里，双双出门去。

曲国经向张广泰说：“我们俩喝一杯？”

张广泰说：“你行吗？身体这样！”

曲国经说：“少喝一点儿，没事。一来国庆，二来孩子办事，该喝一杯。”

王玉珍说：“要喝就喝吧。菜是现成的。”

成才和曲彦芳高高兴兴地进东家出西家地送礼，进了地主李文江的门，李秀英惊恐地接待他们说：“彦芳，有事？”

曲彦芳说：“给你送喜糖来了。我和成才结婚了。”

李秀英简直不敢相信，接过红纸包问道：“给我们？”

曲彦芳说：“没有错。给你们，吃吧。”把一红纸包放在桌上。成才扫视了房里一眼，李文江躺在炕上，像个死人。孩子抱着李秀英的腿。

李秀英转惊为喜地笑了：“你们早该办了。”

曲彦芳说：“还有孩子和大爷呢，一人一包。”又拿出两个红纸包，送到李文江面前叫道：“大爷，我们给您送喜糖来了。”

李文江说：“啊，好好。没忘了我，好。”

曲彦芳问他道：“您好点儿了吗？”

李文江说：“药钱，花不起了。呃！”

曲彦芳说：“叫我爹给你借。该怎么治怎么治。”转身拿一包糖拆开，拿出糖塞给孩子说：“来，吃姑姑的喜糖。快点儿长，长成大汉好帮你妈妈。”

曲国经家。曲国经说：“说起李文江这个地主成分来，有一段内情啊。这些年，村里人都明白，可是谁也不说，也是不敢说。李文江原来是个穷汉，租地当佃户，仗着身板好，有力气，二百五十斤老秤的驮子，他能一手抓起来，膝盖一顶，就上骡子了。后来，租的地多了，雇了长工，可是哪个也没给他干到年底，熬不过他呀！他也就靠这一手，长工变短工，三夏三秋也雇短工，几年光景，置下了二十几亩地。按说土地不算多，可是土改，在大柳树，不改他改谁？大家一哄，给他划了个地主，没想到地主这成分这么厉害。这件事，我一直心里不安。”

张广泰说：“也不用不安。我们背地里照顾他一点儿就有了。”

曲国经说：“背地里我也是那么办的。以后，你也得照顾他一点儿。”

曲彦芳闯进门说：“爹，叫你去接电话。”

曲国经问道：“哪来的？”

曲彦芳说：“乡上。”

张广泰说：“我去吧。”

粉房里。林科长正在铺放被褥要睡觉，曲彦芳和成才进门来。他警惕地向他们笑笑说：“我刚回来。”

曲彦芳说：“林科长，我们给你送喜糖来了。我俩结婚了。”

林科长顿时眉开眼笑说：“啊，恭喜恭喜。请坐请坐。”

电话机已经拉到村北小高炉群前了。张广泰在接电话：“我是——是，曲国经村长病着呢——”

对方问道：“你是张广泰？”

张广泰答道：“我是。”

对方说：“你们几天都没报钢产量了！你们扯了全乡的后腿！你们怎么回事？还要我们派人去给你们炼吗？你们是不是把人都放出去秋收了？你们想干什么？”

张广泰说：“我们是夜里放大家收一点儿。”

对方声音很凶地说：“夜里正是该炼钢的时候！你们怎么回事？你们村长曲国经写给乡党委的信，就有一种情绪，你们把钢帅放在哪了？你转告他，乡党委警告他！不许他再装病，要他马上集合群众炼钢。还有你张广泰，到现在不见你这个铁匠放出一颗卫星来……”张广泰把话筒移开耳边，垂了手，任他“哇啦哇啦”叫。

曲彦芳和成才进入新房。

曲彦芳双臂搭在成才两肩上，亲昵地问道：“你还想着小芹吗？”

成才默默地点头。

曲彦芳说：“我不怪你。这倒是证明你重情义。现在你说吧，你打算怎么过？”

成才说："怎么过？夫妻怎么过就怎么过。"

曲彦芳说："好，先给我干件事？愿意吗？"

成才说："说吧，干什么？"

曲彦芳从抽屉里拿出银蝴蝶，在成才面前捻动着，问道："还认得吗？"

成才笑了，说："你还留着？"

曲彦芳说："给我戴上。"

成才接过银蝴蝶，仔细看了一阵说："太粗糙了，先戴着吧，将来我给你买个金的。"

曲彦芳说："什么样的也不要了，就戴它，什么样的也不如它好。"

成才给她戴上银蝴蝶，两人对镜相视。

张广泰回到了曲国经家。

曲国经问他道："谁的电话？"

张广泰说："乡上。"

曲国经问道："说什么了？"

张广泰说："没说什么。"

曲国经说："不用瞒我，受批评了？"

张广泰说："没事。我已经听惯了。"

曲广泰说："唉！这村长怎么当呢？"

新房里，曲彦芳搂着成才，轻声说："今晚哥哥说得我都心跳了。你看，我们是夫妻了，要生儿育女，要抚养他们成人，我们要当爹妈……"

圆月当空。

第十二章

大柳树村的人们始终没有赶上形势，没放出钢铁卫星来，却把几千颗卫星也装不下的粮食，白白烂在地里了。他们默默地忍受着饥饿，熬过了被称为“三年困难”的前后五个年头。生活的脚步，艰难地踩着岁月的阶梯，继续向前移动……今天又是中秋节了。

吴发林一手扶着儿子快跑的肩，一手提着装满日用杂品的篮子，父子俩在家门外等候还在房里修饰打扮的小芹。他们的住处，在城区一个奇大的大杂院里，吴家占着三间东厢，从室内床铺陈设看，老妈妈带一个还未出嫁的小女儿住在中间，一个尚未完婚的弟弟住南间，吴发林和小芹夫妇俩带儿子住在北间。现在弟妹们，上班的、上学的都出去了，只有老妈妈在家。

吴发林教儿子快跑说：“叫，妈妈快点儿啊！”

快跑嗓门特大，喊道：“妈妈！快点儿啊！”

小芹没好气地说：“催命啊？你们不会先走？”

吴发林又教快跑道：“叫，我要和妈妈一块儿走！”

快跑又喊道：“爸爸要和妈妈一块儿走！”

吴发林笑了骂道：“笨蛋！”

快跑又大喊道：“笨蛋！”

小芹掸掸衣服高声问道：“快跑的毛巾带了吗？”

吴发林说：“带毛巾干啥？他姥爷家没有毛巾？”

小芹说：“他们家毛巾抹布不分，脏死了。”

老妈妈从房角拿出一片粗布，递给小芹说：“在这儿。”

吴发林忙接了粗布。小芹又问道：“坐车的钱？”

在“新新居”里。黄吉顺和于凤兰满身灰尘，在衣柜、厨房、白案上下、红案上下、柴堆、房角，各处翻找。

黄吉顺暴跳叫道：“你到底藏到哪去了？”

于凤兰说：“我不记得了啊，你越吵我越想不起来。”

黄吉顺说：“他们来了，连顿面条都吃不上，不说我们装穷才怪呢。好好想想，到底放在哪了？”

于凤兰说：“能想起来还用找？”

黄吉顺说："从头上好好想。上次你买了面，把它放哪了？"

于凤兰回忆着说："他给我称了面——我就——拿回来了——拿回来——"

黄吉顺怒吼道："谁叫你说面了？本哪？你放哪了？"

于凤兰说："忘了。也许没给我？"

黄吉顺说："绝对不会。粮店分两摊，会计一摊，粮柜一摊。先到会计那儿，交了购粮本和粮票，给了钱，会计算了账，收了钱，盖了戳，找了钱，然后必给你购粮本。这是一套流水程序，是他们的纪律，绝对不会不给你，这一摊完了，才能到柜上去称粮。"

于凤兰说："那，我把购粮本放到哪去了？"

黄吉顺急道："你问我？我问谁？我问你！"

于凤兰说："天哪，这可怎么办哪！要不，我上街道办事处去叫他们给补发一个？"

黄吉顺说："做梦！补发一个?!你得说明怎么丢的，丢在哪儿去了。"

于凤兰说："我知道丢在哪儿了，还用叫他补？"

黄吉顺说："还有，是贼偷了？火烧了？水湿了？你说你丢了，谁保险你不想弄两个购粮本？就算答应给你补一个，也得等他们调查清楚了，三个月以后见吧！臭娘儿们！你能干点儿什么？"

于凤兰说："整整四年，过年过节他们回来一趟，都是打个转身就走，不在这儿吃饭，不就是为给我们省口粮嘛，现在都好过点儿了，才说今天在这儿吃饭，再不给他们吃顿饭，还是爹妈？"

黄吉顺说："唉！八月十五，八月十五，我最怕这个八月十五！"

小芹在前，吴发林手牵快跑后跟，进了门，小芹疲懒地叫一声："妈，爹。"

于凤兰说："啊，回来了？"黄吉顺答应一声："唔。"

吴发林久别亲人一样亲热地叫道："爸，妈，你们好吗？"

于凤兰说："好好。"

黄吉顺仍旧板着脸，应了一声道："唔，回来了？"

吴发林教快跑说："快跑，叫姥爷，姥姥，问姥爷姥姥好。"

快跑大喊一声："姥爷姥姥好！"

黄吉顺顿时高兴了，笑道："嗬！这是国防部长检阅三军哪！英雄气概！"抱起快跑说："姥爷看看！长这么大个个子！噢！真快呀！你还认得姥爷吗？"转头吩咐于凤兰道："快给他们泡茶！糖呢？拿出来！"

小芹说："要喝自己泡。"

吴发林说："爸，我自己来。"

黄吉顺说："有茶叶，就这东西没有票也能买到。"慈爱地拍拍快跑说："哎，快跑，想姥爷了吗？啊？"

快跑不响。

吴发林催快跑说："告诉姥爷，想没想？"

快跑说："没想。"

黄吉顺"哈哈"大笑道："唔，好孩子，说实话。来。"放下快跑说："吃糖，高级糖，姥爷给你买的。哎，'高级点心高级糖，高级老头上茅房。'好吃的都给高级干部买去了，来！吃！"

吴发林沏了茶，喝着，吃点心，给快跑糖，把竹篮推给黄吉顺说："爸，八月十五。"

黄吉顺说："不要带东西，把快跑领来给我看看就行了。唔，这几年，总算连滚带爬地过来了，快跑也长这么大了。你们怎么样？"

吴发林说："都挺好。你好吗？你们怎么都满脸的灰？"

黄吉顺莫名其妙，张眼道："唔？嗨，问你丈母娘！老东西，脑子不行了，丢三落四。快跑，把篮子送给你姥姥。"

快跑抱起篮子进屋大喊大叫道："姥姥！篮子。"

于凤兰答应一声："噢，好。"

小芹问她道："你身板还好吗？"

于凤兰说："怎么算好？怎么算不好？吃得不少，可是没有力气，眼更不如以前了，脑筋也不中用了。今早晨说你们在这儿吃饭，我想去买点儿好米，找不着购粮本了，也不知放在哪儿了。"

小芹大吃一惊道："购粮本找不着了?!"

于凤兰说："和你爹找了半天。"

小芹说："这可要命了，平时你放在哪里？"

于凤兰说："抽屉里，没有。"

小芹说："快找找啊。"

于凤兰说："还有面，让我慢慢想想。"

小芹起身到厨房，命令吴发林道："帮找找购粮本！"

黄吉顺说："现在不找了，说说话。"

小芹说："不，没了购粮本，吃什么？"

于是黄吉顺夫妇、吴发林夫妇动手各处翻检。快跑也跟着在屋里东一把西一把地乱翻。快跑从抽屉里拿出个矿石收音机，拨弄起来："怎么不响？"

小芹看到收音机，眨一眼，从快跑手里拿过，放回抽屉。

快跑哀求道："给我看看！"

小芹说："别弄坏了。"

于凤兰看见收音机，哄快跑说："它坏了，不响。"

快跑说："给我看看。"

吴发林说：“啊，给你给你。”从抽屉里拿出收音机，给快跑。小芹斜眼看，不动了。

于凤兰突然举起面袋叫道：“哎呀，真是该死了，这不是在这儿？”

黄吉顺也高兴了，问道：“在哪儿找着的？”

于凤兰说：“就在这面袋子里。咳，我想起来了，当时，我怕丢了，先把它装在面袋里了，然后去称的面，回家来就忘了。咳，真该死了。”

全家松了一口气。黄吉顺说：“好了，吃顿安心饭吧。”拿起铁锹，到后院，掘井石板，挖出几块煤，又挖出一瓶酒，开水龙头冲了泥，拿回房后又回院去掩土，见快跑拿锹从深处挖煤，就笑嘻嘻地逗孙子玩儿，说：“没有啦，再挖也没有啦。”

快跑好奇怪地问道：“你怎么挖出酒来了？”

黄吉顺说：“地下长的呀。”

快跑问道：“还长吗？”

黄吉顺说：“姥爷叫它长，它才长呢。”

快跑说：“那你叫它长吧，我来挖。”

黄吉顺说：“它不长了，回家吧。”拿过锹，铲土埋煤。

小芹躺在黄吉顺夫妇屋炕上，摸着矿石收音机，沉思。

于凤兰在灶上忙。黄吉顺和吴发林桌边对坐，快跑跪在一边凳上，黄吉顺给他往碗里拣了大块肉说：“快跑，吃吧。”开了酒瓶，先给吴发林斟满杯，自己倒一杯说：“就这一瓶了，二锅头！给你留着的。在地下埋了五年了。来，喝吧。”

吴发林说：“现在市面上也能买着了。”

黄吉顺说：“也难见着，还那么贵。这是一九五八年秋里，我一看那架势，知道不对，埋下了几瓶。现在想想一九五八年，那算什么事？庄稼扔在地里不收，叫人去炼钢，老百姓能炼出钢来，要炼钢工人干什么？兔子能拉犁，还用养牛？那天晚上叫我守炉子，我睡着了，没炼出来，从那，再不叫我看炉子了，我才落个干净。”

于凤兰又送上一盘菜说：“你们慢慢喝。”

吴发林说：“妈，不用再做了。”

于凤兰又给快跑拣了肉，快跑狼吞虎咽地大吃。

黄吉顺说：“就预备下这些，想再做也没了。总比前两年好点儿了，一个月，凭票能买半斤肉，就是菜，买不着，不知什么时候来什么东西，排大队，临到你又没了。”

吴发林说：“青菜好说，我妹夫姜信在菜站上，我叫他拉点儿来。”

黄吉顺说：“你可别给我瞎说，菜站上怎么个规定我知道。进多少，出多少，每天都有数目统计在册，凭本限量供应的。”

吴发林说：“你别管了，反正我给你搞来。”

黄吉顺说："有人好办事。你几个弟弟妹妹成了家，你也就好过了。"

吴发林说："还有一个弟弟，一个妹妹，一年一个，早点儿把他们打发了，完事。"

黄吉顺说："过日子过的是人哪！快跑虎头虎脑的，成！那个……我说叫他改姓黄的事，你们怎么研究的？"

吴发林说："我倒不在乎那个，姓什么不一样？姓五，姓六，姓黄，姓黑，姓什么也是他。小芹给我多养几个就有了，就是我那老妈，老封建。"

黄吉顺说："行了，这事以后再说吧。喝酒！……总得有个人给我续黄家的烟火啊……以后再说。"

房里。于凤兰坐上炕沿从小芹手里拿去矿石收音机说："还想这些干什么？你们过得怎么样？孩子都这么大了，从来没给我说说你们两口的事。"

小芹舒口气说："过呗！"

于凤兰问道："他对你好吗？"

小芹说："好，不好，不都得过？"

于凤兰说："只要不打架闹火的，再过两年，上了岁数就好了。天下没有美满夫妻，都是月下老拿红线拴在一起的。"

小芹说："唉！那月下老眼神准不好，闭着眼乱拴！"

于凤兰说："可不，有什么法子。就说你姐吧，赶前错后，她走了那一步。"

小芹说："你别说了。今天我要去看看她，还想去看看张广泰师傅。"

于凤兰说："合适吗？"

小芹说："他能把我赶出来？"

于凤兰说："我是说怕快跑他爹知道了要不高兴。"

小芹说："管他。"

于凤兰说："要去就早点儿去，给你姐带两块月饼。给张家也带点儿？"

小芹说："带。"

小芹提竹篮走过广华街，走过水渠桥，走过大柳树村南小道，来到大翠坟前。坟前的香椿树已经对把粗了，枝叶茂密。转头见成民坐在坟前石板小凳上看书，成民也看见了她，两人相视良久。小芹在坟前放下一盘月饼，跪下，磕头，起身，站住，又看成民。成民抬头看她一眼，像不认识，又低下头。小芹提竹篮，脚步缓慢，向大柳树村走去。

小芹到了张广泰家门外，门外香椿树也已经对把粗，同样枝叶繁茂，一个小女孩在树下玩儿，一条狗见了小芹，向她狂吠猛扑，小女孩问小芹道："你要进我家？"

小芹问道:“你家是谁家?”
女孩说:“我家是这家。”
小芹问她道:“你叫什么?”
女孩说:“我叫八月。”
小芹问她:“你爹叫什么?”
八月说:“我爹叫张成才。”
小芹说:“噢,你妈叫曲彦芳,对不对?”
八月说:“对。你叫什么?”
小芹说:“我叫阿姨。”
八月说:“你要进我家吗?我给你打狗。”
小芹说:“不,我不进你家。八月,你把这盒月饼拿回家,给你爷爷奶奶,好不好?”
八月说:“爷爷奶奶,我爹我妈都不要别人的东西。”
小芹说:“阿姨这个他们要。你拿回家吧。”
八月接过月饼盒,高兴地跑回家,小芹转身回路。门口出现了王玉珍,看见了她的背影。
八月捧着月饼给王玉珍说:“奶奶,月饼。”
王玉珍问她道:“谁给你的?”
八月回头不见人了,奇怪地问道:“呃?哪去了?”
王玉珍说:“回家吧。”

在大翠坟前。“小顶针”挎着装满豆角的柳条篮子站在成民面前说:“要起风了,回家吧。”
成民起身,向她点点头,走了。这情景恰被路过的小芹看见,待成民去后,她又到大翠坟前坐下。眼望秋空,心头飘起一阵悲凉,想道:“成民见了我都不说话!可见他们多么恨我们黄家!”
“小顶针”李秀英在大翠坟后的田头,赶上了也挎着装满豆角的柳条篮子的李寡妇,对李寡妇说:“他走了。我一个人见了他,总觉着臊得慌。”
李寡妇问道:“没说话?”
“小顶针”说:“没有。”
李寡妇气恨地说:“你真没有用。”
“小顶针”说:“七婶,他忘不了大翠,会对我好吗?”
李寡妇说:“我再和他说说。这号实心眼的人,得开导。”

张广泰家。张广泰瞅着小芹拿来的月饼盒,怒气冲天道:“给她送回去!”

王玉珍问道："你去？我去？"

这时，成民进房来了。张广泰对他说："成民！把这盒月饼给黄家送回去！"

成民慢慢摇头说："小芹去给大翠上坟了。"

张广泰吃一惊，问道："是吗？她怎么样？"

成民说："我没仔细看，也没问。"

张广泰低头思索地"唔"一声。

正巧，成才进房来了。张广泰说："成才去！"

成才不知就里，问道："干什么？"

王玉珍说："小芹送来盒月饼，你爹说给她送回去。"

成才说："行，我送去。"

王玉珍说："什么事都别做绝了，官不打送礼的。我看，月饼，还是收下。成才去拔几棵菜，给他们送过去，城区一直缺菜。"转头问张广泰道："行不行？"

张广泰不答她却转头问成才道："担子呢？"

成才说："放在那边，彦芳和她爹随后就来过节。"

张广泰说："你快去吧，早点儿回来。"

成才挎一篮青菜走过大翠坟旁，忽见小芹坐在坟前，犹豫一刹，走去。

小芹抬头见了他，五味齐上心头，嘴唇嚅动一下，又低了头。

成才站立一会儿，放下菜篮，要走，却又停步，又站立一会儿，在石板上坐下。

小芹并不抬头，问他道："你过得好吗？"

成才说："就这样。"

小芹问道："什么样？"

成才说："挑担子，转四乡，吃饭……你呢？"

小芹仍不抬头，说："……吃饭！打铁。曲彦芳对你好吗？"

成才说："她就那么个人。吴发林对你怎么样？"。

小芹说："不知道。你那八月挺好看的，像她妈。我师傅怎么样？"

成才说："还那样。"

小芹说："我师母呢？"

成才说："也还那样。"

小芹说："你给我带个好吧，告诉他们，我想他们，叫他们别恨我。"

成才说："他们怎么会恨你？他们还常提起你呢。"

小芹说："你还恨我吗？"

成才说："我……什么时候恨过你！"

小芹唏嘘长叹一声说："唉！成才！没想到，过日子……原来是这样！"仰起头，流泪了。

成才说："好了，你把这点儿菜拿回去吧，城里缺这东西。"

小芹说："你走吧，我在这儿陪我姐坐一会儿。"

成才说："我哥天天来陪我嫂子。"

小芹说："你们也该给他找个人，老大不小了。"

成才说："李七婶子给他找呢。他想我嫂子，一年多了，他就是不给人家吐口。"

小芹说："告诉他，别挑三拣四的了。他这样，我姐也该知足了。哪能耽误他一辈子？"

李寡妇突然从坟后走出来道："小芹这话对。"

成才和小芹都吃一惊，成才起身说："七婶，我，我们碰在一起了，她来看我嫂子，我……"说着起身要走。

李寡妇拦住他说："哪去？坐下！还怕你婶子？我看着你们光屁股长大的。你走了，别人不说你们俩有见不得人的，我也要说，倒惹出事来了。怕什么？都是有孩子的人了。"

成才坐下说："是啊，七婶，我们没说别的。"

李寡妇说："我管你们说什么。这么着，我给你们俩留下句话，冤仇宜解不宜结，你们张黄两家，老一辈的事，别留给小一辈，至少你们俩别怕再见面说话。前几年，饿的一个个，三根筋扯个脖子，隔着衣裳能数清几根肋条骨，躺在地头纸一样薄，一阵大风都能刮走了，还有心思想这些？如今日子好点儿了，都该好好过日子了。我的话，记住了？"

成才和小芹都点头。

李寡妇说："好，你们走吧，我在这儿还有事呢，完了我还得回家去自己做饭吃。你们走吧。"

成才提起篮子对小芹说："我给你送过水渠。"两人走了。

小芹挎菜篮子回到家。吴发林瞟她一眼，问黄吉顺道："是我们园里种的？"

黄吉顺说："我们哪还有园子？"也问小芹道："哪来的？"

小芹说："张家给的。"

吴发林怏怏不快地问道："张师傅家？"

小芹不理他。黄吉顺说："嗨，他们老巴结我们，断不了送点儿菜来。"

吴发林说："要他的！我早说我去拉点儿来。"

成民来到大翠坟前，李寡妇迎着他说："来啦？"

成民叫声："七婶。"便在坟前坐下了。

李寡妇说："成民啊，不是婶子多事，秀英不好给你开口，你想想看，她一个寡妇，还是地主成分，敢给你这工人家庭的大学生提这事？我知道你忘不了大翠，今天一定来这。也知道你照应秀英家老的小的，不是为她。可是，成民啊，你这么下去，一来不是长久之计，二来成了你爹妈的心事。今天你给我一句话，你嫌她不好？"

成民说："婶！我……怎么能说她好不好？"

李寡妇说："啊，有这句话就行了。这么着，你再见了她，别再当扎嘴葫芦，有什么话就说，要不，你这么又借钱，又借粮的帮她，不惹闲话？传出去，她再精明也没有嘴去表白，那可就不但没帮了她，没救了她，相反害了她了。换了我，问你一句，你这是为什么？你怎么说？"

成民说："我可没想这么多，就是看她可怜。"

李寡妇说："婶子看得明白，你们俩，一个实心眼，一个精巧，觉着合适，才当这无事忙，给你们插这个嘴，跑这个腿。你再给我一句话，你嫌不嫌她？"

成民苦恼地说："婶，这话叫我怎么说呀？"

李寡妇狠狠敲点他的脑门道："亏你念了些书，白念了，越念越愚。"转头叫道："秀英！过来！"

"小顶针"李秀英从坟后树丛羞怯地步步走来。

快跑在炕上睡熟了，黄吉顺在旁守着他。小芹和于凤兰母女在门外厦下轻声说话：

于凤兰说："你婆婆现在对你怎么样？"

小芹说："眼里只有她孙子，还念叨想个孙女。不用想我给她再生。不是生下了快跑，我嫁给他吴发林？"

于凤兰说："你们现在怎么样？"

小芹说："你没看见？他像条狗，踹他一脚'嗷嗷'叫两声，转过脸又围上来了。"

于凤兰说："只要他对你好，也就这样吧。"

小芹说："不这样还能哪样？"

于凤兰说："要往好里赶。你老踹他，天长日久，他泄了气，可要出事。"

小芹说："我巴不得他出事。你越踹他，他越往你眼前围，装作对你好，我最讨厌他这一点儿。"

于凤兰问道："你心里还装着成才？"

小芹说："早忘了。有时候也想一阵子，想也白想。"

于凤兰说："可别叫他看出来。"

小芹说："看出来就看出来，看出来才好呢，他也不是不知道。我最讨厌他一到那时候，就又抓又咬的，烦死了！”

于凤兰说：“男人都那样。那是喜欢你，烦什么？”

小芹说：“我就是烦！恨不能他早死了，我守寡！”

于凤兰说：“瞎说，哪好咒丈夫？”

小芹叹口气。

中秋圆月，大而且亮，田野一片寂静，侧耳才能听到秋虫的低吟轻唱。吴发林和他一个弟弟和妹夫姜信等四五人，蹲在水渠林带树影下，向大柳树村观望。

吴发林说：“都在家过节呢，没事。”

姜信说：“都到一个地方？还是散开？

吴发林说：“散开。不要贪多，拔满一抱就走。”他们向菜地走去，全是跃进速度，到了菜地，紧三火四，弯腰拔菜，只瞬间，每人抱着菜，回到了林带，正待起身走，忽听一声大喊：“抓贼！”林丛里地下冒出来一群小伙子，手执棍棒，向他们扑来，吴发林喊声“散开！”他们便各奔东西地跑了。

大柳树村的小伙子们散开追赶，成才和曹有贵等七八人紧追吴发林，怎奈吴发林逃跑腿快，不管庄稼菜地，只顾跑。成才他们得留心脚下，看看吴发林要逃掉了，对面又出现了人，喊叫着打来，吴发林被包围了，棍棒齐下，乒乓响。吴发林“哇哇”叫，冲不出包围圈，终于被打倒，忽然一声惨叫，不动了。

曹有贵伸手抓起他，他痛叫道：“别动！啊呀！腿——”

成才认出了他，惊道：“吴发林?!”

吴发林痛苦地叫道：“腿，腿，腿——啊呀！我的腿呀！”

成才扔下棍，俯身察看，摸摸他的腿，吴发林又痛叫：“啊呀，成才！腿呀！”

成才定神略思忖，转身招呼伙伴们道：“来来，把他送医院。”

但是曹有贵等都走了。

吴发林说：“成才呀！腿！”

成才说：“你忍着点儿。”背起他走了。

医院里。医生给吴发林注射麻醉剂，照X光……

成才在医院走廊椅上坐卧不安，见医生们从手术室出来，忙迎上前问道：“大夫，他的腿能好吗？”

大夫说：“没问题。交费去吧。”

成才说：“好，好，啊？交费？啊，好。”

一个护士推车走出手术室，车上躺着腿上打了石膏的吴发林，一个大夫迎面走来对护士说："没有床位了，暂时放这吧。"

成才快步赶去看着吴发林，问道："怎么样？吴发林？"

吴发林呻吟着说："成才，你打死我吧，我知道你恨我。"

成才说："你说什么呢？"

吴发林说："啊呀我的妈呀！"

"新新居"里。姜信对焦灼的小芹说："我再去找找。"

小芹说："你别乱跑了，叫他们看见，再把你打了。"

黄吉顺说："这伙混蛋也太狠了，我去看看。"

小芹说："你更别去了，他们看见你，更不管你死活了。"

黄吉顺说："也不能这么坐等着。我去打听打听。"毅然出门。

医院会计从窗口向椅子上的成才拍拍手捏的药费单："喂，同志，天亮了，你去拿钱吧，我好销账。"

成才说："好好，拿钱?!"

会计说："你快点儿，待会儿，该来挂号的了。"

成才急忙答应："哎哎。"

小芹进门来，四望一眼问道："成才？吴发林呢？"

成才说："你来了？在这儿。"引小芹走向吴发林的车，边安慰她说："没什么事，不过断了条腿，接上了，也打上石膏了。"

小芹走到吴发林车旁，吴发林还在昏睡，小芹看看他打着石膏的腿，立眉横眼问成才道："是谁下这么狠的死手？你们，不就是两棵菜吗？前村后店的，低头不见抬头见，谁不认得谁？都是熟人，喊两声不就完了吗？这不是要我们的命吗？是谁？你说！"

成才说："是谁？现在能说是谁？乱棍之下……"

小芹说："怎么不能说？是谁？"

成才说："是谁？我把他背来了……是我？"

小芹狠道："你？是你?! 成才，你和黄家有仇，好样的，找黄家去！我早不是黄家人了，你怎么跟他过不去？他也不姓黄，他姓吴，他和你是师兄弟！你和他有什么冤仇？下这样的毒手？就算你恨我，也不该害他呀！你想害我一辈子？不让我活了？啊？"猛一头向成才撞去。

成才说："哎，小芹，你听我说。你听我说——"

小芹说："你还说什么？怪不得你说的那么轻松，不过断了条腿！还嫌不够啊？啊？把他打死你才解恨吗？啊？"说着，叫着，一头又一头的向成才撞。

成才说："哎小芹，你不能红口白牙地诬赖好人！"

小芹说："诬赖好人？要是他落下残疾，我跟你没个完！不如你现在把我也害了吧。"

小芹撞一头，成才退一步，成才越是退让，小芹越是气恨。

会计走来制止道："不要在医院里打闹。"推成才说："你快去拿钱来销账。"

小芹说："好成才，我不和你在这儿说，我去找我师傅，叫他评评理！"转身出了医院。

会计又催成才说："拿钱去吧。"

成才说："拿钱？我凭什么出这个钱？"

会计说："是你送来的。你不出钱谁出？"

成才说："这?! ……"

黄吉顺拉小芹转回来，连声问："在哪儿？在哪儿？"

于凤兰也跟进。小芹指指车上吴发林说："在那儿。"

黄吉顺慌不迭走去看吴发林一眼，转头问："谁干的？"

小芹一指成才说："他！"

黄吉顺说："成才?! 张老二?! 你要害我几辈子？我告你！"

成才说："告我？你告去，谁怕你？我不知道是他，若是你，我一棍子结果了你！"

黄吉顺说："好，这是你亲口说的。你结果了我吧！"对准成才一拳打来，成才一抡胳膊，把他挡个趔趄，小芹叫一声，向成才打去，成才猛力抓住她的手腕，扭住她，又一拧，小芹痛叫一声，成才拉开架势说："怎么？你们想叫我退个没边？要动真的?! 来来来！黄吉顺，我给你一只胳膊，叫你闺女在这儿看着！今天我就叫你们认识认识我张成才，来吧！"

黄吉顺说："好！你打死我们全家吧！凤兰！上！吴发林！起来！打这小子！"

于凤兰放开嗓子哭。吴发林在手术车上抬身看了一眼，动了一下又无力地躺下。黄吉顺操起把椅子向成才砸来，成才转身把小芹向他推去，黄吉顺举着的椅子停在空中了。

护士医生们闻声赶来，高声阻止道："别在医院打架！""出去！都出去！""……"

姜信和一小伙子进医院，小芹高喊道："姜信！小五！快来！"

姜信略定神，喜上眉头说："打架？来！"饿虎扑食攻上成才，成才又一转身把小芹推给了他，姜信一拳打着了小芹，小芹痛叫一声。

姜信说："啊呀，嫂子，我没使劲儿！"小五吓得往人后躲。

医院保卫人员匆匆赶来，大喊一声道："都不要动！"

他们一个上前扭住黄吉顺，一个扭住了姜信，两个工作人员拉开了成才和小芹。

一个护士喊："打电话，叫民警！"

重建的大柳树村小学校，是个用弯曲的树杈做立柱撑起的大茅棚，墙是柳条笆糊黄泥，炼钢炉还站在原地，周围是黑炭黄泥，电话机仍在教室一角破凳上。此刻，院里站着坐着大柳树的干部们。曲国经显得老迈无力、行动迟缓了，但精神犹存。张广泰似还健壮，但脸上皱纹深了，虽然仍坚毅，但已经可以看出隐埋着愁苦。曹天柱、曹有贵、曹大禄都显老相。唯"小顶针"李秀英尚存青年神采。李寡妇七嫂子也注重衣着和发式。潘凡满脸菜色，浮肿发亮。他旁边凳上坐个身材瘦长穿警服的中年人，是广华街派出所所长赵志道。黄吉顺"义愤填膺"地两眼扫视全场的人们，于凤兰坐在地上抽抽搭搭地哭。

赵志道拍拍潘凡问道："到齐了没有？"

潘凡问张广泰道："还有人吗？"

张广泰说："大柳树该来的都来了。"

赵志道说："都来了就开会。你们谁先说？"

黄吉顺说："赵所长，我们还有个人，马上就到。"

潘凡问道："谁呀？"

黄吉顺说："一个证人。"

赵志道说："证人，等等吧。好，开会以前，我先听听你们大家的处理意见。不管什么意见，都可以说，没有对不对错不错的问题，征求意见嘛，没有关系。"

没人说话。

潘凡问道："你们谁先说？"

还是没人说话。

潘凡说："怎么了？黄吉顺同志，你先说？"

黄吉顺说："我等一会儿。"

潘凡说："还要考虑？有什么意见可以先说。今天你是主要发发发发言人。"

黄吉顺说："是。今天我是要说说，不等证人也行，证人来了更好。我，要说的话可是太多了，这么说吧，我和张广泰的仇，不是一天了，真是冰冻三尺，不是一日之寒，这个，广华街南北，大柳树的人们，不用说，都知道。起因是什么？这得从我和他两家换房子说起——噢嚎，来了，证人来了——"

姜信用自行车推着骨瘦如柴的李三桐进了院。黄吉顺帮姜信把他从车上抱下。李三桐老眼昏花地看看满院的人，从衣袋里拿出一角钱，交给黄吉顺说："我不想赖你的，我有病，没空给你送。"

黄吉顺说："什么呀？"

李三桐说："我吃你那碗馄饨钱。"

黄吉顺说："不是给你说了吗？我不要了。你还记着？"

李三桐说："怎么？不是告状跟我要钱？"

黄吉顺说："嗨，谁跟你要钱？"转问姜信道："你没给他说来干什么？"

姜信说："我给他说，到那儿一看就明白了，没说别的。"

黄吉顺说："嗨！好好。李老先生，今天请您老来，是请您老给我们做个证人。"

李三桐说："证什么？"

黄吉顺说："请您老人家作证我和张广泰换房是两家自愿的，你给我们写的文书。"

李三桐说："不错，文书是我写的。别的我不知道。"

黄吉顺说："好，就请您老人家当众说说，我们两家换房是不是自愿的。"

李三桐说："噢，不是跟我要馄饨钱？"

黄吉顺说："不是，是请你当证人。"

李三桐说："文书怎么写的，拿出来看看就明白了。"

黄吉顺说："好，待会儿问到这件事，您老人家说这句话就行了。"

赵志道问道："怎么又扯出什么换房子的事来了？"

黄吉顺说："对，赵所长，刚才我不是说了吗？我和张广泰结仇的起因，是从换房子开始的，现在证人来了——"

赵志道说："哎哎，你等等，今天我们来是解决偷菜打伤人的事，和这件事无关的，一律不谈。我不管你们两家结仇不结仇，更不管你们过去陈谷子烂芝麻的旧账。我们对事不对人，就事论事。这位老人家，这里没有你的事，你回家躺着去吧。"

李三桐说："我回家？"

赵志道说："你回家。"

李三桐说："唉唉。"转向黄吉顺道："我们俩的账今天当众两清了，啊，从今以后你再别找我了，啊。"

黄吉顺答应说："唉唉。"吩咐姜信说："你把他送回去。"

姜信把李三桐抱上自行车推走了。

赵志道吩咐潘凡道："开会。"

潘凡说："好，黄吉顺同志你接着说吧，你是原告。"

黄吉顺说："好，我就接着刚才的说。"

赵志道说："我说过了，和偷菜打伤人无关的话，一律不谈，你说吧。"

黄吉顺说："那就简单了。张成才打断了我女婿吴发林的腿，我告他故意伤人！派出所所长决断吧。"

赵志道说："这个事呀，我不能独断专行，一个派出所所长，无权决断一个官司，这得经法院判案，我来，是先听听大家的意见。"

曹大禄说："对，为什么打断他的腿？"

黄吉顺说："是啊，就算他来偷了菜，也不过是个偷盗之罪，为什么打断他的腿？"

曹天柱说："照你说，偷盗还有理啦？活该！我们这的秋菜，碗口大，还没拣苗，你们就来偷，偷也罢了，还要糟蹋，乱拔乱踩，你们说说，今年秋，你们来偷了多少次了？"

黄吉顺说："那是我们来偷的吗？我们用得着偷吗？我们有户口本，有购粮本，用得着吗？"

曹大禄说："是啊，你们用得着偷吗？可是，没来偷，怎么叫我们抓住了？打断腿是好的，该把你们的头扭下来！你还有脸告状?!"

黄吉顺说："我说了，就算他来偷了，你们人多势众，应该打断他的腿吗？"

曹大禄说："怎么了？还要八抬大轿把他送回去？告诉你黄吉顺，抓住你女婿，就该你包我们大柳树全村菜地的损失！"

黄吉顺说："你说这个？我还得说，你们的菜全是我们偷的？这几年，偷偷摸摸，哪儿没有？你们自己没有偷的？"

李寡妇暴跳起来，叫道："黄吉顺你混蛋！我们大柳树谁偷了？前年我们一家一户，不管几口人，一律发两穗苞米过年，我们也过来了，没人说一句怨话，你们城里人受过那个罪吗？你们有粮票，有购粮本，有户口本，还出来偷！天柱说得对，打断腿活该！"

众人怒了。曹大禄叫道："揍他！"

曹天柱说："不给这小子说了！揍！"

眼看真的要动手了，曲国经推一下张广泰道："说话。"

张广泰说："都不要吵。黄吉顺，今天，别的我不给你说，单说我们大柳树的人。我们大柳树，这几年，没有一个人偷过摸过。我们都是正派人家，生活再难，我们宁肯饿死，也不沾大队公家一点儿东西。我们没有订什么公约家规，也没人说要互相监督，大柳树的人，根本用不着那个，你黄吉顺是想不到的。我们大柳树是新华区的模范村，市里挂了号的，你知道吗？派出所赵所长可以作证，我不给你说假话。我们模范村绝不护短，我张广泰更不护犊子，打断吴发林的腿，应该怎么处理，我们听派出所的，国家有法律，怎么处理，我们怎么接受。至于你们来偷菜，应该怎么处理，我们也听派出所的。"

赵志道说："老村长，你有什么要说的吗？"

曲国经说："广泰都说了，成才是我的女婿，我不护他。家有家规，国有国法，不管什么事，不能乱来。咱们大柳树是模范村，把生产搞好了，粮多菜多，有人来摸两棵就摸两棵吧，也是肚子饿了，以后，夜里不要出去看了。多出点儿力，什么都有了，好不好?”

没人反驳，李寡妇却忍不住叫道：“我们出力养活贼?”

曲国经板着脸呵斥道：“李七嫂子!”

李寡妇也不响了。

赵志道说：“黄吉顺同志，你这个原告还有什么说的?”

黄吉顺说：“我，我当然，当然听——赵所长的——”

张广泰回了家，王玉珍怯怯地问道：“所长怎么说的?”

张广泰问道：“成才回来没?”

王玉珍指指西间房说：“睡了。”

张广泰说：“他还有心思睡觉!”向西房喊声：“成才!”正在蒙胧中的成才被曲彦芳推醒了，曲彦芳说：“爹叫呢!”

成才出房，张广泰劈面打他一巴掌，骂道：“叫你没轻没重，惹出这么大的事！谁叫你们带棍子的?”

成才委屈地说：“都说要教训教训那些贼!”

张广泰说：“是这么教训的吗？你怎么这么贱?”对准成才又是一巴掌。

曲彦芳突然从房里走出护住成才，叫道：“爹!”推开成才，站在张广泰面前，低头说：“什么不得了的事，你生这么大的气？都有孩子了，还打他?”

张广泰无可奈何，转身回自己房。

黄吉顺要杀鸡，于凤兰端盆开水放在他面前地上，姜信进门说：“大爷，又摊下事了。”

黄吉顺一惊问道：“什么事?”

姜信说：“那个李老头，我拿车子送他回去，进了院，他抱着后座不下来，我把他抱下地，才看出来，他咽气了。”

黄吉顺说：“那你还不赶紧走?”

姜信说：“不成，有邻居看见呢!”

黄吉顺问道：“那，那，最后怎么说的?”

姜信说：“街道委员会要我们把他送火葬场，殡仪馆的汽车要我们出钱。”

黄吉顺说：“真是祸不单行!”情急间，把只活鸡往开水里按，活鸡挣命地蹬一下，挣脱了他，拍翅膀叫着飞跑了，黄吉顺被烫了手脸，痛叫起来：“啊哟!”

大柳树村的村长、组长和全体村民都集合在小学校院里。黄吉顺和于凤兰、小芹也在人群中，派出所所长赵志道站在中心，转动着身子，向全场讲话，他说：

“今天，我们召开大柳树村的村民大会，大家都知道了，是专为解决吴发林偷菜、张成才打伤人这件事。我们派出所，向区法院汇报了详细情况，法院进行了详细研究，提出了处理意见，现在由我来宣布。”

这个开场白，令全体人鸦雀无声，老村长侧耳听，张广泰低头听，黄吉顺、于凤兰、曲彦芳、黄小芹、各组长各有表情。

赵志道继续说：“这件事，说起来比较复杂，其实并不复杂，但是结果严重，这就是我们今天碰到的问题。首先，我们来说偷，不管你为什么去偷，都是不允许的。偷，是剽窃别人的劳动果实、别人的财产，这是对的吗？偷，旧社会都叫贼，要人人喊打的，我们新社会更不允许这种行为。所以，吴发林这个行为是非常可耻的，不能允许的，应该受到严厉的批判，应该受到惩罚。这种行为不严厉批判，不加以严厉惩罚，便会养成些寄生虫。最近这两年，偷盗成风，尤其是在城乡结合部地区，很普遍。不严厉批判这种行为，社会治安必然得不到保证。这是一个方面。另一方面，张成才，为保护大队财产，打伤了人，这是个法律问题，保护集体财产是对的，但是，你的方法不对，你们手执棍棒，明显的，是一种预谋行为，而且在吴发林已经逃跑的情况下，你们围堵截打，把他打伤，而且严重，可能造成残废，这就超越了保护财产的范围了。在这里，我要向大家讲一讲保护和自卫，有意、蓄意、故意伤害的区别。保护集体财产当然是对的，可是带着棍棒，打伤致残，就违反法律了。怎么办呢？你的目的不是为保护集体财产吗？你可以像最近放的那个电影里，湖南那个看稻谷的人那样，拿着铜锣，敲着，喊着，他不听，抓住他，教育批评；再不听，抓住了，批评教育；他再不听，还可以斗争他嘛。斗争也是批评教育。好了，现在，我宣布，法院的判决，大家都听着。第一条，张成才要为这次事件，写出书面检讨，贴在大柳树村头，以儆效尤；第二条，张广泰家，要负责吴发林的全部医药费用和工资；第三条，张成才要判处一年半劳动教育。这三条，法院公文下达以后，派出所要执行法院判决，大柳树村党支部和行政村长要监督执行。大家听明白没有？”

人们都愣住了，连小芹也大感意外，不由挺身而出说：“有检讨和赔医药费就行了吧？判劳动教育干什么？”

于凤兰也随之说：“对，别判了。”

赵志道说：“如果在判决之前，原告黄吉顺要求撤诉，派出所可以调解，现在法院判决已经下来了，就不能随便改动了。”

全体村民都把仇恨的目光投向了黄吉顺，黄吉顺终于败退了，转身退出学校院子。

村民们暴怒了，一片声地喊：

“揍他！”“不服！”“为什么判一年半？”“砸他的饭馆！”“……”

张广泰站起身，对大家摆摆手说：“都不要吵了！法院的判决，不是小孩过家家！我执行！”

人们又吵嚷起来：

“不行！”“不赔他的！”“叫他自己出钱！”“不去坐牢！”“叫黄吉顺去！”“……”

赵志道说：“我还要给大家说一句，我说一句。”

人们静下来。

赵志道说：“这劳动教育和劳动改造不一样，性质不一样，是教育，不是改造，大家不要误会！”

夜。曲彦芳含泪给成才整理衣裳。八月问道：“爹，你要上哪去呀？”

成才说：“爹要去受教育。”

八月问道：“念书吗？”

成才说：“对，去念书。你在家要听妈妈的话，啊？”

八月问道：“你不是很听爷爷的话吗？怎么还去念书？”

成才说：“不，我没听爷爷的话，得去受教育。你可要听妈妈的话啊！”

八月说：“我听话。妈妈哭什么？”

成才安慰曲彦芳说：“没关系，权当我去上了一年半的中学，有什么了不起？”

有人敲门，成才去开了门，是曹有贵。

曹有贵进门说：“干什么呢？”

成才说：“收拾，去上学。”

曹有贵问道：“张师傅在家吗？”

成才说：“在。”

两人进了张广泰的房，张广泰问道：“有贵，什么事？”

曹有贵：“有点儿事和你商量。”

张广泰问道：“什么事？”

曹有贵怒容满面地憋了好一阵说：“我要去替成才。”

张广泰疑惑地问道：“怎么了？”

曹有贵说：“你别问，我去。”

张广泰又问道：“这怎么回事？”

曹有贵说：“叫你别问你就别问了，我去。”

成才进房来说：“你算了，判决的是我，不要说了，你老婆孩子一大堆。”

曹有贵说：“该是谁就是谁，不能冤枉人，是我！”

成才说：“当时你看清楚了吗？”

曹有贵说：“我没看清楚，可是我觉到了，你没见我这几天一直没说话？我觉得是我。”

成才说：“别胡说了，我看见他夺你的棍，我火了，给了他一下子。”

曹有贵说：“你才胡说呢，他先打了我一拳，想就势夺我的棍，我才狠给了他一下子！”

张广泰听明白了，说：“行了，别争了。都记住赵所长的话就好了。”

曹有贵说：“我去一年半，回来，不亲手宰了他黄吉顺，我不姓这个曹！”

张广泰说：“看！单说你这气性，就该叫你去一趟。好了，在家好好干活儿，学着点法律，咱们吃了不懂这个的亏！早点儿歇着吧。”

医院里。一间病房四张床，两张床上有病人，一张床留给小芹照护吴发林。吴发林躺在床上吃苹果，有滋有味地问道：“没给快跑留两个？”

小芹说：“有他的。”

吴发林说：“明天给他送几个回去。”

小芹压低声问他：“你觉着怎么样了？”

吴发林暗里动动身，试试腰腿：“反正……反正……还行，嗨，养着吧。”

小芹说：“老躺着也挺难受的。”

吴发林说：“不，挺舒服的。”

小芹耳语般说：“你怎么能叫他们打了呢？”

吴发林也压低声说：“他们人多，好虎架不住一群狼。”

小芹说：“姜信说你快跑就没有事了。”

吴发林说：“我跑得不慢，他们四面埋伏，跑不出去。”

小芹说：“瞅个空子就跑出去了嘛。”

吴发林生气了，说：“我看出来了，他们想抓住我当猴耍？”

小芹说：“你还能怎么？当贼就缺理。”

吴发林说：“兔子急了还咬人呢，我得叫他们知道我不是包软蛋。”

小芹说：“挨两下就挨两下，央求两句就完了。”

吴发林说：“央求两句？我央求过谁？连你我都没央求过，就给我养孩子了。”

小芹说：“别说那没意思的了。我问你，怎么会打在你腿上了？”

吴发林说：“先是，我看，跑不出去了，照准一个家伙，给他一拳，打了他个趔趄，要夺他的棍子，没夺下来，这时候，他们的人都围上来了，我又照准他胸口飞起一脚，就那么，我站不住了。”

小芹说：“这可是你不对了。”

吴发林说：“怎么我不对了？”

小芹板起脸说：“你先动手打人的。”

吴发林说：“我不动手打他们，能跑出包围吗？我先动手又怎么了？”

小芹说：“无理。”

吴发林说：“无理就无理吧，反正张成才得去蹲大牢，张广泰得包我的医药费，还得包我的工资。我赔不了多少。”

小芹说："我说吴发林，这事，认真追究起来，责任在你。"

吴发林说："怎么在我呢？"

小芹说："你是贼，又先动手打人，不在你在谁？"

吴发林说："在我就在我，可是判的是他们输。"

小芹说："所以，判的叫他们给你包这包那，就不对了；再说，黑夜月亮地，谁也看不清谁，成才更不会有意害你。"

吴发林说："那可不保准。他恨我呢！"

小芹正色说："他恨你什么？恨你也应该。"

吴发林一翻眼道："应该？"

小芹说："不说这些没味的了。吴发林，张成才是我们的师兄弟，张广泰是我们的师傅，我跟你说，这事，你去偷，是一不对，你先动手打人，是二不对，你住院叫人家包医药费是三不对，冲这三不对，你也应该早好早出院，给他们省点儿医药费，省点儿钱。"

吴发林笑道："嗬，你倒想得挺周到啊！"

小芹说："是应该这么想。"

吴发林"嗨"一声，扭转了头。

小芹说："我说得不对？"

吴发林扭回头说："你说来说去，为谁说的？为你那个张成才！我可真没想到，到今天你心里还装着他？"

小芹气道："你嚷嚷什么？想叫人家听见？"

吴发林说："听见就听见，我不怕，你怕，我偏要嚷嚷！"

小芹说："你怎么这样？我这好好给你说话。"

吴发林说："叫我好好上你的圈套?!"

小芹说："我给你什么圈套了？"

吴发林说："你当我是傻子？给我滚！"把半个苹果摔到小芹脸上。

小芹"嚯"地站起直指着他道："好吧，你是躺在床上的人，我——不动你，我滚！"收拾了另一张床上的衣物，转身出病房。

吴发林家里。

小芹坐在床边生闷气，脸色越来越难看，起身开箱一件一件往外拿衣裳，最后胡乱包起，又坐下生气。

吴发林的妈妈领快跑回家来，问小芹道："他怎么样了？"

小芹说："没有事。"

吴妈妈说："抓老张家去蹲大狱了吗？"

小芹拉过快跑，提起衣包，拉着快跑就走。她带着快跑进了"新新居"，把衣包往原来自己睡的炕上一扔，坐下生闷气，于凤兰进来问道："怎么了？"

小芹说："我要和他离婚。"

于凤兰吓了一跳，急忙说："哎哟，他断了腿，躺在床上，你和他离婚，怎么行？"

小芹说："管他！"把快跑推给于凤兰，起身出了门。

她路过大翠坟旁，进了大柳树村，进了张广泰家，过院子进了房，霎时呆了，只见成才正背着被褥卷手牵八月要出门，王玉珍坐在炕头抹眼泪。

她问道："成才，哪去？"

成才说："把孩子送到她妈那儿。"说罢，出了门。

成才领着八月在前默默走，小芹默默地尾随他，两人前后进了曲国经家。曲国经、曲彦芳、张广泰都在。他们看见她，表情各有反映，曲彦芳奇怪地问道："小芹？你来干什么？"

小芹说："师傅，老村长！这场官司得另打！"

曲国经问道："怎么了？"

小芹说："判得不对！罪在吴发林！他偷！他先动手打人！你们不能包他的医药费！"

曲国经说："好了好了，小芹，你是个好孩子，不管怎么说，吴发林断了条腿，不是好事。再说，法院判决下来了，我们不能翻案！你不用为你师傅争这一点儿了。我们研究过了，能过得去。你好好照顾吴发林吧，他早好早出院，我们也早好早放心。"

小芹说："不行。应该判吴发林！"

曲国经说："他断了一条腿了，行了。成才去学几天也没坏处。"

曲国经的态度、语气，使小芹无法再坚持。

小芹返回"新新居"，路过大翠坟旁，见成民和"小顶针"李秀英挨坐坟前，她略停步，又急步而去。

成民坐在大翠坟前愁眉不展地唉声叹气。

李秀英轻声说："七婶给我说了，你放宽心，别病了。"

成民又叹气说："是啊！你说，成才去劳动教育，我们能……"

李秀英说："我知道，以后你别再来了。"

成民问她道："你爸爸好点儿没有？"

李秀英说："他不要我煎药，说吃药也好不了了。"

成民说："还是劝他好好治。"

李秀英说："你别再操这个心了，他岁数也到了。"把一个绣花布钱包递给成民。

第十三章

目力所及的田野、林木、村舍、道路全被厚雪覆盖。成才头戴皮帽，身背被褥，肩挂大布袋，外盖棉大衣，像一座黑山，快步走来，踏着冰过了河，爬上岸，抬头看了看大柳树村水渠头的水泵小房，房里的大抽水机和小马达依然存在，只是生了锈斑。

大柳树村小学的学生们在扫过雪的广场上玩儿，唧唧喳喳，追逐打闹。

成才背驮“黑山”经过大翠坟前，坟地上，明明有了两个坟堆，这使他大为诧异。他经过广场旁，站住看孩子们，也引起了孩子们对他的好奇，聚拢来看他，他笑眯眯看孩子们。

“爸爸!”八月喊叫着扑上他，往他胸上爬。她已是个少女了。成才抱起她，急切地问道：“伯伯在学校吗?”

八月说：“在。”

成才放下八月，向学校走去。

八月喊叫着跑回曲国经家，对西间房的曲彦芳叫道：“妈，我爸爸回来了!”又跑进东间房对炕上的曲国经叫道：“爷爷，我爸爸回来了!”

曲国经答应着：“啊，好。”

曲彦芳拉过八月说：“快，告诉那边爷爷奶奶去。”

“我爸爸回来了!”八月喊叫着跑了。

八月跑了，曲彦芳忙洗脸，对镜梳妆，手脚不停，又急不可待地往锅里添水，灶下点火。

成才进了小学校，对在炉边取暖的成民喊声：“哥!”

成民蓦地抬头，惊喜道：“成才！回来了?”

成才说：“回来了。你好吗?”

成民说：“很好。”

他那浸润全身的学究气，顿时被突然袭来的喜悦冲散了，原来的成民，复活了，问成才道：“你怎么样?”

成才说：“挺好。爹妈好吗?”

成民说：“都很好。爹上公社开党员代表会去了，妈在家。”

成才说：“噢。八月的姥爷呢?”

成民说："基本还好，就是咳嗽得厉害，一冬天出不了门，受不得冷风。"

成才又问道："'小顶针'李秀英呢？"

成民像被触动了什么说："她……也挺好。"

成才说："噢，那，怎么，我嫂子坟旁又添了个坟？谁的？"

成民说："小芹她丈夫，吴发林。"

成才说："他？他死了？"

成民说："死了。"

成才问道："怎么死的？是不是因为断了腿引起来的？"

成民说："不是。喝酒喝多了，酒精中毒，心脏破裂，死在酒馆里。"

成才奇怪地问道："噢，那么严重？怎么埋在那儿？"

成民说："嗨，小芹求了她的厂长朱存孝，吴发林是他厂的工人嘛，厂长出面找了咱爹，托咱爹求老村长，恳求把吴发林埋在她姐旁边。老村长答应了，就把他埋在那儿了。"

成才说："我当是因为打断了他的腿引起来的呢。"

成民说："不是。"

成才进了曲国经家。八月在灶下烧火，房里烟雾蒸腾，王玉珍在灶上忙。成才未进门便叫："妈，你好吗？"

王玉珍说："好好，好。"忙抹把泪，又说："快放下吧。下这大雪，路上怎么走的？"

成才说："没事儿。"放下大衣、被褥、大包，跨进东房，向曲国经弯腰施礼道："爹，你好。我回来了。"

曲国经说："回来了？好，好。这一年多……唔！……回来就好。"

成才问安道："您咳嗽好点儿没有？"

曲国经说："唉！不出门没有事儿，一见冷风它就犯。你，身子没弄坏？"

成才说："嗨，比挑担子拉风箱好多了，大棚子里，风吹不着雨淋不着，我还不想回来呢。"笑了。

曲国经说："收拾收拾，歇歇吧，走半天了。有话慢慢说。"

成才应一声："唉。"出东房进西房，曲彦芳一头栽在他怀里，紧紧抱住他："想死你了！"

两人热烈地亲吻。

明间，八月惊恐地拉王玉珍看西房说："奶奶，看我爹和我妈打架了。"

王玉珍猛把她拉回说："烧火！"

成才出房叫道："八月。"

八月问道："什么？"

成才从大包里拿出个木制红漆小长盒说:“给你!”

八月接过,看一下上面的描金花,揭开,大喜,叫道:“铅笔盒!”

王玉珍说:“越长越像她妈,大嗓门。不说声谢谢爸爸?”

八月跳着叫道:“谢谢爸爸!”

成才从大包里拿出个描金梳妆匣,递给王玉珍说:“妈,给你个梳头匣子。”

王玉珍喜不自禁道:“哟!这么金花银凤的,给彦芳吧。”

成才说:“有她的。”又从大包里拿出两个马扎,送进东房,对曲国经说:“爹,你们两位,上街坐时有用,一人一个。”

曲国经脸上绽出笑道:“倒是有用。我看看,手艺怎么样?”接了马扎去,拆拆合合,反反正正地看一阵说:“行,行。又学了个手艺,因祸得福。”

成才回明间,提起已空了半截的大包进了西房,放在凳上,笑对彦芳说:“你的!”说着,掏出个描金箱,揭开,从中拿出个精致的漆金彩绘匣,揭开,取出粗细两把枣木梳、大中小型三个白木袜板、一长串野桃核、一个木雕彩绘胖娃娃。

曲彦芳拿过胖娃娃,笑道:“你真是……”从后搂住成才,把胖娃娃往他眼上触,两人又滚在一起了。

热炕大被,成才和曲彦芳像窝里一对还没长毛的雏鸟,紧搂在一起。

曲彦芳推推成才问道:“你在那儿真能吃得饱啊?”

成才说:“有时候比家里还要好。粮菜不缺,都按重劳力标准发,月底还有技术补贴,也过节,大盆里吃肉,没有酒。”

曲彦芳说:“真叫人担心,整夜整夜睡不着,亏得有八月,给我叨叨,像你一样,惹我生气。想我吗?”说着笑了。

成才说:“我可没有工夫想你,躺下来光想学了点儿什么。”

曲彦芳说:“真的?”嗔怒了。

成才说:“真的。”笑着又紧抱住她说:“有时候也想,可想着想着就睡着了。那儿真有些巧手、高手。有个调去当了三个月老师的减刑犯,他那活儿!一个钉子不用,不是行家,看不出接茬来,全顺着木纹走!”

曲彦芳说:“有时候想想,我还算好的。小芹可惨了,怪可怜的。”

成才问她道:“吴发林到底怎么死的?”

曲彦芳说:“喝酒!常上门找咱爹‘师傅师傅’地借钱,有借无还,身上那酒味,老远就熏人!小芹常到大翠坟上去哭。有天,吴发林找小芹要钱,在‘新新居’耍酒疯,打小芹,那么多顾客围着看,我想去劝劝,两个爹都不让。我央求八月爷爷,我说他俩都是你徒弟,你也管管。八月爷爷说,哪能管人家一辈子?唉,这人啊!就是!当初看看吴发林,不管怎样,也像个人儿似的……唉！他死了以后，小芹倒缓过点儿气来了，本来她就是个刚强人，现在不怎么上我们的门了，说见了师傅就难受。我常去看她，哪次手里也不空着。”

成才赞许地点点头。

曲彦芳说：“她那个儿子，长得倒挺壮，可就是没边的淘！小芹说像他爹，是条混虫。我不敢和她多说这些，说多了她就要哭。”

成才惋惜、同情地叹口气。

生活大概就是这样，有人喜，有人悲，喜和悲永远是生活协奏曲的延续和发展……白雪融化了，田野又是绿色，绿色的延续和发展则是黄色和白色……

夏末秋初时节，田野绿中隐着紫色，预示秋将来临。一队小学生在一位女教师带领下，打着“星星火炬”旗帜，沿广华街由东而西，下了马路，进了大柳树村田里。这里已经有大柳树村的小学生在收摘菜豆了。

李寡妇在地头、地边放了些柳条筐，然后迎接女教师说：“你们来了？”

女教师说：“今天上劳动课，帮你们摘摘豆角。你教教他们。”

李寡妇说：“好。喂喂，孩子们，你们看着。”下地摘下几条菜豆，拿在手里说：“你们摘以前，要先看一看，什么样的可以摘呢？看着，像这样的，就摘下来，像这种细的、嫩的，它还要长，不要摘。摘满一把，抱着，抱满了，送到地边篓子里，不要乱扔，要顺着码好。”指指大柳树村的学生们说：“你们也像他们那样，一人把一行，往前摘，别漏掉，好，就这样，会了吗？”

孩子们齐声答道：“会了！”在女老师指挥下，一人站一行，按照李寡妇教的标准摘起来。

女老师也参加了劳动，并且不时地指导学生们。旁边，张成民在大柳树村的学生间劳动兼监督。八月摘着摘着，突然站住，向菜豆棵里看着，叫道：“喂，谁来给我抓住它！这里有个‘歌歌’！”

孩子们围来了，吵嚷着：“在哪？”“我来！”“我来！别叫它跑了！”“……”

城里来的小学生们闻声凑过来。张成民驱赶自己的学生道：“不要乱了，不要停下！”

女老师也招呼自己的学生说：“回来，不要乱跑！都回来！”

但学生们都像没听见，在菜豆棵间追起“歌歌”来——“在这儿！”“在哪？”“在这儿！”“这儿又有一个！”“谁敢抓？这儿有个大油蚂蚱！”“我来！”油蚂蚱飞了，孩子们追去，成民呼喊道：“都回到自己的地方！别乱跑！”

毫无用处，孩子们这儿那儿地追起蚂蚱来！乱了营。岳自立——“小顶针”李秀英的儿子，在这群孩子中，是个大个儿——抓住了八月的“歌歌”，小心地交给八月说：“拿好了，不要捏得太紧了，太紧了它就不叫了！”

八月轻轻接过，正高兴，“歌歌”腾地一蹦，跑了。她叫一声，连忙去追，不防，吴快跑一把捕了去，高兴地叫一声道：“是我的了！是我的了！”喊着叫着，跑了。

张八月追着喊叫：“吴快跑！给我！是我的！”

吴快跑回身对她喊道：“你的跑了，这个是我抓的！”

张八月说：“是我的！岳自立给我抓住的！我先看见的！给我！”

吴快跑说：“我抓住就是我的！”

张八月说：“给我！”

吴快跑说：“不给，是我的了，我抓住的。”

张八月骂道：“混蛋王！”

吴快跑问道：“你骂谁？”

张八月说：“骂你！混蛋王！混蛋王！混蛋王！”

吴快跑用力把手里的“歌歌”摔下地，连踩几脚，狠狠说：“叫你骂，叫你骂！叫你骂！”

张八月说：“你姥爷骗人！欺侮人！骗了我爷爷，把我们城里的房子骗去了，要不，我才是真正的城里户口，你是大柳树的农业户口！骗人！欺侮人！你不信？回家问你姥爷去！问你妈妈去！骗人！欺侮人！你不信？问问我们大柳树的同学！都知道！”又向学生们喊道：“是不是？”

大柳树的学生有几个作证说：“对。”然后有节奏地喊起来：“混蛋王！骗人！欺侮人！”“混蛋王！骗人！欺侮人！”“混蛋王！骗人！欺侮人！”“混蛋……”

吴快跑像被人揭了最可耻的老底，羞得满脸通红，站立不动，眼泪盈眶。孩子们却喊个不停。

成民快步走来，向孩子们大喝道：“不许叫！”

大概他的学生们从未见过他如此发怒，顿时鸦雀无声，都站着不动，等待老师训斥或处罚。

成民向张八月喝问：“谁教你这样骂人？”

张八月不敢说：“……”

成民问她道：“骂人对不对？”

张八月说：“……不对。”

成民说：“去，向吴快跑承认错误！说，你错了，请吴快跑原谅！”

张八月不动。

成民说：“快去！承认错误！”

张八月说：“不！”

成民说：“为什么不？你骂人不对！”

张八月说：“我没骂他。他姥爷是骗了我们的房子，谁都知道。”

成民说：“……这个事，你不应该说，更不应该拿来骂吴快跑！”

张八月说："不！偏不！"

成民说："你怎么不听话？"

张八月说："他姥爷骗我爷爷，欺侮我爷爷。"

成民说："不许你说！去！向吴快跑承认错误！"

张八月说："不！"

成民说："你是少先队员，不听老师的话，又是一条错误！"

张八月说："错误就错误！"

成民说："你不听话，我要没收你的红领巾！快去！"

张八月说："就不！"

成民动手解了张八月的红领巾，并向吴快跑说："她错了，又不承认错误！我处分她，摘了她的红领巾。你不要学她，骂人是不对的。你劳动吧！"又向大柳树村的全体学生们说："以后，谁也不许说吴快跑姥爷的事，更不许骂吴快跑！谁违反了，就没收红领巾！都听见没有？"

学生们齐声答应，喊道："听见了！"

吴快跑得了胜利，向张八月挤眉眼，张八月"哇"一声哭了，扭头走了……

曲彦芳伺候曲国经吃晚饭，张八月坐在桌旁赌气，不吃饭，成才哄她说："快吃吧，要不，肚子瘪着，明天就没有力气上学了。"

曲彦芳伺候完曲国经回到明间，批评八月说："你错了就是你错了，伯伯批评得对，不要那么小气，你喜欢'歌歌'，吴快跑也喜欢，你该学你爸爸，大大方方的，给他说，你喜欢吗？你喜欢就给你。你看你爸爸，你喜欢什么，都给你，我喜欢什么，他就给我。"

八月说："爸爸喜欢我，喜欢你，才给我们。我不喜欢他，是我先看见的，为什么给他？"

曲彦芳说："你先看见了，你没捉住它啊！看人家岳自立多好，人家捉住了，给了你。"

成才说："对，你应该学岳自立。"

八月说："岳自立喜欢我！"

曲彦芳和成才相视笑了，曲彦芳说："啊哟！你这么小气，还骂人，又不听话，爸爸还会喜欢你？岳自立也不会喜欢你了。又不听伯伯的话，伯伯是老师，不听他的话，老师会喜欢你？伯伯没收了你的红领巾，是看你听话不听话，不听老师的话对不对？"

八月说："不对。"

曲彦芳又问道："骂人对不对？"

八月说："我没骂他，我说他姥爷骗了我爷爷。"

曲彦芳说："大人的事，你不应该说，更不应该骂老人。你骂混蛋王了吗?"

八月说："骂了。"

曲彦芳说："他姥爷是老人啊，你骂老人，啊呀，这个错误更大。"

八月说："快跑的姥爷就是有错误!"

曲彦芳说："老人也会有错误，可是老人会检讨错误，还会承认错误。"

八月说："他姥爷检讨错误了吗?"

成才说："他姥爷一定会检讨，老人检讨错误慢，我听说他正在检讨。"

八月眨眨眼。

成才催她说："快吃饭，吃了饭我们去向伯伯承认错误。"

曲彦芳说："对，敢承认错误的学生，是勇敢的学生。我们不是教你要勇敢吗?"

八月端起碗说："我知道，你们哄我，你们也恨吴快跑的姥爷。"

成才和曲彦芳相视，曲彦芳低声说："我的天！……"

成才向她摇手，点点自己的脑袋，指指曲彦芳。

曲国经咳嗽得喘不上气。

曲彦芳放下碗，急去东间照应，给他捶背。

曲国经咳过一阵，喘息间说："去叫广泰来!"

成才说："八月，快去叫那边爷爷来!"

八月放下碗跑了。

成才进东间帮曲彦芳伺候曲国经。

张广泰来了，曲国经渐缓过来。张广泰问道："怎么样了?"

曲国经连声地咳嗽……

夜里，在曲国经家里。曲国经、张广泰、曹天柱、曹大禄、李七嫂子等支委们炕上地下围坐着开会。曲国经不停地咳嗽，挣扎着断断续续地："……都来了，我这个支部书记……干了十五年了……村长也十五年了，一直没干好，生产上……不好……虽说，是个模范村，可是……看看全村老老少少，吃的穿的，哪样……像个社会主义？……改成了公社大队……更糟！唉，我……心里不安啊……无论如何，我不能再占这两个位子了，我是不行了……本来，还想，好了，再领全村往前奔……我知道，不行了，今晚，改选吧。你们几个，商量商量……选个新书记，兼着村长，别再叫我耽误事了！快，你们商量商量……"

人们沉默了一阵。曹大禄说："商量什么？平时看得还不明白?"

曹天柱说："对。"

李七嫂子说："明摆着的。广泰师傅，你接着!"

曹大禄和曹天柱都真诚地微笑说："只有广泰师傅了。"

张广泰说："哎，同志们，我的党龄比你们哪个都短啊，还有，我到咱们村才几年哪?”

曹大禄笑道:“啊，你还不是大柳树的人，是吗?”

李七嫂子说:“还敢说不是党员？嗯?”

张广泰说:“不不，你们知道，我没有那个能力啊!”

曹大禄说:“行，你说吧，你选哪个?”

张广泰说:“你们哪个都比我好。我就选你大禄。”

曹大禄说:“对，我就是比你好，是不是？啊？你还推让个啥?”

李七嫂子说:“行了，张师傅，我们都是好领导。老村长，你的一票!”

曲国经说:“广泰接手干吧!”

曹大禄说:“好，举手表决!”举起手。曹天柱和李七嫂子、曲国经都举手。

曲国经说:“通过了。明天，天柱，大禄……陪着广泰上乡党委去一趟，汇报……”

曹天柱和曹大禄说:“行。”

曲国经说:“我有……几句话，给你们交代交代……头一，要听上级的话，你们看，前几年……我们愁得不知该怎么办……可是，我们听党的话了……这不是过来了？所以，不管什么时候，记住……要听党的话，听上级的话，不听党的话，不行……再一，别忘了，要发展生产，还要抓现钱！……光种粮食，没有钱，不行！……千万记住这一条，没有钱不行……唉，三一条，砸锅卖铁，也得盖起个像样的学校来……呃，咱这学校，不像个念书的地方！我都不敢去看了……有了钱……头件事，就是盖个好学校。呃，我不能领大家盖了……”

在场的支委们都极沉重。

张广泰家。曲彦芳和王玉珍量着用曲国经的旧衣裁缝一件棉袄。

王玉珍说:“给他多絮点儿棉花，穿着暖和。”

曲彦芳抹泪说:“我爹一辈子没穿件像样的衣裳。”

王玉珍说:“拉扯你这么多年，还担着全村的事，硬是把他累的!”

院里。曹天柱和曹大禄帮成才做棺材。

曲国经家。张广泰给曲国经喂汤水。曲国经声音微弱地说:“……冷……”

张广泰摸摸炕，又给他加条棉被，继续给他喂汤水。

曲国经缓过气来说:“……有件事，还得告诉你……”

张广泰说:“你说吧。”

曲国经说:“那个李文江，那个成分……不合政策……他是个佃户！当时，工作组的老郑，非定他个地主不可……不对，当时我也想……他有地，全村就他雇过长工短工……也不委屈他，可是……哪想到，这成分，这东西，传给下一代……这就不对了。可是上级……”

张广泰说：“我明白了。我们……善待他就是。”

曲国经说：“他的秀英……太可怜了。”摇摇头又说：“不喝了……热……”

张广泰给他揭去点儿被子，放了碗。在他枕旁坐下，摸一下他的头，意料中地又是意外地愣怔一下问他道：“你想吃点儿什么？我给你做。”

曲国经闭眼摇头说：“八月。”

张广泰说：“马上放学了，等等她吧。”轻手蹑脚地下炕，出门。

张广泰快步穿街过巷回到自己家，在院里，对正忙着的成才说：“回去看看那边的爹。”

成才问道：“怎么样了？”

张广泰说：“去照应一下。”

成才放下刨子，出门去。

张广泰进屋对曲彦芳说：“先放下，回去看看那边的爹。”

曲彦芳也问他：“怎么了？”

张广泰说：“没有事，回去照应一下。”

曲彦芳放下针线走了。

张广泰对王玉珍说：“你到学校去把八月叫回来。”

王玉珍也问他道：“怎么样了？你说呀！”

张广泰说：“到不了明天这个时候，我没给成才和彦芳说。你把八月领到这儿来，给她说好了，回家别淘气，到时候我来领她过去。”

王玉珍点头，张广泰又匆匆而去。

曲国经家。成才坐在炕下凳上问曲国经说：“爹，您听见我说话吗？”

曲国经点点头。

成才问：“您热吗？”

曲国经摇头，成才给他掩掩被子。曲彦芳进屋来说：“爹，你再睡会儿？”

曲国经睁开眼，看看成才和彦芳，声音细弱地说：“你们，要好好过日子。成才！”

成才答应道：“哎。”

曲国经说：“你要……好好看待彦芳。”

成才说：“爹，你放心。我们能过好。”

曲国经说：“彦芳。”

曲彦芳说：“爹，你说吧。”

曲国经说：“你要……好好伺候成才。”

曲彦芳流泪说：“爹，你放心，我听话，好好伺候他。”

曲国经问道：“八月还没放学?”

张广泰进房来说：“快了，她放学就回来了。”又出房。

张广泰快步穿街越巷回到家，见八月正背着书包站在王玉珍面前，就亲切地对八月说：“八月，听奶奶话吗?”

八月说：“听。”

张广泰说：“哎，好孩子，跟我回那边家。见了爷爷先问好。”

八月说：“知道了。”

张广泰说：“哎，再问爷爷冷不冷？热不热?”

八月说：“知道了，都知道了。”

张广泰说：“哎哎，真是好孩子，跟爷爷走吧。”

爷爷手牵孙女回到了曲国经家。张广泰把八月推到曲国经炕前说：“老亲家，咱们的宝贝放学了。”

八月说：“爷爷，你好。冷不冷啊?”

在曲国经的微笑里，曲家传出哭声。

老村长曲国经担任了大柳树村十五年的党支部书记和村长，带着三件未了的心事和对后人的关怀离开了人世。在他想来，大柳树村，在张广泰领导下，定会圆满实现他的心愿。但是，事情并不像他预想的那样顺利，而且出现了张广泰也未料到的局面。1966 年的“文化大革命”开始了。充满宇宙似的歌声、口号声、锣鼓声、鞭炮声和着红旗翻舞交织成一片震耳的轰鸣。歌儿唱道：

“领导我们事业的核心力量是中国共产党，指导我们思想的理论基础是马克思列宁主义。”

“马列主义的道理千头万绪，归根结底就是一句话——造反有理。”

“造反有理!”

“造反有理!”

“造反有理!”

“……”

“我们的后台是中央首长!”

“打倒……”

“打倒……”

轰鸣声从城市向四方飘散，散出八角门，散过广华街，散过“新新居”，散到大柳树村。在田野利用冬闲修补水渠的曹天柱、曹有贵、曹大禄、张广泰、张成才等等大柳树村的壮劳力们，被这强大的噪音震得不知所以，他们互相问：“这是怎么回事啊?”

“不知道。听说城里出了反革命。”

“那可了不得。”

“反革命还成窝，一帮一帮，一串一串的。”

“是吗?”

“抓住就游街，还打，像斗地主一样。”

“……”

他们边干活儿，边议论，转头四望，甚至抬头看天。

有人说：“咱们不管城里。”

有人担心地说：“可别再来个大跃进啊!”

有人叹息一声说：“来什么老百姓也挡不住!”

他们又四望。

吴快跑手执一面红旗，上面四片白纸写黑字：“造反有理”。身后，跟了一群和他同龄的中学生，越过广华街，走进大柳树村，直奔李文江家，乱叫乱嚷：“造反有理!”“革命到底!”“砸烂四旧!”他们登堂入室，从炕上拉下半死不活的李文江，先是一顿拳打脚踢，继之，搬出一张破桌，把李文江抬上去，呼喊叫他“站住”，李文江根本站不住，只得让他坐在桌上。吴快跑爬上去，向学生们可着喉咙喊叫道：“亲爱的红卫兵战友们，今天我们来点火造反了！这个老地主，他穷凶极恶地反对毛主席！反对中央文革，他罪该万死！我们要把他打倒在地，再踏上一只脚！毛主席万岁!”

中学生们跟着喊：“毛主席万岁!”

吴快跑抬起脚，踏上李文江的背说：“现在，要他交代反党、反毛主席、反中央文革、反社会主义的反动路线！李文江！你老实交代，说!”

李文江气也喘不上来，只一声一声地哼哼。

一个学生说：“他不老实，再打!”

响起一片喊“打”声，几个“红卫兵”要上桌去打，你推他挤，桌子倒了，吴快跑和李文江一起掉下地，中学生们拥成一团，乱打一气。有的被打痛了，“嗷嗷”叫，有的觉着好玩儿“哈哈”笑。突然听得一声喊：“抄他的家!”

他们又喊着：“对！抄家!”一齐往李文江家屋里拥。

“小顶针”李秀英急急惶惶跑到学校，向正在给学生上课的成民说：“老师！老师！快上我家去看看，城里来了红卫兵在打我爹，快打死了！快呀!”

成民放下教鞭，快步而去，李秀英紧跟在后。

李文江家院里。粮食撒满地，铁锅被砸碎，破碗、破布、乱草一片狼藉。李文江被脱个精光，躺在地上打哆嗦。吴快跑一手把旗，一手拿根柳条向李文江狠狠地“革命”。同时口中喝喊：“打死你这反革命!”“打死你这反革命!”“打死你这……”

成民上前拉住他说："吴快跑，不要打人。"

吴快跑愣一刹说："你认识我？"

成民说："我当然认识你。你们这是干什么？"

吴快跑说："我们造反了！"

成民说："快跑，你们应该好好学习。毛主席不是说了吗？学生要好好学习，天天向上。"

吴快跑说："毛主席说造反有理！你反毛主席！就是反革命！红卫兵同志们，造他的反！斗争他！"

"谁反对毛主席就打倒谁！"一声呼喊，他们造成民的反了。打的打，骂的骂，一片乱，成民被几十只手抓挠，被压倒在地，他们像橄榄球队员压堆了，跟来看究竟的八月转身向水渠跑去，口里高喊："爷爷！爷爷！"

吴快跑们正在攻击成民，张广泰跨步上前，狠狠扼住他的手腕说："你是谁？敢到大柳树来行凶打人？"

吴快跑说："我，吴快跑！我们红卫兵，造地主的反！"

张广泰怒不可遏地说："谁叫你来的？"

吴快跑理直气壮地说："毛主席！"

张广泰说："快跑，我给你说，这大柳树，我说了算，你们不要到这儿来瞎闹！快都回学校去！"

吴快跑说："你说什么？瞎闹？你不让造反？你是反革命！"

张广泰说："你这兔崽子，给我滚！"狠狠打他一耳光，就地拣起根木棍，向他们大喝道："都给我滚！不许你们来胡闹！快滚！都滚！"红卫兵们见他凶狠可怕，一哄跑出门去。

李秀英抢上前抱住李文江，大喊："爹！"

张广泰提棍追出门，大喊道："不许再来！"

女孩子们"咯咯"笑着喊叫："快跑！""快跑！"

她们觉得这场造反，开心、惊险、有趣，特别是快跑被打了一巴掌，她们从未经历过这么多好玩儿的事，挠心地高兴。张广泰回到李文江院里，弯腰抱起李文江，送回房，放上炕，给他盖了被子。李秀英跟着他哭道："张师傅，以后我们怎么过啊！"

张广泰怒气不息说："什么红卫兵！一帮吃屎的孩子！闹出人命来找谁？"又转头安慰李秀英说："不用怕，在大柳树，我是村长，什么事得我说了算，没有我的话，谁也不能瞎闹。他们再来，我还打这些兔崽子！赶紧收拾收拾，先给你爹烧口热水，给他暖暖身子，就势把炕烧热点儿，看这些兔崽子把粮食糟蹋的！"拾起把木锨，往一起归集粮食，一边又骂道："兔崽子！王八蛋！饿了几年，老百姓肚子还没填满呢，才有了几粒粮，又胡闹！”转头看见李寡妇，对她说：“七嫂子，快找几个人来帮着收拾收拾！”

一辆汽车载着二十几个戴袖章的男女青年大学生，他们手提皮带，拿着木棒，个个气势汹汹，夹着吴快跑，直驰大柳树村，下车便散开，见人便喝问：“张广泰在哪里？”“张广泰在哪里？”

在吴快跑指引下，他们一声呼啸，拥进张广泰家院，张广泰出现在房门口，威严喝问道：“你们要干什么？”有个女青年高喊：“打倒反革命张广泰！”“砸烂反革命政权！”

青年们跟着齐声喊，随着喊声，一拥而上，用绳子绑张广泰，任张广泰怎么挣扎，也无济于事。他们吵吵嚷嚷，推拉搡扯，张广泰脚不沾地，被架出院门。皮带棍棒齐下，张广泰抬脚踢他们，曹有贵大喝一声，闯进去解救张广泰，也被皮带乱棍打了个没有还手之术，曹天柱冲进去也遭同样命运。曹大禄手提木棍赶来，老远就喊道：“打兔崽子！”但早被青年们围住，对他开辟了“第二战场”。

林科长突然出现了，站在一边高喊道：“要执行中央五一六通知！”“要文斗！不要武斗！”“要文斗不要武斗！”霎时有几个青年围住他，喝问：“你是什么人？”“说！你是什么人？”

林科长说：“我是被资反路线迫害的干部！关押在这里。你们要执行中央政策。”

青年们问他道：“你是什么出身？”

林科长说：“我是建筑工人。”

青年们恼火了，训斥他道：“你为什么还不造反？”

林科长说：“没有人领导。”

青年们七嘴八舌地、耀武扬威地叫道：“我们就是领导！来！”其中一个高喊：“造反派同志们！造反派同志们！这里有个我们被迫害的同志！”

青年们拥到林科长周围，七嘴八舌：“你叫什么名字？”“为什么还不造反？”“贴了什么大字报？”“……”

高喊的青年说：“大家不要乱，这个村子是个典型的反革命堡垒，我们要砸烂它！要夺权！要建立我们新生的革命政权，大家同意的举手！”

学生们高喊道：“同意！”“同意！”一片掌声。

高喊的青年说：“好！我们要实行无产阶级专政，首先要选举革命的政权！我提议，选这位被迫害的同志，——你叫什么？”

林科长说：“我叫林士布。”

高喊的青年说：“林士布，怎么听着像布哈林？——行，——就叫这位布哈林同志担任这个村的革命委员会主任，大家同意不同意？”

又是一片“同意！”“同意！”的喊声里和着一片掌声。

突然有个青年大喊道：“反对！布哈林是老反革命！”

有人立即响应道：“对！反对布哈林专政！”

高喊的青年说：“他不叫布哈林，他叫哈布林，啊不！他叫林士布！我说错了！革命的同志们！拥护他的举手！”

青年们齐喊：“拥护”。于是都举起了手。

高喊的青年喊道：“好！一致通过！现在！我们要对这几个反革命分子实行专政！把这几个混蛋拉出去游街！上车！”

青年们动手绑起曹天柱、曹大禄、曹有贵，抬的抬，拉的拉，连同张广泰，一起弄上车。汽车发动了，向广华街驶去。

吴快跑坐在驾驶楼上，手把插在车斗栏杆上的红旗，恰如给张广泰等和青年们当前导官，得意非凡。

汽车上了广华街，拐弯，突然刹住，原来车前站着黄吉顺，他的腰已经弯了，胡子白了，扬起手说：“停车！停车！”

一个青年向他断喝道：“你找死?!”

吴快跑回头说：“是我爷爷。”

青年又喝问黄吉顺道：“你要干什么？”

黄吉顺大声喊道：“我上车！让我上车！”

司机探出头问他：“上车干什么？我们是游街斗反革命！”

黄吉顺说：“我知道，我知道，你们不是游斗张广泰吗？”

司机说：“我不知道是谁。”

黄吉顺说：“让我上车，我陪他游斗！”

司机笑了说：“真邪门，还有自愿陪斗的！好！上去吧。”

黄吉顺从驾驶楼旁往车上爬，吴快跑大惑不解地问道：“爷爷，你上来干什么？”青年们也乱问：“你要干什么？”

黄吉顺说：“我陪斗，我有罪。我陪张广泰游街！”

青年们不解，黄吉顺已经爬上了车。吴快跑皱眉问他道：“爷爷，我们是斗反革命！你有什么罪？”

黄吉顺只说：“我有罪，我有罪！我陪斗，我对张广泰有罪，我是反革命！”

车上的青年们哄笑了，乱叫道：“老家伙自愿陪斗？”“神经病！”“揍他！老家伙！捣乱！”“把他推下去！”“……”

黄吉顺挤到了张广泰身旁。汽车启动了。

黄吉顺对张广泰说：“张师傅，我趁这机会给你赔罪，认罪，什么话我都不说了，只求你看在我陪你游街，知道我认罪了，就行了。我对不起你，这几年，我越想越觉着我不是个人，只求你张师傅，宰相肚里能撑船，不记我这小人的过，啊！叫我给你下跪，我就给你跪下！”

张广泰侧头怒视他说：“行了，黄吉顺，别装样子演戏了，这些年，别人我不认得，还能不认得你黄吉顺是个什么东西？还想骗我？你变什么脸也没有用！趁早下车去吧！”

黄吉顺说：“不，张师傅！我不下车！就算你不原谅我，我也要陪你游街，我叫你看看我的心，我真心实意给你认罪！”

张广泰说：“你爱陪就陪吧，反正是你孙子找来的人和车。”

黄吉顺说：“唉！这个兔崽子！种不好啊！”

夜。没有风，雪漫落。张广泰坐在炕头守灯抽烟，心事重重。王玉珍也没睡着，睁眼对他轻声说：“睡吧，不就几个孩子瞎闹腾？你还真生气？”

张广泰磕了烟锅，起身下炕。王玉珍欠身问道：“哪去？”

张广泰说：“你睡吧。”出门去，关了门。

林科长开了粉房门，见张广泰站在院里，忙说道：“张师傅，我正想去找你，又怕你已经睡下了，快进来。”张广泰进屋摸了摸炕，上炕坐下了。

林科长说：“我想去找你，是想给你汇报汇报今天的思想。今天我不该在那儿喊他们，我一喊，他们把我弄上个革命委员会主任，我不能干那个，我怎么能干呢？你可别误会，当时，我是想喊一喊，给他们讲道理，哪想到……”

张广泰说：“行了行了，你不用说了。我来问你几句话。”

林科长更加紧张说：“我一定如实汇报。”

张广泰说：“你说，这个‘文化大革命’，到底是怎么回事？”

林科长说：“啊呀，张师傅，莫说我，现在谁也回答不了你的这一问题啊！我只听说要乱，越乱越好！”

张广泰问道：“共产党不要了？”

林科长说：“我说要。不要共产党还行？你别误会。他们叫我当革命委员会主任，都是瞎闹，你还当真？”

张广泰说：“我怎么会当真？我还是共产党的支部书记嘛。”

林科长说：“就是就是。”

张广泰说：“你比我们的消息来源多，我再问你，这个‘文化大革命’，到底要干什么？”

林科长几乎要哭了，说：“啊呀，张师傅，这个我更汇报不出来了，谁也不知道！我真不知道，对天发誓也没有用，你不会相信，我真不知道！”

张广泰说：“不用发誓，我相信你。我再问你，你说，我们这乡村里该怎么办？”

林科长说：“生产。我一定好好劳动，继续改造。”

张广泰说：“我是问你，根据你知道的情况，我们这乡村里，他们再来闹，我们应该怎么办？”

林科长说：“尽他们闹去。我们还是生产。”

张广泰说：“怎么能尽他们闹呢？”

林科长想了一阵说：“不尽他们闹不行啊！不过，要说办法……也不是没有。”

张广泰问他：“什么办法？”

林科长说：“……不是什么好办法，我怕你办不到。”

张广泰说：“说说，看看我能不能办到。”

林科长说：“你办不到，我也不敢说。”

张广泰说：“说吧，没关系。”

林科长说：“……就像我今天那样，临时应付他们。”

张广泰说：“你怎么应付的？”

林科长说：“咳，你张师傅，我这正害怕你来教育我呢，你没看见？他们问我是什么人，我若是实说我是个相当的坏分子，又是个候补右派，在这儿劳动改造的科长，他们还不得把我打死？我说我是工人出身，是被资产阶级反动路线迫害的，他们就叫我当革命委员会的主任。都是些无知的学生瞎闹嘛！他们瞎闹，你也瞎对付就行了嘛。”

张广泰似有所悟道：“这样……”

忽然有人推门进来，是成才，手里拉着岳自立，张广泰惊问道：“岳自立？又是什么事？”

岳自立哭道：“我姥爷上吊死了！”

张广泰几乎要爆发，但强制自己，对林科长说：“你不是革命委员会主任吗？你处理吧。”

林科长说：“啊呀，张师傅，你是支部书记，是村长，我只能给你应付那些捣乱的。我怎么能管村里的事？你叫我去干活儿，挖坑，抬棺材，干什么都行，就是不能叫我去管事。”

张广泰对成才说：“你也去，再叫上你哥，半夜三更的，不要惊动别人了。”

林科长说：“好好。”向成才说：“我们走吧。”

大柳树村的人们，男男女女帮忙给地主李文江下葬。坟头培好了，人们要散去，张广泰向大家招招手说：“各位老少爷们儿，婶子大妈都别走，我有句话要对大家说。”

人们紧张地回拢来，等待他。

张广泰极沉稳地说："咱们大柳树，就这么一个地主，他死了，也葬了。如今，剩下了个女儿，李秀英。这是个什么样的孩子，大柳树的老少爷们儿都比我清楚。这个话我不多说了。要说的是，我看上了这个孩子，大家知道，我家的成民，还没娶亲，我是他爹，当爹的能做儿子的主。我叫他娶李秀英为妻，有人会说，李秀英是地主出身，对，我就是要娶这个地主的女儿当儿媳妇。在这里，我对全村老少爷们儿，婶子大娘们说个明白，以后，李秀英是我的儿媳妇了，她有什么不到的地方，大家跟我说，该批评就批评她。各位老少爷们儿，有什么意见？"

这事实出大家意外，全体都愣场了。李秀英低头流泪，张成民也低了头。

不知是谁说："她到底还是个地主成分啊！"

张广泰说："成分就成分去吧。我不要她的成分，就要她给我当儿媳妇！"

突然，全场响起鼓掌声。李寡妇抱着李秀英高叫道："早该给他们办了！"

又是掌声。

林科长对张成民和李秀英说："跟我来，我这个革命委员会主任可以给你们写结婚登记证明。"

轻快的音乐声里，林科长进了张广泰家。新婚的成民和李秀英出新房亲切地迎接他说："您回来了？"

林科长仍拘束地说："向您两位道喜，祝贺您们幸福。村长在家吗？"

东房里，张广泰叫道："在哪，来吧。"

林科长说："张师傅，歇着呢？"

张广泰说："开的什么会？有什么精神传达下来？"

林科长摇头叹息说："嗨，怎么说呢。"

张广泰说："他们怎么说的，你就怎么说。"

林科长又摇头说："他们怎么说的，我没记住。我只领会了点儿意思。"

张广泰说："那就说那点儿意思。"

林科长说："意思……据我总结、体会，其实就是两个字。"

张广泰说："什么字？"

林科长说："瞎闹。"

张广泰沉默一阵问道："闹到什么时候？"

林科长说："不知道。"

两人相对沉默一阵后，林科长说："张师傅，我听说，这个革命，一半天的完不了。"

张广泰说："没有过不去的火焰山！打日本鬼子，也不过八年……"显然他内心隐埋着巨大的焦虑。

林科长说：“我有件事得求您。”

张广泰说：“说吧。”

林科长说：“今天回局里去，局里就剩下一位副科长，在忙着接待红卫兵。他说忙不过来，想叫我回去，叫我问问您，不知您肯不肯放我走。”

张广泰想一想说：“怎么不肯放你走呢？你又不是我大柳树的村民，回去好工作嘛，回去。”

林科长说：“我不能空手回去啊，得给我写个鉴定。”

张广泰说：“当然，写。成民！”

成民应声进房来，叫声：“爹。”

张广泰说：“拿纸，笔，我说，你给写。”

成民出房，迅即拿来纸和笔，炕旁桌上铺好，等待。

张广泰思索着说：“写，中国共产党大柳树村支部，村民委员会，关于林士布同志的鉴定——写好了？”

成民说：“好了，你就说吧。”

张广泰说：“第一，阶级立场坚定，旗帜鲜明；第二，执行、掌握政策，准确，没有任何偏差；第三，政治品质好，为人朴实，不怕艰难困苦，劳动观念极强，吃苦在前，多次受到领导表扬；第四，思想作风正派，绝无花花草草的行为；第五，诚实，从无谎言。经过十来年的时间证明，以前对他所做的处理，是个错误，应该撤销。大柳树村支部书记兼村长张广泰。写好了吗？”

成民说：“好了。”

张广泰说：“有这些就够了。”转头问林科长道：“你看可以不？”

林科长说：“可以可以。得写两条缺点吧？”

张广泰说：“我没看出来，写什么？盖上我的图章。”“咚”重重一声响，给林科长的鉴定盖上了朱红大印。

莫说林士布，谁也不能预见“文化大革命”的发展走向。被尊称为“革命的小将”们，要到农村去显身手了，他们唱着革命歌曲，打着红旗，走进北大荒，走进南方橡胶林……但是，他们的革命热情，在现实面前，只几天便荡然无存了。家长们为孩子担心，黄吉顺，也为他孙子吴快跑到什么地方为好忧心忡忡了。

“新新居”门前厦下。黄吉顺像个贼偷眼看顾客吃馄饨，像个密探侧耳听顾客们的每句谈话。

一个骨瘦如柴的顾客说：“中学生懂什么？跟着瞎嚷嚷了几年，现在又下放锻炼，锻炼啥？上了两年小学，就‘文化大革命’，连自己的名都不会写就成了知识青年了。纯粹瞎闹！”

一个矮个顾客说："有什么法子？你不去？学校动员，街道动员，到你家敲锣鼓，不让你睡觉，不让你吃饭……"

瘦顾客说："我那小子下去半个月，来信说，他们偷了老乡一条狗吃了，把狗皮扔在房顶上。老乡去骂他们，赖不掉了，就要革人家的命，叫人家好打了一顿。区上下通知说，再打是反革命。人家不借碾子磨给他们，他们只好吃整个的苞米粒。"

矮顾客说："那还算好的，我那女儿，白天干活儿，晚上回去，没力气做饭，连口水不喝就睡了。第二天天不亮，队长就赶着下地干活儿。我们给她捎了点儿吃的去，队长老婆知道了，领着、抱着四个孩子去，一晚上给吃个精光。她还不敢说，真是造孽！"

瘦顾客说："听说了吗？有那生产队长，把女学生……"

于凤兰在房里灶上敲敲锅勺，黄吉顺起身进屋去，端出一碗馄饨，送给在等待的另一位顾客。

瘦顾客说："我有个邻居，人家有心眼，把儿子送到郊区一个亲戚那儿插队，一点儿不受苛待。"

矮顾客说："那得托人求情，走后门，还得先给生产队长送礼。"

黄吉顺抬了抬眼皮。

春季的风沙，遮天蔽日。"新新居"厦下没有顾客，桌椅零乱。

房里，黄吉顺和于凤兰对坐地上择菜。黄吉顺叹息一声说："我求求区上，送点儿礼，倒也办得到，可是，我们在近郊区没有亲朋好友啊！"

于凤兰说："不能叫他到大柳树去？"

黄吉顺说："我早想过了。"摇头。

于凤兰说："那里到底都是熟人。"

黄吉顺说："熟人！我去求张广泰？"

于凤兰说："求他又怎么了？大柳树，抬眼就望见，和在家里一样。"

黄吉顺又摇头说："他和我们有仇啊！我陪着他游斗，他还骂我装样子演戏呢。"

于凤兰说："那怎么办？"

黄吉顺说："办法当然有。"

于凤兰问道："什么办法？"

黄吉顺说："你，提上破头撞金钟，去求求王玉珍，试试，求不动，也丢不了什么。"

于凤兰又叹口气。

第十四章

于凤兰提个小布包到了张广泰家院门外，王玉珍正在用杆子钩香椿芽，香椿树已经长大成材了。王玉珍的眼神也不济了，杆钩子在枝杈间摇来晃去，地上只有三四根芽子。

于凤兰站定，轻声叫道："嫂子！"

王玉珍认出了她，相当冷淡地说："啊哟，你……这是要到哪去？"

于凤兰说："来看看你啊。"

王玉珍说："啊哟，这可怎么当得起，进家吗？"

于凤兰问道："广泰大哥好吗？"

王玉珍说："他还是那样子。你有什么事？"

于凤兰说："没有什么事，就是来看看你。"

门外的大狼狗嗅了嗅于凤兰，也没叫一声。

于凤兰说："多年没见您啦，你的身板还这么好。"

王玉珍说："不行了，纫不上绣花针了。"

于凤兰说："嫂子，多年没见了，没有好东西，给你拿来点儿糖，你尝尝。"

王玉珍说："这可不行。有什么事，你尽管说，东西，不收你的。"

于凤兰说："这是赶我走啊？"

王玉珍说："哪里，你说吧，什么事？"

于凤兰说："唉！怎么说呢？"

王玉珍说："该怎么说就怎么说。"

于凤兰说："不是说，中学生都要下乡吗？"

王玉珍说："是，大柳树来了十多个了。"

于凤兰说："小芹不是有个孩子上中学吗？"

王玉珍说："噢，那个快跑？"

于凤兰说："就是。叫小芹两口子惯得不像个样子，也该插队落户了。我们想啊，广泰哥是小芹的师傅，真是的，徒弟的孩子交给师傅带几天，好好管教管教，师傅能不答应？这才来找你先商量商量。你看行不？"

王玉珍沉思良久，不开口。

于凤兰说："我们也知道，老少三辈都伤了广泰哥的心。可是广泰哥能和他们一般见识？广泰哥是什么样的人？什么没经历过？什么没担待过？再说，就是广泰哥一时不肯，还有你呢，是不是？”

王玉珍说：“啊呀，我可不敢插嘴他的事。”

于凤兰说：“求你递个话给他就行了。这，你不会打我的嘴巴子吧？”

王玉珍说：“唉！你可叫我为难了。”

于凤兰说：“可不是嘛。我也是豁出老脸来求你了。”

王玉珍沉默。

于凤兰回到了“新新居”。黄吉顺急迫地追问她道：“她没答应？”

于凤兰说：“吐了点口儿，说她试试。”

黄吉顺说：“成。我没说错吧？她不答应，我们也丢不了什么。她说试试，我们就赚了。”

张广泰家院里西北角棚下，张广泰掌钳，成才把大锤，王玉珍拉风箱，炉火正旺。张广泰揭了盖火，从炉里拉出一把已成形的镰刀，父子俩“叮叮当当”，一把镰刀完成了，张广泰蘸火。王玉珍清了炉底琉璃，张广泰重新坐下，把一摞碎铁压了炉，盖了火，添了煤，要大火，王玉珍边拉风箱，边向张广泰说：“于凤兰来了一趟。”

张广泰奇怪地问：“呃？她来干什么？”

王玉珍说：“她那个外孙吴快跑，要下乡插队了。”

张广泰说：“下就下吧。”

王玉珍说：“她想叫他到大柳树来，你看，怎么样？”

张广泰不假思索地说：“我看什么怎么样？”

王玉珍问道：“答应他到大柳树来？”

张广泰问道：“上级派来的？”

王玉珍说：“上级派来还用她来说？她叫我给你说说，给她个人情，叫他来吧。”

张广泰冷笑道：“给她个人情？你怎么给她说的？”

王玉珍说：“我能怎么说？我说我给你说说。”

张广泰脸色顿变，摔了钳子道：“你怎么能答应她？”

王玉珍说：“我没答应她，我说给你说说。”

张广泰说：“那就是给了她个活口！告诉她，趁早别想，她那个吴快跑该到哪去到哪去！我这辈子不见黄吉顺家的人！”

在“新新居”里，黄吉顺和于凤兰包馄饨。黄吉顺斜眼运神说：“我猜，张广泰也不会帮我这一步。”

于凤兰说："人家记着仇呢。不帮就不帮吧，下到哪不一样？"

黄吉顺说："你说得轻快。我就这么一个宝贝，不调教好了，还算个爷爷？"

于凤兰说："那怎么办？"

黄吉顺说："启动小芹，叫小芹去找找成才。"

于凤兰疑道："啊哟，那合适吗？她和成才有那么一大段子。"

黄吉顺说："有那一大段子才好说话呢，成才能不念一点儿旧情？段子越多越好。"

于凤兰说："怕小芹不愿意去求他。"

黄吉顺说："为她儿子，不愿意也得愿意。她不出马，我们也不管。"

小芹的面容显老了。现在，她和成才并坐在大翠坟前，语调平缓地说："照我的脾气，把他打发得远远的，锻炼锻炼他，我也省心，管他成猫成狗呢，反正他吴家有的是人。可是我爹我妈……唉……再说，我也有老的那一天，总得有个依靠。今天我是求到你了，你看着办吧。过去我俩说话不少，本不该再说了，可是……再说这一次吧。"

成才说："我妈给我爹说这事的时候，我看见我爹那火气了。我怕我一说，他真能打我一顿，这两年，他的脾气，白天不长晚上长。"

小芹说："实在不行就算了。权当我没见过你。"

成才说："怎么能那样？想想办法。"

小芹说："我没有办法，举目无亲！"

成才说："办法倒是有，不知行不行。"

小芹问道："什么办法？"

成才说："我叫彦芳求求他。他总不能不给儿媳妇点儿面子。"

小芹说："那是你们两口子的事，我不能去担曲彦芳的情，我求的是你。"

成才说："就这样吧。你生活有困难吗？"

小芹说："就是小混蛋这件事，别的我有办法。"

成才说："好吧。可是我不敢给你打包票。"

小芹说："知道。你不会骗我。"

不知怎么，也不知什么时候，俩人的手竟紧紧地握在一起了。

张广泰一家八口吃饭，空气和睦。八月是中心，岳自立竟会照顾她。

张广泰是当然的全家至尊。

曲彦芳停箸看看张广泰叫声："爹！"

张广泰答应着看看她："唔？"

曲彦芳笑道："求你个事。"

张广泰问道："什么事？"

曲彦芳说："黄家小芹找我——"

张广泰把碗一蹾，突然沉下脸道："不要说了！"

全家目光都集中到他脸上。

张广泰说："他们找你妈，找成才，又找到你了?! 不用想!!"

曲彦芳说："爹，你别生气，我知道我也求不动你。可是，爹呀！你们老一辈的事，还真记一辈子？如今你是党员，又是村长，黄吉顺是怎么个人？你还去和他拉平？记他的仇？那不是把你压下半截子去吗？说心里话，听说他求你，我也不高兴。可是，小芹找到我，我不答应她，就不好了。旁人会说，我是因为她以前和成才的事，才不顾小姐妹的情分，我可不是那种人。爹，你说呢？咱给他管好了孩子，也叫黄吉顺看看我们是什么人家。快跑不敢不听你的，实在管不了，打发他走，我们也讲得过去。你说呢？"

一席话，张广泰沉默了，气消了大半。又停一阵，舒口气说："叫他来吧。可是，得黄吉顺亲手领着，把他送来！"

全家都松一口气。有了笑脸。曲彦芳又笑道："可是，爹，你可别打黄吉顺呀！"

全家都笑了。张广泰也笑了。

"新新居"。小芹原住的房里。小芹面色忧伤，收拾被褥衣裳说："还要给他带什么？"转头抹下眼泪道："长这么大，还没离开过我呢。"

于凤兰劝慰她道："大柳树离着近，想看看他，我抬脚就到。你不用操心。"

小芹说："我不用操心。可是……"又抹把泪说："到底是我的儿子，怎么能不操心？"

于凤兰说："到底也是我的孙子。我比你更上心。"

小芹说："不，是你的外孙。"

于凤兰说："爷爷奶奶的叫了这么多年，又改了姓，换了名，怎么又成外孙了？"

小芹说："改了姓换了名也是你的外孙。我是你们的女儿，不是你们的儿子，我的孩子只能是你们的外孙。我若是你们的儿子，孩子才能是你们的孙子。"

于凤兰说："一样。"

小芹说："说是一样，讲到真里去，可不一样。我看你和我爹一块儿过得时间长了，越来越像他了。"

于凤兰说："我哪点儿像他了？"

小芹指指脑袋说："这儿。学得什么都往自己手里扒。"

于凤兰委屈得眼圈潮红道："我不对了？"

黄吉顺房里。黄吉顺盘腿坐在炕上，庄重肃穆，吴快跑站在炕前，警惕地注视着他。黄吉顺教导他说：“记住，从今以后，你，不叫吴快跑了，姓黄，名叫黄家驹。”

黄家驹颇不耐烦地说：“知道了知道了。这么点儿事，每人说一遍。”

黄吉顺说：“这么点儿事？这是大事！从今以后，你是我和你奶奶的继承人了。这么点儿事？”

黄家驹说：“我继承你们什么？继承这个破饭馆？见人点头哈腰，‘来啦！来啦！’”黄吉顺被噎得瞪眼，半天，便沉下脸说：“你给我严肃点儿。”

黄家驹两臂一撑，嬉笑道：“像天安门。”

黄吉顺怒上眉头，直瞪着他。

黄家驹催道：“说呀！这样行不行？”

黄吉顺说：“听着，今天我要给你来真格的。”

黄家驹说：“怎么？要打我？凭什么？”

黄吉顺说：“你给我坐下。”

黄家驹在炕边坐下说：“说吧。”

黄吉顺说：“听着，我不打你。我怎舍得打你呢？嗯？我要教你。从今天开始，你要离开你妈，自己去生活了，有些话，不教给你，你连怎么吃饭也不会。”

黄家驹笑道：“说的！我连吃饭也不会？”

黄吉顺说：“对。你当吃饭是容易的？你到了那里比不得在家里，在家里，有你妈给你盛饭，在那里，吃大锅饭，谁给你盛？得你自己。会盛吗？”

黄家驹说：“怎么不会？第一先把勺子抢在手！”

黄吉顺问道：“然后呢？”

黄家驹说：“盛它满满一大碗，够了。”

黄吉顺摇头。

黄家驹不解地问道：“怎么？”

黄吉顺说：“不成！你记着，吃饭，有吃饭的讲究，大锅饭，你第一勺子，要直戳到底，慢慢舀，为什么要直戳到底？还要慢慢舀？底下稠，懂吗？”

黄家驹眨眨眼说：“不懂。”

黄吉顺说：“这就是喽！第二勺呢？要在上面，把勺子贴边儿转着，慢慢撇，为什么又要在上面贴边儿慢慢撇？哎，这又是个讲究，浮在上面的，靠锅边儿的是油！懂了吗？”

黄家驹颇有所悟，侧头眨眼地想。

黄吉顺说：“这说的是吃饭，是大事，也是小事。大事是什么？哎，听着，记住，大事是做人。做人，头一条要知人，知人则哲，什么叫知人则哲？简单地说，就是你要了解你周围的人，哪一个是个什么脾性？他喜欢什么样的人？有什么爱好？要摸透了他，这叫知人。你把周围人的脾性都摸透了，你就知道，哪个人，什么时候，叫他干什么，合适，可用，你一用他准能成你的事。你不是就成了哲人了吗？”

黄家驹兴趣渐浓，领悟地微点头。

黄吉顺继续说：“那么，你这样，有没有比你还明白这一点的人呢？哎，当然有，一旦你发现了这样的人，你对他的一言一行，就要一一加以细心揣度、猜，他为什么要说那话，干那事？想想，你该怎么办。哎，这叫‘他人有心，予忖度之’。青梅煮酒论英雄说的——你们课本上学过了吧？”

黄家驹说：“学过。”

黄吉顺说：“对。刘备瞒过了曹操，那不是刘备一时想出来的手段，那是他忖度透了曹操的心！这两条要记住，还有第三条，叫相形不如论心，论心不如择术。这一条，是在你把周围的人都忖度透了之后，怎么掌握他们的时候用的。在对付他们的时候、用他们的时候，方法要精细。说白了，就是法子要巧，要得当。治了他，还要叫他心甘情愿听你摆布，叫他觉得你用他，是瞧得起他，于他有利，叫他从心里服你，那才叫高明，那才是我黄吉顺的孙子。”

祖孙俩似心有灵犀，相视而笑了。

黄吉顺问道：“记住了？”

黄家驹点头。

黄吉顺说：“这还不够。对付人，最要紧的是嘴。你记住，人身上最坏的东西就是嘴，要不怎么说病从口入祸从口出呢？要做到逢人只讲三分话，不可全抛一片心。现在你们这些小青年，没有吃过嘴上的亏，退回十几年，一九五七年反右派，有多少人吃了嘴的亏！划成右派，连累全家，和地主一样挨斗！闹着玩儿的？你叫我和你奶奶跟着你当右派，当反革命？心里有什么话，不能全说给他人！所以，要少说话。”

黄家驹说：“长嘴就得说话呀！”

黄吉顺说：“话当然要说，得看什么话。进步的话，表现积极的话要多说，要抢着说。哎，一般的话要少说，慢说。譬如说，给领导提意见的话，你可别抢着说，等最后，要你表示态度的时候，你可以说，同意多数人的意见，不就得了？”

黄家驹笑道：“老滑头。”

黄吉顺说：“这不是滑头，这是我的经验，你都得记住。”

小芹原住房里。于凤兰说：“我像你爹也好不像你爹也好，以后，我常去照看他就是了。”

小芹说：“他们说了这半天还没完，都说些什么？”起身去黄吉顺房外听。

房里。黄吉顺继续教导黄家驹道：“是不是少说话多干活儿呢？这得看什么活，轻活，抢着干，叫大家看着你很忙。重活，且慢。哎，小事，能谦让的，就谦让，还要谦让得叫他们感动；大事不但不能谦让，还要争，争，还不能大吵大闹地争，要暗里争。譬如说选先进，选模范，这都得争。总而言之，表态要积极，行动要落后……”

“咚”小芹推开门说：“教他些什么？”拉起黄家驹就走。

黄吉顺跟出门，拉住黄家驹说：“还有还有。”直跟进小芹房里，还说：“最最重要的一点我还没给他说——”

小芹问道：“最最重要的一点是什么？”

黄吉顺说：“到了大柳树，那里有的是女孩子，不许你去招惹她们。”

小芹说：“我儿子从来不那样。”

黄家驹说：“对，我从来不那样，我只讨好她们。”

黄吉顺说：“讨好她们更不行，我就怕你讨好女孩子，讨好她们不就是喜欢她们！我就是不让你喜欢她们。”

小芹不知是跟黄吉顺赌气还是附和黄吉顺，说：“对，不能喜欢她们。”

黄家驹说：“我若是喜欢了她们呢？”

黄吉顺说：“喜欢了就和她们说说笑笑，可不要打打闹闹。一打闹就要出事！”

黄家驹说：“记住了。”

清晨。黄吉顺引背着行李、提着装满日用品网袋的黄家驹向大柳树村走去。

黄吉顺絮叨说：“给你说的都记住了？”

黄家驹说：“记住了。”

黄吉顺说：“到了那儿，先给人鞠躬问好，然后，他问你什么，你答什么，要叫他觉得你已经变了个人。”

黄家驹说：“知道知道。”路过大翠坟旁，黄吉顺看了看坟，突然脚步犹豫了，终于站住了，说：“你自己去行不行？”

黄家驹不知深浅地说：“怎么不行？”

黄吉顺说：“好，我在这儿等你。去吧。”

黄家驹走了。黄吉顺漫步到了坟旁，面显悲色，绕坟堆转了一圈，在香椿树下坐下。掏出一包“大前门”香烟，手里掂一掂，看一看，又装进衣袋。从另一个口袋里又掏出一包“大跃进”，抽出一支，燃着，吸一口，低头沉思。

一只花壳虫在他眼前石缝间爬动，爬来爬去，没绕出原地，他拾起一根干树枝把它拨出石缝，花壳虫翘起两扇硬翅，飞走了。又一只花壳虫爬到他眼前，又一只飞来，落在他眼前，他转头四看，草根石缝间，多有这东西活动。他用树枝在土石缝间拨动……

大柳树村大队部是草屋，中间有墙，一隔两间。张广泰正在抹两个破椅，黄家驹进门来，放下行李和网袋叫一声：“张爷爷，你好。”

张广泰闻声转身，黄家驹向他点头鞠躬说：“我，黄家驹，向您报到。”

张广泰奇怪地问道：“什么？黄什么？”

黄家驹说：“黄家驹。”

张广泰问道：“你不是黄吉顺的外孙吴快跑吗？”

黄家驹说：“改名了。姓黄，名家驹。”

张广泰说：“噢。黄吉顺，哪点儿也忘不了自己。”直盯着黄家驹道：“你一人来的？”

黄家驹说：“我一人。”

张广泰说：“好大的胆子！”

黄家驹说：“好大的胆子？怕什么？你还能杀了我？”

张广泰说：“我不能杀了你，可是，你不怕大柳树的人治你？”

黄家驹说：“死都不怕，还怕贫下中农教育？”

张广泰端详他一阵说：“嘴上功夫倒不赖。你姥爷呢？”

黄家驹说：“他？走到我姨和我爹的坟那儿，拉不动腿了，问我能不能自己来，我怎么不能自己来？我就来了。”

张广泰问道：“他为什么不来？”

黄家驹说：“不知道。我看他是怕见你。”

张广泰忽然赞赏起这个当年的“小兔崽子”来了，不觉脱口道：“倒挺机灵，还挺实在。”

黄家驹说：“你也挺实在，见面就问我怕不怕。”

张广泰说：“对，我俩都实在。你姥爷怕见我？”

黄家驹说：“他没说。你想他能不怕？”

张广泰说：“可是我说好的，必须他亲自来送你。”

黄家驹说：“我看，他是想叫我自己先来试试，若是行，他就不来了；不行，他再来。我去把他押来？”

张广泰说：“去，给他说，他不来，我不收你！”

黄家驹说：“好，这有关我的利益，我也不能让他溜了！”

黄家驹走了，张广泰在房里踱步沉思，酝酿如何击溃、羞辱、报复黄吉顺。

黄家驹到了大翠坟旁，黄吉顺抬头问他道：“见着了？”

黄家驹说：“他叫你去！”

黄吉顺起身问道："他给你说些什么？"

黄家驹说："他说，你不去，他不收我。"

黄吉顺自语说："这是憋着劲呢！机会送到他手了。你看他火气挺大不？"

黄家驹说："差不多，有点儿。"

黄吉顺说："什么叫有点儿？有多大？"

黄家驹说："怎样算大？怎样算不大？莫名其妙。"

大柳树村大队部里。成才从另一间屋里走出来，对张广泰说："既然答应他来了，就别太难为人家了。"

张广泰说："我一视同仁，哪家的孩子来了，我都得和家长谈次话。"

爷儿俩正说着，黄吉顺"咳"一声，进屋来，成才忙闪进另一间屋去了。

黄吉顺看看张广泰，想做出个笑脸，却做不出，脸上肌肉颤动着叫一声："大哥！"

张广泰面无表情地说："来啦？"

黄吉顺笑道："来啦。"

张广泰指指椅子说："坐吧。"

黄吉顺如逃犯被擒归案，两眼恐惧地瞅着张广泰，在椅子上坐下。

张广泰踱步一阵，对黄家驹说："你出去。"

黄家驹出房去。

张广泰在椅子上坐下，双目灼灼紧盯黄吉顺，黄吉顺的眼光闪来躲去，总逃不出他的逼视。最后，无奈，也只得向他正视了。张广泰又看了黄吉顺一阵，语气生硬地说："黄吉顺！多年之后，我们两人，今天，又面对面坐在一起了，我终于可以正面看着你了！"

黄吉顺说："是啊，我只好尽你看了。你要看多久，我就得让你看多久，你终于可以当面把我羞辱个够了。"

张广泰说："对，一点儿不错，我盼的就是这一天。"

黄吉顺说："我也盼着有这么一天，这一天终于来了。"

张广泰说："你也盼着这一天？"

黄吉顺说："不错。这一天不来，我心里的疙瘩去不掉。可是，我也知道，就是这一天真的来了，要去掉我心里这个疙瘩，也不是容易的，我求你痛痛快快地打我一顿吧，骂我一顿也好，也许那样才能去掉我那心里的疙瘩。大哥，唉！我也一把年纪了，也有睡不着觉的时候。两个女儿……唉！在你眼前，我还有嘴说话？"

张广泰眼光离开了他的脸，蹙起眉头，站起身，在地上踱步，渐低了头，再踱几步，回身转头对黄吉顺，声调轻缓地说："我入党了！"

黄吉顺说："我早知道。不入党能当支部书记？"

张广泰叹口气说："是啊……一切……还有什么意思？都该过去了……"在椅子上坐下，看看黄吉顺，向衣袋里掏摸什么，黄吉顺忙伸手到衣袋里，摸出了"大跃进"，看一眼，快速放回，掏出了"大前门"，看看张广泰，拆开烟盒，抽出一支，递给张广泰。而与此同时，张广泰也从衣袋里掏出了一盒"大前门"，拆开了，抽出了一支，向他递来。两人默默地接了对方的烟，黄吉顺要给张广泰点火，张广泰摆摆手。

两人默默地吸烟。张广泰说："你抽'大前门'？这是高价烟！"

黄吉顺说："呃，今天……有事才买了一包。你也买了它？"

张广泰说："平时不抽它。今天……有客人。"

黄吉顺说："上边来的？"

张广泰说："客人不能分成上边的还是下边的。你要办事，抽我的，把你的留着吧。"

黄吉顺说："我的事快办完了，你抽我的吧。留着你的，招待客人。"

张广泰说："我的客人也快走了。"

黄吉顺说："是吗？"

张广泰说："是。"

黄吉顺说："那，咱们就把它们抽了吧。"

两人都把自己的烟包撕开，把烟摊在桌上。

黄吉顺说："大哥，我们看不见自己，看看孙子辈，都长成小伙子大姑娘了，就知道我们该老了。"

张广泰说："是啊，我们该把他们调教成人。你这个快跑——"

黄吉顺说："改名了，叫黄家驹。"

张广泰说："噢，你这个黄家驹，你可得留心，长期住在这儿，一天天长大了，叫他可别打我孙女的主意。我不愿意张黄两家再出大翠小芹那样的事。你若发现那种苗头，得早早给我汇报！"

黄家驹从门外探头向屋里说："张爷爷你放心，我爷爷早给我打过预防针了。我不会在这儿谈恋爱，我不当乡下人！"

张广泰说："你小子死了回城的心吧！你得在这儿扎根落户！你得在大柳树娶亲！只要不是我孙女，你要哪个我给你娶哪个，叫她给你养一堆孩子，看你扎根不扎根！叫你恢复你们黄家的农民成分！"

黄吉顺听了，如遭五雷轰顶……

张广泰说："行了，你来报了到，就是大柳树的下乡知识青年了。现在，给你半天的假，送送你姥爷，回来，到青年宿舍去住。明天开始出工干活儿。"

黄吉顺祖孙二人沿路回家。经过黄大翠坟旁，黄吉顺渐站住了。

黄家驹问他道："我回去？"

黄吉顺说："不，我们去看看你爸和你姨。"

黄家驹说："看他们干什么？躺在那儿好好的。"

黄吉顺说："看看去。"

祖孙俩绕着大翠和吴发林的坟走了一圈。黄吉顺拉黄家驹坐下，仔细察看地上，见到处有花壳虫活动，拍拍黄家驹说："你看见什么没有？"

黄家驹问道："什么？"

黄吉顺用枯枝挑起一只花壳虫说："看。"

黄家驹把花壳虫捉在手说："昆虫，动物界数目最多。"

黄吉顺说："记住，这时候，这种东西多，是个信号。"

黄家驹问道："什么信号？"

黄吉顺说："今年这片地方不适合种棉花。"

黄家驹说："是吗？"

黄吉顺说："原来我在大柳树，种过棉花，有这个经验，春天这东西多，夏天必闹棉铃虫，这一年我就不种棉花。我没告诉过别人，你注意听着，今年张广泰要是种棉花，你要坚决劝说他，秋后大闹棉铃虫的时候，你就争得头功了。"

黄家驹问道："要是不闹呢？"

黄吉顺说："没有个不闹，我的经验都是百验百准的。你回去吧，别忘了，不许在这儿和姑娘瞎闹。"

黄家驹说："记住了，比我妈还啰嗦！"

黄家驹回到大队部，尚未进门，张广泰便喊叫："艳双！"

应声从另间房走出张八月。黄家驹认出了这个身材修长、容貌动人的少女张八月，不由一喜道："嘿！八月！"

张艳双说："我不叫八月，我叫张艳双，拿着你的东西，跟我走吧。"

张广泰指令黄家驹道："跟她到青年宿舍，自己找个地方睡觉，再跟着她上青年队去干活儿。"

黄家驹问道："今天就干活儿？"

张广泰说："还想新媳妇坐三天炕头？"

黄家驹说："好吧。"拿起行李、网袋，紧跟张艳双走了。

黄家驹随张艳双进了大柳树村的粉房。院里，横七竖八拉了些铁丝，挂些毛巾，靠门边有些脸盆、鞋。屋里，炕上铺了草和席，东、北、西三面墙下，用大缸和木桩做支架，搭了一圈高粱箔通铺，炕上铺上都摊摆了被褥。墙上贴了标语：

“领导我们事业的核心力量是中国共产党。”

“我们要相信群众，我们要相信党，这是两条根本的原理。”

两人扫了全屋一眼。张艳双问黄家驹道：“你睡哪儿？”

黄家驹说：“哪空睡哪。”

只在东边南墙下有空位。黄家驹把行李扔上去说：“小事要让！”

张艳双问他：“什么？”

黄家驹说：“没什么。”放下了网袋。

张艳双说：“走吧，跟我去找青年队。”

黄家驹说：“坐会儿吧。这是我的地方，我应该招待你。”

张艳双说：“快走吧，我还有事。”

黄家驹说：“唉，八月——”

张艳双竖眉叫道：“我叫张艳双。”

黄家驹说：“噢，张艳双同志。你还记得吗？”

张艳双没好气地问道：“什么？”

黄家驹笑：“‘歌歌’、红领巾！”

张艳双白他一眼。

黄家驹说：“我还记得，你被老师摘了红领巾！”

张艳双转身而去，黄家驹立即跟出。

张艳双和黄家驹走在麦田间。小麦已经拔节，田间各处有人浇水，新栽的桃树正红瘦绿肥，颜色难绘时节。两人走着走着，黄家驹突然惊叫道：“啊呀！蛇！”

张艳双一惊问道：“在哪？”

黄家驹一指她脚下说：“你看！”

张艳双低头一看，恐惧地尖叫一声，扑到黄家驹怀里。黄家驹趁机抱紧了她，快速亲了她的脸一口，张艳双醒过神来，挣脱他，正色问道：“你干什么？”

黄家驹若无其事地说：“没干什么呀！”

张艳双狠狠打了他一耳光。

黄家驹涎脸笑道：“你为什么打我？”

傍晚。知青们收工回到粉房，一个个爬上铺，有的抽烟，有的眨眼间便睡熟了，没有声息。

黄家驹叫道：“革命的同志们，我们什么时候吃饭？”

丛军笑问道：“你饿了？”

黄家驹说："饿了。"
从军说："饿了你就做饭。"
黄家驹奇怪地问道："你们不饿？"
从军说："当然饿，都饿。"
黄家驹说："饿了都动手做饭啊！"
从军说："你做。"
黄家驹又问道："为什么我做？"
从军说："这是我们的规矩。"
黄家驹问道："什么规矩？"
从军说："我告诉你吧，今天该你做饭。"
黄家驹不满地问道："为什么该我做饭？"
从军说："好，告诉你，我们第一条规矩是：谁先叫饿，谁做饭。今天你先叫了，该你做。"
青年们"哈哈"笑着跳起来，刚才那半死不活的形态一扫而光，有的唱着歌下铺来掸土洗脸，有的打扑克，有的读书，有的洗衣裳。
黄家驹问道："那么以后我饿死也不叫呢？"
从军说："也该你做。"
黄家驹问道："为什么？"
从军说："因为你是最后一个参加我们这个队伍的新兵。"
黄家驹说："那么我就永远做饭了？"
从军说："当然啦。"
黄家驹气急败坏地问道："这是谁定的规矩？"
从军说："历史形成的。我们这支队伍一开始，就这样做的。你做吧。
黄家驹眨眼道："嗨嗨，有意思。我若是不做呢？"
从军说："那好啊，你不做，我们不吃。上工的时候队长来叫，我们还没吃饭，下午就不用干活儿了。"
黄家驹问道："那，队长不是要批评？"
从军说："批评就批评呗。批评也是批评你，因为你不做饭。"
黄家驹说："好好，我做。不过，革命的同志们，我有话在先，我从来没做过饭，如果做得不熟，或者煳了，大家可都要吃！"
青年们快活地叫道："行！""你做吧！""坚决吃！"
一大锅糨糊式的粥饭被吃个精光，青年们交口称赞。
黄家驹宣布说："革命的同志们，吃饱了你们就休息，所有的碗，都由我来洗！"
此举博得了青年们的欢呼，他们把饭碗放在大锅里，邢啸山对他感激地点头说："多谢多谢。"

罗二贤把碗在手指上旋了一转说："我选你当雷锋！"

丛军亲热地拍拍他的肩说："最好顿顿你做饭。"

黄家驹说："可以。不过我得早收工，晚上工。"

丛军说："这个得队长说了算。"

黄家驹问道："队长是谁？"

丛军说："张广泰！"

黄家驹不在意地说："他呀！"

丛军问他道："怎么？你认识？"

黄家驹说："当然，我爷爷和他是老朋友。"

丛军说："是吗？喂，喂，同志们，咱们有办法了！黄家驹的爷爷是队长的朋友！"

青年们闻声都围拢了来，七嘴八舌地探问黄家驹："真的？""是什么样的朋友？""你是托他的关系来的？""你认识张广泰队长？"

黄家驹俨然成了这个群体突然感兴趣的中心，拍拍手说："喂喂，革命的同志们，我今天刚来，大家和我还不熟悉，以后，我们在一起，谁有什么需要和队长商量谈判的事，尽管和我谈好了，我替你们出面！"

这一表态，使大家在对他好感的基础上，增加了敬佩。

黄家驹说："好了，大家休息吧！"

青年们刚躺上铺休息，张广泰进屋来了。黄家驹恭顺而亲切地叫他一声："张爷爷，您来了？"

张广泰只向他点点头"呃"了一声。

青年们闻声都起身，敬畏地和张广泰打招呼。

张广泰说："都躺着吧，躺着吧，干半天活儿，都累了，躺着吧，我来看看，怎么样？有没有生病的？"

青年们懒声赖气地说："没有。"

张广泰说："你们都没干过庄稼活儿，要慢慢来，锻炼嘛，得一步一步来。三日胳膊五日腿，农业活儿，好学，不怕吃苦就行。有手上打泡的吗？"

丛军说："我就打了泡。"

张广泰说："坚持两天就好了。再磨两天，它下去了，长出了老茧，就不会起泡了。晚上冷不冷？"

丛军说："不冷，还热呢。"

张广泰说："热点儿好，解乏。过些日子入了伏，还要热。"

黄家驹说："张爷爷，冷点儿热点儿都不怕，他们都有锻炼的决心。"

张广泰看看他问道："你有没有？"

黄家驹一笑说："我当然有。"

张广泰说："有就好。"转向全体说："我来和你们商量，你们这么多人，得有个组长，或者叫队长，队里有什么事，我好找他联系。怎么样？你们选一个吧？"

没人搭话，丛军、邢啸山和罗二贤都看黄家驹，意思似要他说话，或意欲要他当队长。

黄家驹叫道："同志们发言啊，选谁？啊？别闷着！"

丛军说："就你吧。"

邢啸山说："对，我选黄家驹。"

罗二贤喊道："黄家驹！谁有意见？"

知青们都赞成："黄家驹！""同意！""我同意！""就是他了！"

黄家驹叫道："喂！革命的同志们！我不行啊！我刚来！正需要同志们帮助呢！我当队长，和我爷爷直接联系不合适啊！"

丛军说："怎么不合适？不是正好吗？得了，你干吧。我一定绝对服从你！"

邢啸山说："对，我也表态，绝对服从。加强纪律性，革命无不胜。"

知青们又闹闹哄哄地喊叫起来："黄家驹，黄家驹""选黄家驹！……"

这局面大出张广泰意外，令他不知所措，他渐渐严肃地沉下脸，宣布说："你们都要好好想一想。这件事很重要，不要起哄随大流。队长是一队之长，有责任，有权力，还有义务，他要能代表你们才行。你们再想想，想好了，明天再正式投票选举。"

张广泰回了家，收拾炉子打铁，对刚才的情况百思不解，一脑门子官司。

王玉珍埋怨地问道："谁又惹你了？这个样子？"

张广泰说："小兔崽子。"

王玉珍说："谁？"

张广泰说："黄吉顺那个外孙，吴快跑，现在改名黄家驹。"

王玉珍说："他怎么了？"

张广泰说："小子！来了才两个时辰，吃了一顿饭，嗨，那帮孩子都选他当队长！邪门不邪门？他有什么本事？还是有什么法术？"

王玉珍也奇怪道："是吗？嗨，管他什么法术，什么本事，他们叫他当，你就叫他当呗！"

张广泰说："那可不行，我不待见他，不能让他在那帮孩子里耍龙头。"

王玉珍说："那还是他有点儿什么本事。"

张广泰说："什么本事？活脱一个小黄吉顺，当着那些孩子的面，叫我爷爷，我从哪蹦出他这么个孙子来？"

王玉珍说："按说他叫你声爷爷也不为过。这就是他的本事。"

张广泰说："什么本事？"

王玉珍笑道："他当着那么些孩子的面叫你爷爷。"

张广泰沉思半晌："不懂你的意思。"

王玉珍说："真是老糊涂了？有什么可不懂的？他当着孩子们叫爷爷，一来和你套近乎，二来不是显着他有你这个靠山？"

张广泰恍然道："我还真没往那里想！兔崽子！行，我叫你孙猴子在如来佛手心里翻筋斗！"

夜。粉房里。黄家驹爬到罗二贤的铺位，紧挨罗二贤问道："你想好了吗？"

罗二贤反问他："什么？"

黄家驹说："明天选队长？"

罗二贤说："看张队长的意思，他想选丛军。"

黄家驹说："是吗？"

罗二贤说："丛军来得最早，他在学校就是班长。在这儿，他就是队长了，队长叫干什么，他就吩咐我们干什么。"

黄家驹说："那怎么行？我们是知识青年，是来锻炼的。锻炼不是干苦力，越听话越要多干活儿。你们选我，我当队长，保你们舒舒服服的。"

罗二贤怀疑地问："你能？"

黄家驹说："到时候瞧啊！告诉你，我妈是张队长的徒弟！所以我叫他爷。我跟他说话，提什么他准答应什么。"

罗二贤高兴了，说："是吗？"

黄家驹说："我能骗你？不信？明天他来了你问他。"

罗二贤说："难怪你叫他爷爷呢。"

黄家驹怂恿地说："选我，没有错儿。"

罗二贤说："行，我就选你。"

黄家驹说："光你一人不行，得去串联大家，才能把我选上。"

罗二贤说："行。不过，肯定有不少人选丛军。"

黄家驹说："你去串联啊，说服啊。"

罗二贤说："最好你去说服丛军，丛军服了，能拉一多半人投你的票。"

黄家驹说："我就去。你去串联邢啸山，叫邢啸山再去串联。"

罗二贤说："你去吧。"

黄家驹到院里寻到正在睡前刷牙的丛军说："明天我想选你当我们的队长，你有什么意见？"

丛军谦虚地说："呃呃，我不行！"

黄家驹说:“那你说叫谁干?”

从军指指他,口不能语,只“唔,唔——唔”地比划。

黄家驹说:“你看我行吗?”

从军连连点头,又“唔,唔——”两声。

黄家驹摆手说:“呃,大家还都不了解我!”

从军指指他,又拍拍自己的胸脯:“唔——唔——”

黄家驹说:“好,我一定好好干。告诉你,我爷爷和张队长是好朋友,我妈是张队长的徒弟,张队长不好意思叫大家选我,你叫大家选我,他一定高兴。”

从军吃一惊,又向他点点头。

黄家驹说:“我当队长,大家有什么困难和要求,我一定想法子解决。”

从军点头。

黄家驹说:“你得给同志们串联串联。”

从军点头。黄家驹又匆匆进屋去。

整个粉房里响起低低的交谈声:“选黄家驹。”“我同意。”“就选黄家驹。”“从军不行,就知道听话。”“……”

张广泰带领张艳双进了粉房院。青年们有的在刷碗,有的还在吃饭。

张广泰边扫视大家,微笑着说:“都累了吧?”

黄家驹说:“不累。”

张广泰说:“噢,从军,选队长的事,都想好了吗?”

从军说:“大家选吧。”

张广泰说:“对。昨天我已经说了,你们要认真对待这个选举,选出那能认真负责的人来,要有真心为你们服务的人。”

黄家驹说:“爷爷,你放心。我们知识青年,都有知识有文化,都知道应该选谁。”

张广泰说:“那就好。”

张广泰说话间,张艳双发了选票。

张广泰说:“都写吧,写你要选的人。再选一个念票的,一个监票的。”

黄家驹说:“选罗二贤念票,从军监票。”

青年们都喊道:“同意‼”

张广泰听见黄家驹说话就不痛快。

罗二贤拿了个洗脸盆收选票,毕,说:“好了,每人一票,全收齐了。开始吧?”

张广泰说:“开始。”

罗二贤唱票,从军一张张监票——

“黄家驹。”“黄家驹”。“黄家驹。”“黄家驹。”“黄家驹……”

随着唱票声，张广泰的脸色由红而白，而紫，越来越难看。

唱票结束。二十一票是黄家驹，一票是丛军。

张广泰问道："完了？"

丛军说："完了。黄家驹二十一票通过。"

全体一齐鼓掌。张广泰无可奈何，说："好吧，这是你们全体选的。那么，黄家驹当选了，你就当队长吧——啊——有了队长，你们就叫知青队了。啊——下面——黄家驹，你主持，开个全体会。研究研究，你们今后的，劳动、生活、学习、纪律，呃——既然你们是大柳树的知青队，对大柳树的生产，也可以发表发表意见。还有，你们对我们生产队和我本人，有什么要求、意见，也可以提出来。呃——今天下午，开完会再干活儿。张艳双在这里听你们的会。为什么要她在这听你们开会呢？因为她是大柳树村的青年团书记，党支部决定，她抓你们的政治思想工作，领导你们，都听见了？"

青年们点头应声："听见了。"

张广泰说："那么，你们开会吧，我还有事。"起身走了。

张艳双双目圆睁，直视黄家驹命令式地吩咐道："开会吧！"

黄家驹拍拍手说："好好，同志们，都坐好，都坐好，我们开会。"

天色傍晚，张广泰和成才已经熄了火，清了炉，洗脸预备吃饭了。张艳双才回家。

张广泰问她道："怎么才回来？"

张艳双说："刚散会。"

张广泰疑惑地问道："开了一下午？"

张艳双说："可不？一个跟一个地抢着发言。"

张广泰问："都说了些什么？"

张艳双说："全都提吃饭困难，说没有时间做。还有……"

张广泰说："怎么没有时间做？收工回去就做嘛。"

张艳双说："他们说，来不及。下了工，等做好饭，还没吃到嘴，又叫上工了。"

张广泰说："中午歇的时间够长的了，还吃不上饭？还有什么？"

张艳双说："粉房地方太小，夏天来了，屋里闷，铺上挤的热。"

张广泰说："集体嘛，集体能不挤一点儿？还能一人给他一间房？这是对他们的锻炼。还有什么？"

张艳双说："还要求有个地方洗澡，洗澡那天要放假，洗衣裳。"

张广泰说："我们这儿是农村，不是城里，洗澡？等六月伏天，歇响的时候到河里洗去！叫他们来锻炼的，不是来享福的！"

王玉珍在房门口喊道："吃饭了。"

张广泰继续问张艳双："还提什么了？"

张艳双说："还提，要放假。"

张广泰说："放假？"

张艳双说："说最少一个月要放一次假，洗澡，洗衣裳，回城去买点东西。"

张广泰说："还要带被褥回城去睡觉吧？"

张艳双说："没有那么提的。"

祖孙三人坐下吃饭。

张广泰说："叫他们都回城算了，城里有澡堂子，有人给他们做饭、洗衣裳，还不用干活儿，多舒服！尽提些吃喝享受，脑子里根本不会想生产。那个黄家驹——快跑，提了些什么？"

张艳双说："他主持开会，没提什么。"

张广泰问道："他主持会，最后怎么总结的？"

张艳双说："总结得不错，话不多，说他同意多数的意见。对，他提了条生产上的意见。"

张广泰问："什么意见？"

张艳双说："他说，今年我们不要种棉花。他就提了这么一条。"

张广泰又问："怎么不要种棉花？"

张艳双说："他说今年一定要闹棉铃虫。还说，这一条，一定要我向你报告。"

"噢?!"张广泰放下了碗问道："他有什么根据？"

张艳双说："他没说。"

张广泰说："去！把他叫来！"

张艳双问："干什么？"

张广泰说："你别管，只管叫他来。"

王玉珍说："吃了饭再去吧。"

张广泰说："不，快去！"

张艳双走了。王玉珍说："城里孩子来到这乡下，是不习惯。"

张广泰说："就叫他们习惯才是锻炼。这小子还懂棉铃虫？"

张艳双到了粉房院门外，喊道："黄家驹！""黄家驹！"

黄家驹端碗出院门来，问道："干什么？"

张艳双说："跟我来！"

黄家驹回身放了碗，向知青们眨下眼，说："怎么样？没选错吧？同志们，看我的吧。"兴致勃勃出院门，见张艳双已走远，紧跑赶上，亲热地问道："咱们上哪？"

张艳双瞪眼喝道：“离我远点儿！”

黄家驹说：“不近啊。”

张广泰家。张广泰态度温和，口气温和地问昂头扬眉的黄家驹道：“你提今年不要种棉花？”

黄家驹说：“我说的是今年我们大柳树不宜种棉花，不是不要种棉花，你队长一定要种，我也没法。”

张广泰说：“好，你说说，为什么不宜种？”

黄家驹说：“因为要闹棉铃虫。”

张广泰问道：“你怎么知道？”

黄家驹说：“嗨！知识青年嘛！没有这点儿知识，叫知识青年？”他的口气和表现出的傲慢与自信，令张广泰极为不满，同时又不得不惊疑他竟有这种知识，不觉惊疑地皱眉道：“呃?!”

第十五章

麦苗已返青，春播将开始。

张广泰和曹天柱、曹大禄、曹有贵、李寡妇等大柳树村一干组长、老农十多人在一片地里走走停停，时而蹲下，挖几下泥土，抓起一把，看看，议论一阵，又走去。最后，他们在一片埋着李文江的坟地头坐下了。张广泰愁苦地拿烟锅戳着烟荷包问大家道："都看清楚了吧?"

大家都闷声不响。

张广泰说："这几年，我们靠着这片地种棉花，完成指标，之外还能捞点儿收入，补贴大田的工分。如果不种棉花，完不成指标，怎么办？买别人的交任务？到哪买？如果这一片都闹虫子，谁能卖?"

李大禄说："还得在这儿种棉花。"

张广泰说："种棉花，看这个虫卵的情况，闹虫灾是一定了。到闹起来的时候，怎么办？那时候再改种别的？改什么？改什么也晚了。"

大家都陷入愁苦。曹大禄说："黄吉顺那外孙，怎么就知道要闹虫灾呢?"

张广泰说："知识青年嘛！谁知道他……反正他说对了。"

曹大禄说："还有点儿道行啊。啊?"

张广泰说："他说出来，也是给我们做了件好事。我们早预防，不受损失，也是他立了一功。"

李寡妇说："张师傅，我看这事有点儿玄。"

张广泰说："怎么玄?"

李寡妇说："虫卵我们是看见了，那土都变色了。可是，谁敢保证一定就是今年闹虫灾？不会明年闹？说不定下场大雨刮场风，把它们淹死了呢，沤成肥呢!"

人们都笑了。张广泰连连摇头说："呃——呃——不能侥幸。"

曹天柱说："下了透雨，赶上好天，风调雨顺，发得更快。"

李寡妇说："这事，我倒说，不如上公社去找个明白人来给看看。黄吉顺的外孙，个毛孩子，懂什么?"

曹大禄说："去找个农业技术员来。"

张广泰说："公社的农业技术员姓戴，给打倒了!"

李寡妇说："打倒了的好，打倒了的胆小，怕戴破坏生产的帽子，不敢乱说话，说出来就可靠。”

张广泰说：“对，公社还是上级领导，这个情况，我们得反映，大柳树周围这一片都准备准备。”

曹大禄说：“要反映就早反映，也许有的地方已经翻地开种了。”

张广泰说：“我叫成才上公社去一趟，他认识戴技术员。”

成才推着自行车到了公社驻地。公社里，到处贴满拥护或反对现任革命委员会的大字报，各办公房间，多数空着，门外有人看守的，房里便有人在不安地或愤懑地写什么。成才径直走到农技办公室门前，门上挂着锁，成才问旁边一看守人员道：“戴技术员呢?”

看守问他说：“找他干啥?”

成才说：“有事。”

看守说：“废话，没事找他? 什么事?”

成才说：“我是大柳树村的，我们来找他，请教个技术问题。”

看守说：“技术问题? 什么技术问题? 要串联? 订攻守同盟?”

成才说：“都不是。我们要闹棉铃虫。”

看守说：“闹棉铃虫? 全国都在闹革命，你们闹棉铃虫?”

成才说：“我们……哎，他在哪?”

看守说：“关起来了! 牛棚里找去吧。”

成才推着自行车，来到牛棚前，看守人员见了他，热情招呼道：“锔锅张! 干啥来啦?”

成才眼珠一转说：“能干啥? 闹革命!”诡秘地对他打个手势说：“我们大柳树要开他批判斗争会，我来提他!”

戴技术员看见成才，惶惶不安。

看守问道：“开多久?”

成才说：“开一天!”

看守说：“可别让他跑了!”

成才说：“放心!”

看守说：“领走吧。”向牛棚里喊道：“喂! 出来!”

成才自行车后带着戴技术员，走在田野简易公路上。

成才问他道：“怎么把你关起来了?”

戴技术员说：“夺权失败。”

成才说：“你搞技术的，掺和那个干什么?”

戴技术员说："不掺和不行啊，谁敢不革命？"

张广泰带着戴技术员在田间察看土壤。
戴技术员说："不根治是不行了。"
张广泰问他道："怎么根治？"
戴技术员说："农药！要在翻土以前打下去，要打透，透到底，才能杀净虫卵。"
张广泰似不相信，问道："是吗？"
戴技术员说："要早动作。肯定不只你们这里要闹，至少整个公社这一片，都要闹。谁发现的？"
张广泰说："我们一个下乡知青。"
戴技术员说："噢？这是个人才啊！哪个学校毕业的？"
张广泰说："我也不大清楚。"
戴技术员说："一般农院毕业生，不注意这方面的学习。"
张广泰惊奇了，说："是吗？"
戴技术员说："你们赶紧买农药去吧，别等到夏天，虫子发起来，那时候再买就晚了。等大家都抢农药，怕要买不着了，棉花白种。"
张广泰问道："买什么药呢？"
戴技术员说："RHO！"
张广泰问道："什么？"
戴技术员说："你不用问了，说了你也不懂，谁发现的，你叫他去买，他肯定知道。"
张广泰答应道："噢噢！"

张广泰回到家，愁眉不展。王玉珍给他端来饭说："都吃了，都走了，等你半天。"
张广泰只抽烟。
王玉珍问他："又出什么事啦？"
张广泰说："农药！"
成才回到家。张广泰问道："送回去了？"
成才说："直送到牛棚，到那就给关起来了。路上他再三再四说，叫我们快去买农药。"
张广泰说："是啊是啊，农药。买剧毒药得有人批条子啊。忘了问问他，现在公社谁管这一项？"
成才说："公社管不了这个，得县上，农管股才有权。"

张广泰说：“不认识人啊，找谁批？”

父子俩犯难，想了半天，张广泰一拍桌子说：“就找他！”

成才问：“谁？”

张广泰说：“黄家驹！他懂这个！剩下的——就看他有没有本事找到个人，给我们批个买这种药的条子了！”

成才说：“这可不容易。从公社到县，到市，都在夺权反夺权，乱哄哄。”

张广泰说：“这才看他的本事呢！你去叫他来！”

成才倒背双手进了粉房，扫一眼全屋，铺上被褥乱七八糟，十几个知青在各忙各的，成才问道：“黄家驹哪去了？”

邢啸山说：“给团支书汇报思想去了。”

成才问：“在哪汇报？”

邢啸山说：“不知道。”转头问罗二贤道：“罗二贤，黄家驹到哪汇报去了？”

罗二贤说：“不知道，走不远。村头墙角找找看。”

成才出粉房，沿路各处走着，四下望着，来到村头，见黄家驹正在广场草垛间，伸胳膊踢腿、又蹿又蹦地跳舞。观众只有张艳双一个人，看得“咯咯”笑。

成才先一怔，继之隐身草垛后，要看个究竟。黄家驹不是在那儿瞎跳瞎蹦，他是在很投入地表演歌舞剧《沂蒙颂》中红嫂杀鸡前捉鸡的一场戏，模拟中的鸡跑到东，飞到西，他追到东，追到西，左右探身弯腰地追逐，上下伸手转臂地翻扑，动作夸张滑稽又逼真，表情多变又逗人，张艳双笑出了眼泪，他竟一点儿不笑越发投入。

表演总算结束了，他又向张艳双做个谢幕的鞠躬。张艳双笑弯腰说：“真好，真像，真像我们捉鸡。”

黄家驹说：“我再给你来段《红色娘子军》，来，你也来，你演党代表洪常青。”

张艳双说：“我没跳过舞，不会！”

黄家驹说：“没关系，我教你，很容易，你跟着我的手势动作，来！”

张艳双高兴地向他伸出手，两人手拉手，迈舞步，表演起来。张艳双确实不会跳舞，完全任由黄家驹摆弄，有时他竟像要抱住她，而她竟还“咯咯”笑。草垛后的成才眉头越皱越紧，最后暴怒地用力咳一声，从草垛后走出。

两人闻声转头，发现了成才，张艳双不敢面对成才，又不知该去该留；黄家驹好像未发现什么事，仍然沉醉在“吴琼花”的情绪里，明明看到了成才，却还未醒过神来，其实他是企图用此掩饰尴尬。但当成才直面他怒目圆睁地盯着他时，只一刹，便恢复了常态，这才向成才点头叫声：“叔！”

成才忍着气说："跟我来！"

黄家驹和张艳双互相快速地交流一下眼神，黄家驹跟随成才走了，张艳双怯怯地留在原地。

黄家驹跟随成才走进村，快赶两步，贴近成才问道："叔，有什么事？"

成才停步回身说："就这事！"

黄家驹又问："什么事？"

成才说："告诉你，以后，不许你碰一下我的艳双！"

黄家驹说："我们是交流思想。"

成才狠抽他一耳光，问道："还交流吗？"

黄家驹说："你这样，我当然再不敢交流了。可是张爷爷说，我要向团支书汇报思想工作，以后还汇报不？"

成才说："你那是汇报思想工作？"

黄家驹说："汇报思想有各种各样的形式，跳舞也是一种交流思想的形式。"

成才又向他举起巴掌，黄家驹急忙躲开，大叫："你凭什么打我？好好给你解释你不听。我愿意跳舞给艳双看，艳双也愿意跟我跳！我们又没干坏事！你为什么打我？我告诉你，我是青年队长！你再打，我就还手，我们知青可不是好欺侮的！"

成才说："你还上天了！"

黄家驹说："哎！敢上九天揽月！敢下五洋捉鳖！你等着！"转身要走。

成才喝道："你哪去？回来！"

黄家驹说："干什么？跟你去挨打？"

成才说："支书叫你有事。"

黄家驹说："你先走，我自己会去！"

成才说："在支书家！"

黄家驹说："在你家我还不去呢！"

黄家驹进了张家，刚才挨了打，但见了张广泰却没事一样，一本正经地问道："张爷爷，找我什么事？"

张广泰说："啊，来啦，坐吧。"

黄家驹说："你说吧，什么事？"

张广泰说："你提那个意见啊，对。今年我们那块棉花地，是要闹棉铃虫。呃，现在，派你个差事，给你个任务，行不行？"

黄家驹问道："什么任务？"

张广泰说："我们需要一批剧毒农药。"

黄家驹说："乐果？"

张广泰说："不是，这里有药名。"把一张字条给他。

黄家驹接过，看了看说：“噢，就是我说的 RHO 嘛。”

张广泰说：“这东西是严格控制的，呃，派你到县上——也许还得到市里，找农药部门，批个条子，我们才能到供应站去买来，怎么样？你能去办这事吗？”

黄家驹挑眉一想说：“爷爷交的任务，不能说能不能去办，要说想尽一切办法去完成！”张广泰颇欣赏他了，说：“对，对，对。要想尽一切办法去完成。这么说，你能去？”

黄家驹说：“当然。”

张广泰说：“能完成？”

黄家驹眨眼，口气犹豫地说：“完成，要想办法。爷爷，啊——我得有个帮手。”

张广泰问道：“要帮手干什么？”

黄家驹说：“和人谈话，两人考虑得全面。”

张广泰说：“行，给你个帮手，说吧，要谁？”

黄家驹说：“谁合适？青年队的，一进城就要闹着回家看看，都不合适。”

张广泰说：“从队里找，要谁？”

黄家驹说：“要头脑反应快的聪明人，政治思想好的领导人——只好团支书了。”

张广泰说：“好好，你去找她吧。”

黄家驹又颇显为难地思索了一阵说：“好吧，坚决完成任务。”起身稳步出门，稳步出院，一出院门，撒腿便跑，边跑边东张西望。黄家驹出了村，在麦场头草垛旁见到张艳双，猛扑上去，抱起她，叫着，转了一圈，张艳双挣扎着叫道：“放下放下！”

黄家驹放下张艳双，拉着她说：“走！”

张艳双问道：“哪去？”

黄家驹说：“进城，上县，上市，上农药局！”拉着张艳双便走。

张艳双极力挣扎，黄家驹方冷静下来说：“好，给你说……”

两人登上即将启动的公共汽车，黄家驹给张艳双找了座位。

张艳双对他笑说：“我爸训你了吧？”

黄家驹笑道：“训？我挨了他一巴掌！”

张艳双提心吊胆地问道：“是吗？”

黄家驹说：“谁骗你！不过，为了你，挨一巴掌也值得！”

张艳双说：“为了我？”

黄家驹说：“不为你为谁？”

张艳双说："为我什么？"

黄家驹说："当然是为爱情而牺牲了！"

张艳双脸红了，说："你别做梦！"

黄家驹说："没做梦。我已经挨过你一巴掌了，还记得吗？"

张艳双欲笑又止。无疑，这个小女子对即将陷入的爱情之河的激流还处于朦胧时期，连想象也是空灵的，她觉得恐怖，然而，爱，对于她，却又具有强大的吸引力，她对此又已经具有了强烈的好奇心和向往。

张艳双紧追黄家驹进了市革命委员会，问道："我们去找谁呀？"

黄家驹说："先找秘书。不管办什么事，都得先经过秘书。"

市革命委员会楼里。大屋空荡，标语飘零。黄家驹前导，张艳双后跟，进了秘书处。桌后一人抬头看看他们，问道："找谁？"

黄家驹说："我们是大柳树村的。"

那人问道："大柳树村的？什么事？"

黄家驹说："我们要找找林科长，林士布。"

那人问道："找他干什么？"

张艳双认出了他，说："你就是林科长吧？"

林科长说："你是——"

张艳双说："我叫张艳双。"

林科长十分警惕地拖着长腔说："啊——"

黄家驹机警地说："这样说不行。林科长，我爷爷派我们来找你。"

林科长仍是警惕地问道："你爷爷？"

黄家驹说："我爷爷叫张广泰。"

林科长说："张广泰，大柳树村村长？你们是——"

黄家驹说："我是他孙子，她是他孙女，我爷爷叫我们来找你。"

林科长说："你爷爷知道我在这儿？"

黄家驹说："知道。他叫我们来找你。"

林科长说："噢，他怎么样？身体好吗？"

黄家驹说："他很好，叫我们来看看你，受什么委屈没有？"

林科长被感动了，说："啊呀，他老人家还挂着我这方面，给我谢谢他，你们来有什么事？现在斗争很激烈，你们别在这儿久留，免得卷进去，有什么事，我能帮忙的，快说。"

黄家驹说："我们需要你批个买农药的条子。"把纸条递给林科长。

林科长看一眼，提起笔写下一张字条，交给黄家驹说："快去，直接去找鲁副区长，现在革命形势，瞬息万变，快去吧。"

黄家驹拿过字条说："谢谢林科长。"捅捅张艳双，两人起身。

林科长说："哎等等，我给张师傅写封信，你们带去。"拿起笔，展开纸，忽又停住说："算了，不写了，免得生事。你们回去给他说，我很挂念他，有空我要去看望他。"

黄家驹说："好的。"

林科长说："千万别忘了，快走吧。"

黄家驹和张艳双出了门，张艳双对黄家驹"咯咯"笑道："爷爷什么时候给你说叫我们来找他的？"

黄家驹说："这叫随机应变。"

张艳双赞佩地笑着说："爷爷根本不知道他在这儿。"

黄家驹说："我这样一说，他就不能不给我们写条子，还怕我们在他那儿坐的时间长！"张艳双又笑了。

新华区革命委员会。简而言之，人的活动，屋的凌乱，一片"文革"景象。人来人往乱哄哄，墙上门上大字报。正常的区委景象全被"革"掉了。有的房间，革命与反革命正在较量，拍桌子打板凳，大喊大叫；有的房间，夺权与反夺权正在拼搏，争夺印章，抢电话，掐电话线，有人抬桌子，有人"誓死保卫"，抱住桌子不放，桌子被抬起来，有人又爬上去，最后人们压成摞，滚成球。

张艳双见状，畏畏缩缩，不敢再向里面走了。黄家驹却昂首挺胸，稳步而进。张艳双紧跟他，一路没人过问他们。

他们进了鲁副区长办公室。

鲁副区长睁眼观察他们。

黄家驹问他道："请问，您可是鲁副区长？"

鲁副区长说："是我，你们是——"

黄家驹说："请您看这个条子。"

鲁副区长接去条子看了看，皱起眉说："林秘书长给你们怎么说的？"

黄家驹说："他叫我们快来找您。"

鲁副区长点点头说："是啊，也许还来得及，也许就是白写。你们没看见什么样？现在有人发动攻势，要炮轰我们区革委会，已经开始行动了。"

黄家驹突然昂首扬眉、拍案而起说："炮轰区革委会？混蛋！我们广大贫下中农拥护的就是这个区革委会，他们敢造反?! 有笔和纸吗？"

鲁副区长说："有有。"

黄家驹说："拿来！"

鲁副区长给他拿来墨汁、笔、红白蓝各色纸。

黄家驹怒气冲冲，大义凛然地提笔疾书："我们大柳树公社全体贫下中农严正宣告……"

许多夺权与反夺权的，革命与反革命的人围着看黄家驹新贴出的红纸大字报。有的念，有的听："我们正告那些所谓革命的造反夺权者，你们要为你们的行为负责……"

"我们广大贫下中农早已注视着你们当中的一小撮坏人的反革命活动了……"

"我们广大贫下中农绝对不像你们那样愚蠢，我们的眼睛是雪亮的，如果你们胆敢进行反革命活动，我们将用铁锹镢头捍卫新生的新华区革命政权，叫你们尝尝我们的厉害！"

"大柳树公社全体贫下中农！"

黄家驹站在大字报旁，雄赳赳、气昂昂，俨然一指挥若定的千军万马的三军统帅。

张艳双极欣赏他的气概，竟也在旁挺胸而立，似乎她一声令下就会从背后涌出一大批农民革命军。

空气极为紧张。

突然，人群中暴响起口号声："坚决捍卫区革命委员会！""广大贫下中农是革命的主力军！""粉碎反革命夺权阴谋！""……"

口号声中，一群人惶惶退出了区委院，剩下的人们拥到黄家驹身旁，热情地欢迎他，感激地说："同志，非常感谢你们的支持！"

"同志，你能不能拉队伍来给我们站几天岗？"

"同志，你来的真是时候，晚一步我们就危险了。"

一个人拨开众人对黄家驹说："同志，鲁副区长请你。"

黄家驹和张艳双跟随来人进了鲁副区长的办公室。

鲁副区长看了他们一阵说："希望你们坚持正确路线到底。"

黄家驹说："我们誓死捍卫毛主席的革命路线。"

鲁副区长说："好的。"稳重地拿起笔和纸，写下："按需供给大柳树村革命委员会农药 RHO。"然后签了字，盖了章，交给黄家驹说："以后有什么困难，尽管来找我。"

黄家驹说："区革命委员会有什么困难，捎个信给我们。"

鲁副区长和他充满感情地重重握手。

张艳双紧随黄家驹行走在城乡公路上。张艳双恨不能挽着他的臂膀并行，但似自知不妥，只得故意趺趺撞撞似无意地不断碰他说："你怎么想到写捍卫他们的大字报？”

黄家驹说：“这不很简单吗？”

张艳双不解地问道：“怎么很简单？”

黄家驹说：“我们需要农药，他们需要我们支持。”

张艳双不解地问道：“若是夺权的打你呢？”

黄家驹说：“我也有手有脚啊。既然有这么个革委会，就有它的群众基础。他们在屋里夺桌椅板凳，那算什么夺权？一张大字报就轰跑了，要动真格的，他们差得远呢。支持一下革委会是小事，我们拿到了条子是大事。”

张艳双又向他赞佩地笑道：“你真聪明，又能干。”情窦初开的青春少女，对她喜欢的人，向来无保留，并且，为引起对方注意，有时表情和语气会尽量做出夸张性的渲染。

黄家驹说：“其实这也不是什么大事，算啥？我最讨厌出风头，要是愿意出风头，现在我就可以拉队伍，到处去革命。别看这里那里的都成立了革委会，我要搞垮哪个就能搞垮哪个。”处在发育期又不谙世事的浑小子会事事处处胡说八道充英雄好汉，自我扩张以显示自己。此刻的黄家驹胡吹八擂，是为讨得张艳双的敬佩和欢心，却是自己心里明白的。

张艳双果然为他担心了，大惊道：“那怎么行？”

黄家驹说：“所以我不搞。我要在大柳树带领知青队好好锻炼。”

张艳双说：“大家选你当队长，没有错。”

黄家驹说：“可是开始你爷爷还不满意我呢。”

张艳双说：“现在不是满意了？”

黄家驹说：“我才不要他满意呢！”

张艳双说：“你要谁满意？”

黄家驹说：“我要你满意！”

张艳双的脸顿时绯红，说：“我……我……你说什么？”

黄家驹说：“就说这个。哎，条子拿到手了，我们去看场电影吧？”

张艳双脸更红了说：“红色娘子军？看过几遍了。”

黄家驹说：“可是你一个动作也没学会。走，看去！”拉过张艳双的手，张艳双竟无力拒绝他。

影院里，观众稀少，座位很空，黄家驹把张艳双引到一处最空的地区，两人坐下。银幕上出现洪常青单人舞的镜头，黄家驹说：“你看他的步子，这要往上提气才行。”银幕上出现洪常青与吴琼花双人舞，黄家驹说：“快看洪常青，看吴琼花的转身。”两个少男少女，不管有意无意，意识朦胧中耳鬓厮磨的现象却出现了……

黄家驹和张艳双紧挨相挤地随人群走出电影院，张艳双似乎想到要和他保持点儿距离，但心不由己，仍旧靠近了他。两人在公共汽车站等车。

忽听有人喊道“跑儿！”

黄家驹循声看去，是他母亲，黄小芹！

黄家驹迎去问道：“妈，你哪去？”

小芹说：“你们怎么在这儿？”

黄家驹说：“出来给队上办事。你怎么在这儿？”

小芹说：“给你姥姥抓药。”

黄家驹问道：“她怎么了？”

小芹说：“吃不下饭，连水都喝不下去。”

黄家驹问道：“什么病？”

小芹说：“医生说，胃里有个东西。”

黄家驹说：“胃里有东西，当然不饿了。”

小芹说：“有空你求张爷爷放个假，回家看看她吧。”

黄家驹说：“行。”

小芹转向张艳双叫道：“八月。”

黄家驹说：“她叫张艳双。”

小芹说：“噢，艳双，你爷爷好吗？”

张艳双说：“挺好的。姨，你好吗？”

小芹又问道：“你爸爸妈妈好吗？”

张艳双说：“都挺好。”

汽车来了，黄家驹推张艳双先上车，那亲切的态度和语气，当然瞒不过小芹早有警惕的眼，她顿悟这两个小男女，可能出现什么事了，但仍平静地对张艳双喊道：“回家代我问你爷爷奶奶好啊！”

张艳双回应道：“记住了。”

小芹喊道：“还有你爸爸妈妈，也问好。”

汽车开走了。小芹怔怔地望着汽车的背影，怔怔思索，好一阵，喃喃自语说：“他们还是孩子，懂事了吗？……怎么又是张黄两家？……如果真那样可怎么办？天！……这是什么事儿？她的眼圈霎时潮湿了。

黄家驹和张艳双走过广华街，路过“新新居”门前。张艳双说：“进去看看你姥姥吧。”

黄家驹说：“我不能把你扔下。”

张艳双说：“我在这儿等你，你去看一眼就出来。”

黄家驹说：“我一进去，他们就不会放我走。看也那样，不看也那样，走我们的。”推张艳双下了广华街，过水渠桥，向大柳树村走去。

曲国经家的老宅里。明间桌上饭菜已凉，成才和张艳双对面坐，成才满脸愠怒说：“怎么这时候才回来?”

曲彦芳坐西间房侧耳谛听。

张艳双说：“我们到了市革委，又到区革委……”

成才说：“坐汽车，走这两地方，用得了这多半天?!”

张艳双说：“我们又去看了场电影。”

成才问道：“什么电影?”

张艳双说：“红色娘子军。”

成才问道：“还到什么地方去了?”

张艳双说：“就回家了。我叫他回家去看看他姥姥，他都没回去。”

成才说：“我给你说过没有？不要你和他往一起凑!”

张艳双说：“爷爷叫我和他一起去的。”

成才说：“爷爷叫你和他一起去看电影了吗?”

张艳双说：“没有。”

成才说：“那你为什么要去?”

张艳双说：“他叫我去的。”

成才说：“他叫你去死，你也去?”

张艳双说：“我们进趟城，看场电影又怎么了?”

成才说：“看场电影又怎么了？电影院里漆黑，你跟他进去干什么?”

张艳双说：“看电影啊!”

成才说：“犟嘴！站着去!”

张艳双起身站在门后，落泪了，嘴里嘟囔道：“我怎么犟嘴了？我们去看电影，也不是搞反革命!”

成才喝道：“你有理?”

张艳双说：“怎么没有理？我和他一起进城，不一起走？我就不能看场电影！完成了任务，看场电影，犯什么错误了？……”

成才道：“可是你把我的话忘了!”

张艳双说：“我也没故意和他往一起凑。你就是利用父权压迫妇女!”

成才喝道：“你是妇女?”

张艳双说：“我不是妇女是什么?”

成才说：“你是我的女儿!”

张艳双说：“你的女儿不是妇女?!”

成才无言以对，发威道：“……给我站好了!”

西房里，曲彦芳偷笑。

张艳双说：“你是封建残余……等我告诉奶奶和我妈，我们组织个三八革委会……叫你游街！”

成才说：“不用嘟囔，不听我的话，我就有权处罚你！告诉奶奶？爷爷我也不怕。”

张广泰进门来，见状，问道：“怎么了？”

张艳双见了爷爷，委屈涌上心头，哭得更厉害了。

曲彦芳闻声出西房叫声：“爹。”

张广泰问曲彦芳道：“为什么呢？”

成才起身出了西房。曲彦芳说：“和黄家驹去办事，不早回来，跟着黄家驹去看电影。她爹批评她，不承认错误，还顶嘴，罚她呢。”

张广泰说：“噢，噢，看电影。看电影——呃，完成任务了，看场电影，也——也可以。”

成才挑门帘探出头说：“爹，你就是护着她！”又缩回去。

曲彦芳说：“可是不听她爹的话。”

张广泰问道：“什么话？”

曲彦芳说：“她爹不让她和黄家驹凑在一起。”

张广泰说：“今天是有任务。把条子给我看看。”

张艳双从袋里拿出条子，交给张广泰。张广泰看过，叠起，收好说：“行了，完成任务就好，没在外面乱跑。”

成才在西房叫道：“看电影不是乱跑?!”

张广泰说：“行了行了，看电影也不能算坏事。行了，别站了，还没吃饭？快吃饭吧，行了，吃饭吧。”

张艳双说：“不！”

张广泰疼爱地问：“怎么了？”

张艳双说：“我跟他说了，是你叫我跟黄家驹去办事的，他不听！军阀主义！还说他不怕你。”

张广泰说：“好了好了，你爹不是军阀，他没有主义。他敢不怕我？吃饭吧。”

张艳双执拗地说：“不！他要承认错误！”

张广泰笑着说：“我——给他说明就行了。”

张艳双说：“我都给他说明了，他不讲理！”

张广泰说：“好了好了，过去跟你奶奶去。”

张艳双气呼呼出门去。

成才从西间房出来，对张广泰说：“我再三给她说，不要跟那个黄家驹往一起凑，她根本不当话听。”

张广泰说：“不是她和黄家驹往一起凑，这是支部的工作安排，她是团支书，黄家驹是知青队长，团支书要领导知青队，负责教育他们。”

成才说：“办完事也该早回来嘛。”

张广泰说：“好好给她说嘛，动辄罚站，她都是大姑娘了。”

成才说：“空长个大个子，没有一点儿心眼。”

张广泰说：“这也得慢慢教育啊。”

粉房——知青宿舍里。大家要收拾睡觉了，有的已经上铺躺下，有的还在忙睡前洗涮，乱哄哄。黄家驹神采飞扬、大比大划地边笑边说：“我一听他叫我，心里就猜，老家伙要找我什么茬？我们犯了他什么天条了？”

知青们渐渐静下来，注意听他说。

黄家驹说：“到了他那里，他一说是这么件事，我心想，得拿他一把。我说张爷爷，这事没法办。他说，所以才找你呀，我心想，行了，你得听我的，就说，好吧，我试试。其实我心里早有底，市秘书处长，是我黄家爷爷的朋友，办这点儿事，还不是他一句话？所以我说，我试试吧。到了城里，一看，糟糕，革委会眼看要垮台了，怎么办？找到秘书处长，一说，他说，噢，是你呀，好说，拿起笔来，刷刷刷，一张介绍信给了我，问我道‘行不?’我说‘行。’拿着介绍信直奔区革委，根本用不着经过县。到了区里一看，更糟，武斗起来了。我拿起笔，刷刷刷，一张大字报，往墙上一贴，那些夺权的，灰溜溜都跑了。区长一看，不等我说话，拿起笔，刷刷刷，一张条子，往我手里一塞说，老弟，你们知青有什么困难，尽管来找我。我说我们没有事，以后你有什么困难，给我打个电话就行了。就这样，剧毒农药，解决了，回来，跟老头一说，老头高兴地说，今年大柳树头功是你黄家驹！我说张爷爷，没啥，我们知青个个都神通广大，只要你对我们好一点儿，什么都好办！可是他说——”

黄家驹突然发现，知青们有的在向门口望，有的在窃笑，回头一看，张广泰站在门口，忙半鞠躬，叫声“爷爷，我在给他们说——”

张广泰板着脸说：“行了，少说几句吧!”

黄家驹对知青们说：“你们看，我爷爷就这么时时事事严格要求我。”回到自己铺上坐下又说：“大家请我爷爷给我们训话，大家鼓掌。”

知青一齐鼓掌。张广泰按手示意停止，看了看大家说：“今天黄家驹确实为我们大柳树立了一功，拿到了剧毒农药的条子，我在这里代表队里向你们表扬他。”

知青们高兴地自发鼓起掌来。

掌声停后，张广泰继续说：“功过是非都要明白。立了功，该表扬的就要表扬，可是，犯了错误，该批评的，还要批评。今天批评什么呢？批评他不守纪律。派他去工作，完成了任务就该早回来汇报，可是，他却去看电影！这是绝对不允许的！所以，我宣布，队部决定，给黄家驹一次警告处分！黄家驹！你听见没有？”

黄家驹说：“听见了，接受爷爷的教育。”

张广泰说：“大家听见没有？”

知青们死样活气地答应：“听见了。”

张广泰说：“都早点儿睡吧，明天还有重活。”走了。

宿舍里只安静了片刻，突然爆发起吵嚷声，众知青都问黄家驹：“你和谁去看电影了？”

“说说，是谁？”

“老同学吗？”

黄家驹乐开怀地说：“怎么？你们想知道是谁？”

大家喊道：“当然了！”

黄家驹说：“她不是别人，就是我们的团支部书记，张艳双同志！”

“噢！”响起了羡慕的叫声和笑声。

黄家驹说：“她听说要派我进城，就求我带她也去。农村姑娘没见过世面，‘好吧，我带你去！’一路上，我们当然谈话了，谈着谈着，我听明白了，她对我有意。同志们，这是一种很宝贵的感情啊！我当然不能伤人家的心了，就答应了她。就这样。嗨，原来我以为谈恋爱很麻烦，现在看来，很简单。大家明白了吧？”

知青们嬉笑起来：“我们每人来一个！”“这儿没有好看的！”“扎根落户首先得有个老婆！”“……”

黄家驹说：“哎哎，我宣布，这个支书张广泰的孙女，张成才的女儿，大柳树村的团支部书记张艳双，是我的恋爱对象，你们谁也不许插腿，若是有人乱插腿，那可不够哥们儿，我对他绝对不客气！都听见没有？”

知青们都叫：“听见了！”“你放心！”“我们帮忙！”黄家驹好不威风，“哥们儿”也绝对义气。

张广泰赶个毛驴车到了公社，进了书记室，室内无人，刚要退出，韩书记来了，见面便没有好脸色地说：“你来了？”

张广泰说：“来了。”

韩书记问道：“拉农药？”

张广泰说：“你知道了？”

韩书记说：“能不知道？好家伙，这一下子你可名扬天下了！”

张广泰奇怪地问：“哟？怎么回事？”

韩书记说："你还问我怎么回事，我还没问你呢。"

说话间公社马主任进来对书记说："叫他坐下，慢慢说。"

张广泰说："出了什么事呀？你们这样？"

马主任说："你坐，坐。"张广泰坐下。

主任诡秘地问他道："你听到什么风声了？"

张广泰莫名其妙，反问道："什么风声？"

马主任说："没有关系，给我们透露点儿。"

张广泰更莫名其妙了，问道："你说什么呀？"

韩书记斥责主任说："他能听到什么风声？不过为点儿农药瞎撞！"

张广泰问他们道："你们说的什么？"

马主任直起身不开口了。

韩书记斥责张广泰说："你怎么干这种事？"

张广泰说："我干什么了？"

又一位干部进来说："老广泰，你看准了？"

张广泰奇怪地问道："我看准什么了？"

干部说："你和上边挂上钩了？"

张广泰说："挂什么钩啊？"

韩书记耐不住地说："那你那大字报是怎么回事？"

张广泰懵懵懂懂地问道："什么大字报？"

韩书记说："你在区上贴的支持区革委的大字报！"

张广泰说："支持区革委的大字报？我不知道啊！"

韩书记说："没想到你张广泰现在也学的会看风头了。"

张广泰说："我真不明白，你们说了半天，怎么回子事嘛！"

韩书记说："难道你也学着躲到幕后去指挥？"

张广泰爆发了，说："你们越说我越糊涂。怎么回事？"

马主任说："你派人到区上去贴支持革委会的大字报，这个区革委根本就站不住了！"

干部说："还用了全公社贫下中农的名义！"

韩书记责骂道："这不是瞎闹吗？"

马主任说："出了事，你可以说是小青年们干的。可是我们公社这一摊子干部，怎么表态？支持你？反对你？支持夺权？还是支持县革委？你叫我们怎么办？"

韩书记说："你应该先和我们商量一下，通个气，我们也好有个准备。你这么不声不响，'嗵'一炮，放出去，我们多为难，多紧张，多被动！就为买几袋农药，你施这么一手，可真不地道！"

张广泰说："这个事我一点儿不知道。"

韩书记说："你怎么能说不知道？我们也不能说不知道啊！"

马主任说："怎么能说不知道？根本不行，我们得表态啊！"

韩书记重重叹口气说："行了，你搬农药去吧。"

马主任说："老广泰，最好你在这儿留下张大字报。"

韩书记说："叫他写什么？说对区上那张大字报不负责任？不是添乱吗？"

马主任说："好吧，跟我去仓库，为点儿农药，可真不该干这事。"

张广泰已经明白事情的原委了，极尴尬，极恼怒，跟随主任出了书记室。

出得门，主任对他平和了些，说："我们听到你派人到区上去贴了那么张大字报，就猜你一定得到什么风声了，原来你还蒙在鼓里。"

曲家老房里。成才和曲彦芳下工后，双双忙做饭，成才烧火。曲彦芳问道："做不做八月的饭？"

成才说："准又赖在奶奶那儿了，不用做！回来叫她吃剩的！"

曲彦芳笑道："我们张成才同志也有无可奈何的时候啊。"

成才说："叫她爷爷奶奶惯去吧，等出了事，叫他们去丢脸。"

曲彦芳说："哪有那么多脸去丢！"

成才说："不信你看着，黄家没有好种！"

曲彦芳说："真奇怪，当爹的怎么都怕闺女上当？恨不能抱在怀里护着？"

成才说："你爹护你了吗？"

曲彦芳说："就是我爹没护我，才上了你这浑小子的当！"

成才说："还小子呢！闺女都得操心了！老子了！"

曲彦芳说："说真的，那些知青里，有那合适的，你留心给看一个。"

成才说："没有哪个我能看上眼，你瞧他们一个个那德行，油嘴滑舌，到了地里，拿起家什来，身子骨软得像条长虫，恨不能缠在锄把上绕三圈。"

曲彦芳说："不是说他们要在这儿扎根落户吗？"

成才说："城里有的是姑娘，领来就是了。来多少，大柳树容得下！"

曲彦芳说："那也得看人家姑娘愿不愿意到农村来。"

成才说："是啊，城里的不愿意来，农村的可不得倒霉？得防着黄家那小子。"

曲彦芳说："防得住吗？你们张黄两家，那点儿破事！"

成才一惊说："怎么？你看上他了？"

曲彦芳说："谁呀？黄家驹？"

成才说："啊。"

曲彦芳说："嗨，我看上有什么用，得八月自己！"

成才说："她懂什么？"

曲彦芳说："就你懂！多聪明的人啊，头一个情人就丢了！"

成才说："我是有更好的等着我。"

曲彦芳说："不用美，我是看你哭得可怜，你当我真爱你呀？"

两人都笑了。曲彦芳说："说真的，我也担心八月像我一样，傻乎乎地上了当。"成才说："你看紧了她。"

曲彦芳说："告诉你吧，青年男女的事，做父母的，越看越坏，不如放他们自己做主。"

成才说："除了黄家，哪家都行。"

曲彦芳说："哪家都行？我八月就那么贱？我还得给她挑挑呢。"

成才说："你不是说放她自己做主吗？"

曲彦芳说："放她自己做主，也不能哪家都行啊。我有经验，要帮她拿主意。"

成才说："好像你谈了几百个似的。"

曲彦芳说："一个也够了。"

他们夫妻是和谐的。

张广泰忧心忡忡，坐在装有两袋农药的毛驴车上，信马由缰，回了大柳树村。

张广泰一家吃晚饭。张广泰魂不守舍，唉声叹气。已经年迈的王玉珍，早已不在意他的情绪变化。孙女张艳双却极关心自己的靠山，说："爷爷，你怎么了？不好好吃饭？"

张广泰又叹口气说："爷爷撕捋不开了！"

张艳双问道："撕捋什么呀？"

张广泰说："大事！"

张艳双问道："什么大事啊？国家大事？"

张广泰说："不是。咱们村里的……大事！"

张艳双不开口了。

全体知青也参加的村民大会在广场召开。张广泰讲话："大家都知道了，为河东那片棉花地，我们区上县上的跑，现在，总算开来张农药条子了。可是，用量大，光有条子没有钱，拉不来货。所以，今天开这个大会，招呼大家来，各组商量商量，这次，不是要大家捐献，因为用在生产上，我们队上先借大家的，叫会计留着账，也给大家开借条，秋收以后，卖了棉花，按数还清。就是这事，下边各组自己商量吧。”

各组正在商量，丛军突然站起说：“借不借我们知青的？”

张广泰：“知青的，也借！当然也借！你们也是大柳树的人啊。”

丛军说：“好，我借给五块！”

罗二贤说：“我借给三块！”

邢啸山说：“我借给三块五！”

知青们一个一个站起，宣布自己借给的数目。他们走上主席桌前，排成队，掏出现钱，当场兑现，拿了借款条，出场外站，等待宣布散会。最后，只剩下黄家驹一人，坐在原地不动，成了众“目”之的，憋红了脸。全场目光中，张艳双向他投来的目光，最为热切，最使他自惭。他慢慢站起，平静地仰起头，大声说：“爷爷！”

张广泰问：“什么？”

黄家驹高高举起手说：“我要多借一点儿给队上，啊，不是三块五块的，钱嘛，太多，不能带在身边，得回家取一趟，好不好？”

张广泰说：“当然好。现在你就回家去拿吧。”

黄家驹大摇大摆出了会场。

“新新居”今不如昔了。厦下桌椅不见了，房里锅灶落满灰尘，只有几件残破炊具供日常使用。黄吉顺的房里，于凤兰躺在炕上，面容憔悴，小芹守在炕前给她吃药。听见有人进门，小芹探头见是黄家驹，不禁一喜，向于凤兰说：“妈，跑儿来看你了。”

黄家驹进房说：“姥姥，你好点儿没有？”

于凤兰只应了一声，听不出说了什么。

黄家驹问道：“我姥爷呢？”

黄吉顺出现在后院门口，说：“是跑儿来了？”

黄家驹叫声：“姥爷，你好。”

黄吉顺应道：“啊啊，准你假了？”

黄家驹说：“准了。我姥姥怎么样了？”

黄吉顺说：“你不是看见了？一天不如一天，两眼都看不见了。光靠吃药，不吃饭，哪行？你在那儿怎么样？”

黄家驹说：“挺好。”

黄吉顺问：“张广泰对你怎么样？”

黄家驹说：“挺好，还给我立功了呢。”

黄吉顺说：“啊，好好干。你姥姥病着，我没空去看你。张广泰在你眼前提起过我没有？”

黄家驹说："没有。"

黄吉顺说："他事多，忙。他给你立了个什么功？"

黄家驹说："就是你给我说要立棉铃虫那一功，开始他还不信，特地请了农技员去察看了，说我提得对。我又帮他到市里闹来张治棉铃虫农药的条子，他当众宣布的。"

黄吉顺说："好啊，好好干。"

黄家驹问道："我姥姥一半天没事吧？"

黄吉顺说："没事。不过也是早一天晚一天罢了。"

黄家驹说："妈，给我二百块钱。"

小芹问道："什么？"

黄家驹说："给我二百块钱。"

小芹说："二百块钱？干什么？"

黄家驹说："大柳树要买农药。"

小芹说："大柳树买农药，你出二百块钱干什么？"

黄家驹说："是暂借，秋天还。"

小芹说："我们哪来这么多钱？"

黄家驹说："你不用哭穷。我知道，你有钱。"

小芹说："我哪来的钱？每月的工资，都帮你姥姥买药了。"

黄家驹说："我已经答应张广泰，回来拿二百块给他。"

小芹说："没有。不和我商量，你自己在外面就做主了？"

黄家驹说："哎，我在外面不自己做主还回来找你们？人家让我随便走吗？"

小芹说："没有钱。有几个钱还要给你姥姥抓药呢。"

黄家驹说："我姥姥没有事。"

小芹说："谁说没有事？你姥爷刚才不是说了吗？早一天晚一天。"

黄家驹说："她是早一天晚一天，反正一样。我可是一辈子！"

小芹断然说："不！没有！"

黄家驹说："没有，我在这儿等着，你们出去借，反正我把话说出去了。"

小芹说："你怎么耍赖？"

黄家驹说："妈，我不是耍赖，你想想，人家知青们都借，就我一人干瞪眼，以后在那儿怎么过？"

小芹说："怎么过？自己挣工分自己吃。我养你一辈子？"

黄家驹说："那好，我不回去了，挣不了工分，还得你养着我。"说罢往炕上一躺。

黄吉顺说："跑儿啊，看见没有？你妈把钱都给你姥姥买药了，多孝顺！你也得学着，记着，将来你妈老了，你也得这样。"

黄家驹说："我得有钱啊，有了钱我也会孝顺。"
黄吉顺说："好了好了，多少？"
黄家驹说："二百。"
黄吉顺说："啊，二百。"

黄家驹过水渠小桥向大柳树走去，树后突然出现了张艳双，紧张地问他："拿来了吗？"

黄家驹拍拍鼓鼓的口袋说："说到做到。"

张艳双说："你真好。可是，我爷爷又要批评你了。"

黄家驹吃一惊，问道："又要批评我？批评我什么？"

张艳双说："大字报！"

黄家驹说："大字报怎么了？你给他说了？"

张艳双说："我没说，他问我了，是公社的人给他说的。听说区革委要垮台了。"

黄家驹说："垮就垮去吧，关我们什么事！"

张艳双说："唉，大字报上写的是大柳树公杜全体贫下中农！区革委垮了，上台的就要攻我们公社了，当然也要攻我爷爷！说不定还要叫他下台呢，他正恼火，不批评你?!"

黄家驹说："批评就批评。批评也晚了，要攻他照样攻他。"

张广泰那粗糙的大手，颤抖地、一张张点数五元、一元、二元、五角、二角、一角的各种钞票。最后，他点头说："不多不少，整整二百元。好啊，你给咱大柳树救了急，明天我就派人去拉农药。你又立了一功。"

黄家驹说："没有什么。张爷爷，我走了。"

张广泰说："哎哎，还得给你借条。"

黄家驹说："嗨，就是不写借条，张爷爷能忘了我？"

张广泰说："话是这么说，该怎么办怎么办。"

黄家驹说："叫团支书捎给我好了。"

张广泰说："哎哎，你别慌着走，我问你个事。"

黄家驹明知故问道："什么事？"

张广泰说："你在区上贴了张支持革委会的大字报？"

黄家驹说："贴了。"

张广泰说："你和谁商量了？"

黄家驹说："谁也没商量。革委会当然是革命的委员会了，支持革命的委员会，还要和谁商量？"

张广泰说："你可听说有人要夺他们的权？"

黄家驹说："我不光听说了，还亲眼看见了。夺革命委员会的权，不是反革命吗？我们知青当然要挺身而出保卫革命了！"

张广泰说："嗨，你知道哪个是革命的？哪个是反革命的？"

黄家驹说："张爷爷，你这话不对，难道革命委员会能反革命？再说，你也不用管那个，犯了错误，由我一人承担。"

张广泰说："可你用的是全公社贫下中农的名义。"

黄家驹说："贫下中农当然都是支持革命的。莫说大柳树公社的，全国的都一样。哪个贫下中农能反革命？这是原则问题。"

张广泰说："这是……嗨，我不给你扯了！"

黄家驹说："那我走了。"扬长而去。

张广泰望着他的背影说："这小子！惹祸不认账，还没法治他……"

张广泰愁肠百结进了小学校。教室里只有成民一人在改学生作业，发现他来，抬头看一眼，问道："什么事？"

张广泰在木板上坐下说："知青黄家驹在区上贴了张大字报。"

成民说："贴就贴吧。"头也不抬。

张广泰说："这张大字报惹下的祸不小啊。"

成民说："唔……"

张广泰说："区革委会可能要倒台。"

成民说："唔……"

张广泰说："我这个村长也要连累上。"

民成说："唔……"

张广泰说："我若是给撤了职，这村里，叫谁接班？"

成民说："唔……"

张广泰说："曲国经老村长死了。以前，遇上大事，我都是跟他商量，现在没有这么个人，我来问问你！"

成民说："我不管你们党内的事，我只管把学生教好，对得起他们，对得起家长，无愧于自己的良心就行了。"

张广泰再看成民，见他仍原地不动，失望、失落、孤独、无告，一齐袭上心头，缓缓起身，走出教室。

成民竟未目送他一眼。

张广泰在家中，坐在明间凳上，两眼直视墙上的毛主席像。

张广泰自言自语道："怎么办？"

"老村长，你把大柳树交给了我！老少爷们儿都信任我，若是为这张大字报撤了我，我把大柳树交给谁?”

“交给谁?我去问谁?问毛主席?他老人家离我太远了啊!”

“我本来不是个当村长的材料啊!我是个打铁钉的工人，受人家骗，变成了农民，又阴差阳错地当上了个村长，我得为全村老小出力呀……”

他不觉热泪淌下面颊……

第十六章

剧毒农药洒下地，棉花种下了，出了苗，长势不错，张广泰心里一块石头落下地。现在该轧场院准备麦收了，他不得不抓紧。天有不测风云，一旦来了连阴雨，糟蹋了麦子，交不上公粮，要拿他是问。再说，全村人还等着收了麦子吃饭呢！责任重大，而且，听说炮轰派正在夺区革委会的权，一旦夺了权，因为黄家驹贴了那张大字报，势必牵连到他。他必须抓紧时间，把村里的生产安排在前头。

大柳树村几个组（小队），分别在村头泼水轧自己的场院。张广泰一家在李七嫂子组，成才挑水，寡妇们抬水；曲彦芳、李秀英等年轻点儿的都是壮劳力，泼水，光脚拉碌碡；张广泰最忙，坦泥，拉草帘子，人人一身泥水，个个情绪高昂。

来了两个戴红臂章的人，在场院外向李寡妇七嫂子打听道："张广泰在这儿吗？"

李七嫂子叫道："张师傅，有人找！"

张广泰看见那红臂章，便意识到了什么，走到两人前，问道："你们？……"

来人甲问他："你是张广泰？"

张广泰说："是我。什么事？"

甲说："我们是炮轰派的代表，是炮革委派我们来的。你们村代表全公社贫下中农贴的支持老革委的大字报，支持保守派，在我们夺权最激烈的时候，干扰了革命，现在炮革委派我们来传达对你的处理。第一，撤去你支部书记和村长的职务；第二，你要交代，你的后台指使人是谁？你又是怎么指使那两个知青，去破坏夺权的！只要你把这两条交代清楚了，证明你是受蒙蔽的，我们往上追，不往下查，也不追究你的罪行；第三，召开社员大会，我们宣布以上两条决定。"

张广泰低头听完，不声响。

甲问道："怎么？听见没有？"

张广泰说："听见了。"

乙又跟着问道："听明白没有？"

张广泰又说："听明白了。不过，你们的宣布，无效。"

甲一脸怒气道："怎么无效？"

张广泰说：“我这个书记和村长是区党委和区政府委任的，要撤销我，得韩书记亲自来给我宣布，我还有话要对他说。”

甲说：“你们的韩书记，正在交代那张大字报的后台。怎么处置他，也要看他的态度，他自己都保不住，你还想他保你？我们炮革委的决定，你不服从？”

张广泰想了想，回身走进场院，拉起草帘，拖泥水去了。

甲、乙在场院外向他叫：“张广泰，出来！”

张广泰拖着草帘来到他们面前说：“还有什么事？没看见我这忙着吗？”拖着草帘又走了。

甲、乙在场院外叫：“张广泰，你过来！”

张广泰拖着草帘又到了他们面前道：“有话你们就快说，我要干活儿！”

甲说：“炮革委的决定你服从不服从？”

张广泰拖着草帘绕场院转了一圈又回到他们面前，看了看他们，又拖着草帘走了。

甲急得跳脚喊道：“张广泰，你要是服从就通知开村民大会！”

张广泰向他扬扬手说：“我不是支部书记了，也不是村长了！无权召集人开全村大会！你们自己召集去吧！”

甲、乙相视一下，甲穿着鞋进了满是泥水的场院，直奔张广泰，口气缓和了说：“老张同志，我们是奉炮革委差遣，你要配合我们工作，我们还没向全村宣布撤销你呢，大会还得你召集人来开。”

寡妇们围拢了来，观看发生了什么事。

张广泰态度坚决，不容商量地说：“你们看看，我们全村都在轧场院，撒不得手，一撒手，水干泥裂，不是白费工了?! 你出去吧，天大的事也得等我们忙完这个再说。”

甲跟着他边走边劝说道：“你先放下，我们谈谈！”

张广泰说：“没空，你出去，看，你把我们场院踩成什么样子？我们是轧场，不是和稀泥，出去！”

甲翘起脚尖走出场外叫道：“你不执行，我们要严格处理你！”

张广泰先轰散围观的寡妇们道：“都干活儿去！”然后对甲说：“这样吧，你们给我五天期限，我把村里的生产布置完了，你们再来宣布，那时候，莫说撤我的职，就是开除我党籍也行。”

甲板起脸说：“这个，绝对不行，你马上召开村民大会！”

大柳树村男女青壮劳力连同知青们都沾泥带水地集中在村头空场上，像鬼子扫荡进了村，但不那么惊恐，只是不知出了什么紧急事。木桌上安了个麦克风，甲和乙站在桌后，张广泰向他们挥臂示意说：“都来了。”

甲说："都来了就开会。"拿起麦克风弹了弹，清清嗓子："喂喂，大柳树村社员同志们！我们是大柳树区炮轰派革命委员会派来的工作人员——"

小学里，广播喇叭声扰乱了成民讲课，他恼怒地走出教室，拿根长杆铁钩，捅广播匣子。

响彻全村的广播声音继续响道："炮轰派革命委员会，派我们来宣布对张广泰的两项处理决定。第一，——"

广播匣子被铁钩拉断了线，不响了。

成民转身看见岳自立从校门外跑过，喝道："自立！"

岳自立站住了。

成民喝问道："哪去？"

岳自立说："来人开大会了，要处理我爷爷，我去看看。"

成民说："回家去，复习你的功课！再考不上，就没有希望了。"

岳自立只得向回走。但一见成民进了教室，转身又向会场方向跑去。

张艳双推着黄家驹回到粉房知青宿舍，黄家驹气呼呼斜眼歪头说："我和他们辩论去！看谁辩倒谁！"

张艳双说："他们已经夺权了，还和你辩论？不抓你就是好的。"

黄家驹说："没有那事，我和他们辩论，不用村里人说话，有知青队给我站边助威、喊喊口号就行了，我绝对辩倒他们。"

张艳双说："行了，洗洗脚，乐得休息休息，听他们怎么说。"拿来盆，给黄家驹舀了水，自己也舀一盆水，黄家驹故作恼怒却又不得已似的坐下洗脚。

张艳双在他对面坐下洗脚，说："我爷爷给我一使眼色，我就明白了，你还想去和他们讲理？"

这时传来大喇叭广播的声音："这张大字报是大柳树村知识青年写的，知识青年，是教育问题，但是后台是张广泰！"

"混蛋！"黄家驹暴跳跺脚起身，脸盆被踏翻了，泥水溅了张艳双一身。

黄家驹说："有我们爷爷什么事？不行，我去！"

张艳双起身抓住他说："我们得听爷爷的。别去，别惹祸！"

在张广泰家，王玉珍侧耳听广播。曲彦芳进门问道："妈，八月回来没有？"

王玉珍说："没有。这是谁在说话？撤你爹的职？"

曲彦芳说："都是黄家那小兔崽子闹的。"带着两腿泥走了。

大喇叭广播的声音继续响着："张广泰交代出他的后台是谁来，我们不追究他的责任。要交代，也很简单，说出人名来就行了——"

曲彦芳进了粉房知青宿舍院，见张艳双正紧抱着黄家驹，两人撕撕捋捋，亲如小两口，不由怒从心头起，厉声厉色喊道：“八月！”

张艳双惊应一声，怯叫一声：“妈！”

曲彦芳喝一声：“回家！”

张艳双看看妈说：“爷爷叫我送他回来……我不让他去吵架……”瞟黄家驹一眼，红脸走了。

黄家驹向曲彦芳送上笑脸说：“姨，你坐！”

曲彦芳怒目圆睁道：“我坐？我还能坐？你这黄家坯子，就没带好心到大柳树来！”狠狠扇了黄家驹一耳光。

这大出黄家驹意外，一时间失去反应，只是吃惊地白瞪眼。

广场上。来人乙高叫道：“现在，大家跟我喊口号：“拥护炮轰派革命委员会！”出他意外，全场人竟像一片木桩，没人跟着喊，有的还莫名其妙地对他傻笑。如此情景，令他不知所措。

乙又喊：“拥护炮革委对张广泰的处理！”仍旧没人跟着喊。

甲挥了一下手说：“我明白了。根子还是张广泰！张广泰！”

张广泰应道：“在这呢！”

甲问道：“你对炮革委的决定什么态度？”

张广泰问道：“你们要个什么态度？”

甲问道：“对你的处理，你服从不服从？”

张广泰说：“我服从。”

甲说：“光服从不行，服从是被动的。你说，你拥不拥护炮革委？”

张广泰怔怔地看着他们，眼光里闪着火焰说：“你们欺人太甚！你可不要逼哑巴说话‼我服从你们对我个人的处理，也是昧着良心说的。要我拥护你们？你们撤了我，我是平民百姓了，拥护不拥护你们有什么关系？”

甲、乙见他那气势好像要动武，不言语了。

张广泰向全体说：“既然老少爷们儿都凑齐了，我就趁这机会，把以后几天的生产布置布置。今儿各组回去，把场泼完了，明天把场院轧一轧，趁天好，把头遍地锄了。大禄，你们抓紧把北地的苗补上。”

曹大禄说：“补了。”

张广泰说：“还有片缺苗的空子，在西南角。”

曹大禄说：“好，我去看看。”

张广泰说：“天柱，你们二遍地过几天再说吧，帮帮我们的头遍。”

曹天柱问道：“你们还有多少？”

张广泰说：“不到十四亩。”

曹天柱说：“行。”

曹有贵说："午饭给什么好吃的？"

人们都笑了。李寡妇说："杀鸡！"

曹有贵笑问："有酒吗？"

李寡妇笑道："你还没有完了啦？"

全场的人都哄笑起来。

甲和乙自感无趣，退到一旁去了。

张广泰说："好了，老少爷们儿都听见了，我给炮轰下台了，以后村上的事，别找我了！"

曹大禄问道："找谁呀？"

张广泰指指甲和乙说："找他们！"

曹大禄说："他们拔腿走了！上哪找他们？"

张广泰说："问他们吧。"

甲和乙挤回桌前说："现在就给你们开村民大会，选个新村长。你们先酝酿酝酿，研究研究，提出名单来！"

曹大禄问甲道："选谁啊？"

乙说："我们不了解你们的情况，你们自己选！"

曹大禄向大家喊道："爷们儿！选谁呀？"

李寡妇说："我们选张师傅！"

曹天柱"好汉组"的人们叫起来："对，张师傅！选张师傅！""还是张师傅！"

甲问道："谁是张师傅？"

张广泰说："我，大家都叫我张师傅。"

甲吃惊道："是你？"

张广泰说："是我。怎么了？不让？"

甲向全体喊道："张广泰已经被撤职了，他要交代他的后台，没有资格当村长，你们选别人！"

人们默默地走散了，甲叫道："都不要走！"

曹大禄说："别耽误工夫了，我们没空儿，走啊，泼场去！"

曹天柱喊道："'好汉组'的，走啊！"

人们散开去，忽然响起锣鼓声，大家驻足望去，一队人敲敲打打，穿过村街走来，人们不禁迎去，认出来，笑嘻嘻走在头里的，竟是全村的老熟人林科长。林科长见人就握手，问好："这么早就泼场了？""听说你们在这儿开会。""三大爷，你老人家好啊！"

张广泰紧握林科长的手说："你来干什么？"

林科长说："宣布个事。为你。"转头看看全场人，喊道："大柳树的乡亲们，你们好啊?”

人们都笑迎他。

曹有贵叫道:“老林，你又当官啦?”

林科长说:“不是官，是人民的勤务员。”又向全体说:“泼场啦?来的路上，我见咱们的小麦，今年长得不错啊!”

曹有贵问他:“你干什么来了?”

林科长说:“来宣布个省革委的决定，全村爷们儿都在吧?”

曹大禄挤上前说:“区里炮轰派夺了权，撤了张师傅的支书和村长，叫我们选个新的，我们还选张师傅，他们不通过!”

林科长说:“不用选啦，我就是为这事来的，区里来的人呢?”看到了在人群中戴红臂章的甲和乙，指挥道:“噢，你们过来，一起听我宣布。”

甲横声横气地问道:“你是哪里的?”

林科长说:“市革委会秘书科。我叫林士布。”

甲奇怪地问道:“市革委秘书科?”

林科长说:“对。你们俩都是炮轰派?”

甲说:“是，怎么的?”

林科长说:“好吧。”从皮包里拿出一纸，抖开说:“爷们儿都听着，我把市革委的决定念给大家听听，永安市革命委员会关于粉碎大柳树区炮轰派反革命夺权活动的决定。

“四月二十三日，大柳树区炮轰派，不执行市革命委员会一一·二一决定，利用少数野心家的派性，制造了打砸夺权反革命事件。现经市革命委员会全体会议讨论通过决定——大柳树区四·二三夺权，是反革命破坏活动，必须坚决镇压，彻底粉碎。

“凡参加四·二三反革命活动者，必须彻底交代其活动罪行，并揭发幕后策划唆使者。

“凡参加四·二三反革命活动拒不交代罪行者，将一律从严处理。

“永安市革命委员会……”

在全体群众欢呼声中，林科长向大家摇摇手说:“还有个嘉奖通知，也在这儿宣布一下:“市革命委员会，在详细调查研究了大柳树村贫下中农在与反革命分子夺权的破坏斗争中，所张贴的捍卫区革命委员会的大字报，是革命的，它表明了全区贫下中农热爱革命政权的坚定立场，市革命委员会一致通过，号召全区人民向大柳树村的贫下中农学习，学习他们旗帜鲜明地走毛主席革命路线。将无产阶级文化大革命进行到底!”

人群早已按捺不住的激动兴奋情绪爆发出来，欢笑、鼓掌、喊口号、敲锣鼓。

粉房，知青宿舍里。场上的嘈杂声阵阵传来，黄家驹和曲彦芳都在侧耳谛听，都被这骤然变化弄呆了。黄家驹渐渐侧过头谴责地注视曲彦芳，曲彦芳不知所措地慌乱。走不是，留不是，真个是进退维谷。

广场上，热闹喧嚣的人群中，甲冲到林科长前，厉声叫道："你不要狂，这套手段，我们都会，想骗我们？"向乙歪下头说："走，去打电话问问！"

林科长严厉制止说："打电话，有一个就够了。"急向张广泰使个眼色。成才眼疾手快，上前扭住乙说："我带你去！"

林科长对全场招招手说："老少爷们儿停一下，停一下，还有一件事情要宣布，经过县革委会提名，报请市革委讨论通过，张广泰同志为新华区革命委员会的委员。"

人们狂欢了。

队部。乙摇电话喊道："区革委，区革委，我找老蔡！……哪去了？……什么？……你再说一遍……"听了一阵，颓然放下电话。

粉房，知青宿舍里，黄家驹对曲彦芳说："姨，他们吵吵什么呢？你听见了吗？"

曲彦芳说："啊，我正在听呢。"

黄家驹说："我听那意思，好像我们的大字报贴对了，是不是？"

曲彦芳尴尬不已地点头说："啊，啊，对了。"

黄家驹摸着脸故意捣蛋地说："啊呀！这个……姨，你手痛吗？"

曲彦芳惭愧不已说："……啊，啊，家驹，我……嗨……"

成才拉着乙回到广场上，乙沮丧地凑近甲说："属实。还叫我们就地传达一个通知。"

甲问乙道："什么通知？"

林科长也问乙："打通电话了吗？"

乙颓然说："打通了。"

林科长说："打通了好，你给大家说说吧。"

乙求林科长说："你说吧。"

林科长命令似的对乙说："我要你给大家说！"

乙窘促地说："我们……呃，呃，也是被利用的。"

林科长说："不要这样，大点儿声，给大家说！你们不是很英雄吗？"

乙可怜巴巴地说："我们，也是被派来的，我们不了解内情，我们，也是被蒙蔽的，我们，区革委会……叫我们在这里就地向大家公布一个决定，啊呀，我难受死了……唉，好，区革委会通知，张广泰同志从今天起，担任大柳树公社的党委副书记。"

张广泰吃惊问道："什么?"

乙讷讷说："从今天起，你是大柳树公社的副书记。"

张广泰又一惊："我?!"

林科长说："没有错儿，他代替我宣布了，我还没来得及说呢。"

村民们又是欢呼，又是鼓掌，锣鼓敲得更响。

甲和乙向张广泰求饶说："张书记，我们确实不知道他们搞的是阴谋，你看，我们当这小差使，把你得罪了，你是大干部，可别为难我们，我们知错了……"

张广泰说："没事没事，你们回去吧，没事。"

甲和乙说："那我们走了。"

张广泰说："走吧，没事了。"

甲和乙走了。群众发出笑声、喊声。张广泰向喧闹的人们高喊道："老少爷们儿，赶紧泼场吧，别耽误了时辰！泼场去吧！"

粉房知青宿舍里。曲彦芳对黄家驹说："家驹，你可别记恨我啊！我和你妈，从小是姐妹。"

黄家驹说："知道。要不我叫你姨?"

曲彦芳说："刚才，姨错打了你，你看，我羞得慌，我给你赔个不是，认个错，你别生我的气，啊?"

黄家驹说："姨，我不生气，你打我，是怕我不学好，管教我，你是好心，别人谁管我?"

曲彦芳说："好好好，今晚上到我家吃饭，也是我给你赔个情。"

黄家驹说："姨，不用那样了。"

曲彦芳说："不，一定要去。要去，啊。"转身走了。

黄家驹说："姨，你慢走！"

曲彦芳出了院门，懊恼自责说："唉！从来没栽过这种跟头！……该死的！"

墙角闪出了张艳双，急急跑进宿舍。

场院头。"小顶针"李秀英凑近李寡妇七嫂子说："婶，不知林科长有没有媳妇了。"

李寡妇吃一惊说："你怎么？想什么呢?"

李秀英说："你忘了？你说的，可惜他比你年轻点儿，要是他还没有，叫我公公给他提提你，问问他，行不行?"

李寡妇说："啊呀我的傻丫头！你看看人家是个什么气色，有红是白的，再看看你婶子，满脸的核桃皮，你说什么呢?!"

李秀英说："那时候，你光嘴里说，若是找上他，不是早成了?"

李寡妇说："我也是那么说说，给嘴过生日，你还当真了？他妈的，他真大几岁，今儿我就把他领回家。"

张广泰家。院里席地摆了大碗，王玉珍、曲彦芳、张艳双给林科长和他带来的人献茶。林科长和张广泰对坐香椿树下，低声交谈，林科长说："炮轰派是一帮无知的混子，他们什么也不懂，看见人家干什么，他们也学着起哄。你好好干吧，公社副书记、区委委员，以后说话也有点儿分量了。"

张广泰说："嗨，老林，我是半斤八两，我自己知道，干不了大事。这区委委员、公社副书记，我怎么干得了？再说，那张大字报，不是我写的，也不是我指使谁去写的，是一个下乡知青，我叫他进城——你记得吗？他找了你，你给他写了张农药的条子，他到区上去批农药，碰上了他们夺权，他就写了那张大字报贴出去了。"

林科长说："我升到市里去，也是沾了他那张大字报的光。你要注意这个小青年，看来他有点儿政治头脑，你要培养他，也许将来有点儿出息。"

张广泰说："政治上的事，我一点儿不懂。就是这农业上，也是到了大柳树以后才学了一点儿，大家叫我当村长，不过是因为曲国经老村长去世前，提了我，大家尊重老村长的意思就是了，顶多还有一点儿，那是因为我为大伙办事不惜力，不为自己，别的还有什么？"

林科长说："做到这点儿就站住了。喂，你想不想回城里？我现在在市委，写信写条的有点儿用了，也算有点儿小权了，你想回去，我给你办。"

张广泰说："回城里当然好。可是，你看，大柳树老少爷们儿，对我不错啊。这几年，农业活我也学会了一点，劳动、生活也习惯了。算了，在这儿待下去吧，有时候，农村比城里还好点儿呢，你看现在，多乱！农村就少这些麻烦。"

林科长说："也行，我可能到区里当秘书长。以后我俩见面的时候多了，有什么事，给我说。"

张广泰说："那是一定的。你说注意培养贴大字报那个小青年，怎么培养他？"

林科长说："叫他多干活儿，看他适合干什么，多叫他干什么，和外边打交道的事，派他。"

张广泰点头。林科长说："以后不管到区上还是到公社，说起来，你可别说那张大字报是他写的。"

张广泰说："为什么？"

林科长说："不为什么，就说是你写的。"

张广泰还是不解。

张艳双兴冲冲进了学校，见了成民便叫道：“伯伯，我爷爷升官了！”

成民皱眉。

张艳双说：“当了公社的副书记，还当区委委员！”

成民仍皱眉，学生们却高兴地欢呼起来：“噢！我们老村长当官了！”“……”

成民呵斥艳双道：“升官有什么可高兴的？”拿教鞭猛拍桌子对学生们喊道：“吵什么？她爷爷当官，你们叫什么？”

学生们大气不敢出了。

张艳双呆了。

粉房，知青宿舍。知青们收工回来，个个疲惫不堪，忙着洗脚洗腿，黄家驹却已洗涮干净，在换衣裳。罗二贤看看他道：“嗬，队长同志，你倒自在了！这是要到哪去做客？”

黄家驹说：“对了。你们想不想改善一下生活？”

知青们喊道：“想啊！”

黄家驹说：“今天晚上我请客！”

知青们问道：“吃什么？”

黄家驹说：“现在还没定，你们等候消息吧。”

从军开玩笑说：“怎么？你也升官了？”

黄家驹自矜地说：“还没轮到我呢。”

罗二贤说：“算了吧，瞎眼公鸡刨食，睁眼母鸡吃。贴了革命的大字报，人家升了官，你捞到什么了？”

黄家驹说：“目前形势和我的任务——”抬头见张艳双在门外向他招手，出门去。

张艳双对他说：“我妈说，叫你今晚到我们家吃饭，给你赔情。”

黄家驹说：“她给我说过了。吃什么？”

张艳双说：“在杀鸡。叫我告诉你，别告诉别人。”

黄家驹说：“行，还有什么菜？”

张艳双说：“农家青菜呗，我走了。”

黄家驹说：“等等，请我吃饭，不能我自己去啊！”

张艳双问道：“怎么不能？”

黄家驹说：“得你妈来请我啊！”

张艳双说：“她得做饭。”

黄家驹说：“那我就不去。”

张艳双笑了，说：“我来叫你。”

黄家驹说：“好，叫你妈多做饭菜，我吃得多。”

张艳双莞尔一笑说：“撑死你！”走了。

黄家驹回宿舍对知青们说："革命的同志们，目前我的形势和任务，不是先当官，而是为当官打下感情关系的基础！区委委员算个什么？芝麻粒大个官儿！"

知青们"哈哈"大笑了。

黄家驹说："喂，今晚上，我们要有组织，有计划……"

张广泰家。桌上饭菜已经摆好。西房里，成才搭拉着脸说："这小子，今晚来，有些话，当说的则说，不当说的别扯！尤其是别让他扯八月！"

曲彦芳说："我知道！我也该死，从来没打过人，这一巴掌真贱！怎么就打了他呢?! 你也得给咱爹说说，说几句客气的赔情话就行了，别觉着沾了他那大字报多少光似的。"

成才说："爹那儿你放心。他还不愿当那官儿呢！"

张艳双领黄家驹进门来。张广泰先笑脸相迎说："来啦?"

黄家驹说："爷爷，我们知青队全体同志，叫我捎话给你，祝贺你被上级提拔。"

张广泰说："啊啊，坐吧。"

黄家驹说："我奶奶呢?"

王玉珍迎出道："这儿呢，你坐吧。"

黄家驹说："奶奶身板可真好。奶奶，我先和我爷爷坐下。"

王玉珍说："你坐吧，我还有事。"

曲彦芳出西间来迎他说："家驹，来啦。"

黄家驹说："姨，我给艳双说，不要给老人添麻烦，我来看看爷爷和您，说个喜话就行了。"

曲彦芳说："哪能啊，吃饭也一样能说话。"

黄家驹说："要吃饭我什么时候都能来。爷爷，奶奶，你们先坐啊。"

张艳双回到西间，对成才说："他来了，你还不出去?"

成才说："知道了。"出了门对黄家驹点头："家驹来了?"

黄家驹礼貌地招呼他们："叔，姨，你们先坐。"

成才坐下后，曲彦芳对黄家驹说："我还得忙锅上，你坐吧。"

黄家驹说："不，那，爷爷，奶奶，你们坐这儿，我叔和我姨坐这儿，咦?还有我姨夫呢? 还有我大姨，岳自立，他们哪去了?"

张广泰说："他们在他们老子那儿。"

黄家驹说："爷爷，得请我姨夫来，要不，我来了，我姨夫不露面，别人不说我和我姨夫不亲? 也许还要说你们把我和我姨夫分开看。"

张广泰说："行行，八月，去叫你伯伯过来。"

黄家驹说："还有我大姨和岳自立。"

张广泰说：“去看看吧。”

张艳双应一声走了。

黄家驹对成才说：“叔，我们知青队好几个人都想跟你学锔锅的手艺，你可愿意收几个？”

成才说：“不收。”

黄家驹说：“我也给他们说过，怕你不喜欢我们。”

成才说：“不是不喜欢你们，我这点儿手艺，没有什么可学的。”

黄家驹说：“我们知青队，有什么思想活动，都给我汇报，我汇报给团支书，有些具体要求，不能实现的，我都压住了。还有人想跟我爷爷学打铁。”

张艳双跑回来说：“不来！”

张广泰说：“他们不来，我们就吃吧，也没有什么好吃的。”

黄家驹说：“爷爷，我姨夫不来——是不是记着我的仇啊？我是小一辈的人……”

张广泰说：“怎么会呢，怎么会呢，我去叫他们。”起身出了门。

成才拿起筷子，自吃起来。黄家驹往他碗里拣菜，边说：“叔，我在这里锻炼受教育，有什么不对的地方，你可得多指点。”

成才只点头，不答话。

张广泰回来说：“他有事，实在忙不过来，叫我们吃吧。”

黄家驹表情痛苦地说：“我大姨夫不来，这顿饭我怎么吃得下去！我去请他。”

张广泰说：“你不用去了，他那脾气，越来越别扭，除了教学，心里没有别的。我们吃吧。”

黄家驹说：“不，我去请他。”

张广泰说：“你去也是白跑腿，他不会来了。”

黄家驹说：“会来，一定会来。”说罢，起身出了门。

成才斜他背影一眼说：“瞧他这不自量力的样！”

在李文江的老房里。成民正聚精会神地改面前桌上的一堆学生作业，黄家驹进门，亲亲热热地叫李秀英：“大姨，我姨夫在吗？”

李秀英受宠若惊地应道：“在。”

黄家驹进房在成民身旁坐下说：“大姨夫，我来请你到爷爷那儿去吃饭。”

成民头也不抬，像没听见。

黄家驹说：“大姨夫，我知道，你不愿意管眼前的事，烦它们，可是事还是事啊！就说今天吧，眨眼间，大翻个儿，这算什么事儿？嗨，它就是这么个事，你就只当是玩儿魔术的，一场闹剧，一笑了之，就过去了，我说得对不对？”

成民还是不理他。

黄家驹说："大姨夫，二十来年，张黄两家，老一辈结下的老账，没有一个人给你们了结，你们老一辈结仇的时候，还没有我黄家驹这个人呢。今天，你能拿我一个晚辈孩子，去清你们心头的恨吗？"

成民转头凝视他。

黄家驹说："大姨夫，我爷爷出马请你，你不去，那是我爷爷，你们是自家人。我来请你，你还和我为难？不给我一点儿在大柳树站脚的地方？我是大柳树的知青队长，传出去，人家说，你记我黄家爷爷的仇，连我也赔不清，叫我怎么当队长？"

成民深深叹口气，放下笔说："走吧。"

黄家驹说："叫我姨和自立哥哥一起去吧。"

成民说："他们有事，我们走吧。"

黄家驹对李秀英和岳自立说："大姨，自立哥，我听我姨夫的，你们在家歇着啊。"

黄家驹跟随成民走在街上，笑劝成民道："姨夫，你既然去，就高兴点儿，要不，我爷爷奶奶，我叔我姨，看你的脸色，都要跟着不高兴……"

黄家驹推着成民进了张广泰家门，兴高采烈地叫道："爷爷奶奶，叔，姨，我姨夫来了。"

张广泰简直不相信，怔怔地看着成民说："啊，好，好。"

黄家驹拥成民入座，诚挚地说："大姨夫，你坐这儿！奶奶，我姨夫来了，你还不入座？"

王玉珍笑道："我坐，我坐。"

黄家驹又忙招呼成才和曲彦芳道："叔，姨，你们来呀！"

西房里，成才奇怪又赞赏地说："小子！怎么搬动他伯伯的？"

曲彦芳说："看他那个兴头劲，倒像他请客。"

黄家驹招呼大家："爷爷，奶奶你们坐上位，大姨夫，你坐这儿，叔！"

成才在西房应道："我吃过了。"

黄家驹应道："啊，姨，你坐这。我和艳双坐这儿。"

曲彦芳说："艳双靠我坐。"

黄家驹说："对对。"

曲彦芳端上一大盆连汤鸡，说："家驹，你多吃点儿。"

黄家驹答应着："哎。"操起筷子、勺子，把盆里的鸡撕开，给张广泰和王玉珍送到碗里，笑道："爷爷奶奶，你们可得多吃点儿，要不，我姨费这大劲，你们不吃，我姨不高兴。伯伯，你更得多吃，姨，你费事辛苦，不多吃，我就不高兴，艳双，你随便。"

他的喧宾夺主的“落落大方”使艳双欣赏不已，眼珠滴溜转，直想笑。曲彦芳被他弄得倒像在自己家里做客。成民默默不语，任其摆布。王玉珍已年高，又本是个落落大度的人，只是微笑，张广泰身为一家至尊，今日对这个原该防御的对象，有了点儿难以言传的感动，只得不多言语。只有成才躲在西房里，从门缝偷窥这个他无论如何也不肯放过的“杂种”。

几个人正要吃饭，丛军来了，进门看了看，笑道：“正吃饭呢？”

张艳芳问他：“丛军，什么事？”

丛军说：“找我们队长。”

黄家驹问道：“干什么？”

丛军说：“你吃饭吧，我给支书谈谈也行。”

张艳双说：“丛军，你也一起吃点儿吧。什么事，吃过饭，一起说。”

丛军说：“行。”

黄家驹递给丛军一块鸡肉说：“对对，来，给你块儿鸡。”

张艳双拿来个碗，丛军接了去，接了黄家驹送来的鸡肉，自己搬个凳子坐下，有点儿不好意思，文文雅雅吃起来。

罗二贤突然进门来，高兴地笑着：“我找队长，几个地方都没有，原来在这儿？”

黄家驹问道：“干什么？”

罗二贤说：“给你谈点儿事。”

黄家驹说：“什么事？回去再说吧。”

罗二贤说：“那我走了。”

曲彦芳说：“哎哎，别走啊，碰上了，在这儿吃口饭，吃了一起走。”

黄家驹说：“也行，你自己找个地方坐一会儿。”

曲彦芳说：“也吃块儿鸡。”

罗二贤说：“好好，我到哪儿都不会客气，到了支书家，还用说吗？”

张家门外，知青们排了队，一个推推前面的催道：“快点儿！”前面的便走进门。

张家西房里，成才眼看又一个知青走进门。那知青很惊奇地对黄家驹和罗二贤道：“哟，你们在这儿？”

黄家驹、罗二贤、丛军也很奇怪地问他：“你来干什么？”

这知青说：“你们忘了？我们怎么说的？今晚来祝贺支书村长连选连任啊！”

黄家驹、丛军、罗二贤都傻了眼，黄家驹拍一下腿：“糟糕！”

丛军抱愧地、垂头丧气地说：“我真忘了！”

罗二贤说：“本来，我就是为这事来找队长的。”

这知青笑道：“为这事来找队长，你却在这儿吃上了！”

罗二贤说："是啊，坐下，光顾吃了，忘了。"

全都笑了。张广泰说："好了好了，你也坐下吃吧。"

曲彦芳只得起身去找碗、撕鸡，给这知青。

知青们一个接一个地进门来，进门便是一套客气的恭维话。张艳双便招呼他们坐下，请吃。黄家驹成了临时指挥，安排他们就座吃喝，屋里挤不下，只得安排在院里，七手八脚拉出了电灯，照得满院通明，张家邻居村民们，也有来道喜的，围成个人圈，看知青们吃，和他们说话，气氛亲切、和谐。

罗二贤拍拍手高声道："知青们！今天我们村长被上级提升了。不只他老人家高兴，全村社员高兴，我们也高兴，现在是大家主动自然地碰在一起了，咱们给老村长表演个节目，给他老人家助兴，好不好？"

知青们叫好，社员们也叫好。

罗二贤问道："叫谁出节目？"

邢啸山说："你先来一个。"

众知青们喊道："同意！"

罗二贤说："好，我先来一个就我先来一个。我唱段《沙家浜》的胡传魁！"于是扯脖子唱起来："想当初，老子的队伍才开张，拢共才有十几个人，七八条枪……"

他唱完，知青们和社员们哄笑、叫好、鼓掌。

罗二贤说："我唱了，下面谁来？"

从军说："你接着唱！"

罗二贤说："你唱刁德一！"

从军说："行，我唱刁德一，谁唱阿庆嫂？"

邢啸山说："现成的，我们团支书！"

张艳双忙说："不行不行，我不会，我提议，黄家驹给我们跳舞，跳个《沂蒙颂》的捉鸡！"

知青们起哄叫道："对，队长来个捉鸡！""来个捉鸡！"

黄家驹说："来就来！"进了院心，口唱乐曲，手舞足蹈，表演起"捉鸡"来。鸡跑人追，前后左右，表情多变，逗得在场的人大笑，王玉珍竟笑出眼泪来。

曲彦芳对王玉珍说："妈，你看，这孩子倒是挺逗人喜欢的。"

张艳双忘情地说："要不我能喜欢他？"

旁边，刚要露笑脸的成才听见了，马上板一下脸，瞪张艳双一眼："呃？"

曲彦芳和张艳双都立即敛起笑。

成才走下院子摆摆手说："好了好了。"又拦住黄家驹说："别耍活宝了，天不早了，明天还得干活儿呢。"

张广泰也说："对对，你们是来给我凑热闹的，不管我是什么书记还是什么委员，首先我是大柳树的支部书记、村长，大伙也不值得为我这个村长当了个什么官太高兴了。说一千道一万，咱们农民，还是种地为根本！把地种好了，才能多打粮食，今晚散了吧！"

人们意犹未尽，渐渐散去。

房里。成才和曲彦芳还没睡，成才抽烟，曲彦芳催他："你不是说早散了睡觉吗？怎么又抽上烟了？"

成才说："你看出来没有？八月给黄家那个杂种迷住了。"

曲彦芳说："不会。年轻孩子心里什么也没有，就是好玩儿罢了。"

成才说："都是好玩儿才玩儿出事来。"

曲彦芳说："哪有那么多事？快睡吧。"

成才骂她道："你就是孙二娘一个，大大咧咧……我怎么就没看出来，那小子哪点儿讨八月的喜欢？"

东房里。张广泰也在抽烟，对王玉珍说："你得提醒老二两口子留心点儿，别叫黄家那小子把咱八月的心掏了去。"

王玉珍说："看你说的，他们懂什么？"

张广泰说："你当他们是傻子？黄家那小子今晚编排的什么戏？"

王玉珍问："什么戏？"

张广泰问她："那帮知青怎么都来了？"

王玉珍不假思索地说："嗨，这有什么稀罕的？凑热闹给你道喜呗！"

张广泰说："道喜？不如说来唱戏！"

王玉珍说："可不就是唱戏！"

棉花地里一片黑绿，花朵大，坐桃肥，麦浪翻滚。

这一年，大柳树的麦子丰收，棉花没受虫害，丰收在望，黄家驹和张艳双的爱情也在自然来往中迅速发展，眼看要开花坐果了……

田野到处是收麦的人。曹天柱队又套起了大车，曹大禄队的青年不割不拔，而是抱，他们探身向前，双手抱起一抱麦子，胸一挺，脚下一踢，便可拔起三尺长一垄，只见一个人影在一团黄尘中向前移动，黄土过去，地上便留下一摞摞麦子。和他们相比，李寡妇队明显力量不足。李七嫂子已不似当年能说能笑了，李秀英也有点儿笨手笨脚了，所幸有一生力军，成才、曲彦芳、张艳双、岳自立，都是强劳力。更何况还有一群知青参加。

青年都有好胜心，黄家驹早把他姥爷"干活拣轻的"的家训忘得一干二净了，汗透衣背，挥舞镰刀，在几个知青中，一路遥遥领先，到了地头，直起腰，望一眼，低下头，又干起来。

原来他在回应张艳双，是向她显示力量？帮助？讨好？只有他自己知道。

两人碰头了，张艳双收起镰刀，向黄家驹告苦道：“我的手扎了刺！”

黄家驹问：“在哪？”说着，便给她拔刺。

知青们忙里偷闲地瞟他们，还传递眼色。

黄家驹给她拔出了刺，说：“好了。哟，流血了，痛吗？”

张艳双有点儿娇气地：“痛！”

黄家驹低头给她吮手上的血。忽听罗二贤叫起来：“嗨嗨！干什么呢？啊？”

知青们起哄叫起来：“噢，看噢！噢！”“别看了！”“小心镰刀！”“别割了鼻子！啊！”“噢！”

张艳双满脸赤红，笑着，东一个西一个地追打知青们……

成才望着这情景，怒气冲天却不得作声。

第十七章

大河床底朝天，滔滔清水不见了，剩下一条弯弯曲曲的空谷白带，大柳树村的抽水机塑料软管从岸头探下河床，龙头伸在一个人工掘出的深坑里。深坑里也是卵石，一只到坑底觅水的老乌鸦，再没有啄到一口水而死在坑底下了。岸上，大水泵在小屋里睡熟了。干渠、斗渠、毛渠，像片铺满田野的蜘蛛网。

烈日炙烤着早已枯焦的禾苗，热浪浮动，把远方的城市和村落透映得变了形。叶片在热浪里缓缓浮游。

一九七五年，原坊地区遭遇大旱。大柳树村去年初冬飘过一阵小雪，从那以后没下过一滴雨星……

大柳树村一片死寂。张广泰脸色乌黑，面容憔悴，在队部摇电话："喂，请你帮我找方书记，你就是方书记?"

对方的声音："是我，你是谁?"

张广泰说："方书记，我是张广泰。"

对方的声音："噢噢，知道了，你们那里怎么样?"

张广泰说："我就是找你汇报，全村各户的粮食总储存，到不了八月，有的户到不了七月——"

对方的声音："老广泰，我给你说，省里正在研究我们的问题。你要动员群众，开展互助救济，保障生活，要人人吃饱，还要不低于平常的水平，绝对不允许出现盲流。哪个村出现盲流，哪个村的支部要承担全部责任。"

张广泰说："啊呀老方啊，承担什么责任?"

对方的声音："按非正常死亡论处！支书、委员，都要给最严厉的党纪处分，村长，撤职查办，追究刑事责任，你们出现盲流没有?"

张广泰说："没有，还没有。"

对方的声音："省里的救济下来以前，各村都要实行生产自救，积极寻找水源，打井，抢种荞麦，秋后点种冬小麦。你还有什么问题?"

张广泰擎着话筒，不知该说什么。

对方挂断了电话。张广泰无力地放下话筒。

岳自立已经长成一条肩宽腰圆的壮汉。光膀子，肩上搭件灰布褂，脚步疲沓走过"新华第三制钉厂"。厂门前停辆货车，已是半老徐娘的小芹，指挥几个工人从车上卸盘条，往厂里搬。岳自立伫立看了一阵，上前问小芹：“姨，我帮你们，行不？”小芹看看他，疑惑道：“你是谁？这么面熟。”

岳自立说：“见面少，你记不住我，我认得你。”

小芹疑笑道：“认得我？你是？……”

岳自立说：“我叫岳自立。”

小芹惊道：“岳自立？”

岳自立说：“说起我妈你就知道了，我妈有个外号叫‘小顶针’。”

小芹恍然道：“噢，知道知道，啊呀，可想不到你长成这么条大汉，怎么你——怎么到这来了？”

岳自立说：“我看你们忙，我想给你们帮个工，挣几个钱买点儿吃的。”

小芹思索一阵说：“不是姨我不照顾你，厂里不许雇零工。这点儿活，厂里自己人就干了。”

“唔。”岳自立失望地拖着腿走了。

小芹望着他的背影，片刻，唤道：“喂，自立！回来！”岳自立转回身走来。

小芹从怀里拿出小钱包，拿出几张角币，说：“拿去买点儿吃的。”

岳自立面有难色说：“姨，我不要。”

小芹说：“拿着吧，我真没有多的。”

岳自立说：“我没有粮票。”

小芹说：“噢，粮票。”又从钱包里拿出几张粮票，递给他说：“给你，我是壮劳力标准，有时候给快跑一点儿，快去买点儿吃的。”

岳自立说：“姨，我不能白收你的，你让我干点儿活儿吧。”把褂子缠上腰，动手搬盘条。

小芹看着他陷入沉思。

岳自立第三次送了盘条正要出院，年老垂暮的朱存孝拦住他，问道：“你是哪来的？”

岳自立说：“大柳树。”

朱存孝问：“大柳树？怎么来这干活儿？”

小芹进院来说：“是我叫他帮一下，卸完这车叫他走。”

朱存孝说：“噢，大柳树，你可认得张广泰师傅？”

岳自立说：“那是我爷爷。”

朱存孝说：“你爷爷？”

岳自立点点头。

小芹说：“厂长，我来给你说吧。”

地主李文江的老房里，李秀英给改作业的成民端来一大碗苞米稀粥。成民喝了两口，发现李秀英进东房没出来，愣了愣神喊道："秀英，你怎么不吃?"

李秀英喊道："你先吃，我等一下。"

成民起身去揭开锅看，锅里已经没有粥了。叹口气，拿起碗，把粥倒一半到锅里，喊道："快来吃吧。"

李秀英说："我一会儿就吃，你先吃吧。"

成民拿过两个碗，从锅里往外盛粥，根本不满两小碗。出东房的李秀英拦住他说："还有呢，你先吃吧。"把两小碗粥都盛在成民的大碗里。

成民说："你这样，我就不吃了。"

李秀英说："不吃饭哪行？成天价扯个脖子给学生改作业、上课，怎么受得了？快吃吧。"

成民低头看碗说："你不能这样，我更不能这样，自立那么一条大汉，连碗粥都喝不上，怎么出工?"

李秀英说："不用愁他，有他吃的。"

成民忽然发现不见自立，问道："哎，自立又哪去了？好几天没和我们一起吃饭了，今天怎么又不见他?"

李秀英说："收工晚，你先吃吧，学生该等着你啦。"

成民说："不，今天要等。一共三个人，不在一起吃饭，像个什么人家?"

李秀英强笑道："又不听话了？叫你吃你就吃，我还能饿着他?"

成民认真起来，说："不，你没做三个人的饭。"

李秀英说："这个呀，我是计划用粮，你尽管吃吧。"

成民说："说谎，什么计划用粮？你们只喝点儿锅水，不行，自立不回来，我不吃，不管怎么说，他叫我爹。"

李秀英含泪说："你心里有他，他也知道，不用在这上头操心。"

成民说："有他就得真心。我吃饱了，他饿着，算什么爹？等他。"

李秀英说："我给你说，他们下工没有准时候，我再给他做，饿不着他。"

成民问道："你呢？吃什么？不用活了?"

李秀英又强笑道："嗨，大旱三年饿不死厨子，还能饿着我?"

成民说："你不吃，我也不吃了。"起身要走，李秀英拦住他说："我吃，我吃还不行吗?"

成民说："等自立。"

李秀英说："不用等他了。"

张广泰蹲在村头抽烟犯愁，抬头远见两男两女挑着筐，抱孩子向村外走来。两男肩挑的箩筐蒙着布，像是锅碗炊具。他们望见张广泰，犹豫不前，继而商量了几句什么，四人向后转绕道而去。他们穿巷出村，墙角闪出张广泰，平伸双臂，不言不语，拦住他们。两男放下担子，张广泰揭开蒙布，筐里是孩子。

张广泰以商量的口气问道："到哪去呢？"

男人李成邦说："还没定。"

张广泰问："路上吃什么？"

李成邦的妻子说："准备了一点儿。" 揭开篮子蒙布，露出几个玉米菜团子。

张广泰看一看，问："吃完了怎么办？"

李成邦说："再说吧。"

张广泰说："讨饭吃？"

李成邦说："老村长啊，树挪死，人挪活啊。"

张广泰说："要挪，得先有个窝啊，到哪家亲戚？"

李成邦说："不管到哪，住下就是窝。"

张广泰说："这不就是逃荒吗？"

李成邦低下了头。

张广泰说："别走了，咱们有上级政府——"

男人曹硕虎怒气冲冲地说："得了吧老广泰，乡里忙吃饭，百姓瞪眼看，就是没法办！"

张广泰说："别人忙什么我不管，就管大柳树不能出盲流。"

曹硕虎说："你怎么管？我们要吃饭。"

张广泰说："我想办法，给我三天期限。"

曹硕虎说："三天？三天我们走出二百多里去了。"

张广泰问："二百多里外有饭给你们吃？"

曹硕虎说："我们干活儿，挣饭吃。"

张广泰问："在大柳树干活挣不来饭吃？"

曹硕虎问他："你雇我们干活？"

张广泰说："雇人干活儿是剥削，我不雇，可是劳动就有饭吃。"

曹硕虎说："现在劳动没饭吃！"

张广泰说："是碰上了灾年，灾年往外跑，丰收了再回来？有脸见人吗？"

曹硕虎也无言以对。但是他们没有回头的表示。

张广泰说："还得靠自己，先在本村借借，啊？大家一起熬过今年，好不好？"

曹硕虎说："借了得还，老广泰，你放我们一马吧。"

张广泰说："怎么要我放你们一马？我和你们无冤无仇，放的什么马？回去，都回去！" 伸手从曹硕虎妻子怀里抱过孩子，向村里走去。

李成邦、曹硕虎和他们的妻子，四人无奈地交换眼色，担起筐，回村走。

李文江老房里，成民瞅瞅桌上盘里的馒头，问岳自立："哪来的？"

岳自立紧张地说："买的。"

成民问他：“你哪来的钱？哪来的粮票？”
李秀英说：“说吧，不说清楚，我们不吃来路不正的饭！”
岳自立说：“你们放心，这是正道来的，我不会去偷去抢。”
成民说：“既是正道来的，为什么不说？”
岳自立说：“怕你们不高兴。”
李秀英说：“说吧，说清楚，我们不会不高兴，不说清楚，我们闷在葫芦里，才不高兴呢。”
岳自立说：“钱是我自己出力挣的，粮票是黄小芹姨给的。”
成民的脸沉下来。
李秀英问：“你去找小芹了？”
岳自立说：“碰上了。”
李秀英问：“碰上了？那么巧？”
岳自立说：“我经过新华厂门口，见小芹姨他们在搬钢筋盘条，我帮了他们。厂长给了我钱，小芹姨给了我粮票，不信你们去问，我会骗你们？”
李秀英和成民都沉默。
岳自立说：“我看我爹吃得少……”
成民叹口气说：“你还见着他们厂长了？”
岳自立说：“见着了。”

新华厂院里。门外载盘条的汽车开走了，朱存孝把几张钞票塞给岳自立说：“收着吧，不多。”
岳自立把钞票塞给小芹说：“姨，你的粮票我要了，钱，我不要。”
小芹接了钱，朱存孝问岳自立：“你爷爷，张师傅，怎么样了？
岳自立说：“还是整天忙，天旱，夏粮颗粒没收，他愁。”
朱存孝又问：“成才怎样？还挑锔锅担子？”
岳自立说：“有时候挑。”
朱存孝说：“几年没见他们了。张广泰，换房子把个城市户口换没了，连带着成才，都成了农民，还连带了成民，成不了个家……”
岳自立说：“他有家了。”
小芹低头叹气。
朱存孝说：“嗨，人，各有各的命，他若是住在城区，哪会有这事！你回去，给我带个好，就说朱存孝还记着他，有什么困难，我能帮忙的，尽管来找我。”

李文江的老房里。成民沉默一阵说：“城里也不比农村好多少……”
李秀英说：“行了，自立说明白了，你吃吧。”

成民说："我更吃不下了，我不能叫孩子养着。"

岳自立说："爹，你就别说这话了，没有你，我和我妈，还不知什么样呢，吃吧，我长成人了，养不好你们，还养不活你们？就是这样，我还觉得对不起你呢！"成民看看岳自立，好像忽然发现，他面前站的这个岳自立，身躯魁伟，充满他未曾奢想的希望。

李秀英低头说："自立，别再往外跑了，上级通知，不许出盲流，叫你爷爷知道，要不高兴了。"

岳自立说："我没有出去多远，我干活儿不是盲流。"

李秀英说："干活儿也不许出村。"

成民痛心疾首地连连点头："太没有道理了！"

张广泰在曲国经的老房里召开支部委员会。曹天柱、曹大禄、李七嫂子已到，个个愁眉苦脸，不作声。曹有贵来了，先叹了一口气，也坐下发愁。曲彦芳收拾了锅碗，催正做针线活儿的张艳双："走，上爷爷那屋做去。"

张艳双看看支委们，说："还有一点儿就完了。"

曲彦芳走了，张艳双急针快线，边叫道："爷爷，我马上就好了，你们开会吧。"

张广泰不应她，支委们也没人回答她，她匆匆收拾了笸箩，急急出门去。

张广泰叹口气说："到底猜着了，今晌午，李成邦和曹硕虎，领着老婆抱着孩子，要盲流，我把他们劝回来了。"

支委们不声响。张广泰说："上级的规定，我们不能不执行。昨天公社电话里说，有的村受了通告了。"

曹大禄道："哪村？"

张广泰说："哪村，没说，老蔡说，他们给盲流开通行证，要加重处罚，支书村长都要处分。"

曹大禄说："真给处分？"

张广泰说："上级说话能不算数？"

大家又沉默。

张广泰说："我们再分析分析。除了李成邦和曹硕虎，还有哪儿家能外流？"

曹有贵说："难说啦，要是允许我就想走。"

张广泰苦笑道："那倒好，我给你开通行证，你拉着一大车走。"

支委们唉声叹气。

曹有贵说："又不让赶车拉货，若是让，我出去给人家拉个脚，也是条活路。"

曹天柱说："让你赶车就让我出去打工，不让啊！"

李七嫂子说："老说上级上级，老和尚念经，说有神，不显灵。上级怎么个打算，也给我们说说。"

张广泰低头半晌，才说："上级都有上级的事，不是说了吗？不能等、靠、要。"

李七嫂子说："那就等着死?!"

张广泰斜她一眼说："别乱说。"

李七嫂子说："本来嘛，光给我们唱喜歌，顶什么用？得拿真的来，有谁问过我们缺多少粮？三年饥荒那时候，给我们说，欠人家外国的债，得还人家的钱，叫我们勒紧裤腰带，那有什么说的？该人家的嘛，欠债还钱，自古的道理，勒吧，我们大柳树本来就没收成，还要往外调粮，大了肚子的娘儿们，把孩子勒掉了还假装高兴，说少了个吃粮的。现在我们遭了灾，为什么不管我们。我是老了，年轻二十年，我先领人走，管他流氓不流氓！"

张广泰说："是盲流。"

李七嫂子说："管他什么流，爱往哪流往哪流！"

张广泰道："七嫂子，这是党的会。"

李七嫂子说："党的会应该有什么说什么！"

张广泰说："要说那叫人高兴的，积极的，鼓干劲的。"

李七嫂子说："我没有那样的。"

大家又叹气。

张艳双进了粉房知青宿舍，宿舍里空无一人，各处床铺上凌乱不堪，一幅久无烟火的凄凉景象。她看看黄家驹的床位，吐一口压在心头的气，向外走，忽听床下有人学猫叫，回头看，黄家驹从床下爬出来，"哈哈"笑着向她扑来，她伸手挡住他："你不是也走了吗？"

黄家驹嬉皮笑脸道："我不是又回来了吗？"

张艳双问道："回来干什么？"

黄家驹说："回来看你呀！"

张艳双恼怒地说："看我？我是供你三天两头看着玩儿的？"

黄家驹说："好了，别生气。"说着又要拥抱她。

张艳双又正色推开他道："你们当然了，回了城，回了家有吃的，有喝的，爹妈又有钱，想吃什么吃什么。"

黄家驹说："不是都像你说的那么好，我这队长还得组织救济呢！你当城里人都是百万富翁？我们这批知青里，没有一个高级干部的子女，数我爷爷官大，是个五十年代的饮食联社的主任，干了不到三个月，还给取消了。我们回城不是回去享福，是给队里省点儿粮食啊！"

张艳双说："说的好听，你们知青一有困难，拔腿就走，还说要在这儿永远扎根，和我们同甘共苦呢，你快走吧，我没有什么好看的，也不用你看，走了再别回来，我算看透你们了。我妈说得对，一辈子不出嫁，也不嫁你们知青。不可靠。”

黄家驹也正经说：“你妈说得不对，给你说吧，我们知青回城回家是轮班的，有的是请假，有的是溜号，不过瞒着你爷爷罢了。这是我想出来的点子，我们全体讨论通过的。”

张艳双问道：“那你回来干什么？”

黄家驹说：“我回来给村里献计献策，渡难关。”

张艳双问：“献什么计策？”

黄家驹说：“你亲亲我，我就给你说。”

张艳双说：“亲亲你？哼！”

黄家驹说：“真的，亲亲我就给你说。”

张艳双说：“说吧，我看值不值得。”

黄家驹说：“先亲了，我再说。”

张艳双转身就走。

黄家驹追上拉住她说：“真的，不信吧，告诉你爷爷，我去给他说。”

曲国经的老房东间里，张广泰面色严肃地说：“你说吧，你有什么计策，说得好，过去的事，我不追究，说不好，连你私放知青回家两罪并罚。”

黄家驹的紧张消失了，亲切地说：“爷爷，放知青回家，有的是你批准了的。”

张广泰说：“我批准了哪一个，艳双都知道，你当我真不知道你的把戏？”

黄家驹说：“那当然，我的把戏，艳双都知道。”

张广泰说：“说吧，你有什么计策？”

黄家驹说：“爷爷，我的计策是这样，现在，我们大柳树，先要解决大家吃的，对不对？”

张广泰说：“对。”

黄家驹说：“知青，在这里，吃饭不少，干活儿不多，我看不如把他们都放了。”

张广泰问道：“这就是你的计策？”

黄家驹说：“你别急呀！把他们放了，头一条，给你省下一堆口粮。”

张广泰说：“你说吧，第二呢？”

黄家驹说：“第二条，可以给你赚回一笔钱来。”

张广泰说：“赚回一笔钱来？怎么赚回一笔钱来？”

黄家驹说：“我给你说，我离开这几天，没闲着。队里的事，我也着急呀，我也是队长嘛。我到外地去转了转，找了个地方，离我们大柳树二百四十里——金龙山铅矿。他们刚开始挖山建矿，需要劳力。我已经给他们矿长联系好了，我可以带着知青们去给他们挖山建矿，他们按劳力等级付给我们工资。只要你同意我们去，我们就去。这样一来，我们给村里省下了粮食；二来锻炼了知青们的吃苦耐劳；还有第三，我们每人的工资要交一半给队上。这事，你、队上，一举三得，我们知青也是一举三得。爷爷，我可把事情办了九成了，最后一成，就是你批准不批准了。”

张广泰沉吟良久，问道：“知青们听你的吗？”

黄家驹说：“没有问题，他们不听我的听谁的？我已经和知青们商量好了，他们都同意。不过呢，爷爷若是不同意，我保证他们谁也不敢离开大柳树，不过都轮流回城罢了。”

张广泰说：“可是，你想过没有？若是公社或是县上知道了这事，是什么性质的问题？该有多大的罪过？”

黄家驹说：“嗨，我的爷爷，你想想，说是把知青交给你管，你管得了吗？他们都是有胳膊有腿的大活人，靠城近，又有家，给你请假，是尊重你，不请假，想走不也就走了？累死你也找不着他们，哪一个你管得了？公社？你都管不了，公社就管得了？更管不了。县上？别开玩笑了，不客气地说，那是一帮成事不足，败事有余，‘憨吃哈睡’的混虫，我们知青提起他们来，没有一个说好的。他们要是追查你的责任，好说，你把我们交给他们，看我们怎么祭奠他们！”

张广泰说：“你脑后有反骨！”

黄家驹说：“那你就抓我的反革命，看上级能不能为这个功劳，每月发给你几十块奖金！”

张广泰沉思良久，说：“你回去等我的话吧。”

黄家驹说：“好，我可以等你的话，不过，这个计策，我只对你一个人说了。你同意，没话说，你不同意，可不许拿我的话把儿。你那样做，我可绝对不客气！”

张广泰沉下脸说：“我是谁？回去吧。”

黄家驹雄赳赳走了。西房里出来了曹天柱、曹大禄、曹有贵、李七嫂子。张广泰问他们：“都听见了？”

支委们默默就座。

张广泰说：“都说说意见。”

支委们仍沉默。

张广泰说：“不好开口，是吧？”

支委们还是沉默。

李七嫂子说：“这孩子，可不像黄吉顺的后人！”

曹有贵说：“怎么不像？太像了。”

李七嫂子说：“你看他说的做的，多有心计。”

曹有贵说：“就这点儿才像黄吉顺呢。”

张广泰说：“有的地方像，有的地方不像，像也罢，不像也罢，出这个主意，倒是为队里着想的。”

曹天柱说：“倒是，就说棉花地里打农药吧，不为队里想他能提？不过这一次，大主意还得支书拿。”

张广泰皱眉沉思，最后轻按一下手说：“就这么定了，千斤重枷有我扛！”

“新新居”门前破厦下黄吉顺拄着木棍，手搭眼罩，向公路望。

公路上，黄家驹为首的知青们和岳自立散乱地围着一辆大车，默默无言，向西走去。

大车上装满行李捆，上面坐着张广泰和张艳双，成才赶车。

颇有一股悲壮气氛。

大车来到一个三岔路口，成才勒马停车。张广泰和艳双下了车，帮知青们从车上往下拿行李。

张广泰拉过黄家驹说：“我可把他们交给你了，干系重大，出不得事。出一点儿事，我都承担不起啊！”

黄家驹说：“爷爷，你放心吧，不论出什么事，都有我承担。”

张广泰说：“到了那儿就来信。”

黄家驹说：“一定。”

张艳双凑到他们面前。黄家驹在众目睽睽下，拉她到人堆外。成才见状，迈步去阻止，被张广泰强拉住，同时示意他背转身去——不看。

成才拉过岳自立说：“你和他们不一样，多干活儿还要多吃饭，家里有我照顾，常写信回来。”

张艳双把头抵在黄家驹胸前，说：“一星期至少写一封信。”

黄家驹说：“你也要一星期一封，不要写亲啦、吻啦的，我怕这些小子们偷拆了看。”

张艳双说：“不许你爱上别人。”

黄家驹说：“怎么会呢？我还怕你呢。”

张艳双轻捣了他肩窝一拳。

来了一辆大公共汽车，停下了。知青们和岳自立向张广泰、成才、张艳双招手，默默上车，黄家驹高喊：“回去吧！”

公共汽车开走了，张广泰祖孙三代目送它过了山坡，消失了。

成才赶大车，张广泰默默抽烟。成才故意说给张艳双听道：“不知黄家驹能把他们带成什么样！”

张广泰说：“黄家驹，只怕是个嘴把式，唉，心眼太活，叫人摸不着边。”

张艳双说：“他挺简单的，心里有就说出来了。”

成才说：“看着简单，在这帮知青里，他最花哨。”

张艳双说：“是简单，有什么都说，连他黄吉顺爷爷教他怎么偷奸耍滑他也说，还讽刺嘲笑说，黄吉顺自觉着是个聪明人，可是办一件事，得罪一个人，天天吃后悔药，还是治不好的自私病，其实是个最大的糊涂蛋！”

张广泰微笑道：“是吗？”

大雪纷纷扬扬下个不停。城市、乡村、田野、林木全在一片迷蒙中。一个邮递员推着自行车在大雪中向大柳树村走去。张广泰、王玉珍、成才、曲彦芳、张艳双，一家人正在炕上吃饭。

村里传来喊声：“知青汇钱来了！”“知青汇钱来了！”

张广泰疑惑地问：“谁在喊什么？汇钱来了？”

王玉珍说：“好像是……”

全家侧耳听，成民兴冲冲进门来说：“爹，知青汇钱来了。”

张广泰问：“是吗？”

成民说：“你看看去吧，得你签字盖章。”

张广泰慌不迭下炕，趿拉着鞋往外跑。张艳双比他还快，早飞出门了。成才也按捺不住，下了炕往外走。

王玉珍看着曲彦芳说：“是汇钱吗？你听清楚没有？”

曲彦芳说：“好像是。”

张广泰跑着跑着鞋不跟脚，摔了一跤，急忙提鞋。

从队部望出去，邮递员消失在迷蒙大雪里，张广泰转身问张艳双道：“寄来多少？”

张艳双说：“两千元。”

张广泰又问：“多少？”

张艳双说：“两千元。”

张广泰惊疑地问：“两千元？”

门外进来些村民，聚拢在他们祖孙旁。

张艳双说：“两千元。”把汇款单递给张广泰。

张广泰问：“在哪儿？”

张艳双说：“在你手里捏着呢，还问在哪儿！”

张广泰看看汇款单说：“这哪是两千块钱？一张纸！”

张艳双说：“这叫大额汇款单，得拿着到县银行去换！”

张广泰问：“凭它换两千块钱？”

张艳双说：“对，就拿它换两千块钱。”

张广泰问：“人家给吗？那么多！”

张艳双说：“这是汇款。他们在那边交了两千块钱，为什么不给？”

张广泰说：“噢，哎，念念信，看信上怎么说的，是真的？”

张艳双撕开信封，看看信笺笑了。

张广泰问：“笑什么？”

张艳双又笑一声说：“我念了？”

张广泰说：“念，念。”

张艳双笑着念信：“敬爱的支部书记和村长、队长张广泰同志，爷爷——”又笑了。

张广泰问：“怎么回事啊？”

成才说：“啊呀，当中不是有岳自立吗？他叫爷爷。”

张广泰说：“噢。”

张艳双继续念道：“我们全村知青队员和岳自立，向你和大柳树村全体男女社员同志们问好。我们都很好，吃得饱，不用挂念。

“现在寄回两千元钱给你。你分给大家买粮、买油盐。

“我们在这儿按时上工，按时下工，没有加班。如果加班，挣得还要多些，也会多寄些回去。

“这里还需要劳力。我已经和矿长说好了，希望你再派二十个年轻人来。注意，岁数大的不要，女的不要，要能吃苦耐劳的棒小伙子。还要给他们讲明白，来到这里要服从我指挥。赚的钱，要拿一半贡献给队上，不同意的不要来。祝你永远健康——黄家驹及全体知青和岳自立敬礼。”

“好了，给你吧。”张艳双把信叠好，交给张广泰。

张广泰接过信，激动不已手打颤，说：“这些孩子们……受苦了……”

大柳树村队部。张广泰主持全村二十几名党员、干部开会。

张广泰说：“今天这个会，有党员，有三个队的小组长，我们一起来决断一件事，就是黄家驹他们那帮子知青，从金龙山矿上，寄回村来两千块钱，怎么个用法。”

大家都沉默。

张广泰说：“这是他们的血汗钱，也是他们的一片心。今年我们遭了大旱，夏秋两季颗粒不收，大家都愁今冬明春怎么过，这笔钱是给咱们的救急钱。大家研究研究，怎么用。”

沉默了一阵，曹大禄低声说：“你先给大家说说你的打算。”

张广泰说：“他们信上的意思是全队分，我看最好用在救济困难户上。哪队哪组谁家困难，大家都看得见的。我这个主意对不对，可行不可行，还是大家商量吧。”

曹大禄说：“我同意村长的意见。但是，我说点儿别的。说点儿什么别的？我想说，人啊，不在难处不知情啊，我们遭了旱，多少次向县里请示、报告，结果怎么样呢？我不说了。他们这几个知青少年，个个城里有家，跑回家就有吃有喝，本来用不着帮我们，可是他们上矿山去出大力，赚了钱，捎回来给我们，我们谁和他们有亲有故？没有。人得有良心，我说，这个钱，万不得已要用，我们也得省着点儿花，能不用处且不用，剩下来的干什么？留着，给他们留着，他们回来的时候，剩多少，都给他们。”

许多人点头说：“对。”

李七嫂子说：“我看我不说也不行了，还是说吧。我听说他们捎回这么多钱来，又说，叫分给全村，我心里可真不是个滋味。他们都还是些孩子，为给我们救灾，出去流血流汗，我们大柳树的小伙子们呢？锁在家里，不许出门，这算什么事？这不是逼人等死吗？他信上不是说还要二十个青年劳力吗？不要女的，我们没办法。你们两个队，把那没结婚没成家的，都送了去！”

曹大禄说：“成了家的也可以去。”

张广泰按手制止她说：“这是下一步要研究的，先说正题。”

李七嫂子说：“说正题也行。你们都眼瞅着我们队。是，我们穷，说越穷越革命，我们现在革不起这个命了。你们看着办吧，给多少，我们但愿能少花一分，不能对不起这些孩子们。”

曹天柱说：“没有说的，七婶子，先济你们。我还要提提李秀英两口子。成民当着老师，工分有几个，李秀英劳力不强，这次的钱里，也有岳自立的，我说，别忘了补他们点儿。”

李七嫂子说：“我想到了。”

张广泰说：“天柱，你们曹硕虎得补一点。”

曹天柱说：“补。”

张广泰说：“还有李成邦。”

曹大禄说：“知道了。”

张广泰说：“这样吧，你们三个队自己先报个名单，然后，我们再开次会，研究定下来就发放，还有，学校也真该修补了。”

全体同意。张广泰说：“那么，这事就这么定了。支部委员们留下，再开个小会。”

党员干部们散去了，剩下张广泰、曹天柱、曹有贵、李七嫂子。张广泰说：“现在研究派不派二十个青壮劳力去？”

短时间的沉默。

张广泰问：“怎么？都不说话？”

支委们你看我，我看你，又是沉默。最后，曹天柱终于打破僵局说：“事是好事，可是弄不好，也是大乱子。如果派了去，不是和给盲流开证明信一样吗？还是集体出动，又是支部决定的！”

又是沉默。

张广泰叹息一声说：“说明白了吧，派去，就是违反上级规定，我们敢不敢？”

没人说话。

张广泰说：“算了，还得我拍板！反对的举手！”

没人举手。

张广泰：“同意的举手！”

都举起手来，并且都笑了。曹大禄急道：“我们就等你这句话，你偏要我们先说，人无头不走嘛！”

张广泰说：“既然这样，就是支委会决定了，决定就执行。如果因为这事撤了我，”一指曹大禄，说：“大禄，你接着干。”

曹大禄说：“我接就我接。”

曹天柱说：“撤了你，我接。”

李七嫂子说：“不，我接。”

曹天柱笑了，说：“这是不是和上级对着干啊？”

张广泰正色道：“不错，逼到这儿了，是对着干。不过，我们是和穷对着干，和天灾对着干。几个知青能对村里做这么大的贡献，难道我们还不如他们？我们不就是怕撤职查办吗？不是老说要斗私批修吗？我们连这点儿私心都不敢斗，还当这共产党员干什么？”

支委们肃然。

电话铃响。曹大禄拿起话筒叫道：“哎！找谁？”

声音：“张广泰在吗？”

曹大禄说：“等等。”把话筒递给张广泰。

张广泰问：“哪位？”

声音：“你是广泰？”

张广泰：“是我，你是……老蔡？”

声音：“是我，老广泰！听说你们有人从金龙山矿上汇了一大笔钱来？”

张广泰说："对，你怎么知道的？"

声音："没有不透风的墙，你们把知青都放出去了？"

张广泰说："是，我放他们去的。"

声音："这是什么性质的问题，你知道吗？"

张广泰说："知道。我不能叫他们在这里挨饿啊！"

声音："知青政策你还要不要了？"

张广泰说："要，要。"

声音："赶紧叫他们回来，还来得及消除影响！"

张广泰说："他们根本不听我的，我管不了。"

声音："我可管得了你！"

张广泰说："老蔡，看怎么说吧。你管得了我，无非是我当村长，我若是不当了，你就管不了了。"

声音："你要躺下?!"

张广泰说："你要我站着，我不敢躺下，你叫我躺下，我不敢站着，我听你的！"

声音："老广泰，你怎么学会了这一手？"

张广泰说："早会，没使过就是了！"

声音："你的模范村要不要了？"

张广泰说："饿肚子当模范村？不要了。"

声音："广泰，我们树个模范村下多少心力？你敢破坏了？"

张广泰轻轻放下话筒。

支委们大气不敢喘。张广泰扫视他们一下说："你们回去安排人吧！"

电话铃又响了。张广泰拿起话筒问道："谁？"

声音："老广泰！你想干什么？"

张广泰说："老蔡呀！等我去和你面谈吧。"挂上话筒，对支委们说："你们走，我在这儿顶着！"

曲国经老房里。成才问张艳双道："黄家驹有封信给你？"

张艳双说："有。"

成才问："说些什么？"

张艳双道："没说什么。"

成才说："没说什么？那写信干什么？"

张艳双说："汇报了些他们劳动的情况。"

成才问："没有别的？"

张艳双说："没有。"

成才说："劳动的情况也没有什么，我看看。"

张艳双说："……再就是说，分配他们的钱的时候，要公道。没有别的。"

成才说："分配钱还要你管？我看看。"

张艳双说："给我的信，你看什么？"

成才说："我是你爹，当然要看。"

张艳双说："爹也不能看。"

成才说："不给我看，就给你妈看看。"

张艳双说："妈也不能看。"

成才说："连妈都不给看？不行，拿出来！"

张艳双说："不！"

张广泰进屋问道："吵吵什么呢？"

张艳双说："我爹要看黄家驹给我的信！"

成才说："连她妈都不给看！"

张广泰说："算了算了！不过是汇款汇报什么的。来，八月，替我给黄家驹写封回信。"

张艳双铺开纸，张广泰口述："信致大柳树村知识青年队长黄家驹并全体队员和岳自立同志，你们寄来的两千块血汗钱，如数收到，我代表全村社员向你们道谢。全村社员都问你们好，全都感谢你们。我们表决心，一定学习你们，努力生产，并且，立即派去二十名青壮劳力，这些人，你们都认识，全归你黄家驹领导……"

成才赶大车，车上满载行李。张广泰坐在行李上神色怆楚地看着围在大车前后跟着走的二十个青年……大车到了三岔口，成才停了车，青年们各自背行李。

张广泰对青年们说："到了那儿，得听黄家驹的话，干活不能落在知青们后面。矿上不比农村，有危险性，都得多长个心眼儿，要吃饱，饿着肚子干活儿，要把身子闹坏！"

大公共汽车来了，停下，青年们依次上了车，张广泰直望到大汽车消失在山坡后……

夜。张广泰守在桌前灯下抽烟，眼望炕头墙上镜框里的曲国经照片沉思，不觉自言自语念叨起来："老村长啊，是你把我领进党的，可我政治上的事，一点儿也不懂，如今，我更不懂啦，今天我把村里二十个小伙子们送走了，这事，我不知道对？还是不对？我知道，这是没听上级的话，可是我叫他们去谋生，比憋在家里挨饿好吧？你说呢？公社若为这事撤了我的支书和村长，那就是说我犯错误了……"

春色染绿了大地，大柳树村也浸在绿色中。田里有成群的人在劳动，连小学生们也在成民带领下在田间帮播种。李七嫂子队十几个妇女在点播玉米。妇女甲央求李七嫂子说：“七婶，歇会儿吧。”

李七嫂子直直腰发号令：“就在这儿歇着吧！”

妇女们就地坐下，有的躺下，妇女甲平展四肢，仰面朝天，眯细了眼，几乎喘不上气来说：“我一点儿也不愿动了！”

李七嫂子说：“春天了，地气上升，青草发芽，喜鹊喳喳，虫豸成家。”

妇女甲说：“七婶，现在我才知道你熬这辈子多么难。”

李七嫂子问道：“怎么了？”

妇女甲说：“啊呀！说不出来，整天整夜的闭不上眼，睡不着，身子软的，不知什么滋味！”

李七嫂子笑道：“你男人走了才几天？这就受不了了？”

妇女甲略有羞涩道：“所以我说你熬一辈子多么难。”

李七嫂子叹气道：“唉，别说了，年轻时那些年，我一夜走的路，比白天一个月走的还要多。什么时候累得爬不动了，躺在凉地上就睡过去了。现在老了，没那些心思了，你们还年轻。”

妇女甲骂道：“该死的，上了矿，连封信也不写，越到夜里越想他。”

张艳双“咯咯”笑了。

妇女甲笑道：“艳双，笑什么？”

张艳双说：“笑你，没羞！”

妇女甲说：“你有羞，我不信你不想你的黄家驹？”

张艳双说：“想他干什么？”

妇女甲说：“不想是假的，你还没成亲，等你和黄家驹成了亲，小两口过上两年，他出门走了，夜里没人抱着，怀里空落落的，看你想不想，啊呀我的妈呀，年轻的都走了，想找个替手都没有！”

妇女们“哈哈”大笑了。张艳双也跟着笑了，但她笑着笑着，却流出了眼泪。为掩饰，她也躺身地上，眯眼看天。天上彩云轻移，地上暖风轻拂，周围恬静，听见偶有一只小虫飞过发出的“嗡嗡”声。这使她想起了黄家驹给她信上的话：“艳双，我们大柳树四十一人的青年队，在这里影响很好。矿长和我谈过话，他说想长期留用我们，可是全体都不同意留下，都说想家，我也想你。有时候在洞子里，忽然看见你在我眼前，我知道这是幻觉，可总会失声叫出你的名字。丛军说我要得相思病，我说我不会得那种病，因为我们已经确定了关系，我相信你是不会抛弃我的！

“非常想念你，真的，你身体好吗？我们还要在这里干一段时间，等见到矿体以后，再谈回村的事，希望你能迎接我，你的马驹子，深深地长时间地吻你……”她甜蜜地笑了。

城里，小芹家里。小芹在轻声念黄家驹的信：“妈妈，我在矿上干得很好，你不用挂念。矿长对我很满意，知青和大柳树来的青年们对我很尊重，吃得很多，长了力气，干一天重活儿也不觉得累。

“妈妈，你身体好吗？我很想念你。可是现在不能回去看你。你要多吃点儿有营养的东西，像鱼和肉，可以去买高价的，现在给你寄上五十元钱，收到就去买。儿家驹。”

小芹放下信，继续缝包裹。有敲门声，开门，张艳双站在门口叫她道：“姨。”

小芹意外地叫道：“艳双?! 快进来。”

张艳双问她道：“你要给家驹捎信吗?”

小芹说：“是啊，还要给他捎点儿吃的去，正在缝呢。”

张艳双说：“我也有点儿东西要捎给他，你一起缝进去吧。”

小芹接过她递来的小包，问道：“什么东西?”

张艳双说：“毛巾……什么的。”

小芹说：“他有信给你吗?”

张艳双笑笑说：“有。”

小芹端详着张艳双说：“长成大姑娘了，艳双!”

张艳双说：“姨，你叫我八月吧。我爹我妈我爷爷我奶奶，有时就叫我八月。”

小芹想一阵，叹口气说：“我有那个福吗?”

张艳双不明其中意，说：“怎么没有?”

小芹说：“难道你不知道张黄两家结下什么仇?”

张艳双说：“嗨，我不管你们什么仇不仇。”

小芹看看张艳双说：“是啊，原本也了结了，可是，嗨，人就是这样，说的和做的老对不上茬儿，你姨是张黄两家仇海里过来的人……你坐着，我烧点儿水……咱俩说说话。”

黄吉顺和已经失明的于凤兰并肩坐在“新新居”厦外广华街路边。黄吉顺摇扇子给于凤兰扇风，转头见小芹从八角门方向走来，对于凤兰说：“来了。”

小芹来到他们面前，问道：“怎么出来了？不在家里歇着。”

黄吉顺说：“屋里闷得慌。”

于凤兰问道：“下班了?”

小芹说:“快跑捎钱来了,说给你们五十元。”

黄吉顺接过钞票,捻动着说:“出去大半年了,攒下不少钱了吧?”

小芹说:“没攒下多少。大柳树去年遭了旱灾,生活困难,他带头把赚的钱,一半捐给大柳树村了。”

黄吉顺说:“什么?一半捐给大柳树村?卖着苦力,挣几个钱,捐给大柳树村?他张广泰搞剥削!”

小芹说:“别说得这么难听!是他们自愿的。”

黄吉顺说:“自愿的,我可知道那是个什么自愿的!那是张广泰逼着孩子们犯傻!”

小芹说:“怎么是张广泰逼着犯傻呢?自愿就是自愿。”

黄吉顺说:“你也不写信劝劝他?”

小芹说:“劝他什么?他能领帮人出去,干得还挺好,劝他别往好里干?”转身走了。

黄吉顺戴花镜写信:“快跑,你妈妈给了我五十块钱,说是你捎给我的。这个数可对?望下次来信告知明白。你妈妈说你在矿上干得挺好,我听了很高兴,可是又说你把挣的一半钱,捐给了大柳树了,你这是犯傻病。你的本意或许是为帮助大柳树解决困难,可是,你能当大柳树的大救星吗?你积极,你卖力,你挣钱,给人家,我给你讲过的话,你都忘了吗?大柳树是你的家?就算你把大柳树办成光荣典型,光荣也是张广泰的,你能捞到什么?……”

落叶飘飘,雪花飘飘,大地从白色变成绿色,又是春回大地,山花遍野。张艳双手拿一封信,急匆匆进了张广泰老房,张广泰和王玉珍正在吃饭。

张艳双说:“爷爷,黄家驹给砸伤了。”

张广泰吃一惊:“谁说的?”

张艳双扬起手里的信说:“自立哥给我来信了。”

张广泰惊问:“真的?”

张艳双说:“有个翻斗车从个斜坡上滑下来,眼看要砸着自立哥,黄家驹扑上去推开了岳自立,车把他撞了,住在医院里了。”

张广泰慌乱地说:“是吗?伤得重吗?”

张艳双说:“没说。”

张广泰说:“快,你去告诉他妈妈,明天跟我一块儿到矿上去!”

成才赶车,车上坐着张广泰和小芹,两人都焦灼不安。

小芹眼含泪说:“师傅,我的命怎么这么苦?”

张广泰安慰她说：“别着急，从他信上看，没有什么大事，也许只是碰着、砸着哪儿了……”

到了三岔口，成才停了车，张广泰和小芹下车，成才调转车头，安慰小芹道：“不用着急，从信上说的看，不会有多大的事。”

小芹低头说：“你早点儿回去吧。”

成才又对张广泰说：“路上你照顾点儿小芹。”

张广泰说：“废话！”

成才跳上车辕，赶车走了，回头又对小芹喊道：“如果不好，叫他在那儿多住几天院！”

铅矿医院。岳自立扶着黄家驹在野地里一拐一拐地走动。

黄家驹仰头四望，远山起伏，近野寂静，浅林泛绿，白色小溪流向平原。他不由感慨地说：“唉，在这儿快两年了，天天钻黑洞，从来没有注意到，这地方还这么漂亮！”

岳自立说：“又该春耕了！”

矿办公室里。矿长招呼张广泰和小芹落座，有人送茶来。矿长向张广泰和小芹赞叹说：“你们大柳树的小伙子，都是好样的，干活儿一个是一个，不惜力，要速度有速度，要质量有质量，我们很满意。黄家驹是个干家，年纪轻轻，领导四十人，走是走，坐是坐，简直和解放军一个样。这么说吧，别处来的那些干活儿的，多数是来混饭吃的，他们下了洞子，没有我们的正式工带着，你别想出活儿——”

小芹问道：“他伤得怎么样？”

矿长说：“放心吧，已经能出门活动了。我们矿常委研究通过了，我们要表彰他们。中午我陪你们和你们的小伙子们一起吃顿饭，吃过饭我们开个全矿大会，送给他们一面锦旗，你们也参加。”

一张白木桌前垂一面锦旗，上面金线绣字：“团结互助，无往不胜。”上款：赠给大柳树村青年劳动队。下款：金龙山铅矿行政，工会。

眼前是席地而坐的矿工们。大柳树村的青年队，整整齐齐坐在当中，张广泰、小芹、黄家驹被请到桌后就座。

矿长扯脖子大声叫道：“好了好了，现在，我们授旗大会开始。我代表金龙山铅矿行政和工会授予大柳树村青年劳动队表彰锦旗。授旗以前，我要向大家讲几句。我们金龙山矿，是我们市的重点矿，原来，我们计划，在今年的‘五一劳动节’以前，完成竖井和斜道，现在，我们提前了四十二天，把这两项工程完成了，这是我们全体同志努力的结果。在这里我不得不特别说一说，在这两项工程里，大柳树村的青年劳动队的同志们，做出了积极的贡献。他们有一股子干劲，一种吃苦耐劳的实干精神。我希望全矿同志们都来学习他们。我们党政工团常委会经过研究，决定赠给大柳树村青年劳动队一面锦旗，作为鼓励，也作为纪念。”

矿工们自动鼓起掌来。矿长拿起锦旗送给黄家驹，黄家驹推给张广泰说：“爷爷，你接着。”

张广泰推给他说：“哎，这是奖励你们的，你是队长，你接！”

黄家驹笑道：“我们是你领导的，你接。”

张广泰又推给小芹说：“你接着，你是他的妈。”

小芹有点儿悲楚地说：“师傅，你糊涂了？看不出来？他的心在你那儿呢！你接着吧。”

矿长高高举起锦旗，全场掌声热烈。

热烈掌声中，大柳树村村民们自发夹道欢迎黄家驹领队的四十名青年回村。岳自立在前高举锦旗，青年们个个精神抖擞，列队整齐，颇有点儿凯旋的解放军气派。

村民们对他们刮目相看了。

按照黄家驹的口令，他们列队、坐下。村民们围着看，这伙青年的变化，令他们惊奇，他们被感染了，没人出声说话。黄家驹站在队前讲话：“现在，我们青年劳动队要解散回家了。回家归回家，青年劳动队的精神要保持，这要看每人自己。下乡知青是集体，我相信能保持下去。至于分散各户的，希望你们常到知青宿舍来，好不好？”

全体都笑了，鼓掌。

黄家驹继续说：“我们的劳动报酬，还是按规定，一半已经交给队上支书村长了。每个人的，岳自立已经给你们每个人结算清楚了。谁还有什么问题，现在提出来。”

青年们齐喊：“没有！”

黄家驹说：“好，都没有问题了，知青队回宿舍，先整理房间。解散！”

知青队秩序井然列队走去后，村里的青年们才起身散了。父母们迎接自己的亲人，李秀英抱住岳自立胳膊流泪。

岳自立说：“看你，困难的时候哭，这时候有什么好哭的？”

张艳双凑到黄家驹前，激动不已，恨不能立即扑到他身上。

全村男女老少齐出动，拆小学校。黄家驹为首的四十名青年是绝对的主力军，个个生龙活虎。村民们诸如曹天柱、曹大禄、曹有贵等当年的壮劳力，只能在周围烧个水啦，搬个砖啦，打个下手，根本靠不了前，沾不上重活儿的边。

黄家驹不仅干活儿，还现场指挥。

曹大禄轻声对曹天柱说：“没想到，出去了两年，这些孩子们成了气候了。”

曹天柱说：“这是逼着我们老啊！”

李七嫂子说：“我还没说老呢。”

曹天柱说：“嗨，七婶子，你老人家也该歇着啦。”

李七嫂子悲喜交加：“可不，不歇着怎么办？”

一所崭新的小学校舍出现在原址。学校添置了新课桌。院里学生们整齐列队站立，他们对面坐着四十名青年劳动队员。张广泰向孩子们说：“今天你们用新学校新书桌念书了，这个新学校和新书桌，是黄家驹叔叔他们四十人出外劳动赚了钱盖起来的、买来的。现在就叫黄家驹叔叔给你们说，他们怎么要求你们。”

在旁的成民向黄家驹点个头：“你说吧。”学生们鼓掌。

黄家驹气度非凡地摆摆手，看了一阵学生们，说：“村长爷爷都说了，你们还小，慢慢才能长大。现在有了学校，有了桌子板凳，得好好学习。将来，建设大柳树，得靠你们。玩儿的时候，不要打架，特别注意不要打了人家的眼。能记住吗？”

学生们齐声答：“能！”

黄家驹说：“好了。”回身问四十名青年：“你们谁要说话？”

四十名青年都摇手说：“没有。”“没有。”

黄家驹指挥四十名青年起立，向学生们鼓掌。成民指挥学生们鼓掌进教室。

张广泰、王玉珍、成才、曲彦芳、张艳双在吃饭，张广泰闷闷不乐。

王玉珍问他：“又有什么事？六神无主的。”

张广泰叹口气、摇摇头、放下碗说：“今儿学校开学，是啊，我该给孩子们讲讲话，可是我怎么说？要盖个新学校，做些新课桌，老村长去世前就有这个心愿，是他想了多年的事了，老村长没办成，我也没办成，哪想到叫黄家驹办了。”

王玉珍说：“他办成了有什么不好的？”

张广泰说：“好是好啊，我对不起老村长啊！”

曲彦芳说：“爹，用不着，青年人有本事，也是你领导下办的。”

张广泰说：“话可以这么说，可是……唉！”

成才说：“也不用想那么多，好像多么感激他似的。”

曲彦芳说：“就是。”

张广泰说："没想到吴发林留下这么个孩子，小芹总算有个指望了。"

黄家驹进门来，挺礼貌又刚毅地说："爷爷，奶奶，吃饭了，叔，姨。"

张广泰说："你吃过没有？没吃在这儿吃。"

黄家驹说："我吃过了。爷爷、奶奶、叔和姨，我找艳双商量我们订婚的事。"

举家皆惊。你看我，我看你。

成才说："什么?"

黄家驹说："我和艳双商量我们订婚的事。"

张艳双说："我马上就吃完了。"急忙扒完碗里的饭说："走吧。"

老中两代四人眼睁睁看着两个小儿女亲亲热热手拉手出门走了，他们竟没有反应能力似的呆僵木然了。直过了半晌，成才把筷子一摔，叫道："不行!"

树林里，黄家驹和张艳双紧紧相抱着，热烈地亲吻。

第十八章

春光明媚，微风和煦，大柳树村北树林外，百花开处，张艳双坦卧草地，仰面向天，眼睛微睁微闭，胸脯起伏，享受春暖日丽赐予少女的恩宠。在她身旁，斜扔一把镢头。再旁边，黄家驹举起手里的镢头，用力刨下草地，按一按，试一试，又拾起地上的另一把镢头，从对面刨下地，又按一按，试一试，使两把镢柄并在一起，组成高于地面的一架桥形，然后走去，弯腰抱起张艳双，把她放在桥形镢柄前，使她能头枕镢柄，更舒适地躺好，自己偎身在张艳双身旁侧身躺下，低头亲吻她，同时伸手抚摸她的胸脯。张艳双无力地推开他的手，自己侧过身，搂紧他，幸福地亲吻他……

暴雨如注，两个披黑雨衣的人走进大柳树村水泵小房，是黄家驹和张艳双。张艳双脱下雨衣，水淋淋提在手里，左看右看找不到挂放处，黄家驹脱下雨衣，从她手里拿去她的雨衣，一并搭在水泵铁管上，两人性急地紧紧拥抱，亲吻……

晒米的高粱地一片火红，秋风吹进高粱地，干枯的高粱叶“沙沙”响，大柳树村男女老少和众知青都在高粱棵间打高粱叶。知青们人人争先，一捆捆高粱叶在高粱丛间落地。黄家驹和张艳双一路领先，又总是“不期而遇”，每遇必不失时机地前后左右瞅一阵，然后热烈亲吻一阵，满意地分开，更加精力充沛地向前打叶，青纱帐变成他们的“红纱帐”……

大柳树村队部。黄家驹和张艳双一本正经地谈工作，极认真。黄家驹侃侃而谈，时而激动地挥动手臂，张艳双倾慕地注视着他，最后两人笑容满面地携手出门去……

谷场上，大柳树村一片繁忙的秋收景象，打连枷、扬场、装袋、扛粮、进仓，知青队员们处处是主力。曹天柱、曹大禄、曹有贵等当年的壮劳力，显然已退居技术指导性的辅助地位了……

“劈劈啪啪”算盘响。队部里，会计贾六儿歪着头，一手翻着账本，一手熟练地拨动算盘结账。张广泰在旁抽烟，神色紧张地听着。偶有小孩闯进门，他便爱护地轻轻推出门去——免得他们妨碍贾六儿工作。

“啪”一声，贾六儿合上了账本，仰头对张广泰说：“好了。全年的总结算，各款各项，总收总支，总余款数，三次复核，全出来了。连年累计，全队应提留公积金一万七千八百二十六元六毛四分。”

张广泰认为贾六儿肯定算错了账，皱眉问道：“多少？”

贾六儿说：“一万七千八百二十六元六毛四分。”

张广泰直视着贾六儿，不敢相信地惊问：“真的？你没算错吧？”

会计说：“算错？账本全在这儿呢！”

张广泰仍疑惑，问道：“嗯？”

贾六儿笑道：“大柳树这点儿账目，多年都是我经手。老村长曲国经在世的时候，可没这样问过我。你接手以后，也没这样问过。”

张广泰仍怀疑道：“你可算准了？”

贾六儿又笑道：“嗨，你这话，没算准不就是算错了？”

张广泰说：“哎哎，别误会，我，我是说真有那么多？”

贾六儿“哈哈”笑道：“是老虎啊？你害怕了？”

张广泰重念道：“是一万，一万……”

贾六儿说：“一万七千八百二十六元六毛四分。”

张广泰仍惑道：“啊啊……这么多?! 我觉得……”

贾六儿说：“得得，我报给你听。”拿起几本账，一一翻开，摞成堆，边翻边唱，边打算盘说：“一月一日，接收去年年终结余公基金二百三十五元一毛五分。二月十一日收入知青队长黄家驹交来推盐所得劳动费一千六百二十四元零一分。”

大雪纷纷，冰河上，知青推盐队，人滑车倒，黄家驹、邢啸山、丛军、罗二贤等从旁抓着、护着、抬着一辆辆盐车，艰难地在冰上走……

算盘响声里，贾六儿说：“三月二十三日收入知青队长黄家驹交来为县劳动局推砖所得劳动费二千四百七十二元三毛八分。”

建筑工地。黄家驹等知青们往小推车上装砖、推车，寒风里他们只穿单衣毛衣，棉袄堆在砖垛上……

算盘响声里，贾六儿说：“五月六日，岳自立交来黄家驹所带领知青队在县建筑工地到‘五一国际劳动节’为期担任保卫所得费，九百一十五元整。”

深夜。建筑工地一角，黄家驹紧裹大衣走到一堆砖垛旁，嘱咐站哨的丛军说：“可别睡了……”

算盘响声里，贾六儿说：“五月七日开始，知青队全体回村参加田间劳动。七月十四日，黄家驹交来省公路局奖励知青队参加九五国道公路桥抢险奖金三千元整，个人奖金——黄家驹二百元；丛军二百元；邢啸山二百元；罗二贤一百元，党支部建议全部所得奖金由知青队公议自由分配，知青队全体决议全部交队……”

暴雨闪电，洪水汹涌，公路便桥和两岸工棚倒塌，建材木料垛倒塌，木材被冲入洪水漂向下流，黄家驹等知青们夹杂在桥梁工人间，有的在暴雨中奔跑搬运水泥；有的在洪水中游动抢救木料；有的趴在仓库房顶上苫补漏雨处……

队部里，贾六儿边打算盘，边翻看账本边说："九月十二日，收入黄家驹交来……"

张广泰猝然说："得了，别算了！"

贾六儿一惊，停手抬头看他。张广泰两眼激动地闪光，又装满一锅烟，含在嘴里，擦火柴点烟，两手颤抖地擦了两次，火柴都断了，他努力抑制自己，第三次哆哆嗦嗦好不容易才点着，深深吸一口，长长吐出细烟，陷入一种他自己也说不清道不明的不安的深思。

贾六儿见状，眼盯着他，轻轻合起账本，拾起算盘，轻手蹑脚走出队部。

张广泰凝神陷入思索。

"黄家驹，东拉西扯的，带着这帮知青，为大柳树出了力啊！小子，有点儿本事，可就是……叫人摸不着他的边呀，一口说不出他是个什么材料来！"

张广泰房外香椿树下，黄家驹紧抱着张艳双亲吻。好一阵，张艳双轻轻推开黄家驹："去吧。"

如果说黄家驹在众目睽睽下，从张家饭桌上把张家的心肝宝贝张艳双手拉手地领走了，使张家祖父两代目瞪口呆、不知所措，对他不满而又无奈的话，那么黄家驹今天向张广泰提出的又一正当要求，则令他不但十分意外，而且大惑不解，疑团顿生了……

张广泰还在苦苦深思中，黄家驹脚步坚实地推门走进来，正气凛然地却又是恭敬地叫道："爷爷！"张广泰看看他，不觉端起正经、严肃的姿态说："别往我身上套近乎！爷爷是你叫的吗？有什么事？"

黄家驹马上改口道："噢，老村长，我——"

张广泰又打断他的话道："也别叫我老村长，我还没老。"

黄家驹略定神正经地说："啊，村长，我是来交入党申请书的。"

张广泰奇怪道："唔？替谁交？"

黄家驹说："不是替别人交，是我自己亲自交我自己的。"

张广泰不由一怔问道："交你自己的？"

黄家驹说："是啊。"从怀里摸出申请书，双手毕恭毕敬地递给张广泰。张广泰不接他的，却问道："你要入党？"

黄家驹说："是啊，我正式向您送上我申请入党的书面材料。"

张广泰说："你?!"

黄家驹说："爷爷，啊不，村长，您是大柳树村的支部书记，我诚恳地希望，也诚恳地请求您批准我参加伟大光荣的中国共产党。"

这一来，使张广泰不知所措了。他根本想不到黄家驹会这么认真地向他提出入党的事，说：“这……”

黄家驹说：“你们党章上写得明白，凡年满十八岁的公民，都可以申请参加党。”

张广泰说：“是啊，写的。”

黄家驹说：“那就请你接受我的申请吧。”把申请书塞到张广泰面前。

张广泰勉强接过他的申请书说：“你知道不？申请参加共产党的人要经过党组织的审查。”

黄家驹说：“知道，我经得起党的审查。而且，你也应该了解我、我爹、我妈，我的家庭、出身、历史，哪点你不了解？”

张广泰说：“是啊，我太了解了。从你姥爷到你……”

黄家驹说：“当然，还有我的表现。这方面，这几年，你都亲眼看见了。”

张广泰说：“是啊，亲眼看见了。”

黄家驹说：“什么时候批准我？”

张广泰说：“我们要经过支委会全体讨论、研究。”

黄家驹说：“支委会讨论，你的意见有决定性的作用，是不是？”

张广泰说：“我要尊重支委们的意见。”

黄家驹说：“这没有问题。”

张广泰说：“什么？没有问题？”

黄家驹说：“我不会叫你为难。”

张广泰说：“什么意思？怎么不会叫我为难？”

黄家驹说：“我说我各方面的条件，不会让你为难，你们抓紧讨论吧。”

他这种步步紧逼，令张广泰十分无奈，看了一下他的申请书，说：“参加共产党不是随便的事。”

黄家驹说：“爷爷，啊不，村长同志，我可不是随便提的，申请入党，这么重大的事，我能随便？我已经考虑了很长时间了。我是下定决心，不怕牺牲，排除万难，去争取参加共产党，为共产主义事业奋斗到底。你把我这个态度给你们的支委们讲清楚、讲明白，他们都会批准我。”

张广泰捻动着手里的申请书说：“不要这么自信。你觉得完全够条件了？”

黄家驹说：“哪点儿还不够，你可以教育我。”

张广泰不声响，抬头间，见窗外有人影闪过，问道：“那是谁？八月？”

黄家驹说：“是她，我的未婚妻。”

张广泰极认真严肃地说：“你要听明白我的话，八月只是我的孙女，是团支部书记，和你没有什么特别的实际关系。”

黄家驹说：“你不说我也明白，我没说别的，我只说她是我的未婚妻。”

张广泰皱起眉头说：“你……”

黄家驹的表现使张广泰爱不能、恨不得。他看出来，这个黄家驹，这个小兔崽子！嘴皮子竟滴水不漏！

黄家驹和张艳双并肩漫步在多处已经收割过的田野。秋末的夕阳把他们的身影拖得很长。张艳双情急地问道："谈了这么久，他怎么给你说的？答应了没有？"

黄家驹思索着说："你让我想想。"

张艳双说："嗨，他怎么说的，你照实给我说嘛，还想什么？"

黄家驹说："没有批准我。"

张艳双说："参加党可比参加团难多了，哪能一递申请就当场批准你？他给你指出些什么缺点来没有？"

黄家驹说："没有。"

张艳双问他："没有？"

黄家驹说："没有。"

张艳双说："坏了。"

黄家驹问她："怎么了？"

张艳双说："大概他不同意你。"

黄家驹思谋着说："我看不是。"

张艳双问道："你根据什么说不是？"

黄家驹说："他给了我一句话，是有心点破我。"

张艳双问："什么话？点破你？"

黄家驹说："让我想想。"说话间，两人到了河岸水泵小房前，自然地双双进了小房，自然地双双瞅了瞅四周，自然地亲吻起来。

张艳双又问道："他什么话有心点破你？"

黄家驹说："他说，你只是他的孙女。"

张艳双说："这是什么点破你的话？我不是他的孙女是什么？"

黄家驹说："下面还有呢，他说我和你没有什么特别的实际关系。"

张艳双说："什么特别的实际关系？啊？什么特别的实际关系？"

黄家驹说："就是那种关系。"

张艳双说："什么关系？"

黄家驹说："就那种关系嘛！你还不明白？我现在理解，他的意思是这样的，我俩还没有那种关系，他就不会吸收我入党。"

张艳双顿时红脸低头，轻声问道："那怎么办？"

黄家驹说："怎么办？他这是给我们的指示，我们要执行。"

张艳双说："我……"

黄家驹说："对领导的指示就要执行，理解的要执行，不理解的也要执行，在执行中加深理解。

张艳双更低了头。黄家驹抬手梳拢着她垂在脸前的头发说："反正这也是早晚的事，迟不如早，早不如快。我们执行吧。"

张艳双不动。

黄家驹探头小房门外四向瞭望了一下，四野空不见人，走去依水泵小房山头垛起的高粱叶垛，把十几捆高粱叶抱进水泵小房，扔地下，又出去抱来十几捆，就地下摊铺开，再次探身门外瞭望了一下，转回身，搂住张艳双，亲吻她，同时动手摸索着解开了她上衣领扣，再依次解开她的胸扣，解开她的乳罩，摸她的乳房，张艳双两腿酥软地向后仰身，头发垂下来，他把她缓缓放倒在高粱叶捆上，动手解她的腰带，然后自己解腰带……他跪在高粱叶捆上，把她的衣裤和他的衣裤，一件件铺在高粱叶捆上，仔细地铺平……她一声痛叫，继之传出声声幸福的呻吟说："我这片神圣的土地叫你污染了……"

张广泰家里。聚集了除岳自立和张艳双两个孙辈少男少女外的全部人：张广泰、王玉珍、成民、李秀英、成才、曲彦芳。气氛肃穆，人人神色略带紧张。这是张家研讨大事的两代家长会议。其实，王玉珍、李秀英、曲彦芳三个女性只是参加而已，可以发言，但并无决定权。成民一向不介入这个家庭的事务，只是应召而来，只有张广泰和成才是权威人物。

张广泰开场说："家务事，处理不好，也是大事。把你们都叫过来，是一起说说黄家驹和艳双的事。商量商量，要有个明白的统一。我和你们妈，老了。以前，对外的事，都是我当家，家里，有你们妈。艳双和黄家驹这件事，虽说是家事，实际也是外事，得全家拿主意。你们都说说自己的意见。"

张广泰说罢开场白便抽烟等待，全家却都沉默，王玉珍观察每个人。李秀英自知在这个家庭的地位，眼珠骨碌转，表情说明，她只能缄口不开，等待"权威"发话。曲彦芳焦灼不安，等待兄长成民先发话。成民却只皱着眉头歪了头，好像这次家务会是多余的。成才像有一肚子话，却不敢贸然出口，因为毕竟上有父母兄嫂，轮不到他先说话。

张广泰问道："怎么了？成民！这事你也不说话？真当'百不管'？"

成民说："从他表现出来的能力看，这个人可能有发展前途。不过，文化基础太低，仅靠天资聪明，终究成不了大事。"

张广泰说："说得太原则了，不过也对。还有呢？"

成民说："重在教育，现在没人能教育他。即使我出面，他也不会把我放在眼里，不会有一点儿效应。"

张广泰说："秀英，你说。他和自立两个，一天到晚形影不离，你从自立那儿也该看出点儿意思来。"

李秀英被公公点了个措手不及，眼珠一转说：“自立自然说他好了。可这事，还得成才兄弟和彦芳妹妹说心里话，和爹妈商量。”

张广泰说：“好，彦芳说说吧。”

曲彦芳说：“叫她爹说吧。”

成才没好气地说：“我说我的，你说你的。”

曲彦芳说：“平时我不都给你说过了？就是，爹，今儿怎么专门研究这事？”

张广泰说：“该研究了。”

曲彦芳问道：“出了什么事儿？”

张广泰说：“黄家驹，今天正儿八经地提出来，要求入党！”

全家对这意外消息都感奇疑，互相交换眼色。

成才眼光闪亮，愠怒地说：“他要求入党？”

张广泰说：“是啊！谁都可以要求，入党是要求进步的表现。”

成才说：“对，谁都可以要求。可是不能看表面，得看本质！”

成民说：“人是可以教育的。”

成才说：“刚才你还说教育不了他。”.

成民说：“我说我也教育不了他，没说别人都教育不了他。”

成才说：“别光看他抓了些钱！得看看是个什么坯子！滑不唧溜，整个是个小黄吉顺！那天我们就不该让他从饭桌上把艳双领走！后来又没抓紧教育艳双！现在倒成了真的似的！”

全家长时间的沉默。

张广泰轻叹口气说：“说来说去，说到根上，还是和黄吉顺的疙瘩解不开！这个疙瘩，结了二十年了，唉！二十年，黄吉顺挣来挣去，也没挣上个什么好日子。算了，大家都一样，都是一把年纪、土埋半截的人了！过去的恩恩怨怨，放手吧……”

成才瞪大眼直视着他说：“你的意思？”

张广泰说：“问题是这个黄家驹，到底是个什么坯子？叫人揣摩不透，看不真切，真怪，他一会儿要刀，你还没看明白呢，一眨眼，他又要起棍来了，可是他不管要什么，还都能要出个花来！这人到底是个什么猴？我心中无数，都说说吧。”

王玉珍说：“你自己都没有个主心骨，叫孩子们说什么？”

张广泰说：“我怎么没有主心骨？叫他们来说说，就是主心骨！”

王玉珍说：“他们都说了，该你说了，你说怎么办吧！”

张广泰又深叹口气说：“真叫人犯愁……既然暂时看不透，就再看几天。啊，同时，还是要干涉干涉这事！彦芳，你先问问艳双，她是怎么看黄家驹的？”

成才说：“还用问？她当然说好了！”

张广泰说："还是问问，问问。"

张艳双一步跨进门，满脸焕发着幸福的光彩，不加掩饰地环视了一下全体家长们，偎进曲彦芳怀里，"哧哧"一笑。她的表现，令全家惊异。曲彦芳推推她，问道："怎么了？"

她又神秘地"哧哧"一笑，抱紧曲彦芳的脖子，轻声地说："真好！"略停顿，起身飞进自己房里去了。张广泰等莫名其妙，互相交流询问眼色。

片刻，曲彦芳起身进艳双房，见她在灯下伏案书写什么，听见母亲进门竟也不抬头。

曲彦芳平静地问道："艳双，写什么呢？"

张艳双说："没写什么。"

曲彦芳见她手边有片纸，拾起，在灯下看，纸上写着："入党申请书。我，黄家驹，十九岁，初中文化程度，现在新华区大柳树村接受贫下中农再教育，劳动锻炼……"

曲彦芳惊道："你这是？"

张艳双说："帮他抄的。

曲彦芳说："入党申请书应该自己写，哪有别人抄的？"

张艳双说："互相帮助嘛！"

曲彦芳无可奈何地微皱眉头……

知青宿舍里，有的已经睡下了，有轻轻的鼾声。灯下，罗二贤、邢啸山、从军围在桌边，匆匆抄写黄家驹的《入党申请书》。在他们的手边，都有一摞已经抄好的纸散乱地摆放着。罗二贤忽然停笔叫道："家驹，这样都是一样的词，千篇一律，好吗？"

躺在铺上的黄家驹睁眼不答。

罗二贤又喊道："家驹，你睡啦？"

黄家驹说："没有。"

罗二贤说："我说，这每张都是一样的词，一字不错，合适吗？"

黄家驹说："你看哪里可以改动的，就给它改动改动，变变口气，要诚恳，只要要求入党的意思不变就行了。"

罗二贤问道："一共要几张？"

大柳树村队部，党支委会在沉闷的气氛中进行。张广泰、曹天柱、曹有贵、曹大禄、李七嫂子，每人手边都有一摞字体工整的黄家驹的《入党申请书》。

张广泰搭拉着脸，磕磕烟袋锅说："党的会，要照党的原则发言，你们说了他那么多优点，没人提他一条缺点，他十全十美了？不是说对人要一分为二吗?”

支委们眼神含义复杂地互相瞅瞅，没人说话。

张广泰说：“都再想一想。”

曹大禄说：“光催我们说，你支部书记怎么不说?”

张广泰说：“我最后说。”

曹大禄说：“我们都说过了，现在就等你了。”

张广泰说：“你们谁能全面地说说他？别光看他给我们抓来多少钱!”

曹天柱说：“你是怎么个意思？怎么个全面说说?”

张广泰说：“就是说，除了他有本事，积极要求入党，劳动肯出力等外，有没有要继续改造的地方呢？就是说，有没有叫党不放心的地方呢？譬如说，他入了党以后，会不会变坏呢?”

大家开始思索。

曹天柱说：“这可难说。谁能保证他一辈子?”

张广泰说：“对啊！你们看，就现在他这个样，以后能往好道走吗?”

李七嫂子笑了。

张广泰问她：“你笑什么?”

李七嫂子说：“我明白你的意思啦。”

张广泰问道：“我什么意思?”

李七嫂子说：“老广泰，我的大支书，你想一抬胳膊一撒手，把我们四个都扣在一网里呀!”

张广泰说：“哎，七嫂子，你这是什么话？我怎么把你们扣在一网里?”

李七嫂子说：“我问你，咱们是研究黄家驹够不够党员哪？还是研究他能不能当你家的女婿?”

张广泰说：“这话!!”

李七嫂子笑道：“我就这话，你是在给艳双挑女婿哪！党员变坏了有党的纪律，可以处分，可以开除，女婿变坏了，当老的可不能那么清闲了。”

张广泰说：“你看这，这，七嫂子，你说得不对，我可没有……”

李七嫂子说：“行了，我说呀，咱们举手表决吧，这孩子在咱大柳树可是人人喜欢，人人器重啊。不说他劳动好，给咱抓了大把的钱，单说他这要求入党，就是有心上进，谁想到过他会要求入党？我就没想到。人家这不是往好道上走吗？他写这么多要求信，就是证明，他有这份真心。他明知道我不识字，还给了我这么一大摞，这不是尊敬我？不是心里有我？我是个什么？他是尊敬党！我说咱们举手吧!”顺势举起手。

曹大禄、曹天柱、曹有贵都说：“举手”“举手”虽然低着头，却都举起了手。

张广泰看看他们坚定地举起的手，又看看他们为避免使他难堪而低着的头，前所未有地在支委会上落了个尴尬，说："这！……那……"

李七嫂子说："别这那的啦，通过了！"

张广泰脸色难看，努力抑制自己，但两手仍颤抖不止地装好一锅烟，不点火，直视面前站立的黄家驹。半晌，说："啊，呃，你能按照党章规定的党员纪律性组织性……呃，执行吗？"

黄家驹说："村长，啊，不，支书，我保证给你做个好党员！"

张广泰说："不是给我做，是给党做！"

黄家驹说："当然啦，你代表党嘛。我绝不给你丢脸。"

张广泰说："不是给我丢脸！"

黄家驹说："对，给党丢脸。你放心，我参加了党，保你党支部大放光彩！我还能给你拉一大帮团员来入党！有了党，不管你想干什么，都有带头的力量！"

张广泰说："照你说，大柳树现在没有党？"

黄家驹说："有啊，你发展我，就是党吸收了新鲜血液啊，我能帮你吸收更多的血液！"

张广泰皱眉说："你小子说话，我听着怎么这么别扭？"

黄家驹说："这，你得加强对我的教育，教育党员是支书的责任。"

张广泰说："你现在还不是党员！"

黄家驹说："不是党员是知青，你更该教育了。我来插队落户，就是接受你教育改造的。你吸收我入了党，教育我更方便！"

张广泰咂咂嘴，思谋一阵，点火吸烟，烟管不通，磕了烟末，摘下烟锅和烟嘴，拾根草篾通烟管，说："你说我对你教育不够？"

黄家驹说："爷爷，你教育不够，我会这么好吗？"

张广泰说："你好吗？"

黄家驹笑道："好不好全在你说，我等着听。"

张广泰摇头叹气，安好烟袋锅和嘴，装好烟叶，点着，吸着，从桌子抽屉里拿出一纸《志愿入党申请表》，在桌上郑重地按一按，说："呃，你填上吧。"

黄家驹眉开眼笑道："爷爷，我知道，你这是审查考验我。我经得起党的考验。"

张广泰说："我不是你爷爷！"

黄家驹说："爷爷，你就别再阻拦我了。"

张广泰说："我阻拦你什么？"

黄家驹说："阻拦我叫你爷爷啊！"

张广泰说："填你的表吧。"

黄家驹坐下填写《志愿入党申请表》，张广泰在旁盯着他就这样，大柳树村支部增加了一名新共产党员。用张广泰非常有原则的眼光看来，这名新党员，有点儿混入党内的意思，但是他又分明看到，不仅支委们都同意接收黄家驹，全体党员们也认为他能入党是件可喜的事似的，这令张广泰颇为不解和烦恼……

广场上。大柳树村的男女劳力和老人孩子们呼喊吵嚷地分烧柴——麦秸、玉米秸、高粱秸、棉花秸和杂树梢子等。邢啸山掌秤，丛军记账，罗二贤带领知青们从各种大垛上往下扯抱，进行各小堆的种类搭配，打成过秤大捆，帮助把过了秤的柴，往各家各户搬送。黄家驹俨然一指挥——谁家该分得多少，全由他一张嘴。张广泰在一旁关注地看着，看来，人们对他的分配数目，好像都很满意，高高兴兴。

张艳双背一捆玉米秸进了曲国经原住的老房院，曲彦芳迎住她。张艳双走到院墙角向后一仰身，不动了。曲彦芳帮她脱下肩上的绳扣，解了秸捆的绳，张艳双躺在秸捆上不动不起了。

曲彦芳拍拍她问道："怎么了？"

张艳双还不动。

曲彦芳又问："怎么了？"

张艳双苦楚地说："不爱动了。"

曲彦芳有点儿疑惑，又问："不爱动了？"

张艳双勉强起身，却站着不动。

曲彦芳看看她，问道："怎么？病了？"

张艳双说："没有。"

曲彦芳追问道："那是怎么回事？"

张艳双指指胸口说："恶心。"

曲彦芳惶问道："恶心？"

张艳双说："过了半个月了，还不来。"

曲彦芳怔怔盯着她半晌不语，最后轻声问道："你们……什么时候的？"

张艳双低了头说："不知道。"

曲彦芳慌了，问道："怎么会不知道？你们……有几次？"

张艳双说："谁还记那个……不知道。"

曲彦芳大惊道："这可怎么办？"

喜庆的民乐《百鸟朝凤》声。

在曲国经原住的老房里，黄家驹和张艳双被知青和村里男女青年团团簇拥，举行结婚典礼。正堂北墙上，贴大红双喜字。丛军担任司仪，罗二贤等几个知青用手风琴、唢呐、小提琴、吉他、扬琴等中西乐器演奏音乐。

丛军高唱："向家长行礼——"

西间房里，年迈的王玉珍坐在炕头，曲彦芳坐在炕边抹眼泪，坐在炕前椅上的黄小芹呆呆木木，李七嫂子站在炕前地中央，转动着身子对黄小芹和曲彦芳以批评的口气说："你们俩这是怎么了？孩子办事的好日子，你们还想闹什么？"

邢啸山探头门里叫道："快快，给家长行礼了，出来吧！奶奶，快下炕吧！两位婶子！"

李七嫂子说："就来！就来，等一会儿！"

邢啸山退回明间指挥演奏的青年们停住了吹打，说："稍停，稍停，家长还没化妆完！"

西房里。李七嫂子问道："彦芳！他们哪个委屈你啦？"

曲彦芳抹抹泪，说："我是高兴的！"

李七嫂子又问小芹道："小芹！你是哑巴！"

黄小芹猛醒来，说："我在想……前前后后地想……"

李七嫂子说："想什么？这就是日子，日子就得过。快搀着你们师母老娘受拜去！"

黄小芹起身，曲彦芳伸手拉过王玉珍，两人搀王玉珍下炕，李七嫂子接手帮忙说："老嫂子，我这先给你道喜啦！"王玉珍被黄小芹和曲彦芳搀过明堂，扶她在当中坐下，黄、曲分坐她两旁。邢啸山指挥奏乐，丛军高唱："向家长行礼！"黄家驹和张艳双向三人鞠躬。李七嫂子竟急转身抹泪，自言自语说："各人有各人的日子！日子就得过！"

张广泰家。张广泰和张成才对坐炕头，默默抽烟。

张广泰和儿子没参加黄家驹和张艳双的婚礼，对于他们来说，尽管心里也明白，应该接受下一代的这种现实，但是，总有一种被强加的感觉，排解不去。

李七嫂子搀着王玉珍，黄小芹和曲彦芳后随出了曲国经老房院。房里热闹喧哗声阵阵。

王玉珍说："老妹子，你为他们忙了几天了，也该歇歇了。"

李七嫂子说："那我不送你了，你自己回吧。"转身拦住黄小芹和曲彦芳说："你们俩给我听着，不是我倚老卖老，你们回到家，得把你们两家老的哄好了，孩子们高高兴兴地过日子，就是老人的福！谁活着不是为后代造福？不管后代的是畜生！从今以后，你们哪家老的为孩子不和睦，我可敢上门去骂！那时候我先骂你们俩！听见了？"

黄小芹点点头。曲彦芳说："七婶，你放心吧。"

李七嫂子说："你们说话吧。"走了。

黄小芹和曲彦芳相向无语，但只一刹，两人眼光都露出笑意。

曲国经的老房里。张艳双在灶上忙做饭，收工归来的黄家驹疲惫不堪地进房门，张艳双忙端一盆水送到房门外，黄家驹出房门洗手洗脸……

夜色中，张艳双在灯下埋头补一件破军装褂子，已经睡下的黄家驹从炕上爬起，轻手蹑脚地走到她背后，双手轻轻搭上她的双肩，张艳双回头，放下手里褂子，两人卿卿我我拥抱、亲吻，一起倒上炕……

夜已深。黄家驹和张艳双相依相偎地熟睡。有人在门外用力推门，黄家驹惊醒，起身下炕，问了声什么，动手开了门。罗二贤和两个知青大大咧咧进门来，炕上的张艳双探身要起身下炕，罗二贤和另外两个知青向她摆手示意，张艳双又睡下。他们向黄家驹说了些什么，黄家驹引他们到灶间，他们推开了他，三人自动盛米、洗米、找菜、洗菜、灶下烧火、锅上忙活……

罗二贤和两个知青在堂屋喝酒、吃菜、说笑，黄家驹在炕上翻来翻去，张艳双翻个身，窃笑。黄家驹披衣下炕，在三人桌边坐下，拿起杯，倒酒喝，并与三人交谈，越说越热烈……

天已大亮，张艳双起身烧锅，罗二贤等三人醉醺醺上了炕，倒头便睡。黄家驹给他们脱了鞋，给他们盖上被……

大柳树村队部。张广泰、曹天柱、曹有贵、曹大禄、李七嫂子开支委会，黄家驹列席。

张广泰皱着眉头，几乎闭着眼，向黄家驹仰下嘴巴说："你——简单明了地，说说，我们听听。"

黄家驹精神抖擞地说："是这样，我入党以后，一直没有为党做贡献。最近，我又到金龙山矿上去了一趟，在矿上住了两天，和矿长谈了个合同。按照这个合同，我们派一个人到内蒙古去养羊。草地、羊群，由矿上和当地查干政府——就是乡政府协商解决，作价上最大限度地照顾我们。羊肥了，卖给矿上。我粗算了一下，按四百头羊估算，一头羊最少可以赚三块钱，这不算多。一茬可赚一千二百元，两年之内，养四茬，可以赚到四千八百块。我们出一个人，两年之内，赚四千八百块钱，不是个小数，干得。如果每只羊能赚到四块钱，那么，四四一千六，四茬一共可以赚它六千四百块。我给我……支书汇报了，希望支委会决定批准。就这么个事。"

张广泰公事公办地点点头说："支委们发表意见吧。"

支委们都愣了。

曹天柱说："这是个……哎，犯不犯政策？"

曹大禄说："倒是个来钱的好事。"

曹天柱说："玄啊！这是走什么道路？"

沉默。

李七嫂子说："这个事，我是听明白了，账，我也算出来了，就是这个道路……啧！"

曹大禄说："支书的意见呢？"

张广泰说："大家讨论。"

又是沉默。

曹大禄说："别大家讨论，大家讨论，你得负责任啊！"

张广泰说："我们什么事不是全体讨论，集体负责任？"

曹大禄说："我表态，我和钱没有仇。道路，说了这么几年，我还是没懂。"

李七嫂子说："道路，道路……就是不要养鸡嘛！"

曹天柱说："家驹啊，你懂这个，你看，这是不是道路问题？"

黄家驹说："我们是出劳力赚钱，我们没有剥削行为。劳动不犯法。"

支委们互相交换眼色。

黄家驹说："如果我们干了，矿上答应，无偿地送给我们两部旧卡车，我们可以到内蒙古去跑运输。那个赚钱比养羊可来得多了。"

张广泰不觉眼睛一亮，问道："这都说好了？"

黄家驹说："说好了。"

曲国经原住的老房里。桌上小盘菜、大瓶酒，黄家驹和岳自立对饮，张艳双又端来一盘菜，笑道："不知我这菜有没有个菜味。"黄家驹说："挺好，别炒了。你坐下，也敬哥一杯，出远门，任务重。"

张艳双坐下，为岳自立把盏道："哥，内蒙古什么样，我没见过。反正，说起来，是个辛苦活儿，又是你一个人，艰难是一定的了。我预祝你，辛苦有辛苦的好结果。我为你喝这杯。"

岳自立点点头，轻声说："我估计不会有什么大不了的。"

黄家驹说："有卡车来回跑，有什么事，写信叫他们带。知青队下步怎么搞，免不了还得你出些主意。"

岳自立说："别的倒不会有什么，只怕这事给什么人捅上去，就糟了。"

黄家驹深思着说："大柳树不会有人犯那个傻。"

地主李文江旧房里。灯下，张成民一副冬烘相，轻点桌面，对岳自立说："我是不同意你们干这种事的，不过已经决定了，就言出必行吧。一切都要靠你自己了，到了那里，一来，生活上要艰难，要自己做饭烧水，要自己放牧；二来，这件事，想必你们自己也知道，这是政治冒险。你可以说不知、不懂、路线觉悟不高，可是，黄家驹是党员了，他不好推脱。你爷爷他们支委会，更无可推脱之辞。所以，你到了那里，要最大限度地销声匿迹。好在内蒙古离得远，交通闭塞，你可以先和家驹说好，一旦有什么风声，你们马上停手。”

岳自立说：“等有了风声已经晚了。我们已经下决心了，一不做，二不休。你放心，绝对牵累不到你们。”

张成民说：“我不是那个意思，我是要你们有多方面的考虑和准备……嗨，其实我搞不清现在应该怎么办，想到这些，就给你说说。”

李秀英眼泪汪汪一手抱个衣裳包，一手提只黑铁壶，在桌前坐下，先轻叹气，目光呆滞地看一阵岳自立说：“睡觉以前，别忘了吃点儿什么，没有吃的，就是热水，也要烧两口喝。羊那东西，光知道吃草，不会说话，要自己多加小心，秋末冬前，攒下些烧的，冷了烤烤。”

岳自立说：“嗨，你们当成我要苏武牧羊了？放心吧，你们倒是应该互相照应。”

张成民说：“我们你不用担心。”

岳自立说：“你这身子骨我就担心。”

张成民说：“不用不用。”

岳自立说：“家驹会来照顾，你们不用推辞。”

张成民说：“不用不用。”

岳自立说：“不用照顾？还是不用推辞？”

张成民说：“我知道，你想逗我笑，逗我高兴，咳！一直没好好给你补上功课，我心里不安。”

岳自立说：“不怪你，没有时间。”

李秀英说：“壶里有点儿炒面，路上找人要点儿开水，一冲就能吃。”

一辆旧卡车从广华街下道开进大柳树村，惹得一些男女和孩子跟着跑，围着看。黄家驹送岳自立上了卡车。卡车“呼”一声，抛下一溜尘埃，直向前开去，出了村……

张艳双站在曲国经的老房门口东望西望，见黄家驹到来忙迎上说：“你可回来了！”

黄家驹问道：“什么事？”

张艳双说：“你妈来啦！在家等你半天了！”

黄家驹问道：“干什么？”

张艳双说：“不给我说。我给她煮了荷包蛋，筷子不动。”

黄家驹略定神，进了院。

房里。桌上有一碗煮鸡蛋，黄小芹坐在桌旁出神。黄家驹进门叫声：“妈来了？”

黄小芹问道：“岳自立走了？”

黄家驹奇怪地答说：“走了，你问他干什么？”

黄小芹说：“你怎么干下这样的事啊？”

黄家驹问道：“我干什么事啦？”

黄小芹叹气说：“自从打发你到这里来了，这几年，没有哪天我省过心。你不回家，我又不便老往这儿跑，可以说，什么事都是由着你，你怎么能闯出这种祸来！”

黄家驹问道：“我闯什么祸了？”

黄小芹说：“不要给我瞪眼，你姥爷都跟我说了。”

黄家驹问道：“什么事嘛?!”

黄小芹说：“你把岳自立打发上内蒙古去放羊了？”

黄家驹说：“啊呀！我当我闯了什么祸呢？去了，怎么了？”

黄小芹说：“你还不当事？”

黄家驹不在意地说：“有什么事呢？”

黄小芹说：“这是走资本主义道路啊！开着大汽车！进村，把他装走了！”

黄家驹说：“不错，这又怎么了？能找着小卧车，我还叫他坐小卧车呢！”

黄小芹说：“啊，你英雄，你好汉，等上边知道了，批判，蹲大狱，我给你探监、送饭！”

黄家驹说：“叫我蹲大狱？哼！批判我？哼！我不是墙头的麻雀！我怕什么？我不是资产阶级！我是工人家庭出身！难道你不知道？蹲大狱也不用你探监送饭！”

张艳双说：“你怎么这样给妈说话？”

黄家驹说：“你回去给我姥爷说，我的事不用他操心！不！明给黄吉顺说，叫他不要给我说东道西地制造麻烦！如果他不听，真惹出事来，有人要批判我，我就说是他叫我干的！”

黄小芹呆视着儿子说：“快跑，你怎么这样？”

黄家驹说：“要我哪样？像你们才好？”

黄小芹低了头……

第十九章

四百只羊，走起来，拥挤一大片，“咩咩”的叫声令人心烦，初学放牧的岳自立，很怕它们走散丢失，所以跑前跑后，奔波不停……

四百只羊，散在广袤无垠的大草原上，不过如大海边漂浮了几片树叶，一目了然，岳自立坐在草地边高阜上、枕着肘腕，心情悠闲地欣赏草原美景。绿色的草原上，银白色的流水和水边黑绿色的老树织成奇形的网，无边的远，不见地平线；湛蓝的天上，数不尽的乳白色的云，镶着粉红色的边，不动，一堆一堆地逐渐排向无边的远方，越往远去，越密集，颜色也逐渐越变成黑色，镶着白边，好像很重，好像要落下地，终于在极远方和模糊的大地相吻，筑成四望可见的穹窿。

寂静。寂静的美，来自草原的博大和它的无声，连那盘旋于云间的鹰，也不闻一声鸣叫，然而，于这无声中，似又可以听到来自天外的神音仙乐，令人侧耳神往，虽能神会却不能言传。

这神音仙乐的旋律渐透出凄婉清亮的女声歌唱：

“天为什么是天？地为什么是地？风为什么刮？云要到哪里去？

“我是从哪里来的？你是从哪里来的？我为什么不能飞上天？你为什么不能离开草地？

“我们的命运是谁安排的？上苍！亲亲！你们回答我，命运是什么东西？

“挣脱命运的锁链，远离命运的捉弄，飞上高天，飞上高天。

“跟着风，随着云，和苍鹰一起，和苍鹰一起。

“飞向天外，飞向天外，寻找那片灵魂的净地，那片灵魂的净地。”

岳自立循声望去，左后坡上泻下一群白羊，一个身着蓝色长袍的蒙古族姑娘，骑马缓缓而下。

岳自立凝望着羊群和姑娘，不由赞叹道：“真美呀！天哪！梦里都没见过这样美的景色！这里是自然美的故乡，有远离尘嚣的安静，啊！你这大草原！我扑在你的胸膛上！祈求你接纳我这命运的畸形儿！求求你，接纳我……”就这样，他匍身在草地上，竟渐渐睡去了……

锣鼓鞭炮声阵阵不停。城里游行的人，群情激奋。时代的转折，比人们预期的来得更快，当大柳树村的许多人既为村里财富的快速积累而高兴，又为黄家驹可能在某一天被抓上批判台、关进监狱而担心的时候，中国共产党中央委员会粉碎了王洪文、张春桥、江青、姚文元组成的“四人帮”，人们欢呼这是第二次解放……

大柳树村小学里，张成民带领学生朗读课文：

“早晨，五星红旗和金色的太阳同时升起来，我举起手，向微风中飘扬的红旗敬礼。

“新的一天开始了，我走进明亮清洁的教室，遵守纪律，努力学习……”

学生们都向门外望，原来李秀英拿着一封信来了，在门外向成民招手。成民出门接了信，撕开看，看着看着，脸色陡变，向学生们说声：“自习！”匆匆出门去。

张成民快步回到张广泰住房，进家瞟一眼，急问王玉珍道：“我爹呢？”

王玉珍说：“党里开会去了。”

大柳树村队部。张广泰、曹天柱、曹有贵、曹大禄、李七嫂子、黄家驹、贾六儿等坐着站着凑成一堆，商量今冬生产计划。张广泰颇有老主帅气度地说：“钱就是这么多，钢要使在刀刃上，我们要花在值上，这里头有个巧账儿，买一台新的，有剩；买两台二手货，缺七百多块，我们是先买一台新的？还是想法再凑七百，买两台旧的？”

曹有贵问道：“买新的带挂斗吗？”

曹大禄说：“新的旧的都带挂斗，不带挂斗还叫拖拉机？”

李七嫂子问贾六儿道：“钱数你算得对吗？”

贾六儿说：“嗨嗨，七婶子，我报了几遍了？再报给你听听？”

李七嫂子说：“我记不住。”

张广泰说：“记这数就行了，买一台新的，剩一千二，买两台旧的缺七百。大禄，你好像懂行，说说你的意思。”

曹大禄说：“我不懂——这话不好说，新的有新的好处，一般的，跑几万公里，不会出事，新的嘛。旧的有旧的好处，不用说，两个比一个拉得多，来钱快，可是，谁知它们哪天趴窝？修理费也够瞧的。大主意得你拿。”

张广泰说：“按说，汽车机器什么的，我本该能拿点儿主意，可碰上这么个账，啧，难下决心。”

曹大禄说：“我说再等几天，等卡车回来，看能不能再给我们添点儿。”

张广泰说：“添也添不了七百，我有数。”

曹天柱说：“不如叫黄家驹说说，他脑瓜灵。”

黄家驹说：“你们这是支委会，我不能发言。”

曹天柱说：“嗨，白叫你来？列席也可以说话。”

几个支委都附和说：“对，家驹说说。”

张广泰眼不看黄家驹说道："叫你说你就说。"

黄家驹说："依我说，别这么小鼻子小眼地算豆粒账，等几天——不不，不是等卡车回来，等岳自立那里，把羊出了手，我们买两台新的。还不要小手扶，要两台大东方红，那才是正经的。"

张广泰说："大东方红？上哪去找司机？"

黄家驹说："知青队，选拔两个，几天就学会了，再叫他们带徒弟，村里有的是人。"

正当支委们渐渐豁朗了地点头，称是时，张成民一反温文尔雅常态，闯进门来，把手里的信递给张广泰。

张广泰问道："谁来的？"看一看说："噢，内蒙古。"顺手递给黄家驹说："念念。"

黄家驹接过信，展开，先瞄一眼，急急看完，呆住了。

张广泰问道："说些什么？"

黄家驹说："羊……闹瘟病，快死光了！"

全场皆惊。李七嫂子不由叫起来。

张广泰眼直了，摇摇晃晃昏倒了。支委们慌不迭地抱他、呼唤他、给他掐人中……

张广泰家。张广泰半卧炕上，病容憔悴。曹大禄坐在炕沿上劝慰他道："张师傅，用不着窝这么大火，死了姥娘有舅舅！瞎子还能过河呢！哪能把把都是四五六？不碰上一把幺二三？"

张广泰深深叹气说："这么一大笔钱！我有责任！"

曹大禄说："就你一个人的责任？这是支委大家同意的，谁也跑不了！"

张广泰摇手摇头说："不，该我负责。"

曹大禄说："负责又怎么了？谁愿意它闹瘟疫？"

西间炕上。王玉珍对李七嫂子诉说道："我早就给他说，你七十多的人了，趁早把这书记让给别人。不听，还要逞强！那心呀！哎哟！恨不能明天一睁眼，大柳树变个金銮殿，满街的金童玉女！这下好了，看他怎么见人！里里外外，什么事都得依着他。你看见的，八月和快跑，天地也拜了，两人回家来，爷爷长爷爷短，讨他好，他就不给孩子个好脸。"

李七嫂子说："你就别埋怨他了，他心里不好受啊。"

王玉珍说："活该！我一辈子没说过一句叫他不痛快的话。"

李七嫂子笑道："对，就是你把他惯坏了？"

王玉珍也不禁笑了，说："你们把他抹下来。"

曹天柱进房来，迟迟疑疑进了东房，看看张广泰，瓮声瓮气地问道："好点儿了吗？”

张广泰点头。曹天柱不理曹大禄连连给他的眼色，仍瓮声瓮气地说：“炸了锅了，全村都知道羊死光了。唉！……当初我们光想十五月儿圆，忘了初一是黑天。”

曹大禄想说句笑话调解一下气氛，说：“是啊，铁锤擂鼓，连把儿扔进去了。”

曹天柱沉下脸来说：“光扔下锤，倒也没啥，这可是全村几年的辛苦……

张广泰说：“天柱，你别怕，有我顶着呢。”

曹天柱说：“你能顶出钱来？”

张广泰说：“……我顶这个责任。”

曹天柱说：“责任不过一句空话。”

曹大禄说：“天柱，你别烧火了。”

曹有贵进来，呆眼看看他们三人，问道：“李七嫂子来了没？”

李七嫂子在西间应道：“在这儿！你们开吧，怎么决定我都同意！”

曹有贵说：“黄家驹在后面，跟着就来。贾六儿说，他拢拢数再来。”

张广泰说：“你们先说吧。”

曹天柱说：“说什么？说是半斤，不说八两。”

曹大禄说：“检讨检讨嘛。”

曹天柱说：“死羊能检讨活了？”

曹大禄又给他使眼色，他叹口气说：“唉！当初定这事，我就觉着玄！”

张广泰说：“天柱说得对，这就是我的一条责任，没有民主。”

曹天柱说：“民主不民主没什么，现在得给全村说明白。”

张广泰痛苦地说：“我去说，我负这个责任。”

曹大禄说：“可你病着呢。”

黄家驹说：“你说不清楚，我去。”

小学校外广场上，全村的男女老少和知青都到齐了。黄家驹站在中央一方矮凳上，镇定、自信，令人们意想不到的大风大度，甚而潇洒地转动着身子仰着头，大声说：“大柳树的爷爷奶奶们，伯伯大妈们，叔叔婶子们，大哥哥，嫂子们，弟弟妹妹们，我，黄家驹，还有我们下乡知青们，进村这几年，没少让你们操心，我在这里，代表全体知青，给你们道声谢，鞠个躬——”说着就四向鞠躬。

村民们不知他葫芦里卖的什么药，但他的语气态度和表情，却压住了场。

黄家驹继续说：“今天，是我进村以来头一次在全村大会上说话。我的话，不好听，可是，不好听也得说。现在大家都知道了，我们在内蒙古的羊群，得了瘟疫，基本上死光了，我们还要赔偿人家矿上一笔钱，这样一来，我们村里原有的积累，得全填进去！还不够！怎么办？借钱吗？银行不会借给我们，那么找谁呢？我知道，你们谁手里也没有钱，穷嘛！不是说越穷越光荣吗？我们大柳树都是光荣人家！”

有人憨笑了。

黄家驹说：“我知道，现在大家都在想，上哪去找这么多钱堵这个大窟窿啊？我说，爷爷奶奶们，伯伯大妈们，叔叔婶子们，哥哥嫂子们，弟弟妹妹们，你们都不用犯这个愁！怎么办？有办法！我们有一身力气两只手！我们去挣！我们再去卖苦力，挣！”

村民们有的低了头。

黄家驹说：“我们不是也挣来过钱吗？”

张艳双扭转头，流泪了。

黄家驹说：“我们知青队已经讨论通过了，今年冬季，我们再来一次全体出动！知青同志们，是不是这么决定的？”

知青们气壮山河地齐声大喊道：“是！”

曲彦芳搂住张艳双，自己也抹眼泪。

黄家驹说：“我们知青队，现在就全体出动，去找活路。”

有人眼里露出希望的闪光。

黄家驹说：“我想再说一句，就是向我们大柳树的青年同志们提个建议，如果我们找的活路多了，知青队二十个人干不过来，你们也去干，好不好？”

村里的青年们一时不知该怎么回应，用眼光互相询问。

黄家驹说：“青年同志们！我们进村的时候，你们有的人，和我们年龄相仿，现在也都成棒小伙子了，该能干活了，父母养大了你们，不该为父母的好日子出点力吗？啊？”

青年们仍无回应。老年人用目光在人群里搜寻自己的儿子、孙子，壮汉们不知所措似的乱转头，妇女们很紧张。

张广泰披衣缓步走来，人们用目光迎接他，屏息等待。

张广泰走到小凳旁，轻推下黄家驹，站上去，四向看了看，声音不大，说：“我们在内蒙古给人家放的羊，确实死光了，一只没剩。当初，这个主意，是我出的，我自己定的，我指派的黄家驹到金龙山铅矿和内蒙古去联系的。事到如今，不用说本想赚点的话了，这事，有我张广泰一人承担！承担什么？无非是蹲大狱。矿上来要债，也有我顶着！人要讲信用，砸锅卖铁，砸骨头熬油，都有我。我想办法就是了，你们大家都放心。亏了多少钱呢？叫会计给大家报一报。会计！贾六儿！”

贾六儿应声道：“在这儿！”腋下夹着算盘账本从人群中走来。

黄家驹说：“爷爷，啊不，村长，细账叫会计会后张榜公布给大家看吧。”

张广泰说：“也行，你们都相信咱们的会计吗？”

人们稀稀落落应声：“相信！”

张广泰说：“怎么？相信就说相信，不相信就说不相信。”

人们齐声喊道：“相信！”

张广泰对会计说：“贾六儿，写清楚！”

贾六儿说：“放心，错一笔杀我头。”

张广泰说：“好，我再说两句。知青队要出去找活路，是我批准的。现在黄家驹想多几个人去挣钱，要我们的小伙子们也出去几个，咳，没一个吱声的，这话该怎么说呢？知青队都是城里来的，他们不是大柳树的人，他们都有自己的家，有自己的爹妈，为啥要给我们大柳树去卖命赚钱？呃？我们大柳树的小伙子，就躺在炕头上坐吃等穿？这是人情道理吗？啊？你们心里舒坦吗？”

一个老汉站出说：“广泰师傅，他们都早想出去啦，他们是怕配不上知青的身份啊！”

小伙子们站起一群，齐叫道：“对，我们早想出去闯闯了！”“我们哪个比不了知青队？”“你们找活去吧，我们干！干什么都行！”“……”

知青宿舍里。知青们围着黄家驹吵吵嚷嚷出主意：

“再上金龙山吧！”

“我说，不如各人回家，求自己的老头子。”

“进城上卫生局打听打听，垃圾站缺人！”

“……”

黄家驹定睛思索一阵，摆摆手说：“喂喂，同志们，我马上到内蒙古去看看实际情况，我回来以前，放假！都回家，先睡觉，休息两天，然后，开动你们各家的亲友关系，凡是正当的劳动活，都揽下来，越多越好。听见吗？”

黄家驹站在草原起伏的坡头四望。他的身后是一座草屋，屋左角，一个黄土大羊圈。太阳将落，晚霞满天，风吹草地发出“飕飕”的尖叫声，他打个寒噤，回身钻进小草屋。草屋里，靠门，三块石头一堆草灰，石头上，一把壶，旁边一只铁桶，一只小锅，一只洋瓷碗，里面，席地铺草，一条烂被，一盏风灯，一堆书。

他往壶里填了水，放在石头上，没柴可烧，出门寻，不见一把柴草，无可奈何，又向四坡望去。

岳自立赶着一群羊下坡来，黄家驹向他举起手，他在坡上停住了，黄家驹迎上去，两人没有喜相逢的握手拥抱之类，岳自立沮丧地轻声说：“你来了！”

黄家驹笑道：“怎么？你不让？”

岳自立说："我以为没人管了呢。"

黄家驹抱住他说："怎么会呢？"

寂静的夜，寂静的草原，只有风吼声。黄家驹和岳自立歪身在三块石的牛粪火堆旁。铁壶里奶茶沸腾，微弱的牛粪火光，映红他们的脸。

黄家驹问岳自立道："你到底什么病？"

岳自立说："你看我有病吗？"

黄家驹说："可你信上说……"

岳自立笑道："我若只说死了羊，不会有人想到我。我要看看他们对我什么态度，结果还是你来了。"

黄家驹说："这你错了，我是老头子亲自派来的。"传来狼叫声。

黄家驹问道："什么声？"

岳自立说："狼！"缓缓起身，恨道："这些家伙，像你，顶风上。"到屋左，拔了墙上横木栓，一片土墙被风掀动了，他推开这片土墙，走出去，几十只羊进了草屋，他又点起风灯，放在墙开处的豁口。羊群开始吃破被下的草。岳自立把破被和书塞上墙角木架，又在火堆旁歪下。

黄家驹黯然神伤，叹息一声说："你就这么生活？"

岳自立说："你在这儿待几天也会习惯。"

黄家驹说："太艰苦了！"

岳自立说："简单、清闲，不觉得了。就是这场瘟，闹得窝心。"

黄家驹说："这是天灾。老头子说了，你回去，要全村摆大席给你接风。"

岳自立说："别胡来了，死了这么多羊！"

黄家驹说："没有功劳还有苦劳呢。"

岳自立说："哼，这么一会儿，你就说了两句假话了。"

黄家驹说："什么假话？"

岳自立说："第一，说你是老头子派来的，其实是你自己要求来的。第二，说要全村给我接风。老头子没有这气派，是你看见了我这个情况，一时激动，想出来的鼓励。"

黄家驹说："哎，你可别委屈老头子，真的。"

岳自立说："算了，我的命运和处境都不好，你也不比我强。实际上，现在你的处境，还不如我自由。"

黄家驹叹息一声说："也许我俩有先天性的共同点，所以才'一点通'！算了，不说这些，越说越伤感。喂，还剩多少羊？"

岳自立说："都在这儿了。"

黄家驹说："你再想个高级点子，我们另开辟根据地！"

岳自立说："思维枯竭了，哪有点子?!"

黄家驹说："唉，你真是，这有什么了不起？不就几百头羊吗？找到个好根据地，几个月就给他捞回来了。想想。"

岳自立只连连叹气。

黄家驹看看他，说："这点儿事就给打倒了？你不是个神经脆弱的人啊，记得吗？我们在金龙山矿上，哪个点子不是你想出来的？"

岳自立苦笑道："又给我戴高帽，都是你想的。"

黄家驹说："没有你，我能想出来？我们那些点子，效率高，矿上满意，挣得多，村里高兴。就说放羊这个点子，也是你想出来的啊！谁想到这些畜生会得病？能怪你？就算打了个小败仗，交了点学费，有什么了不起？想想，再来个好点子！"

岳自立摇头说："我真累了，你也累了，我们睡吧。"

黄家驹环顾四壁，问道："怎么睡？"

岳自立从墙角木架上取下破被，哄起几只羊，就草地躺下，向他招下手道："来吧。"

黄家驹起身走近他，在几只卧着的羊间坐下，问他道："你都这么睡？"

岳自立说："今晚有风，后半夜要冷。偎着羊，暖和。"

黄家驹偎身躺下，翻来覆去睡不着，轻声问岳自立："想出什么好点子没有？"

岳自立已经响起轻轻的鼾声。

黄家驹又翻个身说："你不用装，明天拿不出好点子来，我就不走。"

岳自立笑道："那才好，有和我说话的了。"

黄家驹说："我不和你说话。"

岳自立说："那就去放羊。"

黄家驹又翻个身说："我也不放羊。"

岳自立说："那就躺在这儿……睡觉。"

黄家驹说："我不睡觉。"

岳自立说："那就……说话。"

黄家驹说："我也不说话。"

岳自立说："你不是……在说吗？……"一语未了，响起真实的鼾声。

黄家驹说："又装！别睡！"

岳自立笑道："你不是不说话吗？"

两人都大笑着坐起来。

岳自立说："点子不是没有，怕你办不到！"

黄家驹忙说："说说看。"

岳自立说：“我们没有那些条件！”

黄家驹说：“说说嘛，没有条件可以创造。‘有条件要上，没有条件创造条件也要上’，说！”

岳自立低声说：“这地方，蒙古语叫巴彦查干。查干就是内地的乡，上面是区，区上是旗，旗就是内地的县，再上面是盟。这里是乌兰花旗。我放牧的时候，在周围看过，也见过些牧民，了解了些情况。这里每年牲畜繁殖的数量很多，草地严重超负荷。碰上夏旱或者冬季大雪，要受黑白灾，牛羊死亡很多。如果我们和他们联合起来，成立个肉类加工厂，叫他们有计划地宰杀牛羊，把肉拉到我们那里，我们提供厂房设备，给他们加工，就地出售，这样，可以从根本上给他们解决问题，我们也开辟了一条赚钱的路子。”

黄家驹问道：“你能和查干的负责人说上话吗？”

岳自立说：“岂止查干的负责人，旗委书记还请我吃过饭呢。”

黄家驹高兴起来，问道：“真的？”

岳自立说：“旗委书记的儿媳妇，是呼市兽医大学的毕业生，常来巡视我们的羊群，这次闹瘟，要不是她来，现在一只也没了。”

黄家驹说：“能不能引荐我见见旗委书记？”

岳自立问他：“干什么？”

黄家驹说：“你不是说了吗？和他们搞联合肉类加工厂！”

岳自立笑道：“你睡着了？”

黄家驹奇怪地抬头说：“没有啊！”

岳自立说：“没睡着，怎么说梦话？”

黄家驹说：“嗨，你这人！听我的！”

岳自立手提两瓶酒，引黄家驹进旗委书记家。书记广布道尔基，正在审阅一批建房图纸，见了岳自立，高兴地笑着扬起双手迎来：“啊！岳自立！”

岳自立笑着和他握手，笑问：“书记，您好。”

广布道尔基笑着，紧握他的手答道：“好，好。赛！”

岳自立向黄家驹介绍说：“这是书记广布道尔基同志。”

黄家驹向广布道尔基伸手，尊敬地微躬身致敬说：“书记，您好。”

岳自立又向广布道尔基介绍道：“这是我们的副书记，黄家驹同志。”

广布道尔基笑着，打量黄家驹一阵，伸出手说：“啊！年轻！大拉嘎！赛，赛。快请坐。”

岳自立指挥黄家驹说：“坐吧。”

黄家驹落落大方就座。广布道尔基笑道：“我的汉话，会讲，不如——乌日娜！”不好意思地笑了。

黄家驹显然是奉承，却又很认真地说："不，讲得很好。"

广布道尔基向内室轻声叫："乌日娜！朋友，来了！"

乌日娜出房，见了岳自立，一笑，问道："岳自立，羊群怎样了？"

岳自立说："没有问题了。我们副书记，特地从家乡来答谢您。"

乌日娜说："啊，不要这样客气。"主动和黄家驹握手。

黄家驹和她握手，自我介绍说："我叫黄家驹，岳自立同志特地写信告诉我们，您救了我们的羊群，我代表大柳树村全村农民向您致谢。"

岳自立把酒送上给广布道尔基说："书记，我们的谢意。"

广布道尔基接了酒，非常高兴，客气地说："这，不必呀！牛羊瘟疫，应该早治，不能传播的。"

乌日娜说："可惜，晚了几天，损失太大。"

广布道尔基对黄家驹说："噢，岳自立同志很好，放牧很能吃苦，收了很多草，每天走很多路，有时候天很冷，他也不怕。这次你们的羊生病，我不知道，乌日娜去得晚了，我很难过……"拍拍岳自立的肩说："很苦，很好。"

岳自立说："书记，我们副书记有重要的话要和您商量。"

广布道尔基警惕地看看黄家驹，问道："什么话？请坐，请坐。乌日娜，我们用什么茶招待高贵的客人？"

乌日娜问道："岳自立，喝奶茶？绿茶？红茶？"

黄家驹笑着说："到了内蒙古，当然要喝奶茶。"

广布道尔基高兴地笑道："好好，奶茶，奶茶。"

张广泰在家里，紧蹙眉头，瞅着手里一纸电报发呆、发急——报文："不日将有内蒙古贵宾到我村参观，并谈判联合建设项目，要求全村总动员。一，彻底清扫街道，填平由村口到广华街之间的大路。二，全村人人穿着整洁，对贵宾言行有礼貌。三，修饰贵宾客房两套，务必墙壁粉白、桌椅干净、被褥新软、用具崭新。切切，在此一举。黄家驹。"他愤愤骂道："这个小兔崽子！怎么回事啊？什么内蒙古贵宾？"

曹大禄进门来，张广泰把电报递给他说："你看看，这是怎么回事？"

曹天柱、李七嫂子相继进屋来，也凑去看电报。曹大禄轻声念了报文。

张广泰说："你们说说，这是怎么回事？羊群死亡的事还没有落窝呢，又来了这么个没头没脑的电报。他又要耍什么把戏？啊？你们……谁能猜出这是怎么回事来？"

曹大禄说："你说呢？"

张广泰说："我说不出来。我是被他蒙在鼓里了，真正成了'蒙古'了。"

支委们大眼瞪小眼，谁也猜不出是怎么回事。

张广泰高声叫：“八月！”

张艳双应声从西房走来。

张广泰对她摇摇电报问道：“你猜出来没有？”

张艳双撒娇说：“这还用猜！说得很明白嘛，叫我们把村里村外街道弄得干净点儿，垫平了，扫出两间房子来，内蒙古有人来参观。”

曹大禄愁恼似的问道：“参观我们什么？”

张广泰说：“就是啊，还谈判什么联合建设项目，什么项目？这个混东西，到了那里，不先办正事，给我这么个电报！这不是逼着我听他的吗？”

沉默了一刹，曹大禄思索着说：“既然放他出去了，就得给他撑腰，可不得听他的？”

张广泰气恨道：“美的他！”

曹大禄用商量的口气说：“那怎么办？我们不理他？到时候，他领着人家来了，我们这个破烂样？不给他丢人也给我们自己丢人啊。别说蒙古族贵宾，来个汉人朋友，我们也得拾掇一下啊。”

张广泰不响了。

曹大禄说：“就是扫扫街垫垫道嘛。”

张广泰问他道：“房子呢？腾谁家？”

岳自立引着两个体格伟岸、穿内蒙古民族服装的蒙古族人走出张广泰家院，走上大柳树村街，见到的村民们，都对他们亲切地点头致意，两个蒙古族人很高兴。

小学校里。张广泰等支委村干们都面带新奇和希望地围坐在用两张方桌对成的长案边。

黄家驹踌躇满志地对他们说：“大家的问题，昨天晚上我已经回答了一些，可能有的地方，不是我没说清，就是你们没听明白。这个主意，是我到了内蒙古以后，了解了些情况以后，和岳自立商量了以后，决定实行的。目的不光为赚几个钱，堵死了羊的那个窟窿，还为更多的钱，为大柳树将来的生产发展打基础。我们用什么和人家联合呢？土地、厂房、机器设备，三条。内蒙古方面，只保证一条——提供绝对充足的牛羊肉，就这一条。说得明白点儿，就好比我们在这里盖间房子安口锅，他们拿米来，我们煮饭，卖了饭，挣了钱，两家分。”

曹大禄说：“说他们拿牛羊肉来我们煮，两家分利，不一样吗？”

黄家驹说：“对，就这么回事。我们出一口锅，他们出无数的牛羊肉。”

曹天柱怀疑地嘀咕说：“天下哪有这么好的事？人家也不傻。”

黄家驹说："对，蒙古族人也精得很，这个学问在利润分红的比数上，谁拿多少百分比，要在谈判的时候定下来。"

曹天柱突然问道："我们拿什么垒锅？"

黄家驹说："我们出土地，盖厂房，买机器，当然还有出人工。人工，按劳计酬，我们正有劳力没处用。"

曹大禄说："土地我们有的是，盖厂房就盖呗。"

一直保持沉默的张广泰不以为然地说："你说得轻松，盖就盖呗，使用土地是要国家批准的！"

曹大禄说："那就叫他批呗！"

黄家驹说："不！别的都好办，就是土地这一项……"

张广泰说："对，怎么解决？"

黄家驹说："当然你解决，你解决不了，算我做了一场白日梦，明天打发人家回去。"

曹大禄说："别！土地嘛，嗨，我们农民在地上盖间房子，谁敢说不行？现在不是'四人帮'的天下了，骂你资本主义尾巴。"

张广泰说："盖间住房还得村委会通过呢？盖个厂房，要多少地?!"

黄家驹说："用多用少，性质一样，村委会讨论吧，但是要抓紧时间，不干，叫人家走。"

曹大禄说："怎么不干？这不在讨论吗？"

张广泰生闷气，然而忍着，不发作。

岳自立带两个蒙古族人游荡在广华街上，两个蒙古族人对来往汽车，有点儿眼花缭乱。岳自立指点着对他们介绍说："这条路直通城里，我们的产品进城很方便。"

两个蒙古族人颇满意。

小学校里。支委扩大会还在进行。张广泰带着很大的权威口气发言说："干什么事都得先看三步棋，只看眼前不行。买机器啦，出人工啦，勒勒裤带咬咬牙，能办。就是这土地一项，里边有个账，既然是联合办厂，那么这厂房也是两家所有，对不对？"

黄家驹说："厂房是我们入的股。"

张广泰说："对，入的股。那么盖房子用地，照理说，也是两家所有了，对不对？"

黄有驹说："不是说了吗？是我们入的股啊。"

张广泰说："好。那么事实上，我们分土地，就是以入股的形式卖给他们了，对不对?”

支委们都思考这个从未想过的问题。

黄家驹说:“怎么是卖给他们了呢?是厂房地基啊!”

李七嫂子说:“对,就算卖给他们了,他们也抬不走!”

张广泰说:“可有了人家的权了!”

黄家驹说:“土地权是国家的,谁也没有权。”

张广泰说:“你说对了,国家的土地我们能卖?”

黄家驹笑道:“你为什么硬往卖上去想呢?你就想,我们是在上面盖个房子,和蒙古族合办个肉类加工厂,是民族友谊,是民族团结,哎,不是很好的事吗?啊?你不想是卖,它就不是卖!”

这话倒使张广泰沉思了。

张广泰家里。张艳双侍候两个蒙古族人——畜牧局长毕力格、秘书巴特尔,和张广泰、黄家驹共进晚餐。每盘都是蔬菜,毕力格和巴特尔胃口大开,不拒绝张、黄的轮流敬酒。

毕力格已经醉意醺醺说:“张书记,你们城里人太多!”

张广泰笑道:“是啊,人多好办事。”

毕力格说:“不好,汽车走得慢。在草原,汽车随便走,可以追上快马!”

张广泰笑着:“是吗?”

巴特尔:“这里,城里的人,像圈里的羊,拥挤。”

黄家驹说:“所以,肉类也消耗大,如果我们联合建起加工厂来,投入了生产,肉制品销量一定大得很。”

毕力格说:“我们乌兰花的牛羊不够供应吧?”

黄家驹说:“是啊,毕力格局长,你回去要和广布道尔基书记说一说,争取多一些生肉货源。否则,我们机器一开,原料供不上,我们的投资要亏损的。”

毕力格拍拍胸说:“你放心。我们蒙古人,对合同、条约最忠实,说到做到,签了字的,一定实行。哎,我们签了合同以后,厂房设备还没有安装完成以前,可不可以运一些牛羊肉来卖?”

黄家驹说:“完全可以。我们在城里安几个销售点。”

毕力格诡秘地笑道:“这是岳自立给我的建议。”

黄家驹也笑道:“利润也各分一半,怎样?”

毕力格点头道:“当然。巴特尔,记下来。”

巴特尔点头。

毕力格说:“岳自立是个好人,联合加工厂,叫他担任副经理。”

黄家驹说："这事要我们党支部决定。"

毕力格说："你们研究吧。"

黄家驹说："还有些细节，叫岳自立和巴特尔交换意见，谈判的时候决定，好不?"

毕力格说："可以。"

黄家驹说："那么，明天我们可以谈判签字啦?"

毕力格连连点头道："可以，可以。"

夜已深。在曲国经老房里，张广泰质问黄家驹道："你到底打的什么算盘?到现在我还蒙在鼓里。你怎么又答应给他们卖生牛羊肉?我们卖给谁?肉类销售是国家统管，你上哪去安销售点?啊?他们送了肉来，我们卖不出去，臭在我们手里?"

黄家驹沉着地说："爷爷，你放心，这正是我和自立想出来的点子。我们盖厂房，买机器设备，三两天能搞成吗?搞不成，这段时期，我们给他们卖生肉，得利两家平分，至于卖给谁，只要我们价格便宜，还愁没人买?我们都可以卖给国家批发站！根本不用安什么销售点！"

张广泰皱眉生气，说："你这简直是做买卖嘛！"

黄家驹说："对，就是做买卖！可是你别往那儿想啊！"

张广泰又不解了，问道："叫我往哪儿想?"

黄家驹说："你这么想，这是帮助蒙古族弟兄解决卖不出肉的困难。民族团结！友谊之花！"

张广泰痛苦而无奈地又皱起眉，却带了笑意，说："你怎么这么多花肠子?"

黄家驹得意地笑了。

谈判签字在小学校进行。毕力格和巴特尔，张广泰和黄家驹代表双方。贾六儿在座。

张广泰说："大方案，只剩一条人事了，毕力格局长，谈谈你们的意见。"

毕力格说："人事方面，我们意见很明确，总经理和总会计师，我们担任，就是我们俩。这是广布道尔基书记的指示。"

张广泰点头说："可以。"

毕力格说："副总经理，可以你们推荐。"

黄家驹说："我们已经内定了，由我们张广泰书记担任。"

毕力格和马特尔相视一下。毕力格说："你们为什么不用岳自立?他年轻，有能力。张广泰书记，有很多工作，有时间到加工厂去监督吗?"

黄家驹说："有时间，因为加工厂就在眼前。"

毕力格坚决地摇头说："我们希望岳自立。"

黄家驹说："我们也想叫岳自立担任，和他谈过，他说他不愿意。"

毕力格不高兴了，坚持说："他不愿意？我们希望他担任。"

黄家驹说："我们支部委员会经过讨论通过了，由张广泰书记担任。"

毕力格又摇头。

谈判陷入僵局。

张广泰坐在曲国经老房里抽闷烟，紧锁眉头凝思。

王玉珍轻声问他："又怎么了？"

张广泰不言声。张艳双给他端来茶，劝道："爷爷，你不用什么事都抓在手里，有些费脑子出力的事，交给家驹和自立哥他们去办。"

张广泰还不声响。

黄家驹进屋说："爷爷，我和毕力格有点儿不愉快了。"

张广泰问道："怎么了？"

黄家驹说："我说他们要求太过分了，连我们的人事安排都要听他们的，我们不能接受。"

张广泰说："算了，你去给他们说，我们接受，我不当，岳自立也不当，你当，看他们的意见。"

黄家驹说："不，不能推翻支委会的决定！实在不行，吹台！不跟他们签字，我们另找出路！"

张广泰说："别别，支委会上有我给大家说明。你去吧。"

黄家驹带着气走了。张广泰轻声问王玉珍道："你说，我是不是老了？"

王玉珍说："比我头一眼看见你那时候，老点儿了！"

张广泰重重叹口气说："今晚把他们都叫来，我有话说。"

张广泰一家，老两口、张成民、李秀英、岳自立、张成才、曲彦芳、张艳双、黄家驹共九人，都聚在曲国经的老房东间里。张广泰坐炕头低头抽烟，儿孙辈互相交流眼色，不知老人家要发布什么重大"公告"。

王玉珍耐不住，催促道："都来了，你还等什么？有什么话就说吧。"

张广泰磕磕烟锅，郑重其事地说："和内蒙古合办这个肉类加工厂，今下午签字了，家驹当了副总经理。这一来，我在村里当支书、村长；艳双管着知青队；成民在学校当老师，我们一家在大柳树，是个招风户了。今晚我给全家定下两条规矩，以后，家事外事，要分清楚。凡是家里的事，在家里说，在家里办；凡是外面的事，在外面说，在外面办。外面的事，不许在家里说，家里的人不许插嘴外面的事，这是分清界限。我说的外面的事，就是加工厂的事，除了家驹，谁也不许插嘴，更不许插手，更不许你们到加工厂去干活儿。我们家要和加工厂分得清清楚楚，你们都听明白了？”

全家没有一人出声，老爷子的威严，无人敢驳。

曲国经家老房西间炕上。黄家驹和张艳双亲亲热热相依偎，黄家驹说：“老爷子真死板，还胆小。”

张艳双说：“你不懂他的心思。”

地主李文江的老房里。李秀英对张成民说：“咱爹想得周到，若是我们都进了加工厂，可要惹人家说闲话。听说蒙古方面要自立当副总经理，自立不愿意。”

张成民这书呆子说不出这方面的话。

两辆卡车停在大柳树到广华街的道口，岳自立和黄家驹送毕力格和巴特尔。黄家驹对毕力格说：“我们在巴彦查干的羊托给你了。”

毕力格说：“我把它们吃得一只不剩。”

黄家驹说：“太好了。”

四人都笑了，毕力格和巴特尔上了车楼。卡车开动了，黄家驹和岳自立挥手：“一路平安！”

岳自立和黄家驹回了村，张艳双在村口迎住他们说：“先别回家。”

黄家驹问道：“为什么？”

张艳双笑道：“家里挤破了门，多少人找爷爷，要求上加工厂当工人。”

三人来到黄大翠坟前默默坐下。

黄家驹颇有感触地说：“咱们的爷爷，可真是个人物，什么事儿都有他的章程，有时候还真对。看，昨晚上，他不让我们全家的人进厂，哎，今儿就显灵！”

岳自立说：“姜是老的辣。”

张艳双笑了。

黄家驹问她：“你笑什么？”

张艳双说：“咱爷爷啊，当然是老姜，他的话，你得听，不听不行。可是，有的事，不用管他，你只要做下了，他就兜了。”

黄家驹也笑了，说：“这一点，是。我也有经验了，可是我心里还是怕他，人多的时候不怕，就说加工厂要用土地的事吧，我当着支委们的面叫他办，他一声不响。可是一在家里见着他，我就提心吊胆，得时时小心。”

张艳双说：“那是你心里有鬼！”

黄家驹问岳自立道：“自立，你怎么坚决不当副总经理？”

岳自立说："我要去上学，真的，不骗你。"

黄家驹说："凭你的才智，当个副总，绰绰有余，上学干什么？瞎耽误功夫！"

岳自立说："你不了解我。"

黄家驹"哈哈"笑道："我不了解你？"

岳自立说："你不了解。"

黄家驹自忖一刹说："这怪了。说说，我怎么还不了解你？我可没想过这事。"

岳自立说："你不会想这事，因为你和我不一样。"

黄家驹更奇怪了，问道："我和你不一样？咱俩是身不离影、影不离身啊！"

岳自立说："你是工人家庭出身，下乡知青队长，又是工人家庭的女婿，我呢？在娘肚子里就是戴上个紧箍咒的小帽。三岁跟着娘到姥爷家，不明不白地当了地主羔子，没人把我当人。总算老天有眼，碰上成民老师，我甘心情愿叫他爹，可是，我不能依赖他，我得自己走路啊！我必须和命运抗争！……"

黄家驹说："唉，说起来，我们三个人，也真是。你们看，祖一辈，张黄两家，结下深仇大恨；父一辈，我妈，本来应该和艳双爸结婚，散了！我大姨，本来应该和艳双的伯伯成亲，也散了。到我们这一辈，我和艳双倒凑成对了，你们说怪不怪？嘻，半腰，自立又跟着秀英大娘插进张家来。我们三人，本来一人顶一户人家，素不相识，毫无关系，却鬼使神差地凑到了张家，成了姨表兄妹、堂兄弟、夫妻，想想真是不可思议。"

岳自立叹道："这就是命运啊！"

黄家驹深有感触地说："这么一大家子，也真够老爷子累的，他还要当着支书、村长！这次，我本想安排他在加工厂里当个副总，内蒙古方面又死活不答应！"

岳自立说："这事对他刺激一定很大。"

黄家驹说："肯定。我知道，他自尊心很强，得想法给他个体面，叫他高兴！"

张艳双说："这好办，他不是规定除了你，不许我们进厂吗？今天不是很多人要求进厂吗？我们回家就借这事，说他英明、身正，我们从心里佩服他，一摞高帽当台阶，对他是最好的安慰。"

黄家驹赞同地说："对，趁现在家里人多，咱们回去，给他个正面安慰！走！"然而，当他们鱼贯走进张家房时，房里却只有王玉珍老太太和张成才两人在收拾家。

他们问道："奶奶，爷爷呢？"

王玉珍说："上公社去请示盖工厂用地的事去了！"

黄家驹说："嗨，没事找事，这有什么可请示的？"

张成才冷嘲道："没有可请示的？那么简单？你还嫩着呢！学着点儿吧！"

第二十章

张广泰从未有过地谦卑地对公社书记笑着，又是从未有过地低声说：“这事我也考虑了很久，不过用地不多。”

公社书记为难地说：“广泰老书记啊，你的事，我能不同意？可这，我不敢做这个主啊，而且本来我也做不了主啊。”

张广泰好似为难地说：“那我怎么办呢？”

公社书记笑道：“嗨，你怎么听不懂我的话？你想想，我说，我本来做不了主，是什么意思？”

张广泰当然不懂地问道：“什么意思？”

公社书记说：“你忘了你是什么人了？你是县委委员啊！你的事该找县委，明白了吗？”

张广泰心虚地思索道：“找县委？”

张广泰进了县委大院，进了副书记办公室，室内空无一人，正待返身出门，林士布急急闯进来，两人都惊喜地叫起来：“张师傅！”“林书记！”

林士布说：“哎，叫我老林，咱都别忘了当年。你老人家，几次开会，通知你都不来，快请坐，我泡茶。”

张广泰谦道：“坐，可以，茶，别泡了，我有事找你。”

林士布说：“我知道，没有事你会来？”忙动手泡茶，边问：“说吧，什么事？”

张广泰说：“我们要盖几间房子。”

林士布说：“你这张老书记，要盖就盖吧，谁不让你？”

张广泰说：“不，得请示县上批准。”

林士布笑道：“你可不能说叫我批，我跟你摆什么架子？”

张广泰说：“我不要你的架子，我要个手续。”

林士布问道：“怎么还要个手续？你要干什么？”

张广泰说：“我要盖个工厂。”

林士布问道：“盖个工厂？什么工厂？”

张广泰说：“牛羊肉加工厂，和内蒙古联合办的。”

林士布顿时怔住了，想了想，问道：“很大？”

张广泰说：“比民房大！比咱那粉房还要大十几倍。”

林士布思索着说：“若是光盖几间住房，你就盖。盖工厂，啧，就不是小事了。”

张广泰笑道：“所以我来请示啊。”

林士布说：“嗨，别说请示好不好？你要办的事，我能不让？”

张广泰笑道：“是啊，正好你这副书记又管这个。”

林士布也笑道：“是啊，是啊，哎呀，你有申请书之类的东西吗？”

张广泰说：“有一张，你看看。”从怀里掏出申请书，交给林士布。

林士布接过申请书说声：“你喝茶。”

快速看了一眼申请书，电话响了，他拿起话筒：“是我，噢，你现在哪儿？好好，我马上过去，我这还有点儿事。”从抽屉拿出一堆印章，看看这个，看看那个，自言自语说：“有些同志就是奴隶主义，他要干点儿事，恨不能要你把着他的手，他才放心。”把一枚印章放在印泥盒里按了两下说：“张师傅，你可千万别学他们，呃？”好像突然想起了什么，又说：“看我这脑子，那里人家还等着我呢！张师傅，我马上就回来，啊！”

张广泰点头，林士布也向他重重点头，出门走了。

张广泰坐立不安，频频抬头看墙上电钟，不见林士布“马上回来”，电钟不停地走动，张广泰一次次看桌上的印章……

张广泰到底拿回了盖着县委大印的土地使用批文，联合牛羊肉加工厂有了破土动工的依据，大柳树全体村民投入了厂房建设。在村东北，一九五八年大炼过钢铁的地方，男女老少，土木瓦石，喊叫笑闹，车马人流，一派壮观的劳动景象……

岳自立提着书包走出大柳树村。他后面，张成民躬背驼腰，像个对虾，背个行李，李秀英从后不时用手给他托一托。张广泰倒背双手，大摇大摆跟在最后，四人向广华街走。

岳自立停步回身对张广泰说：“爷爷，您就别走了！”

张广泰说：“哎！就这么几步，别的我不说了，争口气，好好念你的书。学成了，还回咱大柳树！”

岳自立说：“得听国家分配。”

张广泰有点儿伤感地说：“可不是……”

岳自立夺张成民身上背的行李说：“爹，你也回去吧，还要给学生上课呢。”

张成民说：“我送你上车。”

岳自立拦住李秀英说：“妈，你回去！”

李秀英只知抹眼泪。

岳自立拗不过，只得前走。张成民说：“我知道，留不住你，可是，不管怎么说吧，能有今天，上了大学，我心里高兴。”

岳自立说：“你的身体不好，要自己多注意。我妈身体更差，你们要互相多照应点儿。”

他们走过“新新居”门前，向东上公共汽车站。恰巧，黄吉顺从门里出来，望见他们的身影，揉揉眼探头望，见他们在车站话别，终于认清了张广泰和张成民，也认出了李秀英和岳自立。他眼圈红了，不觉妒忌起来，脱口低声道：“张广泰！发达了！兵强马壮，腰粗胳膊硬……”

气派的牛羊肉加工厂耸立在大柳树村外。小伙子大姑娘们进进出出，往两辆卡车上装成品箱。驾驶楼里司机是知青罗二贤和邢啸山，带着俩学徒。丛军在清点装上车的箱数、记账。

厂内车间里，蒸气弥漫，机器轰鸣运转，小伙子大姑娘忙碌不停。黄家驹俨然主帅气魄，各处检查，大声喊叫着：“那个池子怎么回事？为什么不放水？”“你不会给他扶着梯子？摔下来怎么办？” “你的橡皮手套呢？怎么不戴？”“……”

天空飘雪花。村支委干部们在队部烤炉火。贾六儿穿大棉袄，腰扎皮带进门道：“哎呀妈呀！这个天，冻死狗！”从怀里掏出算盘、笔、账本、私章，放在桌上说：“人家算账真快！”

支委干部们笑着起身迎接他，帮他掸雪，让出空隙给他烤火。

张广泰问他道：“结清了？”

贾六儿说：“清了，这是现款。”从怀里掏出一个布袋，放上桌，解开说：“七千一百零一毛五，这是支票。”

张广泰不相信，惊问道：“多少？”

贾六儿说：“三百三十一万。”说着，向大家亮出支票。

“啊?!”支委干部们有的惊，有的疑，有的满意地微笑了。想想看，一下子给那世代从土里刨食吃的农民几百万人民币，可不是一件小事。他们惊喜，不敢相信，同时又不知所措地都愣住了。

黄家驹进门来，见状，皱眉问道：“你们怎么了？”

支委干部们闻声再看看他，一个个方醒过神动起来。

贾六儿说：“我也不知道，我去结了账，拿回我们该得的利来，一报数，他们就这样了。”

黄家驹问道：“我们得多少？”

贾六儿说："三百三十一万七千一百零一毛五分。"'
黄家驹看看大家，不屑地嘲讽道："这么几个小钱，就把你们搞成这样？"
曹大禄大不同意，有点战战兢兢说："小钱？三百多万呢！"
黄家驹不当事地说："那又怎么了？比三千万差得远呢。"
曹天柱喜上眉梢说："呃，这样下去，过两三年，我们要成千万村啦！"
曹有贵犯愁地说："这么多钱我们怎么花呀？"
黄家驹笑道："大伯，花钱还不容易？你给我十万，跟着我进城，我花给你看，我保证给你花个精光，连回来坐汽车的钱也没了。"
曹有贵说："买那么多东西我俩也背不回来呀！"
李七嫂子笑骂道："笨蛋，你不会找几个人帮你们往回扛？"
人们都笑了。曹大禄说："对，咱还有汽车嘛。"
曹有贵说："对，我再套上大车！"人们说笑过后，黄家驹挑眉轻声说："要花钱容易，但现在还不到我们花钱的时候。这是点积累，算点再生产的资金吧。"
曹大禄说："怎么再生产？"
黄家驹说："城里谢家街，有个老商店，地势位置很好，但他们经营思想有问题，我们可以把它盘过来，和他们谈谈，有一百万差不多了。只要我们管理跟上，经营得当，肯定有利。"
张广泰突然扭头威严地问贾六儿："银行存款，利钱是多少？"
贾六儿说："看你存什么样的了，有活期，有零存整取，有整存零取，有定期，有半年期、一年期、三年期、五年期，不一样，利息也不一样。"
张广泰问道："一年期的多少利？"
贾六儿说："点零零二。"
张广泰说："你算算，我们存他三百三十一万，一年有多少利钱？"
贾六儿搓搓手，拿过算盘拨拉一阵，眨眨眼说："不用算，六千六百二十元。啊，不对。"重又拿起算盘，算了一阵说："是个七万九千四百四十元。"
张广泰问道："这是稳拿吧？"
贾六儿说："当然稳拿。"
张广泰稳重有余地说："好，就这样，存银行。"
黄家驹急了，叫道："爷爷，把这么一笔钱，压在银行里，一年才拿这么几块钱的利钱，死了！"
张广泰说："你懂什么？存银行，不招风，不沾浪，不操心，稳拿利钱，我们放心。"
黄家驹争辩道："可是，我们若是把那个商店盘到手，你知道一年能得多少利？"
张广泰说："我是不知道，所以要存银行。做买卖，光赚？赔了呢？"

黄家驹说："我保你不会赔！"

张广泰说："我们是农民，农民就得走农民的道，办工厂出劳力赚钱，是正经道，我们不搞那个商业买卖。"

张广泰的神色坚决。这等大事，老人家一言九鼎，所有的人都不便反驳，黄家驹更不敢顶撞，张了几次嘴，脸憋得通红，最后只得忍气吞声。

曹天柱一向堪称稳重，此时却动了心，说："张师傅，这事，以后再商量商量，黄家驹他们，年轻人想得比我们活泛，新鲜血液嘛。"

张广泰说："不用商量，现账摆在这儿呢，他们一年来三百三十万，再有两年，该是九百九十万。存银行，一年七万多，三年以后，利钱也是二十多万了。还要怎样？"

黄家驹说："那样就全变成死钱了‼"

曹天柱安抚双方说："以后再商量，以后再商量吧，啊！"

曹大禄要缓和气氛，也说："哎，我说，不管怎么说，我们是发了，这里头，黄家驹和知青们出了力呀！全村青年、老少，也都没闲着，我说，知青们和在厂里干活的，有他们的工资，我们村里的人呢？也得犒劳犒劳吧？啊？我出个主意，这工厂不是干了一年了吗？咱们趁腊月二十三，辞灶过小年，置办点儿年货，各家分一分，知青和厂里的工人，搞一次集体会餐，庆贺庆贺，也叫全村过个高兴年，你们说怎么样？"

李七嫂子早耐不住了，叫道："对，过个热闹年！多买几挂鞭炮。我到知青们那儿去，家驹，你给我问问你们那个罗二贤，叫他给我当个孙子，他愿不愿意？我没有财产，把房子留给他。"

曹天柱说："先别说孙子，先说庆贺一下，张师傅，你看行不？"

张广泰通情达理地说："可以。辛苦了一年，也该。"

大柳树村鞭炮响声震野。家家灯火通明，户户锅碗瓢勺响，来自收音机的音乐听不出谁家的声音高，谁家的声音低，谁当主谁该次。暮色沉昏中，张艳双搀扶黄小芹下了公共汽车，走过水渠木桥，走向大柳树村，进了曲国经的老住宅。曲彦芳亲亲热热迎接了小芹说："你可来了，我当出了什么事呢！"

黄小芹说："多少年没见你了，你还这么漂亮。"

曲彦芳笑道："还漂亮呢，比得了你？"

张艳双说："行了行了，就我丑，你们都漂亮，快上炕暖和吧。"黄小芹和曲彦芳相搀相扶上了炕。

粉房。知青宿舍里，一排脚埋地下的木条宽凳，从门口直到北墙，上面摆满酒瓶菜盆，盆里大块肉，大块鱼，各种酒。知青们吃着喝着，敲着碗盘杯碟唱歌，虽然有腔有调，由于过分高兴，有人故意变嗓音，听来滑稽："我们年轻人，有颗年轻的心，贡献青春向人民……”

李七嫂子突然出现在门口，知青们不知所以地渐渐停住了。

从军上前问道：“七奶奶，你有什么事？”

李七嫂子说：“来看看你们。今儿你们都高兴吗？”

从军说：“当然高兴，看我们，多热闹。”

知青们七嘴八舌叫起来：“七奶奶，你和我们一起吃饭吧！”“七奶奶，上我们这里坐！”“七奶奶，我们这儿有酒！”

李七嫂子说：“大柳树村辛苦你们了。我们支部里研究过，要往公社给你们报功，请求上级表扬你们。”

知青们高兴地叫起来：“好啊！”“我要求推荐我上大学！”“不兴推荐了，恢复高考了，要凭本事考！”“我要找个姑娘谈恋爱！”引起一阵笑声。

李七嫂子说：“大柳树有的是姑娘！你们只管爱！”

知青们简直乐疯了，又一阵高叫！

李七嫂子说：“怎么不见黄家驹？”

从军说：“他回家陪张艳双去了。”

李七嫂子说：“没有，我刚从张艳双那儿来，说在你们这儿。”

罗二贤说：“他到城里去陪推销员们喝酒去了。”

李七嫂子说：“罗二贤，黄家驹给你说过我的话了吗？”

罗二贤说：“什么话？不知道，没有啊！”

李七嫂子说：“没有？这孩子！啊，罗二贤，我来叫你，到我家去，我一个人吃不下那么多的饭食，去帮帮我。”

罗二贤说：“好啊。”

知青们又起哄：“七奶奶，为什么单叫他？我也去！”“我也去！”“我也去！”李七嫂子笑道：“好好，谁愿去跟我走！”

城里。“满意大酒家”楼上，单间。黄家驹和几个哥们儿已经酒酣耳热。黄家驹吐字不清地催哥们儿道：“再干了这一杯，够哥们儿，就喝，明年，明年，明年，干不成了。老爷子，胆小如鼠，不让我大干，可是，我还有活儿给你们干！我有办法！来，喝！”

哥们儿甲说：“黄哥，别喝了，我已经不行了！”

黄家驹说：“不行也得喝！不喝，不要你们了！”

哥们儿乙说：“好，我们喝，来，陪黄哥！”

李七嫂子家里几个知青坐在炕上放开肚皮大吃大嚼，罗二贤满嘴流油。李七嫂子越看越喜欢，轻声问他：“罗二贤，你家住哪里？”

罗二贤说："东城，也算郊区，可我们家在市区。"

李七嫂子又问："你家里都有些什么人？"

罗二贤说："爸爸妈妈，三个姐姐，一个哥哥，一个弟弟，八口。"

李七嫂子说："人丁兴旺。你爸爸在哪上班？"

罗二贤说："上什么班？走资派。"

李七嫂子问道："走资派？什么干部？"

罗二贤说："什么干部？是个理发馆的馆长，连他一共三个人，他是头儿，'文革'一开始就揪出来了。那两人分成两派，杀上社会，理发馆关门。"

李七嫂子笑了，又问："你妈妈呢？"

罗二贤说："在家。"

李七嫂子说："你哥哥姐姐都上班了吧？"

罗二贤说："一个也没有，都下放了。只剩我弟弟，念高中。"

李七嫂子说："罗二贤，你来时表态，说要在农村扎根安家的吗？"

罗二贤说："我们都表态了，要在农村扎根一辈子。我们队长黄家驹不是扎下根了？"

李七嫂子问道："你可想在这儿扎根？"

罗二贤说："现在是想了，以前不过大家都那么说，我敢说不？现在我真想了，可是我怎么扎？大柳树的姑娘，没人看我。"

李七嫂子笑道："傻孩子，你看上哪个了？"

罗二贤微笑道："看上哪个？"腼腆地说："不敢说。"

李七嫂子说："怎么不敢说？哪个？叫什么？"

罗二贤说："好几次，她见了我，老远就噘个嘴，瞧不起我……"旁听的知青们听了，都来了兴趣，问他："谁呀？"

罗二贤说："曹娴娟。"

李七嫂子说："是她呀？你不用怕她，下次见了面，我保她不给你噘嘴，可是你得先给她说话，啊？"

罗二贤吞吞吐吐说："我……没有房子……"

李七嫂子说："房子不用愁，我这儿不是空着吗？"

罗二贤说："这是你的呀。"

李七嫂子说："是我的不假，我可以给你，只是有个条件。"

罗二贤问："什么条件？"

李七嫂子说："我认你做孙子，我老了，走不动了，你们俩得侍候我到死。"

知青们欢呼起来："嗨，七奶奶，你为什么不要我？""七奶奶，我当你孙子，你给我找个媳妇！""我当七奶奶的孙子！"

李七嫂子笑道："我要一个就够了，多了管不过来。罗二贤，怎么样？你愿意吗？”

罗二贤真诚地笑道：“当然愿意。”

李七嫂子说：“好，一言为定，回家和你爸爸妈妈商量商量，我等信儿。”

罗二贤满脸高兴，美得不知如何才好。

曲国经老房里。黄小芹、曲彦芳、张艳双三人紧一句慢一句地说家常。

黄小芹说：“他姥姥去世，他姥爷闹着要我来叫家驹回去发丧，我说，他不在大柳树，出差去了。他不信，要来找，我托人给家驹捎来个信，叫家驹躲了，他找了两趟，没找着，才死了心，还直骂，说他姥姥命不济，没有后人发丧。我不愿他到大柳树来露面。”

曲彦芳说：“可这些年，你也不来。”

黄小芹说：“上一天班，累。我也怕见我师傅和师娘。”

曲彦芳说：“有什么可怕的？”

黄小芹说：“说不清。我要给他们说的话太多了，三箩两筐装不下，日子长了，又觉着，没什么可说的了。”

沉默。

黄小芹问曲彦芳道：“家驹听你们的话吗？”

张艳双抢着说：“妈，你放心，我能治住他。”

黄小芹说：“这就好。”

张艳双指指肚子说：“我有了。”

黄小芹说：“是不是又骗我们？那时候，要结婚，说是有了，结了婚又说没有的事。”

曲彦芳说：“这次是真的。”

黄小芹说：“你可得注意，别碰了他，想吃什么，去买，这时候别缺了嘴。有了孩子，就拴住他了。”

张艳双说：“我也能拴住他。”

黄小芹说：“他是个贴天飞的心性，看他这几年给你们折腾的……”

黄家驹回来得很晚，艳双很不高兴。家驹叹口气：“这几个都是有经验的推销员，都是用得着的，他们出面请我，我能不给他们面子？再说，我也不是为我个人和他们交往，我是为工厂，为村里……”

张艳双说：“东拉西扯，都是客观原因，是吗？”

黄家驹说：“主观上，也有原因，我心里不痛快。”

张艳双喝道：“就去找那叫你痛快的，是吧？”

黄家驹说：“我不是说你，是你爷爷。”

张艳双气恨地问道：“我爷爷怎么了?!”

黄家驹说：“加工厂和内蒙古分利，得了三百三十多万，我说盘家商店过来，一年赚几十万没问题，可他非叫存银行，放着赚大钱的买卖不做，就是老农民眼光，老农民意识。”

张艳双说：“你眼光多好啊！抬头看天，抓把云彩能卖钱，低头看地，死人坟里有压棺材的三文钱，左看张家媳妇手上戴个银镯子，右看李家孩子戴个长命锁，都是钱，都能换钱，都能赚钱。钱钱钱，你全身上下，每一滴血，都是你姥爷黄吉顺传给你的，你是黄吉顺第二……”

黄家驹说：“是，我从小跟着我姥爷，连看加学，得了不少经验，我对商业有预见性。我是接受了黄家的影响，可是我是吴家的血统，我姓吴！”

张艳双说：“吴家不是这样的。”

黄家驹说：“你知道什么？我爹比我姥爷还能干，不过死得早，要不，我比现在还要会来事。”

张艳双恨道：“别给我半真半假、胡吹八擂。我睡觉了。”

黄家驹说：“我没吹，我说的都是真的。”

张艳双不再响，渐渐入睡。梦中翻身，习惯的伸手，摸个空，急睁眼看，见黄家驹光身披条被子，在桌前灯下轻拨按小电脑，全神贯注。

张艳双叫道：“你干什么呀?”

黄家驹说：“我算了一下，把那个店盘过来，加强管理，经营好了，一年至少能赚五十万，两年就翻本，以后每年净剩下干赚了。”

张艳双看着他，静思片刻说：“咱俩离婚吧。”

黄家驹惊道：“离婚？为什么?”

张艳双说：“你还是回你的城里去算了。”

黄家驹问：“为什么嘛。”

张艳双说：“现在允许你们知青返城了。你这人，满脑子是城里人做梦发财的那一套，在这里不合适。”

黄家驹说：“是屈我的才了，可是我舍不得你呀!”

张艳双说：“算了算了，别说这些了。早点儿睡吧。”

黄家驹上了炕，搂紧张艳双说：“我再也不上他们的当了。”

张艳双说：“轻点儿，别挤了他。”

黄家驹问道：“谁?”

张艳双说：“你摸摸。”

黄家驹被窝里摸索一阵，惊喜道：“他在动?!”

张艳双说：“好几天了，老踹我。”

黄家驹说：“大概他脾气不好。”

张艳双说：“别像我，窝囊废，受你的气，等他长大了，你不老实，我叫他揍你。”

黄家驹笑了，两人亲热起来。张艳双说：“他来得太早了，我们还没领结婚证呢。”

黄家驹说：“我去办。”

张艳双说：“你有多大本事？叫老爷子去办。”

黄家驹说：“他一定不肯。”

张艳双说：“他一定高兴。四世同堂，不知他要乐成什么样子呢。”

知青们和村民们一起下地干活。姑娘们像以往一样，不怎么和知青靠近。然而人群里的曹娴娟不知怎么却故意似的走过罗二贤身旁，老远就扬个头，高高地噘个嘴，斜眼瞄罗二贤，几个同走的知青，有意地把罗二贤挤到路边，挡了曹娴娟，罗二贤扭头对她说：“你先走？”

曹娴娟前走两步，回头来说：“你不快走，别人还不走？”

罗二贤被几个知青推了一下，踉跄几步赶上前，回头要发火，几个知青却对他挤鼻子弄眼，他会意了，仰起头说：“我也能快走啊！”抢到曹娴娟前头，问道：“你对我有什么意见？”

曹娴娟仍旧斜眼扬头说：“原来你不是哑巴？”

罗二贤赔笑道：“不是。”

曹娴娟说：“嘴上也没贴封条啊？”

罗二贤说：“这么挖苦人！”

曹娴娟说：“这还是好的呢。”

罗二贤问她：“你为什么对我这样？”

曹娴娟说：“一还一报。”

罗二贤说：“我没有得罪你呀？”

曹娴娟说：“哼！你们是什么人？我们是什么人？你们得罪了我们也不是事。”

罗二贤说：“你说，我什么时候得罪过你？”

曹娴娟冷笑道：“你进村那天，我头一个给你说话，你看都不看我，‘啊，老村长，我们来了。’哼，‘噢，这是艳双同志，早听说了！’哎哟！”

罗二贤说：“就为这个呀？我们刚进村，那么多人迎接，哪能记住？”

曹娴娟说：“以后呢？联欢会，你没看见我？”

罗二贤说：“我看见了？我……我说什么呢？”

曹娴娟说：“哼，黄家驹表演‘捉鸡’那天，我就在你身边，还挤了你两下子，是个人就知道什么意思。”

罗二贤说：“我没往那儿想啊。”

曹娴娟说：“没往哪儿想？”

罗二贤说："现在说也晚了。"

曹娴娟说："你什么也不懂！我恨你！"

罗二贤哭丧着脸说："她说她恨我！"

李七嫂子"咯咯"笑道："真是孩子，你怎么说的？"

罗二贤说："我不敢再说了。"

李七嫂子说："还得我教你？去！上她家，找她。"

罗二贤说："她问我找她干什么，我怎么说？"

李七嫂子说："你说我叫她！快去！"

张广泰进李七嫂子家，叫道："来了！预备了什么好吃好喝的？"

李七嫂子高兴地笑道："嗨，什么也没预备，总比三年困难好点儿。"

张广泰说："三年困难你还想到过孙子？"

李七嫂子说："可不就这话？"拉过张广泰，低声说："他爹妈都来了，坐在炕上呢，你可得给我吹呼点儿！"

张广泰笑道："还要吹呼？"

李七嫂子说："你小声点儿，你就说，我快成万元户了！"

张广泰笑了，说："行，万元户算个什么？我倒要问你，你为什么非要个孙子？"

李七嫂子说："嗨，你可真是饱汉不知饿汉饥。这么些年，我一个人，回到这破屋，一点儿动静没有，什么滋味？还要我受那个孤单？有了孙子，再把娴娟给他娶过来，我就是户人家了。"

张广泰叹口气说："我这个书记还是不行啊，眼皮上的事都不想。行，都依你。"

李七嫂子说："哎，一定要说服他爹妈，给他改姓啊！"

张广泰说："行。"

两人好像搞了个阴谋，一起进了屋，进了东间房。炕上坐了一男一女俩年过半百的人。张广泰"嘿嘿"笑道："两位到了？"

炕上的两人也点头笑迎。

李七嫂子说："这就是我们的支书、村长、县党委的委员，全村的事都是他当家，老工人出身，一辈子的实在人。他给我说，七嫂子，我看罗二贤这孩子是棵好苗子，你收下他吧。我说人家父母能愿意？他说，嗨，商量嘛。"说着，连声地笑了。

张广泰上炕坐下说："将来呀，大势所趋，大柳树村，有能赶上形势的人。我看，罗二贤回了城也是个你们的负担。在这里，有他奶奶给你们照看着，你们也可以放心。至于房子、家产，我做证人，给你们写下字据，都是罗二贤的。

你们看怎么样?”

两男女唯唯。张广泰说:“有关罗二贤应该怎么对待他李奶奶的责任和义务,也写清楚。”

李七嫂子性急地说:“得改姓李。”

罗二贤改姓落户的消息在大柳树村引起了一场谁也未想到的落户旋风,伴随着这场旋风的,是一场知青们的恋爱小旋风,因为这是落户的重要条件,甚至是先决条件。

一对对青年男女在林里对坐而谈……

一双双青年男女在田间水渠边徜徉……

在大柳树村街头,他们无所顾忌地谈笑……

知青和大柳树村青年频频在各户出双入对……

李七嫂子笑容满面,忙着招呼客人,几乎全村人和知青们都参加了罗二贤和曹娴娟的婚礼。曹天柱满脸焦灼、忧伤、愤愤回到家,在院里斜眼瞅他的女儿。

他的老婆疑惑地问:“怎么了?和谁吵架了?”

曹天柱说:“谁也没有,你看她,不快点儿长,十七了,还这么点儿小个儿,再拖半年,这拨知青就没有她的了!”

曹天柱老婆听了,看看女儿,也犯了愁。

村里出现了新房舍建筑,其中最突出显眼的是小学校,一砖到顶,宽山墙,大斜坡屋顶,门窗是大玻璃,张成民的身影好像也挺直了些……

放学了,学生们走了,张成民踏着夕阳余晖,闲步村头,来到大翠坟前坐下,手托下巴沉思。一只小狗来到他跟前,悲伤地“呜呜”叫,在他脚下转来转去。他抱起它,说:“你怎么了?你妈妈呢?”小狗“呜呜”叫。张成民说:“唔,跟着我走吧,好不好?”

婴儿啼声里黄家驹在曲国经老房院里松了口气,曲彦芳走出房门。

黄家驹迎上问道:“男的女的?”

曲彦芳说:“男的。”

黄家驹大不满,说:“男的叫人操心!”

曲彦芳说:“女的就不用操心了?当爹了,收收你的心吧。快去告诉他大爷爷,叫他给孩子起个名,起个好听的,文化人有好词儿。”

黄家驹:“哎哎。”答应一声抬脚走了。

在村街上黄家驹迎住张成民:“大爹,给你道喜,生了。”

张成民淡漠地说:“生了?好。男孩女孩?”

黄家驹说：“男的。我妈说，请您给他取个名。”

张成民说：“噢，什么时辰？”

黄家驹说：“刚才，太阳落了。”

张成民想一想，高兴起来，说：“噢，太好了，日落是酉时，之后是戌时，戌狗，看，它是自己来的。”说着，把小狗塞给了黄家驹。黄家驹看着成民抱的小狗，莫名其妙。

张成民说：“就给取名叫小狗，狗狗。你把它抱回家，好好养着。”

黄家驹唯命是从地答应：“哎哎。”接过小狗，回身走了。老大不高兴：“养了只狗?!”

第二十一章

张艳双在炕上奶孩子，黄家驹站在炕下等待，过了一会儿，他急了，说：“我要走了！”

张艳双说：“走吧，谁拦着你了？”

黄家驹渴望似的说：“给我抱抱他再走。”

张艳双说：“没看见他在吃奶？”

黄家驹笑道：“我抱抱再给他吃嘛。”

张艳双对狗狗说：“看你爸爸多烦人，连顿饭都不让人吃安生，去，让他抱抱你吧。”把狗狗交给黄家驹，黄家驹接过手，小心仔细地抱好，笑着吻狗狗的脸蛋，狗狗哭了。张成民送给他的小黑狗在地上绕着他的两脚跑。

张艳双说：“他还没吃饱，快给我。”

黄家驹说：“待会儿再吃。”轻摇狗狗，狗狗哭得更厉害，地上脚边，小黑狗跑得更欢更快。

黄家驹轻轻颠动狗狗，哄道：“噢噢，别哭别哭，等会儿再吃，等爸爸上了班再吃。男子汉嘛，要有忍饥耐饿的精神，噢……”

张艳双说：“快给我吧，你正吃着吃着忽然不让你吃了，行吗？给我！”

黄家驹只得把狗狗交给张艳双，松口气说：“脾气不好，要教他能吃苦耐劳。”

张艳双催他道：“你快走吧。”

黄家驹说：“好，走。”指点狗狗说：“我告诉你，下次我抱你再哭，我，我，我非抱到底不可。”低头看见小黑狗仰头看他，弯腰抱起，抚摸着说：“对，这也是狗狗。对，狗狗，咱们去上班，上班喽。”

张艳双说：“哎哎，别带走它，狗狗还要跟它玩儿呢！”

黄家驹无可奈何地说：“好好！”把小黑狗塞到张艳双怀里说：“去，你也吃奶，哥俩一块吃，你妈两奶头，一边一个。”

张艳双笑了，抚摸着小黑狗，眼瞟黄家驹说：“你爸爸馋了，吃不着了！你快走吧，还磨蹭什么？”

黄家驹从张艳双怀里抱来小黑狗，凑兴道：“狗狗，咱们走，妈妈不要我们了！走噢！”

小黑狗半大了，在张广泰房门里里外外蹿蹦撒欢。

东间房里，曲彦芳把长得白胖的狗狗交给王玉珍，张广泰站在炕前笑眯眯看重孙。曲彦芳问王玉珍道："我什么时候来抱回去？"

王玉珍说："我给送过去。"

曲彦芳说："哎哟，你可别去送了。你这大年纪，他乱蹦乱跳，你抱得住他？"

王玉珍说："哎呀，成民成才不都是我抱大的？碰坏哪个了？"

曲彦芳笑道："你那是什么时候？艳双还是我抱大的呢？"

张广泰说："我和你妈一起去送。放心，我抱着。"

曲彦芳说："早点啊，他脾气不好，到该吃的时候，晚一刻都不干。"

王玉珍说："行，你忙你的去吧。"

曲彦芳走了。张广泰搓搓手、拍拍手，要抱狗狗，招道："来，狗狗，给太爷爷抱抱。"

王玉珍烦道："啊呀，烦不烦人？我刚接到手，你就要抱抱。"

张广泰说："我教他走路。"上了炕，倚墙坐下，拍拍手："来，狗狗！"

小黑狗"噌"一下跳上炕，向张广泰摇尾巴。张广泰摸摸它说："对，来，狗狗骑大马！快，给我呀！"

王玉珍说："又拿狗当马骑，别把他摔了！"

张广泰说："不会，有太爷爷保驾呢，来，狗狗！"

王玉珍抱着狗狗偎上炕，张广泰抱过去，先两手拉着狗狗的两只小手，让他站起来，拉着他一步步在炕上走，口里念叨："走，走，一，二，一……"

王玉珍说："你小心他的小胳膊，抻了，我扒你的皮！"

张广泰对狗狗笑道："啊呀！狗狗，听见没有？啊？太奶奶要扒我的皮喽，噢，太爷爷可怜噢！这可怎么办噢！啊？狗狗说不让！对不对？……哎，狗狗说不让！就是不让，狗狗是太爷爷的保卫员！啊……"

小黑狗变成大黑狗了，半人高，寸步不离在张广泰家院里跑来跑去，狗狗到哪它跟到哪。张广泰在一边幸福地看着，甜蜜地微笑着，看了一阵，走来抱起狗狗说："走，咱去看看自立大伯回来没有？该回来了！"

一辆小汽车行驶在公路上，车里坐着黄家驹和岳自立。岳自立像变了个人，衣着、气质、装束都别有一番派头。相形之下，黄家驹总有点儿难言的猥琐。

黄家驹说："四年，一眨眼，你成了。"

岳自立说："成什么了？我还是我，依然故我。"

黄家驹说："哎，大学生了！大柳树头一个，把你分配到哪了？"

岳自立说："我要求回咱大柳树。"

黄家驹吃惊地叫道："真的？"

岳自立说："想来想去，还是应该回大柳树……"

黄家驹说："对，大柳树现在今非昔比了，回去看看你就知道了。"

岳自立说："不看我也知道，联合肉类加工厂！现在北方也重视乡镇企业了。几年前，人家江南搞的时候，北方还嘲笑人家。广东不说了，就说无锡、常州、镇江、扬州那些城郊的纺织业，城里'蛇蜕皮'，退下来的机械、钱，都落在乡镇企业了。几年工夫，人家城乡全上去了。北方是晚了一步，不过人家积累的经验，对我们也有用，当然他们也走过些弯路，运河水污染得厉害，发展过程中的问题。"

黄家驹说："我们没有问题。"

岳自立说："得了，有问题你也不知道。你的经济管理散乱，漏洞很多。"

黄家驹问道："是吗？"

岳自立说："农工分家，就是大问题。我学的是经济管理，大柳树要发展，必须是农工商联合体，分兵把口，必然矛盾百出。因为有广泰老爷子坐镇，有问题也没人说，他说怎么办就怎么办，最后必然人们当面不说，背后民怨沸腾。"

黄家驹说："对，我就沸腾了。"

岳自立笑了，问道："你沸腾什么？"

黄家驹说："我要搞商，他就是不让。"

岳自立说："他不同意肯定有他的道理，也许你还没想到。至少，他是从全村考虑的。"

黄家驹说："我不是从全村考虑的？"

岳自立说："也许是，但他可能考虑得比你更有深层次。譬如，你加工厂赚了钱，工人有了工资，年终再和全村一样分配红利，农民呢？你搞了商业，也得有人进去，他们拿工资，年终分红利有没有他们的份？这些账，装在他心里，他不知道怎么解决，干脆不解决，搞农工商联合体，可以化解一些基本矛盾。"

黄家驹说："这些我也想到了，可是他不听我的，要是听我的，现在大柳树从工厂到家庭早统一电气化了。好啊，你回来了，我们和老爷子来点儿真格的！不能全依着他！他是快死的人了，当然不着急，我们的日子可刚开始。"

在老地主李文江的房子也就是张成民家的门前聚满人。小汽车停下了，黄家驹和岳自立下了车，提着装满生活用具的网袋和行李，张成民从门里迎出来，岳自立忙上前向他鞠躬，两人亲热地握手，不觉间竟拥抱在一起了。

岳自立向张广泰请安道：“爷爷，我回来了。”

张广泰应道：“好好。”抱起狗狗对他说：“看看你的侄子，狗狗。”

岳自立接过狗狗抱在怀里说：“不认得大伯吧？”

狗狗爬向张广泰。

张广泰接过狗狗说：“哎，怎么不问大伯好？”

张成民拉岳自立进了家，李秀英看看岳自立，歪头流泪。

张成民笑着向岳自立解释说：“你妈是悲喜交集。你……决心回大柳树？”

岳自立说：“你们在哪，我到哪。”

张成民也流泪了。

张广泰一家从老到小一共十口全聚在张家，张广泰怀抱狗狗和王玉珍老两口坐炕头，依次是男人：张成民、张成才、岳自立、黄家驹，对面是女人：李秀英、曲彦芳、张艳双。人多炕小，炕外接张方桌，两边放凳子。

张广泰发表“定场诗”说：“自立回来了，全家欢，我张广泰，在这个家里，就剩下一件心事了——给自立找个姑娘成亲。呃，就一切满意了。好了，哪个要喝酒，自己倒，我少喝一点儿。”

黄家驹忙给张广泰斟酒，有意挑话头说：“爷爷，外头你还有什么心事？”

张广泰说：“外头的心事多着呢。今天全家喜，不说外头的事。”

黄家驹说：“自立哥大学毕业，有学问，得给他安排个合适的工作。”

张广泰说：“是得安排个合适的工作，可是怎么安排？学校有成民，加工厂有你。农业上有我……你们都说说，把他安排到哪合适？”

黄家驹说：“爷爷，我们得给他安排个英雄有用武之地。”

张广泰问道：“安排在哪里？”

黄家驹说：“要有这片用武之地，首先大柳树要进一步大发展。”

张广泰问：“怎么大发展？”

黄家驹说：“要全村在党的统一领导下，成立个农工商联合公司。”

张广泰好像没听清楚，问道：“什么公司？”

黄家驹正经说：“农工商联合公司。”

张广泰仍不懂似的问道：“你说说，怎么个联合公司？”

黄家驹说：“你看，我们现在，村里，农是农，工是工，商还没有——将来一定要搞。农也好，工也好，都是大柳树的人，可是出力和所得不一样，这就不公道了。应该全村农工商一体，劳动和所得，要合情合理。农业上，年轻力壮的，能出大力吃大苦的，多劳多得；在工厂里的，那心灵手巧，能改进设备赚钱多的，工资之外，按贡献给奖励；学校，学生除了在家吃饭，校服、书本、学杂费，全由公司供给；老弱病残，不能低人一等，还要比壮劳力的收入略高一点儿，因为他们需要照顾，照顾不是空话。譬如李七奶奶，虽说有了罗二贤和曹娴娟，难道不该有她一份养老金？她也为大柳树出了力啊！你说对不对？你和我奶奶也都该有一份吧？天柱大伯，有贵大伯，眼看着一天天要老了，能说你们老了，就该等死了，啥也没有份？对不对？”

张广泰思谋说：“呃，这个……”

黄家驹说：“爷爷，你说，你们这一代出过力的老人，该不该享几天清福了？”

张广泰动脑筋了，说：“呃……”

黄家驹说：“所以我说，您哪，这党支书，别干了，让位，给我，我干。我支书兼着农工商联合公司的董事长，我哥，当公司的总经理，联合加工厂那边，合同上写的我是副总，那不能改，我还兼着。怎么样？啊？”

张艳双笑道：“哟，那大柳树村成了咱家的了。等狗狗长大了，也接他爹的班！”

深夜。张广泰卧在炕头陷入深深的沉思。窗外月亮将落，万籁俱寂，他仍不能入睡。

第二天，党支委会在学校里进行。张广泰声音咽涩地说：“你们几位也许想不到，我也没想到，可是，事到头不自由！今天，我向支部委员会正式提出来，我，该离开支书这把椅子了。人哪，要明白事理，先得明白自己。我是老了，不行了，赶不上形势了，该叫年轻人上来了，想想看嘛，我都是当太爷爷的人了，还蹦跶什么？下代人都起来了，我在这儿坐着，挡他们的道？”

曹天柱、曹有贵、曹大禄、李七嫂子等支委们简直不明白老支书怎么这等诚恳而坚决地要求退位，他们目瞪口呆，只有黄家驹面有喜色。

张广泰说：“我从老村长曲国经手里接过了支书，有你们几位帮着，干了这些年，我退下去，有个要求，你们得答应。”

曹大禄问道：“什么要求？”

张广泰说：“这个支书啊，是党的个芝麻官儿，可这个芝麻官又不是个清闲差事。村里大事小情，活人吃饭，死人入土，什么都得管。以后，大柳树得发展，农业、工业、商业，都要搞，发展起来，支书要管的事就更多了，特别是监督钱财账目。监督这个责任，非同小可啊！我知道这当中的利害，所以，我要求，这把椅子，我张广泰退了，可是我张广泰家的人，谁也不许坐，和我张家有亲戚关系的，也不许他坐。这个，你们不要大眼瞪小眼，这是我张广泰为我张家人负责任，我就这个要求。就这样，再没别的话了。”说罢，站起身，对支委们深深一鞠躬。

黄家驹失望和恼怒一齐袭上心头，却不敢表现出来。

李七嫂子心酸地说："唉，张师傅，你算明白到家了！是啊，家驹的话，我听着，心里琢磨，他说得对呀！我也该辞了。可不是，我从十八岁来到大柳树，二十岁守寡，风风火火，一辈子了！眼看着孩子们一茬一茬长起来，该下场了。"

支委们空气沉闷。

黄家驹回到家便躺上炕。张艳双见状问道："怎么了？"

黄家驹说："说不出来，心里堵得慌。"

张艳双说："堵什么？"

黄家驹说："爷爷到底是聪明还是糊涂？"

张艳双说："他可不糊涂，怎么了？"

黄家驹说："前日我们在家说得好好的，他退位，我接支书。可是今天，他退是宣布退了，咳，又来了个条件，说不许张家人接他的班，这不明摆着不让我接吗？"

张艳双问道："谁接了？"

黄家驹说："曹天柱。曹天柱倒是个不缺心眼的人，可是他没有当支书的水平啊！李七奶奶也辞了，换上了罗二贤，那才是接班呢。"

李七嫂子双手空空，失失落落地站在大柳树村街头东张西望，张广泰领着狗狗和黑狗迎面走来。李七嫂子迎上去，蹲下身，拉住狗狗道："狗狗，叫老奶奶！"

狗狗爽朗地叫声："老奶奶。"

李七嫂子高兴地叫道："啊呀我的小宝贝蛋子嗳！"抱起狗狗，亲两口说："张师傅，您可真是个福人！"

张广泰说："什么福？劳碌命！唉，辞了支书，这两天，心里一下清亮了，早该辞了它。"

李七嫂子说："可我心里怎么乱糟糟呢？"

张广泰笑道："你是闲不得的人。"

李七嫂子勉强地露出个笑。

李七嫂子回到家，灶下锅上忙做饭。曹娴娟下工回来放下锄说："奶奶，你歇着吧，我来。"

李七嫂子停了手，盯着曹娴娟发呆。

曹娴娟被看毛了，问道："奶奶，怎么了？"

李七嫂子招手说："娴娟，你过来。"

曹娴娟凑到她面前问道："什么事奶奶？"

李七嫂子压低声问道："有了没有？"

曹娴娟不知所以地问道："有什么？"

李七嫂子说："嗨，肚子里，有了没？"

曹娴娟娇声叫道："奶奶‼"

李七嫂子说："你看人家张广泰师傅，领着重孙子满街溜达，你们都一个多月了，还不给我一个？"

曹娴娟用头顶着推她，羞娇地叫道："奶奶，奶奶，奶奶，上炕坐着去！"

李七嫂子说："我坐不住，你们抓紧时间，给我快点儿！"

张成民家里。岳自立屏息静听老夫子成民和他妈妈李秀英对他的教诲。成民说："黄家驹是个人才，可是不成熟，冒失，你是哥哥，管他，怕管不住，不管他，你有失责任。"

李秀英说："他想当支书，你爷爷不让，他一定不高兴。"

成民说："是啊，这农工商董事长、总经理，就是原来村长的角色，听他在家说的，是要你们俩担任，按照你爷爷的意思，这不好。你该担个参谋性质的虚衔，在管理方面给他出出主意，帮扶着他。你看我的意见怎么样？"

岳自立说："他应该在知识方面提高。"

成民说："对。"

岳自立进了曲国经的老房，进门，见黄家驹躺在炕上，上前问道："怎么了？"

张艳双说："哥，你看看吧，埋怨爷爷不让他当支书。"出门走了。

岳自立说："不让当不当呗，还落个清闲呢，起来！"

黄家驹问："干啥？"

岳自立说："研究研究根据地。"

黄家驹说："瞎忙活！"

岳自立笑道："你不是雄心壮志冲云天吗？怎么变成瞎忙活了？"

黄家驹皱眉问道："老爷子腰里别的什么牌？"

岳自立说："我看他是要保他的晚节，为保这张牌，他首先得保我们不栽跟头。"

黄家驹生气了，说："我们用他保‼"

岳自立说："差不多。"

黄家驹不明白，抬头问："呃？"

岳自立说："你轻看了大柳树的未来了。"

黄家驹又问一声："呃？"

岳自立说："以前，这点我也认识不足，回来一听一看，再一想，实际问题一摆，才明白，我们都有点儿轻狂，不识数，大而化之。"

黄家驹忽地坐起问道："你说什么？"

岳自立反问他："你不信？"

黄家驹说："你说吧，我怎么轻狂？"

岳自立说："别的不说，就说我们已经干下的，上金龙山矿、放羊、联合加工厂，这都是找出路找上手的，不是有预见有计划进行的，基本上是东一榔头西一杠子，撞到什么是什么。"

黄家驹说："那时候只能那样。"

岳自立说："说对了，那时候只能那样。可现在，时候不同了，人也不同了，现在是改革开放，我们都长大成人了，还那么撞？"

黄家驹说："我们不是在这安下根据地了吗？"

岳自立问他道："你怎么在这经营这片根据地？"

黄家驹说："农工商，齐上！大上！"

岳自立说："内部的劳力、财务调整，外部的市场需求、产品更新、超前分析市场、科学尖端、发展方向，一大堆问题，没有战略眼光，还靠撞着什么是什么，行吗？这片根据地非丢不可，说不定还要全村进行万里长征逃荒要饭吃呢。以后，市场经济，谁领先，谁有竞争力，谁才能生存。我们这方面，还是小农眼光。"说着重重摇头。

黄家驹说："我哪想那么多。"

岳自立说："所以，局限性。"

黄家驹问："什么局限性？"

岳自立说："知识，缺乏这方面的知识能力。譬如，我们只在大柳树？不能往城里发展？能光靠几个推销员占领市场？在城里租间房子开个门脸就是占领市场啦？还有，我们可以赚些钱，是图个越赚越多，家家躺在票子上睡觉？还是建设精神文明？怎么建设？从哪里着手？都要同时进行！"

黄家驹说："照你这么要求，我干不了。"

岳自立说："你不干还行？非叫你干不可。"

黄家驹说："那我怎么办？"

岳自立说："学习。"

黄家驹说："学什么？怎么学？"

岳自立说："回来以后我就想和你谈，你应该去深造。"

黄家驹问："上哪？"

岳自立说："科技大学。"

黄家驹犹豫了，喃喃道："科技大学？我这点儿文化，进得去？"

岳自立说："进得去。告诉你，我交女朋友了，是同学，她父亲是个农学家，华侨，在加拿大，想在国内搞农科，建科技大棚，搞立体农业。我们大柳树，有土地，有劳力，有一帮知青哥们儿，条件都具备。我们是有灯无火，你就去借这个火把来，把这盏灯点上。去吧，我给你写封信，叫我女朋友帮你，或者上大学，或者上加拿大，跟她父亲直接学。你的意见呢？"

黄家驹高兴地决然道："去‼"

张广泰扛着狗狗，站在"新新居"前犹豫一阵，把狗狗放在怀里抱着，上坡，过厦下，大黑狗像总统保镖先探路一样先蹿进了"新新居"房里。阴暗中响起一声惊叫。当张广泰走进门时，黄吉顺和黄小芹父女俩躲在角落，战战兢兢。张广泰揉揉眼问道："有人吗？"

黄吉顺疑惑地问道："谁呀？"

张广泰说："我。"

黄小芹叫道："师傅?!"

张广泰说："小芹也在这儿？"

黄小芹说："回来看看我爹。"

黄吉顺问道："是广泰大哥？"

张广泰说："是我，没听出来？"

黄吉顺说："啊哟，多年没说话了，怎能听出来？"

狗狗匍在张广泰肩头不敢抬头。

黄小芹说："师傅，你坐，我给您烧水。"

张广泰说："不用，你看着狗狗。"把狗狗交与小芹。

狗狗不认小芹。张广泰说："哎，奶奶抱抱，去。"

黄小芹问道："师傅，我师娘好吗？"

张广泰自己搬凳坐下说："还那样。"

黄吉顺说："广泰大哥，你是到我家来的？"

张广泰说："这是什么话？不是到你家，这是谁家？"

黄吉顺说："我觉着，你不应该到我家来？"

张广泰说："为什么？"

黄吉顺说："现在你是何等样人啊！嗬！肯进我的门？"

张广泰笑说："噢，我攀不上你这高门头啊？"

黄小芹说："师傅，你别和他生气。爹，我师傅肯进门来，你还不好好说话！"

黄吉顺说："我说的是实话。他肯进我的门，我能不好好说话？如今他是多大的势力，多大的名气，我是什么样？冬蛰的蛤蟆！”

张广泰说：“行了，黄吉顺，别不知足了，你看你，有女儿在眼前伺候着，外孙当上了加工厂的头号代表，又是大柳树工商联合公司的董事长，又上了大学深造，还有你的重外孙，也是你的好命啊！”

黄吉顺说：“是好命！好来好去，都好在你身边去了，我有什么？”

张广泰说：“也可以好到你身边呀！”

黄吉顺说：“哼！当初，我不到这儿来，现在我也好了。”

张广泰说：“你还说当初啊？别说了！今儿我来告诉你，家驹要去上大学了，弄不好还要出国呢，这也有你一份福啊。另者，我把狗狗送来给你看看，也叫他认个门儿，以后还要叫他来看你！”

黄小芹把狗狗抱到黄吉顺面前说：“你看看！挺结实的。”

黄吉顺伸手抱狗狗，狗狗害怕往后躲。小芹说：“啊呀，都出去说话吧，这屋里黑咕隆咚，吓了孩子。”

张广泰说：“好啊，出去！”他们出屋到了厦下一张破桌边，黄小芹搬来凳子。两人坐定后，黄吉顺感慨地说：“不是屋里黑呀，是没有烟火！当初，卖馄饨那时节，锅上灶下，烟雾蒸腾，看不见人，也觉着亮堂！”

黄小芹说：“又是当初，又是当初！还有脸说！”放下狗狗，上灶开火。

黄吉顺抱起狗狗，看着看着，老泪流下来。点点头说：“广泰大哥，我和你商量商量。”

张广泰问他：“商量什么？”

黄吉顺说：“我搬回大柳树去住，你看，行不？”

张广泰说：“你搬回大柳树去住？干什么？想跟当董事长的外孙沾光？”

黄吉顺叹口气说：“张广泰，你不要一点儿不讲人情啊，于凤兰死了以后，我是决心不见快跑，那个东西！可气可恨！可是，他到底还是我的血脉啊！就是他不当什么董事长，是个平头百姓，我也想看见他！”

小芹端来酒菜说：“师傅，你别和他生气了。”开了收音机，顿时响起音乐。小芹继续说：“你们多年没见面了，今天喝一杯吧。”

张广泰拿起酒瓶看一看说：“嗬，二锅头？”

黄吉顺说：“这还是我一九五八年藏下的，最后一瓶了。”

张广泰说：“我可不信你，最后一瓶？”

黄吉顺说：“你算算，一九五八年到现在，多少年了？这瓶二锅头值老钱了！”张广泰开了酒瓶，先给黄吉顺斟满杯，自己也斟满，两人开始喝起来。

张广泰说：“黄吉顺，你上大柳树，这房子怎么办呢？横竖不能扛着去吧？”

黄吉顺说：“房子，我可以卖给你们呀！”

张广泰说：“这倒是个办法，正好我们的农工商公司要往城里发展，可以在这里安个门面。来吧，喝！”

黄吉顺说：“好啊！这里的地理条件多好！城里市区，大路边，寸土寸金的地方！”

张广泰说：“你就别王婆卖瓜了，说吧，若是真卖，你要多少钱？”

黄吉顺说：“这！你是明白人，这地点，这房子，这大马路……”

张广泰说：“行了行了，说吧说吧，要多少钱？”

黄吉顺伸出手，岔开五指说：“至少你们得给我这个数！”

张广泰问：“这是多少？”

黄吉顺说：“五千。”

张广泰惊道：“五千？你可真敢说！”摇头。

黄吉顺说：“五千是便宜了你们，因为我和大柳树熟悉，才说五千，换了别人，至少得给我七千！我还不一定卖给他呢！”

张广泰说：“你算了吧，这房子我还不知道？根本不值五千。”

黄吉顺说：“不值五千？这么好的房子！瞧这门窗框架，再说这梁柱材料，不值五千？哼！你给多少？”

张广泰伸出两个指头。

黄吉顺鄙夷地说：“两千？你这是打家劫舍！不成！”

张广泰说：“不成拉倒，五千我们不要。咱们喝酒。”

黄吉顺说：“好，看在你张广泰面上，我让一步，四千五！”

张广泰说：“我也看在你黄吉顺的面上，给你添一点儿，两千三！”

黄吉顺叫板似的狠心咬牙说：“四千！再少一个子儿也不卖！”

张广泰说：“不卖你就留着，两千三，多一个子儿也不要！”

黄吉顺说：“那那那，那不是等于我白送给大柳树了？”

张广泰说：“我就是这个意思。你白送，大柳树村或许还会宽待你！”

黄吉顺来气了，叫道：“什么？宽大我？我是你们的囚犯？宽大我？”

张广泰笑道：“我说宽待你！你怎么耳朵聋了？”

黄吉顺低头沉思。

张广泰说：“唉！黄吉顺！你这个人啊……”

收音机传出歌声：“……谁说认识你是命运的错？谁说认识你是命运的折磨……”

黄吉顺说：“嗳，我说广泰大哥，咱俩，不管怎么说，是亲戚哪！亲戚得有亲戚的情分，你怎么胳膊肘不往亲戚拐，往公家拐啊？”

张广泰说：“嗳，我说黄吉顺老弟啊，我是共产党员哪！共产党员只往公家拐，不往亲戚拐！这叫立党为公！”

黄吉顺说：“咱俩老想不到一块儿去！”

张广泰笑道："可不是嘛。"

月光洒满大地，张广泰有点儿醉意了，一手领着狗狗，后面跟着大黑狗，脚步踉跄，嘴里哼着："……谁说认识你是命运的错？谁说认识你是命运的折磨……"

岳自立回到家，见李秀英正在和曹天柱聊天。岳自立招呼道："大爷爷，您来了。"

李秀英说："大爷爷等你半天了。"

岳自立问道："什么事？"

曹天柱未开口先叹气说："自立呀，你说，大爷爷我这个老农民，当个支部书记，都不知怎么抓挠，还能监督联合公司那么一摊子事儿？"

岳自立说："能。"

曹天柱愁苦地说："叫我怎么能啊？又是农，又是工，又是商。"

岳自立说："你学，学会监督。"

曹天柱说："我怎么学？谁教我？"

岳自立说："我教。"

曹天柱说："噢，那太好了。难吗？"

岳自立说："不难。只要有心学，什么都不难。"

曹天柱说："可是我老了啊！"

岳自立说："大爷爷，在国外，人家八十多岁的老人还上大学呢。"

曹天柱说："是吗？那，我叫支委们一起，你教我们，好不好。"

岳自立说："可以，当然可以。我还想，给村里的插队青年和我们自己的小伙子姑娘们，组织个科技学习班，教他们都学会些科技知识。"

曹天柱说："那叫党员们都参加不好吗？"

岳自立说："当然好。谁愿来谁来。我们要把大柳树搞成个科技村。大爷爷，将来，科盲是无法生存的。我已经下决心了，从科学技术到企业管理，全面提高我们村的水平。"

曹天柱说："对对对对对，水涨船高，大家都会了，我监督起来也容易，是不是？"

岳自立说："对。那么，我们组织个夜校？白天我爹教小学，晚上，我教大学？"

曹天柱说："就这么办！"

大柳树村小学门旁挂上块白底黑字油漆长牌："大柳树村农工商联合公司科

学技术企业管理夜校”。

夜。学校里灯火明亮，课桌前挤满了知青和村里的男女青年，门外窗外挤满了人。张广泰抱着狗狗站在人墙后，向里望，有人挤他，回头看，是李七嫂子，他笑道：“你也来了？”

李七嫂子说：“闲着也是闲着，来看看。”

张广泰说：“当年，咱们就没想到这个！”

李七嫂子说：“有人做就行了。”

教室里。岳自立叫道：“大家安静啦，今天我们开学，第一课，从理论概念讲起，第一个概念——”在黑板上写下“科学是什么”五个字。

第二十二章

张成民家。李秀英在缝一件新衣服的扣子，岳自立坐着一只小凳，伏在桌上写什么，成民在旧报纸上练书法。墙上用大头针钉住些写好的诗句——“青史内不贪名，红尘外便是我”“闲坐小窗读周易，不知春去几多时”“时依眼前树，远看原上村”“晚年唯好静，万事不关心”“草色人心相与闲，是非名利有无间”“卧读陶诗终未老，又乘雨去种瓜”……

李秀英以牙咬断线之际目光望向丈夫——成民握笔悬案聚精会神，正写得那么投入……

李秀英那一时刻，看他竟看得有些呆了，目光中充满了温柔的爱意……

她咬断了线后，目光又转向儿子，脸上不禁浮现出幸福的表情……

她自言自语地说：“以后，要是总能这样多好！”

成民停了笔，抬头看她，问道：“总能哪样啊？”

李秀英说：“总能像现在这样，一家人天天在一起，多幸福啊！”

成民一边将自己刚刚写罢的两句诗往墙上钉，一边以不无教诲的口吻说：“我是可以天天和你在一起，我就是这么想的。从我决定和你结婚那一天起我就是这么想的。你我是夫妻，恩恩爱爱，白头偕老，这才是我张成民此生最大的幸福啊……”

他说完这些话，转过头来望着李秀英，身体正好挡住了墙上的诗句……

而此时，岳自立将写好的信正往信封里塞……

成民望着李秀英又说：“但是你不能对自立有这种要求，你要明白，咱们自立，他已经是受过大学教育的人了。他有资格，也有资本去追求别种样的人生，和咱们的人生完全不一样的人生，咱们是不可以把他拴在咱们身边的。咱们的自立，他已经不属于大柳树村。”

岳自立正在粘信封，听了父亲的话，不禁将目光望向父亲。从他脸上的表情我们可以看出，他对于自己的人生，有着与父亲不同的看法。他张张嘴似乎想说出自己的思想，但转而看了看母亲，不愿破坏温馨的家庭气氛，忍住了话没说出口。

李秀英笑了笑说：“这个道理，不用你说我也懂。你呀，当先生当惯了，连我在你眼里也快成学生了。”

成民也笑了笑，颇得意地说：“难道你还不算我学生？你现在能读了，能写了，谁教你的？”

李秀英说：“好好好，我承认我也是你学生，你满意了吧？来，来，自立，试试妈给你做的这件新衣裳合身不？”

母子试衣之际，李秀英又说：“儿子呀，你就是明天要走，妈也不拦你，妈想得开。”

岳自立说：“妈，四年大学期间，我为了省路费，一次也没探家，明天就走，你心里真舍得？”

李秀英端详了自立片刻，将他抱住了，说：“妈想得开是能想得开，可心里舍不得。”

岳自立扭头望成民，问道：“爸，那你呢？”

成民说：“我嘛，当然和你妈的心理是一样的，儿子，来欣赏欣赏为父的书法！”

李秀英说：“瞧你得意劲的，还为父起来了！”

成民笑。

岳自立走过去欣赏道：“这个字写得好，这个也不错，这个静字可就差些了……”他一边评论着，一边在认为写得好的字旁画圈儿。看来，他的欣赏很挑剔，只在寥寥数字旁画了圈儿……

李秀英上前道：“我看你爸这个字也写得不错嘛！”

成民以京剧道白的口吻说：“娘子，那就请多多指点则个啦！”

李秀英从儿子手中接过笔，滚了滚笔，也以京剧道白的口吻说：“相公既然诚意，为妻这里，也就不免放肆一遭啦！”

成民和自立从旁看着，眼见秀英落笔处，此一个圈儿，彼一个圈儿，顷刻将每个字旁都画了圈儿……

李秀英放下笔时，岳自立说：“妈，你感情的成分太多了吧？”

李秀英转脸，目光温柔地望着丈夫，那意思是在问——你也这样认为吗？成民将李秀英轻轻拉到自己身旁，吻了她一下之后，搂着她的肩对岳自立说：“儿子，要求你妈对我像你对我一样客观，那不是太难为她了吗？”

岳自立说：“爸，妈，你们都有白头发了。”

成民说：“是啊，我们都开始老了。”

岳自立说：“爸，我觉得你的人生观，怎么越来越伤感了似的？我看爷爷就不像你。”

成民问道：“爷爷怎么不像我？”

岳自立说：“爷爷他就不服老。”

成民说：“那是因为他的责任感太重了！”

岳自立说：“可爸爸难道你就不是一个有责任感的人？你教书教得多认真哪！

爸，你现在真的‘晚年唯好静，万事不关心’了吗?”

成民说：“除了教书育人这一件事而外。”

李秀英说：“自立，别跟你爸讨论这些了，聊点家常不好吗？你知道妈心里经常怎么想的？自从你考上大学以后，妈心里就盼着你毕业后能在北京上海那样的大城市找到份好工作，也将爸妈接到大城市里去享几天福……”

岳自立将两把椅子摆近说：“爸、妈，你们先请坐下，我也想请你们认真听听我自己的想法……”

成民李秀英坐下了，他们仍互握着一只手……

岳自立说：“爸、妈，如果，我哪儿也不想去，我想留在咱们大柳树村呢?”

李秀英转脸看看成民，困惑地说：“儿子，你为什么会有这种想法？那你大学不是白念了吗?”

成民说：“自立，这个问题，咱们不是已经谈过一次了吗?”

岳自立说：“可是我并没改变我的决定。”

成民放开李秀英的手，站了起来，盯了岳自立片刻，严肃异常地说：“我不同意!”

岳自立：“爸……”

成民说：“如果你还固执己见，那么就不要叫我爸!”

岳自立沉吟一下，又说：“爸，你听我……”

成民说：“叫老师!”

岳自立说：“爸……”

李秀英不安地站了起来说：“你先听自立把他的想法说完嘛……”

成民说：“我不听，当初我培养人读书之心，不是让他大学毕业以后再回来当农民的！当农民还非要考什么大学吗？他偏要留下来，不是自误是干什么?”

李秀英说：“儿子……你……你是不是在村里偷偷和哪个姑娘对上象了？如果是这么回事，你就实话实说，免得惹你爸着急生气，让妈心里也糊涂一片的。”

岳自立说：“妈，你别胡思乱想的。没对象那回事儿，爸……”

成民说：“叫老师!”

岳自立说：“叫老师就叫老师。实话告诉你吧，毕业以后，我本来参加了硕士考试，而且录取了。但接到家驹的一封信，他在信中告诉我村里和内蒙古方面联合办起了肉食品加工厂，我就没心思读硕士了。我想我是学企业管理的，咱们大柳树村，目前太需要我了……”

成民说：“原来如此！原来……你你你，你考上了硕士居然都不读，你……太让我失望了!”

岳自立说：“老师，你想想，咱们大柳树村，目前为什么比别的村都富？还不是因为当年我和家驹他们偷偷去矿上干临时工，为村里积攒了一万多元公基金吗？时代一变，才一万多元啊，有的村有，有的村没有，发展差距就拉开了，这就叫发展的经济基础啊！现在，咱们大柳树村的经济基础更厚实了，但是以后还怎么发展，谁心里有数？爷爷他有吗？我看没有。爷爷他只有责任感了，也许明确不该怎样怎样，但是他明确应该怎样怎样吗？他在写给我的信里，连他自己都承认，一点儿数都没有，他还承认他早已力不胜任，不过是在撑着干，推着干，干一天算一天。老师您呢？您可算咱大柳树村的大知识分子了……”

成民说：“别讽刺我，和你比，我是个小小的知识分子！”

岳自立说：“但你毕竟是我的老师，你替咱们大柳树村的将来考虑过吗？设想过吗？你一点儿也没有。”他一指墙上那些诗词说：“你已经‘万事不关心’了，你除了对学校的事还有点儿责任感，已经习惯于闲坐小窗读周易了。这么有利的发展基础，没人为它的将来考虑和设想，条件是会渐渐丧失的呀！机会不仅仅属于咱们大柳树村呀，老师……”

成民说：“那么天降大任于你？”

岳自立说：“不错，我心里正是这么想的！在过去的时代里，老村长暗中保护过我们母子，爷爷也保护过我们母子，还有您，老师，还有许多大柳树村的人们，不是都曾以这样或那样的方式保护过我们母子吗？否则我们母子也早就自杀了！大柳树村对我们母子有恩，我要报答它，我要使它变得比现在更富！我要引进外资建绿色农作物基地！看，这就是我给外国商家写的信……”

他将封了口的信交给父亲。成民低头看信封时，自立继续说：“老师……”

成民说：“叫爸！”

岳自立说：“刚才你不许我叫你爸的！爸，中国很大，不只是咱们大柳树村一个农村！长江以南已经出现了亿万元村，你知道吗，大柳树村正是我的用武之地，我要像老村长，像爷爷一样……”

李秀英说：“自立，别说了，回你屋睡觉去！”

成民说：“不许，你让他说下去！你说下去，大知识分子，我这个小知识分子洗耳恭听。”

岳自立说：“我要像爷爷一样，为咱们大柳树村鞠躬尽瘁、发热发光！”

成民说：“你当你是谁？对于大柳树村你是上帝？”

岳自立说：“我没敢这么想。”

成民说：“量你也不敢。”

岳自立说：“我只想鞠躬尽瘁、发热发光。”

成民说：“你张口大柳树村，闭口大柳树村，仿佛只有你才配对大柳树村的将来负起历史使命似的！我告诉你，当不成上帝，那么就等于是奴仆！明白吗？”

岳自立说：“那我就心甘情愿地当大柳树村的奴仆。”

成民气道：“你住口！……你上了几年大学，不知天高地厚！我们张家有一个人为大柳树村当过二十几年奴仆，早已对得起大柳树村了，我绝对不允许你再背上这个十字架！……”

岳自立说：“从前是从前，现在是现在，时代不同了，再说，你用奴仆这个词是不正确的，应该说是公仆……”

成民说：“住口，你这个好学生，好儿子，一旦成了大知识分子，就开始教训老师，教训父亲了！……”

他将信撕了，抛在地上说：“自立，你给我听明白了，如果你偏要留在大柳树村，除非你说服你妈和我离了婚，你不再是我的儿子……”

他愤怒极了，想抓起什么东西摔，可抓起一个放下一个，件件舍不得，最后发泄地将墙上的书法全都扯下来撕、揉、踩……他掼门而去。

李秀英哭道：“儿子，你今天晚上太不应该了，你看把你爸爸气的……”她一边说，一边在自立身上拍打着……

岳自立也不躲闪，挠挠头笑道：“妈，是我不好，我性子太急了，一心想说服他支持我的决定，结果正应了那句话，欲速则不达。妈，你要原谅我……”

李秀英气得一扭身，说：“我不原谅你，好端端一个晚上让你搅成这样……”

岳自立从背后搂抱住了她说：“好了妈，我不是已经认错了嘛，再说，我爸他真生气了，也是值得咱们母子俩高兴的事啊！”

李秀英猛转身推开了他说：“你还信口胡说，有什么高兴的？”

岳自立说：“这你还看不出来？我爸是怕我不自量力，实际上担负不起那份重大的责任哪，他是替我担忧才生气的呀！证明他是爱护我的，从内心把我当成亲儿子的呀！……”

李秀英听了，有点儿转嗔为喜了……

岳自立说：“不过，话又说回来了，我对于我的决定，以及我要担负的使命，是完全有信心的。”

月光下，一个身影，脚步踉跄地跨过公路，跨过小桥，走向村里——他是张广泰……

张广泰走在村中……

他一边走，一边哼着刚刚听熟的两句流行歌曲的歌词：“谁说认识你是命运的捉弄，谁说离开你是命运的折磨……”

突然，不知从哪家屋里，传出了一声兴高采烈的欢呼：“和啦！一条龙！哈哈，拿过来，都拿过来……”

他站住了。

他转身往回走，寻找传出欢呼的窗口……

他寻到了那个窗口——屋里乌烟瘴气，几个男人正在赌博……

他双手猛地推开了那个房间的门，赌博的男人们一时皆愣住……

一个男人搭讪地说："哎呀，是老村长驾到哇，有失远迎，有失远迎，我们几个闲着没事儿，凑在一块儿小赌几把……"

另一个男人说："老村长，也加入玩儿玩儿吧？不会没关系，我们教你玩儿……"

第三个男人说："快，还不给老村长让出个座位！"

第四个男人赶紧起身让座，一边说："老村长，你只管放心大胆地赌，赢了全归你，输了记我名下……"

张广泰望着桌上的麻将和钱，打个酒嗝，晃晃头，醉意顿消，清醒了。

他逐个翻他们的衣兜兜。一沓沓被翻出的钱摆在了桌上，看去为数还不少。

张广泰命令一个男人道："把衣服脱下来！"那男人乖乖地把衣服脱下来了。

张广泰说："你俩抻着。"两个男人将衣服抻开在桌边。

张广泰把钱和麻将都搂到了衣服上。

张广泰夺过衣服，目光威严地扫视着男人们，男人们都低下了头。

张广泰拎着衣服，扬长而去。

张广泰走在村里，又在一个窗口站住，屋里同样有人在聚赌。

钱和麻将又被搂到那件衣服里，广泰又拎着衣服扬长而去

赌者们面面相觑……

张广泰又闯入一户人家，赌者们惊慌失措……

钱和麻将搂到衣服里……

张广泰闯入知青宿舍，当年的几名知青，包括黄家驹也在赌……

张广泰收了钱后，瞪着黄家驹，突然的："呸！就你！还想接我的班！……"

黄吉顺正在家里睡着，鼾声如雷——张广泰来到他家门口，犹豫一阵，终于还是举手敲门……

黄吉顺侧耳听了听，下了床，操起一根棍子，悄悄到门口问道："什么人？"

张广泰说："别疑心，是我，张广泰！"

黄吉顺惊喜地叫："亲家?! ……"

黄吉顺弃了木棍，开了门，让入张广泰，喜道："亲家，我也没发现……你落我家什么贵重的东西啊！"

张广泰说："放心，我不是讹你来的。"

黄吉顺说："那……"

张广泰说：“坐下说，坐下说行不？”

黄吉顺说：“行，行行，我去穿件衣服……”

张广泰和黄吉顺对坐在他们喝过酒的小桌两端。

黄吉顺说：“亲家，喝茶！”

张广泰说：“请吸烟。”

黄吉顺说：“吸我的，在我家嘛！”

张广泰说：“在你家也要吸我的，因为我是来求你的。”

黄吉顺有点受宠若惊地问：“你？求我？”

张广泰说：“不错。”

他替黄吉顺划着了火柴。

黄吉顺深吸了一大口烟，研究地，也是洗耳恭听地望着张广泰。随后将目光落在桌上的衣包上，满腹狐疑。

张广泰说：“亲家，请你坦白告诉我——你老爷子，当年在这座城里很富是不是？”

黄吉顺点头道：“是啊，开了两处店，出门就坐洋车。”

张广泰问道：“后来，怎么就穷了呢？”

黄吉顺望着张广泰，更加狐疑。

张广泰说：“我早年听说，是因为你老爷子后来变成了赌鬼，把偌大的家业全赌光了，对不对？”

黄吉顺说：“亲家，我看你不是来求我的，是诚心来揭我黄家的疮疤。又想当面来羞辱我？”

黄吉顺站起来了。

张广泰说：“不是不是，我发誓绝对不是，你坐下，你给我坐下！”

黄吉顺缓缓地又坐下了。

张广泰说：“你说，你老爷子当年是不是把偌大个家业赌光了的？”

黄吉顺说：“好，我不怕你笑话，我老爷子当年是又赌又嫖又吸大烟，再厚实的家业，也经不住他那么折腾啊！”

张广泰说：“你承认了这一点就好办了！”他解开了衣服袖子。

黄吉顺说：“这……这些是……”

张广泰说：“就是今天晚上，就在大柳树村，从村口还没到我家的一段路，就有八户人家在聚赌……”

张广泰说：“这风气，往小里说，是败家的坏风气，往大里说，是能败国家的坏风气。日子才一好过，就开始赌，再好点儿，有人就寻思着要找机会嫖了。日子好上加好，有人就该像你老爷子当年似的吸上大烟了……”

一席话说得黄吉顺表情也严肃起来。

张广泰吸烟，由于内心激动，几次划不着火柴，黄吉顺替他划着了。

黄吉顺说：“这和我有什么关系？”

张广泰说：“怎么和你没有关系？你那宝贝外孙，今晚也赌了！你不是还想重新迁回大柳树村吗？你愿意晚年生活在一个赌窝似的村子里？愿意家驹变成赌徒？”

黄吉顺说：“那……那我能做什么呀？”

张广泰说：“我求你，明天就回大柳树一次，向全村讲一讲你老爷子，教育教育村民。”

黄吉顺说：“我明白了，你是想，让我，以我老爷子做个反面典型……”

张广泰说：“正是这个意思，正是这个意思。”

黄吉顺又站起说：“张广泰，你这是做梦。我虽然老朽了，但是我的老脸还是多少值几个钱的呀！”

张广泰说：“至于钱，这不成问题，我负责给你报告费。”——向那堆钱抬抬下巴说：“那些钱的百分之十，怎么样？”

黄吉顺说：“呸！我的意思不是指钱！我……我是说我丢不起那个人！”

张广泰说：“怎么是丢人呢？是郑重地请你去做一场报告哇！咱俩是孙儿女辈的亲家，就算你觉得丢人，也不只是丢你自己的，为了教育下一代，我们两个老家伙，共同丢一次人那是非常值得的……”

黄吉顺又缓缓地坐下了。

张广泰说：“想当年，家驹，自立，那些孩子们，到矿上去为村里挣钱，寄回一张两千多元的支票，我拿在手里，心里激动得怦怦直跳。两年后，村里的公积金达到了一万多，我哭了。那年头，一万多是个吓死人的数目。后来，自立他们到内蒙古去放羊，赶上了羊瘟，赔了一万多，我当时一听，两眼一黑，昏过去了。当时，我想，完了，大柳树村经不起这么个赔法啊。可现在，村里办起了厂，生活刚刚好起来，家家户户的收入刚刚多起来，仅仅一个晚上就……就用三万六千八百多元聚赌……这……这风气要是刹不住怎么行呢？……”

他流泪了。

他站起来，抹了抹泪，对黄吉顺说：“你最后给我句话，到底去，还是不去？你若是肯去，我亲自到村口迎候你，大柳树村敲锣打鼓欢迎你，你要是不去，我也不跟你废话！”

黄吉顺说：“你别这么逼我呀！让我再考虑考虑嘛！……”

黄家驹回到了家里。

在他和张艳双睡觉的那间屋的门外，听到有一个女子“哧哧”的笑声……

男人的话语：“亲脸不行，那让我亲亲手行不？别那么封建嘛！其实我早就喜欢上你了……”

黄家驹从门缝往里偷看——一个女子的背影，和张艳双相似的发式，相似的衣服，一名黄家驹熟悉的男知青正围着她团团转：“就亲一下，就亲一下……”

女的终于将背着躲着的手伸给了男人……

男人握着托着她的手，低下头，咂咂有声地亲起来没够儿……

黄家驹看得怒从心起，一脚将门踹开……

那一对男女惊得同时回头望向他——女的并非张艳双，而是村里的一名姑娘……

黄家驹愣住说：“怎么，怎么是你你们俩，在我家？……”

姑娘一扭身子，腼腆地说：“你问他。”

那老知青半尴不尬地说：“这不是……我们插队到大柳树村，转眼都十多年了，一个个都老大不小的了，嫂子她最理解我的当务之急，所以今天就……今天就把你家奉献出来了……明白了吗?”

黄家驹说：“明白了，明白了……”

那老知青突然间火起来，叫道：“明白了你小子还愣在我们眼前干啥?”

黄家驹说：“我走，我走，你们请继续，继续。”

黄家驹退出，听到门里传出一句：“让你受惊了，我摸摸你胸口……心跳还是加快了，这家伙真讨厌，饱汉子不知饿汉子饥……”

黄家驹犹豫片刻，走向另一房间的门……

屋里同样传出女性“哧哧”的笑声。

他将门悄悄开了一条缝，往里偷看，但见屋里不只一对儿，三四对男女，俩俩坐在一块儿，耳鬓厮磨，你依我偎，都嗑着瓜子，从各个不同的角度，正看着电视……

黄家驹退出了正房，在院子里悄悄叫：“艳双，艳双，艳双你在哪儿……”

小仓房里传出了张艳双的应声：“家驹你回来了？我在这儿呢!”

小屋里点着蜡烛，透出昏黄的光，家驹轻轻推开门，迎面一张“鬼脸”，和他的脸凑得很近地朝他龇出一排白牙笑……

黄家驹惊叫：“哎呀，我的妈呀!”吓得倒退几步跌坐地上。

张艳双迈出来扶他说：“瞧你那点儿胆儿!”

黄家驹起来后，回头看看，见一对对恋人们都出了正房，一溜儿站着，男男女女，皆望着他和张艳双无声地笑……

张艳双大大咧咧地朝他们挥手：“你们都出来干啥？不关你们的事，都屋里去，屋里去。”于是，他们又都嘻嘻哈哈地进了正房……

黄家驹随张艳双进了小仓房，问她：“你的脸怎么了?”

张艳双说：“没怎么，美容，跟电视里学的，贴的柿子片儿!”

黄家驹没好气地说：“你可没白看电视！”

张艳双说：“那是，不能被时代潮流落下了！”

黄家驹问：“儿子呢？”

张艳双说：“送爷爷奶奶家去了。”

黄家驹说：“你把正房两间都奉献出去了，咱们睡哪儿？”

张艳双说：“我这不搭了一个临时的床吗？凑合一晚上还委屈你了？”

黄家驹说：“这能睡开俩人吗？”

张艳双说：“挤着睡才显得两口子亲呢。”

黄家驹往床上一坐声明说：“我不睡这儿，等他们走了，我还睡回正房去！”

张艳双往他旁边一坐搂着他肩，撒娇地说：“别犯傻，你知道他们哪会儿走？”

黄家驹说：“你这算扮演的什么角儿？”

张艳双说：“什么角儿？大柳树村的红娘呗。啊，你有爱妻娇子了，你就忘了你当年那些知青伙伴了？他们为什么不返城？因为咱们村生活不错了，收入、住的，比城里还高了，可咱们村的大姑娘们为什么都不敢主动和他们联络感情呢？缺乏了解，不知他们心里都怎么想的！而他们看着咱村的大姑娘，一个个眼睛都放绿光！所以我觉得，我有义务成全他们，关心他们！”

黄家驹说：“那也没有你这么关心的，要是今晚在咱们家，有几对儿做出那种丢人的事呢？”

张艳双说：“呦嗬，假正经！不就是那种事儿吗？咱俩当初在麦堆后，在小树林儿里，在马棚里的草堆上，还少做了？当年你一次次，猴急猴急的，怎么不觉得自己丢人？”

黄家驹说：“睡觉，睡觉！”

他脱了衣服上了“床”……

张艳双说：“生气了？放心吧，不会惹出什么风言风语的。我预先给那些姑娘交代清楚了——奉献出两间屋的是我，奉献不奉献自己，那得全靠她们自己对自己的责任感！”她也脱了衣服，钻入黄家驹的被窝……

黄家驹仰面躺着，不理她……

张艳双伏他身上问道：“干吗不理我？你好像有什么心事。”

黄家驹说：“哎，要是把咱俩存的那笔钱，拿出一半儿做我去深造的学费，你舍得不？”

张艳双说：“你终于想明白了？当然舍得！”

黄家驹说：“已经不是想不想明白的问题了，是非去不可了，旁听、自费，那也一定要去，今晚我让你爷爷逮住了！……”

张艳双问道：“你？你干对不起我的事了？我掐你，我掐你！”她在黄家驹身上一通乱掐……

黄家驹一边招架一边说："不是那种事儿，不是那种事儿……我和村里几个人赌来着……"

张艳双问："赌？赌什么？……"

黄家驹说："还能赌什么？赌钱呗！"

张艳双问："哪儿来的钱，你去赌？"

黄家驹说："我……我从你小匣子里偷了三百元，才三百，我是赌本儿最小的一个……"

张艳双说："你！……赢了？输了？"

黄家驹说："先输后赢，刚开始赢，你爷爷闯进来，把所有人的钱都收去了……"

张艳双说："你！……你真出息，开始偷钱去赌了！我还掐你，还掐你！……"

黄家驹将张艳双紧紧搂抱住了……

黄家驹说："好八月，别闹了，自立对我的看法是对的，我还真得去上上学，提高提高素质了！可我又舍不得离开你和儿子……你爷爷肯定要开全村大会点我的名的！你想我还有脸当什么经理吗？……"

张艳双说："反正都怪你自己不争气，你这不叫落荒而逃了吗？"

黄家驹说："是啊，是啊，是有点儿落荒而逃的意思，八月，咱俩没有几个晚上好亲热了，你还将两间屋奉献给了别人！就今天一晚上吧？……"

张艳双说："我答应了他们一个星期……家驹，我也有点儿舍不得你走了……"

她捧住了家驹的脸……

二人正欲亲吻，外面一声喊："艳双嫂子，我和杏花先走了啊！……"

张艳双应道："听到了……"

家驹一翻身，将张艳双压在了身子下边，二人正情浓意蜜着，外面又喊："艳双嫂子，我和英子也先走了啊！我俩谈得挺好，谢谢嫂子你的关怀啊！等我俩的事定下来，一定向你汇报！当然，我们还得征求我们双方父母的意见，如果他们没意见，我们的事基本上就……"

黄家驹大叫："我说你小子有完没有？"一阵女性"哧哧"的笑，一阵跑远的脚步声……

黄家驹一口吹灭了蜡烛……

一声响——"床"塌了……外面再次传来喊声："艳双嫂子，艳双嫂子你们睡着了吗？我们都走了啊！明天晚上我们还来！希望明天晚上给我们准备点儿烟茶什么的……"

黑暗中，黄家驹和张艳双，在塌了的"床"上，不管不顾地折腾着……

第二十三章

黄吉顺决定豁出老脸，去大柳树村现身说法，以教育青年。

有人敲门……

青年礼貌地说："黄大爷，我是来接你去做报告的……"青年看看黄吉顺直想乐，低头强忍着。

黄吉顺说："这就走，这就走……"一边仍旋转着身子照镜子，对自己的风度和仪表半自信半不自信的样子……

黄吉顺转身问青年："你看我还可以吧？"

青年说："可以，可以，风度大大的！"

二人出了门。黄吉顺左顾右盼，问道："在哪儿啊？"

青年困惑地问："什么？什么在哪儿？"

黄吉顺说："小汽车啊，你们村不是有一辆小汽车吗？"

青年挠头说："这……这，只交代我来陪您老过去，没提小汽车的事儿。再说，几步远的路……"

黄吉顺一板脸说："那不行，我是大柳树村请去作报告的，路再近，也是个规格问题！做报告的人如今都是车接车送，这个我懂！不坐小汽车我是不去的……"

他一转身就要进家门。

青年赶紧扯住他说："您老别生气，千万别生气。都怪我年轻，办事不周到，再说，那辆小汽车，只有厂里的黄经理办公事坐坐，平时停在车库里……"

黄吉顺说："黄经理？他也就是我孙子喽？我孙子坐得，我是他爷爷还坐不得吗？你回去，让张广泰派车来接我！他有言在先，要派车来接我的！"

他挣脱了青年的胳膊，进家去了。

青年一撇嘴说："谱儿还不小！"

黄家。黄吉顺安然泰然地坐下，吸起烟来。

大柳树村支部。

张广泰和支委们都在等人。

广播站在广播："大柳树的全体村民请注意，听到广播马上到礼堂集合，马上到礼堂集合，听重要的思想报告！……”

青年闯进来报告说：“没接来！”

张广泰一愣，问道：“怎么回事？”

青年说：“老家伙摆谱，非要车接他才肯来。”

张广泰说：“对对，我是答应派车接他的，快随车再去。”

青年刚转身，张广泰叫住了他说：“等等，要有礼貌，如果因为你没有礼貌他不来了，我唯你是问！还有，替我向他解释，我因为在他的报告前要开一次支委会，不能亲自去接他，请他多多原谅。”

大柳树村礼堂。村民们已经坐满，台上是张广泰等支委，中间空出一把椅子，是给黄吉顺留的。黄家驹姗姗来迟，上了台，见没自己的座位，吩咐台下一村民道：“去给我搬一把椅子来！”那村民刚站起，张广泰瞪着黄家驹开口了：“支委黄家驹同志，党支部多数支委讨论决定，你今天应该坐在台下。”

那村民望望黄家驹，望望张广泰，缓缓地坐下了。

黄家驹也不禁回头望张广泰，一时陷入尴尬。另一位支委起身走到黄家驹身旁，拍着他肩悄悄说：“家驹，今天可千万要表现乖点儿，啊？”

黄家驹心中有愧，一声没吭跃下台去。岳自立和张艳双分开，空出了座位让他坐。

主持会议的支委对大家说：“静一静，静一静，开会了，下面，先请老村长讲几句话！”

张广泰站起对大家说：“大伙都知道的，我已经不担任大柳树村的党支部书记了，也不担任村长了。想想我当‘核心’这二十多年，对大柳树村真正有益的事情并没干成几件，全部政绩差不多就是‘开会’俩空字了！所以，其实我对‘开会’两个字比你们还烦，但是有些会，该开还得开，不开，不得了。今天的会，就是非开不可的一次会，我请来了咱们大柳树村都熟悉的一位城里人，来给我们做一次思想教育报告……”

礼堂门口汽车喇叭响，村人们纷纷回头望。

黄吉顺在接他来的青年搀扶下，老首长似的走入礼堂。他俨然大人物似的，向左右的人们矜持微笑，频频招手。他的模样使许多人强忍住笑，低下头去。张广泰起身迎到台口，恭而敬之地将黄吉顺引到留给他的座位那儿坐下。

主持会议的支委说：“老村长，你还接着讲两句不？”

张广泰说：“不讲了，不讲了。”

主持会议的支委说：“那么，下面就请黄……黄……”

黄吉顺说：“称我黄老就可以了。”

主持会议的支委说：“欢迎黄老做报告！”带头大鼓其掌。

掌声一息，黄吉顺干咳一声，煞有介事地开口道：“今天，我给你们做一场赌钱的报告！”

张广泰低声纠正他道：“是反对赌钱的报告。”

黄吉顺说：“反对赌钱的报告！拥护赌钱的，请举一下手，我首先想知道，我代表多数，还是代表少数。”

众人彼此相望，自然没有一个举手的，气氛一时显得异常严肃。

黄吉顺说：“一个拥护赌钱的人也没有？嗯，好，好，那，咱们的意志就空前一致地统一在一起了……”

张广泰拍拍他手背，暗中对他竖大拇指，表示对他的开场很赞赏。

黄吉顺信心大增地说：“我看，咱们的一致，肯定是他妈的表面现象。在座的列位中，肯定有喜欢赌钱的，要不，昨天一晚上，能有八户人家在聚赌？可能还不只八户，还有你们老村长没发现的漏网之鱼！”

台下一片肃静，一些男人不免神色紧张。黄家驹悄悄对岳自立说：“我看，我趁早还是溜吧，说不定老家伙打算要我当众现眼。”

岳自立和张艳双却一左一右扯住了他的衣襟。

岳自立说：“你给我老老实实坐着。”

张艳双说：“听自立的。”

黄吉顺说：“昨晚那些人，还没领教赌上瘾的害处！赌究竟有什么害处呢？这我老黄，不，这我黄老最有发言权！想当年，我们黄家，是城里人人羡慕的富户，当年我老爷子开着两家店铺！还开一处钱庄！家里嘛，有男仆，有女婢，有厨子，有车夫，当年我是黄家小少爷！那种享福的日子，我这辈子是再也过不上了……”

他的口吻流露出很怀旧的意味。

张广泰低声对他说：“别扯太远，谈正题，谈正题！”

黄吉顺略一愣，有所意识地说：“列位，常言道，赚来一斗，架不住赌掉一筐。新中国成立前几年，我老爷子不但赌掉了两处店铺，嫖走了一处钱庄，还成了个大烟鬼，最后，连我娘也被人家赢去了！我是深受其害呀……”黄吉顺讲得冲动，站了起来，举臂环指台下说：“就你们！就你们……你们谁家有我黄吉顺当年富？就你们家家有那么点儿血汗钱，也配一赌？”

他的目光落在黄家驹身上，黄家驹赶紧低下头。

黄吉顺说：“好日子刚刚起个头儿，你们就烧包得不知怎么过了？啊呸！这才叫屎壳郎混进糖盒里——冒充巧克力豆！”

黄家驹抚脸。

黄吉顺：“啊呸！”

黄家驹浑身一哆嗦。

许多人都浑身一哆嗦。

张艳双低头强忍住笑。黄吉顺左右的支委们，包括张广泰在内，一溜儿严肃着。

黄吉顺说："乡里乡亲的怎么好意思一个人通过赌去赢另一个人的血汗钱？张三今天赢了李四二百，明天就想赢李四五百，后天就想赢一千，赢一万！李四今天输了，明天就想反过来赢！明天又输了，后天更想赢！大后天连着输，他心里就开始恨了！他不会恨自己的，他恨那个赢他钱的人！这两人再见面，表面上照样打招呼，照样问好，心里边却都怀着鬼胎呢！赌来赌去，结果就是这么回子事儿!，因为赌而成仇，亲兄弟白刀子进去，红刀子出来的事儿，旧社会多着哪!"

张广泰听得顺耳，悄声说："老哥们儿，坐下，坐下，站着讲多累啊!"

黄吉顺坐下，接着说："赌场上连连得手的男人，接着必生邪念，必然想到那个嫖字！为什么呢？因为他的钱是赌赢来的呀！大把大把的太容易了！他觉得不嫖白不嫖，嫖时他还很慷慨呢！并不觉得对不起老婆儿女，这样一个又嫖又赌的男人，有心思踏踏实实地上班工作吗？嫖也上瘾了，他能不厌弃他老婆吗？我说妇女同志们哪，如果你们的男人最终都变成这样了，你们能答应吗?"

台下无人应答，许多男人低垂着头，许多女人表情庄重起来。

张广泰情不自禁地说："问得好!"

黄吉顺说："老哥，你看你们村的妇女同志们都没吭声嘛，兴许她们还心甘情愿哪!"

张艳双挣脱家驹的扯拉，猛站起来大声说："谁说我们心甘情愿？我们坚决反对男人赌博，他们不改，我们就都和他们离婚!"

妇女们顿时纷纷站起嚷嚷："反对!""反对!""让赌钱的男人们站起来低头认罪!"

有的妇女开始拉自己的男人："你给我站起来吧你!""拴子他爹，你不用在那装清白，你也给我站起来!"

张广泰又暗地向黄吉顺竖大拇指。

黄吉顺说："昨天夜里，你们老村长在我家，伤心落泪了，我替他数了数，聚赌的钱，差不多四万！可大柳树村几年前全村的公积金才一万多，如果你们的男人，几年前就已经开始赌着了，大柳树村还会有今天吗？靠赌能赌来大柳树村一个更美好的明天吗？啊呸！我黄吉顺瞧不起你们中那些赌钱的男人。"

许多男人在那一声"呸"的同时又一哆嗦。

台上台下有两个人带头起身鼓掌，是自立和广泰。

成才、成民、秀英、彦芳也鼓掌。

黄吉顺的目光与成民的目光一接，他一时显得不自然起来。

张广泰说：“党支部做了个决定——三万六千八百多块的赌钱，拿出两千元，在村里显眼处请位好石匠，立一块碑！其余的全部给学校，做咱们的孩子们的第一笔奖学金，年年奖给品学兼优的学生。至于赌过钱的男人们，今天就不一一点名了，下不为例，再犯，名字就要刻在碑上。是党员的，一次警告，二次开除党籍。开除党籍了，名字也还要刻在碑上，要让他的儿女们知道，他们是因为什么被开除党籍的……”

掌声。

散会了，站在台上的黄吉顺，用目光寻找成民。

张广泰说：“你讲得不错，比我有水平。”

黄吉顺说：“别臊我，别臊我，作报告是你的专长。我嘛，今天不过是充当一回‘票友’的角色。”

张广泰说：“报告费跟我到村部去领吧。”

黄吉顺说：“免，免，我应该的，尽义务了！”又问道：“成民成才弟兄俩怎么一转眼不见了，我想给他们说几句话儿。”

张艳双说：“我去找他们来。”

礼堂只剩下了张广泰和黄吉顺。黄吉顺感慨万端地说：“一眨眼，你俩儿子，比我们当年的年龄都大了！”

张广泰说：“是啊，人真不经老。”

黄吉顺说：“当年大翠和小芹要是都做了他们的媳妇，那现在多好。”

张广泰说：“当年的事儿，该忘，就都彻底忘了吧。那样虽好，家驹和八月不就没可能做夫妻了吗？”

张艳双推着成才，拉着成民而来。

成才和成民叫黄吉顺：“大叔。”

黄吉顺说：“成民，成才，大叔当年太自私，太不对，啥时一想，啥时都觉得对不起你们，大叔这里向你们鞠躬赔礼了。”他深深地鞠了一躬。

张广泰说：“哎，对晚辈犯不着这样嘛！”

成民和成才一时被搞得不知所措，而黄吉顺还在接着鞠第二躬。

成民首先反应了过来，慌忙扶住他说：“大叔，别这样，别这样，当年也怪我们年轻气盛不懂事……”

成才说：“是啊是啊，当年也怪我们……”

张广泰发现了黄吉顺西服肩头被熨斗熨焦了那一片，以为是土，替他用手去抚，去拍打，结果弄破了，露出了衬衣。

张广泰说：“这……这……怎么这么不结实？又用我赔吧？”

黄吉顺窘迫地说：“不用赔，不用赔，是我粗心，早上烫焦了。”

张艳双捂嘴“哧哧”一笑。

黄吉顺这才发现，假领带不知何时已散开，像在颈下系了块花布餐巾似的，赶紧扯下来，塞进兜里。

成民说：“大叔，到我家去坐坐吧。”

成才说：“大叔，也到我家去坐坐吧，干脆在我家吃午饭。”

成民说：“在我家吃。”

张广泰说：“你们都别争，他得到我那儿去吃。”

黄吉顺说：“我这样子多让人见笑，改天吧，改天吧。”

张广泰说：“随你。”

他一眼发现黄家驹躲在门口，召唤道：“家驹，躲什么躲？还不过来见你姥爷！”

黄家驹惭愧地慢慢走了过来。

张广泰教训他道：“今天我和你姥爷都很给你留了面子了，希望你今后引以为戒！”

黄家驹说：“一定一定。”

张艳双说：“你们就放心吧，他若还敢赌，我首先就跟他离婚！”

成才说：“你听到没有？”

黄家驹说：“听到了，听到了……我那是一时心烦，他们一拽，就身不由己地跟去了……”

黄吉顺说：“烧包！经理当着，卧车坐着，小日子美美地过着，你有什么可心烦的？”他瞪着黄家驹慢慢张大了嘴……

黄家驹以为他又要呸自己，条件反射地一哆嗦，转脸。

不料黄吉顺却是打了个大喷嚏：“啊……欠！”

张艳双又笑。

张广泰、成民、成才皆笑。

张艳双说：“姥爷，去我家看看你的重外孙吧，他都六七岁了。”

黄吉顺说：“还是我外孙媳妇了解我的心思，去，去，现在就去……”

他跟随张艳双去到家驹家里，见了狗狗，心喜得眉开眼笑。他老祖宗姿态地端坐在沙发上，张艳双将儿子推向他面前：“狗狗，知道这是谁吗？”

狗狗说：“知道。”

三人意外地一愣。

黄家驹问道：“是谁？”

狗狗说：“是做报告的，我跑去听来着！”

张艳双说：“他还是你爸的姥爷，你的太姥爷呀！快叫太姥爷！”

狗狗叫："太姥爷！"

黄吉顺早已迫不及待，一把将狗狗扯入怀中，紧紧搂抱……

黄吉顺说："好外孙，好外孙，我可是做梦都盼着能把你这小东西抱在怀里这一天呀！"

张艳双说："不是外孙，外孙是家驹呀，狗狗是重外孙。"

黄吉顺说："对对，是重外孙，是重外孙。狗狗，你反对你爸赌钱不？"

狗狗说："反对，赌钱可耻。"

黄家驹低了头。

黄吉顺说："不管你们同意不同意，我要带狗狗到我那儿去住几天！"

张艳双笑了："瞧您说的，这有什么不同意啊！住几年也行啊！"

黄吉顺背着狗狗走在村外。

狗狗说："太姥爷你看，就在这儿，明年要动工盖一排排的大瓦房，图纸都画好了，可漂亮了！"

黄吉顺说："狗狗，大瓦房盖起来以后，有没有太姥爷的份哪？"

狗狗说："那就要看你愿不愿意当大柳树的人了。是大柳树的人，才家家有份呢。"

黄吉顺说："我当然愿意啦！"

狗狗说："光你自己愿意还不行，还得村委会批准呢！"

黄吉顺说："这可就复杂了。狗狗，他们要是不批准太姥爷可怎么办呢？"

狗狗说："别发愁，有我给你做主呢，我会替你说情的。太姥爷，我不让你背了，你都是太姥爷了，别累着你，我自己走。"

狗狗从黄吉顺背上滑下来了。

一老一小，牵着手走。

他们经过了大翠的坟。坟用矮矮的柳条栅栏围了起来，内中种满五颜六色的花。黄吉顺不禁驻足，目光感伤。他蹲下拔草，狗狗也蹲下帮着拔。狗狗说："我知道这是谁的坟。"

黄吉顺怔怔地望着他。

狗狗说："这是姑奶奶的坟。爸爸妈妈说，姑奶奶可漂亮了，就是命不好，当年病死了。"

黄吉顺说："是啊，她是病死的……"

黄吉顺轻声念叨说："唉，大翠，爸是越老越想你呀！你原谅爸爸当年的糊涂了吗？以后，爸也迁回大柳树村住，那时就会经常来陪你聊聊心里话了。"

狗狗说："爸爸，妈妈，爷爷，奶奶，太爷爷，太奶奶，还有伯伯和婶婶，都常来陪大翠姑奶奶说话儿。过年过节，也来给她祭坟……"

黄吉顺用自己的手绢包了一把坟土，揣入自己的内衣兜里。

狗狗奇怪地问道："太姥爷，你这是干什么？"
黄吉顺说："这样，你大翠姑奶奶就会给太姥爷托梦了！"

接近中午的太阳，又大又亮，天地都一片明媚。
一老一小，手牵手走到了小桥上，跨过了广华街……

第二十四章

成民和岳自立父子竟又激烈地争吵了一番，还是因为岳自立的人生选择问题。岳自立本想与父亲再次试探而谈的，成民也打算和风细雨地极有耐心地说服儿子彻底打消留在大柳树村的念头，所以父子俩一开始还是谈得温情脉脉的，但毕竟各有各的考虑，渐渐地话不投机起来，面红耳赤起来。

“亏我不是你亲儿子！要是，我这一辈子还不注定了要对你言听计从啊！”——争吵间，岳自立说了句不该说的话。

成民愣愣瞪他片刻，挥手扇了他一耳光。

结果岳自立留下字条，傍晚走了，跟爸妈都没打招呼……

天不经意间黑了。

李秀英做罢晚饭，从厨房进屋，屋里还没开灯。借着厨房泻进屋里的一片光，见成民的身影呆坐在椅上，如出家人就那么正襟圆寂了，一动不动。

李秀英也不开灯，也不走近丈夫，往门框上一靠，轻轻地但却长长地叹了口气。从异常年代那种压制的阴霾底下拉扯着儿子走过来的这一个女人，对儿子的爱是有别于别的母亲们的。她总觉屈待儿子的地方太多太多，认为让儿子按他自己的意愿做几次他自己想做的决定，乃是她对儿子最应该的补偿。

儿子读大学的四年里，丈夫在家动辄高声背诗给她听，或讲笑话给她听，再不就鼓励她和自己一起唱唱歌儿，为的是冲淡她对儿子的思念。两口子晚上的时光，每被丈夫制造得愉快又温馨。幸而在人前一向庄重寡言的丈夫，在家里那么善于逗她开心，否则，对儿子的强烈思念，会使她吃不香睡不着的。

岳自立刚回来的几天，成民比她对儿子还亲，儿子对父亲也是，倒显得她仿佛是名分上的继母似的了。父子俩有那么多说不完的话，成民竟撇闪了她几宿，与儿子睡到一张床上去，整夜聊起来没完没够的……

现在，因为缺少了自立，家庭气氛顿显冷清。丈夫，分明的也不能一下子恢复从前的样子，极其乐于制造从前的愉快与温馨了。

尽管她的叹息很轻，成民还是听到了，缓缓地朝她转过头，并向她伸出了一只手，低声说：“过来……”

语调还是从前那种听惯了的语调，仿佛内心充满了仁爱的父亲对唯一的绕膝小女说话。但又毕竟与从前的语调有所不同，虽然仅两个字，感受细腻的李秀英，却听出了丈夫的语调中也有老大的委屈……和几缕难言的悔意……

李秀英不吭声，也不朝丈夫望，自言自语地说："都没能煮几个鸡蛋给他带着……"

这当母亲的女人，心想不知何时才能又见到儿子，默默地淌下泪来。

成民说："他已经是大人了，身上有钱，难道还会饿着他?"他那只手，仍向妻子伸出着。

他又说："过来……"李秀英听得出，丈夫的语调中已有几分请求的意味儿。但她赌着气，偏不走向丈夫。甚至，偏不朝丈夫望一眼。

她谴责地说："你也太无情了。四年多不见，儿子高高兴兴地回来还不足十天，你就逼他憋憋屈屈地走了……"

成民伸着他那只手站起来。

他问："我开灯吧?"

李秀英冷冷地说："问我干什么!"

成民犹豫一下，就用那只手摸索着开了灯。似乎，如果不用那只手开灯，那只既已向妻子伸出的手，便永远放不下了。屋里一亮，成民看出妻子是在流泪了。他走到妻子跟前，想轻轻将妻子拉到怀里，不料李秀英一甩胳膊一闪身，赌气躲开了他的手。

成民愣了愣，语重心长地说："我是为自立好啊！他不但是你的儿子，也是我的儿子嘛。难道你我夫妻，还有第二个儿子不成？我爱他，和你是一样的。他理应去奔更有出息的人生……"

李秀英终于不忍与丈夫赌气了，也终于朝丈夫转过了脸。她理解地说："这我心里明白。可……可我不愿你们父子之间闹下什么误会……"

成民说："我相信自立他不会记恨我的。"

李秀英就扑在丈夫怀里哭了。她一手攥拳轻轻擂着丈夫的胸说："那你要答应我，以后主动给他写封信，向儿子认个错儿。"

成民一边爱抚着妻子一边保证："我一定，一定。我是不该那么冲动，不该扇他一耳光。但你想啊，他已然是受过高等教育的人了，又毕业于名牌大学，依了他自己，万一没为村里贡献什么能力，反而将份原本不必自己担的担子担在肩上了卸不下来，并且像家驹似的沾染了些坏习气呢？……"

"我看你就是瞧不起我们农村人！几个赌的，就等于全村都赌了？赌过的，就不能教育好了？……"

李秀英说罢，身子在丈夫怀里一转，又打算不理丈夫了似的。

成民的双手，并未扳旋她的身子，却从后搂抱住她丰满又苗条的腰了。

他将脸偎贴着妻子的脸，嘴凑近着妻子的耳朵悄悄说："我自己不早已经是农村人了吗？我瞧不起农村人，还和你结婚？还这么爱你宝贝着你？……”

“反正我觉得，你总是以知识分子那种清高劲儿，不正确地看待我们农村人身上的缺点……”

“嚯，批判起来了！”成民不禁亲了妻子一下：“你呀，言过其实了。我算什么知识分子？于今而论，充其量是个小知识分子罢了。我承认，知识分子、小知识分子身上的臭毛病也不少，体现在我身上的，我有则改之，无则加勉，行不？……”

李秀英终于扑哧笑了，将头朝后一仰，反亲了丈夫一下。

院子里忽传来黄家驹的喊声：“自立！自立！……”

最后一句喊声未落，黄家驹也不敲门，一头闯了进来。

成民两口子赶紧分开，但那种耳鬓厮磨的情形，到底还是被黄家驹看了个正着。

三人都不免的有点儿难为情。

李秀英红了脸说：“家驹，吃过了吗？我们正要吃，没吃跟我们一块儿吃吧？”

黄家驹说：“吃过了，自立呢？”

不待成民两口子谁再开口，急急地便告诉他们——他已经向内蒙方面发了传真，内蒙古方面也初步同意他辞去经理职务了。而且，初步接受了他的建议，由自立接替他。不日将派人前来对自立的能力进行考核……

“看，这是人家的传真。人家是控股方啊，合作协议规定，经理的任免权在人家。但我相信，自立他是能够顺顺当当地通过考核的。我和自立推心置腹地长谈过，他对村里未来的发展，是很有些好想法、大想法的。到底是名牌大学专门学过企业经营管理的，与我比，他高瞻远瞩……”

黄家驹嘴上佩服之至地说着称赞的话，手已向成民递过去一页传真纸了……

成民未接，淡淡地说：“自立他走了。”

黄家驹一愣：“走了哪儿去了？”

成民说：“反正是离开大柳树村了。”

黄家驹追问：“究竟哪儿去了？”

成民不得不如实相告：“他那所大学成立校办公司，他老师推荐他参与组建。如果他参与组建有功，可以免试读硕士研究生……”

黄家驹不禁愣了一阵，接着骂道：“他王八蛋！他跟我说好的，肯接替我！从前，你们张家的人，总是贬损我们黄家的人老谋深算，不讲信誉。现在证明，你们张家的人也想变就变，全不为别人考虑！他走怎么可以不预先告诉我一声，他这不是把我骗了吗？……”

成民正色道：“家驹，你放肆！别忘了你在跟谁说话呢！”

黄家驹瞪了成民几秒，气得将传真撕得粉碎，扔了一地。李秀英唯恐他们冲突起来，横身二人之间，息事宁人地说："家驹啊，你原谅他吧。其实，自立他走得也不是很情愿……"

"他什么时候走的?"

"下午就走了……"

而成民，轻轻推开妻子，望定黄家驹严肃地说："黄家驹，即使他没走，也不会掺和大柳树村的事儿的。你就再也不要指望他什么了吧!"

于是黄家驹心里有几分明白了。

他几乎是咬牙切齿地说："张成民，你凭什么从中作梗？如果我追不回来他，我永远不跨进你家门！永远再不认你这门亲戚！……"言罢，掼门而去。

家里的气氛又变得压抑了。

李秀英失悔地说："我刚才不该告诉他自立走得情愿不情愿。我当时是怎么了呢？提那个干什么呢？反而使他冲你发作了……"

成民又将妻子揽入怀，搂抱着，自言自语："唉，这个家驹啊，自己应付不了责任了，一时又物色不到个他能信得过的人接替他，可不急呗！我理解他……他是不是瘦多了？……"

李秀英乖乖偎在他怀里，一声不出，只点了下头。

不一会儿，下雨了。越下越大……

黄家驹离开成民家，气冲冲大步流星直奔车库。却没成想司机正在修他那辆大鳖似的"奔驰"。他问什么时候能修好？司机一筹莫展颠三倒四地答——反正是有了毛病，毛病出在哪儿还不清楚，但肯定不是大毛病。不是大毛病也不敢开上路啊！这么高级的进口名牌车，摸不着修的门道……

他哪有心思听司机啰嗦，更加恼火。心想你自己不行，早干什么啦？将司机臭骂一通，急得团团转，束手无策。一眼发现司机的摩托在旁，要了钥匙，骑上便走。半道下起了雨，浇得落汤鸡似的。刚一入城，因为违章，摩托被扣，只得冒着大雨跑向车站……

他冲入检票口时，一次列车刚刚离站。

他也顾不上看清从哪儿开往哪儿的列车，追着喊："自立！自立！……"仿佛岳自立就在车上。仿佛自立只要听到他的喊声，必定会从车窗跳出来。

当然没人那样。

追到站台尽头，眼睁睁望着列车远去，心里别提有多沮丧。低着头走回检票口那儿，却听哪儿有人在叫"家驹"。目光四下里寻找，谁也没见着。以为自己听错了，狐疑地一转身，猛见岳自立近在眼面前，也落汤鸡似的。

他挥手就扇了岳自立一耳光。不觉解恨，反手又补了一耳光。

岳自立皱皱眉说："我不是并没走嘛！……"

天将亮时，二人才回到村里。

一个在村口扯网逮鸟的半大孩子看到他俩，一边跑向成民家，一边喊："岳自立回来啦！岳自立回来啦！……"

成民家院子里立刻拥出一群人……

二人心中不禁同时一惊。

岳自立变了脸色说："糟，我家出事了！……"

他慌慌地跑到自家院门口，母亲正巧分开人群迎住了他。

他忐忑地问："妈，家里怎么了？……"

李秀英说："儿子，家里没怎么，爸妈都好好的呢！……乡亲们一听说你走了，这不都聚来了，都埋怨爸妈不该太自私。大伙说咱们大柳树村，毕竟今非昔比了，该能为自己留住一位名牌大学毕业的大学生……"

岳自立环视乡亲们，大伙皆默默地、以充满信赖和希望的目光望着他。

那一时刻，这大柳树村的第三代人，这血管里本没流过地主的血液，却自幼被视为地主狗崽子的当代大学生，内心里一片感动。他第一次从众多的乡亲们身上，而不是仅仅从父母身上，感受到了大柳树村对于自己是可亲的……

张广泰老两口，成才夫妻，还有张艳双和狗狗，也老幼搀携，父子扶持地走来了。

李秀英小声对自立说："看，你爷爷奶奶都惊动了。你再赌气，也不该那样啊！"遂将儿子推向广泰老两口。

张广泰已是耄耋之人了。虽没什么病，却毕竟是八十余岁的人了，腿脚一年不如一年了，走路时，想迈开大步，已是心有所虑了。他留起了齐胸长的一大把白胡子，头发也快脱尽了，秃顶精光的。他老伴儿王玉珍，老抽巴了，身材瘦小了。不过看去，活得还蛮有精神劲儿。

岳自立在他们跟前垂了头说："爷爷、奶奶，要骂，也别骂我爸妈，就痛痛快快骂孙子我一顿吧！是我自己一时赌气……"

王玉珍攥住他一只手说："大孙子，回来了就好，回来了就好……"

其实，对于岳自立何以走，又何以回，她并不明白缘由，也不想明白那么多。总之，于她是——知道大孙子在长子家，在村里，便一好百好。

张广泰说："自立，或走，或留，我并不干涉你。我老了，管了几十年村里的事儿，家里的事儿，晚辈的事儿，党内党外乡亲们的事儿，如今什么也不愿管了，也不懂该怎么管了，累了。但，于情于理，你走，怎么也得与乡亲们告别一下。你不仅是我们张家的人，也是咱大柳树村的人。大柳树村的人，连从前的年代都算上，在我张广泰当政以来，一向可没什么对不起你的……"

这四十多年前，因与亲家换了房子，而由大名鼎鼎的工人师傅变成过农村党支部书记的老人，头脑还特别清楚，说话也不啰嗦，不重复。而且，往往的，那口吻，像是当过党的领袖、出任过国家元首的人物。言里言外的，总是透着那么一股君临天下似的威严意味儿。

岳自立说："爷爷，我不走了，我留下，听从乡亲们的安排。我走半道儿就觉得我舍不得离开爷爷了……"

张广泰说："这话……"

老人有机会还是乐于幽默一下的。他故意卖关子，不说下去。于是所有的目光都怀着敬意向他注视，一片肃静，个个侧耳聆听……

狗狗替太姥爷说："太姥爷信大伯的话！"

张黄两家第三代人的关系再加上第四代的出生，辈分已有点儿混乱。不离大谱，相互怎么称呼的都有。

广泰老人却朗声说："我才不信，可我爱听！"

于是包括岳自立在内的众人都笑了……

岳自立进到屋里，成民一言不发地看他。

当儿子的问："爸，还在生我气？"

成民不正面回答，却说："我好像听你爷爷在院外对你说他老了，是不？"

岳自立点了点头。

成民又说："儿子，不只你爷爷那辈老了，一个接一个地走了；爸这一辈人，也都半老了。时代催人老啊！"岳自立不解父亲何以口出此话，沉吟着，一时的就有些不知自己该再说句什么。

成民也不解释，任儿子困惑。良久，才又说："你年轻，千万别将什么事都看容易了。依我的总结，中国之事也罢，咱们大柳树村的事也罢，归根到底是三个字——不容易。有时看起来让人乐观，成就背面还是不容易。对你自己的决定，你好自为之啊！"

当儿子的默默走到父亲跟前，拥抱了父亲一下。张成民感到，儿子在无言地宽慰他，也是在无言地表示，自己对中国之事，对大柳树村之事，也有一番认识和总结，而且和父亲不太一致……但儿子的拥抱还是使他心里一热……

儿天后的一个夜晚，张艳双背着狗狗，将黄家驹送到了村外小桥头。他给村人们留下一封公开信，自费前往南京的一所大学"充电"去了。望着爸的身影在夜幕下走远，狗狗问张艳双："妈，我看见我爸往皮箱里装了好多钱，是不是把咱家的钱都偷偷带走了啊？那咱俩以后还有钱花吗？"

张艳双那个笑！反手在狗狗屁股蛋上拧了一把："你这小精怪！完了，我看你是一点儿也不学我们张家人，太随他们黄家的根儿了！父子俩你还有提防着的心眼儿!”

村人们看了那封公开信，接连几天里，皆评说起黄家驹的劳苦功高来。对他的种种不满，似乎都到九霄云外去了……

这使张艳双觉得非常替自己长脸，也使成才两口子感到欣慰——由于女婿不再是村中人物了的那份失落，得到了挺满足的补偿……

几个月后，岳自立经由老师和同学，老师的老师和同学的同学们帮助国内国外多方联系，争取到了美国一家风险投资公司在投资意向文本上的签字。算起来，张家的第三代人，该是中华人民共和国的第四代或第五代人了。他们中不少人，和他们的父辈祖父辈们相比，确实少有束缚，见多识广。而且，一个个雄心勃勃。那形形色色的雄心，不论代表着的是一己志向，还是什么群体什么集团的目标，都具有野心的意味儿。他们绝对不像父辈祖父辈们似的，三十多岁四十来岁了，仍甘做时代舞台的布景员、道具员，或以群众甲乙丙丁来指认的龙套角色。他们才刚刚二十几岁，就生龙活虎般争相往时代大舞台的中央挤，一挤到中央就迫不及待地拉开架势亮相，很快就被挤到台边儿上了也不在乎，瞧准个机会仍往台中央挤。携着股冲劲儿，挟雷挟电地挤。分明的，在中国，他们已占据时代大舞台令人不可小视的一部分场地了。在业已被他们占据的中央场地上，他们表演得有声有色，甚至可以说精彩纷呈。

由于岳自立们，中国人，特别是中国的男人们，似乎反而老得比以往任何时代都快了……

中国既快成老人们的了，也快成年轻人们的。中国时代大舞台的中央，主角渐渐地不再是老人们而是年轻人的了；它的台下，不再像以往的时代，年轻人只有喝彩捧场的份了，而是老人们望洋兴叹了。老人群中，间或有一批批中年人自叹弗如……

岳自立干得既轰轰烈烈又稳准，有板有眼，很快便大显能力，众望所归……

第二年的八月十五那一天下午，张广泰在家里和狗狗下棋。确切地说，不是他哄狗狗下棋，是那孩子被迫陪他下棋解闷儿。

王玉珍老太太，也确切地说，王玉珍老奶奶，一身簇新的红绿裤褂从里间屋出来，问他：“老家伙，你怎么还下棋，倒是去不去呀?”

他一抬头，见老伴儿脸上居然还敷粉抹脂的，眉心拧成个疙瘩说：“哎呀呀，哎呀呀，你呀你呀，你那是个什么样子啊？你往哪儿去呀？你给我张广泰留点儿脸行不行?”

王玉珍老奶奶道：“我这样子怎么了？我大孙子叫我们老人都去表演秧歌的!”她一提岳自立，张广泰顿时不言语了。

她又说："自立张罗来了那么一大笔投资，全村人都高兴得合不拢嘴，今天举行奠基仪式，你不去捧场反倒对啦？"

张广泰挥挥手，不耐烦地说："你去吧你去吧！我不像你那么老来疯，我高兴在心里。"

王玉珍老太太叫狗狗："狗狗，跟太姥姥凑热闹去！"

狗狗刚想丢下棋子跟去，被他一把扯住，命令道："不许，乖乖和我下棋，还没分个输赢呢！"

太姥姥嘟嘟哝哝地走了，重外孙子哪儿还有耐性陪太姥爷下棋呢？

张广泰看出来了，就哄狗狗，说领他去河边钓鱼。狗狗摇头，他也不管三七二十一，带上渔具，扯了狗狗就往河边走。八十多岁的张广泰，是既怕热闹，又怕孤独和寂寞。路上，他问狗狗："狗狗，你黄家太姥爷和我，谁对你好哇？"

狗狗无精打采地回答："我还哪儿有个太姥爷？"

他说："就是你爸的妈的爸啊！"

狗狗站住想了半天，恍然大悟地说："就是黄吉顺老爷子呀？他不让我叫他太姥爷，他让我一定要叫他太爷爷。"

张广泰大不以为然地纠正："他算你的什么太爷爷！他和我一样，也只能算是你的太姥爷，辈分是这么分的。你爸的妈是你黄家太姥爷的女儿，所以呢，她的儿子，也就是你爸，是你黄家太姥爷的外孙。你是你爸的儿子，所以你是一个外孙的儿子，外孙的儿子那也只能是重外孙。你是重外孙，你自然得叫他太姥爷才对……"

狗狗听得越发糊涂了。张广泰也觉得自己快把自己讲糊涂了，就不再讲解他的辈分学了。张广泰和黄吉顺，两位八十多岁的老人，如今已不再争谁是原本的城里人了，城市户口对他们已没什么意义了。但他们似乎总还要为点儿什么争下去的。争了多半辈子，习惯了争点儿什么。于是在狗狗这个孩子前争宠。张广泰自己既当不成太爷爷，对黄吉顺一心想当太爷爷而非太姥爷的企图，那也是一有机会便予以戳穿的。

他追问狗狗："我和他，谁对你更好点儿？"

狗狗狡黠地回答："我妈嘱咐我，不许乱说这些。"

他说："嘿，学会明哲保身了！你妈是我孙女，你跟我说实话没事儿，我不传。"

狗狗说："那我也不说！"

这孩子忽然朝远处大叫："太爷爷！"是黄吉顺拄着手杖缓慢走来，身后跟随着他家的大黄狗。

狗狗对黄吉顺大叫"太爷爷"，张广泰心里醋溜溜的。狗狗想迎"太爷爷"跑去，被他一把拉住了小手不放。黄吉顺听到狗狗的叫声，脸上每条褶子都在笑，加快了脚步。黄吉顺走到跟前，狗狗终于从张广泰的大巴掌里挣出了小手。黄吉顺抱起狗狗，亲了一阵，对张广泰说："难怪我重孙子几天没去我那儿玩儿了，原来被你个老东西缠住了。"大黄狗见了张广泰格外亲，直往他身上扑，伸长舌头不停地要舔他的老脸。张广泰一边与狗亲热，一边说："你甭来这套！这一个月狗狗都得在我家。"黄吉顺寻思片刻，灵机一动地说："咱俩换，如何?"张广泰一听换字，两只老眼里顿时投射出警醒的目光。

他问："又换什么?"

黄吉顺笑道："让大黄狗陪你几天，让狗狗先陪我几天。反正都是狗，我拿大的，换你小的，你合算啊！"

不料狗狗生气了，从"太爷爷"怀里出溜地上，瞪着"太爷爷"抗议："我不是狗！更不是小狗！我不跟你们玩啦！"

此刻村子东边响起锣鼓声，鞭炮声……

那孩子又说："我凑热闹去啰！"说罢撒腿已跑……

黄吉顺后悔不迭，连连道："我怎么说我重孙子也是狗呢！老朽了，老朽了，完了，完了……"

张广泰纠正："重外孙！他爸是你女儿的儿子！"

又幸灾乐祸："以后狗狗再不会理你了，只会跟我一个人亲了！"

黄吉顺笑道："老东西，别把我想错了，我可不是狗狗，我是狗狗的太爷爷。所以呢，不管你怎么气我，我都不生气。你拿我干没治了吧?"

张广泰反唇相讥："你就不是个老东西了？你虽然小我一岁，可你先比我拄上棍儿了！"

见黄吉顺一副不屑于斗嘴的样子，又说："唉，老天真不公平。从前，你气得我一次次心口疼，气了我几十年。现在，我终于也可以气气你了，你倒不生气了。你怎么就不生气了呢?"

黄吉顺却转移了话题："我这会儿想看个人去，老哥，陪我去吧?"

张广泰也笑了："一求我，就叫我老哥了。你想看谁去?"

黄吉顺沉默半晌，低声吐出两个字——"大翠"。

张广泰表情顿时肃然。他略一犹豫，随即点点头……

大翠的坟被平了，骸骨被火化了，装在一个挺贵的骨灰盒里，摆在了大柳树村的殡仪馆。殡仪馆是家驹主事时建的，骨灰盒是成才两口子出钱买的。

张广泰陪着黄吉顺去到那儿。黄吉顺将大翠骨灰盒从架上取了下来，抱在怀中，抚摸不止。那儿是花园式的，有花有树，馆前还有喷水池，池里养了群大红鲤。环境很是美好幽静。

两位同样的怕热闹又怕孤独寂寞的老人，舒舒服服地仰躺在相向的两把竹躺椅上，望着水池中忽高忽低的喷水，递一句接一句地闲聊。

黄吉顺说：“我喜欢这儿，死了就安置在这儿了。能安置在这儿也算福。”

张广泰说：“别忘了你是有城市户口本儿的。这儿可是农村地界，不太屈你这城里人了吗？”

“别揭我老底儿了行不行？你知道吗，村里要建绿色农作物基地了。”

“知道。”

“庄稼就是了，还叫什么农作物。庄稼本来都是从绿色长起来的嘛，不等于废话吗？”

“你懂什么！庄稼那是指粮豆而言，农作物就包括了蔬菜瓜果，绿色就是说不上化肥的，收获了叫环保食品。”

张广泰一副农业专家的口吻。

黄吉顺眼也不睁地抢白：“我是不懂，我城里人哪懂这些！”

张广泰不再说什么，起身伸出双手，去捧黄吉顺怀里的骨灰盒。

黄吉顺抱紧不放，并说：“是我女儿！”

张广泰说：“不是你当年搞那么一出，她还是我大儿媳妇了呢！”

黄吉顺双手不禁一松，骨灰盒被张广泰捧过去了。张广泰归坐到躺椅上，瞧着骨灰盒，抚摸着，忆起往事，百感交集，老眼一时的竟有些湿。

村子东边，高音大喇叭，又送来一阵哇哩哇啦的洋话。

黄吉顺问：“听说自立引了四千多万美元的投资？”

张广泰自豪地说：“那是。”

黄吉顺又问：“合咱们中国多少钱？”

张广泰掐指算了算，回答：“三亿多人民币。”

于是黄吉顺连道：“打住打住，听了上头！”

“上头”就是喝了烈酒以后直冲脑门儿。

“唉，唉，想当年，我用三间大瓦房换你家两间小破房，你才贴补给我二十几元！你说你多小气！”听来，黄吉顺的口吻竟有些愤然。

张广泰狠狠踹了他脚一下：“那是当年！当年你一天卖一百碗馄饨才挣几角钱！……”

黄吉顺却不出声了，似乎睡了。那时，天已黄昏。通红的一轮大夕阳，将它暖暖的、金橘色的余晖，满是情义地照在两位老人身上。张广泰也觉发困，将骨灰盒放回到黄吉顺怀中，并摆弄他双手，使他在睡梦中抱着。之后，也睡在自己那张躺椅上了……

天黑了，张广泰醒了，推黄吉顺一块儿回家。一推不动；二推不动；三推还不动；再一推，黄吉顺的身子朝旁边歪倒。张广泰心知不妙，摸他脉，脉已不跳……

黄吉顺，这个由城里人而成农村人，再施计谋重新变为城里人的人，怀抱着自己大女儿的骨灰盒，在他一生中最后一个八月十五的晚上，睡死过去了……

张广泰不禁伏在黄吉顺身上，悲情大恸，一把鼻涕两把泪，哭得像孩子……

他忽然觉得，在自己的一生中，和自己关系最紧密的、亲人以外的人，不是别人，而是黄吉顺。除了这个黄吉顺，没谁曾使他那样诅咒过，嫌恶过，憎恨过，却也没谁使他那么深切地体会过宽恕的意义。尤其到了晚年，没谁和他在一起，能比对方和他在一起使他更觉快乐，也没谁能使他的头脑保持不老的清醒，出语机敏了……

村里，秀英和张艳双，以及些个爱赶新潮的大姑娘小媳妇，在为小芹举行择婿活动。有点儿像电视里的《玫瑰之约》一类节目的活动。她们笑闹阵阵，疯得比城里人还来劲儿……

居然被她们嘻嘻哈哈地替小芹选中了一个她满意的男人……

那是公元一千九百九十七年的中秋夜，一辆硕大的圆月悬挂中天，仿佛夕阳在海里浸了一下，冷却了，直接跃上夜空了。

如今，前一个世纪过去了，新世纪的第一年还簇新着。张黄两家的四位老人都已不在了，大柳树村的经济又一次腾飞着。它接连几次从城里人中招工，而城里人早已想开了，哪儿有钱挣，就往哪儿聚。不仅乐于被它招工，更乐于做它的人家。

但它新颁布了一条村规——冻结了它的户籍工作。

它的户口似乎比城里户口还难落了……